U0052855

新譯元曲三百首

賴橋本
林玫儀　注譯

三民書局

刊印古籍今注新譯叢書緣起

劉振強

人類歷史發展，每至偏執一端、往而不返的關頭，總有一股新興的反本運動繼起，要求回顧過往的源頭，從中汲取新生的創造力量。孔子所謂的述而不作，溫故知新，以及西方文藝復興所強調的再生精神，都體現了創造源頭這股日新不竭的力量。古典之所以重要，古籍之所以不可不讀，正在這層尋本與啟示的意義上。處於現代世界而倡言讀古書，並不是迷信傳統，更不是故步自封；而是當我們愈懂得聆聽來自根源的聲音，我們就愈懂得如何向歷史追問，也就愈能夠清醒正對當世的苦厄。要擴大心量，冥契古今心靈，會通宇宙精神，不能不由學會讀古書這一層根本的工夫做起。

基於這樣的想法，本局自草創以來，即懷著注譯傳統重要典籍的理想，由第一部的四書做起，希望藉由文字障礙的掃除，幫助有心的讀者，打開禁錮於古老話語中的豐沛寶藏。我們工作的原則是「兼取諸家，直注明解」。一方面熔鑄眾說，擇善而從；一方面也力求明白可喻，達到學術普及化的要求。叢書自陸續出刊以來，頗受各界的喜愛，使我們得到很大的鼓勵，也有信心繼續推廣這項工作。隨著海峽兩岸的交流，我們注譯的成員，也由臺灣各大學的教授，擴及大陸各有專長的學者。陣容的充實，使我們有更多的資源，整理更多樣化的古籍。兼採經、史、子、集四部的要典，重拾對通才器識的重視，將是我們進一步工作的目標。

古籍的注譯，固然是一件繁難的工作，但其實也只是整個工作的開端而已，最後的完成與意義的賦予，全賴讀者的閱讀與自得自證。我們期望這項工作能有助於為世界文化的未來匯流，注入一股源頭活水；也希望各界博雅君子不吝指正，讓我們的步伐能夠更堅穩地走下去。

新譯元曲三百首　目次

劉 致

阿魯威

王元鼎

虞集

張雨

薛昂夫

吳弘道

趙善慶

馬謙齋

張可久

任昱

錢霦

徐再思

劉燕歌

無名氏

附錄

導讀

一

元曲是元代流行於北方的歌曲，與唐詩、宋詞並列為中國文學史上最重要的韻文文學❶。

元曲按照性質可分兩類：一類散曲，一類劇曲。散曲是詩歌的性質，用來清唱；有的抒發情感，有的描寫景物，可說是元朝興起的新詩體。劇曲是戲劇的性質，用來表演故事；除了曲文之外，還有說白、科泛❷，比散曲複雜，當時稱為雜劇。

散曲按照體製可分為小令與散套：小令單詞隻曲，是元曲最小的體製，大多數的小令都在六十字以內，像一首短短的小詩或小詞，元人稱為葉兒❸。散套則是聯合宮調❹相同的曲

---

❶ 王國維《宋元戲曲史・序》：「唐之詩，宋之詞，元之曲，皆所謂一代之文學，而後世莫能繼焉者也。」

❷ 科泛　元雜劇劇本中對於演出時在舞臺上表情動作的說明。如打科、見科、笑科等。

❸ 葉兒　元芝菴《唱論》：「成文章曰樂府，有尾聲名套數，時行小令喚葉兒。套數當有樂府氣味，樂府不可似套數。街市小令，唱尖新倩意。」

❹ 宮調　中國古代音樂的分部，略等於現代音樂中的調式。同一宮調，則高低相同，聲情一致。

牌若干支組合而成，有一點像聯章的詩篇或長篇的歌詞，元人稱為套數❺。

小令是單支的曲子，相當於一首單調的詞。它是按照不同的曲調創作的，每個曲調都有專門的名稱，如〈水仙子〉、〈折桂令〉、〈落梅風〉、〈山坡羊〉等，稱之為曲牌。每個曲牌各有一定的句法、平仄、韻叶，作曲的人必須遵守曲牌的格律。根據元周德清《中原音韻》及明朱權《太和正音譜》的記載，北曲有三百三十五個曲牌，有些曲牌屬於雜劇專用，散曲中使用的曲牌大概有一百六、七十個，比較常用的也只有四十個左右。這些曲牌分別屬於十二種不同的宮調，十二宮調中小石調、商角調、般涉調曲牌很少，不常用；常用的不過是五宮四調：即正宮、中呂宮、南呂宮、仙呂宮、黃鍾宮、大石調、雙調、商調、越調，稱之為九宮。下面把比較常用的小令曲牌，依宮調分列如下：

黃　鍾

〈人月圓〉、〈出隊子〉、〈刮地風〉

正　宮

〈鸚鵡曲〉、〈叨叨令〉、〈脫布衫帶小梁州〉、〈塞鴻秋〉、〈醉太平〉

仙　呂

〈寄生草〉、〈青哥兒〉、〈鵲踏枝〉、〈那吒令〉、〈後庭花〉、〈金盞兒〉、〈醉中天〉、〈一半

---

❺　套數　見❸。元人所說的套數，包括散套與劇套。

兒〉

南　呂

〈罵玉郎過感皇恩採茶歌〉、〈玉嬌枝〉、〈四塊玉〉

中　呂

〈醉春風〉、〈喜春來〉、〈迎仙客〉、〈紅繡鞋〉、〈普天樂〉、〈十二月帶堯民歌〉、〈醉高歌〉、〈上小樓〉、〈滿庭芳〉、〈山坡羊〉

商　調

〈梧葉兒〉

越　調

〈凭闌人〉、〈小桃紅〉、〈天淨沙〉

雙　調

〈駐馬聽〉、〈雁兒落帶得勝令〉、〈沈醉東風〉、〈折桂令〉、〈落梅風〉、〈步步嬌〉、〈水仙子〉、〈風入松〉

民國任訥《散曲概論》把小令分為尋常小令、摘調、帶過曲、集曲、重頭五類：

1. 尋常小令：指單支的曲子，與詩一首、詞一闋相當。如張可久越調〈凭闌人・江夜〉：

江水澄澄江月明，江上何人搊玉箏。隔江和淚聽，滿江長歎聲。

2. 摘調：指從套曲中摘出單獨歌唱的曲子，有如詞中的「摘遍」。鄭光祖〈王粲登樓雜劇〉第三折有一首中呂〈迎仙客〉，描寫客愁，因為歌詞優美，曲調動聽，被摘出單獨傳唱，就成為一首流行小令。周德清《中原音韻》附〈作詞十法〉，選了這首曲子作為小令的定格：

雕簷紅日低，畫棟彩雲飛。十二玉闌天外倚，望中原，思故國。感慨傷悲，一片鄉心碎。

3. 帶過曲：指作者填一首曲子，意猶未盡，可以用同宮調的曲牌一首或兩首繼續寫作，但必須音律能夠銜接，而且不能超過三個曲牌。「帶過」二字或連用，或任用其一，或用「兼」字，或稱「兼帶」，或把曲牌連在一起寫就可以了。有北曲帶北曲、南曲帶南曲，或南北互帶三種。元人使用過的帶過曲有三十四種，比較常用的有中呂〈十二月帶堯民歌〉、〈醉高歌帶紅繡鞋〉、〈醉高歌帶喜春來〉、〈快活三帶朝天子四邊靜〉，雙調〈雁兒落帶得勝令〉，南呂〈罵玉郎過感皇恩採茶歌〉，正宮〈脫布衫帶小梁州〉。如張養浩〈雁兒落兼得勝令〉：

雲來山更佳，雲去山如畫。山因雲晦明，雲共山高下。　倚杖立雲沙，回首見山家。野鹿眠山草，山猿戲野花。雲霞，我愛山無價。看時行踏，雲山也愛咱。

4. 集曲：指集合若干不同曲牌的腔調組成一首新的曲子，略似今日的什錦歌。帶過曲是整支曲子帶過來，而集曲則是擷取各調零碎的句法組合而成。集曲的創製，南曲較多，北曲小令不用。如南曲集曲〈錦堂月〉就是集〈晝錦堂〉的前五句和〈月上海棠〉的後五句而成。

5. 重頭：指頭尾使用同一個曲牌，寫成一組曲子。如馬致遠仙呂〈青哥兒・十二月〉，就是重複使用〈青哥兒〉的曲牌描寫一年十二個月的景色。

曲是由詞演變而來的❻，所以稱曲為詞餘。曲的宮調源於詞的宮調，曲的牌調有許多仍然沿用詞的牌調❼，如〈太常引〉、〈滿庭芳〉、〈賣花聲〉、〈齊天樂〉、〈青玉案〉、〈搗練子〉、〈風入松〉、〈糖多令〉、〈秦樓月〉、〈蝶戀花〉、〈人月圓〉、〈晝夜樂〉、〈謁金門〉、〈感皇恩〉、〈駐馬聽〉、〈望遠行〉等等。曲的體製也有許多來自於詞，如尋常小令源於詞的單調，摘調源於詞的摘遍，帶過曲源於詞的犯調，套曲源於詞的聯章，所以曲與詞的關係非常密切。

詞為什麼演變成曲呢？這一方面是文體自然的規律，另一方面是受外來音樂的影響。詞最初起於唐代的民間，流行於街頭巷尾，形式活潑自然，文字淺顯明白，深受一般民眾的喜愛，更獲得文人的垂青，從晚唐而五代，逐步發展，到了北宋，盛極一時，取代了詩的地位，成為宋朝最具代表性的文學。到了南宋，詞往更精緻的方向發展，講究格律，注重技巧，鋪

❻ 沈寵綏《弦索辨訛》：「三百篇後變而為詩，詩變而為詞，詞變而為曲。」

❼ 王國維《宋元戲曲史》載有出於唐、宋詞的曲調七十五調。

采摛文，堆砌詞藻，只有高級文人才能創作，不是一般人所能染指，而且詞的意境艱深難懂，也不是一般人所能了解、欣賞，詞已經脫離了群眾，喪失了活力，勢必要改變成另一種文學的體式。劉勰《文心雕龍・通變》：「文律運周，日新其業。」這是文學演進的一個規律，配合音樂的歌詞更是如此。詞既然已到窮的地步，必然會有所變化，所謂窮則變，變則通，另外一種新興的文學自然而然地產生了，那就是元代流行於北方的民間歌曲，歌詞淺顯明白，曲調活潑流暢。這些新創作的歌曲，元芝菴的《唱論》稱為「街市小令」❽，明王驥德《曲律》稱為「市井所唱小曲」❾，街市與市井都是人多熱鬧的地方。元代流行各地的曲調很多，每個地方都有主唱的歌曲，芝菴《唱論》：「凡唱曲有地所：東平唱〈木蘭花慢〉，大名唱〈摸魚子〉，南京唱〈生查子〉，彰德唱〈木斛沙〉，陝西唱〈陽關三疊〉、〈黑漆弩〉。」隨著商販的活動，各地的曲調都流傳到大都來了，文人便利用這些豐富的曲調創作了優美的元曲，元曲成為元朝代表的文學。

再說遼、金、元三代是北方民族的天下，許多契丹音樂、女真音樂、蒙古音樂流傳到中國❿，成為中國的流行歌曲，這些北方民族的音樂，本是「北鄙殺伐之音」、「武夫馬上之歌」⓫，

❽ 見❸。

❾ 王驥德《曲律》：「渠所謂小令，蓋市井所唱小曲也。」

❿ 曾敏行《獨醒雜志・卷五》：「先君嘗言，宣和末客京師，街巷鄙人，多歌番曲，名曰〈異國朝〉、〈六國朝〉、〈蠻牌序〉、〈蓬蓬花〉等，其言至俚，一時士大夫亦皆可歌之。」明朱權《太和正音譜》：「大概作樂府切忌有傷於音律，乃作者之大病也。且如女真風流體等樂章，皆以女真人音聲歌之，雖字有舛

不是中國本來配合燕樂的歌詞所能協樂，於是創作了新的歌詞來配合胡樂，當時稱這些新的歌詞為曲。王世貞《曲藻・序》：「自金、元入主中國，所用胡樂，嘈雜淒緊，緩急之間，詞不能按，乃更為新聲以媚之。」這就是詞變為曲最重要的原因，文學史上元曲便取代了宋詞的地位。

二

元曲的發展可分三個時期：

初期——從蒙古太宗（一二二九～一二四一）入主中原到西元一二七九年滅南宋止，共五十年，王國維稱為「蒙古時代」。作家都是北方人，以大都最多，山西次之。這時元曲剛從民間俗曲進入詩壇，仍然保留通俗白話、質樸自然的特色，帶有北方民歌豪放爽朗的「蒜酪」風味。著名的散曲作家有元好問、楊果、劉秉忠、王和卿、胡祗遹、馮子振、王惲、盧摯、關漢卿、白樸、姚燧、馬致遠、貫雲石等。元好問是最早填曲的人⑫，對元曲的發展有很大的貢獻，他是金、元兩代詩壇的領袖，獎勵學術，提攜新秀，初期有許多作曲家都受他

訛，不傷於音律者，不為害也。」

⑪ 徐渭《南詞敘錄》：「今之北曲，蓋遼、金北鄙殺伐之音，壯偉狠戾，武夫馬上之歌，流入中原，遂為民間之日用。宋詞既不可被絃管，南人亦遂尚此，上下風靡，淺俗可嗤。」

⑫ 羅忼烈《元曲三百首箋・敘論》：「變宋詞為散曲，始于遺山。」遺山就是元好問。

的影響，特別是白樸。楊果、劉秉忠、胡祇遹、王惲等人都是高級文人，他們對當時流行的俗謠俚曲，產生興趣，出於好奇，嘗試創作散曲，由於對體式還不大熟悉，所以作品不多，也不大自然。後來盧摯、姚燧、馮子振、貫雲石等雖也是高級文人，但對這些歌曲的體式已經比較熟悉，所以作品較多，技巧也較高，風格典雅，偶爾有豪放的作品。這個時期成就最高的，還是那些民間的「書會⓭才人」，如關漢卿、馬致遠及白樸。關漢卿是元曲四大家之一，他的作品或寫愛情，或寫抱負，或寫景物，或寫離情別緒，都寫得酣暢淋漓，自然圓潤。王國維稱他：「一空倚傍，自鑄偉詞，曲盡人情，字字本色。」非常正確。馬致遠也是元曲四大家之一，他的作品題材廣泛，意境高遠，文字清麗，風格豪放，當時有「曲狀元」⓮之稱，他的越調〈天淨沙・秋思〉，被視為小令作品的典範。白樸也是元曲四大家之一，從小受元好問的撫育與教導，文學根基很好，終身不仕，寄情於詩酒山水之間，作品多寫男女愛情、風光景物，或發抒故國黍離之悲。語言質樸自然，文字清麗婉約，頗有詞的韻味。

中期——元世祖至元（一二八〇）到元順帝後至元（一三四〇），共六十年，王國維稱為「一統時代」。著名的散曲作家有張養浩、鄭光祖、曾瑞、周文質、趙禹圭、喬吉、劉致等。張養浩是一位熱愛人民的作家，為官清正，深得民心，上書論政，頗切時弊，卻遭奸臣

⓭ 書會　宋、元時一般小說、戲曲等寫作者和藝人共同組織的行會團體。

⓮ 曲狀元　曲中的狀元。賈仲明《續錄鬼簿・凌波仙挽詞》：「萬花叢裡馬神仙，百世集中說致遠。四方海內皆談羨，戰文場曲狀元。」

陷害，辭歸田園。他的作品多寫山川景物，田園意趣，風格豪放遒勁，有一部分作品描寫人民的疾苦，深刻感人，頗能反應元朝的社會情狀。鄭光祖是元曲四大家之一，現存小令作品六首，風格清麗幽美。喬吉是一位落魄失志的曲家，終身不仕，流浪江湖，現存小令二百餘首，作品之多僅次於張可久。

末期——元順帝至正年間（一三四六～一三六八），共二十八年，王國維稱為「至正時代」。這時元散曲的作風，已經漸漸失去初期那種渾樸本色的風格，走向典雅工麗，講究格律、詞藻。著名的散曲作家有張可久、任昱、徐再思、李致遠、查德卿、吳西逸、楊朝英、周德清、劉庭信等。張可久是這一時期最重要的作家，畢生專作散曲，不作雜劇，現存作品八百多首，數量最多，約占現存元人散曲的四分之一。其作品或寫景抒情，或感懷不遇，或縱情詩酒，或放浪山水，很少寫到現實生活。在藝術上刻意求工，講究對仗，注重詞藻與格律，善於鎔鑄古人的詩詞名句化入曲中，雕琢中不失於自然，清麗中不流為穠豔，風格典雅，意境幽美，對於後世文人作曲影響很大。徐再思是元末重要的作曲家，風格與張可久接近，講究技巧，注重修辭，清新秀麗。

元代的散曲依其風格不同，大體可分為豪放派與清麗派：豪放派的作品，曲辭素樸，多用口語，意境豪放不拘。清麗派的作品，曲辭華美，多用雅言，意境清麗幽美。豪放派的重要作家，初期有馬致遠、馮子振、貫雲石，中期有張養浩、劉致，末期有鍾嗣成、劉庭信、楊朝英。清麗派的重要作家，初期有關漢卿、王和卿、王實甫、楊果、劉秉忠、胡祗遹、姚燧、元好問、白樸、盧摯，中期有喬吉、鄭光祖、曾瑞，末期有張可久、徐再思、周德清、吳西逸等。豪放派以馬致遠、張養浩為代表，清麗派以張可久、喬吉為代表。下面舉出四家的代表作品，以茲比較：

菊花開，正歸來。伴虎溪僧鶴林友龍山客，似杜工部陶淵明李太白，有洞庭柑東陽酒西湖蟹。哎！楚三閭休怪。

——馬致遠〈撥不斷〉

驪山四顧，阿房一炬，當時奢侈今何處？只見草蕭疏，水縈紆，至今遺恨迷煙樹。列國周齊秦漢楚。贏，都變做了土；輸，都變做了土。

——張養浩〈山坡羊・驪山懷古〉

疏星淡月秋千院，愁雲恨雨芙蓉面。傷心燕足留紅線，惱人鸞影閒團扇。獸爐沈水煙，翠沼殘花片。一行行寫入相思傳。

——張可久〈塞鴻秋・春情〉

拍闌干，霧花吹鬢海風寒，浩歌驚得浮雲散。細數青山，指蓬萊一望間。紗巾岸，鶴背騎來慣。舉頭長嘯，直上天壇。

——喬吉〈殿前歡・登江山第一樓〉

前兩首氣勢雄壯，豪放不拘；後兩首文辭清麗，典雅優美。同樣是清麗派的作家，風格還是有些不同。張可久的曲子，善取詩詞的境界，極為文雅清麗，可以稱為雅麗派；喬吉的作品，善於運用俗語，較為奇特壯麗，有人稱為奇麗派⓯，也有人稱為豪麗派⓰。一個大作家的作品是多方面的，往往兼有清麗與豪放兩種不同的格調。馬致遠是豪放派的代表作家，他的作品也有十分清麗文雅的，如〈天淨沙・秋思〉：

枯藤老樹昏鴉，小橋流水人家，古道西風瘦馬。夕陽西下，斷腸人在天涯。

張可久是清麗派的代表作家，他有一首「次酸齋韻」的〈殿前歡〉，寫得豪放不拘，與他平日清麗的作風不大一樣，這可能是受貫酸齋（雲石）的影響，因為貫雲石是豪放派的作家：

釣魚臺，十年不上野鷗猜。白雲來往青山在，對酒開懷。欠伊周濟世才，犯劉阮貪杯戒，還李杜吟詩債。酸齋笑我，我笑酸齋。

三

元朝是蒙古人建立的，他們為了達到統治天下的目的，一方面推行種族歧視的政策，分全國人民為蒙古、色目、漢人、南人四等，在各方面都有不平等的待遇，政治上，「臺省元

⓯ 見任訥《散曲概論》。

⓰ 見曾永義、王安祈《元人散曲詳注》。

臣、郡邑正官及雄要之職」⑰都須由蒙古人擔任，漢人、南人只能做些州縣卑微的小官。另一方面推行高壓政策，壓迫讀書人，當時社會分成十等人，「一官二吏……九儒十丐」⑱，所以一般的讀書人都是「沈抑下僚，志不得伸……於是以其有用之才，而寓之乎聲歌之末，以抒其拂鬱感慨之懷」⑲。散曲這種新興文學的形式，正好是讀書人吟風弄月，抒發其「不平則鳴」的一種很好的工具，這是散曲迅速發展成熟的一個原因。正因這一時代背景，使得散曲的內容，以歎世和歸隱的作品最多，重要的作家幾乎人人都做過這一類的作品。

1. 歎世

所謂歎世，就是憤世嫉俗，慨歎現實社會不合理的現象。有的慨歎世上是非不分、賢愚莫辨，有的慨歎世人爭權奪利，有的慨歎權豪勢要仗勢欺人，有的慨歎宦途險惡難行。凡是以「歎世」、「志感」、「感歎」、「譏時」、「省悟」、「道情」、「警世」、「悟世」為題目的都是這一類作品。

⑰ 明胡侍《真珠船．卷四》：「當時臺省元臣、郡邑正官及雄要之職，中州人多不得為之，沈抑下僚，志不得伸。如關漢卿乃太醫院尹，馬致遠行省務官，宮大用鈞臺山長，鄭德輝杭州路吏，張小山首領官，其他屈在簿書，老於布素者，尚多有之。於是以其有用之才，而寓之乎聲歌之末，以抒其拂鬱感慨之懷，所謂不得其平而鳴者也。」

⑱ 謝枋得〈送方伯載歸三山序〉：「滑稽之雄，以儒為戲者曰：我大元制典，人有十等，一官二吏，先之者貴之也；七匠八娼九儒十丐，後之者賤之也。吾人品豈在娼之下丐之上乎？」

⑲ 見⑰。

不讀書有權，不識字有錢，不曉事倒有人誇薦。老天只恁忒心偏，賢和愚無分辨。折挫英雄，消磨良善，越聰明越運蹇。志高如魯連，德過如閔騫，依本分只落得人輕賤。

——無名氏〈朝天子·志感〉

2. 歸隱

對於元代社會不合理的現象，作家往往感到無能為力。既然沒有辦法推翻蒙古人的統治，也就無法改善不合理的現象，所以散曲中常流露出人生如夢、富貴無常、流光易逝等消極悲觀的思想。有的作家看破紅塵，及時行樂，追求隱居樂道的生活。元曲以「歸隱」、「恬退」、「村居」、「閒適」、「樂閒」、「歸興」、「幽居」、「山居自樂」、「漁夫」、「消遣」、「閒樂」、「適興」為題目的都是這一類的作品。

酒旋沽，魚新買。滿眼雲山畫圖開，清風明月還詩債。本是個嬾散人，又無甚經濟才，歸去來。

——馬致遠〈四塊玉·恬退〉

3. 寫景

由於元代是中國歷史上最黑暗的時代，所以元曲中充滿著憤世嫉俗與遁世逃情的思想，除了上述歎世、歸隱的作品直接表達這些思想外，一些寫景和詠史的作品也受這些思想的影響。元曲寫景的作品很多，那些依附在「閒適」、「恬退」、「退隱」、「樂田」、「野興」之類的題目下，作為歸隱思想組成部分的景物描寫自不必說，就是那些獨立成篇的寫景小令，大體上也是作者對現實人生感到失望、厭倦，企圖忘情於大自然的景物之中，以逃避現實社會的煩惱憂慮。凡是題作「西湖十景」、「臨川八景」、「瀟湘八景」、「春景」、「秋景」、「登臥龍山」、「括山道中」、「天台瀑布寺」、「采石江上」、「湖山夜景」、「即景」等都是此類。

掛絕壁、枯松倒倚，落殘霞、孤鶩齊飛。四圍不盡山，一望無窮水。散西風、滿天秋意。夜靜雲帆月影低，載我在、瀟湘畫裡。

——盧摯〈沈醉東風・秋景〉

4. 詠史

元曲詠史的作品，多半是借古諷今，透過古代的故事，來說明人生如夢，富貴虛浮，居官得禍，辭官享福。元曲作家讚美范蠡、張良、陶潛、嚴光的急流勇退，遠害全身；感歎屈原、伍子胥、韓信的居官得罪，忠而被謗；他們認為世上一切的功名都是白費心機，有如南柯一夢。以「懷古」為題的都是這類作品。

峰巒如聚，波濤如怒，山河表裡潼關路。望西都，意踟躕。傷心秦漢經行處，宮闕萬間都做了土。興，百姓苦；亡，百姓苦。

——張養浩〈山坡羊・潼關懷古〉

5. 描寫男女愛情

中國古代是封建禮教的社會，嚴格遵守男女的分際，所謂「男女授受不親」，男女結婚，必須經過「父母之命，媒妁之言」。自由戀愛被認為是離經叛道。元朝是蒙古人統治的，游牧民族在男女關係上不像封建社會那麼嚴格，也不懂中國禮教的重要性，所以男女之間的關係比較開放。再加上元朝廢除科舉制度八、九十年之久，使知識分子喪失進身之路，淪落下位，與倡優為伍，他們熟悉歌妓的生活，了解歌妓的情態，於是創作了許多歌唱男女愛情的作品。題作「春情」、「閨情」、「春思」、「秋思」、「離情」、「離思」、「閨怨」、「題情」、「相思」、「別情」、「離愁」、「春夢」、「憶別」、「情」等都是這一類的作品。

> 自別後遙山隱隱，更那堪遠水粼粼。見楊柳飛綿滾滾，對桃花醉臉醺醺。透內閣香風陣陣，掩重門暮雨紛紛。怕黃昏忽地又黃昏，不銷魂怎地不銷魂。新啼痕壓舊啼痕，斷腸人憶斷腸人。今春，香肌瘦幾分，摟帶寬三寸。
>
> ——王德信〈十二月帶堯民歌・別情〉

6. 反映元朝社會現狀

元曲是元代流行的歌曲，有些歌曲具有鮮明的時代精神，它們反映了元代社會的黑暗情狀——豺狼當道，狐鼠橫行，生民塗炭，道德淪喪。這一部分的作品是元曲的精華，可以作為元朝歷史的佐證。「譏時」、「譏貪小利者」、「嘲謊人」、「刺鴇母」等都是這一類作品。

堂堂大元，奸佞專權。開河變鈔禍根源，惹紅巾萬千。官法濫刑法重黎民怨。人吃人鈔買鈔何曾見？賊做官官做賊混愚賢，哀哉可憐。

——無名氏〈醉太平〉

四

詩、詞、曲雖然一脈相承，都屬於詩歌的範圍，詞、曲更如同胞的兄弟，都是長短句。但由於時代不同，體製有別，而形成不同的特色。一般說來，詩的境界比較拙重正大，講究溫柔敦厚的詩教；詞的境界比較深穩自持，代表陰柔含蓄之美；曲的境界則情思抒捲，不飾謹嚴，比較活潑自然。王國維《宋元戲曲史》：

元曲之佳處何在？一言以蔽之，曰：自然而已矣。古今之大文學，無不以自然勝，而莫著於元曲……其文章之妙，亦一言以蔽之，曰：有意境而已矣。何以謂之有意境？曰：寫情則沁人心脾，寫景則在人耳目，述事則如其口出是也。

為什麼元曲能夠表現自然的意境呢？我想與元曲在寫作上比詩、詞活潑有關係。近體詩不論律詩或絕句，五言或七言，一首詩的句法是固定的，不但字數固定，就是句數也是固定的。這種整齊劃一的句法，頗為限制作者的才思，不容易發揮作者的情意。為了解脫這種句法整齊的桎梏，才產生長短句的詞。詞雖然是長短不齊的句法，但是一首詞若干句，每句若干字卻是固定的，作者不能隨便增減或改變，表情達意上還是受了限制。元曲與詞雖然同是長短句，但是一首曲子除了固定的句法外，還可以加襯字，它的彈性比詞更大，更容易伸縮變化，也更能充分發揮它的作用。有些曲子還可以增字、增句，一首曲子的句法可多可少，長短不拘，這是中國詩歌作法上最大的解放，使元曲比詩、詞活潑自然。下面從各個方面來探討元曲的特色：

1. 方言俗語

元曲是在北方俗謠俚曲的基礎上發展起來的，曲中包含了大量的北方口語，如「比及」、「赤緊」、「禁受」、「暢道」、「大古里」、「葫蘆提」等。這些北地的方言俗語，既質樸自然，又鮮明活潑，與文言語彙為基礎的詩、詞作品，截然不同，經過文人的提煉、鎔鑄，使它成為新的文學語言，配上詩文中還在流行的典雅語言，就形成了元曲「文而不文，俗而不俗」[20]的藝術風格，從而獲得雅俗共賞的特色。

鋪眉苫眼早三公，裸袖揎拳享萬鍾，胡言亂語成時用。大綱來都是烘，說英雄誰是英雄。五眼雞岐山鳴鳳，兩頭蛇南陽臥龍，三腳貓渭水非熊。

——張鳴善〈水仙子・譏時〉

這首曲子揉合了民間俗語「五眼雞」、「兩頭蛇」、「三腳貓」，和文人雅詞「岐山鳴鳳」、

[20] 見元周德清《中原音韻・作詞十法・造語》。

「南陽臥龍」、「渭水非熊」，譏刺當朝權貴是非不分、賢愚莫辨的醜惡現實，寫來真是淋漓痛快。

2. 襯字、增字、增句

詞、曲都是按照曲調撰寫的長短句歌詞，不同的是曲可加襯字，詞則很少加襯字㉑。襯字是元曲的一大特色。無論詞或曲，每調各句的字數都有一定，但曲子在固定的字數之外，可以增加若干字，以補足文義，或暢達語氣。曲中每句固定的字稱為正字，額外增加的單字稱為襯字。襯字多半是虛字，如形容詞、副詞、助詞、連接詞之類。正字必須遵守曲牌的格律，襯字則不受拘束，這樣作者寫作時能夠伸縮自如，可以淋漓盡致地去抒情寫景。任訥《散曲概論》：

> 襯字之法，在詞為偶見，在曲則為常有。於是本來雙數字句，於必要時可以單之；本來單數字句，於必要時可以雙之；要仍不失其本來之句法與音節。而行文之間，虛處既得轉折貫串之施，實處又得提挈點醒之用。牌調譜式之限制，至是雖嚴而實寬，拘束之中，曠然有回旋之餘地，作者乃有意無不達，而出語無不安矣。

㉑ 早期的詞有加襯字的現象，如〈望江南〉開頭兩句是三、五句法，《敦煌曲子詞》有一首作「天上月，遙望似一團銀」，次句「似」字即是襯字。但定型以後的詞，就很少加襯字了。

曲調是固定的，語言是靈活的，有時靈活的語言不能完全配合曲調，只有使用襯字才能解決這個問題。巧妙的運用襯字，不但可以配合曲調的音律，還能使曲意更加豐富，語氣更加流利。

一江煙水照晴嵐，兩岸人家接畫簷。芰荷叢一段秋光淡，看沙鷗舞再三。捲香風十里珠簾。畫船兒天邊至，酒旗兒風外颭。愛殺江南。

——張養浩〈水仙子・詠江南〉

這首小令描寫江南的風光景物，真是情景如見，在人耳目，既不用典，也不雕琢，全憑白描的工夫，以平淺的字句，勾繪出一幅江南美麗的圖畫，新鮮有味，活潑生動。〈水仙子〉的基本句法是：七、七、七、五、六、三、三、四，共八句，四十二字，七韻。這裡「叢」、「看」、「捲」、「畫船兒」、「酒旗兒」都是襯字。如果省去這些襯字，這首曲子就顯得平板而不生動，呆滯而不流利，不能表達活潑自然的意境了。襯字的用法很自由，每位作家所加的襯字也不一樣，完全配合自己的意思。

天邊白雁寫寒雲，鏡裡青鸞瘦玉人。秋風昨夜愁成陣，思君不見君，緩歌獨自開樽。燈挑盡，酒半醺，如此黃昏。

——張可久〈水仙子・秋思〉

夕陽芳草廢歌臺，老樹寒鴉靜御街。神仙環珮今何在？荒基生暮藹。歎英雄白骨蒼苔，花已飄零去，山曾富貴來。俯仰傷懷。

——張可久〈水仙子・西湖廢圃〉

冷無香柳絮撲將來，凍成片梨花拂不開。大灰泥漫了三千界，銀稜了東大海。探梅的心噤難捱。麵甕兒裡袁安舍，鹽堆兒裡党尉宅。粉缸兒裡舞榭歌臺。——喬吉〈水仙子‧詠雪〉

翠華香冷夢初驚，黃壤春深草自青。羽林兵拱聽將軍令，擁鑾輿蜀道行。妾雖亡、天子還京。昭陽殿梨花月色，建章宮梧桐雨聲，馬嵬坡塵土虛名。——徐再思〈水仙子‧馬嵬坡〉

以上〈水仙子〉用襯各不相同，第一首一字不襯，完全按照基本句法寫成。如果作者按照基本句法填曲，意思已經表達完全，就不須畫蛇添足，再用襯字。如果覺得意思未盡或語氣不順，則可用襯字補足文義或暢達語氣。第二首則第五句加一「歎」字，六、七兩句各加「花已」、「山曾」兩個襯字。第三首則在一、二、三、四、五句各加一襯字，六、七、八句各加四個襯字。〈水仙子〉第五句本是六字句，作家往往加了一個襯字，如「歎英雄白骨蒼苔」、「探梅的心噤難捱」之類，有些作家乾脆把它當作七字句填，變成了上三下四的七字句，如第四首徐再思的作品「妾雖亡、天子還京」，所以這一句六字、七字均可不拘，有的作家作六字，有的作家作七字。六、七兩句也是一樣，本來都是三字句，有些作家以襯作正，變成了四字句，如第四首「昭陽殿梨花月色，建章宮梧桐雨聲」。所以〈水仙子〉六、七兩句作三字句或四字句都可以，當然不管作三字句或四字句都可以加襯字，這就是元曲比詩、詞活潑、變化的地方。

曲子的增字是由襯字變化而來的，如〈水仙子〉第五句本來是六字句，一般作家習慣加一襯字，久而久之，就變成一個規律。現存的〈水仙子〉，這句作七字的遠比六字的多，我們可以說這個七字句是由六字句增字而成的。六、七兩句也是一樣，本來三字句，後來增加一字，成為四字句。這類例子很多，造成曲子的句法不大固定，常有伸縮變化的餘地。由增字再擴大就成為增句，增字是一句之內增加字數，增句是一曲之內增加句數，變化的幅度更大，賦予作者的自由更多。根據元周德清《中原音韻》，句字不拘可以增損的曲牌有十四個：

正　宮

〈端正好〉、〈貨郎兒〉、〈煞尾〉

仙　呂

〈混江龍〉、〈後庭花〉、〈青哥兒〉

南　呂

〈草池春〉、〈鵪鶉兒〉、〈黃鍾尾〉

中　呂

〈道和〉

雙　調

〈新水令〉、〈折桂令〉、〈梅花酒〉、〈尾聲〉

以上十四個曲牌是可以增字、增句的曲子，也就是在基本句法外，可以任意增加字、句，不受限定。如〈折桂令〉的基本句法是六四四、四四四、七七、四四四四，共十一句，五十二字，第一句作六字七字可不拘。除了這十一句外，可以增句，多少不定，還有增到一百字的，稱為〈百字折桂令〉。

對青山強整烏紗，歸雁橫秋，倦客思家。翠袖殷勤，金盃錯落，玉手琵琶。人老去、西風白髮，蝶愁來、明日黃花。回首天涯，一抹斜陽，數點寒鴉。

——張可久〈折桂令・九日〉

半天風雨如秋，怪石於菟，老樹鉤婁。苔繡禪階，塵黏詩壁，雲溼經樓。琴調冷、聲閒虎丘，劍光寒、影動龍湫。醉眼悠悠，千古恩仇，浪捲胥魂，山鎖吳愁。

——喬吉〈折桂令・風雨登虎丘〉

錦江頭一掬清愁，回首盟鷗，楊柳汀洲。俊友吳鉤，清秋楚岫，退叟齊丘。賦遠游、黃州竹樓，泛中流、翠袖蘭舟。檀口歌謳，玉手藏鬮，詩酒觥籌，邂逅綢繆，醉後相留。

——張可久〈折桂令・湖上即事疊韻〉

敝裘塵土壓征鞍鞭倦裊蘆花，弓劍蕭蕭，一逕入煙霞。動羈懷西風禾黍秋水蒹葭，千點萬點老樹昏鴉，三行兩行寫長空嚦嚦雁落平沙。曲岸西邊近水灣、魚網綸竿釣槎，斷橋東壁傍溪山、竹籬茅舍人家。見滿山滿谷紅葉黃花，正是淒涼時候，離人又在天涯。

——白賁〈百字折桂令〉

第一首張可久「九日」曲，是〈折桂令〉的基本句法，共十一句。第二首喬吉「風雨登虎丘」曲，末段增一個四字句，共十二句。第三首張可久「湖上即事疊韻」曲，末段增兩個四字句，共十三句。第四首白賁〈百字折桂令〉，多加襯字，共一百字，本曲按照鄭騫《北曲新譜》分析正襯，除了十一句基本的句法，其他都把它當作襯字。也可以把「敝裘塵土」、「西風禾黍」、「千點萬點」、「三行兩行」、「長空嚦嚦」、「曲岸西邊」、「斷橋東壁」、「滿山滿谷」看做增句，就成為十九句的增句格。同樣是〈折桂令〉，可以寫成十一句，或十二句，或十三句，或十九句；短的五十二字，長的可以寫到一百字。因為曲子可以加襯字、增字、增句，所以長短不拘，字數不限，這是詩、詞所無法做到的。

3. 韻 叶

元曲除了可以用襯字、增字、增句，造成字句長短的自由外，押韻的自由也造成它活潑自然的特色。近體詩（律詩、絕句）押韻分平韻與仄韻，平仄不能通叶，平韻詩比較多，仄韻詩比較少，仄韻中又分上去聲與入聲，彼此不相通假。換句話說，一首詩首韻平聲，其他各韻都要平聲；首韻上去聲，其他各韻都要上去聲；首韻入聲，其他各韻也都要入聲；聲調不同，不能通押。詞中除了少數可以換韻如〈菩薩蠻〉之類，及少數平仄可以通押如〈西江月〉之類，大多數的詞也和詩一樣，分成平韻與仄韻，仄韻中上去一類，入聲一類，不可通假。唯獨元曲在韻叶方面有了極大的轉變，破除平韻仄韻不可通押的現象，採用平上去三聲通叶的方式，這在詩歌的韻叶上是一大解放。元曲韻叶以周德清《中原音韻》為標準，周德清歸納元曲四大家——關、馬、鄭、白的作品，分為東鍾、江陽、支思、齊微、魚模、皆來、真文、寒山、桓歡、先天、蕭豪、歌戈、家麻、車遮、庚青、尤侯、侵尋、監咸、廉纖等十九部韻，每部按聲調分平聲（附入作平）、上聲（附入作上）、去聲（附入作去）。

唐詩、宋詞的時代都有平、上、去、入四個聲調，到了元朝，北方的口語已經沒有入聲的聲調，把入聲派入平、上、去三聲之中。元曲是北方的口語文學，當然也沒有入聲，有的入聲派作平聲，有的入聲派作上聲，有的入聲派作去聲。一首曲子平、上、去三聲可以通叶，於是曲韻在聲調上比詩、詞寬了許多，作者創作曲子的時候比詩、詞自由，情意可以盡量的發揮，不必受韻腳聲調的限制，因而損傷其創作的生命。何況一首曲子中有平聲韻，有上聲韻，有去聲韻，正合乎自然的音調，有起有落，有高有低，抑揚頓挫，增加了音節的美妙，這正是曲子活潑生動的地方。任訥《散曲概論》：

凡百韻語中，一經平上去互叶，讀之便覺低昂婉轉，十分曲合語吻，亦即十分曲達語情，此亦為他種長短句所不可及，而獨讓之於金、元之曲者。而且曲中亦非如此不足以逼真口氣，成所謂代言之制。更非如此，不能於一切語料作活潑之運用也。此誠吾國韻文方法上之一大進展。

下面列舉平韻、仄韻的詩、詞各一首，以及平上去三聲通叶的元曲小令二首，比較之下，就可以看出曲韻比詩韻、詞韻活潑自然的地方。

(1)平韻詩

岐王宅裡尋常見。崔九堂前幾度聞⊙正是江南好風景。落花時節又逢君⊙

——杜甫〈江南逢李龜年〉

(2)仄韻詩

玉階生白露。夜久侵羅襪⊙卻下水晶簾。玲瓏望秋月⊙（入聲）

——李白〈玉階怨〉

(3)平韻詞

明月幾時有。把酒問青天⊙不知天上宮闕。今夕是何年⊙我欲乘風歸去。惟恐瓊樓玉宇。高處不勝寒⊙起舞弄清影。何似在人間⊙　轉朱閣。低綺戶。照無眠⊙不應有恨。何事長向別時圓⊙人有悲歡離合。月有陰晴圓缺。此事古難全⊙但願人長久。千里共嬋娟⊙

——蘇軾〈水調歌頭〉

(4)仄韻詞

缺月掛疏桐。漏斷人初靜⊙時見幽人獨往來。縹緲孤鴻影⊙　驚起卻回頭。有恨無人省⊙揀盡寒枝不肯棲。寂寞沙洲冷⊙（上去聲）

——蘇軾〈卜算子〉

(5)元曲小令

薔薇徑。芍藥闌[平]⊙鶯燕語間關[平]⊙小雨紅芳綻[去]⊙新晴紫陌乾[平]⊙長日繡窗閒[平]⊙人立秋千畫板[上]⊙

——張可久〈梧葉兒・春日書所見〉

(6)元曲小令

枯藤老樹昏鴉[平]⊙小橋流水人家[平]⊙古道西風瘦馬[上]⊙夕陽西下[去]⊙斷腸人在天涯[平]⊙

——馬致遠〈天淨沙・秋思〉

上面兩首元曲小令都是平上去三聲通叶的，與詩、詞中平聲與平聲相叶、仄聲與仄聲相叶的規律不同，元曲比較合乎自然的音調，造成抑揚頓挫的韻味。而且曲子押韻的密度也比詩、詞高，一般近體詩多半兩句押一韻，即在第二、四、六、八句押韻，詞也差不多，甚至隔開數句才押一個韻。元曲小令差不多每句押韻，不押韻的句子很少。如〈天淨沙〉五句押了五個韻，〈梧葉兒〉七句押了六個韻，第一句可以不必押韻，但也有作家押了韻。所謂押韻，是指齊一性的聲音（韻尾相同），週期地反覆出現而言。這種齊一性的聲音接連出現，可以使人產生快感。元曲押韻緊密，讀起來聲音協和，因此也造成了元曲活潑自然的境界。

4.白描的寫法

曲是元代新興的文學，有濃厚的民歌韻味，在寫作的方法上與詩、詞有所不同。詩、詞講究含蓄蘊藉，多採用比興的寫法；曲則講究尖新倩意㉒，多採用賦的寫法，也就是白描的寫法，直書其事，不含蓄，不修飾，寫得淋漓盡致，不留餘韻。譬如同樣寫「閨怨」的題目，詩、詞、曲的作法就是不同。

打起黃鶯兒，莫教枝上啼。啼時驚妾夢，不得到遼西。

——唐金昌緒〈閨怨〉詩

時光只解催人老，不信多情，長恨離亭，淚滴春衫酒易醒。梧桐昨夜西風急，淡月朧明，好夢頻驚，何處高樓雁一聲。

——宋晏殊〈采桑子〉詞

雲鬆螺髻，香溫鴛被，掩春閨一覺傷春睡。柳花飛，小瓊姬，一聲雪下呈祥瑞，團圓夢兒生喚起。誰，不做美？呸，卻是你！

——元張可久〈山坡羊・閨思〉曲

這三首作品，同樣寫閨中女子懷念遠人，做了一場團圓美夢，卻被外面的聲音驚醒，醒來後煩惱惆悵。金昌緒的詩寫得含情脈脈，留有餘韻；晏殊的詞則是低迴婉轉，情餘言外；

㉒ 見❸。

張可久的曲子卻是窮形畢相，淋漓盡致。

元曲的語言通俗白話，表現的方式率直俐落，特別是描寫男女愛情和傷離惜別的作品，更是大量使用白描的手法，取得很高的成就。

若還與他相見時，道箇真傳示：不是不修書，不是無才思，繞清江買不得天樣紙。

——貫雲石〈清江引・惜別〉

欲寄君衣君不還，不寄君衣君又寒。寄與不寄間，妾身千萬難。

——姚燧〈凭闌人・寄征衣〉

相思有如少債的，每日相催逼。常挑著一擔愁，准不了三分利。這本錢見他時才算得。

——徐再思〈清江引・相思〉

這些作品都使用日常生活的口語，沒有生僻的典故，沒有艱難的詞語，不含蓄，不造作，直抒胸臆，純乎天籟。符合王國維所說：「寫情則沁人心脾，寫景則在人耳目，述事則如其口出。」是中國文學中最活潑自然的作品。

5. 俳 體

元曲本是元代民間流行的歌曲，傳唱於歌臺舞榭以及宴會之間，帶有濃厚的娛樂性。有些曲子故意在形式上、材料上翻新出奇，逞才弄巧，以為調笑娛樂，稱之為俳諧體，簡稱俳體㉓。如短柱體、獨木橋體、頂真體、疊字體、嵌字體、諷刺體、嘲笑體等等。這些俳體的存在，增加了曲子的特別風趣，造成尖新倩意，也是元曲活潑自然的原因之一。

(1)短柱體——通篇每句兩韻，或兩字一韻

鸞輿三顧茅廬。漢祚難扶，日暮桑榆。深渡南瀘，長驅西蜀，力拒東吳。美乎周瑜妙術，悲夫關羽云殂。天數盈虛，造物乘除。問汝何如，早賦歸歟。

——虞集〈折桂令・席上偶談蜀漢事因賦短柱體〉

(2)獨木橋體——通篇押同一字韻

春來時綽然亭香雪梨花會⊙夏來時綽然亭雲錦荷花會⊙秋來時綽然亭霜露黃花會⊙冬來時綽然亭風月梅花會⊙春夏與秋冬，四季皆佳會⊙主人此意誰能會⊙

——張養浩〈塞鴻秋〉

(3)頂真體——後一句首字即用前一句末字

斷腸人寄斷腸詞，詞寫心間事，事到頭來不由自。自尋思，思量往日真誠志。志誠是有，有情誰似？似俺那人兒。

——無名氏〈小桃紅・情〉

㉓ 任訥《散曲概論》載有散曲俳體二十五種。

(4)疊字體——通篇用疊字

鶯鶯燕燕春春，花花柳柳真真，事事風風韻韻。嬌嬌嫩嫩，停停當當人人。

——喬吉〈天淨沙・即事〉

(5)嵌字體——每句中嵌入五行或數目等

金釵影搖春燕斜，木杪生春葉，水塘春始波。火候春初熟，土牛兒載將春到也。

——貫雲石〈清江引・立春〉

（限金、木、水、火、土五字冠於每句之首，句各用「春」字。）

(6)諷刺體——託物以暗中諷刺

長門柳絲千萬縷，總是傷心處。行人折柔條，燕子銜柳絮，都不由鳳城春作主。

——曹明善〈清江引・詠柳刺伯顏擅權〉

(7)嘲笑體——或託詠物，或託詠事，明作嘲笑

疑是楊妃在，怎脫馬嵬災。曾與明皇捧硯來，美臉風流煞。叵奈揮毫李白，覷著嬌態，灑松煙、點破桃腮。

——白樸〈醉中天・佳人臉上黑痣〉

五

最先把元代散曲編選成書的是《陽春白雪》集，分前集五卷，後集五卷，補遺一卷，元楊朝英選，共收作者八十餘家，小令四百餘首，套數五十餘套。其次是《朝野新聲太平樂府》九卷，也是楊朝英所選，作者八十五人，都是小令。《梨園按試樂府新聲》三卷，元無名氏選，其中套數一卷，小令二卷。《樂府群玉》五卷，附錄一卷，元胡存善選，作者二十餘人，小令六百餘首。元代散曲別集流傳下來的，只有張可久的《張小山北曲聯樂府》、張養浩的《雲莊休居自適小樂府》、喬吉的《文湖州集詞》及湯舜民的《筆花集》等數種。明、清以後編選元散曲總集及別集的不少，卻沒有人編輯元散曲的全集。

民國隋樹森繼清曹寅的《全唐詩》、民國唐圭璋的《全宋詞》之後，編輯了《全元散曲》，共收元人小令三千八百五十三首，散套四百五十七套。這個數目比起《全唐詩》四萬八千餘首，《全宋詞》兩萬餘首，實在太少了。一方面因元代立國只有九十餘年，與唐代二百九十年，宋代三百二十年相比，少了兩百年左右，作品當然要少了許多。另一方面，元曲本是民間文學，在早期不受文人承認，也不受社會重視，一般詩人文人的集子裡不收散曲的作品，也很少有散曲的專集，所以作品很容易亡佚，流傳下來的作品就無法和唐詩、宋詞相比了。

清乾隆年間蘅塘退士（孫洙）選取唐詩的精華，編輯《唐詩三百首》，因為所選的作品，通俗易解，便於吟誦，影響很大，所謂「熟讀《唐詩三百首》，不會作詩也會吟」。近人朱彊邨也選取宋詞精華，編輯《宋詞三百首》，也產生很大的影響。民國十九年任訥繼承孫氏、朱氏的做法，編輯《元曲三百首》，所選的都是小令，因為小令是元曲中最精美、最純粹的作品，與唐人絕句、五代北宋的小詞體格接近，可說是詩、詞直接演變而成的，是元人的絕技，後世所不能比。任訥，字中敏，號二北，是當代研究散曲的專家，曾編輯《散曲叢刊》十五種，著《散曲概論》、《作詞十法疏證》、《詞曲通義》、《唐戲弄》、《唐聲詩》、《敦煌曲子詞校錄》等書。

太史公《史記》有古詩三千，孔子刪之而成三百篇的說法㉔，孔子也曾說：「《詩》三百，一言以蔽之，曰：思無邪。」㉕可見選詩三百的來源很早。《唐詩三百首》、《宋詞三百首》、《元曲三百首》，都是取義於此。今《詩經》有三百零五篇，舉其成數，故稱三百篇。任氏的《元曲三百首》，實際也有三百零五首。任氏只在所選的作品中圈點佳句，不作注解，篇末附有作者小傳。

民國五十六年，香港大學羅忼烈教授出版《元曲三百首箋》，則是參考任書，重新編選，並加箋注。羅書共選三百十一首，篇目不完全相同。如任書於關漢卿選五首：〈沈醉東風〉〈伴夜月銀箏鳳閒〉、〈碧玉簫〉〈盼斷歸期〉、〈大德歌・秋〉、〈四塊玉・閒適〉二首；羅書則選六首：〈大德歌〉與〈四塊玉〉二首相同，另選〈梧葉兒・別情〉、〈一半兒・題情〉、〈醉扶歸・禿指甲〉。羅氏這本書的特點在箋注，作者在〈凡例〉中說：「所以箋之者，於

㉔《史記・孔子世家》：「古者詩三千餘篇，及至孔子，去其重，取可施於禮義……三百五篇，孔子皆弦歌之。」

㉕見《論語・為政》。

以見曲雖淺易，然無一字無來處，古人積學而後藝文，小道亦復如此，故為箋但舉出處而止。」

本書在任氏《元曲三百首》及羅氏《元曲三百首箋》的基礎上，參考各家選本及注本，精選出元曲小令三百零七首，並加以簡單的解釋及精要的賞析，希望幫助一般讀者了解及欣賞元曲。篇目與任氏、羅氏二書並不完全相同。羅氏雖已作過箋注，誠如〈凡例〉所言「但舉出處而止」，這是傳統箋注的手法，有優點，也有缺點。優點是有文學根柢的人看到這些出處，能了解作曲家為什麼用這樣的詞句，進而欣賞其寫作技巧，當然是賞心快意的事。缺點是初學的人不易了解箋注的內容，箋注所引的出處，往往比原有的曲文深，箋注的目的本來是幫助了解曲文的，這就造成了反效果。老實說，有許多箋注，只是舉出相同的詞語而已，是不是作者真正根據的出處大有問題，更談不到有什麼啟發性。所以本書的注釋以了解曲文為主，只作淺易的解說，方便讀者欣賞為目的。

本書的編排以作者為綱，作品為目，同一作者的作品擺在一起。作者的順序依其年代的先後排列，大體根據隋樹森的《全元散曲》，首元好問，末無名氏。約七十家，三百零七首。

本書的體例分：作者、曲文、格律、注釋、語譯、賞析六項。

「作者」一項，敘述其生平事蹟、品行、學養、著作、曲作風格、曲壇地位。元曲作家大都沈抑下僚，沒沒無聞，資料極少。本書以《元史》、《錄鬼簿》、《錄鬼簿續編》、《元詩選》及《太和正音譜》為主要內容，若生平不詳，則從略。

「曲文」一項，所選都是小令，以單隻小令為主，間或有連兩隻曲牌或三隻曲牌而成的帶過曲。以隋樹森的《全元散曲》為底本。每首曲子標明句讀，分別正襯。大字表示正字，小字側寫表示襯字。「、」表示頓號，上三下四的七字句，第三字暫時停頓的地方，標注頓號。「。」表示句，「⊙」表示韻。通首標注讀音，便利讀者誦讀。

「格律」一項，每一曲牌第一次出現時，說明其句法、平仄、韻叶、對偶等格律。主要根據鄭騫《北曲新譜》及唐圭璋《元人小令格律》二書。平仄符號以「－」表示平聲，「｜」表示仄聲，「＋」表示可平可仄，「上」表示上聲，「去」表示去聲，「平上」表示可平可上，「去上」表示宜上可平，「卜」表示宜上可去，「厶」表示宜去可上。

「注釋」一項，選擇曲文中生辭、難字，作淺顯明白的解釋。如果是典故，則說明其出處。若有異說，則斟酌採錄。總以幫助讀者了解曲文為目的。

「語譯」一項，以淺易、流暢的文字，依照曲文的次序，將全曲翻譯成白話文，兼顧「信、達、雅」的原則。盡量採用直譯的方式，不得已才改採意譯。

「賞析」一項，是本書的特色。包括分析各段的大意，欣賞優美的意境，批評寫作的技巧，說明作曲的背景、動機及曲文的絃外之音，兼引各家的評語等等，融合文學欣賞與文學批評於一爐。

編者按：本書自元好問至鄧玉賓子，為林玫儀教授所撰；自馮子振至無名氏，以及導讀部分，為賴橋本教授所撰。並由二位教授分別通讀全書，且作校訂。

元好問

元好問，字裕之，號遺山，太原秀容（今山西忻縣）人。生於金章宗明昌元年（一一九〇），卒於元憲宗七年（一二五七），年六十八。元氏七歲能詩，年方弱冠，才名已震動京師。金宣宗興定五年（一二二一）登進士第，歷任鎮平、內鄉、南陽諸縣令，擢尚書省掾，除左司都事，轉行尚書省左司員外郎；天興初，入翰林知制誥。金亡不仕，築「野史亭」隱居，專意著述。

元氏志行高潔而學識淵博，詩文尤為金朝之冠。著述頗多，有《遺山集》四十卷、《遺山樂府》五卷行世。所纂《中州集》、《壬辰雜編》為有關金國文獻的重要著作。

一　喜春來　春宴

梅擎❶殘雪芳心奈❷⊙柳倚東風望眼❸開⊙溫柔尊俎❹小樓臺⊙紅袖遶。低唱喜春來⊙

【格　律】〈喜春來〉，又名〈喜春風〉、〈喜春兒〉、〈陽春曲〉。為散曲中常用之曲調，多用以對景抒懷。小令、散套、雜劇均可使用。宮調屬中呂宮，亦入正宮。其調式為「七、七、七、三、五」，五句五韻或四韻。其平仄格律如下：

十一十丨一一ㄙ⊙　十丨一一十丨一⊙　十一十丨丨一一⊙　一去平。　十丨丨一一⊙

首二句一般均作對句；首句末字宜用去聲，第四句末字宜用上聲。此曲第四句不叶韻。

【注　釋】❶擎　承。❷奈　「無奈」的省文。姜夔〈琵琶仙〉詞：「奈愁裡，匆匆換時節。」奈，即無奈之意。❸眼　指柳眼。❹尊俎　本為盛酒食的器皿，引申指筵席。

【語　譯】梅樹上還覆蓋著殘雪，真令人無可奈何。看柳條在春風中招展，盼望柳眼快點開。歌館樓臺上已經擺了春宴，姑娘們也迫不及待地唱出〈喜春來〉了。

【賞　析】元遺山之散曲，至今僅存小令九首，四首見於《遺山樂府》，五首見於楊朝英所編的《朝野新聲太平樂府》。數目雖然不多，但是風格或則疏俊，或則悲鬱，俱能別具姿致。《太和正音譜》謂其散曲「如窮崖孤竹」，可以想見一斑。

此曲著錄於《朝野新聲太平樂府・卷四》，題為「春宴」。原作共四首，此為第三首。「春宴」，顧名思義，當然是迎春的宴席，所以「梅擎殘雪芳心奈，柳倚東風望眼開」兩句，下筆就先點明此為春冬交替的時候。「梅擎殘雪」，謂梅枝上還覆著殘雪，表示冬天還沒有過去，難怪盼春的人兒會等到心焦難耐；然而東風已經來了，春天可不是已經到了嗎？「柳眼」指柳苞，柳樹結子時先在枝上長出柳芭，形如人眼，故稱「柳眼」；到了暮春三月種子成熟，則柳眼綻開，柳絮飄出，滿天飛舞。此首「柳倚東風望眼開」，第二首「柳破金梢眼未開」，都說柳眼未開，足見春光尚淺，然而東風駘蕩，柳條隨風款擺，已自令人感受到那種欣然蓬勃的氣息。因此，歌臺舞榭，已經設了春宴，姑娘們也已迫不及待地唱出迎春曲了。

「溫柔尊俎小樓臺」以下三句扣題，寫春宴。「尊俎」指各種杯盤盛筵，「溫柔」二字，則令人想見小樓上燈紅酒綠的浪漫氣息、偎紅倚翠的纏綿旖旎，乃至於溫柔可人的姑娘們的輕聲細語。這兩個字，確能把握住歌樓酒館的特色所在。「紅袖遶，低唱喜春來」兩句寫歌舞的神態，一個「遶」字，隨歌舞動的姿態就如在眼前，寫來極富動感；而「低唱喜春來」五字，「喜春來」語帶雙關，既是曲調名，又很巧妙地表達出乍見春臨大地的欣悅心情，寫得尤其生動活潑。

楊果

楊果，字正卿，號西庵，祁州蒲陰（今河北安國）人。約生於金章宗承安、泰和年間（一一九六～一二〇八），卒於元世祖至元十年（一二七三）前後。金哀宗正大元年（一二二四）登進士第，歷任偃師令等職，以廉幹著稱。入元，歷任北京宣撫使、參知政事、懷孟路總管等官，以老致仕，卒於家，享年七十有五，諡文獻。《元史》本傳說他「性聰敏，美風姿，工文章，尤長於樂府；外若沈默，內懷智用，善諧謔，聞者絕倒」。有《西庵集》行世。

二　小桃紅　採蓮女

採蓮人和採蓮歌⊙柳外蘭舟❶過⊙不管鴛鴦夢驚破⊙夜如何⊙有人獨上江樓臥⊙傷心莫唱。南朝舊曲❷。司馬淚痕多❸⊙

【格律】〈小桃紅〉，亦名〈絳桃春〉、〈採蓮曲〉、〈武陵春〉、〈平湖樂〉。為越調中常用的曲調。

小令、散套、雜劇均可用。其調式為「七、五、七、三、七、四、四、五」，前五句每句一韻，後三句叶韻方式有三：(一)上二句不叶，僅末句叶韻。(二)二、三兩句叶韻，上句不叶。(三)三句均叶。其平仄格律如下：

十一十丨ㄙ一一⊙　十丨一一ㄙ⊙　十丨一一ㄙ一去⊙　丨一一⊙　十一十丨一一去⊙

十一ㄙ平。　十一十ㄙ。　十丨丨一一⊙

此調叶仄韻之字，例用去聲；兩個四字句一般多用對仗。

【注釋】❶蘭舟　木蘭製的小舟。❷南朝舊曲　指南朝陳後主的〈玉樹後庭花〉，向來被視為亡國之音。杜牧〈泊秦淮〉詩：「商女不知亡國恨，隔江猶唱〈後庭花〉。」又吳激〈人月圓〉詞：「南朝千古傷心事，還唱〈後庭花〉。」❸司馬淚痕多　白居易〈琵琶行〉：「座中泣下誰最多，江州司馬青衫溼。」

【語譯】伴著採蓮人齊聲應和的歌聲，一葉蘭舟，從柳條邊擦過，全沒想到如此會驚破了鴛鴦的好夢。這是怎麼樣的夜晚？有人獨自躺臥在江樓上，正在淒然心傷，請不要再唱南朝舊曲了，因為他的眼淚，比當年的江州司馬，流得更多。

【賞析】楊果的散曲流傳至今的，除了散套五套外，另有〈小桃紅〉十一首，其中八首收錄於《陽春白雪》，無題；三首收錄於《朝野新聲太平樂府》，題為「採蓮女」。此首選自《陽春白雪》，為第三首，也是借採蓮女起興，所以下筆即描寫夜裡泛舟採蓮的情況。

舊日的社會中，採蓮的工作多半由年輕女孩擔任，天真浪漫的少女們，一邊工作，一邊談笑歌唱。「採蓮人和採蓮歌」，用一「和」字，而眾人齊聲附和，熱鬧歡樂的氣息已躍然紙上。「柳外」二句描寫小船載滿歌聲笑語，劃破水面時，驚起柳陰深處酣睡的鴛鴦，可以想見鳥兒驚恐逃竄的情狀。此三句正面描寫採蓮女，極力渲染喧鬧快樂的氣氛，寫來輕快活潑。

然而「不管鴛鴦夢驚破」一句，其實語涉雙關，表面寫鳥，內則暗寫人事。楊果曾身歷金國之覆亡，回憶那天翻地覆的一刻，妻離子散，驚恐悽惶，不也如眼前四處竄逃的鴛鴦一樣嗎？《陽春白雪》所錄楊氏第四首〈小桃紅〉云：「常記年時對花飲，到如今，西風吹斷回文錦。羨他一對，鴛鴦飛去，殘夢蓼花深。」正可作為此句的注腳。下文謂「有人獨上江樓臥」，「獨」字與「鴛鴦夢破」相呼應，亦在說明夫妻之離散。所以，這「不管鴛鴦夢驚破」七字，又暗暗地關合到作者身世的悲感。因此使得詞意驟然陡轉，變得悽怨哀惻，「不管」二字尤其沈痛萬分。

由於傷心人獨有懷抱，採蓮女輕快的歌聲傳到他耳裡，遂有「商女不知亡國恨，隔江猶唱〈後庭花〉」的刺心感覺了。故下文說：「傷心莫唱，南朝舊曲，司馬淚痕多。」南朝舊曲，指陳後主的〈玉樹後庭花〉，南朝諸君大多荒淫失道，陳後主尤為淫樂奢靡，他所撰作的〈玉樹後庭花〉側豔綺靡，向來被視為亡國之音。此處以不堪聽南朝舊曲，暗喻亡國之痛，末句更化用白居易「座中泣下誰最多，江州司馬青衫溼」詩意，以表明痛苦之深切，寫來含蓄委婉，感人至深。然而這種隱約風格之形成，實在也是在異族統治下不得不然吧！

劉秉忠

劉秉忠，字仲晦，初名侃，邢州（今河北邢臺）人。生於元太祖十一年（一二一六），卒於世祖至元十一年（一二七四），五十九歲。秉忠十七歲即任邢臺節度使府令史，未幾辭職，隱居武安山，後從天寧虛照禪師為僧，改名子聰。因與海雲禪師遊雲中，得見元世祖，並以博學多才備受重用，乃又改名秉忠。元代朝儀官制多出自其手，為開國之名臣，官至光祿大夫，位太保，死後贈太傅，封趙國公、常山王。傳見《元史・卷一五七》。

秉忠雖居高位，卻常保持淡泊的生活，居常以吟詠自適，自號「藏春散人」。著有《藏春散人集》。《全元散曲》錄有小令十二首。

三　乾荷葉

乾荷葉。色無多⊙不奈❶風霜剉❷⊙貼秋波⊙倒枝柯❸⊙宮娃❹齊唱採蓮歌⊙夢裡繁華過⊙

【格律】〈乾荷葉〉，又名〈翠盤秋〉。相傳為劉秉忠之自度曲。宮調可入南呂宮，亦可入中呂宮或雙調，唯入南呂宮者專作小令用，入中呂宮或雙調者則只用於雜劇中的套數。其調式為「三、三、五、三、三、七、五」，共七句六韻。其平仄格律如下：

＋－＋。　｜－－⊙　｜｜－－去⊙　｜－－⊙　｜－－⊙　＋－＋｜｜｜－－⊙　＋｜－
－去⊙

【注釋】❶不奈　禁不起；受不了。奈，通「耐」。《雍熙樂府》引此句，即作「不耐」。❷剉　折傷。❸枝柯　指荷莖。柯，草木之莖幹。❹宮娃　宮女。娃，美女。

【語譯】荷塘裡枯乾的荷葉，已經褪色了，再也禁不起風霜的摧折了。有的枯葉貼著水面，有的荷莖倒折。當年宮女們採蓮的歌聲，也隨著繁華夢醒，成為過眼雲煙了。

【賞析】劉秉忠的小令，傳世者有十二首，《全元散曲》錄〈乾荷葉〉八首，〈蟾宮曲〉四首。〈乾荷葉〉，《堯山堂外紀》說是秉忠自度曲；或謂此原為民間借「乾荷葉」起興之小曲，劉氏借以抒感者，未知孰是。

此首內容詠乾荷葉。荷葉於夏季最盛，綠葉田田，清香怡人，說不盡的活色生香，入秋則逐漸枯萎。下筆「乾荷葉」三字，已點明時令為秋，與下文的「色無多」，一句就外形言，一句就顏色言，一再說明其枯黃殘破之狀，故下句說：「不奈風霜剉。」蓋因現已零落至此，往後風霜淒緊，勢將更難捱過。「不奈」二字深具憐惜之意。

「貼秋波」二句進一步描寫枯荷凋殘的模樣。荷葉盛時，莖幹堅挺，亭亭如蓋，現則枝條低垂，枯葉幾乎俯貼在水面上，「貼」、「倒」二字用得傳神。

末二句由眼前敗荷，想到當年荷池盛景，深具興亡之感。當時宮女們嘻嘻哈哈來採蓮，小舟輕盪，歌聲隨風飄送之盛況猶歷歷在目，眼前卻已宮苑苔深、荷塘草長，只有衰殘的荷葉在西風中低吁著。繁華勝景，直如過眼雲煙，不禁令人感慨萬千。劉秉忠曾出家為僧，頗能了悟人間萬事轉眼成空之理。二句借荷興詠，而意在言外，實不只是寫荷而已。

四　乾荷葉

南高峰⊙北高峰❶⊙慘淡煙霞洞❷⊙宋高宗❸⊙一場空⊙吳山❹依舊酒旗風❺⊙兩度江南夢❻⊙

【格　律】詳見上首（乾荷葉）。

【注　釋】❶南高峰北高峰　指西湖西面南北對峙的兩個高峰。「雙峰插雲」為西湖十景之一。《讀史方輿紀要．浙江．杭州府．南屏山》云：「南屏山……益折而南，為煙霞嶺，又南為南高峰，盤行峻聳，東抱西湖，南瞰浙江，舊有塔在其上。」又同書「靈隱山」條云：「山之西北，一峰直上，曰北高峰，為靈隱最高處。頂舊有七級浮圖，奇勝與南高峰相埒。」❷煙霞洞　南高峰之北為煙霞嶺，煙霞洞位於嶺上。❸宋高宗　即趙構，為徽宗第九子。靖康之難，徽、欽二帝被俘北去，趙構倉皇即位於建康（今南京市），是為高宗。在位三十六年。❹吳山　在浙江省杭縣西南。春秋時此山為吳國南界，故名。此山左帶長江，右瞰西湖，峰巒相屬，形勢極其險要，故南宋初年，金主亮南侵，即有「立馬吳山第一峰」之豪語。此處泛指江南。❺酒旗風　謂酒旗隨風飄舞。古代酒家都在門口懸旗為識，酒旗飄處即酒家所在。杜牧〈江南春〉詩：「千里鶯啼綠映紅，水村山郭酒旗風。」❻兩度江南夢　宋高宗原於建康即位，後遷都臨安（今杭州市），二地皆在江南，故云。

【語　譯】南高峰，北高峰，還有那看了令人傷心的煙霞洞。宋高宗，到頭來不過是一場空。吳山一帶，依舊酒旗招展，枉費他兩度建都江南。歌舞繁華，到頭來不過是一場夢而已。

【賞　析】西湖擅湖山之美，自古即是有名的勝景，而南、北二高峰拔出雲霄，遠望如插，向來更被視為西湖十景之一。《西湖志纂・卷一》說：「南高、北高兩峰相去十里許，其間層巒疊嶂，蜿蜒蟠結，列峙爭雄，而兩峰獨以高名，為會城之巨鎮，往往能興雲雨，故其上多奇雲。山峰高出雲表，時露雙尖，望之如插，宋人稱『兩峰插雲』。康熙三十八年，聖祖仁皇帝臨幸西湖，御題十景，易『兩峰』為『雙峰』。」兩峰美景，可以想見。此曲下筆形容南高峰、北高峰及煙霞洞之無邊美景，卻用「慘淡」二字，蓋因南宋初年，甫遭靖康之難，宋高宗倉皇南渡，雖是保住了大宋國號，卻已丟失半壁江山。西湖誠然甚美，然而念及江山居然破碎不全，有志之士，無不淒然心傷，頓感湖山勝景，都似蒙上一層愁雲慘霧。因此河山愈是美麗，就愈引人愁思之故。

面對如此景況，身為一國之君的宋高宗，卻不能振作以力挽狂濤，不思收復失土，只求保住個人的榮華富貴，一味委屈求和，粉飾太平，以至於社會上瀰漫著奢靡浮華的風氣。「吳山依舊酒旗風」化用杜牧「水村山郭酒旗風」句，說到處燈紅酒綠，彷彿昇平盛世，大家都過著醉生夢死的生活。此句語雖溫婉，意實沈痛，大有南宋末年林洪〈西湖〉詩「山外青山樓外樓，西湖歌舞幾時休。暖風熏得遊人醉，直把杭州作汴州」之諷喻意味。

最後，劉秉忠更以歷史的眼光批判宋高宗：宋高宗處於國土沈淪、國難當頭的動亂時代，但是他所追求的，卻是個人眼前的榮華富貴，所以終究是繁華如夢，落得「一場空」。然而當時他若能發憤圖強，扭轉乾坤，則不只是他個人建功立業，青史留名，對歷史也能有所交代了。相形之下，個人的榮華富貴算什麼？直如過眼雲煙而已。

商衜

商衜，字正叔，或作政叔，曹州濟陰（今山東定陶）人。本姓殷氏，避宋太祖之父趙弘殷諱，改姓商。商氏為人滑稽豪邁，有古人遺風；曾編《雙漸小卿諸宮調》，惜今不傳。其生卒事蹟不詳，元鍾嗣成《錄鬼簿》稱他為「商政叔學士」，知其曾官學士。另元好問有〈商正叔隴山行役圖〉詩，知其應與元好問時代相同。商氏散曲，《全元散曲》收有小令四首、套數七，另有殘套一套。《太和正音譜》云：「商政叔之詞，如朝霞散綺。」

五　天淨沙

剡溪❶媚壓群芳⊙玉容偏稱宮妝❷⊙暗惹詩人斷腸⊙月明江上⊙一枝弄影飄香⊙

【格律】此曲為越調中常用小令，可用作普通小令，亦可入散套或雜劇。共五句四韻：「六、六、

六、四、六」。其平仄格律如下：

十一十丨一一⊙　十一十丨一一⊙　十丨一一厶丨⊙　十一一厶⊙　十一十丨一一⊙

其中第三句亦偶有叶平；前二句一般多用對仗，也有連同第三句作鼎足對者。此曲第四句亦叶韻。

【注　釋】❶剡溪　在浙江省嵊縣南，是曹娥江的上游。晉時王徽之曾夜訪戴逵於此，故又名戴溪。❷宮妝　宮中盛行的妝束。此指壽陽公主梅花妝。《歲華紀麗》：「武帝女壽陽公主人日臥于含章簷下，梅花落公主額上，成五出之花，拂之不去，皇后留之，自後有梅花妝是也。」梅花妝亦作「梅妝」。

【語　譯】剡溪景色之美壓倒群芳，就只有這麼美的花，才能與宮妝相稱。自古以來，不知有多少詩人為它斷腸。江上清風明月，映照著它輕擺的身影，風中則散布著它怡人的清香。

【賞　析】「剡溪媚壓群芳」一句，下筆就先極力一讚，賦予梅花豔冠群芳的地位。剡溪是曹娥江的上源，由來自天台山、王山、奉化及寧海的四大支流匯集而成，流經剡山之下，剡山支隴迴環十數里，其間峰巒岡嶺參差迭出，林木蓊鬱蒼翠。溪水迤邐而行，境內萬壑爭流之水，四面咸湊，山圍平野，而溪行其中，曲折迂迴，極盡山水之秀。至剡江口，又與嵊山相接，兩岸峭壁，勢極險阻，而溪則水深而清，風景絕勝。故就自然環境言，「剡溪」二字，已自令人想見山水林壑之美。再者，剡溪也是王子猷夜訪戴安道之處。王子猷即王徽之，是王羲之的兒子，戴安道即戴逵。一個冬夜，子猷被雪光驚醒，突然強烈地想念起朋友戴安道，於是乘坐小舟，由山陰冒著夜雪到剡溪來拜訪戴安道，來到門口，卻又不進去，掉頭就回家。問其緣故，他說：「興起而來，興盡而返，何必一定要見安道！」此為文學中常用之典故。故「剡溪」二字，也可令人想見文人的高情雅致。如此的一條溪流，其間名花異草，各極姿致，美不勝收，自不在話下；而其中梅花向來被傳統文人賦予高潔脫俗的形象，因此更能超越一般庸脂俗粉，與剡溪秀麗風雅的風格有相得益彰之效。此句可謂總敘。

以下二句，進一步說明梅花之美，「玉容偏稱宮妝」一句，引用壽陽公主梅花妝的典故。壽陽公主是南朝宋武帝的女兒，相傳曾於人日臥於含章殿簷下，梅花飄落其額上，拂之不去，後來宮人爭相仿效，而成為著名的梅花妝。「玉容偏稱」四字，說唯有梅花的嬌美花容才能與宮妝相稱，言下之意，若當時飄落公主額上的不是梅花，未必就會引起流行，然則梅花深得佳人賞愛可想而知。「暗惹詩人斷腸」則從文人雅士方面來說。由於梅花不畏霜雪，歲寒方始綻放，故向來被視為凜然氣節之象徵，深得高人逸士的珍愛。林和靖梅妻鶴子，即是著名的例子。然則，梅花能得佳人的喜愛，是因它的嬌媚秀麗；能得詩人文士的賞愛，則因它的冰清玉潔、高雅脫俗。可知梅花的美，確是雅俗共賞，深得大眾歡心。

以下二句突然換筆，不再強調梅花之美，而只是描繪了一幅皓月當空、波光瀲灩，江邊一株老梅在月下隨風輕搖的圖象，讓讀者自行印證梅花之美。「月明江上，一枝弄影飄香」二句突出「一枝」的特寫鏡頭，這時的江邊，水月交輝，明月如霜，好風如水，這枝梅花就在風中輕擺著。「弄影」二字呼應「月明」，以擬人化的手法，寫出風移影動的美麗畫面，「飄香」二字則暗扣清風，更具象地傳達出梅花高潔芬芳的意象，如此動人的畫面，令人不得不承認，梅花的確是媚冠群芳，的確值得詩人為它斷腸。

王和卿

王和卿，大名（今河北大名）人。生平無可考，僅知其人玩世不恭，以滑稽戲謔出名。《錄鬼簿》將其列於「前輩名公」，題曰「王和卿學士」。孫楷第《元曲家考略》考定即汴梁通許縣尹王鼎，唯所舉證據殊嫌薄弱，恐未必是。

和卿作品傳世者，《全元散曲》錄小令二十一、套數一及殘套二。大抵以諧謔之類為多，間亦有嘲謔太過而墮入惡趣者。

六　醉中天　大蝴蝶

掙破莊周夢❶⊙兩翅駕東風⊙三百座名園一採一箇空⊙誰道風流種⊙諕殺❷尋芳的蜜蜂⊙輕輕的飛動⊙把賣花人搧過橋東⊙

【格　律】此調屬仙呂宮，又入越調及雙調。可作小令，亦可入散套及雜劇。唯作小令者，其末句通常為六字；入套數者，末句即多作七字。如作七字，應為雙式句，破作「三、四」。調式一般作「五、五、七、五、六、四、六」，七句七韻。其平仄格律如下：

＋｜－－ㄙ⊙　＋｜｜－－⊙　＋｜＋－＋ㄙ平⊙　＋｜－－ㄙ⊙　＋｜－－｜平⊙　＋－－去⊙　＋－＋ㄙ－－⊙

首句亦作「＋｜｜－－」，且首二句一般多作對句。此曲末句作七字句。

【注釋】❶莊周夢　指莊周在夢中化為蝶的故事，見《莊子・齊物論》。篇中說莊子有一次夢到自己變成了蝴蝶，很快樂地飛舞著，夢中那麼真實地感覺到自己是蝴蝶，根本就不知道莊周是誰；但醒過來後，才發現自己又實實在在是莊周。不知道到底是莊周做夢，變成了蝴蝶？還是蝴蝶做夢，變成了莊周？這個寓言，是說明物與我、夢或覺頗難分別。❷諕殺　嚇壞了。

【語譯】從莊周的夢裡掙脫出來，拍動著翅膀，駕御著東風。三百座大花園的無數名花，一轉眼就被牠採得空空。哪裡來的風流種？嚇死了同來尋芳的蜜蜂。只見牠輕輕地飛呀飛呀，就把賣花的人搧過了橋東。

【賞析】王和卿之為人，據元陶宗儀《輟耕錄》所載，乃是「滑稽挑達，傳播四方」，這首小令詠大蝴蝶，化用《莊子》的典故，並用《莊子》手法，極盡誇張之能事，寫來詼諧生動，可以想見其人。

「掙破莊周夢」五字明用莊子夢蝶事。一下筆就說明此隻蝴蝶來頭不小，乃是由莊生夢中掙脫而來，是故非同凡響，光是其體形，即已大得嚇人。「兩翅駕東風」五字，更暗暗化用《莊子・逍遙遊》大鵬鳥的寓言，以進一步強調其大。〈逍遙遊〉中提到北海有一隻大鵬鳥，碩大無比，鳥背的長度就不知有幾千里，奮力飛動時，那垂下的兩翼，簡直就像天邊的雲彩。當牠要飛到南方的時候，必須先在水面上划行，擊打水面三千里，再藉著強勁的飆風盤旋上升到達九萬里的高空，然後才有足夠的浮力，開始向南方飛行。這隻鳥的龐大可想而知。「兩翅駕東風」五字，頗有大鵬御風飛行之氣概，顯然有意借大鵬之飛行比擬蝴蝶飛動之狀，以強調其大。

「三百座名園一採一箇空」句，更從實際採花的數量和速度印證其大。一座普通花園，讓一隻蝴蝶獨力採擷花粉，料非數日不可。而這隻大蝴蝶，卻能將三百座大花園裡的花蜜，一口氣採得光光，然則此蝶大至何等程度，不難想像。

「誰道風流種」二句，又以同類之蜜蜂為比，以突出其大。蜜蜂、蝴蝶，無論體形、工作性質乃至工作量，均相去不遠，故常被相提並論。此處一方面以蜜蜂一見就嚇壞了來夸言其大，一方面也借俗語稱拈花惹草之風流行徑為「採花」之雙關用法，將蜂、蝶予以擬人化，說這隻蝴蝶的「採花」本事，連善於尋芳的蜜蜂也大為失色，寫來戲謔而又逗趣。

末尾更以人、蝶相較，更具體地證明蝴蝶之大。說只要牠輕輕拍動一下翅膀，興起的大風就會把在花園裡走動的賣花人搧得直飛過橋去。

此曲詠大蝴蝶，每一句都在發揮「大」字。想像力豐富，手法又誇張，寫來極其諧趣，雖是遊戲筆墨，亦頗有可觀。

七 陽春曲 春思

柳梢淡淡鵝黃染⊙波面澄澄鴨綠添⊙及時膏雨❶細廉纖❷⊙門半掩⊙春睡殢❸人甜⊙

【格律】〈陽春曲〉，即〈喜春來〉。詳見元好問〈喜春來・春宴〉（梅擎殘雪芳心奈）。（頁一）

【注釋】❶膏雨　即及時雨。因其能滋潤萬物，故名。《左傳・襄公十九年》：「小國之仰大國也，如百穀之仰膏雨焉。」❷廉纖　細微貌。多用以形容細雨，如韓愈〈晚雨〉詩：「廉纖細雨不能晴，池岸草間蚯蚓鳴。」❸殢　沈溺其中而無法自拔。

【語譯】楊柳梢頭抽出了鵝黃色的嫩芽。江上添增了鴨頭綠的溶溶春水。潤澤萬物的及時細雨綿綿飄落。半掩著門，春睡片刻。那種舒服勁兒，令人賴著不肯醒來！

【賞析】此曲寫初春，由各方面描繪初春之特色。

春天來了，何由見得？由柳梢冒出了嫩黃新芽、池塘中呈現一泓新綠就可以知道。春天是生命伊始的季節，到處一片蓬蓬勃勃的生機，所有的植物都在抽芽，而作者特別突出柳，大概是由於那擺動著鵝黃細柔的嫩枝，在風中搖曳的淡黃柳，正是初春特有的景象吧！初春的另一特色就是春水，到處都是粼粼綠漪。冬天是枯水期，一俟春神降臨，好像突然之間，溪澗池塘都漾滿了盈盈春水，映著周遭的青翠春山和萋萋芳草，更顯得綠澄澄的有如一片碧波。「柳梢淡淡鵝黃染，波面澄澄鴨綠添」二句，一寫柳，一寫水，以「鵝黃」對「鴨綠」，以「淡淡」對「澄澄」，對仗極見工穩；「染」字、「添」字，尤其傳神。

「及時膏雨細廉纖」句寫春雨。春天的另一特色是多雨。那雨，一絲絲的，並不大，卻又綿綿不絕。而正由於雨水的滋潤，生命才得以油然發育，草木也才能欣欣向榮。此七字中，所謂「及時」，所謂「膏」，都是從草木得雨之欣悅下筆；而「廉纖」二字，則是就其細小言，頗能掌握春雨之特點。

「門半掩，春睡殢人甜」二句寫春困。春臨大地，氣溫回升，比起酷寒的冬天，那暖暖的初春天氣，本就顯得特別怡人，再加上和煦的春陽一照，駘蕩的春風一吹拂，整片大地，遂透著一股說不出的舒服勁兒，人也就顯得懶洋洋、困困倦倦的，這就是所謂的春困。「門半掩」三字，說門都懶得關好，已烘托出那種懶散的氣氛；而「春睡殢人甜」五字，殢有想醒而醒不過來之意，用「殢人甜」來強調春睡之沈熟甜美，就更見出春天之溫馨美好了。

整首曲子不過寥寥二十九字，分從四個角度來刻畫初春。先就柳、春水、春雨分別描寫初春之景象，末二句再綜論初春給人的感覺，層次井然而感覺細膩，寫來極活潑動人。

八　一半兒　題情

別來寬褪縷金衣❶⊙粉悴煙憔❷減玉肌⊙淚點兒只除衫袖知⊙盼佳期⊙一半兒才乾一半兒溼⊙

【格　律】此調與〈憶王孫〉很接近，差別只在末句須嵌入兩個「一半兒」的字樣，曲中一般多用此體，用〈憶王孫〉者反甚少。第二、三兩句之第六字按格均應去聲。其調式為「七、七、七、三、九」，五句五韻，入仙呂宮。其平仄格律如下：

＋－＋｜├－－⊙　＋｜－－平上去平上⊙　＋｜＋－平上去平上（或作－－｜＋－去平上）⊙　厶

－－⊙　一半兒－－一半兒上平⊙

【注　釋】❶縷金衣　即金縷衣。用金線織的衣服。❷粉悴煙憔　煙應作「胭」。胭粉，胭脂、花粉。

【語　譯】自從離別以後，肌體瘦損，衣服越來越寬鬆。面容憔悴，臉龐兒也越來越瘦削。掉下多少眼淚，只有衣袖兒知道。整日盼望佳期，衣袖兒一半才乾，一半又溼。

【賞　析】王和卿有四首〈一半兒〉，題為「題情」，都是寫女子相思之苦。這是其中第四首。全篇只就「瘦」和「淚」二字來發揮。「別來寬褪縷金衣，粉悴煙憔減玉肌」二句寫瘦。自從離別以後，就飽受離情折磨，現在衣服都越變越寬了。「寬褪」二字，特別強調褪衣時，因為衣服變鬆，在穿褪時特別容易感覺出來。「粉悴煙憔減玉肌」更進一步強調其容顏憔悴、肌體瘦損之狀。「粉悴煙憔」是「胭粉憔悴」的倒裝句，連搽了胭脂花粉，都掩飾不了容色憔悴之感，則其困頓清減、楚楚可憐之狀可以想見。

如此瘦弱憔悴，乃因終日以淚洗面之故；而淚流不斷，則是由於「盼佳期」。兩情相悅，多盼望今生今世能夠長相廝守，無奈事與願違，佳期如夢，怎不令她心傷。難怪她想著想著，那眼淚就像斷了線的珠兒似的，滾滾而下，衣袖都給擦得乾一塊溼一塊的。「一半兒才乾一半兒溼」一句，以衣袖乾了又溼，溼了又乾，具象地表達出淚水之多，而「淚點兒只除衫袖知」一句，則說明除了衣袖之外，沒有人知道她的心事。整天哭得衣袖溼答答的，別人竟然都不知道，則其在人前強顏歡笑，背人才偷偷垂淚又可以想見。「淚點兒只除衫袖知」、「一半兒才乾一半兒溼」這兩句借背人垂淚以進一步描寫離情帶給她的磨折。這麼深重的痛苦，不但沒有人寬慰，連找個人傾訴一番，稍稍舒解心裡的壓力也不可得，甚至於要避人眼目，強自壓抑，難怪她會玉肌消瘦、容顏憔悴了。

這首曲子的曲牌是「一半兒」，末句規定須嵌入兩個「一半兒」的字眼，作者以「一半兒才乾一半兒溼」來形容淚水，以強調傷心之甚，寫來貼切而又有趣。

盍西村

盍西村，盱眙（今安徽盱眙）人。生平事蹟不可考。曹本《錄鬼簿》稱「盍志學學士」，明抄本稱「盍士常學士」，《陽春白雪》亦稱「盍志學」，《太平樂府》及《樂府新聲》稱「盍西村」，另《太和正音譜》又有「闞志學」。羅忼烈《元曲三百首箋》以為志學、士常，當是一名一字，西村則其號，至於闞志學，則未知是否一人。故併其作品為小令十八首、套數一。《全元散曲》將其分列三人，盍志學收小令一，闞志學收套數一，盍西村收小令十七、套數一。至於盍西村散曲之風格，《太和正音譜》云：「盍西村之詞，如清風爽籟。」

九 小桃紅 雜詠

綠楊堤畔蓼花洲⊙可愛溪山秀⊙煙水茫茫❶晚涼後⊙捕魚舟⊙衝開萬頃玻璃❷皺⊙亂雲不收⊙殘霞妝就⊙一片洞庭秋⊙

【格　律】詳見楊果〈小桃紅・採蓮女〉（採蓮人和採蓮歌）。（頁四）

【注　釋】❶茫茫　廣遠貌。❷玻璃　指水面。古人指天然的水晶石類為玻璃，又稱水玉。《正字通》：「玻，玻璃。一名水玉，瑩如水，堅如石。」此處因水面晶瑩如玉，故以玻璃喻之。

【語　譯】綠楊堤畔，蓼花開滿了沙洲，山光水色秀麗可愛。傍晚時候，煙波浩渺；晚風輕拂，漁舟紛紛回航。一艘艘劃過水面，萬頃碧波出現了一道道的皺紋。天邊是縱橫的雲彩，晚霞正絢爛，好一個洞庭秋晚！

【賞　析】盍西村所作曲子，據《全元散曲》所輯，有小令十七首及套數一套。「雜詠」共八首，本見錄於《梨園按試樂府新聲》，此為第六首，寫洞庭秋景。

一年四季中，夏天生命力最旺盛，冬天則呈現死寂衰滅，而秋天正處於夏天走向冬天的過渡階段，所以給人的感覺就是淒涼與蕭瑟。然而，秋天也是色彩繽紛的季節。到了秋天，落葉的植物已經紛紛凋零，只剩下光禿的枝椏，常綠的卻青翠依舊，而楓葉、槭葉一類，則轉成深淺不一的紅色或黃色，紛然雜陳，使秋天成為絢麗的季節。白樸的〈沈醉東風〉說：「黃蘆岸白蘋渡口，綠楊堤紅蓼灘頭。」正足印證。這首曲子描寫洞庭秋景，即是由此角度下筆。

蓼，多生於水邊，莖細長帶紅色，一到秋天就開花，花色白中帶紅暈，一大片隨風搖擺，所以又稱為紅蓼。「綠楊堤畔蓼花洲」七字，淺淺勾勒出堤邊沙洲上開滿蓼花的一景，而「秋」字已在其中。以「綠楊」與「紅蓼」相對映，亦頗能表現秋天色彩繽紛之特色，故下文說：「可愛溪山秀。」

「煙水茫茫晚涼後」一句，更進一步點出時間乃是黃昏，而地點則在湖畔。秋天由於氣候乾爽，天宇顯得特別寥遠廣闊；而洞庭湖又是我國著名的大湖，秋晚的湖畔，極目凝望，盡是一片淼淼茫茫，當真是萬里煙波，浩瀚無際。「煙水茫茫」四字頗為貼切。

隨著暮色漸濃，漁舟唱晚，一艘艘歸船劃過水面，原來平靜如鏡的湖面上泛起了層層漣漪。「衝開萬頃玻璃皺」，以「玻璃」形容水面，頗能表現出湖水晶瑩澄澈之感，「皺」字亦極為傳神。

這時夕陽雖已落下，但天邊殘餘的彩霞仍然絢爛無比。「亂雲不收，殘霞妝就」，以擬人化的手法，設想晚霞方正妝扮妥當，則其豔麗可知。此二句轉寫天空。而湖面上因著落日餘暉之映照，波光溶溶漾漾、閃爍生輝亦可想見。真是好一個洞庭秋晚！多少讚歎，盡在不言中。

一〇 小桃紅 戍樓殘霞

戍樓❶殘照斷霞紅⊙只有青山送⊙梨葉新來❷帶霜重⊙望歸鴻⊙歸鴻也被西風弄❸⊙閒愁萬種⊙舊遊雲夢❹⊙回首月明中⊙

【格律】詳見楊果〈小桃紅·採蓮女〉（採蓮人和採蓮歌）。（頁四）

【注釋】❶戍樓　用以瞭望、守備之高樓。梁元帝〈登隄望水〉詩：「旅浦依村樹，江槎擁戍樓。」❷新來　近來。❸弄　播弄。❹雲夢　謂渺茫如雲如夢。

【語譯】秋晚的戍樓，映照著落日殘霞；夕陽西下，只有青山默默相送。霜露漸重，梨葉彷佛不勝負荷。凝望天際，唯見鴻雁南歸；秋風狂野，鴻雁也被吹得忽西忽東。萬般閒愁，悄然襲上心頭；舊時種種，彷如春夢秋雲了無影蹤。驀然回首，只有明月當空。

【賞析】這支曲子為盍西村「臨川八景」之六。「臨川八景」，《梨園按試樂府新聲》及瞿鏞所藏明本《朝野新聲太平樂府》並作「鯨川八景」，未知孰是。

此曲寫遊子悲秋之感。「戍樓殘照斷霞紅」，戍樓是建築在邊界，用以瞭望的高臺。戍樓所在，自是荒涼邊塞。再由下文之「梨葉」、「帶霜」及「歸鴻」、「西風」，可知時序正是深秋。秋晚邊關，本已自有一種說不盡的苦寒淒寂之感，哪堪又是黃昏時候，在落霞殘陽的映照下，更增添了許多淒涼意。這時有家不得歸的遊子，獨自登樓遠眺，可以想見其心中淒苦之感。「只有青山送」一句，以擬人化的手法，說夕陽西下，只有青山送它。一方面是描寫山河寂寂，以周圍之靜闃強調邊關之荒寒孤寂；一方面也是以景託情，不言人之孤獨而其言外之意自見。

「梨葉新來帶霜重」以下三句寫時令。梨葉既已帶霜，則其為深秋可見。「重」字甚好，霜多葉傾之象彷佛如見。此時極目望去，唯見山河寥闊、塞雁南翔而已。從首句開始，戍樓、殘照、斷霞、霜葉、歸鴻、西風，一氣貫串而下，層層烘托，真是萬景正悲秋，越寫越淒涼；憑欄獨倚的遊子，面對此情此景，自是愁思悲感紛紛湧上心頭。於是思前想後，更是棖觸萬端了。此即所謂之「閒愁萬種」。此四字承上啟下，「舊遊雲夢」以下，則就「閒愁」二字落筆。舊時種種，都如春夢秋雲，一去無痕，餘下的，只有縈迴心中的回憶而已。「舊遊雲夢」四字，真有不盡慨歎之感。

「回首月明中」化用李後主〈虞美人〉「小樓昨夜又東風，故國不堪回首月明中」詞意，謂前塵往事，皆已不堪回首；一方面也以「月明」與上之「殘照」相對，以其佇立之久，見其惆悵之深。羈旅況味，寫來蒼涼感人。

一一　小桃紅　江岸水燈

萬家燈火鬧春橋⊙十里光相照⊙舞鳳翔鸞❶勢絕妙⊙可憐❷宵⊙波間湧出蓬萊島❸⊙香煙❹亂飄⊙笙歌喧鬧⊙飛上玉樓腰⊙

【格律】詳見楊果〈小桃紅・採蓮女〉（採蓮人和採蓮歌）。（頁四）

【注釋】❶舞鳳翔鸞　形容花燈製作精巧，彷彿真的鸞鳳在飛。❷可憐　可愛。❸蓬萊島　指江上的燈船。❹香煙　香氣與燈煙。

【語譯】千萬盞水燈，在鬧烘烘的春橋邊放流，綿延十里，一片燈月水光，交相輝映。形形色色的水燈，龍飛鳳舞，各具姿態，把夜景妝扮得美麗極了。璀燦的大燈船，就像湧出水面的蓬萊仙島。香氣與燈煙隨風飄送，歌聲樂聲喧鬧一片，直傳到遠遠的樓臺上。

【賞析】古代民間遇有節慶，常有放水燈的習俗，最為人熟知的是七月的盂蘭節，也有在中秋的，

《乾淳歲時記》中即有中秋夜沿江放一點紅羊皮小水燈數十萬盞，浮滿水面的記載。此曲描寫放水燈之熱鬧情狀，但由「萬家燈火鬧春橋」之「春」字看來，應是元宵佳節。

元宵俗稱「燈節」。《東京夢華錄》、《乾淳歲時記》等書記載宋末朝野慶祝元宵，說宣德門等處都聳立了琉璃大燈山，有高至數丈的，華燈寶炬、月光花影交織成一片光華耀眼的絢爛世界；金爐中薰著瑞腦、麝香等名貴香料，如五色祥雲照耀大地，其周圍又設有大露臺，伶官奏樂，百藝群工競呈奇技，至深夜又燃放煙火百餘架，火樹銀花，美不勝收。而大街小巷，甚至幽坊靜巷都置有五色琉璃燈，男女老幼，人潮洶湧地出門看燈，其盛況可想而知。壼西村這首小曲，則集中描寫水邊的情景。

下筆先寫水面。透過「萬家燈火鬧春橋，十里光相照」二句，水燈千盞萬盞沿河流下，燈月與水光交相輝映，迤邐十餘里的景象即躍然紙上。「鬧」字甚好，可以想見橋上岸邊擠滿了人，爭看放燈的熱鬧情況；「十里」二字，亦能具體表現出場面的盛大。

頭二句是從大處下筆，待凝神細看，才注意到水面上浮著的燈，其實形形色色，各有各的造型，有的是龍，有的是鳳，而皆栩栩如生，各極姿致。另外還有一些大燈船，裝飾極燦爛，光華奪人，在黑夜中兀自浮現在水面上，彷如傳說中的蓬萊仙島出現。「舞鳳翔鸞勢絕妙」、「波間湧出蓬萊島」二句，一寫各式的小燈，一寫巨大的燈船，透過想像之筆觸一切都顯得那麼生動、那麼真實，很傳神地刻畫出置身一片燈火華燦下如痴如醉、如真似幻之感。

「香煙亂飄，笙歌喧鬧」二句，再進一步從嗅覺、視覺及聽覺來描繪這種聲光激射的熱鬧感受。到處都是燈，到處都是慶祝的人，空氣中飄散著種種香味，花香、麝香、脂粉香……，再加上燃燈的、蠟燭的和煙火的煙霧到處瀰漫，融成一種特殊的令人興奮的氣息；耳邊迴盪著歌聲、樂聲、笑語聲和喧鬧聲融成的一片歡樂的聲浪，隨風散布，直傳到遠處的樓臺上。這一片絢爛亮麗而又縱橫雜亂交織而成的輝煌熱鬧，令詩人不自禁地讚歎著：「多美好的晚上！」

這首曲子描寫家家燈火、戶戶管絃的歡樂景象，可謂極盡其致。

一二　小桃紅　西園秋暮

玉簪❶金菊露華秋⊙釀出西園❷秀⊙煙柳新來❸為誰瘦⊙暢風流❹⊙醉歸不記黃昏後⊙小糟細酒❺⊙錦堂晴晝⊙拚卻再扶頭❻⊙

【格律】詳見楊果〈小桃紅．採蓮女〉（採蓮人和採蓮歌）。（頁四）

【注釋】❶玉簪　花名。花未開時，形如白玉簪，故名。又稱為白鶴仙或季女，見《群芳譜》。❷西園　園名。羅忼烈《元曲三百首箋》以為是「雒陽名園之一」。按：《雒陽名園記》載董氏西園，固可簡稱「西園」，然而盍西村所寫既為「臨川八景」，則非指雒陽之西園明甚。其實歷史上以西園為名之園苑甚多，盍西村的生平又不詳，「臨川」又一作「鯨川」，何者為正頗有疑義；故西園究竟是哪一座園子，已無法確指。❸新來　近來。❹暢風流　好風流。暢，古方言。猶言「甚」、「好」、「真」、「正」之類。風流，此處指風雅韻味。❺小糟細酒　指精製的美酒。糟，酒滓。❻扶頭　扶著頭。不勝酒力之狀。後又轉為烈酒名。白居易〈早飲湖州酒寄崔使君〉詩：「一榼扶頭酒，泓澄瀉玉壺。」李清照〈念奴嬌〉：「險韻詩成，扶頭酒醒，別是閒滋味。」

【語　譯】白的玉簪，黃的金菊，白露秋霜，共同營造出西園的一片秀麗清景。煙中柳條，近來不知為誰消瘦。好一番迷人風味，令人不由得大醉，忘了何時歸來。面對小糟美酒，畫堂佳景，拚著再喝醉，來！乾一杯！

【賞　析】此曲寫「西園秋暮」，秋暮即深秋。深秋，本是草木零落、蕭瑟淒涼的季節，但在西園的一角，卻仍保留著一片美好天地。黃澄澄的菊花，晶瑩雪白的玉簪花，在凜冽的寒風中靜靜地綻放著，經過露水的洗禮，枝葉更加明淨，越發顯得清雅脫俗了。

秋天的美和春天不同。春天繁花如錦，到處奼紫嫣紅，那種美是絢爛奪目，熱鬧而濃烈的；而秋天的美，則是清清淡淡的，雅致脫俗。秋天的花有玉簪有黃菊，前者細長如簪，後者團團如扇，嬌黃嫩白，在庭院的一角散發著淡淡的幽香，就像高人雅士般，那樣的清麗而高雅。而秋天的氣候本來就特別澄澈明淨，到了深秋，露水更多，大地如洗，顯得更加清澈了，一顆顆晶瑩剔透的露珠，停佇在枝葉上，更把秋點綴得楚楚可憐。「玉簪金菊露華秋，釀出西園秀」二句，只突出了玉簪、金菊及露水三者，就捕捉住了秋之特色。以「秀」字形容秋景之美，頗能得其神髓，而「釀」字下得尤佳。

「煙柳新來為誰瘦」一句寫柳。幾行衰柳，在秋風中搖曳擺動，和春天時候楊柳堆煙、生機蓬勃之狀相較，本來有說不出的淒清味道，但作者以擬人化手法，設想煙柳不知為誰消瘦，讀來逸趣橫生。

面對如此佳景，無酒也已有一番醉人風味，何況又有佳釀助興，自然是不醉無歸了。「小糟細酒」指精製的美酒，「錦堂晴晝」指良辰美景，「揥卻再扶頭」一句，說明酒醉之程度，明知不勝酒力，仍不肯停杯，則景色之美好、心境之愉悅可想而知。「醉歸不記黃昏後」七字，則醉態可掬之狀如在眼前。

胡祗遹

胡祗遹，字紹開，號紫山，磁州武安（今河北武安）人。生於元太祖二十二年（一二二七），卒於元世祖至元三十年（一二九三），享年六十七歲。祗遹少孤，既長，見知於名流。世祖中統（一二六〇～一二六三）初，辟為員外郎，歷官中書詳定官、兼太常博士、左右司員外郎等官，因忤權臣，出為太原路治中兼提舉本路鐵冶，改河東山西道提刑按察副使。元滅宋後，歷任荊湖北道宣慰副使、濟寧路總管、山東東西道提刑按察使等官，所至抑豪扶弱，敦睦教化，振厲士風。召拜翰林學士，不赴，改江南浙西道提刑按察使，以疾辭歸，未幾，卒於家。贈禮部尚書，謚文靖。有《紫山大全集》行世。《太和正音譜》評其曲：「胡紫山之詞，如秋潭孤月。」《全元散曲》錄有小令十一首。

一三　陽春曲　春景

殘花醞釀❶蜂兒蜜⊙細雨調和燕子泥❷⊙綠窗春睡覺來遲⊙誰喚起

⊙簾外曉鶯啼⊙

【格律】〈陽春曲〉，即〈喜春來〉。詳見元好問〈喜春來・春宴〉（梅擎殘雪芳心奈）。（頁一）

【注釋】❶醞釀　本指發酵成酒，此喻事物逐漸演化而成。❷燕子泥　燕子銜來築巢的泥土。薛道衡〈昔昔鹽〉詩：「暗牖懸蛛網，空梁落燕泥。」

【語譯】花瓣凋殘，是為了要給蜜蜂釀蜜；細雨紛紛，是為了好讓燕子銜泥。綠滿紗窗，春睡醒來已經很晚了。被誰吵醒的？是簾外曉鶯的啼聲。

【賞析】暮春三月，正是風雨頻仍、落花飄零時節，所以描寫暮春的作品，都免不了要提到落花和風雨，此首亦不例外。然而一般寫此類題材，多半都著眼於花落春歸之感，或傷繁花凋零，盛景難再；或歎年華逝水，美人遲暮，如「落花風雨更傷春」（晏殊〈浣溪沙〉）、「雨橫風狂三月暮，門掩黃昏，無計留春住」（歐陽脩〈蝶戀花〉）、「春去也，飛紅萬點愁如海」（秦觀〈八六子〉）之類，基本上都是悲傷意緒。「殘花醞釀蜂兒蜜，細雨調和燕子泥」二句，卻出之以欣悅之口吻，說花謝是為了醞釀花蜜，讓蜂兒來採；下雨是為了使泥土軟化，好讓燕子來銜。由於換一個角度來看待事物，故能擺落俗套，讀來饒富新意。

再者，此二句的主詞是花、是雨，本是描寫靜態的景色，但透過蜂釀蜜、燕銜泥的動作，耳邊彷彿可以聽見群蜂熙熙攘攘忙著採蜜的喧鬧，而雙雙對對小燕子在細雨中掠地輕飛的景象，也彷彿就在眼前。寫靜境而又有動態感，春天特有的活潑氣息就洋溢紙上。

「綠窗」以下寫春睡。春氣和煦，溫潤和暖的氣候令人舒坦極了，不由得你不懶洋洋的，膩在睡鄉中，日上三竿，還是捨不得醒過來；然而，最終還是被窗外的黃鶯叫醒了。「誰喚起？簾外曉鶯啼」兩句，用設問的方式，突出小鳥的吱喳喧鬧，則鳥兒面對著無邊春景而歡唱雀躍之狀亦從而可見。春天，不但人覺得舒暢，萬物亦莫不欣欣然呢！全篇運用輕快的筆調以表現春天生機蓬勃、熱鬧宜人的氣息，寫來頗見情趣。

首句「殘花醞釀蜂兒蜜」中，「殘花」二字，《樂府群珠》、《中原音韻》俱載作「閒花」，疑非是。其證據有三：（一）此曲一式三首，第一首云：「三月景，宜醉不宜醒。」第三首云：「春去也，閒煞舊蜂蝶。」皆寫暮春，此為其第二首，作「殘花」，正是暮春景象。（二）元人王伯成有〈小桃紅〉曲，云：「一簾紅雨落花飛，醞釀蜂兒蜜」，與此句意思雷同，而「一簾紅雨落花飛」正是花殘時節，足可旁證「殘花」正自不誤。（三）作「閒花」者，可能出自後人更改，認為「殘花」不美，卻不知此句佳處，正在「殘」字。蓋因不以花殘為病，故能跳出傳統傷春悲春的窠臼，能體認到宇宙萬物生生不息、相互更迭轉易之道——沒有殘花，哪來蜂蜜？沒有雨水，哪來燕泥？故能以欣賞的眼光看待花落，遂使全詞充滿清新活潑的氣息，而跳脫出抒寫暮春慣見的淒清情調。

一四　沈醉東風

月底花間酒壺⊙水邊林下茅廬⊙避虎狼❶。盟鷗鷺❷⊙是個識字的

漁夫⊙蓑笠綸竿❸釣今古⊙一任他、斜風細雨⊙

【格 律】〈沈醉東風〉是雙調中常用的曲調，小令、散套、雜劇均可使用。其調式為「六、六、三、三、七、七、七」，七句六韻。其中一、二及三、四句例用對句，三個七字句中依序是雙式句、單式句、雙式句，即第一及第三個七字句應作「三、四」，第二個七字句應作「四、三」，必不可移易（此首中「是個識字的漁夫」於律未合，應屬例外）。首二句六字相對，一般也多作七字，如白樸作「黃蘆岸白蘋渡口，綠楊堤紅蓼灘頭」、任昱作「愛望海秦山古色，探藏書禹穴重來」等，是增字的關係。由於原為雙式句，基於增襯不能破壞句式之原則，應破作「三、四」，仍為雙式句。其平仄格律如下：

＋｜——ㄙ韋⊙ ＋—＋｜——⊙ ＋＋—。 ——｜⊙ ＋＋—、＋｜——（或作＋＋—、｜———｜）⊙ ＋｜——｜—⊙ ＋＋＋、——去韋⊙

首二句如為七字對句，則作「＋＋｜、——ㄙ韋，＋＋—、＋｜——」。末句前三字多半平仄不拘，後四字則須作「平平去韋」。

【注 釋】❶虎狼 喻黑暗之政治。《禮記・檀弓》：「苛政猛於虎。」❷盟鷗鷺 與鷗鷺結盟。指隱居水濱，與沙鷗鷺鷥為友。南宋詞人辛棄疾於淳熙年間被王藺彈劾而落職，閒居於帶湖，曾作〈水調歌頭・盟鷗〉一詞云：「凡我同盟鷗鷺，今日既盟之後，來往莫相猜。」於紹熙三年，復作〈水調歌頭〉詞云：「富貴非吾事，歸與白鷗盟。」❸綸竿　即是釣竿。釣竿上繫鉤的釣線稱為綸。

【語　譯】月光下，花叢中，一壺淡酒；江湖畔，樹林下，一椽茅屋。為避開豺狼虎豹，來此與鷗鷺結伴。這可是個認識字的漁夫！穿著簑衣，戴著斗笠，揮動著漁竿，釣盡人間今古事，怕什麼斜風細雨！

【賞　析】元代由於異族統治，政局黑暗，當時的才智之士，有很多都隱遁江湖，絕意仕進。此首所描述的，就是這一類的人物。

「避虎狼」三句，點明此人的身分與一般漁翁野老不同，更說明他之所以隱居，乃是為了「避虎狼」的緣故。他在水邊的林蔭下搭個小茅屋，晚上在花前月下自斟自酌，白天則與岸邊的鷗鳥鷺鷥為伴。月色溶溶，花影婆娑；鷗鷺無心，一片天機。這種生活好不逍遙自在！然而他畢竟不是真正的漁夫，他的隱遁既是為了避禍而不得不然，所以生活儘管瀟灑閒適，內心卻未必相對地寧謐靜穆。「簑笠綸竿釣今古，一任他斜風細雨」二句，正見端倪。人生有多少風風雨雨？古往今來，又有多少盛衰興亡、人事滄桑？凡此種種，都在垂釣時湧上心頭。雖然說「一任他斜風細雨」，強調自己不在乎，但是由簑笠綸竿不是釣魚，不是釣月，而是釣今古，正可見其終究不能看破世情，忘情得失！此二句自張志和〈漁歌子〉詞化出。〈漁歌子〉詞云：「西塞山前白鷺飛，桃花流水鱖魚肥。青箬笠，綠簑衣。斜風細雨不須歸。」讀來飄逸自得，而字面雷同的二句，置於此首曲子中，卻頗有「老驥伏櫪，志在千里」之感，可能就是由於心情不同的緣故吧！

王惲

王惲，字仲謀，別號秋澗，衛輝汲（今河南汲縣）人。世祖中統年間出仕，歷官國史編修、監察御史、燕南河北按察副使、福建按察使等。大德八年（一三〇四）卒，謚文定。王氏有經綸之才，任官有治聲，本傳謂其「有才幹，操履端方，好學善屬文」。其詩文亦能卓然名家，有《秋澗先生大全文集》行世。北曲存小令四十一首，與詞合編，見於全集，近人輯為一卷，名《秋澗樂府》。

一五 雙鴛鴦

驛塵❶紅⊙荔枝風⊙吹斷繁華一夢空⊙玉輦❷不來宮殿閉。青山依舊御牆❸中⊙

【格律】此曲在《秋澗樂府》原題作〈樂府合歡曲〉，〈合歡曲〉，即〈雙鴛鴦〉。可入小令、散套或雜劇。宮調屬正宮，亦可入中呂宮。《秋澗樂府》共收〈雙鴛鴦〉六曲，〈樂府合歡曲〉九曲，句法一律，調式俱為「三、三、七、七、七」，五句四韻。其平仄格律如下：

ㄙ——⊙　ㄙ——⊙　＋|——||—⊙　＋|＋——＋ㄙ。　＋——||——⊙

【注　釋】❶驛塵　驛馬奔馳時激起的塵土。❷玉輦　人力拉動的大車，為天子所專用。唐代有小玉輦、大玉輦兩種。此處用指宮中后妃乘坐的車。❸御牆　宮牆。

【語　譯】隨著驛馬揚起的滾滾紅塵，帶來馳送荔枝的陣陣快風。美夢被吹散，繁華也都轉眼成空。從此玉輦不再來，宮殿都緊閉著。只有那宮牆內的山色，依舊青蔥。

【賞　析】王惲《秋澗樂府》中收有〈樂府合歡曲〉九首，題前有注云：「讀《開元遺事》，去取唐人詩而為之。一名『百衲錦』。因觀任南麓所畫〈華清宮圖〉而作。」可見乃是由觀看〈華清宮圖〉引起對玄宗遺事的評論，屬於詠史一類。此為其中第一首。

此首詠歎的是驛馬傳送荔枝一事。唐玄宗寵愛楊貴妃，由於貴妃愛吃荔枝，竟令驛馬傳送，由於時值盛暑，荔枝由南海進貢，數千里路，快馬加鞭，兼程飛送，驛馬往往累死。晚唐詩人杜牧曾有〈過華清宮〉詩諷諭此事，云：「長安回望繡成堆，山頂千門次第開。一騎紅塵妃子笑，無人知是荔枝來。」王惲看了友人所畫的〈華清宮圖〉，首先引起感慨的也是這件事。這首曲子詠歎史事，基本上也是以杜牧詩為準。

下筆先寫荔枝送到華清宮的情形，「驛塵紅，荔枝風」二句，寫一騎如風急馳而來，遠望紅塵滾滾，極具動態感，「驛塵紅」二字化用杜詩「一騎紅塵」，華清宮位於今陝西省臨潼縣驪山北麓，杜牧以「紅塵」形容塵土飛揚之狀，也有可能是寫實。至於「荔枝風」三字，具有多義性，一方面承接上文之「驛塵」，強調送荔枝之快馬風馳電掣，就像一陣風似的，一方面也形容人馬馳過，帶起一陣香風。連空氣中都飄送著荔枝的甜香，就很具象地傳達出荔枝的佳美來。

「吹斷繁華一夢空」，以「吹」字與上文之「風」字相呼應，點出了其間的因果關係。唐玄宗朝文治武功盛極一時，楊貴妃更是三千寵愛在一身，尊貴不可一世，但隨著安史之亂的驟然發生，轉瞬之間，榮華都化成一場春夢。這場戰亂中，玄宗出奔，大唐帝國幾乎不保，而貴妃也在「六軍不發無奈何」的情況下，命喪馬嵬坡。「繁華一夢空」五字，寫盡了繁華權勢之不可恃。這本只是客觀的事實，但用「吹斷」二字，便與上文之「荔枝風」產生了因果關係，不著痕跡地寄寓了作者對歷史事件的批判眼光。的確，若不是楊貴妃的專寵後宮，怎麼會有後來的安史之亂？傳送荔枝似是小事，但驛使傳送，本是為緊急公文所設，現在竟為博妃子一粲，動用了驛使傳送荔枝，一葉知秋，貴妃之呼風喚雨，楊氏一族之位高權重均可想而知；而玄宗為了討好美人而致綱紀廢弛，亦從而可見。因此乃有楊國忠的專擅誤國，乃有安祿山、史思明之起兵叛變。「荔枝風」是因，「吹斷繁華夢」是果，其中頗有深意。

末二句寫馬嵬變後的華清宮。華清宮是唐玄宗及貴妃遊樂之處，風景秀麗，以溫泉著名於世，經玄宗擴建為離宮，亭臺樓閣更是巍峨華麗。但在馬嵬之變後，玉人魂銷魄散，玄宗也已退位，華清宮重門深鎖，門庭冷落。「玉輦不來宮殿閉」一句，對應著當年荔枝送到，「山頂千門次第開」的盛況，真有不盡淒涼之感。再者，華清宮位於驪山腳下，驪山鬱鬱蒼蒼，有東西繡嶺，清奇秀麗，就在華清宮繚垣內，杜詩「長安回望繡成堆」一句，所指即此。經歷天翻地覆的大變動，人事全非，而不變的，只有宮牆內的青山綠水而已。「青山依舊御牆中」一句，以大自然之不變對應人事之變幻莫測，滄桑之感溢於言表。

一六　黑漆弩　遊金山寺並序

鄰曲子嚴伯昌嘗以〈黑漆弩〉侑酒❶，省郎仲先謂余曰：「詞雖佳，曲名似未雅，若就以〈江南煙雨〉目之，何如？」予曰：「昔東坡作〈念奴曲〉，後人愛之，易其名曰〈酹江月〉，其誰曰不然？」仲先因請余效顰❷，遂追賦「遊金山寺」一闋，倚其聲而歌之。昔漢儒家畜聲伎，唐人例有音學❸，而今之樂府，用力多而難為工，縱使有成，未免筆墨勸淫為侅耳❹。渠輩年少氣銳，淵源正學，不致費日力於此也。其詞曰：

蒼波萬頃孤岑矗⊙是一片、水面上天竺⊙金鰲頭、滿嚥三杯。吸盡
江山濃綠⊙　蛟龍慮、恐下燃犀❺。風起浪翻如屋⊙任夕陽、歸棹縱橫。
待償我、平生不足⊙

【格　律】〈黑漆弩〉，北宋田不伐所製之曲，原作已佚，僅傳盧摯的和作，後人所作，皆次其韻。又名〈鸚鵡曲〉、〈學士吟〉，可能因白賁次韻的首句為「儂家鸚鵡洲邊住」，而白氏又曾官學士之故。此曲宮調屬正宮，只能作小令用。有么篇換頭，須連用。上篇共四句三韻，為「七、六、七、六」，其中第三句為雙式句，應破作「三、四」。第二句本格雖為六字，但一般多作雙式七字句，也可作「十丨十十去一去」，或折腰六字句「十十丨，去一去」。么篇四句，作「七、六、七、七」，其中三個七字句都是雙式句。其平仄格律如下：

一一十├一一去⊙　十十十丨一去⊙　丨一一、丨丨丨一一。　丨丨十一一上⊙

丨一一、丨丨一一。　丨丨丨一一去⊙　丨一一、十丨一一。　去上丨、十一上去⊙

【注　釋】❶侑酒　佐酒；送酒。❷效顰　傳說西施因有心痛病，故常捧著心口攢著眉頭，同里醜女仿效她的模樣，反而增加了醜態。後人因稱之為「東施效顰」。顰，皺眉。❸音學　朱彊邨《秋潤樂府校記》：「音學，『學』疑『樂』誤。」❹為俠耳　朱彊邨《秋澗樂府校記》：「為俠耳，『俠』亦疑誤。」任二北《曲諧．卷二》改為「狹」。❺燃犀　即點燃犀牛角。《晉書．溫嶠傳》：「嶠至牛渚磯，水深不可測，世云其下多怪物，嶠遂然犀角而照之。須臾，見水族覆火，奇形異狀。」

【語　譯】萬頃碧波上孤峰拔地而起，彷如水面上的天竺古國。金鰲峰像個大酒杯，三大杯就把青山綠水都吞下了。　是不是蛟龍怕有人燃犀下探呢？忽然大浪翻飛如屋。任憑夕陽西下歸舟點點，我意猶未足，捨不得回去。

【賞　析】這首曲子前面附有一篇序，說〈黑漆弩〉的曲調極為優美，而曲名卻嫌不雅，所以王惲的鄰居提議將名字改成〈江南煙雨〉，並請他倚調填作一首。王惲這首小令，秀麗清奇，就內容及風格言，確實與〈江南煙雨〉的名目相稱。

正如題目所示，全首在寫遊金山寺的所見所感。下筆先寫金山寺的地理位置。金山在鎮江西北，最高處稱為金鰲峰、妙高峰。四面大山環繞，「蒼波萬頃孤岑矗」一句，寫碧波萬頃，一片煙波浩渺之中，屹立著一個孤峰，特別突出「萬頃」與「孤岑」間極大極小之對比，就越發襯托出金山之孤峭挺拔來。此句寫得山水空靈，如詩如畫，而萬頃蒼波之平面與孤岑危矗之立體線條，尤能傳達出空間之美感。

「是一片水面上天竺」一句寫廟宇。天竺指古印度，是佛教的發祥地，此二字已自令人想見廟宇莊嚴之狀。而金山寺築在金鰲峰上，遠望一片煙波浩渺中，寶塔高聳映著水光波光，越發將金碧輝煌的廟宇襯托得絢爛耀眼。「水面上天竺」五字，很能掌握住金山寺的特色。

「金鰲頭滿嚥三杯，吸盡江山濃綠」二句寫金鰲峰。金鰲峰是金山的最高峰，寺即建於峰頂，居高臨下，山水美景俯覽無遺。此處用擬人化的手法，說金鰲峰像個大酒杯似的，三杯兩杯就把山水濃綠都吸光了，寫來饒有趣味，而以「濃綠」二字寫山水勝景，也色彩動人。

以上描寫靜景，「蛟龍」以下兩句則描寫山水雄奇的一面。金山由於位處大江中，風濤環繞，每當浪起雲湧，勢若欲飛，故又稱為浮玉山。周必大《雜志》云：「此山大江環繞，每風四起，勢欲飛動，故南朝謂之浮玉。」王惲用了溫嶠燃犀的典故，來說明這種風雲變幻的奇幻之感。傳說溫嶠曾經點燃犀牛角潛入牛渚磯下，發現水下果然有各種怪物。「蛟龍慮恐下燃犀」二句的重點在「風」，說一陣風來，波濤洶湧，浪高過人，一定是因為下面的蛟龍怕人燃犀，風起浪翻如因而蠢動不安之故，二句把山水變幻莫測，有時波平如鏡，有時又突然巨浪翻飛的特色曲曲傳出，寫來雄奇而又詭異。

「任夕陽歸棹縱橫，待償我平生不足」二句說經歷這番遊賞才知道自己以前錯失太多，恨不得盡量多看一些。流連忘返，不知不覺已到黃昏，只見廣闊的水面上帆影縱橫，但自己可一點不想回去，「待償不足」四字，描寫飢渴切慕的心情細膩入微，金山寺景觀之美亦不言可喻。

盧摯

盧摯，字處道，一字莘老，號疏齋，又號嵩翁，涿郡（今河北涿縣）人，或謂永嘉（今浙江永嘉）人。世祖至元五年（一二六八）進士，博洽有才思，歷任少中大夫、河南路總管、江東道廉訪使等職，累官至翰林學士，遷承旨。其生卒年據《散曲小史》謂生於太宗七年（一二三五），卒於成宗大德四年（一三〇〇），鄭因百師《曲選》則認為似應稍晚。

盧摯生平足跡遍及豫陝、兩湖及江浙諸行省，與馬致遠、任昱及名妓珠簾秀、楊阿嬌等人詩酒相酬唱，由其作品中，猶可想見其逸興遄飛之風致。其散曲今存者俱為小令，《全元散曲》所錄尚有一二〇首，於元初作家中，僅次於馬致遠。作品或清麗，或疏爽，題材甚為廣泛，風格則無不清新自然，貫雲石《陽春白雪．序》曾評之曰：「疏齋媚嫵，如仙女尋春，自然笑傲。」堪稱曲壇一大作手。其詩文亦負盛名，文章與姚燧並稱「姚盧」，詩則與劉因齊名。有《疏齋集》傳世。

一七 沈醉東風 秋景

掛絕壁、枯松倒倚❶⊙落殘霞、孤鶩齊飛❷⊙四圍不盡山。一望無窮水⊙散西風、滿天秋意⊙夜靜雲帆月影低⊙載我在、瀟湘❸畫裡⊙

【格　律】〈沈醉東風〉之格律，詳見胡祇遹〈沈醉東風〉（月底花間酒壺）。（頁三三）

此曲首二句本格應為六字，此作七字句，乃因加了增字「掛」、「落」之故。三、四兩句本格為三字，此處作五字，乃因加了增字「四圍」、「一望」之故。按：曲中除了有襯字外，另有增字。二者之差別在於襯字作為加強語氣或轉折、聯繫之用，可有可無，故多為虛字；而增字加上以後，其作用則與正字無別。無論加襯字或增字，都必須不破壞句式，如「絕壁枯松倒倚」和「殘霞孤鶩齊飛」是雙式句，「不盡山」和「無窮水」是單式句，增、襯以後，首二句破成「掛絕壁、枯松倒倚」、「落殘霞、孤鶩齊飛」，仍是雙式句；而三、四兩句破成「四圍、不盡山」、「一望、無窮水」，仍是單式句。詳見鄭因百師《論北曲的襯字與增字》。

【注　釋】❶枯松倒倚　此曲錄自《太平樂府・二》，作「松枯倒倚」，一般選本則多改作「枯松倒倚」。按：首二句對偶工整，次句云「孤鶩齊飛」，則此句應以作「枯松倒倚」為工；且此句化用李白〈蜀道難〉詩：「連峰去天不盈尺，枯松倒掛倚絕壁。」原詩亦作「枯松」。疑《太平樂府》誤倒。任二北《元曲三百首》、羅忼烈

《元曲三百首箋》俱作「松梢」，非是。❷落殘霞孤鶩齊飛　此句化用王勃〈秋日登洪府滕王閣餞別序〉：「落霞與孤鶩齊飛，秋水共長天一色。」鶩即家鴨，不會飛。此處應指鳧，即野鴨，是一種候鳥，每年秋冬間即開始南翔，群飛時，必有一壯健者為其先導。《說文》：「鶩，舒鳧也。」❸瀟湘　瀟水與湘水在湖南省零陵縣處匯流的一段，世稱為瀟湘。《水經注・湘水》：「神遊洞庭之淵，出入瀟湘之浦。」其地風景秀美如畫，宋代名畫家宋迪曾繪有八幅山水，稱為「瀟湘八景」，有名於世。詳見《夢溪筆談・一七》。

【語　譯】橫長在絕壁上的老松樹，有如倒掛似的，夕陽西下，一隻野鴨跟著彩霞冉冉而飛，四周是層疊的山，遠望是無邊無際的水，隨著西風把濃濃的秋意散布到整個天際。夜靜極了，月影低斜，照著揚起的帆，像一片雲彩，載著我在如畫的瀟湘美景中。

【賞　析】此曲寫秋景。隨著作者的視線，首先映入眼簾的就是那峭壁上的老松，一棵棵枝葉平伸著向橫生長著，由下仰望，彷彿倒掛在峭壁上似的。透過「掛絕壁枯松倒倚」七字，不必說山勢如何，這山的陡峭險要已盡在言外。因為只有又高峻又險阻的山，其上的松樹才會橫著生長，例如泰山上的松樹，據姚鼐〈登泰山記〉所描繪，就是「生石罅，皆平頂」的。再者，山這麼高，竟能看清高處的松樹，顯然是因為雲層較為稀薄，視野特別廣闊的緣故，所以雖是尚未說明時令為秋，「秋」字其實已在其中。這一句化用李白〈蜀道難〉詩：「連峰去天不盈尺，枯松倒掛倚絕壁。」寫來氣象甚為雄偉。

「落殘霞孤鶩齊飛」七字點明時間正是黃昏。夕陽已從山頭落下，但滿天彩霞，猶自將天邊映襯得嫣紅一片，在寥遠淒清的秋空下，別有一種淒迷悲壯的美感。遠處有一隻野鴨在冉冉而飛，灰白中帶著蒼黑的身影，在滿天絢麗的背景中顯得特別耀眼，牠鼓著翅膀，奮力地飛，但是飛了半天，背後始終是那大片繽紛的雲彩，感覺上，倒好像晚霞與牠結伴同飛似的。這七字化用王勃的名句：「落霞與孤鶩齊飛，秋水共長天一色。」寫盡了黃昏之美。

舉目遠眺，四周除了山就是水，山是重重疊疊，峰巒聳秀，而浩渺的水，更是無邊無際，望不到頭。隨著落日餘暉逐漸隱去，天色越來越暗了，而風也越刮越大。置身在這浩瀚秋空下，所聽到的只有耳畔呼呼的風聲，所感受到的，是越來越冷冽的氣溫，彷彿整個宇宙，都布滿了秋的氣息。「散西風滿天秋意」七字收束上文，說明以上都是秋日黃昏的景象。「散」字用得極好。

「夜靜雲帆月影低」以下才點明作者原來是坐在一艘小船上，以上種種美景，都是航行所見。隨著時光推移，夜也深了，原來秋天的郊野，不只黃昏美，夜景更美。你看！在靜靜的夜中，高高揚起的船帆，在淒迷的月色掩映下，顯得朦朦朧朧的，不正像一片雲彩在徐徐飄盪嗎？在月影水光交相映漾下，周遭的景色都帶著一種神祕浪漫的美感，簡直就是宋迪的名畫。看著看著，越發地不能分辨了，恍惚間，竟疑心自己走入圖畫中了。末句以瀟湘名畫比擬眼前景色之美，極見巧思。

一八 沈醉東風 重九

題紅葉❶、清流御溝❷⊙賞黃花、人醉高樓⊙天長雁影稀。日落山容瘦⊙冷清清、暮秋時候⊙衰柳寒蟬❸一片愁⊙誰肯教、白衣送酒❹⊙

【格律】詳見胡祗遹〈沈醉東風〉（月底花間酒壺）及上首（掛絕壁枯松倒倚）。（頁三三二）

【注釋】❶題紅葉　關於紅葉御溝的典故，向來有數說，但都大同小異。據唐范攄《雲溪友議》，謂唐宣宗時，舍人盧渥偶臨御溝，見一紅葉，上題一絕句云：「流水何太急？深宮竟日閒。殷勤謝紅葉，好去到人間。」盧拾之藏於笥，後宮中遣出宮人，其中嫁與盧渥者，適為當日題葉之人。另據《太平廣記》，謂唐僖宗時，宮女韓氏於紅葉上題詩，順御溝流出，為于祐所得；于祐亦題一葉，投入御溝之上流，為韓氏取得。後僖宗遣放宮女，二人竟結成夫妻。韓氏乃賦一詩云：「一聯佳句隨流水，十載幽思滿素懷。今日卻成鸞鳳友，方知紅葉是良媒。」❷御溝　指皇宮中的水溝。❸寒蟬　即秋蟬。鳴聲特別淒楚動人。❹白衣送酒　陶淵明一生嗜酒，然由於家貧，往往不能得飲。一日適逢重九，卻無酒，枯坐宅邊菊花叢中。久之，見一白衣人，原來是王弘為他送酒來，於是就地痛飲，大醉而歸。事見蕭統〈陶靖節傳〉，亦見《宋書》及《南史・隱逸傳》。

【語譯】在御溝中流出的紅葉上題詩；飲美酒，賞菊花，醉臥高樓。長空下鴻雁的身影越來越少出現了，在落日斜照中，山色顯得越發淒清。在這淒冷靜寂的晚秋時候，衰楊掩映，寒蟬哀鳴，到處都惹人傷感；誰會讓白衣人送酒給我呢？

【賞析】此曲寫重九。重九指九月九日重陽佳節，時序已進入深秋，故下筆先用了兩個有關深秋的典故，一是紅葉題詩，另一是王弘送酒。

此種寫法，可說是因物興懷。到了深秋，綠葉凋零，滿山遍野只見紅葉隨風飛舞，於是由眼前紅葉，遐想到古遠的傳說。傳說中曾有一對才子佳人，藉由一片紅葉而牽出一段美滿姻緣，「題紅葉清流御溝」，真是何等旖旎動人！這是屬於深秋的浪漫風情。

次句則由黃花想起。黃花就是菊花。深秋時候，正是菊花盛開，嬌豔無比的季節，賞玩之餘，不自禁地就想起了當年的陶淵明。陶淵明最嗜酒，也最愛菊，而重陽佳節，在傳統習俗中是大家都要喝菊花酒以期延年益壽的，一生貧苦的淵明，在這個理該喝酒的日子裡，卻常常窮得無酒可喝。面對著滿園黃燦燦的菊花，卻「持醪靡由」，只好嚼嚼菊花瓣，聊以應景（見〈九日閒居〉詩），可以想像他心中的無奈和落寞！又有一個重九日，菊花開得正好，偏偏酒瓶空空，淵明坐在菊花叢邊，正在感觸萬端的時候，江州刺史王弘竟適時送來美酒，真是令人感動！可以想見當時淵明一杯下肚，陶陶然心滿意足，感戴知己的欣慰之情！這又是屬於秋天的溫馨佳話。

「題紅葉清流御溝」、「賞黃花人醉高樓」，這兩個故事都是既浪漫又溫暖的，「紅葉」、「黃花」的顏色運用，更增益了美麗動人的情調。可惜的是生在異代之下，自己卻無緣遇到。看！同樣是重九，同樣是深秋，自己獨坐在高樓上，放眼望去，只見一片蕭瑟天地。長空中偶爾掠過三兩隻鴻雁的身影，在落日映照下，山色顯得備加淒清，再加上晚風下衰殘的柳條無力的飄舞，耳邊傳來的，是一聲聲寒蟬的哀鳴，真是越看越淒涼，越看越孤寂。「天長雁影稀，日落山容瘦，冷清清暮秋時候，衰柳寒蟬一片愁」四句，分別從視覺、聽覺，層層烘托悲涼的氣氛，應用了「稀」、「落」、「瘦」、「冷」、「清」、「暮」、「衰」、「寒」等字眼，總結出一個「愁」字——深秋的景色，移目四顧，真是好一個哀愁大地啊！唉！這時候，真盼望能有淵明當日的際遇，有知交好友上門，把酒談心，共銷此愁。「誰肯教白衣送酒」一句，以反詰的語氣，加重了世無知己的悲哀，那寂寞之感就更深了。

這首曲子寫悲秋之感，卻偏從二個浪漫溫馨的典故下筆，利用反襯的效果，更加重烘托出孤寂落寞的情懷，而末句的「白衣送酒」又與第二句的「醉賞黃花」相關，彼此呼應，在結構上更形成首尾迴環的效果。在寫作手法方面，可謂極為成功。

一九　沈醉東風　閒居

學邵平❶、坡前種瓜⊙學淵明❷、籬下栽花⊙旋鑿開菡萏❸池。高豎起荼蘼❹架⊙悶來時、石鼎❺烹茶⊙無是無非快活煞⊙鎖住了、心猿意馬❻⊙

【格律】詳見胡祗遹〈沈醉東風〉（月底花間酒壺）及前首（掛絕壁枯松倒倚）。（頁三三）

【注釋】❶邵平　亦作「召平」。秦廣陵人，封為「東陵侯」，秦亡後成為普通老百姓，在長安城東種瓜為生。所種瓜呈五色，甚為甜美，世稱「東陵瓜」。見《史記．蕭相國世家》。❷淵明　即陶潛，東晉大詩人。早年因親老家貧而數次出仕，後因見政治喪亂，士節沈淪，遂罷官歸田，躬耕為生，閒時則以詩酒自娛。其詩多描述田園生活，沖澹自然而韻味雋永，極受後人喜愛。淵明愛菊，其詩句中多有言及菊花者，尤以〈飲酒〉詩「採菊東籬下，悠然見南山」二句更為知名。❸菡萏　即荷花。❹荼蘼　一種觀賞植物，為落葉灌木，春末夏初開花，花為黃白色。❺鼎　煎茶之器。❻心猿意馬　心意像猿、馬般跳躍奔馳，難以控制。比喻心思散亂無主。

【語譯】學邵平在坡前種種瓜；學淵明在籬下栽栽花。鑿一個荷花池，豎一個荼蘼架。煩悶時就在石鼎上烹烹茶。遠離了是是非非，快活極了！從此以後，不會再三心兩意，胡思亂想了。

【賞析】這首曲子正如題目所示，寫閒居的生活。說自己平日生活不是種種瓜，就是栽栽花；或在門前鑿個小水池，養些荷花；或是在屋後整治一畦沃土，搭起一座荼蘼架。閒暇無事，就在花間池畔生個火，煮起茶來，一邊就賞賞花，清風拂面，吹來的是一陣陣荷花和荼蘼的清香，真是好不快活！官場上的是是非非、得得失失，至此也都拋到九霄雲外啦！寫來閒適自得，頗能傳達田園詩歌樸質活潑的氣息。

然而首二句用了邵平種瓜和淵明種花的二個典故，卻又使此首曲子在輕鬆飄逸的文字外貌下，透露出更深刻嚴肅的意義來。

邵平是秦代的「東陵侯」，享盡了榮華富貴。誰知剎那間江山移位，秦朝被消滅了，一朝天子一朝臣，邵平的爵位亦如黃粱一夢，霎時變成了泡影。突然間，他變得一無所有，成為布衣，不得不在長安城外種瓜維生。這個突如其來的打擊，讓他嚐盡了「繁華都如一夢」的滋味。所以後來蕭何拜相，「益封五千戶」，群臣皆入賀，只有邵平認為「禍自此始」，要他「讓封勿受」以自保，這是由於他深深體會到「衰榮無定在，彼此更共之」的道理吧！

陶淵明則是晉、宋之間的大詩人，由於他沖澹自然的作風，向來被視為隱逸詩人之宗祖。淵明極喜愛菊花，作品中有甚多處描寫菊花，如「秋菊盈園」（〈九日閒居〉）、「秋菊有佳色」（〈飲酒〉之七）、「三徑就荒，松菊猶存」（〈歸去來兮辭〉）、「採菊東籬下，悠然見南山」（〈飲酒〉之五）等，都可看出他是如何喜歡種菊，他的庭院中一到秋天，必然是黃菊盈盈、璀璨一片的。其中「採菊東籬下」一詩更是傳誦的名篇，世人恆常以此說明淵明的人生境界，謂其悠然自得，已達到忘卻得失的高超之境。然而，陶淵明其實也是少懷大志的，〈擬古〉詩：「少時壯且厲，撫劍獨行遊。」〈雜詩〉之五說：「憶我少壯時，無樂自欣豫，猛志逸四海，騫翮思遠翥。」如此志氣昂揚的人，豈會甘於隱遯，種菊躬耕了此一生？淵明的歸隱，實在也是時勢逼人——既不能力挽狂瀾，又不甘心同流合汙，只好賦〈歸去來兮辭〉，以求保住個人志節而已。然則，淵明之鍾愛菊花，豈不也正由於菊花清麗脫俗，獨自盛放於眾芳蕪穢的秋天，正足以象徵士人出汙泥而不染的耿介氣節？

盧摯身居高位，深知官場之險惡和黑暗，更能體會閒居山林、不慮是非之寧靜是何等可貴，故此首寫來，欣喜之情溢於言表。但強調種瓜是「學邵平」，種菊是「學淵明」，則此種瓜種花就不是尋常的老圃老農，這首曲子也不只是尋常的田園風情畫而已，實在包括了對官場黑暗的認識，對窮通無定和世事難料的了悟，於是內容的深度就增加了。

二〇　蟾宮曲　箕山❶感懷

巢由❷後、隱者誰何⊙試屈指❸高人。卻也無多⊙漁父嚴陵❹。農夫
陶令❺。盡會婆娑❻⊙五柳莊❼、甆甌瓦鉢⊙七里灘❽、雨笠煙蓑⊙好處
如何⊙三徑秋香❾。萬古蒼波⊙

【格律】〈蟾宮曲〉，又名〈步蟾宮〉、〈折桂令〉、〈天香引〉、〈廣寒秋〉、〈秋風第一枝〉等。此曲可單獨用，可入小令、散套或雜劇，也可與〈水仙子〉合為帶過曲〈水仙子帶過折桂令〉。宮調屬雙調，共十一句七韻：「七、四、四、四、四、四、七、七、四、四、四」，其中三個七字句也

有作六字者，如作七字，因是雙式句，須破作「三、四」。前面五個四字句中，叶韻情形不一，有五句俱叶，也有叶四句、三句或二句者。末尾的三個四字句，一般都作成對句，即鼎足對。其平仄格律如下：

＋＋＋、＋｜－－⊙　＋｜－－。　＋｜－－⊙　＋｜－－。　＋－＋｜。　＋｜－－⊙

＋＋＋、＋－ㄙ平⊙　＋＋＋、＋｜－－⊙　＋｜－－⊙　＋｜－－。　＋｜－－⊙

本曲第二句「試屈指高人」，「試」為襯字。

【注　釋】❶箕山　在河南省登封縣東南。相傳堯時賢人巢父、許由皆隱居於此。❷巢由　巢父及許由，為堯時高士。相傳堯想把天下讓給巢父，巢父不肯接受，又讓給許由，許由也不肯接受，二人都歸隱箕山。❸屈指　彎著指頭。數算之意。❹嚴陵　嚴光，字子陵，東漢高士。與東漢光武帝劉秀是老朋友，劉秀稱帝後，欲封他為諫議大夫，嚴光堅辭不受，隱居富春江，以釣魚終老。故稱為「漁父」。❺陶令　陶潛，字淵明，東晉高士。曾任「彭澤令」，在官八十餘日，即賦〈歸去來兮辭〉而毅然歸隱田園，世稱「陶令」。❻婆娑　逍遙閒散，自由自在的樣子。❼五柳莊　指淵明隱居之處。淵明嘗撰〈五柳先生傳〉，謂其宅邊種有五棵大柳樹，因自號為「五柳先生」。❽七里灘　在富春江上，桐廬縣嚴陵山西畔。又名七里瀨。葉夢得《避暑錄話》：「七里灘兩山聳起壁立，連亙七里。」故名。附近有釣壇，相傳即是當年嚴子陵釣魚之處。❾三徑秋香　指園中菊花遍開的盛況。三徑，本指三條小徑。西漢末年，兗州刺史蔣詡因避王莽而隱居，息交絕遊，唯於園中竹下闢三條小徑，與求仲、羊仲相來往。事見《三輔決錄・逃名》。後遂用來指稱隱士盤桓或居住之所。秋香，指菊花，盛開於秋季。

【語　譯】巢父、許由以後，誰是真正的隱者呢？屈指算算，歷代真能稱得上高士的，倒也沒幾個。

那個釣魚的嚴子陵，還有種田的陶淵明，可算是真能體會箇中況味的高人。五柳莊中，所使用的盡是粗糙的陶磁器具；七里灘頭，披著蓑衣，戴著竹笠，也有說不出的辛苦。然而，當靜坐庭院中，欣賞著滿園秋菊飄香；當坐在釣臺上，面對著煙波浩瀚的萬頃清碧，個中趣味，卻也非外人所能領會哩！

【賞　析】此曲寫弔古興懷之感。盧摯有〈折桂令〉十六首，俱為懷古之作，而內容則遍及洛陽、咸陽、京口、錢塘、金陵等地，應是宦遊所經。此曲寫箕山，可能是任河南總管時所作。

箕山在歷史上出名，是由於此地曾出現兩位絕代高人巢父及許由。據《高士傳》，許由本隱於沛澤之中，堯聞其賢，欲將天下讓給他，許由不肯而逃去，遁耕於潁水之陽，箕山之下。其後，堯又召他為九州之長，許由覺得聽這種話髒汙了他的耳朵，跑到潁水濱洗耳。正好碰到巢父牽牛來喝水，問明緣故，認為洗耳的水會汙了牛口，就把牛牽到上游去。這二人是真把名位利祿視如糞土，後代號稱隱士高士者不知凡幾，但多的是藉假隱居來沽名釣譽之輩，拿來和巢父、許由一比，就清濁立判了，千載而下，真能算得上高士的能有幾個？「巢由後隱者誰何」，一下筆就先肯定巢、由之高潔，再進一步以此標準來篩選歷代所謂之高人隱士，就會發現，能夠追步巢、由的，只有嚴子陵和陶淵明二人而已。「巢由後」至「卻也無多」三句，由側面下筆，表面是歌頌巢、由之高義，其實是藉巢、由襯托嚴、陶之清高。

以下分寫嚴、陶二人，採用兩兩對應的筆法，寫來極見工巧。嚴子陵是劉秀的好友，劉秀稱帝，正是平步青雲的好機會，他卻對劉秀致贈的官職堅拒不受；陶淵明生於東晉末年，眼見政治昏亂，士大夫鮮廉寡恥，既無法改變現狀，又不願隨波逐流，故賦〈歸去來兮辭〉而歸隱，二人明知遠離仕途，就注定功名利祿、榮華富貴從此無分，卻一個以漁父終老，一個甘為老農，何以如此？豈不因為他們能真正了解那種遠離官場悠閒自在的況味麼？「盡會婆娑」四字，說明了嚴、陶二人所以能超越歷代眾多隱者之原因。

「五柳莊」、「七里灘」以下，分寫隱居之苦樂。淵明歸田以後，過的是「晨興理荒穢，帶月荷鋤歸」的生活，說不盡的辛苦。然而辛苦不足畏，躬耕生活真正的苦是在於辛勤耕耘後不一定有收穫，水災、旱災乃至於蟲災，都可能使你一年的辛勤血本無歸，陶詩中「夏日長抱飢，寒夜無被眠，造夕思雞鳴，及晨願烏遷」、「敝廬交悲風，荒草沒前庭，被褐守長夜，晨雞不肯鳴」之類令人心酸的記載，就是最好的證明。而垂釣維生，又豈是容易的？風吹雨打不說，魚兒也未必都肯上鉤啊！「五柳莊甆甌瓦鉢，七里灘雨笠煙蓑」二句，一以簡陋之家具比喻其窮，一以風吹雨打比喻其苦，其實是合二者而言。

然而隱居以後，遠離塵俗，心靈舒散自在，卻也苦中有樂。「三徑秋香」化用陶淵明〈歸去來兮辭〉「三徑就荒，松菊猶存」詩意。淵明生平最愛菊，當他於農忙之餘，倒上一杯酒，在菊花叢中閒坐，其心情該是何等怡然！而嚴子陵坐在釣臺上，面臨碧波萬頃，豈不也萬慮盡滌，塵念頓消？是非得失，全都變得無關緊要了，生活苦一點又算得了什麼呢？「三徑秋香，萬古蒼波」二句，以景作結，餘音裊裊，令人回味無窮。真的，鐘鼎山林，各有苦樂，個中況味，也只有各人冷暖自知了。

二一　蟾宮曲　金陵❶懷古

記當年、六代❷豪誇⊙甚❸江令❹歸來。玉樹❺無花⊙商女歌聲❻。臺城❼暢望。淮水煙沙❽⊙問江左、風流故家⊙但夕陽、衰草寒鴉❾⊙隱映殘霞⊙寥落歸帆。嗚咽鳴笳⊙

【格　律】詳見上首「箕山感懷」（巢由後隱者誰何）。

【注　釋】❶金陵　古地名。戰國楚威王所置邑，歷代又稱秣陵、建康、建業、南京等，其地屬今南京市。歷史上有不少朝代建都於此，是著名的帝王都。❷六代　指東吳、東晉及南朝的宋、齊、梁、陳六個朝代，均建都於今之南京。❸甚　為什麼；怎麼。辛棄疾〈賀新郎〉詞：「不記相逢曾解佩。甚多情、為我香成陣？」❹江令　指江總。字總持，南朝陳濟陽考城（今河南省蘭考縣）人。歷仕梁、陳、隋三朝。仕陳時為陳後主所寵信，日與後主游宴後宮，寫作豔詩，當時號為「狎客」。官至尚書令，世稱為「江令」，唐李商隱〈南朝〉詩：「滿宮學士皆顏色，江令當年只費才。」即指此人。其作品多已散佚，明人輯為《江令君集》。❺玉樹　即〈玉樹後庭花〉，陳後主所撰曲。後主嗜聲樂，不理朝政，日與幸臣製曲作詞，此曲為其最著名者，歌詞綺豔，向來被視為亡國之音。❻商女歌聲　杜牧〈泊秦淮〉詩：「商女不知亡國恨，隔江猶唱〈後庭花〉。」商女，指歌女，此處蓋隱栝杜牧詩意，指不知亡國之痛，還在那裡唱著靡靡之音。❼臺城　即禁城。晉、宋時稱朝廷禁省為臺，故禁城又稱為臺城。南朝時的臺城，原址為三國時吳的「後苑城」，其遺址在今南京市北玄武湖畔。❽淮水煙沙　杜牧〈泊秦淮〉詩：「煙籠寒水月籠沙，夜泊秦淮近酒家。」❾問江左風流故家二句　此蓋隱栝劉禹錫〈烏衣巷〉詩「朱雀橋邊野草花，烏衣巷口夕陽斜」詩意。江左，即江東、江南一帶，仍指金陵。風流故家，過去顯赫不可一世的大家族。指王、謝等大戶人家。

【語　譯】記得當年，六個朝代曾經在此建都。這裡雄峙四方，王都的繁華氣派令人誇不勝誇。為什麼現在江總重來，竟無當年舊況？站在舊日的臺城上，游目四顧，只見煙水茫茫。昔日秦淮河畔的風光，依稀宛在眼前；〈玉樹後庭花〉的旖旎旋律，也彷彿猶在風中縈遶。但是王、謝這些顯赫一時的大家族現今何在呢？夕陽西下，只見斷垣頹壁，都隱沒在衰草之中。數點寒鴉，在天空孤獨地盤旋著。在落日餘暉中，極目向遠方望去，三三兩兩的歸帆，點綴在暮靄蒼茫之中，還有若有若無的戍角悲鳴聲，隨風飄送。

【賞　析】此曲寫金陵懷古。金陵即今之南京，歷史上又稱為秣陵、建康或建業，這是自古繁華歌舞地，六朝時代均建都於此，但由於政局更迭頻繁，這裡也是最容易感受到人事滄桑的地方，所以弔古興懷的作品中，寫金陵的極多。盧摯此作，則特別就陳後主之荒淫及王、謝之沒落兩點來敘說。

六朝諸君中，南朝後主陳叔寶的荒淫無度，可說是最出名的了。他與當時的一班文學侍臣，如江總等人，日日宴饗後宮，流連酒色，撰作了很多專門描寫女色的淫綺詩篇，又選了一些具有文學才華的宮女，號稱「女學士」，讓她們與這批文學弄臣互相酬唱，再取其中詞采最為綺靡者被諸管絃，由姿容出眾的宮女練習歌唱，歌隊人數以千百計，分部迭進，以為笑樂。《南史・陳後主本紀》曾云：「後主荒於酒色，不卹政事。常使張貴妃、孔貴人等八人夾坐，江總、孔範等十人預宴，號曰狎客。先令八婦人擘采箋，製五言詩，十客一時繼和，遲罰酒，君臣酣宴，從夕達旦。」可見其淫侈頹靡之一斑。其所撰諸曲中，〈玉樹後庭花〉是最為出名的，向來被視為後主淫奢文風的代表作，也向來被目為亡國之音。晚唐的大詩人杜牧，曾寫了一首〈泊秦淮〉詩，說：「煙籠寒水月籠沙，夜泊秦淮近酒家。商女不知亡國恨，隔江猶唱〈後庭花〉。」即是以〈玉樹後庭花〉作為靡靡之音的代稱。

此曲一下筆即直言「記當年、六代豪誇」，「豪誇」二字，直接引起對歷史上繁華奢靡一面的回想，於是南朝君臣荒嬉縱樂的軼事不由湧現腦際，但緊接著第二句，卻又頓然陡轉「甚江令歸來，玉樹無花」，設想即使江總重到，這一切也已無從重現，以「玉樹無花」四字，完全否定了〈玉樹後庭花〉所代表的整個繁華逸樂，霎時呈現了繁華如夢，轉眼成空的悵惘之感，一下筆就扣住了弔古之主題，筆力橫奇。

第二段再加強烘托這種景物依舊、人事全非之感。當年杜牧路過金陵，夜裡泊舟在秦淮河邊，秦淮河的兩岸歌館樓臺連綿不絕，絃管吹奏之音隨風飄送，說不盡的旖旎浪漫，杜牧有感而發，寫下了著名的〈泊秦淮〉詩，對陳後主因為徵歌選舞而亡國，後人不能記取教訓，依舊紙醉金迷，寄予莫大的感慨。今日盧摯登上金陵古城，在臺城上望下去，那種煙水迷茫的景況，不禁令人想起杜詩中「煙籠寒水月籠沙」的景象，但是杜牧來時，後主雖已亡國，秦淮河邊則還酒家林立，現在卻連當時的繁華境況也不復可見了。四顧空茫，只有依稀相識的煙水和河灘，環繞著這個空城而已，杜牧詩中的情境，也只能心中去想像罷了。「商女歌聲，臺城暢望，淮水煙沙」三句，寫來惆悵至極。

「問江左風流故家」以下，化用劉禹錫的〈烏衣巷〉詩，以再次印證榮華富貴之不足恃。秦淮河南邊，即金陵城中著名的烏衣巷，東晉時王導、謝安等豪門世族都聚居於此，但曾幾何時，權貴易位，榮華富貴都如過眼雲煙。「朱雀橋邊野草花，烏衣巷口夕陽斜。舊時王謝堂前燕，飛入尋常百姓家」四句，道盡了人事之變遷，故千古以來，傳誦不已。現在極目望去，何嘗有王、謝的高門宅第？只見斜陽下，一片荒煙蔓草，迎風招展而已。「問江左風流故家，但夕陽衰草寒鴉」二句，檃栝劉詩，無盡的滄桑之感，就在這一問一答中，流露無遺。

寫至此，感慨曷極，底下則不再言情，改寫景物，但「隱映殘霞，寥落歸帆，嗚咽鳴笳」三句，兼從視覺、聽覺下筆，呈現出一幅極其蒼茫、淒涼之景象，豈不正是其心境之寫照麼？

二二　湘妃怨　西湖

湖山佳處那些兒⊙恰到輕寒微雨時⊙東風❶懶倦催春事⊙嗔❷垂楊裊綠絲⊙海棠花、偷抹胭脂⊙任吳岫❸眉尖恨。厭錢塘江上詞❹⊙是個妒色的西施❺⊙

【格　律】此調又名〈淩波仙〉、〈淩波曲〉、〈水仙子〉、〈馮夷曲〉。可入小令、散套及雜劇。作小令時可獨用，也可與〈折桂令〉合為帶過曲。入劇套則可用作尾聲。宮調入雙調，也可入中呂宮及南呂宮。

全首共八句七韻，為「七、七、七、五、七、三、三、四」，其中首三句一般均作對句，有作鼎足對者，也有對首二句而第三句單承者，但也有不對者；第五句須為雙式句。其平仄格律如下：

十一十丨丨一一⊙　十丨一一平厶一⊙　十一十丨一一去⊙　一一平厶平⊙　丨一一、十丨一一⊙　一一厶。　十丨一⊙　十丨一一⊙

其中第五句也有作六字者，其格律為「十一丨丨一一」。另有一體，則第六、七兩句作四字句，其平仄為「一一十丨。一一厶一⊙」，其餘與上一體並同。末三句一般多用對句，可六、七兩句相對而末句單承，也可與末句作鼎足對。又可加襯字，成為「五、五、四」、「六、六、四」、「七、七、四」或「七、七、七」。此曲第六、七兩句作「任吳岫眉尖恨、厭錢塘江上詞」乃是加襯字之故。

【注　釋】❶東風　即春風。❷嗔　生氣；怪罪。❸吳岫　即吳山。在西湖東南，春秋時為吳國南方之界山，故名。另一說則以為原擬以伍子胥為名，誤「伍」為「吳」。又名「胥山」。此山左帶大江，右瞰西湖，峰巒相屬，為杭州名勝之一，詳見《讀史方輿紀要》。❹錢塘江上詞　指盛唐詩人王昌齡之〈浣紗女〉詩，云：「錢唐江畔是誰家？江上女兒全勝花。吳王在時不得出，今日公然來浣紗。」❺西施　春秋時越國的美女。後世常作為絕代佳人之代稱。也稱「西子」。

【語　譯】西湖山光水色之美，哪裡最能表現出來呢？豈不就是在斜風細雨的時節嗎？東風已經厭倦了送往迎來，今年不想去催春了。可惱的楊柳和海棠，一個迫不及待地扭擺著腰肢，一個悄悄地抹上胭脂，竟偷偷把春接來了！吳山對她的嬌美嫉妒得牙癢癢的，她不理會；說什麼「江上女兒全勝花」，她也不相信。哈！這西湖，原來是個愛吃醋的美女呢！

【賞　析】西湖山青水綠，可說是中國山水最為秀美的地方了，歷代流傳下來，歌詠西湖之詩文，真不知有多少。其中蘇東坡「水光瀲灩晴方好，山色空濛雨亦奇。若把西湖比西子，淡妝濃抹總相宜」（〈飲湖上初晴後雨〉）一詩，道盡了西湖四時晴雨，各有其佳趣之特色，故歷來傳誦不已。

盧摯的〈湘妃怨・西湖〉四首，基本上即是繼承東坡「若把西湖比西子，淡妝濃抹總相宜」二句的詩意，用詼諧的筆法，來描寫西湖四季景色的變化，此是第一首，寫春天的西湖。

「湖山佳處那些兒，恰到輕寒微雨時」二句，讚美西湖山水清嘉，卻從雨景下筆。一般人遊春，都只能欣賞晴空下萬紫千紅的美景，對於下雨天，多半都認為是很煞風景的，盧摯卻偏說，西湖佳處要在輕寒微雨時最易見出，然則，斜風細雨之中，尚有無限清景，天朗氣清時如何，就更不必說了。這是化用東坡「山色空濛雨亦奇」一句，是轉進一層的寫法。

以下都使用擬人化的手法。春天來了，東風也來了，輕輕柔柔的，「吹面不寒」的東風四處吹拂著，令人心曠神怡；然而就在東風的吹拂下，吹落了花，吹綠了草，春天的腳步也就越去越遠了，所以向來在文學作品中，雖然也不乏將東風人格化的寫法，但多半都是傷春悲春之意，埋怨東風催走了春。此首卻替東風打抱不平，說東風才懶得去催春來呢！其實是垂柳和海棠偷偷地迎來了春。「東風懶倦催春事，嗔垂楊裊綠絲，海棠花偷抹胭脂」三句，將楊柳和海棠，設想成了春心蕩漾的漂亮姐兒，迫不及待地換上了春裝。「裊綠絲」的「裊」字，寫盡了楊柳款擺細腰，迎風招展的嫵媚勁兒；「偷抹胭脂」的「偷」字，更是曲曲傳達出海棠花搶先綻放的急切模樣。而設想東風本來懶得送往迎來，卻被垂柳和海棠壞了好事，因而大發嬌嗔的樣子，更是神來之筆。本來嘛，還是「輕寒微雨」，冬天未肯收盡餘寒的天氣，東風還沒吹呢！楊柳卻已偷偷地抽了芽，海棠花也已偷偷的綻放了。西湖的春，可來得真早。寫西湖春臨，卻出之以如此奇巧的想像，遂使全篇逸趣橫生，充滿了靈動活潑之感。

「任吳岫眉尖恨，厭錢塘江上詞，是個妒色的西施」三句，更以西子比西湖，設想西湖是個絕色美女，猶如當年的西施一樣，由於她的姿容壓過群倫，遂使周遭的山水，都嫉妒得牙癢癢的。「任吳岫眉尖恨」，一個「任」字，表現出她任憑別人嫉恨而不理不睬的高傲，「厭錢塘江上詞」，一個「厭」字，又表現出那種不容有人比她更為漂亮的自負，總結出西湖美景第一的結論，寫得精采極了。

陳草庵

陳草庵，生平事蹟不詳。《錄鬼簿》稱其為「陳草庵中丞」，列於前輩名公。疑其曾官至中丞。其作品，《全元散曲》中收錄小令二十六首，全為〈山坡羊〉。

二三 山坡羊

晨雞初叫⊙昏鴉爭噪❶⊙那箇不去紅塵❷鬧⊙路遙遙⊙水迢迢❸⊙功名盡在長安道⊙今日少年明日老⊙山。依舊好⊙人。憔悴了⊙

【格律】〈山坡羊〉，又名〈蘇武持節〉。屬於中呂宮，亦可入黃鍾宮或商調。此曲可用作小令，也可入散套或雜劇。唯用入套數者，皆屬商調或黃鍾宮，作小令則可獨用，也可與〈青哥兒〉合為帶過曲。全曲共十一句，作「四、四、七、三、三、七、七、一、三、一、三」，前六句中，四、五兩句叶平韻，其餘四仄韻均須叶去聲，第七句可叶平，若叶仄，則須用上聲；通常兩個一字句不叶，間亦有叶韻者。其平仄格律如下：

一一一去⊙ 一一一去⊙ ＋一＋丨一一去⊙ 丨一一⊙ 丨一一⊙ ＋一＋丨一一去⊙
＋丨＋一一厶平（或作＋一去一一厶平）⊙ 一。 ＋去平⊙ 一。 ＋去平⊙

【注釋】❶噪 喧鬧。❷紅塵 塵土飛揚。形容人世間的繁華喧鬧。紅，喻其色彩繽紛，聲光炫眼。❸迢迢 遙遠的樣子。

【語譯】從晨雞初啼，到黃昏時老鴉回巢，聒噪一片，一天光景中，哪個人不是在滾滾紅塵中忙忙亂亂？水遠山遙，為求功名利祿，大家都湧向長安道上。可惜今日青春年少，明天就垂垂老矣。山，依舊青蔥；人，已經憔悴了。

【賞析】這首小令原題「歎世」，內容是對人生的感慨。

「晨雞初叫，昏鴉爭噪，那箇不去紅塵鬧」三句，下筆即慨歎人生之勞碌。從早晨第一聲雞唱，就起來奔波勞苦，一直到日頭偏西，鴉鵲吱吱喳喳的回巢，還不得歇息。真的，這萬丈紅塵，就像一面無形的網羅，每個人都在其中奔競名利，誰能脫逃得了？

為了追求榮華富貴，最好的辦法當然是到京城來，於是通往都城的路上，就熙熙攘攘，擠滿了奔競的人。「路遙遙，水迢迢，功名盡在長安道，今日少年明日老」，「長安」泛指京城，京城發展的機會理應比較大，於是水遙山遠，歷盡艱難險阻，也擋不住人們一窩蜂地湧進來。

但在這樣棲棲遑遑的奔波鑽營之中，時光不斷的流逝，不知不覺間，當年的少年人已經成為白頭老翁了。「山，依舊好；人，憔悴了」，以青山之不變反襯人世之滄桑，追求了半天，奔波勞碌了一生，到頭來，功名依舊蹤跡杳然，而人卻已垂垂老矣，豈不可歎！

二四　山坡羊

伏低伏弱❶⊙裝呆裝落❷⊙是非猶自來著莫❸⊙任從他⊙待如何⊙
天公❹尚有妨農過⊙蠶怕雨寒苗怕火❺⊙陰。也是錯⊙晴。也是錯⊙

【格　律】詳見上首（晨雞初叫）。

【注　釋】❶伏低伏弱　即服低服弱，承認自己不如人。伏，屈服。❷落　走下坡；衰敗。指年老力衰。❸著莫　撩惹；沾惹。孔平仲〈懷蓬萊閣〉詩「野逕花香著莫人」，即撩惹人之意。❹天公　老天爺。❺火　喻久旱不雨，大地炙熱如火。

【語　譯】自願服輸認輸，凡事裝呆裝笨，到頭來是非還是惹上身。也只好由他去了，不然又能怎麼樣呢？想想老天爺也還免不了挨罵，說他妨害農務呢！養蠶的怕天寒下雨，插秧的又怕乾旱。豈不是陰也不對，晴也不對嗎？

【賞　析】此首慨歎做人之難。一般所謂的勸世良言，總是叫人不要爭強好勝，不要逞強出頭，但是「伏低伏弱，裝呆裝落」，就可以太平穩妥了嗎？卻也未必。

「伏低伏弱」是不和人比，「裝呆裝落」是不和人爭。前者是主動的，後者是被動的。能「伏低伏弱」，承認自己不如人，就不會到處生事，惹來糾紛；能「裝呆裝落」，人家找上門來，也能裝聾作啞，不作反應，自然也鬧不起來。照理說，就該與是非絕緣了，偏偏你不惹人家，人家硬是要來惹你，是非還是逃不掉。「是非猶自來著莫」，豈不是令人氣結？

但是又能怎樣呢？想想連老天爺都不好當，何況是做人？「蠶怕雨寒苗怕火」，這呼風喚雨的老天爺，尚且順了姑情，逆了嫂意，「陰，也是錯；晴，也是錯」，落得左右為難，兩面挨罵；做人，當然是更難了。看來也只好忍氣吞聲，看開一點。人活在世上，這一類有理說不清的事多得很，不隨他去，又能怎樣呢？「任從他，待如何」二句，充滿了無奈之感。

關漢卿

關漢卿，自號己齋叟，一說名一齋，字漢卿，大都（今北平市）人。生卒年不詳，大約生於金朝末年，卒於元成宗大德年間（一二九七～一三〇七）。曾任太醫院尹，元朱經〈青樓集序〉謂其金亡之後，絕意仕進，羅忼烈認為不足信，說見《元曲三百首箋》。元末熊自得《析津志・名宦傳》謂其「生而倜儻，博學能文，滑稽多智，蘊藉風流，為一時之冠」，明賈仲明《續錄鬼簿》謂其「驅梨園領袖，總編修師首，捻雜劇班頭」。畢生致力於雜劇之創作，作品多至六十餘種，現存尚有《竇娥冤》、《救風塵》、《拜月亭》、《單刀會》等十餘種，內容包羅萬象，各極其致，向來被公認為我國最偉大的元劇作家。與馬致遠、白樸、鄭光祖齊名，並稱為「元曲四大家」。其散曲則多寫兒女柔情，似僅餘力為之，成就不如戲劇。《全元散曲》錄有小令五十七首、散套十三套。

二五　四塊玉　別情

自送別⊙心難捨⊙一點相思幾時絕⊙凭欄袖拂楊花雪❶⊙溪又斜

⊙山又遮⊙人去也⊙

【格　律】此曲屬南呂宮，可作小令，也可入雜劇及散套。共七句，作「三、三、七、七、三、三、三」，第五句可叶可不叶，第一句及第六句也偶有不叶者。其平仄格律如下：

十ㄙ一⊙　一一ト⊙　十丨一一丨一一⊙　十一十丨一一ㄙ⊙　十ㄙ一⊙　十ㄙ平⊙　一去平⊙

【注　釋】❶楊花雪　謂楊花滿天飛，猶如下雪般。楊花，即柳絮，是柳的種子，上有白色的絨毛，狀似棉絮。

【語　譯】自從你走後，心裡感覺萬般的難捨。這種相思之苦，真不知要挨到幾時？憑欄遠眺，正是楊花如雪的時節。拂開惱人的片片飛絮，極目望去，眼前不是起伏層轉的峰巒，就是曲折蜿蜒的溪澗。人，已經去遠了。

【賞　析】此曲寫別後相思之苦。離別是最痛苦的，尤其對情深意濃的愛侶，磨折更深。所以辛稼軒即曾斬釘截鐵地說：「若教眼底無離恨，不信人間有白頭。」這種痛苦，似乎留下的人比走的人又承受得更多。走的人匆匆趕路，心中至少還有一個出行的目的或奮鬥的目標，剩下留著的人，就只好獨自承受那滿屋的孤寂和空虛，隨著行人越去越遠，那種淒苦失落之感也就越重越沈。「自送別，心難捨」，「自送別」明言行人已遠，但是思念之苦卻越發地啃蝕著心靈，千般柔情，萬般蜜意，全都凝聚成縷縷相思，幽幽不絕地折磨著人，「一點相思幾時絕」，真把人壓得懨懨地透不過氣來。

明知道人已去遠，但忍不住仍要一遍遍地登樓，彷彿那人還在路口，還在向自己遙遙招手呢！這時正是暮春時節，楊花如雪，滿天飛舞，一邊用手撥開眼前的楊花，一邊伸頸凝神，極力向遠處望去，多希望能看到那踽踽而行的身影啊！但見眼前不是山，就是水，重重疊疊，迴環曲折地，完全遮斷了離人的路徑。眺望的目的，本是希望能感覺和他更接近；然而眺望的結果卻是「溪又斜，山又遮」，更具體地提醒自己和他遠隔千里。「人去也」三字，點出殘酷的事實，真是淒然欲絕。

此首純任自然，不假雕琢，但由於感情真摯，信筆寫來，就深摯動人。尤其「凭欄袖拂楊花雪」一句，更具有多重的意義，除了表明時間是暮春三月，並借袖拂楊花的動作以強調其急於凝望的熱切以外，楊花飛絮的三月時分，正是落花飄零時節，在中國的文學傳統中，又向來慣於以鮮花象喻女子，斯人遠去，那孤零零的閨中人，豈不就像風中的落花般，無人憐惜？那麼，當她倚欄遠眺，無意中觸及滿院的落花時，豈非更觸景情傷？而且，柳絮飄綿，那是千朵萬朵，隨風飛颺，濛濛亂撲行人面的，所以古人也習慣以柳綿象喻紛亂的愁思，如馮延巳的〈鵲踏枝〉詞就說：「撩亂春愁如柳絮。」此刻，那滿天亂舞的楊花，豈不正是她紊亂心境最好的寫照麼？這種多層的聯想，遂使此曲具有極豐美的意象，雖是淡淡寫來，卻能有不盡之餘味，可說是關氏散曲中極佳的作品。

二六 四塊玉 閒適

南畝❶耕。東山❷臥⊙世態人情經歷多⊙閒將往事思量過⊙賢的是他⊙愚的是我⊙爭什麼⊙

【格律】〈四塊玉〉之格律，詳見上首「別情」（自送別）。

此首第一句不叶韻，後三句則每句皆叶。後三句本格應作「三、三、三」，此處作「四、四、三」，乃因添加襯字之故。

【注釋】❶南畝　即農田。由於向南的田地陽光充足，較利於農作物之生長，故古人農田多向南方，稱為南畝。如《詩經．豳風．七月》：「饁彼南畝。」〈小雅．大田〉：「俶載南畝。」此處用陶淵明典故。❷東山　東晉謝安早年隱居東山，優游山林，屢召不起，後遂以「東山」喻指隱居。其地在今浙江省上虞縣西南；而浙江省臨安縣西、江蘇省江寧縣東山鎮北，亦有謝安當年憩息之處，俱稱為東山。

【語譯】學淵明歸耕南畝吧！學謝安東山高臥吧！歷經多少世事滄桑，看盡多少人情冷暖。心平氣和地想想：人家的確是高明，自己甘拜下風。那，還有什麼好爭的？

【賞析】此曲一下筆就用了兩個典故。「南畝耕」指的是陶淵明，「東山臥」指的是謝安。陶淵明生於晉、宋易代之際，政治黑暗，士節敗壞，他為衣食所迫，曾經數次出仕，深深體會到既不能扭轉乾坤，又不甘同流合汙之苦，終於痛下決心，於義熙元年（四〇五）賦〈歸去來兮辭〉而歸隱，從此不再出仕。謝安在出仕以前，曾經寓居會稽之東山，與王羲之及道士許詢等人遊處，出則漁弋山水，入則言詠屬文，絕意仕進。朝廷一再徵召，亦不肯應命。後來雖然官至宰輔，猶時時有歸臥東山之志，只是始終未能如願而已。「南畝耕，東山臥」二句，說明要效法淵明及謝安歸耕南畝、高臥東山。淵明在歸田之初，曾經寫下〈歸園田居〉五首，說自己「少無適俗韻，性本愛丘山」，這種性格如何做官？所以只好「開荒南野際，守拙歸園田」了。這「守拙」二字，可以說就是本曲的意旨所在。仕途險惡，世態炎涼，在撞得鼻青臉腫之後，終於覺悟，自己根本就不是做官的材料，還是和當年的陶淵明一樣，「守拙歸園田」吧！做官有什麼好？謝安做到宰相，還不是念茲在茲，天天想回東山嗎？

「世態人情經歷多，閒將往事思量過」，說明「守拙」歸耕，乃是經過縝密的考慮，「閒」字極好，表示這不是「人比人，氣死人」的激憤之語，確實是深思熟慮的結果。平心靜氣想想，人就該有自知之明，人家會鑽營，會逢迎，自己做得到嗎？既然做不到，那還有什麼好比、什麼好氣的？「閒將往事思量過」，是理智分析的結果，一「閒」字就足以表現出心境之平和。但是話又說回來了，一再理智地分析以說服自己，豈不也正透露出自己內心，終究還是有那麼一點不平衡，才需要自我開解嗎？畢竟讀書人，那個不是懷抱著「致君堯舜上，再使風俗淳」的理想，希望「學而優則仕」的？年輕時候的陶淵明，不也是「猛志逸四海，騫翮思遠翥」的嗎？歸田何嘗是初衷？再說，在官場上若是真能實現理想抱負，謝安又何須天天想回東山，甚至於造汎海之裝，經常繞室而行，以求自我安慰？所以「賢的是他，愚的是我，爭什麼？」三句，看似人情練達後的超曠，其實卻也透露出不得不看開的些許無奈。羅忼烈《元曲三百首箋》說：「己齋此作，意態豪邁，文辭天成，語淺意深，以言雅正，於所作諸小令中，斯為壓卷。」謂此曲為壓卷之作，雖然未必是，但「語淺意深」之語，卻是的評！

二七　沈醉東風

咫尺❶的、天南地北⊙霎時間❷、月缺花飛⊙手執著餞行杯。眼閣著❸別離淚⊙剛道得聲、保重將息❹⊙痛煞煞❺教人捨不得⊙好去者❻、望前程萬里⊙

【格　律】〈沈醉東風〉之格律，詳見胡祇遹〈沈醉東風〉（月底花間酒壺）。（頁三三）

關氏這首小令，用了很多襯字和增字。襯字和增字之不同，在於襯字只作為轉折、聯繫或加強語氣之用，是可有可無的，故多屬虛字；而增字之作用則與正字相同，加上與否會影響到句子之意義，但無論加襯字或增字，都不可破壞句式。此曲「手執著餞行杯」、「眼閣著別離淚」二句，「手執著」及「眼閣著」是增字；二句本為三字句，單式，各增三字後，雖然變成六字句，但句法為「三、三」，仍是單式。

【注　釋】❶咫尺　比喻距離很短。咫，八寸。❷霎時間　很短暫的時間。❸閣著　留著。閣，通「擱」。❹

將息　調養、調息身體。❺痛煞煞　形容非常悲痛。❻好去者　好好去吧。為居者安慰行者之辭。如杜甫〈送張十二參軍赴蜀州〉詩：「好去張公子，通家別恨添。」又馬致遠〈耍孩兒・借馬〉套：「道一聲好去，早兩淚雙垂。」者，語助詞。

【語　譯】這麼相近相親，竟然要天南地北，各自一方。突然間，月暗了，花落了，整個天地變了色。忍住滿眶的淚水，端起杯子，讓我敬你一杯。才說了一聲：請你保重。那心窩就絞痛起來。唉！你好好去吧！但願你此去能夠鵬程萬里！

【賞　析】此曲寫送別，也是從女子方面來寫。

一下筆就先描寫離別給她的感受。兩個人本來何等親近，整日如影隨形地，有你就有我，突然間竟要遠隔天涯！「咫尺的天南地北」，咫尺，極言其近，天南地北，則極言其遠。其實，他此去的所在，實質的距離未必就真有多遠，但在她的感覺中，的的確確，今後就是一個在天涯，一個在海角了，這是就空間言。

「霎時間月缺花飛」一句則是就時間言，相愛中的戀人，說不盡的濃情蜜意，本以為可以天長地久，直到永恆，怎知造化弄人，硬生生拆散了愛侶。這美好的一切，竟如泡沫幻影，霎時之間，整個粉碎了！以「月缺花飛」象喻天崩地坼般的破滅之感，則原本花好月圓般的甜美從而可知。此二句均以象喻的手法刻畫女子的心境，寫來極為成功。

然而愛情畢竟無法與命運對抗，儘管再傷心，再不捨，仍然不得不接受命運的安排，強忍著滿腔悲哀，為他餞行，在淚光閃爍中舉杯，為他祝福。「手執著餞行杯，眼閣著別離淚」，眼中「閣著淚」，是強把盈盈欲滴的淚水忍住，不讓流下之意。一個「閣」字，充分表現出她的自制自持。但是「剛道得聲保重將息，痛煞煞教人捨不得」，一開口，那勉強按捺住的悲痛就如決隄般翻湧而上，彷彿原來尚可假裝離別不存在，但一經提及，那事實就變得再真實不過，不由得你不承認了。但是中國傳統女性的可敬可愛，就在於她能犧牲自我，逆來順受，為了對方的前程，再次吞下悲痛，安慰對方：「你好好去吧！但望此去能功成名就，鵬程萬里！」「保重將息」是叮嚀，「前程萬里」是祝福。只有殷殷叮嚀和衷心的祝福，生怕自己的痛苦會讓對方掛心，勉強打起精神，強顏歡笑，連眼淚在眼眶裡打轉，都忍住不讓它流下來，這幅圖景，真寫活了傳統女子溫婉而又堅毅的風貌。

二八　大德歌　秋

風飄飄⊙雨瀟瀟⊙便做❶陳摶❷睡不著⊙懊惱傷懷抱⊙撲簌簌❸淚
點拋⊙秋蟬兒噪❹罷寒蛩兒❺叫⊙淅零零❻細雨打芭蕉⊙

【格　律】〈大德歌〉，《全元散曲》所收，僅有關漢卿所作一組十首；且最後一首云：「吹一箇，彈一箇，唱新行〈大德歌〉。」故可能是關氏所自創的曲調。

此曲宮調屬雙調，可入小令，亦可入雜劇，共七句，作「三、三、七、五、六、七、五」，每句一韻，第五句為六字句，但句式必須為單式。第三句或作七字，或作折腰六字句，俱為單式句，一般曲譜定作五字句，非，詳見鄭因百師《北曲新譜》。其平仄格律如下：

＋－－⊙　｜－－⊙　＋｜－－＋ㄙ平⊙　｜｜－－去⊙　＋＋＋、｜｜－⊙　＋－＋｜
－－去⊙　｜｜｜－－⊙

此首「秋蟬兒噪罷寒蛩兒叫」、「淅零零細雨打芭蕉」二句，二「兒」字及「淅零零」三字俱為襯字。

【注　釋】❶便做　就算是。❷陳摶　字圖南，自號扶搖子，五代時人。先後於武當山、華山修道，以善睡聞名，常每睡百餘日方起，宋太宗時賜號「希夷先生」。❸撲簌簌　紛紛落下的樣子。❹噪　蟲鳥喧鬧的聲音。❺寒蛩　蟋蟀。❻淅零零　狀聲詞。形容雨聲。

【語　譯】秋風飄飄，秋雨瀟瀟，就算是陳摶也睡不著哪！越想越懊惱，越聽越傷心，害得我眼淚往下掉。好不容易等到秋蟬兒安靜了，蟋蟀又跟著叫起來。天哪！還有那淅瀝瀝，細雨打在芭蕉上的聲音！

【賞　析】關漢卿的〈大德歌〉十首，前四首在曲詞之前分別綴有：「春」、「夏」、「秋」、「冬」四字，從曲中文字來看，是分寫四季相思的聯章之作。這首是第三首，寫秋，借秋聲表達出秋夜的愁思。

秋是個蕭瑟的季節，草木搖落，大地一片肅殺之氣，而秋之為聲，更是「淒淒切切，呼號奮發」，歐陽脩著名的〈秋聲賦〉曾如此形容：「初淅瀝以蕭颯，忽奔騰而砰湃，如波濤夜驚，風雨驟至。其觸於物也，鏦鏦錚錚，金鐵皆鳴；又如赴敵之兵，銜枚疾走，不聞號令，但聞人馬之行聲。」極能表達出其肅殺之感。

因此，秋也是個懷人的季節。由於外在環境之淒涼，往往使人倍感孤寂。在秋天時候，遊子離人特別容易引起思鄉懷人之感，何況是在秋夜裡，氣溫驟降，連枕席都是冰涼一片，處身其中，越發感到孑然一身的孤單和說不盡的淒涼孤寂。這時候，偏偏又刮起風、下起雨來，淅瀝瀝的雨聲，更令人產生莫大的悲感。秋風秋雨愁煞人，此情此景，就是讓睡仙陳摶來，也會睡不著，何況離人呢！溫庭筠的〈更漏子〉詞曾說：「梧桐樹，三更雨，不道離情正苦，一葉葉，一聲聲，空階滴到明。」李清照〈采桑子〉也說：「傷心枕上三更雨，點滴淒清，點滴淒清，愁損離人，不慣起來聽。」這兩首詞，真是道盡了離人的感受，秋夜中的風風雨雨，可不是一滴滴都撞擊在離人的心坎上！「風飄飄，雨瀟瀟」，再加上「細雨打芭蕉」，那愁極難眠的人，就痴痴地躺在榻上，一聲聲地聽著，一下下地數著，一遍遍地受煎熬著。這，已是情何以堪了，偏偏這時候，秋蟬兒和蟋蟀也不甘寂寞地競相鳴叫起來。秋蟬又名寒蟬、哀蟬，叫聲極其哀惻淒斷，再加上蟋蟀清亮的嘶鳴，在窗外此起彼落地競奏，和風聲、雨聲、雨打芭蕉聲，交織成一首悲愴交響曲。這一切，可令那已經柔腸寸斷的人如何消受啊！難怪越聽就越懊惱，也跟著「撲簌簌淚點拋」了。

此首寫相思，卻不從「情」字下筆，全篇都描寫聲音，借種種秋聲自然烘托出秋夜的悲淒來，猶如曲中之〈秋聲賦〉，寫來頗見奇巧。

二九　醉扶歸　禿指甲

十指如枯筍⊙和袖捧金尊⊙搊❶煞銀箏字不真⊙揉癢天生鈍⊙縱有相思淚痕⊙索❷把拳頭搵❸⊙

【格　律】此調可用作小令、散套，亦可入雜劇。宮調屬仙呂宮，亦可入越調及雙調。共六句六韻，作「五、五、七、五、六、五」。其平仄格律如下：

＋｜－－｜（或作｜－－）⊙　＋｜｜－平⊙　＋｜－－｜｜－（或作＋｜－－－去平）⊙　＋｜－－厶⊙　＋｜－－厶平⊙　＋｜－－去⊙

另有一式為增句體，可在第五、六兩句間增加一句，其平仄格律為「＋｜｜－－」，可叶韻亦可不叶。

【注　釋】❶搊　以五指撥弄琴絃。❷索　須；得。《董西廂・卷三》：「若比這個將軍，兵書戰策，索拜做師父。」❸搵　擦拭。辛棄疾〈水龍吟〉詞：「倩何人喚取，紅巾翠袖，搵英雄淚。」

【語　譯】十指指甲光禿禿的，就像枯乾的竹筍。兩手捧著酒壺，那酒壺活像被衣袖裹住似的。彈奏銀箏時，拚命撥弄著，音調還是彈不準。搔起癢來，鈍鈍的，也總覺不過癮。就算有相思淚吧！

你看她拭淚的樣子，就像用個大拳頭來擦似的。

【賞　析】此首嘲諷歌伎的禿指甲，寫來相當滑稽詼諧。

歌兒舞女，似乎都應該是體態輕盈、十指纖纖的。歐陽炯〈花間集序〉描寫酒筵歌席之間，唱曲子助興之情形，即云：「則有綺筵公子，繡幌佳人，遞葉葉之花箋，文抽麗錦；舉纖纖之玉指，拍按香檀，不無清絕之辭，因助嬌嬈之態。」很難想像，竟有歌伎是指甲光禿禿的，難怪關漢卿一見就童心大起，寫了這首曲子來諷刺她。

全首都用誇張的筆法，從各個角度強調禿指甲之可笑。下筆先以「枯筍」形容其指頭之外貌。筍子呈圓錐形，上尖下鈍，頂端稱為筍尖。年輕的女孩子，通常把指甲修得尖尖的，就像筍尖一樣。但是這人沒有指甲，看上去就像筍尖已經枯萎掉的乾筍一樣。「十指如枯筍」五字，已極盡嘲諷之能事，「和袖捧金尊」以下，更分從斟酒、彈箏、搔癢及拭淚幾個動作刻畫其笨拙。別人玉指纖纖，當捧著金尊時，從寬大的衣袖中露出纖細的指甲，上面塗著鮮亮的蔻丹，和金尊綠酒互相輝映，真有說不出的好看，無奈此人的十指禿禿的，當她用指頭接住酒杯時，寬大的衣袖跟著遮下來，看上去就像連同大片衣袖一起裹住酒杯似的，拖泥帶水，別提有多笨拙了。

當她彈箏時更糟糕，別人是輕撚慢攏，風姿靈動，她因為沒有指甲，挑也挑不起來，拂也拂不過去，看她使勁撥弄絲絃的樣子，真令人替她著急。「搊煞銀箏字不真」七字寫笨拙之態尤其生動。

這禿禿的十指真是沒什麼用，連基本的作用搔癢都派不上用場，鈍鈍的，硬是搔不到癢處。

甚至於連一個年輕女孩子最動人的一幕——為相思所苦，情不自禁流下眼淚時，那該是何等柔美、何等纏綿動人的鏡頭啊！但看她舉起禿禿的手，彷彿用個大拳頭來拭淚，所有的美感也都頓然消失了。

由禿禿的指甲，想出這麼多戲謔之語，想像力之豐富真令人歎為觀止。

白樸

白樸，字仁甫，改字太素，號蘭谷，原籍隩州（今山西河曲），後遷居真定（今河北正定）。生於金哀宗正大三年（一二二六），到元世祖至元二十八年（一二九一）尚在世，卒年則不詳。

白氏七歲時，蒙古攻陷開封，其父曾任金樞密院判官，隨金主北渡黃河，其母則於亂軍中被俘，幸賴其通家舊好元好問攜挈逃難，嚐盡流離喪亂之苦。入元後，移居金陵（今南京市），絕意仕進，漫遊南北，縱情詩酒以娛。

白氏聰慧穎悟，親炙元好問，元氏對其頗為器重，曾贈詩云：「元白通家舊，諸郎獨汝賢。」有詞集《天籟集》傳世，清初楊友敬又掇拾其散曲，附錄集後，名曰《摭遺》。白氏以曲名家，曾撰雜劇十六種，與關漢卿、鄭光祖、馬致遠並稱為「元曲四大家」，今只存《梧桐雨》、《東牆記》及《牆頭馬上》三種而已。其中《梧桐雨》一劇，尤其膾炙人口，王國維《宋元戲曲考》譽之為「沈雄悲壯，為元曲冠冕」。散曲現存小令三十七首、套數四，其筆致以清麗俊逸為主，唯因幼遭國變，憂鬱憤懣之情亦時流露於不自覺間。

三〇 沈醉東風 漁父

黃蘆岸、白蘋❶渡口⊙綠楊堤、紅蓼❷灘頭⊙雖無刎頸交❸。卻有忘機友❹⊙點秋江、白鷺沙鷗⊙傲殺❺人間萬戶侯❻⊙不識字、煙波釣叟⊙

【格律】〈沈醉東風〉之格律，詳見胡祗遹〈月底花間酒壺〉。（頁三三）白氏此曲一、二兩句各加一襯字，三、四兩句中，「雖無」、「卻有」二字為增字。

【注釋】❶白蘋 植物名。生長淺水中，葉有長柄，柄端長著四片小葉，形如「田」字，故又稱「四字草」，於夏、秋之際，開白色的小花。❷紅蓼 植物名。生長於溼地中，秋季開花，呈穗狀花序，花為白色或粉紅色。❸刎頸交 相知相惜，以生命相許的朋友。❹忘機友 能擺脫俗世機詐之心，彼此坦誠相待的朋友。❺殺 過甚之辭，表示極端強調之意。❻萬戶侯 食邑有一萬戶的侯爵。

【語譯】水邊渡口，淡黃的蘆葦和白色的蘋花在秋風下擺動著。堤畔灘頭，一行行綠柳和一叢叢淡紅的蓼花相互輝映。雖然塵世間找不到一個同生共死的好友，卻還有毫無機心的沙鷗、白鷺長相為伴。在水天一色、秋色無邊的江面上，看牠們輕掠而過，倒也饒有趣味！什麼將相侯王，全都沒放在眼裡！他，就是那個目不識丁的釣魚翁。

【賞析】此曲寫漁父，借歌詠漁家生活之悠閒適意以強調歸隱之美好。

全首分三段。「黃蘆岸白蘋渡口，綠楊堤紅蓼灘頭」二句先介紹漁父生活的環境。在煙波浩渺的水面上，游目四顧，沿著涯岸的坡側上，茫茫一片，盡是淡黃色的蘆葦。靠近渡口的淺水裡，則開滿了白色的蘋花。遠處的長堤上，栽著一行垂柳，彷如一抹綠煙，和灘頭上一簇簇淡紅的蓼花遙遙相映。紅綠黃白，景致如詩如畫。此二句對偶工整而色彩繽紛，寫盡了秋景之美。秋天本來就是個美麗的季節，作者顯然更是有意借著顏色的烘托來經營一個絢麗多姿的意境，以突出水畔風光之美好。這是就靜態言。

「雖無刎頸交」以下三句則就動態方面著墨，描寫漁父生活之情趣。「刎頸交」指肝膽相照、相知相惜的朋友。「忘機」二字出自《莊子》，指沒有機心。一切智巧、詭詐、機變等世俗間的利害糾纏，俱可稱為機心。自己雖然孤身一人，獨來獨往，彷彿被世界遺棄了，但與鷗鷺為伴，因為沒有利害衝突，彼此無猜無忌，自在自如地，一片天機，這種境界卻是塵世中難逢的。不是嗎？每天一葉扁舟，徜徉在湖光水色中，看白鷗鷺鷥在身邊翱翔，欣賞牠們低掠而過的輕盈姿態，真是何等的情味！「點秋江白鷺沙鷗」一句描寫這些水鳥捕魚時，突然俯衝而下，掠水而起，在水面上留下一個優美的漣漪，寫得極富動態感；而鷗鷺的一身白羽，襯著浩瀚秋空下水連天、天連水，煙波萬里的背景，又有說不出的高遠氣象。這種單色對比的美感，和岸邊繽紛華茂的色調遙遙相對而相得益彰。

這種無拘無束的生活，比起官場的爾虞我詐，風波險惡，相去真不可以道里計。真的，仕宦有什麼好？塵勞奔波，禍福難料，而貴顯榮華，到頭來還不是轉眼成空？難怪他對做官嗤之以鼻了。「傲殺人間萬戶侯」二句用倒裝句法，「萬戶侯」是高位，這個不識字的「煙波釣叟」，卻絲毫不將它放在眼裡。此篇一下筆就著重刻畫隱居生活的美好，前文透過靜態、動態二方面之描寫，本已將漁家生活寫得詩情畫意，令人嚮往不已，最後再這麼極力一讚，突出主旨，條理甚為明晰。

以上是就正面言，然而再往深一層看，日與山水鷗鷺為友，豈能不寂寞？風吹雨打，豈不清苦？寂寞的滋味是最難耐的，而櫛風沐雨的生涯，更是極其艱苦的，中國的讀書人，向來都是「學而優則仕」的，若是時勢許可，誰不願意為官求仕？所以不辭辛苦，而且還極力強調退隱的美好，豈不正透露出不得不爾的無奈麼！「雖無刎頸交」五字，用「雖」字輕輕帶過，似不在意，其實卻正流露出遺世獨立的無限蒼涼；而「不識字煙波釣叟」一句，特別強調其不識字，愈是強調，就愈露出破綻。這個漁父何嘗不識字？真正不識字的漁父，或是一般的小人物，何能欣賞寂寞的況味？何能傲殺人間萬戶侯？這個極力遊說自己退隱比求官好的，明明是個識字的漁父，是個原本不該當漁父的漁父。這其中實有無盡淒涼。白賁的〈鸚鵡曲〉說：「儂家鸚鵡洲邊住，是箇不識字漁父。浪花中一葉扁舟，睡煞江南煙雨。覺來時滿眼青山，抖擻綠蓑歸去。算從前錯怨天公，甚也有安排我處。」也強調是個不識字的漁父。這其中，實有多少不足為外人道的心酸無奈！

白樸生逢亂世，不能有所作為，只好寄情山水，其心境不難體會。因此，即使是在表面恬淡閒適的文字下，還是會不自覺地流露出那種不得不然的悲哀和無奈。

三一　寄生草　飲

長醉後方❶何礙。不醒時有甚思⊙糟醃❷兩個功名字⊙醅渰❸千古興亡事⊙麴埋❹萬丈虹霓志❺⊙不達時皆笑屈原非。但知音盡說陶潛是⊙

【格　律】此調可用作小令，也可入散套及雜劇。宮調屬仙呂宮，但亦可入商調。本格為七句五韻：「三、三、七、七、七、七、七」，唯首二句常變作五字或六字。三、四、五三個七字句須作扇面對，平仄均為「＋－＋｜－－ㄙ」，末韻一般均作去聲。其平仄格律為：

－－｜。 ｜｜－⊙ ＋－＋｜－－ㄙ⊙ ＋－＋｜－－ㄙ⊙ ＋－＋｜－－ㄙ⊙ ＋－＋｜｜－－。 ＋－＋｜－－去⊙

此曲中首二句成為六字句，是因加了「長醉後」、「不醒時」各三個增字之故。另末二句中，「不」、「但」二字則為襯字。

【注　釋】❶方　將。❷糟醃　用酒浸漬。糟，帶滓之酒，俗稱酒糟。醃，同「腌」。用鹽漬物。❸醅渰　渰沒在酒裡。醅，尚未過濾的酒。渰，同「淹」。❹麴埋　埋在酒裡。麴，酒母。❺虹霓志　遠大的志向。霓，即副虹，是雨後出現在彩虹外側的一道較淡彩光。

【語　譯】喝得醉醺醺地有什麼不好？都迷迷糊糊地了，難道還會再想東想西？把功名這兩個害死人的字眼用酒糟醃起來吧！還說什麼弔古傷今，通通給泡到濁酒裡去吧！也別提什麼萬丈雄心了，全給埋到酒缸中去！像屈原那麼不識時務，未免太傻，看看陶淵明，那才是我們的知己！

【賞　析】此曲勸人飲酒，表面似甚曠達，實則充滿激憤之氣。

下筆二句開門見山，就說明喝醉並無壞處。一般人常說喝酒不可過量，因為酒多傷身，但是作者卻說：「長醉後方何礙，不醒時有甚思！」喝到「長醉」、「不醒」，當然不是淺斟低酌，而是狂飲痛飲、沈溺醉鄉了，但是，有什麼關係呢？天天喝到人事不知，反倒可以神經麻痺，不再思想，不想就不會再有煩惱了，豈不正是「一醉解千愁」嗎？所以，喝吧！陶淵明不是說過，「若復不快飲，空負頭上巾」嗎？最好喝到人間煩惱通通忘得一乾二淨。說什麼功名事業、千古興亡，說什麼雄心壯志，當你喝到醉醺醺的時候，這些，就通通被拋到九霄雲外了。「糟醃兩個功名字，醅渰千古興亡事，麴埋萬丈虹霓志」三句一氣直下，真有酒氣酣暢、痛快淋漓之感！其實，這三者乃是有志之士最執著的，所謂「君子疾沒世而名不稱焉」，只要時勢能有所作為，誰不是滿腔抱負，想要造福天下蒼生，生前功成名就，死後留名千古？誰甘心把這些都斷送在醉鄉日月之中？所以，這三句越是說得斬釘截鐵，就越是透露出不能有所作為的無奈。

最後二句更引歷史事實來證明喝醉比清醒好。「不達時皆笑屈原非，但知音盡說陶潛是。」清醒有什麼好？屈原不夠清醒嗎？他是「眾人皆醉我獨醒」的，但是獨醒的結果卻落得投江自盡！這樣說來，屈原的作為不過是不識時務罷了。由於他的執著，明知其不可為而偏要為之，才落得如此下場，這股痴心傻勁，真是又可笑又復可悲。比起來，陶淵明可就算「知幾」了，他一發現時勢不可為，立即賦〈歸去來兮辭〉而退隱林下，日與酒杯為伍，他說「酒中有深味」（〈飲酒〉），這個人，真能深悟箇中三昧呢！這二句以反諷的語氣，再次重申退隱比出仕好，喝醉比清醒好。其實，淵明若是生逢盛世，又何嘗願意歸田呢？

此首全篇都在申明「不如大醉」之意，字裡行間，處處可看出他對家國淪亡及異族統治的怨憤痛楚之感！

三二　慶東原

忘憂草❶。含笑花❷⊙勸君聞早❸冠宜掛❹⊙那裡也能言陸賈❺⊙那裡也良謀子牙❻⊙那裡也豪氣張華❼⊙千古是非心。一夕漁樵話⊙

【格律】此曲又名〈慶東園〉。可入小令、散套及劇套，宮調屬雙調。本格為八句六韻：「三、三、七、四、四、四、五、五」，首二句及末二句一般多作對偶，中間三個四字句，則多作鼎足對。其平仄格律如下：

——|。　+厶平上⊙　+—+|——去⊙　——厶上平⊙　+—|—⊙　+|——⊙　+|
|——。　+|——去⊙

白樸

這首曲子中，「那裡也能言陸賈，那裡也良謀子牙，那裡也豪氣張華」三個「那裡也」均為襯字，本格仍是四字句。

【注釋】❶忘憂草　即萱草。又稱為金針菜。據說食其嫩芽，可令人忘憂。《本草綱目》：「食之動風，令人昏然如醉。」❷含笑花　一種常綠植物，花為黃白色，邊緣帶點淡淡的紅，有濃香，可提煉芳香油。開花時花苞呈半開狀，似人微笑，故名含笑。❸聞早　即及早。❹冠宜掛　即宜辭官之意。《後漢書・逢萌傳》謂逢萌見王莽殺其子王宇，感歎三綱放絕，天下勢將大亂，因把官帽解下掛在都城門上，攜帶家眷浮海而去。後世因稱辭官為掛冠。❺陸賈　西漢思想家及文學家。其人極有辯才，曾助劉邦平定天下，後曾多次出使南越，官至太中大夫。❻子牙　即姜太公。原姓姜，名尚，後從封地改姓呂，曾輔佐周文王及周武王，對周室極有貢獻。❼張華　字茂先，西晉文學家。博學多聞，官至司空，因贊伐吳有功，封廣武縣侯，後為趙王倫所殺。著有《博物志》及《張茂先集》。

【語　譯】忘憂草，含笑花，勸你盡早辭官回鄉，你看那能言善道的陸賈，現在在哪裡？足智多謀的姜子牙、豪情萬丈的張華，此刻又在何方呢？爭什麼是是非非！古往今來，多少得失功過，都變成了漁樵夜談的閒話。

【賞　析】此曲也在勸人辭官歸隱。

開頭先以「忘憂草，含笑花」起興。萱草可令人忘憂，含笑則開花時含苞半綻，花形如人微笑之狀，此處取其「忘憂」、「含笑」之義，以興起下句「勸君聞早冠宜掛」，說明要想無憂，要想快樂，唯有及早辭官一途，蓋因官場風波險惡，不如早早離去，以保平安。

以下三句，更進一步說明官場實在不值得留戀。做官的目的，為的是追求功名事業，但是功名事業到手又如何呢？舉例來說，漢代的陸賈，辯才無礙，曾經幫助劉邦平定天下，這可算是建功立業了吧！再看周朝的姜太公，更是足智多謀，輔佐周代文、武二世，奠定了周的基業，其貢獻更不在話下。至於論及豪氣，則非西晉的張華莫屬，其人喜歡結交天下豪傑，獎掖後進不遺餘力，在當時可也是響噹噹的人物。然而，「固一世之雄也，而今安在哉！」豐功偉業，並不能使你的生命多留一時，這些人，儘管才華出眾，功名蓋世，到頭來，還是免不了成為一坏黃土！「那裡也能言陸賈，那裡也良謀子牙，那裡也豪氣張華」三句，再三嗟歎，真有人生如幻之感。

生命既不能長存，功名事業終歸是一場空，甚至於連是非對錯，也都不是絕對的。那麼，還要孜孜矻矻，追求什麼呢？「千古是非心，一夕漁樵話」二句，回應前文，更是全盤否定了追求功名事業之價值。真的，什麼叫對，什麼叫錯？是非得失，本來是相對的觀念，現在認為是對的，在不同的時、空中，也許就變成錯了。古往今來，歷史上多少是是非非、功功過過，不過成為漁父樵夫星夜談心的話題罷了！然則，何必為此毫無意義之虛名甘冒官場之風險呢？生命苦短，貴在無憂適意，還是快快辭官回去吧！

全篇再三致意，都在勸人棄官歸田，對於儒家建功立業以兼善天下的仕宦思想全盤加以推翻，這自然與其生逢亂世，看盡了政治之黑暗有關，因此全篇於激憤之氣外，又充溢著無邊的蒼涼之感。

三三　醉中天　佳人臉上黑痣

疑是楊妃❶在⊙怎脫馬嵬災❷⊙曾與明皇捧硯❸來⊙美臉風流殺⊙

叵奈❹揮毫李白⊙覷❺著嬌態⊙灑松煙❻、點破桃腮❼⊙

【格　律】詳見王和卿〈醉中天・大蝴蝶〉（拶破莊周夢）。（頁一五）

【注　釋】❶楊妃　即楊貴妃。小字玉環，號太真。備受唐玄宗之寵愛，其兄楊國忠因被立為宰相，姊妹皆封夫人，貴顯無匹。後因安史亂起，被縊死於馬嵬坡。❷馬嵬災　楊國忠為相，違法弄權，天下民怨沸騰。安祿山遂以討楊氏為名，起兵叛變。玄宗出奔西蜀，道經馬嵬，大軍兵變，只好殺楊國忠及御史大夫魏方進、太常卿楊暄等亂臣，並賜死貴妃，軍心始定。白居易〈長恨歌〉：「六軍不發無奈何，宛轉娥眉馬前死。」即指此事。❸捧硯　盛唐大詩人李白，曾以詩才備受唐玄宗禮遇。相傳曾有龍巾拭吐、御手調羹、力士脫靴及貴妃捧硯等恩寵。明皇，即唐玄宗李隆基。❹叵奈　可恨；豈有此理。亦作「叵耐」。《梧桐雨・楔子》：「叵耐楊國忠這廝，好生無禮。」❺覷　看；窺伺。❻松煙　松樹燒成的煙灰，為古代製墨的最佳原料。曹植〈樂府〉詩：「墨出青松煙，筆出狡兔翰。」❼桃腮　形容女子臉頰嬌美紅豔如桃花。

【語　譯】分明便是活生生的楊貴妃，她是怎麼從馬嵬坡脫身的？她曾經聽從明皇的吩咐，來幫李白捧硯，那張俏生生的臉蛋，就別提有多嬌美了。可恨那個舞文弄墨的李白，看到了人家嬌滴滴的樣子，突然大筆一揮，就在那豔若桃李的臉頰上，灑上一個黑點。

【賞　析】這是一首詠物的小曲，詠的是美人臉上的黑痣，寫得又詼諧又俏皮，讀來非常有意思。

下筆先寫題面上「佳人」二字，說這個女孩子長得非常漂亮，簡直就是楊貴妃再世，一看到她，不免就要驚問：「楊貴妃什麼時候從馬嵬坡脫身了？」「疑是楊妃在，怎脫馬嵬災？」二句破空而來，設想十分奇巧，經過這麼極力一讚，這個女孩子之美貌就不言可喻了。

底下突然筆鋒陡轉，說她美雖則美矣，可惜臉上卻有一顆黑痣，襯著那白淨粉嫩的臉蛋，這顆黑痣顯得十分搶眼——誰聽說過楊貴妃臉上有痣呢？任憑她五官體態長得多像，多了這麼顆痣，可總是不對勁。啊，有了，當年唐明皇不是最喜歡李白的詩嗎？李白是詩仙，當他喝得大醉時，豪情萬丈，意興風發，寫出來的詩更是淋漓盡致。明皇就曾經請貴妃端著硯，在旁邊服侍著！想必那愛促狹的李白，乘著酒意，竟捉弄起人來，冷不防大筆一揮，墨汁飛上了她的臉頰，就形成臉上的這顆小黑點啦！「叵奈揮毫李白，覷著嬌態，灑松煙點破桃腮」幾句，設想臉上之痣是李白用筆所點，謔而不虐，令人莞爾。

三四　天淨沙　秋

孤村落日殘霞⊙輕煙老樹寒鴉❶⊙一點飛鴻影下⊙青山綠水。白草
紅葉黃花⊙

【格律】詳見商衢〈天淨沙〉（剡溪媚壓群芳）。（頁一一二）

【注釋】❶寒鴉　秋日的老鴉。

【語譯】一座孤村、一輪落日、一抹殘霞，一縷輕煙、一株老樹、一隻寒鴉。天邊的一點，是鴻雁的身影，慢慢地掠過，青山綠水，白草、紅葉和黃花。

【賞析】白樸有〈天淨沙〉四首，分寫春、夏、秋、冬四時之景，俱情詞俊逸，寫景如畫。此為其第三首，描寫秋景十分出色。

秋天的特色，一在於其淒寂寥闊之感，一在於其色彩繽紛之美。作者取景，選取的是山野中的孤村，截取的是夕陽西下的時段，可說基本上已掌握了這兩種特色。

「孤村落日殘霞，輕煙老樹寒鴉」二句，鳥瞰式地瀏覽了四周的場景：三三兩兩人家聚居的小小村落，孤伶伶地錯置在廣漠川原之上，時當夕陽西下，整個小村都沐浴在落日餘暉中，既美麗又渺小。屋頂上，淡淡的炊煙，正隨風裊裊上升，而老樹槎枒的枝椏上，靜靜地停佇著一隻老鴉，在入秋的薄暮輕寒中，顯得既淒清又落寞。這兩句寫秋景，已自把秋天特有的蒼涼意緒表達無遺。秋天是由盛入衰的過渡，充滿了蕭瑟淒寂之感，日落時分，更烘托出一份趨於結束的淒迷之美，而光禿禿的樹幹上停佇的老鴉，更烘托出秋暮特有的寂寥之感，選景上可謂匠心獨運。

「一點飛鴻影下」以下，作者更巧妙地創造一隻孤雁竄進鏡頭，借著牠冉冉而飛，又帶領讀者的視野跳脫出原先的小景，漸漸擴及整個秋野。秋天的原野，正是一片絢麗，山是青的，水是綠的，但是遍布在青山綠水間的，是一簇簇豔紅的霜葉，一落落盛放的黃菊，還有大片的枯草，看上去灰白灰白的。

秋天的郊野就像一片織錦，「一點飛鴻影下」六字，充滿了動態感，借冉冉而飛的動作，很傳神地呈現了秋天美麗的一面。

在這首曲子中，作者又特意應用了大小之對照，以加強突出秋天的寥闊之感。小小的村落，佇立在遼闊的川原上，這就是極大和極小之對照，輕煙、老樹、寒鴉，在浩瀚秋空的背景下，也顯得那麼渺小，「一點飛鴻影下」一句，作者更是特別營造微小、輕盈的孤雁，以與翼下呈現之無限秋光作對比。秋天由於天高氣爽，感覺上特別寥闊，而人在這種環境中也會特別感到渺小及無助，作者顯然也是欲借大小之對比，以凸顯出這種秋天特有的感覺。

三五　駐馬聽　吹

裂石穿雲。玉管❶宜橫清更潔⊙霜天沙漠。鷓鴣風裡欲偏斜⊙鳳凰臺❷上暮雲遮⊙梅花驚作黃昏雪⊙人靜也⊙一聲吹落江樓月⊙

【格律】此曲宮調屬雙調，可入小令、散套，也可入雜劇。亦有帶么篇者，不過用者甚少。此曲共八句，作「四、七、四、七、七、三、七」，句式甚為整齊，其中前四句宜作隔句對，即一句與三句對，二句與四句對。五、六兩句也多作對句。因句式整齊，故較少加襯。至於字聲方面，八句中有全叶者，如羅本《風雲會》中「黃道煙迷」一曲是，也有一、三兩句不叶者，如白樸此調，春夏秋冬四首一、三句俱不叶。其平仄格律如下：

＋｜－－。＋｜－－垩厶丰（或作＋｜－－｜｜－）⊙＋－＋厶。＋－＋｜｜－－⊙＋－＋｜｜－－⊙＋－＋｜－－厶⊙平厶丰（或作厶－－）⊙＋－＋｜－－厶⊙

【注釋】❶玉管　即玉笛。❷鳳凰臺　即鳳臺。傳說春秋時蕭史（也作簫史）善於吹簫，能作鳳鳴。秦穆公將女兒弄玉嫁予他，並為築鳳臺。一日，蕭史吹簫，鳳凰來集，遂與弄玉共乘鳳凰昇天仙去。見《列仙傳》。

【語　譯】聽！清音如裂石直上雲霄，玉笛晶瑩，笛音更加清亮。笛音傳到偏遠的沙漠地帶，秋風中的鷓鴣都忘了拍翅。笛音傳到著名的鳳凰臺邊，臺上的暮雲都聚攏來細聽。笛音又在梅花叢裡迴盪著，梅花驚得花瓣如雪花落下，吹呀吹，直吹到萬籟俱寂，一聲，又把月兒吹落樓心。

【賞　析】白樸共有四首〈駐馬聽〉，分別詠「吹」、「彈」、「歌」、「舞」，此為其第一首。用種種誇張的筆法來描繪吹奏玉管的高妙技巧。玉管泛指簫笛一類以竹管發聲之樂器，由「玉管宜橫」四字，可知作者所指乃是吹笛。由於構思奇巧，寫來十分諧趣。

下筆先描寫笛音之高亢，以「裂石穿雲」四字形容，則笛聲之嘹亮清越可想而知。由於音調是如此的悠揚高昂，升呀升的，簡直就高入雲霄了。「霜天沙漠」則形容笛聲之浩浩洋洋，無邊無際，彷彿天邊海角，直至荒漠極地，都充塞著悠揚清音。此二句一由下而上，一由近及遠，傳神地表達出那種洋洋盈乎耳的感覺。「鷓鴣風裡欲偏斜」一句設想鷓鴣偏斜是受了笛音吸引，尤富想像力。其實小鳥飛行，常是先鼓翅以激動氣流，然後則斂翅平伸，任由風力推送，前者稱之為「翱」，後者稱之為「翔」，故平伸雙翼，側身迴翔，本是鳥類慣有之動作，作者則設想牠是側身傾聽笛音都聽得痴了，想得極巧。

「鳳凰臺上」二句化用典故。「鳳凰臺」用蕭史事，讚美笛音出神入妙，可與蕭史之簫聲相比。「暮雲遮」暗用《列子・湯問》秦青善歌，一發聲則「聲振林木，響遏行雲」事，以形容笛音之嘹亮，至於行雲為之駐足。「梅花驚作黃昏雪」句則化用李白詩「黃鶴樓中吹玉笛，江城五月落梅花」句（〈黃鶴樓聞笛〉），二句並凸顯「暮雲」、「黃昏」等時間之推移，以與末句之入夜相呼應。

以上具象地描繪了笛音之神妙，簡直到了可歌可泣之地步，不僅聽的人為之動容，連宇宙萬物也莫不受其影響。所以，當笛子一直吹，一直吹，吹到夜深人靜，連天上的月兒都承受不了，一頭栽下了江樓。「人靜也，一聲吹落江樓月」二句，將夜深月落的自然景象賦予巧妙的聯想，使出神入化的吹奏技巧有了最誇張的描繪，令人忍俊不禁，寫來極富諧趣。

三六　陽春曲　知幾❶

張良辭漢全身計❷⊙范蠡歸湖遠害機❸⊙樂山樂水❹總相宜⊙君細推❺⊙今古幾人知⊙

【格律】此曲即〈喜春來〉。格律詳見元好問〈喜春來·春宴〉（梅擊殘雪芳心奈）。（頁一）

【注釋】❶知幾　預知事物變化的徵兆。幾，細微的跡象，即先兆。亦作「機」。《易·繫辭下》：「子曰：『知幾其神乎！……幾者動之微，吉之先見者也。』」❷張良句　張良祖先五代均為韓之宰相，秦滅韓後，張良曾椎殺秦始皇未果，後輔佐劉邦滅秦平楚，統一天下，因功被封為「留侯」，後修道學仙。詳見《史記·留侯世家》。張良，字子房，秦末漢初人。全身計，為保全自身而作的打算。❸范蠡句　吳、越爭霸時，范蠡幫助越王句踐打敗夫差，滅了吳國。功成身退，經商致富，因居於陶，自號「陶朱公」。其事跡詳見《史記·越王句踐世家》及〈貨殖列傳〉。范蠡，春秋楚人。遠害機，為遠避禍害而採取的機宜。機，機宜；依據時機變化而採取的適當處理方法。❹樂山樂水　謂樂於徜徉於山水之間。即遊山玩水。❺細推　細心推究、推求。

【語　譯】張良辭去官職，是打算自我保全；范蠡遨遊四海，是為了遠離禍害。不論如何，與山水相親總錯不了。但仔細想想：千古以來，又有多少人領悟這層道理呢！

【賞　析】白樸〈陽春曲〉中，題為「知幾」者共有四首。第一首說是非榮辱只要心知肚明即可，但須「牢緘口」，流連詩書叢中，雖然不免窮困，卻「貧煞也風流」；第二首說人生苦短，世事多變，不如「今朝有酒今朝醉」；第三首說無官一身輕，日日吟詩喝酒，「詩酒樂天真」；均在強調絕意仕進的態度。這一首承上三首而來，更舉歷史實例，以證明辭官歸隱方是明智之舉。白樸身居亂世，深深體認到元代士人在宦途上的艱危處境，此四首一氣而下，直接反映出他對現實政治的不滿。

所謂「知幾」，顧名思義，即是要預先知道事物轉變的跡象，以預為因應，此即所謂的見微知著、洞燭機先。凡事能先知先覺，必能避禍全身，處身亂世，尤應如此。一下筆就舉了二個能先知先覺的實例，一是張良，一是范蠡。張良與韓信俱是漢朝的開國功臣，張良運籌帷幄，屢屢為漢王出奇計、定謀略，固然是功勞卓著；韓信為漢王攻城掠地，挫敗項羽，其功業尤為彪炳。然而漢王統一天下以後，韓信自恃功高，不懂得自行引退，遂被高祖以謀反為由設計殺害，張良卻在封為留侯，榮華富貴享受不盡時，萌生退志，導引辟穀，修道學仙，嘗自謂：「願棄人間事，欲從赤松子游耳。」(〈留侯世家〉) 這當然是由於他了解劉邦性格猜忌、心胸狹窄，必不能容納功臣，故出此下策以求韜光養晦、明哲保身。再說范蠡與文種，俱為句踐的得力助手，句踐被夫差打敗以後，靠著二人的協助，才得以東山再起，復國雪恥。但在事成之後，范蠡知道句踐「可與共患難，不可與共樂」（〈越王句踐世家〉），而自請離去，一葉扁舟泛游四海，後且致富；而文種因為沒有先見之明，遂被句踐賜劍自殺而死。「張良辭漢全身計，范蠡歸湖遠害機」二句，開宗明義，就諄諄勸誡，史實俱在，殷鑑不遠，欲「全身遠害」，則必須「歸隱湖山」。此二例固然是歷史上著名的教訓，但又何嘗不是他自己親身的體驗呢！

「樂山樂水總相宜」句，更點明官場黑暗、危機四伏，倒不如縱情山水，閒雲野鶴，遠離是非來得安全。但世人無不貪求富貴，何況在官運亨通、炙手可熱之時，又有幾人能預先省覺政治之詭譎黑暗，而甘願放棄高官厚祿，急流勇退呢？此所以歷史悲劇一遍遍重演。「君細推，今古幾人知」二句，對人性之愚昧，充滿了無奈的喟歎。但是，人不能有先見之明，不能在大禍臨頭之前先行趨避，固然是可悲，而有功不蒙賞，反而落得喪生被禍，又豈是公平？張良為了全身而計畫辭漢，范蠡為了遠害，必得歸湖，細細品味，不難發現字裡行間所流露出來的憤懣之感。也許就是看穿了這一點，才令白樸終身不仕吧！

三七　陽春曲　題情

輕拈斑管❶書心事⊙細摺銀箋❷寫恨詞⊙可憐不慣害相思⊙則被你個
肯字兒⊙迤逗❸我許多時⊙

【格　律】此曲即〈喜春來〉。詳見元好問〈喜春來・春宴〉(梅擎殘雪芳心奈)。(頁一)此曲四、五句作「七、六」，乃是用襯的緣故。

【注　釋】❶斑管　用斑竹作筆管的毛筆。斑竹即湘妃竹，上有斑點如淚痕，相傳是舜的妃子娥皇、女英的眼淚滴染而長成的。❷銀箋　用銀粉碾磨研光的名貴紙箋。蔣捷〈女冠子〉詞：「吳箋銀粉砑。」❸迤逗　挑逗；逗弄。也寫作「池逗」、「迆逗」。《桃花扇・眠香》：「陳隋花柳，日日芳情池逗。」

【語　譯】輕拈著筆管，訴說我重重的心事；摺疊著紙箋，抒寫我滿腔的愁恨。可憐我從來沒受過相思苦，為了要妳說出個「肯」字，硬生生地被折騰了這麼久。

【賞　析】白樸共有十首〈陽春曲〉，除了題為「知幾」的四首之外，另外六首則為「題情」，全寫兒女柔情，此為其中的第一首。

細覈曲意，此曲的主人翁，分明是個初次墜入情網的年輕男子，他愛上了一個少女，但要如何讓她接受自己的這份愛意呢？可就令人大費周章了。「輕拈斑管書心事，細摺銀箋寫恨詞」二句是說寫情書。寫情書的作用有二：第一是要她接受自己的愛，首要之道必須先讓她了解自己的一片真心，因此須借著書信，把自己的滿腔心事，毫不保留地向她傾訴；其次，當然也有自我宣洩的作用，否則飽受相思磨折，若不把那滿腔說不出是酸是甜是苦是辣的複雜感受說出來，真會把人憋死。「恨詞」二字，正足以表達那種求之不得的失望、落寞、焦慮、挫折之感。北宋詞人賀鑄著名的〈青玉案〉詞，描寫他思戀的人一直可望而不可即，最後只好書之於筆，說「彩筆新題斷腸句」；「恨詞」與「斷腸句」一樣，傳神地表達了戀愛中人的心境。

唯是自我宣洩容易，心裡想什麼就寫什麼，但要寫給她，並且希望對方接受自己的愛意，可就千難萬難了，除了擔心心意能否表達清楚之外，文辭好不好？字跡美不美？可能都會影響到追求的成功與否。因此這可憐的年輕人，就被折騰來，折騰去，弄了好半天，一封信還寫不出來。相思之苦本來就最折磨人，何況是第一次，當然更是體會深刻了。「可憐不慣害相思，則被你個肯字兒，迆逗我許多時」三句，直接敘寫曲中人的話語，出之以自我憐憫的口吻，令人讀來忍俊不禁。透過這三句的描繪，我們彷彿能看到他，一面唉聲歎氣，一面寫了又撕、撕了又寫的無奈神情，寫來傳神極了。

姚燧

姚燧，字端甫，號牧庵，原籍柳城人（今遼寧朝陽），後徙至洛陽。生於元太宗十年（一二三八），卒於元仁宗皇慶二年（一三一三），七十六歲。

姚氏三歲而孤，由伯父姚樞撫育成人，年三十八，為秦王府文學，歷官翰林直學士、江東廉訪使、江西行省參知政事、翰林學士承旨、太子少傅等，元鍾嗣成《錄鬼簿》因置於「前輩名公樂章傳於世者」部分。後致仕，卒於家，謚曰「文」。

姚氏古文負天下重名，與許衡、虞集並為一代冠冕。《元史》稱其文「閎肆該洽，豪而不宕，剛而不厲，舂容盛大，有西漢之風，宋末弊習，為之一變」。有《牧庵集》行世。古文之外，又善作曲，與盧摯齊名，時稱「姚盧」，今傳世者僅小令二十九首及散套一而已。

三八　凭闌人　寄征衣[1]

欲寄君衣君不還⊙不寄君衣君又寒⊙寄與不寄間⊙妾身千萬難⊙

【格律】〈凭闌人〉，為越調中常用之曲調，又名〈萬里心〉，小令、雜劇皆可用。共四句四韻，作「七、七、五、五」，由於篇幅甚短，故宜於抒寫小景小情。其平仄格律如下：

＋｜－－＋ㄙ－⊙　＋｜－－＋ㄙ－⊙　＋－丟ㄙ－⊙　＋－－去－⊙

末句《中原音韻》謂須作「仄平平去平」，唯觀元人所作，第四字間亦有用上聲者，特不如用去聲佳妙而已。

【注釋】❶寄征衣　本指寄寒衣給戍守邊關的征人，此處泛指出外之人。

【語譯】想要寄寒衣去給他，又怕他更有理由不回來了。硬著心不給他寄去，又怕他天寒地凍受不了。寄還是不寄呢？可真叫我為難。

【賞析】此首妙在文字非常淺近，而情致卻極其纏綿。

送征衣曾經是盛唐時代一項極特殊的社會現象，當時由於實行府兵制，兵農合一，官府不負擔士兵的衣食費用，故百姓當兵所需，包括服裝兵器等，都要自備。因此每到秋涼，家家戶戶都要為遠方的征人添製寒衣，就到處一片砧杵聲了。李白〈子夜歌〉：「長安一片月，萬戶擣衣聲。」所描寫的就是這種情況。但從天寶以後，府兵制已經蕩然無存，當然也就不必再為征人寄送寒衣了，所以此處「寄征衣」三字，只是襲用舊有名詞而已，寄送寒衣的對象，乃是一般出門在外的人，大概是經商之人，所謂「商人重利輕別離」，故有「欲寄君衣君不還」之語，否則征人戍守在外，歸家與否本非自己所能做主，則此句就落了空。

此曲借著要否寄送寒衣的矛盾，很傳神地表達出一個痴心少婦的無奈。寄了寒衣，似乎他就更不必回來了；但是不寄吧，想到天寒地凍的，又於心不忍。「欲寄君衣君不還，不寄君衣君又寒」二句，一句看出她的怨，一句又可見出她的痴。其實他既不珍惜兩人共處的時光，期望他會因為受凍不過就回來，根本是極其渺茫的事，但在多少次失望之後，不寄寒衣，多多少少還繫著她一線希望吧！至少，能令他因為今年沒有收到寒衣而想起她來。「欲寄君衣君不還」七字，又怨又委曲之神情如在眼前。但是對方再不好，畢竟是自己深愛的人，想到要令他捱凍，又萬般的捨不得，「不寄君衣君又寒」七字，又情深意濃，透露出無盡的溫柔體貼。「寄與不寄間，妾身千萬難」二句更進一步強調其取捨之難，於是那種氣他、怨他又捨不得凍著他的複雜情思就極其委婉地傳達出來。向來女子纖細矛盾的心靈最難描繪，但這首曲子，只是借著寄與不寄的兩個動作，淡淡幾筆，就能表現得如此傳神，的確令人歎服。

三九　壽陽曲　詠李白

貴妃親擎硯❶。力士❷與脫靴⊙御調羹❸、就飧不謝⊙醉模糊❹將嚇蠻❺

書便寫⊙寫著甚楊柳岸、曉風❻殘月⊙

【格律】〈壽陽曲〉，即〈落梅風〉。宮調屬雙調，小令、散套及雜劇中均可用。共五句，本格為

「三、三、七、七、七」。首句可叶韻，亦可不叶，其餘四句共四韻。三個七字句中，頭、尾二句應作雙式，中間一句則為單式。其平仄格律如下：

——ㄙ。　＋|平⊙　|＋＋、|——去⊙　＋—|—平去平⊙　|＋＋、|——去⊙

【注釋】❶擎硯　捧著硯臺。擎，有執持之意。❷力士　即高力士，為唐玄宗時權傾一時的宦官。❸御調羹　御手調羹。指唐玄宗親手為李白調羹。《新唐書・文藝傳・李白》：「召見金鑾殿，論當世事，奏頌一篇。帝賜食，親為調羹。」❹醉模糊　醉得胡裡胡塗。模糊，不分明的樣子。❺蠻　南蠻。此處泛指中原四周的少數民族。❻曉風　晨風。

【語譯】楊貴妃替他捧著硯臺，高力士幫他脫掉靴子。皇帝親手調過的羹湯，謝都不謝，拿來就吃。正當他喝得醉眼朦朧之時，突然傳令叫他擬封嚇蠻書。大筆一揮，哈哈！文不加點，立刻大功告成。寫得如何？哎喲！怎麼是：楊柳岸曉風殘月！

【賞析】李白是盛唐著名的大詩人，天資英發，才情俊逸，這首曲子描寫李白，即著重刻畫他狂放不羈的神采。

李白一生嗜酒，曾與孔巢父等會於徂徠山，酣飲縱酒，號稱「竹溪六逸」，又與賀知章等並稱為「酒中八仙」，他天生才逸氣高，一喝了酒，更是詩興泉湧，淋漓酣暢，往往在大醉之中應召撰作詩文，大筆一揮，文不加點，頃刻立就，而筆跡遒健，文采精絕。難怪連皇帝都對他另眼看待，優寵有加。但李白本來就狂傲，一喝了酒就更疏放不羈，由龍巾拭唾、御手調羹、力士抹靴、貴妃捧硯這一類民間流傳久遠的故事中，不難看出他傲視權貴的那股狂氣。「貴妃親擎硯，力士與脫靴，御調羹就飧不謝」三句就是借這些為人熟知的故事以凸顯李白狂傲不羈的特質。其中前兩句說楊貴妃曾經捧著硯臺服侍他寫字，高力士曾經為他脫去靴子，此猶只是直述其事，第三句說皇帝賜食，親手為他調羹湯，他謝都不謝，端來就喝，好像理該如此似的。這「就飧不謝」四字，更進一步把李白狂放高傲的神態刻畫入微。

「醉模糊將嚇蠻書便寫，寫著甚楊柳岸曉風殘月」二句，更以詼諧的筆法描寫李白的醉態。根據筆記小說的記載，李白曾經擬過〈和番書〉，筆若懸河，極受玄宗皇帝重視；又曾於半醉中被召還，撰寫〈出師詔〉，不打草稿立時撰就，而詞采驚人。《警世通言》中並收有〈李謫仙醉書嚇蠻書〉一篇，可見此事在民間流傳久遠。「醉模糊」二句描寫此事，卻出之玩笑筆墨。「楊柳岸曉風殘月」一句出自柳永著名詞作〈雨霖鈴〉，此詞寫離別之情纏綿婉轉，哀感動人，而「今宵酒醒何處？楊柳岸曉風殘月」二句，以天邊一鉤殘月，在朦朧光影中只見楊柳在晨風中飄拂的淒迷景象，象喻離人心境之迷惘哀傷，尤其傳誦千古。這首之情調與〈嚇蠻書〉之性質，相去不可以道里計；且柳永為宋朝人，更生於李白之後；然而作者竟強加挽合，說李白有模有樣的寫起〈嚇蠻書〉來，結果寫的竟然是「楊柳岸曉風殘月」！想像奇巧，令人不禁莞爾，而一代詩仙醉態可掬的樣子就躍然紙上了。

四〇 壽陽曲

酒可紅雙頰。愁能白二毛❶⊙對樽前、儘可開懷抱⊙天若有情天亦老⊙且休教、少年知道⊙

【格　律】詳見上首「詠李白」（貴妃親擎硯）。

【注　釋】❶二毛　頭髮斑白，顯出兩種顏色。

【語　譯】喝酒可以使人雙頰紅冬冬的，憂愁卻能使人頭髮變白。還是在酒樽前開懷痛飲吧！老天爺如果是有情之物，祂也會憔悴衰老。這些事暫且別讓少年知道。

【賞　析】喝酒可以使人臉頰變紅，酒酣耳熱之際，胸懷為之開暢，鬱悶懊惱也就舒散了，所以酒向來被視為銷憂之物；相反的，憂愁卻能令人頭髮變白。「酒可紅雙頰，愁能白二毛」，應該是世俗所以喜歡喝酒的原因吧！尤其是遇到煩憂，更是紛紛借酒澆愁。「對樽前儘可開懷抱」一句，說我現在就要到酒筵歌席之間，開懷痛飲！此句看似突如其來，其實卻正說明自己正在憂心煩亂之中，故必須借酒銷憂。

「天若有情」以下，說明突然要來樽前求醉的原因，是在於為情所困。「天若有情天亦老」一句本為晚唐詩人李賀〈金銅仙人辭漢歌〉中的名句，此處襲用，以斬釘截鐵的語氣宣明情之為物，一經纏上就休想脫身，所謂「春蠶到死絲方盡」，直折磨到你身心俱疲、憔悴瘦損為止；不但人擺脫不了，就是老天，倘若他是有情之物，也絕不能倖免。天，在中國人觀念中，向來代表無上的權威，此處卻說，天之所以能萬古長青，只因他能倖免感情磨折之故，然則，情之為物，其可驚可怖，不言可喻。

以下卻忽然一轉，說：「且休教少年知道。」什麼事不可讓少年人知道呢？是別讓他知道愛情魔力如此之大，以免他們躍躍欲試，致深陷苦海？還是別讓他們知道酒能銷憂，以免他沈溺醉鄉？甚至於是別讓他們知道我正為情所苦，因為挺害臊的？此句語意曖昧，卻因此反能有多層的聯想，整首曲子，也因而變得情趣盎然了。

四一 滿庭芳

帆收釣浦❶⊙煙籠淺沙。水滿平湖⊙晚來盡灘頭聚⊙笑語相呼⊙魚有剩、和煙旋煮⊙酒無多、帶月須沽❷⊙盤中物⊙山肴野蔌❸⊙且盡葫蘆❹⊙

【格　律】〈滿庭芳〉，又名〈滿庭霜〉。屬中呂宮，亦可入正宮及仙呂宮。小令、散套及雜劇中均可使用。本調共十句九韻，作「四、四、四、七、四、七、七、三、四、五」，其中六、七兩句為對句，一般多作七字句，也有作六字的。若作七字，應為雙式句，上三下四，不能破作「四、三」。第八句以作三字句者為通例，偶有作四字者。其平仄格律如下：

一一｜平⊙　十一十｜。　十｜一一⊙　十一十｜一一去⊙　十｜一一⊙　十｜｜、一一｜十⊙　｜一一、十｜一一⊙　一一去⊙　一一去平⊙　十｜｜一一⊙

第六、七兩句若為六字句，則作「十｜一一｜十」、「｜一十｜一一」。本曲第四句作六字，末句作四字，是減字作法。

【注　釋】❶浦　水濱。❷沽　通「酤」。買酒。❸野蔌　野地裡種的蔬菜。蔌，蔬菜之稱。❹葫蘆　指酒葫蘆。

【語　譯】岸邊，漁舟紛紛收帆。沙上暮色，蒼蒼茫茫。湖面水滿，溶溶漾漾。夜幕漸垂，大家都聚集到岸邊，此起彼落，歡呼笑語聲音不斷。魚有剩，立刻燒煮起來！酒不夠，趕快踏月去買！雖是家常粗菜，何妨盡情乾杯！

【賞　析】這首曲子寫漁家生活，純樸而生動。下筆三句描寫背景。「浦」本指水邊，「釣浦」二字明白點出背景為漁村，而「帆收釣浦」，更可看出是在黃昏時分。黃昏，正是漁舟紛紛回航時候。「煙籠淺沙，水滿平湖」二句則進一步描繪黃昏時候水邊之景致。暮靄蒼茫，淺淺平沙上彷彿籠罩著一層薄霧，而湖水茫茫渺渺，泛溢成滿滿的一大片。二句一寫沙灘，一寫水面，淡淡勾勒，即有說不出的靜穆之感，而水位既然如此滿溢，自必為雨量充沛的春夏時節，水深魚肥，又隱隱然透露出一份豐收景象，暗暗與下文之「魚有剩」遙相呼應。

以上三句借描寫景物，凸顯出安詳自足的漁村背景，以下則描寫一次漁人的聚會，以更進一步烘托出漁家之樂。「晚來盡灘頭聚，笑語相呼」，說明聚餐的地點就在沙灘上。的確，平整寬闊的沙灘，不就是最適當的野宴場所嗎？這些辛苦了一天的漁人，回家稍事收拾，隨著天色漸暗，就三三兩兩的出現了，沙灘上傳來此起彼落的招呼聲，孩子們興奮地奔跑著、笑鬧著，空氣中流布著快樂興奮的氣息。「笑語相呼」四字，生動地拉開了歡會的序幕。但漁村生活其實是很清苦的，所謂的菜肴不過就是「山肴野蔌」而已，大家架起爐灶，把賣剩的魚貨就地燒煮，再配上幾碟家常菜，就喝將起來。菜不好要什麼緊？大家興致可高著呢！一面談天說地，一面乾杯，何等快活！「且盡葫蘆」四字，很能表現出一杯接一杯仰頭而乾的情形。看看酒已快光了，沒酒可不成，趕快派人踏著月色再去買！「魚有剩和煙旋煮，酒無多帶月須沽」二句，「須」字何等堅決！把熱絡的氣氛帶入最高潮。漁村的生活，物質固然簡陋，精神的豐足卻是無與倫比的。

四二　醉高歌

十年燕月❶歌聲⊙幾點吳霜❷鬢影⊙西風吹起鱸魚興❸⊙已在桑榆❹暮景⊙

【格　律】〈醉高歌〉，又名〈最高樓〉。屬中呂宮，亦可入正宮。為小令、散套、雜劇皆適用之曲子，亦可帶〈喜春來〉、〈攤破喜春來〉、〈紅繡鞋〉等，成為帶過曲；共四句四韻，作「六、六、

七、六」。其平仄格律如下：

＋－＋｜－－⊙　＋｜－－去平⊙　＋－＋｜－－厶⊙　＋｜－－去平⊙

其中二、四兩句末字均宜上聲，但可作平。第三句末字則宜去聲，亦可作上。

【注　釋】❶十年燕月　元世祖至元元年（一二六四）遷都燕京，四年後又在燕京東北側營建新都，稱為「大都」，其遺址在今北平一帶。《馬可波羅遊記》稱此為「大汗之城」，可見其繁榮。姚氏曾任翰林直學士等職，在大都度過不少歲月，故稱「十年燕月」。燕，指燕京。❷吳霜　姚氏曾任江東廉訪使，故謂歷經吳地風霜。吳，指長江下游江蘇一帶。❸西風句　用晉人張翰的典故。張翰為人放曠不羈，曾在洛陽任官，見秋風起，想起家鄉菰菜、蓴羹、鱸魚膾等美味，因想人生貴在適意，何必為求名利羈宦數千里，即日辭官回家。後代因用指看破名利，辭官歸隱之意。❹桑榆　日落時候，光影照在桑樹、榆樹上，故以桑榆比喻日暮，也多用以喻晚年。

【語　譯】十年燕京歲月，在慷慨歌聲中飛馳而過，幾度吳地風霜，鬢邊不覺也已繁霜點點。又是秋風吹起，油然興起不如歸去之感，驚見歲月無情，自己原來已經垂垂老矣！

【賞　析】這首曲子寫歲月流逝的感慨。姚燧曾於至元二十三年（一二八六）奉旨入朝，明年拜為翰林直學士，時年五十，正值其生命之顛峰；而京城大都，據《馬可波羅遊記》，是「大汗之城」，其壯麗繁華可知。此外，「十年燕月歌聲」暗用荊軻的典故，《史記・刺客列傳》記載荊軻嘗與高漸離等飲於燕市，酒酣以往，高漸離擊筑，荊軻和而歌於市中，已而相泣，旁若無人；故「燕月歌聲」四字，正足以代表姚氏生命中繁華美好、豪情奔放的一段歲月。

姚氏後於大德元年（一三〇一）出為江東廉訪使，其時已是六十四歲的老人了，以垂暮之年，尚須飽嘗羈旅行役之況味，自不免感慨萬端。「幾點吳霜鬢影」六字寫盡了遊宦歲月的淒涼。「霜」字有雙關之意，既代表曉行夜宿的風霜之苦，亦是兩鬢飛霜之意。以「燕月歌聲」與「吳霜鬢影」相對，前者之浪漫情懷就越發反襯出後者的淒清寂寞。此二句對偶工整，一句代表壯盛之樂，一句代表衰頹之景，巧妙的表達出浮沈宦海的得意和失志。

然而得意也好，失意也好，隨著年華漸逝，就會慢慢發現，名利到頭來都是一場空，原來人生數十寒暑，還有太多比名利更值得追求的事，於是驟然省悟，自己為了官祿名位，到處漂泊，真是所為何來？這時方才了解當年張翰一發現西風起、鱸魚肥就棄官回鄉的心情。張翰的名言說：「人生貴得適志，何能羈宦數千里以要名爵乎？」想來真有至理。但等自己想通這一點，卻已垂垂老矣，來日無多了。「西風吹起鱸魚興，已在桑榆暮景」二句，說盡了人生的無奈。

四三　醉高歌

岸邊煙柳蒼蒼⊙江上寒波漾漾❶⊙陽關舊曲❷低低唱⊙只恐行人斷腸⊙

【格律】詳見上首（十年燕月歌聲）。

【注　釋】❶漾漾　水面晃動的樣子。❷陽關舊曲　王維有〈送元二使安西〉詩：「渭城朝雨浥輕塵，客舍青青柳色新。勸君更盡一杯酒，西出陽關無故人。」其後入樂府成為送別之曲。因其歌法為反覆疊唱三次，故又稱為「陽關三疊」。陽關，古地名，在今甘肅敦煌一帶，是古代出關必經之地。

【語　譯】岸邊楊柳堆煙，鬱鬱蒼蒼。江上寒波浩渺，溶溶漾漾。古〈陽關〉的曲調，低低的，輕聲迴繞著。將要遠行的人，只怕已經柔腸寸斷了。

【賞　析】這一首寫送別。前三句借描寫景物以烘托淒涼的氣氛，最後才表明離別的情緒，「岸邊煙柳蒼蒼，江上寒波漾漾」兩句，寫送別的場景。岸邊種滿柳樹，江面水波盪漾，這本為實景，但古人素有折柳送別的習俗，行將別離的人，看到鬱鬱蒼蒼的柳條，就不自覺地傷感起來；而遼闊的江面，也彷彿象喻著兩人之間遠如天涯的阻隔。這種多義性，使這兩句超越了寫實的層面而可作抽象的聯想。尤其「寒波漾漾」的「寒」，謂江水冷冷的向前奔流，彷彿對眼前淒涼的離別場面全然無動於衷。江水的無情，越發反襯出人之多情。

以上兩句是從視覺下筆，描寫眼前所見之景，而景中見情；「陽關舊曲低低唱，只恐行人斷腸」二句，則從聽覺落筆，以體貼的口吻提醒著：離歌可別唱太大聲了，否則離人真會肝腸寸斷了。〈陽關〉是自古送別的名曲，那淒哀的旋律，不知撕裂了多少離人的心，令人悽惶無著，送別時候，再聽離歌，真是愁上加愁，情何以堪？其實，低低吟唱，難道就不傷心麼？「只恐行人斷腸」一句，說怕斷腸，其實腸已斷矣。整首曲子，只是側寫景物，借淒清之景而帶出離別的主題，自然就哀感動人。

四四 撥不斷 四時景

楚天秋⊙好追遊⊙龍山❶風物全依舊⊙破帽多情卻戀頭⊙白衣有意能攜酒❷⊙好風流❸重九❹⊙

【格律】此調又名〈續斷絃〉，為雙調中之曲牌，可入小令、散套或雜劇。一般多作六句，亦可增句，唯僅雜劇及諸宮調中有之。作六句者，逐句押韻。其句式為「三、三、七、七、七、七」。首二句對偶與否均可。三、四、五共三個七字句，可作鼎足對，亦可第三句合首二句為一段，而四、五兩句作對偶。末句為雙式七字句，斷作「三、四」，也可省去上三字，逕作四字句（＋一平去）。此首末句作「好風流重九」乃加一襯字之故。其平仄格律如下：

｜一一⊙ ｜一一⊙ ＋一＋｜一一厶⊙ ＋｜一一＋｜一⊙ ＋一＋｜一一厶⊙ ｜＋

＋、｜一平去⊙

【注釋】❶龍山　在今湖北省江陵縣西北，相傳為晉人孟嘉登高落帽之處。❷白衣句　指白衣送酒事。見盧摯〈沉醉東風・重九〉（頁四七）。❸風流　神情韻味超逸美妙之謂。❹重九　九月九日，即重陽節。

【語譯】南方的秋空，寥廓高遠，正是相從遊樂的好天氣。龍山一帶風光景物，都和當年一樣，我的破帽，卻比孟嘉的來得多情，狂風也吹它不掉。再加上有知情識趣的人適時送來美酒。嗨！好一個愜意的重陽佳節。

【賞 析】姚燧共有四首〈撥不斷〉，分寫春、夏、秋、冬四景。此為其中第三首，寫重陽登高。

重九登高的習俗相傳起於漢代，汝南方士費長房告訴桓景九月九日將有災厄，要他及家人臂繫茱萸、登高飲菊花酒，禍乃可解。此後相沿成風，但民間重視重九登高，還不僅是為了避邪而已，秋天天高氣爽，最適合遠眺，何況重九已是深秋，往後風霜淒緊，氣候越來越不適合作戶外活動，所以大家都把握這最後一個節日，登高臨遠。「楚天秋，好追游」二句，劈空而來，開宗明義就先說明此日適於登臨。

三句以下連用兩個有關重九的典故，一是孟嘉落帽，一是王弘送酒。孟嘉是桓溫的參軍，某年重陽節，桓溫在龍山宴客，一陣風過，吹落孟嘉的帽子，而孟嘉竟未察覺，桓溫乃命孫盛作文嘲諷，誰知孟嘉讀了以後，立即援筆作答，文字流美，舉座莫不歎服。此故事極為著名，有關重九的詩詞作品，幾乎沒有不引用的。且一般用法，都以風吹落帽，遮不住白髮，表達時不我予之感傷。但「龍山風物全依舊，破帽多情卻戀頭」二句卻反用其意，謂帽子雖破卻多情，捨不得離頭而去。寫來極富諧趣，此句其實套用蘇東坡「酒力漸消風力弱，颼颼，破帽多情卻戀頭」詞句，卻用得十分自然。

王弘送酒則是陶淵明的故事。淵明一生嗜酒，尤其重陽佳節，正是該喝菊花酒的日子，竟然空有滿園好菊而無酒，那種懊惱可想而知。恰在其時，刺史王弘竟送來了酒，這種知心與識趣，豈只令人感動？「白衣有意能攜酒」，對有知心人同行感到無比欣快。重九登臨，天氣好，風景好，伴侶好，連慣常該隨風而去的帽子都多情起來，難怪他要低呼「好風流重九」了。

庾天錫

庾天錫，字吉甫，大都（今北平市）人。曾任中書省判掾，除員外郎、中山府判。《錄鬼簿》將其列入「前輩已死名公才人」。著有雜劇十五種，今俱不存。散曲今存小令七首、套數四。《太和正音譜》謂其「如奇峰散綺」。

四五　雁兒落帶得勝令

韓侯一將壇❶⊙諸葛三分漢❷⊙功名紙半張。富貴十年限⊙　行路❸古來難⊙古道近長安❹⊙緊把心猿❺繫。牢將意馬拴⊙塵寰❻⊙倒大❼無憂患⊙狼山❽⊙白雲相伴閒⊙

【格律】這首曲子稱為帶過曲。元曲小令，凡一曲寫完，意猶未盡，則可在同宮調的曲牌中，選擇管色相同者再譜一曲。兩曲之間，可加「帶」、「兼」或「帶過」等字眼，唯二者必須一韻到底，且至多以帶二曲為限。這首曲子又稱為〈平沙奏凱歌〉、〈鴻門奏凱歌〉，由〈雁兒落〉及〈得勝令〉二曲兼帶而成，二曲均屬雙調。〈雁兒落〉又名〈平沙落雁〉，在散套及雜劇中可獨用，小令則不可。全曲共四句，作「五、五、五、五」，宜作成兩對句。四句中除第三句外均叶韻，一般二、四兩句俱叶去聲韻，若均叶上聲亦可，但不宜作成一上一去。其平仄格律如下：

十一十丨平⊙　十丨一一去⊙　十一十丨平。　十丨一一去⊙

〈得勝令〉又名〈凱歌回〉、〈陣陣贏〉，可入小令、散套或雜劇。小令中偶可獨用。在散套中則多與〈雁兒落〉連用，偶有獨用，或二曲分用，中間隔以他曲者，但情形極少。全首共八句七韻，句式為「五、五、五、五、二、五、二、五」。其平仄格律如下：

十丨丨一一⊙　十十丨一一⊙　十丨一一去。　十一十丨平⊙　一一⊙　十丨一一去⊙

一一⊙　十一十厶平⊙

【注釋】❶韓侯一將壇　指韓信拜將事，韓信後封為淮陰侯，故稱韓侯。據《史記・淮陰侯列傳》，韓信初在劉邦手下時，不得重用，乃於赴南鄭途中逃亡，被蕭何月下追回，蕭何語於劉邦，謂韓信國士無雙，欲爭天下，非借重其力不可。於是劉邦擇日齋戒設壇場具禮，拜韓信為大將。❷諸葛三分漢　謂諸葛亮輔佐劉備，建立蜀漢，與曹操的魏、孫權的吳相抗衡，形成三國鼎立的局面。❸路　指仕途。❹長安　古都城，在今陝西省長安縣。後世亦用指京城。❺心猿　與下「意馬」皆道家語，謂人心神不定，如猿猴、奔馬一般跳躍奔馳，難以控制。《參同契》：「心猿不定，意馬四馳，神氣散亂於外。」❻塵寰　塵世。❼倒大　元時方言。極大、十分之意。❽狼山　在江蘇省南通縣，雄峙大江北岸，為江海間重鎮，其上有觀音、紫石二巖，仙女、夕陽二洞，景色秀麗。

【語　譯】淮陰侯登壇拜將，建功立業；諸葛亮良相輔國，三分天下。功名不過是半張白紙，富貴也不會超過十年。　向來仕途總是難行，越近長安越是風波險惡。千萬把持心神，堅定志節。人間萬事，通通不必在意，還是與狼山、白雲相伴吧！

【賞　析】此曲在說明功名不足恃，不如閒放田野。一下筆就先舉韓信及諸葛亮為證。韓信在劉邦麾下不被重用，所以在劉邦被封為漢王，移軍南鄭時，便棄官逃亡，幸而蕭何將他追回，又遊說漢王拜他為大將。韓信拜將後，為漢王運籌帷幄，出陳倉、定三秦，又收魏、伐趙、破齊，大敗項羽於垓下，替漢王統一天下。諸葛亮則感念劉備三顧茅廬之誠意，出山輔佐，奠定蜀漢之基業，形成魏、蜀、吳三國鼎立的局面。這兩人可說都是功業蓋世，創造歷史的人物。「韓侯一將壇，諸葛三分漢」二句，所舉二人，一為名將，一為良相，其豐功偉業，皆永垂不朽，但是下場如何呢？韓信因為「戴震主之威，挾不賞之功」，遭受漢王猜忌，先被降為淮陰侯，後來更被誣陷冤殺，還得蒙受叛變之名，千古不得清刷。諸葛亮於劉備死後又繼續輔佐少主，鞠躬盡瘁，終於病死五丈原軍中。這樣說來，功名有何用？富貴何足恃？「功名紙半張，富貴十年限」二句，謂功名還不如一張白紙，毫無價值可言，富貴也不過十年，就轉眼成空。語氣雖甚激憤，對照著韓信、諸葛亮之例子，卻也不由得你不承認。

但饒是這樣，古往今來，還有這麼多人看不透，孜孜矻矻追求功名富貴。「行路古來難，古道近長安」二句，以行路喻奔競仕途，仕途上風波險阻，偏偏大家還要往這條路上走，尤其都城所在，更是趨之若鶩。「緊把心猿繫，牢將意馬拴」二句是勸告世人，千萬不要三心二意，把持不定。其實仕途多艱，歷史上明證俱在，士子們何嘗不知？但擺脫不了學而優則仕，修齊治平的傳統觀念罷了！因此末四句又殷殷提醒：「塵寰，倒大無憂患；狼山，白雲相伴閒。」說人間並無憂患，天下太平，無須為經國濟民踏上求仕之路，還是到狼山隱居，悠閒自得的與白雲相伴吧！然而元代異族入主中原，豈真是「塵寰，倒大無憂患」？傳統的讀書人最重氣節，面對著宗廟覆亡的大難，要視如不見，故作閒雲野鶴，真是談何容易？若非不得已，誰肯去與白雲相伴？「緊把心猿繫，牢將意馬拴」兩句，實不只是勸世，也是在說服自己，由「緊把」、「牢將」二語，更可見心猿其實難繫，意馬其實難拴。故此曲表面看似曠達，內中實不無激憤。

馬致遠

馬致遠，號東籬，元大都（今北平市）人，曾任江浙行省務官。生卒年不詳，《錄鬼簿》將其列於「前輩已死名公才人」，大約生於世祖中統（一二六〇～一二六三）初年，卒於泰定帝（一三二四～一三二七）時，為元曲前期作家。

致遠散曲無專集，近人輯為《東籬樂府》一卷，收小令一〇四、套數一七，唯散佚仍多。由曲中看來，致遠一生懷才不遇，致半生蹉跎，最後且投老林泉，故其題材中有不少「歎世」之作，悲慨萬端，辭氣豪放，故後人多以其為元人散曲豪放派之領袖。其實致遠作品不拘一格，超逸雄爽固不少，閒適恬靜、典雅清麗之作亦所在多有，其題材更是廣泛，直如詞中之東坡，無事不可言，無意不可入。且能見性情，有襟抱。朱權《太和正音譜》即列之為元人第一。其雜劇極傑出，與關漢卿、鄭光祖、白樸齊名，謂之關、鄭、馬、白，其代表作《漢宮秋》尤其千古傳誦。

四六　青哥兒　五月

榴花❶葵花❷爭笑⊙先生醉讀離騷❸⊙臥看風簷燕壘巢❹⊙忽聽得江

津❺戲蘭橈❻⊙船兒鬧⊙

【格　律】此調一般只用在散套及雜劇，用在小令者只有馬致遠寫十二月令的一組，宮調入仙呂宮。其句式與套數體雖同，但是平仄小異；且套數體必須增句，首兩句須疊字，小令則否。全首共五句五韻，為「六、六、七、七、三」。其平仄格律如下：

一一十一一ㄙ⊙　一一十丨一一（或作一一去一一去）⊙　十丨一一丨丨一⊙　十丨一一ㄙ一一⊙　一一去⊙

【注　釋】❶榴花　石榴花。韓愈〈榴花〉詩：「五月榴花照眼明，枝間時見子初成。」❷葵花　即蜀葵花、向日葵。❸離騷　戰國楚人屈原所作。離，遭也。騷，憂也。屈原輔佐楚懷王，內修政治，外抗強秦，竭忠盡智，卻因遭謗而被流放，含冤負屈，寫作〈離騷〉以自明，後終投汨羅江而死。❹壘巢　築巢。❺津　渡口。❻蘭橈　木蘭製的小船。橈，本指船槳，此處借代指船。

【語　譯】又是榴花和葵花競相綻放的季節，先生醉中吟詠〈離騷〉，橫臥榻上，觀看乳燕築巢。忽然傳來江邊渡口賽龍舟的聲音，船兒競渡，喧鬧一片。

【賞　析】馬致遠共有十二首〈青哥兒〉，分詠十二月令，此為第五首，寫端午。

五月當令的花是石榴和向日葵，石榴嬌紅欲滴，向日葵橘黃深褐，都極其鮮豔。「榴花葵花爭笑」一句，以擬人化的手法，寫榴花、葵花各自迎風招展，爭奇鬥豔，頗為生動。五月，真是個美麗的季節。

然而，五月也是個令人感慨的季節。五月五日，是屈原自沈汨羅江的日子。屈原忠心耿耿，卻因君王誤信讒言，遭到二次流放，最後且因憂心國事，而又不能有所作為，遂以死諫。他留下〈離騷〉等奇麗浪漫的詩篇。在〈離騷〉中，他以美人香草為喻，不斷強調他是如何的修身自潔以期為世所用，卻無所容於天地之間，憂愁幽思，感人肺腑。這種信而見疑，忠而被謗，懷才而見棄的痛苦，是所有仁人志士共感悲哀的，但對宗國覆亡、異族統治下的元代文人來說，那種「事不可為」的錐心痛苦必然會更深吧！「先生醉讀離騷，臥看風簷燕壘巢」二句，何以「醉讀」？屈原曾有「舉世皆濁我獨清，眾人皆醉我獨醒」之歎（見〈漁父〉），然則，「醉讀離騷」，是醉中才讀？抑是因讀而醉？而臥看燕子修補舊巢，其感受又是如何？其中深意，實不足為外人道。這時突然傳來一陣喧鬧聲，原來是江邊渡口的龍舟競渡，正賽得熱鬧呢！「忽聽得江津戲蘭橈，船兒鬧」二句，頗有「商女不知亡國恨，隔江猶唱〈後庭花〉」之意，越發襯出那「醉讀離騷，臥看風簷燕壘巢」的傷心人獨有懷抱。

四七　撥不斷　夏宿山亭

立峰巒⊙脫簪❶冠⊙夕陽倒景❷松陰亂⊙太液❸澄虛月影寬⊙海風汗漫❹雲霞斷⊙醉眠時、小童休喚⊙

【格　律】詳見姚燧〈撥不斷・四時景〉(楚天秋)。(頁一一〇)

【注　釋】❶簪　插在髮上以固定帽子的笄。❷景　「影」之本字。❸太液　即太液池。漢、唐時宮苑中均有太液池,前者在長安,池南有建章宮,池中有漸臺,中築三山,以象蓬萊、方丈、瀛州,後者在大明宮含淳殿後,中有太液亭,後世因以太液泛稱宮中池苑。❹汗漫　遼闊廣大。

【語　譯】站在群山之顛、萬峰之頂,脫下冠帽,拋棄一切束縛。看落日斜暉映入松林,斑駁交錯;看萬丈清光照耀水面,澄澈空明;看浩瀚穹天長風萬里,雲消霞散;不禁酒越喝越多,眼皮越來越重。我要睡了,孩子們,可別叫醒我!

【賞　析】這首小令題為「夏宿山亭」,下筆「立峰巒」三字即已氣勢磅礴,頗有「一覽眾山小」之氣概。此句一方面點出題目之「山亭」二字,說明此亭位置極高,一方面也表現出那種「振衣千仞岡」的豪邁氣勢來。很多人愛爬山,為的就是喜愛這份壯闊的快感。登臨山顛,俯瞰大地,乾坤有如一握!睥睨四方,頓覺豪情萬丈,顧盼自雄,所有人世間的塵慮煩憂剎那都化為烏有,那種雄放痛快之感,確非身歷其境不能領會。而登上峰巒之後,迫不及待就除掉帽子,這當然是由於爬登之後,倍感燥熱之故,但何嘗不也因為面對浩瀚穹蒼,不自覺就想擺脫一切束縛呢!「脫簪冠」三字,其實也象喻著心靈得到舒解。

「夕陽倒景松陰亂,太液澄虛月影寬,海風汗漫雲霞斷」三句,寫居高臨下之所見。其時正是向晚時分,落日餘暉照入松林中,松針的倒影縱橫斑駁,就像一幅隨意點染而成的畫一樣,美極了!而「松陰亂」的「亂」字,還不只是由於松影交疊錯綜,也因為風移影動,更因光影斜斜照入，或明或暗，閃爍不定，寫來極富動態感。逐漸地，夜幕低垂，一輪明月高掛天心，萬丈清輝映照得水面上波光粼粼，簡直就像一個琉璃世界。稱水面為「太液」，不禁令人想起宋太祖在太液池對月置酒的故事，當時學士盧多遜賦了一首詩：「太液池邊看月時，晚風吹動萬年枝。誰家玉匣開新鏡，露出清光些子兒。」而傳誦一時。「太液澄虛」四字，可以想見天上玉匣清光，水面澄澈空明，上下一片水月交輝之狀。隨著夜漸深，海風越來越大，原有的一些雲影都被吹得不見蹤跡了，整個天宇，顯得無邊遼闊，只有大風在其間呼嘯而過。「海風汗漫雲霞斷」七字，寫來又是何等雄奇！這三句由黃昏而入夜，而至夜深，隨著時光推移，景色也時或淒迷，時或奇橫，變幻多端，直看得人目不暇接，眉飛色喜，那手上的酒，也就不知不覺的，一杯接一杯的喝。何等酣暢，何等痛快！直喝得醉醺醺的，倒頭就睡，還不忘叮嚀一聲：「醉眠時小童休喚。」真是瀟灑極了。

四八　撥不斷

歎寒儒⊙謾❶讀書⊙讀書須索❷題橋柱❸⊙題柱雖乘駟馬車⊙乘車誰買長門賦❹⊙且看了、長安回去⊙

【格律】詳見姚燧〈撥不斷・四時景〉（楚天秋）。（頁一一〇）

【注　釋】❶謾　通「漫」。空自、徒然之意。❷須索　元代方言。應須之意。❸題橋柱　在橋柱上題字。❹長門賦　司馬相如所作。其序云：「孝武皇帝陳皇后時得幸，頗妒，別在長門宮，愁悶悲思。聞蜀郡成都司馬相如天下工為文，奉黃金百斤，為相如文君取酒，因于解悲愁之辭。而相如為文以悟主上，皇后復得親幸。」

【語　譯】可歎這些貧寒的儒生，徒然讀了一輩子的書。讀書要拿出司馬相如題字橋柱的狠勁，但是發憤苦讀，卻也未必能高中狀元，即使能金榜高中，也未必能得到賞識。算了，算了！就當作來長安城逛一逛，趕快回鄉去吧！

【賞　析】這首曲子感歎寒士飽讀詩書，卻未必有出頭之日。用頂真格，故讀來特別流暢。

在古代中國的社會裡，讀書求仕是唯一的出路，因此，老輩人常以「書中自有千鍾粟，書中自有黃金屋，書中自有顏如玉」，來勸勉年輕人。青年士子，孜孜矻矻，只期盼十年寒窗苦讀，能夠「一舉成名天下知」，則富貴榮華享用不絕。但是痛下苦功由得自己，能否功成名遂卻非自己所能掌握。多少人在讀破萬卷詩書之後，卻依然是一介貧士。「歎寒儒，謾讀書」二句，充滿了憐惜之意。

以下分析讀書求仕的幾個變因，連用了二個司馬相如的典故。司馬相如是漢代的大文學家，以辭賦著名於世。《成都記》記載他初赴長安時，途經昇仙橋，曾在橋柱上題云：「不乘高車駟馬，不過此橋。」信誓旦旦，不成功便不還鄉，有這樣破釜沈舟的決心和毅力，後來果然功成名就。「讀書須索題橋柱」一句，用此故事以說明，書要讀得好，首先必須有司馬相如一樣的狠勁，痛下決心，咬緊牙關苦讀才可。「題柱雖乘駟馬車」句，更進一步說，如果苦讀的結果，真能得遂心頗，金榜高中，可以狀元遊街，也並不表示以後仕途上必能順利亨通。因為官場上風波迭起，若非君主賞識，何能出人頭地？以下再以司馬相如為喻。〈長門賦〉的序上說，陳皇后失寵後，曾求司馬相如為撰〈長門賦〉，武帝看了以後，幡然悔悟，故陳皇后又復得親幸；而自此以後，司馬相如當然就更得寵信了。這段記載顯非事實，但司馬相如的得寵，確實是由於機緣湊巧，漢武帝讀了他的〈子虛賦〉，十分欣賞，恰好當時的狗監楊得意是相如同鄉，因代為介紹，乃有後來的發展。但是，司馬相如的機緣，並非人人所能得。「乘車誰買長門賦」一句，以反詰的語氣，說明便是有相如的才華，卻也未必有他的運氣，能得到君主賞識。因此，總結一句，「富貴在天」；沒有做官的命，便縱有再多的才華，也是枉然。然則，這些注定終生潦倒的貧士，自己就該有自知之明，上京趕考，就當作到京城見識一番，看完就死心回家去吧！「且看了長安回去」，語似寬慰，其實不無憤慨之意，「黃鐘毀棄，瓦釜雷鳴」，真正飽讀詩書的人才不得擢用，政治的黑暗可想而知。馬致遠這首小令，可謂意在言外。

四九　撥不斷

菊花開⊙正歸來⊙伴虎溪僧❶鶴林友❷龍山客❸⊙似杜工部陶淵明李太白⊙有洞庭柑❹東陽酒❺西湖蟹⊙哎楚三閭❻休怪⊙

【格　律】詳見姚燧〈撥不斷・四時景〉（楚天秋）。（頁一一〇）

【注　釋】❶虎溪僧　晉時高僧慧遠法師，嘗居江西廬山東林寺，寺前有虎溪。相傳慧遠送客從不過溪，過溪則虎吼。一日與陶淵明、陸修靜邊走邊談，不覺過溪，虎吼方覺，三人大笑而別，世傳「虎溪三笑圖」，即指此事。❷鶴林友　鶴林寺在江蘇省鎮江縣黃鶴山下。《太平廣記》所引《續仙傳》中，謂唐時有殷七七者，嘗往來鶴林寺，使寺中杜鵑不按時序開花。鄭因百師以為「鶴林友」或即此人。說見《曲選》。❸龍山客　指孟嘉。龍山在今湖北省江陵縣，孟嘉曾於此地落帽。參看姚燧〈撥不斷・四時景〉（楚天秋）賞析（頁一一一）。❹洞庭柑　產於江蘇太湖洞庭山的柑橘。❺東陽酒　浙江金華地區出產的酒。❻三閭　指屈原，原為戰國時楚國的三閭大夫。

【語　譯】就在菊花盛開時節，我歸隱山林了。從此以後，與虎溪僧、鶴林友、龍山客為伴；自覺詩情酒興和杜甫、陶淵明、李白很相似；吃洞庭柑，喝東陽酒，享受西湖蟹。哎！三閭大夫，您可別見怪。

【賞　析】這一首寫歸隱。首二句開宗明義，說明自己在菊花盛開的季節歸隱田園，「菊花開」點明季節是秋天，「正歸來」除了字面的意義外，還令人想到陶淵明的〈歸去來兮辭〉，於是天性與官場文化相左，不得不自動求去的情形也不言可喻。

以下分三個角度描繪歸田後的生活。「伴虎溪僧鶴林友龍山客」句描寫日常來往的朋友。「虎溪僧」指晉代東林寺的高僧慧遠，慧遠曾集僧徒及儒者多人，於寺中結白蓮社，陶淵明其時躬耕柴桑，也時相往還。慧遠送客從不越過虎溪，某日與陶淵明、陸修靜邊走邊談，竟越過虎溪，待聽到虎吼方始覺察，則朋友間性情言語之投緣可以想見。「鶴林友」指鶴林寺中的朋友，也許是寺中僧人，也許是殷七七，總之，都是不沾塵俗氣的人物。「龍山客」指孟嘉。孟嘉落帽，是詩詞中熟用的典故，不論帽子被吹落，孟嘉是渾然不覺，或是雖覺而處之泰然，都可看出他的性情曠達。這一句所列舉的，或是方外之人，或是高人逸士，都是性情灑脫、擺落塵俗之人。能得這些人相從為伴，生活的愜意可想而知。日日詩酒閒放的結果，自己都覺得越來越像杜甫、陶淵明及李白了。此三人都是中國詩史上的熠熠巨星，三人又都嗜酒，而就性格言，杜甫淳厚，淵明任真，而李白則放曠，也都是性情中人。「似杜工部陶淵明李太白」一句，謂自己寄情詩酒，上友古人，寫來頗為自得。

以上二句都就精神生活方面來說，「有洞庭柑東陽酒西湖蟹」則寫物質生活。不可諱言的，歸隱田園，物質生活都較為清苦，但這也要看判斷的標準為何，要錦衣玉食、山珍海味，自然沒有，但有洞庭柑、東陽酒、西湖蟹這類名產供我享用，豈不也羨煞人了嗎？

以上三句為鼎足對，借著排比名詞，就把閒居生活寫得饒有情趣。底下筆鋒一轉，突然說「哎，楚三閭休怪」，屈原執著於他個人的理想，明知其不可為仍要為之，擇善固執的結果，只好投汨羅江而死，像這樣的人，一定很不喜歡聽到上述的論調吧！這一句語帶詼諧，表面上是向屈原告罪，其實正是否定屈原的用世態度。再就文字而言，上文因繁用典故，而稍嫌板滯凝重之感，也頓然一掃而空，顯得十分俏皮生動。

五〇 撥不斷

布衣❶中⊙問英雄⊙王圖❷霸業成何用⊙禾黍高低六代❸宮⊙楸❹梧遠近千官塚⊙一場惡夢⊙

【格　律】詳見姚燧〈撥不斷・四時景〉（楚天秋）。（頁一一〇）

【注　釋】❶布衣　指沒有做官的讀書人。❷王圖　建立王業的計略。圖，計謀。❸六代　指建都建康（今南京市）的吳、東晉、宋、齊、梁、陳六個朝代，也稱為六朝。❹楸　一種落葉喬木，又稱為野桐。

【語　譯】我是一介布衣，想問問古今英雄：建功立業，成王成霸，又有何用？這片禾黍長得高高低低的地方，原是六朝的宮殿，這遠近都種著楸梧的墓道，埋的都是列朝的大官，到頭來，不過是一場惡夢而已。

【賞　析】這首曲子表達了對所謂「英雄事業」的鄙夷之意。在舊日傳統觀念，讀書人都服膺孔子「君子疾沒世而名不稱焉」之說，因此莫不期望能夠建功立業。但作者卻對此提出了一連串的詰問。一下筆就先說明自己是「布衣」，在古代學而優則仕的社會中，不透過科考就不能踏入仕途，所以「布衣」二字，往往是一介貧士，代表的是沒有官職，沒有功名，沒有事業，當然也與榮華富貴無分。而他所謂的「英雄」，則包括帝王及功臣將相，代表著無上的權勢和威望。這二者之優劣高下，在一般人心目中，是無庸比較的，但這個「布衣」，卻咄咄逼人的指著英雄問：「王圖霸業成何用？」王圖是成就王業的鴻圖大略，霸業是王霸之業，前者就臣言，後者就君言，無論你是足智多謀，能輔佐君王也好，甚或竟是一代霸主也好，到頭來，才華霸業仍不免於一場空。以建康城來說吧！這裡原是歷史名都，歷史上有六個朝代在此建都，當初曾經聳立著多少龍樓鳳閣，現在只見一排排高低不齊的禾黍而已。不但霸業轉眼成空，連巍峨的宮殿都化為烏有。至於那種滿楸梧的墓道下，躺著的可不是一個個的王公將相嗎？「固一世之雄也，而今安在哉！」「禾黍高低六代宮，楸梧遠近千官塚」兩句，襲用許渾〈金陵懷古〉詩：「楸梧遠近千官冢，禾黍高低六代宮。」一句呼應「霸業」，一句呼應「王圖」，任憑你成王成霸，任憑你做到王公將相，到頭來終歸化為黃土一坏。「一場惡夢」四字是「王圖霸業成何用」的答案，有如暮鼓晨鐘，發人深省。

五一　天淨沙　秋思

枯藤老樹昏鴉❶⊙小橋流水人家⊙古道西風❷瘦馬⊙夕陽西下⊙斷腸人在天涯⊙

【格律】詳見商衡〈天淨沙〉（剡溪媚壓群芳）。（頁一一二）

【注釋】❶昏鴉　暮鴉。黃昏時候的烏鴉。❷西風　秋風。

【語 譯】幾條枯藤，纏繞在老幹上，枝頭上，佇立著一隻老鴉。一道小橋，一彎流水，靜靜圍遶著幾戶人家。一陣西風吹過，遠遠的古道上出現一匹瘦馬。夕陽冉冉落下，那個斷腸人，還在浪跡天涯。

【賞 析】這首小令堪稱為散曲中的絕品，元人周德清曾譽之為「秋思之祖」，王國維也以此為元人小令之「最佳者」，謂其「純是天籟，彷彿唐人絕句」。題為「秋思」，卻不從「情」字落筆，只是排比一連串景和物，一句一景，尤其前三句十八個字，全部都是名詞和形容詞，彷如一個個鏡頭，描繪出一幅高曠悲涼的秋景，而景中帶情，其情自見。

第一個畫面是「枯藤老樹昏鴉」，「枯藤」點出時令是深秋，「昏鴉」點出時段是傍晚，枯乾的藤蔓，纏掛在老樹上，在西風中微微顫抖，已有不盡衰殘蕭條之感；再加上老樹光禿禿的枝椏上，又兀立著一隻老鴉，更增加無邊蒼茫的悲感。這六字已先寫盡了秋日黃昏淒寂悲壯的特色。隨著鏡頭移動，我們可以看到，近處是一彎小溪，溪上搭著一座小橋，溪邊有三兩戶人家；而遠處，在西風凜冽的吹颳下，古舊的官道上，出現了一匹瘦馬，這時正是夕陽西下時候，落日餘暉，映著老馬遲遲的腳步，也照見馬上那個天涯淪落人。「小橋流水人家」及「古道西風瘦馬」這兩個畫面中，前者是賓，後者是主。「小橋流水人家」六字寫景甚美，且帶給人溫馨的聯想，但這唯一溫馨的畫面，卻更襯映出西風殘照下，天涯倦客的淒寂悲涼。「夕陽西下，斷腸人在天涯」二句，是全曲的主題所在，前面的種種畫面，都是為了烘托這個主體畫面而鋪設的，所以讀來淒苦欲絕。

此曲全部寫景，而又無一景語不是情語，作者精心捕捉了幾個畫面，借著「枯藤老樹昏鴉」的寥落衰殘，和「古道西風瘦馬」的蕭肅蒼涼，來襯托遊子的孤寂、落寞之感，又借著落日秋空、西風古道的無邊遼闊，與瘦馬上孤獨渺小的身影作了強烈的對照，以凸顯天涯遊子的無依之感。遂把羈旅天涯的遊子情懷曲曲傳達出來，文字精簡，情韻無窮，難怪千古以來，傳誦不絕。

五二　落梅風　遠浦帆歸

夕陽下。酒旆❶閑❷⊙兩三航、未曾著岸❸⊙落花水香茅舍晚⊙斷橋頭、賣魚人散⊙

【格律】即〈壽陽曲〉。詳見姚燧〈壽陽曲・詠李白〉（貴妃親擎硯）。（頁一〇〇）

【注釋】❶酒旆　酒旗。是舊日酒店的標幟。❷閑　閑閑，搖動的樣子。《詩・大雅・皇矣》「臨衝閑閑」傳：「閑閑，動搖也。」❸著岸　靠岸。

【語譯】在斜陽餘暉中，一面酒旗在風中自在的飄揚，漁船三三兩兩慢慢划向岸邊。水面飄散著落花的幽香，茅舍上升起了幾縷炊煙。斷橋邊賣魚的人也都回來了。

【賞析】這首曲子寫漁村，特別描繪了夕陽西下，漁舟唱晚這個時段的漁村景象。自古以來，漁村的生活，都是單純而又規律的。天未亮，就開始為生活奔忙，但到日影偏西，就是他們卸下生活重擔輕鬆歇息的時候。隨著一輪落日在西天撒下滿天綺彩，大家都紛紛收工，踏上歸途。打魚的回航了，賣魚的也收攤了。「兩三航未曾著岸」及「斷橋頭賣魚人散」兩句，從動態方面來描寫黃昏的漁村。這時的漁村可真是熱鬧，水面上三三兩兩，都是歸來的漁船，船還沒靠岸呢，但是岸上等待的人群，已經笑逐顏開，空氣中瀰漫著興奮和熱切，小孩子雀躍著指指點點，辨認自家的漁舟。作者特別凸顯「未曾著岸」四字，在呼應題目的「遠浦帆歸」之外，恐怕也因這四個字最能傳達出那種期盼的興奮吧！而「賣魚人散」的「散」字也極具動態感。

「夕陽下，酒旆閑」及「落花水香茅舍晚」則是靜態方面的描寫。這時的漁村，整個籠罩在夕照的餘暉中，竹籬茅舍，都像蒙上萬丈金光；靠近岸邊的水面上，漂滿了落花的花瓣，隨著水波輕輕盪漾，傳布著淡淡的幽香，晚風徐來，炊煙裊裊，遠處小酒店的酒旗迎風招展，彷彿有酒香、花香在空氣中飄浮著，閒閒幾筆，寫景甚美，像淡淡勾勒的水墨畫，就捕捉住了漁村中特有的悠閒而安詳、淳樸而諧美的氣息。尤其「夕陽下，酒旆閑」兩句，除了寫景之外，更是全篇的耳目所在。其實，全首所描寫的，就是「夕陽下」的漁村即景，而「閑」字更是全首所要表達的重點，在辛苦工作了一天之後，回到家裡享用熱騰騰的晚餐，再到酒鋪中喝幾口老酒，和朋友話家常，這大概就是漁村生活中最大的滿足了吧！用「閑」字來形容酒旗飄揚的樣子，說不盡舒散閒放之感，彷彿令人一開卷就先感受到那種辛勤工作後的愉悅心情，寫來甚為成功。

五三　落梅風　煙寺晚鐘

寒煙細。古寺清⊙近黃昏、禮佛❶人靜⊙順西風晚鐘三四聲⊙怎生教、老僧禪定❷⊙

【格律】即〈壽陽曲〉。詳見姚燧〈壽陽曲・詠李白〉（貴妃親擎硯）。（頁一〇〇）

【注釋】❶禮佛　拜佛。❷禪定　佛家語。凝心息慮之意。指一般和尚的坐禪。

【語譯】暮靄蒼茫，寒煙輕籠，古老的寺廟益形清幽。快到黃昏了，禮佛的人都已回去，靜闃一片。秋風中，傳來三四響晚課的鐘聲。此情此景，叫老僧怎能定心清修？

【賞析】這一首題為「煙寺晚鐘」，寫秋日黃昏的寺廟鐘聲。

「寒煙細，古寺清，近黃昏禮佛人靜」三句下筆扣題，先寫「煙寺」二字。既稱「古寺」，想來多半是在山林之中，著一「清」字，令人想見林木蓊鬱一片清幽之景。由於時近黃昏，霧氣越來越重，山林之間白茫茫一片，置身在雲煙霧海之中的山寺，看上去迷茫空濛如在虛無飄渺之間，簡直就像神仙化境一樣，加上「近黃昏禮佛人靜」，俗人去盡，空寂無聲，更增益空靈秀逸之感。這時正傳來晚課的鐘聲，宏亮悠揚的鐘聲，隨風飄送，在山林之中迴旋著，迴旋著。一般人讀到這裡，都不禁神往：如此神仙福地，真是清修的好地方！不料以下突然筆鋒一轉，說：「此情此景，可教那老僧怎麼入定？」佛門僧侶打坐修禪，必須集中心神，此處卻說，情景太美，連四大皆空的老僧都動了心，反面一讚，更強調了山寺之美，而出語俏皮，更令人發會心之微笑。

五四　落梅風

人初靜❶⊙月正明⊙紗窗外、玉梅斜映⊙梅花笑人休弄影⊙月沈時、一般孤另❷⊙

【格律】即〈壽陽曲〉。詳見姚燧〈壽陽曲・詠李白〉（貴妃親擎硯）。（頁一〇〇）

【注釋】❶靜　有「定」的意思。此處指就寢。❷孤另　即「孤伶」。孤單；孤獨。

【語譯】人才寧定，夜已深沈，月色正明，紗窗外，梅枝的影兒又斜又長。梅花你不要故意奚落人，頻頻逗弄自己的影子。哼！等月亮落下，你還不是和我一樣孤伶伶的！

【賞析】這首曲子所要表現的，其實是末尾的「孤另」二字，這種孤單寂寞之感是最折磨人的，作者卻出之以詼諧的手法，借曲中人和梅花鬥氣來表達，寫來極富情趣。

下筆「人初靜，月正明，紗窗外玉梅斜映」三句，「人初靜」與「玉梅斜映」均表時間，梅影斜倚是由於月影西斜，可知已經過了半夜了，夜色沈沈，更顯得月華明燦。這時萬籟俱寂，早該熟睡了，而這個人雖然也躺在床上，卻輾轉反側睡不著，顯然因為心裡思潮起伏之故，所以「人初靜」云云，表面看來，似乎只是交代時間及說明月光澄澈，事實上也在暗寫「孤另」。

「紗窗外玉梅斜映」呼應上面的「月正明」。窗外種著一株老梅，滿樹白色的梅花，被皎潔的月色一照，仿如玉樹銀花，晶瑩剔透，又在地上照映出一幅美麗的投影，隨著夜風，枝葉輕擺，花影也搖曳生姿，風致動人。這幅「梅花弄影圖」，令窗內長夜無眠的人看得呆了。看著、看著，突然懊惱起來，恨恨地想著：「你不要再當著我的面，不斷逗弄影兒了，你明知我寂寞無伴，這不是存心來刺激我嗎？哼！等一下月兒沈下去，你還不是和我一樣，形單影隻的！」「梅花笑人休弄影，月沈時一般孤另」二句，將梅花擬人化，設想梅花弄影是裝模作樣地炫耀自己有伴侶，故意跟我過不去！又為梅花終將和自己一般孤單感到幸災樂禍。借著女子的痴想，很傳神地表達出飽受孤寂磨折的人那種敏感、帶點嬌蠻而又動輒氣苦的微妙心理，而以此賭氣的口吻很巧妙地點出此首曲子的主題——孤另，則尤其令人叫絕。

五五　落梅風

薔薇露⊙荷葉雨⊙菊花霜、冷香庭戶⊙梅梢月斜人影孤⊙恨薄情❶、四時❷孤負❸⊙

【格律】即〈壽陽曲〉。詳見姚燧〈壽陽曲・詠李白〉〈貴妃親擘硯〉。（頁一〇〇）

【注釋】❶薄情　寡情之人。❷四時　四季。❸孤負　虧欠。今多作「辜負」。

【語譯】薔薇帶著清露，疏雨打著荷塘。菊花霜中盛開，幽香傳入庭戶。月亮斜掛在梅樹梢頭，照著孤單的人影。可恨那薄情郎啊！一年到頭都負心薄倖。

【賞 析】這首曲子寫四季相思。開頭四句分寫四季景物，揀選最具有代表性的畫面以突出四季之美，最後才歸結到「四時孤負」。

下筆兩句先寫春夏之美。「薔薇露」三字只是勾勒出一朵薔薇，上面還帶著晨露，晶瑩欲滴，則嬌豔不可言狀之美感已在眼前；而「荷葉雨」三字，則令人想見疏雨打團荷，泛起陣陣漣漪的景致。短短兩句中，嬌紅嫩綠，兩相輝映，自然呈現出這兩個季節色彩繽紛、生命豐沛的特色。

至於秋天之美，則以「菊花霜冷香庭戶」來代表。秋天時節，草木搖落，到處呈現一片衰颯景象，只有菊花在嚴霜中傲然綻放，傳布著淡淡的幽香，此句寫來清麗脫俗。「梅梢月斜人影孤」寫冬天。冰天雪地，一株寒梅映著月色，更如遺世高士，傲然兀立。「梅梢月斜」四字，寫斜月掛在梅花梢頭，風韻清絕，而接云「人影孤」，更突出孤寂清逸之感。此二句寫秋、冬之美，特別凸顯高潔清雅之意象，寫來清麗動人。其實，何止月下賞梅是「人影孤」，四時之景，美不勝收，卻都無人共賞，「人影孤」三字，可說是兼承此四句而來，所以下文會幽幽地想「可恨那薄情郎，從年頭到年尾，都虧負了我」。然則，上文之四時美景，只不過是輔筆而已，主要目的，乃在歸結到此人的「四時」孤負，以強調其負心之甚。此其一。

再者，既稱對方為「薄情郎」、「負心漢」，又說他「四時孤負」，則對方在感情上之虧欠必然甚大。可以想見二人之間，必有相當親密的過去。不知有多少次，二人曾共賞春花，看薔薇浥清露；有多少次，漫步荷塘，聽疏雨打團荷；乃至於秋來賞菊；月下採梅；時至今日，都成了痛楚的回憶。每當景物變換，觸景情傷，就越發感受到「人影孤」的淒涼況味，難怪她要恨恨地埋怨對方「四時孤負」了。

五六　湘妃怨

和盧疏齋❶西湖

春風驕馬五陵兒❷⊙煖日西湖三月時⊙管絃觸水鶯花市❸⊙不知音不到此⊙宜歌宜酒宜詩⊙山過雨顰❹眉黛。柳拖煙堆鬢絲⊙可喜殺睡足的西施⊙

【格　律】詳見盧摯〈湘妃怨．西湖〉（湖山佳處那些兒）。（頁五八）

【注　釋】❶盧疏齋　即盧摯（頁四三）。❷五陵兒　五陵本指五座漢朝皇帝的陵墓，即長陵、安陵、陽陵、茂陵及平陵，都在長安附近，此處向為權貴豪富遊樂之地，故稱貴公子為五陵兒。❸鶯花市　充滿鶯聲燕語、奇花異草的地方。市，本指市集或城鎮，都是人群聚居之處。此處用來指稱熱鬧之處。❹顰　蹙眉；攢眉。

【語　譯】惠風駘蕩，馬蹄輕快，貴公子意氣風發，春日熙和，西湖正是三月時分。水面上跳躍著歌吹絃管的音符，到處群鶯亂飛，繁花似錦。不是知音，就不會來這裡。這時的西湖，宜於歌詠，宜於對酒，宜於賦詩。雨後的青山，像輕皺的黛眉，楊柳堆煙，更像柔軟的鬢雲。西湖，像個睡足的西施，令人愛煞。

【賞 析】這首曲子前有小題「和盧疏齋西湖」。盧疏齋即盧摯，曾經撰寫四首〈湘妃怨．西湖〉曲，分詠西湖四季美景，結句分別以「是個妒色的西施」、「是個好客的西施」、「是個百巧的西施」及「是個淡淨的西施」比擬西湖，馬致遠酬和盧摯的四首〈湘妃怨〉，也與原作一樣，以西子比西湖，此為其中的第一首。開頭三句先寫西湖春景，特別突出「媛日西湖三月時」的時段，三月時分，正是江南草長、群鶯亂飛的時候，西湖本擅湖山之勝，在這日暖風和時節，更是波光瀲灩，美不勝收，所以到處遊人如織。錦衣公子，靚妝佳人，高車大馬，來往紛紛。「春風驕馬五陵兒」七字描寫衣飾光鮮的貴公子，騎著裝飾華麗的駿馬，昂首闊步，玉佩叮噹之狀，特別凸顯了人馬意興風發的神態，把春風輕拂下，美景當前，遊春人意興遄飛的神情刻畫入微。

「管絃觸水鶯花市」一句寫西湖的熱鬧，這時的西湖，到處是歌聲樂聲，絲竹管絃之音，隨著風四處飄送。由於西湖湖面寬廣，四望都是水，而歌聲樂聲就在周遭迴盪著，感覺上，就像樂音都飄浮在水面上一樣。「管絃觸水」四字，其實是「觸水皆管絃」的倒裝句，「觸」字用得極妙，彷彿泛在水波上的，都是跳躍的音符。以上就聽覺落筆，「鶯花市」三字則從視覺方面來說。「市」本指人口聚集熱鬧繁華之處，這裡強調西湖三月花鳥之盛以鶯花市為比，則一片恰恰鶯啼，桃李爭春，繁花如錦的景象就彷彿如在眼前。

「不知音不到此，宜歌宜酒宜詩」二句進一步歌頌西湖，說西湖之美，只有知音才能了解。那麼西湖究竟好在哪裡呢？作者說西湖之好，在於它會觸發你的詩情、酒興及歌癮，令人不自覺的想放懷高歌，想痛飲酣醉，還想舞文弄墨、吟詩作詞。任何人來到西湖，對它的山光水色、清幽佳景，沒有不感到如痴如醉的，於是遊目騁懷，不覺渾然忘我，有的吟詠讚歎，有的醉賞煙霞，有的則淺斟低唱，騷人墨客也好，酒朋歌侶也好，全都陶醉在美景中，流連忘返。「宜歌宜酒宜詩」，短短六字就捕捉住了西湖令人動心之特點。

以下三句將西湖比成絕色美女。蘇東坡「若把西湖比西子，淡妝濃抹總相宜」的詩句向來膾炙人口，馬致遠這四首小令，也是以西施比擬西湖的美。「山過雨顰眉黛，柳拖煙堆鬢絲」，說一陣雨過，群山如洗，益形青翠；而雨後的山容，空濛一片，彷彿帶著淡淡的憂鬱，就像西施輕皺著黛眉。而楊柳叢中煙霧迷濛，那種輕柔、細美之感，又令人不自覺的想起西施溫軟柔美的鬢絲。這二句中，霎時飄雨、楊柳堆煙都是春日特有的景象。所謂春天孩兒面，說下雨就下雨，而由於雨水充沛，空氣中總是瀰漫著一層水氣，如煙如霧。春天本來就是生機蓬勃的季節，再經過春雨的滋潤，西湖顯得越發清新可人了，就像那剛睡飽覺、容光煥發的西施，更令人愛煞！「可喜殺睡足的西施」一句，極力一讚，神韻俱出。

五七　金字經

絮❶飛飄白雪。鮓❷香荷葉風⊙且❸向江頭作釣翁⊙窮⊙男兒未濟❹中⊙風波夢⊙一場幻化中⊙

【格律】此調又名〈閱金經〉、〈西番經〉。可入小令，也可入雜劇，唯劇套僅見王德信《麗春堂》

而已。宮調屬南呂宮，也可入雙調。全首共七句六韻，為「五、五、七、一、五、三、五」。首句一般不用韻，也間有用韻者，如張可久「雪夜」曲「犬吠春居靜⊙鶴眠詩夢清⊙」，即是其例。七句中第四句只有一字，可疊上句末一字，如張養浩「說著功名事」曲「何似青山歸去休⊙休⊙」；又可聯下句為一句，如張可久「玉手銀絲鱠」曲「插⊙一枝茉莉花⊙」。平仄方面，起句有平起者，也有仄起者。其平仄格律如下：

＋－＋－｜（或作＋｜＋－｜）。　｜－－｜－⊙　＋｜－－＋｜－⊙　－⊙　＋－－去－⊙　－－去⊙　｜－－｜－⊙

末句一般均作「｜－－｜－」，此曲「一場幻化中」作「｜－｜｜－」，下一首「老了棟梁材」作「｜｜｜－－」，均非通例。

【注釋】❶絮　柳絮。即楊花。❷鮓　可以久藏之魚。如醃魚、糟魚之類。❸且　聊且；暫且。❹未濟　本《易經》六十四卦之一，此處用指未能成功。

【語譯】柳絮翻飛，有如白雪般紛紛飄落，荷葉輕擺，隨風送來陣陣醃魚香。姑且在江邊作個釣魚翁吧！窮困只是因時運不濟罷了。在夢中，經歷了多少仕途風波，醒來才發現不過是一場夢而已。人生，就像夢一般，變幻莫測。

【賞析】馬致遠的〈金字經〉共有三首，都是抒發失意之感。第一、二首分寫漁、樵生活及其無奈，第三首則直抒懷才不遇的悲憤鬱悶。此為第一首。

「絮飛飄白雪，鮓香荷葉風」兩句，說柳絮如白雪般，紛紛飄落；池塘裡荷葉田田，綠雲般的葉片隨風輕擺著，隨風傳來陣陣鮓魚香。此二句也借描寫景物點出時令及背景。就時令言，柳絮飛是暮春景象，而「荷葉風」則是夏日風光，可見這首曲子所寫的，乃是春末夏初時分。再者，「荷葉風」三字，令人想見荷葉的甜香隨風飄送，而作者卻說空氣中充滿的是鮓香。鮓是一種久藏的魚，漁人為了讓捕到的魚維持久藏不壞，往往加以醃製曝曬，所以一般漁村中，最常見到的景象，就是到處都掛曬著魚乾。此處既說風中傳來的是陣陣魚香味，則其為漁村可想而知。

點出背景為漁村，乃為次句之漁翁預作伏筆。這首小令的主角就是漁翁，但這個漁翁顯然並非心甘情願，「且向江頭作釣翁」一句中，「且」指權且、暫且、聊且、姑且，均有不得不然之意，表明打魚為生，在他乃是不得已，並非初衷。試問男子漢大丈夫，誰不想建功立業、光宗耀祖？誰不想高官厚俸、錦衣玉食？現在落得辛辛苦苦、窮兮兮的過日子，豈是當初所能逆料。難怪他心中憤憤不平，常要自我開解了。「窮，男兒未濟中」二句，說自己貧賤過日，並非技不如人，完全是時運不濟使然，二句中有多少無奈。「風波夢，一場幻化中」二句，更進一步補充造化是如何捉弄人。風波本指風浪，而仕途多艱，往往風波迭起，所以一般也常用以比喻仕途。對古代的讀書人來說，出仕可說是唯一的出路，而無不盼望一帆風順，官運亨通，若仕途上風波迭起，已是一層悲哀，此處說「風波夢」，竟連這樣的遭遇都如夢難圓，換言之，連浮沈宦海的機會都沒有，非戰之罪，夫復何言！「一場幻化中」，人生竟是如此變化多端，很多事都不是我們能掌握的，除了慨歎，又能如何？「風波夢，一場幻化中」二句，感慨無盡。

五八　金字經

擔頭擔明月。斧磨石上苔⊙且做樵夫隱去來❶⊙柴⊙買臣❷安在哉⊙空巖外⊙老了棟梁材❸⊙

【格　律】詳見上首（絮飛飄白雪）。

【注　釋】❶隱去來　即隱去。來，語助詞。無義。❷買臣　漢會稽吳人。早年家貧，好讀書，不治產業，賣薪以自給，其妻羞而求去；後來買臣貴顯，道上逢其妻及後夫，邀至官舍，妻慚愧而自縊死。事見《漢書・朱買臣傳》。今民間傳說謂買臣榮歸，其妻求和好，買臣乃馬前潑水，以示覆水難收。❸棟梁材　可承擔國家重任的人才。

【語　譯】柴擔上頂著一輪明月，在長著青苔的石上磨刀斧，暫且隱居，去作個樵夫吧！挑柴，當年的朱買臣在哪裡呢？山巖之外，竟然讓一個有用之才鬱鬱終老！

【賞　析】這一首寫樵夫。下筆兩句先描寫樵夫生活之苦辛，「擔頭擔明月」，謂一輪明月低低地落在扁擔上，好像擔頭上挑著明月似的。這五字寫景甚美，實則月影低沈，必是夜半時分，猶要挑著沈重的擔子在山路上奔波，則生活之勞苦可想而知。「斧磨石上苔」，謂刀斧砍鈍了，常常要在山邊岩石上就地磨利。刀斧是鐵鑄之物，何等堅固，但如此堅固之物亦經常用鈍，則其工作之勞累、賣力亦可想見。然而勞苦疲累又有什麼辦法呢？時勢弄人，只好權充山林樵夫以了此殘生。「且」字極其無奈，「隱去來」三字令人想及陶淵明之〈歸去來兮辭〉，淵明因為不能有所作為，只好退隱以求心靈之自適，然而作者顯然只是學到淵明的歸隱，卻未能學到淵明的沖澹，他其實並不甘心像淵明一樣隱遁終老，私心裡盼望著，今日的落魄只是一時的沈潛，就像當年的朱買臣一樣，雖也曾砍柴為生，但是時來運轉，終能科場得意，踏上顯達之途。然而，話又說回來了，朱買臣所處的是漢代盛世，是開疆拓土、可以有所作為的大時代，君王有雄才大略，賢才亦得以進用，所以能盛極一時。英雄固能創造時勢，也當有時勢方能造就英雄。想想現在的環境，豈真能有朱買臣那樣的際遇？「柴，買臣安在哉」二句，其實了然於心，那麼自己是注定要終老山林了，「空巖外，老了棟梁材」兩句，對自己的終將在山巖間虛度餘年，表現了極大的傷感，讀來倍覺無奈。

五九 折桂令 歎世

咸陽百二山河❶⊙兩字功名。幾陣干戈⊙項廢東吳❷。劉興西蜀❸。

夢說南柯❹⊙韓信❺功、兀的般❻證果❼⊙蒯通❽言、那裡是風魔❾⊙成也蕭何❿⊙敗也蕭何⊙醉了由他⊙

【格　律】〈折桂令〉，即〈蟾宮曲〉。格律詳見盧摯〈蟾宮曲・箕山感懷〉（巢由後隱者誰何）。（頁五一）此曲首句六字，稍有差異。「韓信功兀的般證果，蒯通言那裡是風魔」兩句中，「的」、「裡」二字是襯字。

【注　釋】❶百二山河　謂形勢險要。典出《史記・高帝紀》：「秦形勝之國，帶河山之險，縣隔千里，持戟百萬，秦得百二焉。」《集解》引蘇林云：「得百中之二焉。秦地險固，二萬人足以當諸侯百萬人也。」是以「百二」解作「百分之二」；《索隱》引虞喜則云：「百二者，得百之二。言諸侯持戟百萬，秦地險固，一倍於天下，故云得百二焉，言倍之也。蓋言秦兵當二百萬也。」是以「百二」為百之二倍。唯是說解雖有不同，其意指秦地得江山之險，則無二致。❷項廢東吳　謂項羽在烏江自刎。東吳指長江下游安徽東部及江蘇一帶。❸劉興西蜀　謂劉邦在漢中興起。漢中在今陝西省南部、湖北省西北部，本為春秋蜀地。❹夢說南柯　謂人生虛幻，有如南柯一夢。典出李公佐〈南柯記〉。❺韓信　漢初淮陰人。擅長用兵，助劉邦滅項羽，與蕭何、張良合稱漢之三傑，後為呂后所殺。❻兀的般　如此這般。❼證果　結果。❽蒯通　漢初辯士。曾游說韓信背叛劉邦，因韓信不聽而佯狂為巫。❾風魔　謂發了瘋、中了魔。風，通「瘋」。癲狂症。❿蕭何　漢初沛人。助劉邦建立王朝，是漢代開國的名相。

【語　譯】為了咸陽險要的關山，為了功名這兩個字，引起了多少戰爭。項羽敗於烏江，劉邦興於西蜀，到頭來都是南柯一夢。韓信立了多少功勞，最後落得如此下場。蒯通的話，哪裡是瘋言瘋語？韓信成功是由於蕭何，最後慘死也是由於蕭何。唉！管他的，還是喝酒吧！

【賞　析】馬致遠共有二首〈折桂令〉題為「歎世」，這是第二首，抒發了他對楚、漢相爭這段歷史的感慨。

始皇統一天下後，由於暴政苛虐，百姓苦不堪言，陳勝、吳廣首先揭竿起義，抗暴的怒火在各地蔓延，所謂「秦失其鹿，天下共逐之」，俊雄豪傑，紛紛加入角逐，意欲取而代之。當時勢力最大的是項羽及劉邦，雙方在楚懷王面前約定，誰先破秦入咸陽，誰就可以入主關中。咸陽位居函谷關之西，形勢險阻，「咸陽百二山河」，指的就是秦地。當時劉邦先入關，但懾於項羽之威勢，乃由項羽自立為西楚霸王，分封天下。但由於項羽分封不公，天下再度陷入干戈擾攘中，最後演變成楚、漢相爭的局面，二人為了功名事業爭得你死我活，腥風血雨，卻「使天下無罪之人，肝腦塗地，父子曝骸骨於中野，不可勝數」（《史記・淮陰侯列傳》），「兩字功名，幾陣干戈」兩句，對為了少數人爭功名，而使無辜百姓飽受兵戈喪亂，表達了深沈的無奈之感。

「項廢東吳，劉興西蜀，夢說南柯」三句進一步抒發慨歎。楚、漢相爭的結果，是項廢劉興，項羽本來是一代豪傑，力拔山河，氣勢蓋世，但垓下兵敗，竟至自刎烏江。英雄末路，固然令人浩歎，而劉邦得天下又如何呢？富貴榮華，轉眼成空，到頭來也不過是南柯一夢而已。李公佐的〈南柯記〉中提到淳于棼宅旁有一株大古槐，一日醉臥樹下，夢見自己到了大槐安國，娶了公主，並任南柯太守二十年，享盡榮寵，醒來才發現所謂南柯郡，竟是槐樹下的大蟻穴，而歷歷遭際，不過是一場夢而已。人生原極虛幻，劉邦雖打敗項羽，贏得帝位，但年命有限，修短隨化，終期於盡，任你富貴逼人，總是不能永恆持有。何況要長治久安可也不易，劉邦在即位後，為了鞏固帝位，不惜誅殺功臣，因此建功立業也未必有好的下場。然則，成也好，敗也好，說穿了，豈不都是一場空？

以下由劉邦的誅殺功臣，談到韓信的遭遇。韓信原在項羽手下，不受重用而改事劉邦，劉邦接受蕭何的舉薦，任命他為大將，故韓信對劉邦始終懷著一份知遇之恩，盡忠竭慮，為他籌劃定計，從漢中出陳倉、定三秦，到後來的襲魏、破趙、脅燕、定齊、擊楚，劉邦的江山，幾乎都是韓信幫忙打下的。當時的辯士武涉、蒯通都看出劉邦只能共患難，不可同富貴的性格，先後游說韓信背漢，尤其蒯通更是一再分析韓信的危機，說他功高震主，是「戴震主之威，挾不賞之功」，只有獨立門戶，與楚、漢鼎足而三，才能有活路。但韓信感念劉邦提拔之恩，始終猶豫不忍背漢，終被誣以叛變的罪名，死於長樂宮中。如此功勞，如此忠心，竟落得如此下場，豈不令人唏噓？「韓信功兀的般證果，蒯通言那裡是風魔」二句，對韓信的因才招忌，忠而被謗，且死後還蒙受不白之冤，甚感憤慨；而對他不能接受蒯通的勸告，趨吉避凶，尤其扼腕痛惜。

「成也蕭何，敗也蕭何」二句，進一步抒發由韓信事跡而引起的感觸。韓信初到劉邦麾下時，並未得重用，當劉邦被封為漢王，赴南鄭上任時，諸將紛紛逃亡，韓信也跟著逃走，蕭何聽到消息，不及上報，連夜將他追回，此即蕭何月下追韓信的故事。劉邦本無知人之明，但由於蕭何力薦，破格擢升韓信為大將，韓信始得有發揮所長的機會，所以說他的成功是由於蕭何。然而劉邦生性多疑，韓信的功勞越大，才能謀略越高，就越令他不安，原先與項羽爭戰，須仰仗韓信攻城掠地，不得不暫時忍受；但是天下大定以後，此人不除就寢食難安。所以劉邦先削去韓信楚王之位，徙為淮陰侯，後來呂后又以勾結陳豨共謀造反為由，將他斬首，而協助呂后設計騙局，將韓信騙到長樂宮的，正是蕭何。「成也蕭何，敗也蕭何」八字，對仕途之凶險及人心之難測感慨萬端。唉，人事如此，世間還有何正義？真理何存？想到這裡，真覺萬事紛紛皆不足恃，還是大醉一場吧，管他什麼是是非非、恩恩怨怨呢！以上由歷史事件發端，層層推衍，寫盡作者對人事變遷之諸般感慨，最後卻歸結到「醉了由他」四字，無奈之感溢於言表。

六〇 慶東原 歎世

明月閒旌旆❶⊙秋風助鼓鼙❷⊙帳前滴盡英雄淚⊙楚歌❸四起⊙烏騅❹漫❺嘶⊙虞美人❻兮⊙不如醉還醒。醒而醉⊙

【格　律】詳見白樸〈慶東原〉（忘憂草）。（頁八五）末句本為五字句，此曲減為三字。

【注　釋】❶旌旆　旗幟。❷鼓鼙　戰鼓。於行軍或作戰時敲擊，用以激勵士氣、傳達命令。❸楚歌　楚地的歌謠。❹烏騅　項羽所騎的一匹名馬，黑色，名騅。❺漫　胡亂；任意。杜甫〈聞官軍收河南河北〉詩：「卻看妻子愁何在，漫卷詩書喜欲狂。」❻虞美人　項羽寵愛的姬妾，名虞。

【語　譯】明月兀自悠閒閒的照在旌旗上，秋風中的戰鼓聲令人驚心動魄。帳幕前的英雄禁不住淚流滿面，四面響起了楚地的歌謠，烏騅也狂亂地嘶鳴著，虞姬啊虞姬！我們還不如歸隱山林，每天醉了又醒，醒了又醉。

【賞　析】馬致遠共有〈慶東原〉六首，均以「歎世」為題，每首末尾都結以「不如醉還醒，醒而醉」，對世人看不破功業富貴，不知逍遙自適之可貴，深致慨歎。其中就有二首寫項羽。此為其第二首，寫垓下之圍。

項羽是不世出的英雄豪傑。力能扛鼎，才氣過人，只要他大喝一聲，千人俱廢。由於他的威猛神勇，使他在逐鹿中原的群雄中脫穎而出，號令天下，分封諸侯。楚、漢相爭的數年中，劉邦曾經多次被他打得落荒而逃，但他的致命傷在於不能任用賢能，所謂獨木難撐大廈，終於難逃失敗的命運。嚴格說來，項羽垓下之敗，真是非戰之罪。當時楚、漢兩軍，本已約定以鴻溝為界，中分天下，是故項羽將所擄獲的劉邦父母妻子送還，並引兵東歸。豈料劉邦聽從張良之計，背信追擊，合彭越、韓信等兵力共圍項羽於垓下，項羽兵少食盡，又因出其不意，致措手不及。根據《史記》的記載，當時漢軍圍之數重，劉邦令四面的漢軍皆唱起楚歌，項羽大驚，以為漢軍已盡得楚地，於是起飲帳中，不禁英雄淚落，指著美人虞姬及名馬烏騅慷慨悲歌：「力拔山兮氣蓋世，時不利兮騅不逝。騅不逝兮可奈何！虞兮虞兮奈若何！」反覆悲歌，美人倚聲相和，左右皆泣。描寫英雄末路的悲哀，令人浩歎。

馬致遠這首小令，寫的就是這一段。「明月閒旌旆，秋風助鼓鼙」兩句先描寫周遭的環境。這是一個月色澄澈的秋夜，天上，一輪皓月好整以暇的灑落一地銀光，映照著帳前飄揚的旗幟，顯得更加光華燦爛。多美的夜啊！月光本就予人寧靜之感，作者又有意突出「閒」字，更增益美好之感。但隨風傳來的，卻是陣陣戰鼓聲，彷如平地一聲雷，不是已經停戰休兵了嗎？為什麼又響起了戰鼓？秋風淒緊，風中的鼓聲，顯得更加令人心驚膽戰。為本來平靜的夜平添幾分詭異、淒厲的氣氛。此二句已先為後來驚心動魄的場面預埋伏筆。

「帳前滴盡英雄淚，楚歌四起，烏騅漫嘶」三句寫帳內情景。項羽是一代霸主，叱咤風雲，不可一世。楚、漢相爭的數年間，他轉戰千里，何曾服過輸、流過淚？但此時此刻，在猝不及防之下，竟已陷入重圍，四處傳來的楚歌聲，越發令人驚心。怎麼世界在一夕之間忽然崩圻？敵軍重重圍困，愛馬也已精疲力竭，要突圍談何容易，看來今日是劫數難逃。大丈夫死不足懼，但死也當死得其所，若是在沙場上力戰而死，馬革裹屍，則雖死無憾；偏偏今日是死在背信小人手裡，是死在陰謀詭計之中，連一決雌雄的機會都沒有，就須宣布投降，叫人如何甘心！何況虞姬如此貌美，必難逃屈辱，連一個心愛的弱女子都無法保全，還算什麼男子漢！想到這裡，任憑你再鐵石心腸，也不禁淚下如雨。難怪他一面悲歌，一面飲泣。這種英雄末路的悲哀，那匹向來同生共死的烏騅馬，想必也感同身受吧！竟也狂亂的嘶鳴起來。烏騅的悲鳴聲、漢軍的楚歌聲，加上項羽的悲歌聲，交織成一首可歌可泣的悲愴交響曲。唉，人生至此，夫復何言！追求什麼功名富貴，爭奪什麼天下王位，早知如此，還不如做個尋常百姓，每天閒遊醉鄉，優遊度日來得幸福。「虞美人兮，不如醉還醒，醒而醉」三句，充滿了痛悔之感。為了追尋利祿名位而歷盡滄桑，最後才頓然了悟，還是平凡的幸福雋永可靠，但已時不我予，真是徒喚奈何。

六一　四塊玉　恬退

酒旋沽❶。魚新買⊙滿眼雲山畫圖開⊙清風明月還詩債⊙本是個懶散人。又無甚經濟才❷⊙歸去來❸⊙

【格　律】詳見關漢卿〈四塊玉・別情〉(自送別)。(頁六六)

【注　釋】❶酒旋沽　剛剛買了酒。旋，隨即。沽，通「酤」。買酒。❷經濟才　治理國事、富裕民生的才能。❸歸去來　即歸去。來，語助詞。無義。

【語　譯】剛剛才打了酒，又買了一條魚，眼前山光雲影，就像一幅圖畫。清風徐來，明月如霜，正好償還積欠的詩債。我的個性散漫，又沒有經世濟民的才幹，本來就該當歸隱林泉的。

【賞　析】馬致遠共有二十二首〈四塊玉〉，其中題為「恬退」的有四首，俱以「歸去來」作結。此為第四首。

下筆就先描寫生活上怡然自得的一面。明月如霜，好風如水，在庭院裡擺上一張小桌，把一壺好酒、一盤鮮魚端將出來，又吃又喝，好不開心。「酒旋沽，魚新買」二句，說酒是剛剛才打來的，然則滿滿一壺，自不必耽心有意興正濃而酒壺已空的窘況；而魚既是剛買回來就下鍋的，其滋味之鮮美亦可以想見。何況眼前美景如畫，加上清風習習、清輝普照，此情此景，如詩如畫，不禁令人心曠神怡，詩興大作，欠人家的詩債，正好趁此了結。「滿眼雲山畫圖開，清風明月還詩債」兩句，寫得俏皮，令人發會心之微笑。

「本是個孏散人，又無甚經濟才，歸去來」三句卻忽然一轉，說自己生性疏懶，又沒有治國平天下的本事，理該歸隱。這三句表面看似瀟灑，其實不無激憤之情。可不是嗎？自己又不是那種料，不回來隱居，還待怎地？越是強調其不在乎，越能體會到字裡行間所強自壓抑的不平之氣。題目雖稱為「恬退」，細加品味，乃知「退」則退矣，「恬」則未必，想來生逢亂世，確有甚多不得已處，不自我開解，又能如何！

六二　四塊玉　天台路

採藥童。乘鸞客❶⊙怨感劉郎❷下天台❸⊙春風再到人何在⊙桃花又不見開⊙命薄的窮秀才⊙誰教你回去來❹⊙

【格　律】詳見關漢卿〈四塊玉・別情〉（自送別）。（頁六六）

【注　釋】❶乘鸞客　乘著鸞鳥的人，即仙人。鸞鳥，鳳凰的一種。❷劉郎　即劉晨，傳說與阮肇共入天台山而遇仙人。❸天台　山名。在今浙江省天台縣北五里，傳說山上有仙人。❹回去來　與上首之「歸去來」同。來，語助詞。

【語　譯】本是山中採藥的童子，搖身變成乘鸞鳳的仙人，可歎劉郎你居然離開了天台山！幾度春風，歸來家人已無蹤影，想再回去，又找不到桃花。這薄命的窮秀才，誰叫你要回去呢！

【賞　析】這首小令寫一個有關天台山的傳說。在《太平廣記》、《太平御覽》等書中都提到劉晨、阮肇上天台山採藥而遇到神仙的故事。傳說二人於東漢明帝永平年間進入天台山採藥，因走得太遠而迷路，經過十三天，遠遠望見山峰上有成熟的桃子，乃沿著藤蔓爬上山，採桃而食，飢餓頓消。後來以杯取水，又發現有蕪菁葉及一杯胡麻飯隨流而下，二人認為附近必有人家，於是四處尋找，出了山，渡過一道溪流，終於在溪邊發現兩個絕色美女，二女不但叫出他們的名字，而且問他們為何這麼久才來？後來二女帶他們回家，擺設筵席，行酒作樂，並且自願侍寢。過了十日，二人思家情切，要求歸去，二女苦留了半年，方才指示歸路，送他們回去。但是他們回去以後，才發現鄉邑零落，原來中間已經隔了十世了。馬致遠在這首小曲中，表達了他對這個傳說的看法。

「採藥童，乘鸞客，怨感劉郎下天台」三句，一下筆就直截了當表明了他的觀點，他認為當初劉、阮二人選擇離開天台山，根本上就是很愚蠢，可憾恨、可感慨的事。劉晨、阮肇二人所以要上山採藥，是盼望能鍊成不死靈丹，服食以後可以長生不老。換言之，二人追求的目標是成仙。根據《太平廣記·卷六一》的記載，二女能未卜先知，所住的地方，「氣候草木，常是春時，百鳥啼鳴」，而當地半年，人間已是十世，那不是仙境是什麼？劉、阮二人，機緣湊巧，明明已經進入仙境，卻又塵心未斷，執意跑下山來，豈不令人憾恨惋惜？

「春風再到人何在？桃花又不見開」二句，進一步描寫那種兩頭落空的後果。春風是年復一年，去了又來，但是人生的可悲，不只在於它的倏爾消亡，更在於它去了就永遠不能再回來。劉、阮二人回到家鄉，才發現中間已相隔十世，一世是三十年，回來的目的是想見親人，不料親人都已作古，真是情何以堪！這時才更深刻的體會到人命的飄忽，也更加強求仙的信念。然而也就在這時才意會到，前此自己執意要求離開的，居然就是仙境。但是現在覺悟已經太慢了，人生的機緣，可一不可再。「桃花又不見開」一句中，桃花本是二人進入仙境的媒介，桃花不開正表示回去無望。成不了仙，住下來吧！但是當親朋戚友都不存在，家鄉跟異鄉還有什麼分別？這二句說盡了二人進退失據的悲哀。而追求了半天，好不容易到手了，卻又讓它從指縫間溜走，則尤其令人扼腕痛惜，「命薄的窮秀才，誰教你回去來！」傳神的表達出這種感受。

六三　四塊玉　馬嵬坡❶

睡海棠❷。春將晚⊙恨不得明皇掌中看⊙霓裳❸便是中原患⊙不因這玉環❹⊙引起祿山❺⊙怎知蜀道難❻⊙

【格　律】詳見關漢卿〈四塊玉・別情〉（自送別）。（頁六六）

【注　釋】❶馬嵬坡　楊貴妃被縊死之處。在今陝西省興平縣西。❷睡海棠　喻楊貴妃春睡乍起的嬌慵之狀。《太真外傳》：「上皇登沈香亭，詔太真妃子，妃子時卯醉未醒，命力士從侍兒扶腋而至。妃子醉顏殘妝，鬢亂釵橫，不能再拜。上皇笑曰：『豈是妃子醉，真海棠睡未足耳！』」❸霓裳　指〈霓裳羽衣曲〉。為唐代著名的宮廷舞曲。❹玉環　為楊貴妃小名，唐蒲州人。初為壽王妃，玄宗召入宮，為女官，衣道士服，號「太真」，後封為貴妃。❺祿山　即安祿山。胡人，玄宗時任平盧、范陽、河東節度使，因結納楊貴妃而受玄宗寵信，天寶十四載舉兵造反，攻陷洛陽、長安，稱「雄武皇帝」，建國號為「燕」，後為其子所殺。❻蜀道難　樂府瑟調曲。內容都描寫進入蜀地道路之艱難。

【語　譯】海棠春睡，嬌姿撩人，正是暮春時候。恨不得能讓明皇握在手裡，隨時賞玩。〈霓裳羽衣曲〉，原來是中原喪亂的原因。但若非這楊玉環引起安史之亂，又怎麼能證明蜀道果真難行呢？

【賞析】此曲題為「馬嵬坡」，乃是詠歎楊貴妃史事。楊貴妃本來是壽王的妃子，通音律，善歌舞，唐玄宗貪戀她的美色，先召入宮為女道士，繼立為貴妃，集後宮寵愛於一身，貴幸嬌寵無以復加，楊氏一門因此權傾天下。其中貴妃堂兄楊國忠任宰相兼吏部尚書，尤為貴顯。但楊國忠專權誤國，終於引起安史之亂，幾乎斷送大唐的江山。當時亂軍攻陷潼關，玄宗倉皇出奔，大軍行至馬嵬坡，士眾憤恨楊氏兄妹亂國，不肯前進，玄宗不得已，只好同意賜死，於是楊國忠被殺，貴妃也被縊死，白居易〈長恨歌〉「六軍不發無奈何，宛轉娥眉馬前死」，即指此事。

馬致遠這首小令，表達了他對這段歷史的看法。全篇章法，前半描寫貴妃，後半提出對這段歷史的批判。而「霓裳便是中原患」一句則承上啟下，與上下兩段均有相關。「睡海棠，春將晚」兩句說明貴妃的嬌美豔麗。《太真外傳》中提及有一次玄宗登沈香亭，命人宣貴妃，由於貴妃剛因不勝酒力而睡著，醒來睡眼惺忪，全身嬌慵無力，故由侍兒扶持而來，玄宗見了，笑著說：「豈是妃子醉，真海棠睡未足耳！」以海棠春睡為喻，那種嬌美嫵媚不可方物之狀如在眼前。

以下再寫貴妃的專寵。〈長恨歌〉中描寫玄宗對貴妃寵愛的情形，是「承歡侍宴無閒暇，春從春遊夜專夜」，是「後宮佳麗三千人，三千寵愛在一身」，何以能如此？固然是由於玄宗為她的美色所惑，但貴妃的工於心計，也是不可忽略的因素。《舊唐書》說她「智算過人，每倩盼承迎，動移上意」，她懂得如何抓住玄宗的心，也懂得如何打擊其他的競爭者，以鞏固她的地位。「恨不得明皇掌中看」一句，說她巴不得能化身為一個小玩物，讓明皇每天愛不釋手，看個不停，即已表明她是如何努力地想拴緊玄宗的心。而〈霓裳羽衣曲〉，即是極好的工具。傳說玄宗曾夢遊月宮，聞仙樂，回來僅記其半，適逢西涼節度使楊敬述進曲，遂雜以玄宗月中所聞，成為〈霓裳羽衣曲〉。

此曲是大套的宮廷舞樂，聲調宛轉，舞姿曼妙，極盡聲色變化之能事。貴妃本就能歌善舞，尤擅此舞，於是「緩歌慢舞凝絲竹，盡日君王看不足」，玄宗本是一代英主，即位以後，勵精圖治，朝政欣欣向榮，但在貴妃刻意承歡之下，「從此君王不早朝」，終於給安祿山可乘之機，幾乎斷送大唐帝國的命脈，究其原委，貴妃便是罪魁禍首。「霓裳便是中原患」一句，明白表達出作者的歷史觀點，他認為導致安史之亂的責任，正應由貴妃來承擔。

以上評論史事，態度甚為嚴肅，以下三句，卻忽然陡轉，以嘲諷的語氣說，若不是由於楊貴妃誤國，引起安祿山作亂，玄宗怎會到西蜀去？若不到西蜀，又怎知道蜀道果真難行？〈蜀道難〉本是樂府歌曲，內容都描寫入蜀之艱難，歷代作者甚多，例如李白所作，一下筆就說：「噫吁戲危乎高哉！蜀道之難，難於上青天！」天寶十五載，安祿山在洛陽稱帝自立，六月，又攻陷潼關，玄宗聞訊即出奔西蜀。戰亂持續了九年，老百姓固然生靈塗炭，大唐的國運也元氣大傷，自此日走下坡。所以安史之亂，可說是唐帝國由盛轉衰的關鍵，這是歷史的傷口，是一種挫敗，作者卻以譏誚的口吻說，安史之亂倒也不是一無是處，至少，它令玄宗等人實地體會了入蜀道路之艱辛難行，印證了歷來說法之不虛。「不因這玉環，引起祿山，怎知蜀道難」三句，語雖尖刻，而情實無奈，讀來令人感慨不已。

六四 四塊玉 歎世

帶月行。披星走⊙孤館❶寒食故鄉秋⊙妻兒胖了咱消瘦⊙枕上憂⊙馬上愁⊙死後休⊙

【格律】詳見關漢卿〈四塊玉・別情〉（自送別）。（頁六六）

【注釋】❶館 客館；客舍。

【語譯】帶月披星奔波趕路，淒涼的在客館中度過寒食節，回到故鄉已是秋天。妻兒胖了，自己卻越來越消瘦。枕上憂愁，馬上煩惱，看來只有死了才能解脫吧！

【賞析】這一首題為「歎世」，主要是在感歎人世的勞碌。「帶月行，披星走」二句，一下筆就先強調勞苦之甚，古代一般老百姓都是日出而作，日落而息，天一黑就該收工歇息了，「披星」、「帶月」，謂星夜裡猶頂著月亮星星兼程趕路，則其奔波勞苦又進一層。

「孤館寒食故鄉秋」一句，說在旅途中過寒食節，回到故鄉已是秋天，則離家萬里可想而知。「寒食」是民間極受重視的節日，何況寒食後兩天即是清明！清明，這是慎終追遠、掃墓祭祖的日子，竟不能回去聊盡子孫孝思，一個人在客館中度過，真是情何以堪！「孤館」的「孤」字，不獨實寫客館之位置偏僻，還兼表心境之孤單寂寞，令人想見荒村野店中，一燈熒熒，離鄉背井的遊子黯然獨坐的孤獨身影。「孤館寒食」四字有說不出的淒涼況味。

「妻兒胖了咱消瘦」一句益形無奈。其實勞苦忙碌不就是為了妻兒嗎？誰不希望妻子兒女能吃得飽、穿得暖？無奈妻兒的溫飽卻要以壓榨、消耗自己的生命來換取，看到妻兒日漸豐腴的臉龐固然值得安慰，但自己越來越消瘦的身體還能支撐多久呢？萬一不堪勞累倒下去了，可又如何是好？除了肉體的疲累之外，還有精神上的壓力，各種憂愁困苦交相磨折，真壓得人喘不過氣來。「枕上憂，馬上愁，死後休」三句，說無論白天黑夜，無論工作休息，都有種種憂愁重擔，恐怕要累死煩死才算了事。三句一氣直下，越寫越感慨，讀來極其無奈。

六五　清江引　野興

林泉隱居誰到此⊙有客清風至⊙會❶作山中相❷。不管人間事⊙爭
甚麼半張名利紙⊙

【格律】此曲又名〈江兒水〉。宮調屬雙調，可用於小令、散套及劇套。小令可獨用，也可用作帶過曲，如〈雁兒落帶清江引〉、〈雁兒落帶清江引碧玉簫〉、〈楚天遙帶清江引〉、〈對玉環帶清江引〉等，即是其例。南北合套及北套中，此曲亦可用為尾聲。

全首共五句四韻，作「七、五、五、五、七」。其平仄格律如下：

＋＋｜－－去平（或作＋＋｜－－－ㄙ）⊙　＋｜－－去⊙　＋－平ㄙ－（或作＋｜＋－＋）。　＋｜－－去⊙　＋＋｜＋－去平⊙

其中第二、四兩句必叶去聲。

【注　釋】❶會　會當、應當之意。杜甫〈望嶽〉詩：「會當凌絕頂，一覽眾山小。」❷山中相　《南史‧陶宏景傳》載宏景隱居句曲山（即今江蘇省西南部之茅山），梁武帝屢徵不出，然而遇有大事，武帝都前往徵詢他的意見，時人稱為「山中宰相」。

【語　譯】隱居在山林泉石之間，誰會來探訪？唯一的客人就是清風了。理該做山中的宰相，根本不願管人間的事。名利就如同半張破紙一樣，有什麼好爭的？

【賞　析】這首曲子寫閒居之趣。「林泉隱居誰到此，有客清風至」兩句採用問答形式，一下筆就問：「隱居山林之間，有誰常常上門呢？」回答說：「有啊！有清風時時來作客。」將清風予以擬人化，讀來逸趣橫生。然而再一細想，只有清風來作客，則門庭冷落之狀可以想見，人情冷暖，盡在不言中。

「會作山中相，不管人間事」兩句，「山中相」本為南朝人陶宏景之稱號，陶宏景仕齊為左衛殿中將軍，齊亡不仕，隱居句曲山中。梁武帝欲聘他為官而不得，但每逢國有大事，均親自入山諮詢他的意見，故時人稱為「山中宰相」。此處「山中相」則謂山林中之主宰，指掌管山林之意。宋人朱敦儒《樵歌》有詞云：「曾批給露支風敕，累奏留雲借月章。」辛棄疾〈西江月〉詞也說：

「乃翁依舊管些兒，管竹管山管水。」可借為注腳。主宰山林，每日管山管水，這是何等逍遙自在之事，然而卻說「會作山中相」，「會」有應當、應須之意，說無人上門，正可樂得輕鬆，何必去管人間的種種雜事呢？還是作「山中相」吧！「人間事」指塵俗之事，如種種得失、功名利祿、人事傾軋等等，既要遊說自己還是隱居較好，則原來之不甘於隱遁可想而知。

「爭甚麼半張名利紙」一句，語氣更加激憤，說一般俗人哪裡體會閒處山林的樂趣，他們只知爭奪名利，其實名利不過破紙半張，有什麼好爭的？此句充滿了鄙夷之感，從而令人發現，原來作者是如此的不甘！此曲下筆文字本極瀟遠，越寫越激動，可見作者只是故作灑脫狀，閒適只是表面，內心還是頗為在乎的。

六六　清江引　野興

西村日長人事少⊙一個新蟬噪❶⊙恰待葵花❷開。又早蜂兒鬧⊙高
枕上夢隨蝶去了⊙

【格律】詳見上首（林泉隱居誰到此）。

【注釋】❶噪　鳥蟲喧鳴聲。❷葵花　即向日葵。夏日開花，果實可供榨油（即葵花子油）。

【語譯】西村裡，長日漫漫，閒暇無事。突然響起一聲蟬噪。葵花才剛開，蜂兒已等不及地鬧成

一片了。高枕上，朦朧間，化身為蝴蝶。慢慢地，飄進了夢鄉。

【賞析】這首曲子寫夏日的午後。「西村日長人事少」一句先就突出了夏日的特色，夏天晝長夜短，加上小村中事務單純，日常幾件事不一會就處理完了，而太陽卻還掛得老高，就越發顯得長日漫漫了。「日長事少」四字有說不盡的悠閒意味，與下文的午後歇息遙相呼應。

「一個新蟬噪，恰待葵花開，又早蜂兒鬧」三句描寫室外景致，說這時戶外響起蟬的噪聲，向日葵也開了，蜂兒嗡嗡的鬧個不停。蟬就是知了，葵花就是向日葵，是夏天特有的昆蟲及花卉。蟬的叫聲非常嘹亮，而向日葵的花形甚大，外緣鮮黃、中間深褐的色澤，尤其鮮麗動人，這二者一動一靜，最能表現出夏天活躍強勁的生命力，作者寫夏天，特別以蟬聲和葵花來代表，可謂擅於把握夏日的精神。不但如此，由「新蟬」二字，可知這是今年第一聲蟬鳴，由「恰待」二字，可知葵花剛剛綻放。蟬聲初鳴、葵花乍開，彷彿為夏日的降臨作了正式的宣告。「又早蜂兒鬧」一句尤其逗趣，彷彿蜜蜂兒早就算定了葵花將開，迫不及待的等在花叢邊似的，而「鬧」字兼有熱鬧及喧鬧兩層含意，令人想見無數鮮黃深褐之間，蜂兒成群結隊、忙碌來去之狀；一方面成千上萬的蜜蜂所發出的嗡嗡之聲，又確實聲浪不小，「鬧」字很傳神的表達出那種吵雜之感。葵花的絢麗，再加上蟬噪、蜂鳴，交織成一首活潑快樂的夏日組曲。短短十五字，夏日郊野鮮麗而熱鬧的景致就如在眼前。

「高枕上夢隨蝶去了」一句轉寫室內之景。夏日的午後，陽光照得大地暖呼呼的，人不覺也慵慵懶懶的，吃過中飯，更感到困困倦倦，反正閒來無事，於是躺到床上，歇息片刻，聽著室外蟬兒和蜂兒的大合唱，那心境的舒適，是不消說的。聽著，聽著，不知不覺，意識愈來愈模糊，終於飄啊飄，飄進了夢鄉。「夢隨蝶去了」化用《莊子・齊物論》莊周夢蝶的典故，謂化身為蝴蝶飄然而逝；一方面描繪出夢境的輕柔飄忽，一方面也傳神地表達出那種物我俱忘的鬆散勁兒，寫來甚為成功。

六七　清江引

野興

東籬本是風月❶主⊙晚節❷園林趣⊙一枕❸葫蘆架。幾行垂柳樹⊙是搭兒❹快活閒住處⊙

【格律】詳見前首（林泉隱居誰到此）。（頁一五五）

【注釋】❶風月　清風明月。❷晚節　晚年。《史記・外戚世家》：「及晚節色衰愛弛。」❸一枕　此處猶言「一座」。❹搭兒　猶言「一搭」。一帶、一塊之意。

【語譯】我馬東籬本來就愛吟風弄月，年紀老大，就越發喜歡園林的雅趣。搭起一座葫蘆架，種上幾行楊柳樹。這真是一處快樂悠閒的所在！

【賞析】這一首寫閒居山林之樂。「東籬本是風月主」一句開門見山，一下筆就先說明自己的本性酷愛大自然，專喜歡管些清風明月之事，「風月主」三字極傳神，那種以風、月為伴的自得神態如在眼前。「東籬」二字本是馬致遠的別號，但由於陶淵明「採菊東籬下，悠然見南山」的詩句膾炙人口，則淵明那種處身林園的悠然神情，亦不禁令人神往。

「晚節園林趣」一句承上。年輕時候既已喜愛丘山，到了晚年，一方面由於性情轉趨淡泊；一方面也由於歷盡人事，見識到人性中競逐名利、互相傾軋的醜惡，就越發了解自然恬靜的生活之可貴，因此就越發能體會山水園林之間別有一番佳趣了。

「一枕葫蘆架，幾行垂柳樹，是搭兒快活閒住處」三句具體描寫園林之樂，說搭一架葫蘆藤，種上幾排楊柳樹，就成為一處逍遙自在的好處所了。「一枕葫蘆架，幾行垂柳樹」，這是何等簡陋的布置！然而一架濃陰，就帶來一片清涼綠意，加上三兩個葫蘆瓜，這兒那兒的錯落著，自有一種幽雅情致；而那種千條金縷萬條絲，迎著春風婀娜依依的畫面，更是如詩如畫，令人心曠神怡。難怪他會讚歎著說：「是搭兒快活閒住處！」

六八　清江引　野興

山禽曉來窗外啼⊙喚起山翁睡⊙恰❶道不如歸❷⊙又叫行不得❸⊙
則不如尋箇穩便處閒坐地❹⊙

【格　律】詳見前首（林泉隱居誰到此）。（頁一五五）

【注　釋】❶恰　正好；正巧。❷不如歸　杜鵑鳥的叫聲。❸行不得　鷓鴣鳥的叫聲。❹坐地　坐著。《京本通俗小說・西山一窟鬼》：「來側首一個小小花園內，兩個人入去坐地。」

【語　譯】天才剛破曉，山中的禽鳥就在窗外爭相啼鳴，把屋內的老翁從夢中叫醒。才剛說「不如歸去」，又叫道「行不得也」，那麼不如就找個妥當處所閒坐著算了。

【賞　析】這首曲子描寫山林中拂曉之景。「山禽曉來窗外啼，喚起山翁睡」兩句說天才朦朦亮，窗外的小鳥已經等不及嘰嘰喳喳的叫個不停了，把窗內的老翁從夢中吵醒。「曉來」指破曉時分，這時山林之中，夜霧還未散盡，整片大地還在酣睡，小鳥的啼鳴，彷彿是一首宣告黎明的合唱曲，此起彼落的，唱得好不熱鬧。這一陣喧鬧聲，對好夢方酣的人來說，其實是不堪其擾，但作者卻說是「喚起山翁睡」，將小鳥予以擬人化，「喚」字用得十分親切，彷彿小鳥是特為來叫醒老翁似的。

「恰道不如歸，又叫行不得」兩句寫得更為逗趣。小鳥的叫聲形形色色，向來傳說杜鵑鳥的叫聲有如「不如歸去」，而鷓鴣鳥的叫聲則如同「行不得也哥哥」，此處很巧妙的以這兩種小鳥的叫聲來強調百鳥爭鳴之狀，說一隻才叫我快回去，另一隻就搶著說行不得，可叫我無所適從了，「恰道不如歸，又叫行不得」兩句，將小鳥們七嘴八舌聒噪不休之狀刻畫傳神，令人忍俊不禁。

「則不如尋箇穩便處閒坐地」一句承上，說小鳥們意見那麼多，走也不行，不走也不行，那麼，乾脆找個地方坐下來吧。全篇由杜鵑、鷓鴣的叫聲聯想而起，設想奇巧，寫來十分生動。

六九 清江引

野興

綠蓑衣❶紫羅袍❷誰是主⊙兩件兒都無濟❸⊙便作釣魚人。也在風波裡⊙則不如尋取個穩便處閒坐地⊙

【格 律】詳見前首（林泉隱居誰到此）。（頁一五五）

【注 釋】❶綠蓑衣 用蓑草或棕櫚皮編成的雨衣。此處代指漁夫。❷紫羅袍 古代貴官所穿的公服。此處代指官吏。❸無濟 無用。

【語 譯】做漁夫或做官，哪一件比較重要？兩件都沒用！即便當漁夫，也難免要處身在風波中。所以，不如找個妥當處閒坐著吧！

【賞 析】這首曲子一下筆就說當漁父和做官一樣，毫無用處，造成很突兀的效果。「綠蓑衣紫羅袍誰是主，兩件兒都無濟」兩句，「綠蓑衣」本指用蓑草或棕櫚皮編成的雨衣，由於張志和的〈漁歌子〉「青箬笠，綠蓑衣，斜風細雨不須歸」的名句深入人心，後便往往以「綠蓑衣」來代稱漁父。「紫羅袍」是古代貴官的服色，唐制五品以上始穿紫衣，這裡借指高官。「主」與「賓」相對，有重要、值得追求之意。元代異族入主中原，政治黑暗，故有志之士，多有避禍全身、忘情物外之思想，馬致遠的散曲中，也屢屢強調仕途黑暗，不如歸隱漁樵，例如上面選析的〈金字經〉「且向江頭作釣翁」即是一例。但何以此處卻一反其說，認為當個打漁人也無用呢？

「便作釣魚人，也在風波裡」兩句說明理由所在。官位不值得追求，是由於仕途上充滿人事上的傾軋，為了追求高官厚祿，人與人之間互相排擠鬥爭，極盡翻雲覆雨之能事，最是險惡，這個道理大家都了解；然而漁父打魚，每天駕著一葉扁舟，在風浪中來來去去，何嘗不是飽受風波之苦呢？「風波」本指風浪，引申為動盪不安之意，由於官場上勾心鬥角，故向來習以「風波」二字稱呼官場。此處很巧妙地應用了「風波」二字的雙關語，說官場上固然是風波險惡，打魚何嘗不是波濤洶湧，充滿危機呢？所以說「兩件兒都無濟」，不是沒有道理的。

做官固然不好，打魚也不好，所以，算來算去，還不如什麼都不要做，找個合適地方，坐下來清閒清閒比較好，「則不如尋取個穩便處閒坐地」句承上一轉，點出「野興」二字，寫來甚有意趣。

王德信

王德信，字實甫，元大都（今北平市）人。約與關漢卿同時，生平已不可考。著有雜劇十四種，完整保留下來的有《西廂記》、《麗春堂》及《破窰記》三種，其中《西廂記》尤其膾炙人口。《四友齋曲說》云：「王實甫才情富麗，真詞家之雄。」《太和正音譜》云：「王實甫之詞，如花間美人。鋪敘委婉，深得騷人之趣，極有佳句，若玉環之出浴華清，綠珠之採蓮洛浦。」可見其受人推重之一斑。散曲流傳下來的不多，《全元散曲》只收套數兩套及小令一首，亦委婉清麗。

七〇　十二月帶堯民歌

別情

自別後遙山隱隱❶⊙更那堪遠水粼粼❷⊙見楊柳飛綿❸滾滾。對桃花醉臉
醺醺❹⊙透內閣香風陣陣⊙掩重門暮雨紛紛⊙怕黃昏忽地❺又黃昏⊙不
銷魂怎地❻不銷魂⊙新啼痕壓舊啼痕⊙斷腸人憶斷腸人⊙今春⊙香肌瘦

幾分⊙摟帶❼寬三寸⊙

【格　律】此為帶過曲，由〈十二月〉及〈堯民歌〉二曲合成。二支曲子均可入小令、散套或雜劇，但若用作小令或入套數，則須合成帶過曲，不可獨用。宮調屬中呂宮，也可入正宮。上半〈十二月〉共六句五韻，每句四字，平分三段。其平仄格律如下：

——|平⊙　+|——⊙　——ㄙ平。　+|——⊙　——|+⊙　+|——⊙

王實甫此曲，六句皆為七字句，乃因加了襯字之故。

下半〈堯民歌〉共六句六韻，為「七、七、七、七、七、五」。其平仄格律如下：

+——||——⊙　+|——|——⊙　+—+||——⊙　||——|——⊙　——丕

—||—⊙　+|——去⊙

其中第五句首二字可用疊字，也可嵌入「也波」、「也麼」兩字，如岳伯川「鐵拐李」云：「哀也波哉。」

【注　釋】❶隱隱　不分明的樣子。❷粼粼　形容水極清澈，在石間閃閃發光的樣子。❸飛綿　飛絮。綿，即柳綿、柳絮。❹醉臉醺醺　形容桃花色澤嫣紅，有如喝醉酒的臉龐。❺忽地　忽然。❻怎地　怎麼；如何。❼摟帶　即腰帶。

【語　譯】自從分別以後，只望見峰巒起伏綽綽約約，更何忍面對遠水波光粼粼？又見柳綿滿天飛舞，桃花酡紅了臉。一陣陣香風吹透簾幕，暮雨紛紛，落寞地掩上一扇扇門扉。怕見黃昏，不覺又到了黃昏；想不斷魂，怎麼可能不斷魂？襟袖上，新淚痕蓋過了舊淚痕。兩地相思，同一懸念，都是斷腸人。今年春天，香肌又消瘦了幾分？腰帶已寬了三寸！

【賞　析】這首曲子是王實甫僅存的一首小令。由〈十二月〉及〈堯民歌〉二支曲子構成，全篇都在寫少婦的離情別怨。

「自別後遙山隱隱，更那堪遠水粼粼」兩句一開始就先說明離別的事實。「遙山隱隱」、「遠水粼粼」是遠望之景，極目遠眺，只見遠處隱隱約約的山巒、閃爍的水光，這是由空間下筆，借千山萬水之阻隔以具體表現出人去已遠之事實。再者，何以會一遍遍的登樓遠眺，當然是由於思念行人之故，所以不必說思念而思念就自在其中。

「見楊柳飛綿滾滾，對桃花醉臉醺醺」兩句描寫眼前春景，說柳絮滿天飛舞，桃花開得紅豔豔的，點出時令是暮春。暮春是花落春歸時節，繁花凋零，柳絮翻飛，在在都象喻著美好不能長存，看在離人眼裡，自然更易觸動哀思。

以下轉寫暮春的風雨。「透內閣香風陣陣」句寫風，一陣陣風過，雖然帶來陣陣香味，卻也落紅片片，隨風飄舞。「掩重門暮雨紛紛」句寫雨，細雨紛紛，再加上暮靄蒼茫，說不盡的淒涼況味。暮春三月，本來即已春光殘破，再加上一陣風、一陣雨，春去更速，看在別有懷抱的傷心人眼裡，更是情何以堪！實在不忍面對，只好將重重門戶一一掩上。

以上六句似乎只是寫景，其實是借著景物烘托淒涼的心境，下半首直寫心情。「怕黃昏忽地又黃昏，不銷魂怎地不銷魂」兩句描寫她為離情所苦，失魂落魄之狀。怕黃昏，一方面由於黃昏是一日將了之時，所謂「夕陽無限好，只是近黃昏」，那絢麗的落日彷彿昭告著美好的流逝，充滿著不可挽回的悲感；一方面也由於黃昏接下去就是黑夜，獨守空閨，度日如年，黃昏已經撐不下去，長夜漫漫，更不知如何捱過？愈怕黃昏的到來，偏偏黃昏就來得特別早，一「又」字透露出周而復始、無盡的折磨。「不銷魂怎地不銷魂」一句無奈至極，把那種既無法控制，想擺脫卻又擺脫不掉的苦惱情狀刻畫無遺。

「新啼痕壓舊啼痕，斷腸人憶斷腸人」兩句進一步描寫她的痛苦，說她的衣襟和袖口上，淚痕斑斑，舊的淚痕未乾，又添上新的淚痕。「斷腸」二字，強調痛苦之深，已使她肝腸寸斷。這種精神上的磨折，連帶影響到她的身體也日漸瘦損，因此底下說：「今春香肌瘦幾分？摟帶寬三寸。」以腰帶寬了三寸具體表明她的瘦弱。春天本來是生命蓬勃萌發的季節，但在這萬物欣欣向榮的時候，獨有她，卻日漸憔悴清減，則離別帶給她的磨折之深，也就可想而知了。

這首曲子的前六句是〈十二月〉，六句中分為三組，兩兩相應，對偶極為工麗，又每句使用疊字，六句中共用了「隱隱」、「粼粼」、「滾滾」、「醺醺」、「陣陣」、「紛紛」等六組疊字，〈堯民歌〉的前四句則反覆使用相同的字眼，如「黃昏」、「銷魂」、「啼痕」、「斷腸」等，一再形成覆沓迴環的效果；遂使情思顯得更加幽微曲折，纏綿往復，讀之餘味不絕，難怪周德清《中原音韻》說它「對偶、音律、平仄、語句皆妙」。

滕賓

滕賓，一作滕斌，字玉霄，黃岡（今湖北黃岡縣）人，或云睢陽（今河南商邱縣南）人。為人風流篤厚，往往狂嬉狎酒，其談笑筆墨，多為世所傳誦。任翰林學士，出為江西儒學提舉，因目睹官場黑暗，棄家入天台為道士，號涵虛子。有《玉霄集》，散曲今存小令十五首。

七一 普天樂

淡煙迷❶⊙遙山翠⊙秋天雁唳❷⊙夜月猿啼⊙小徑幽。茅簷僻⊙秋色南山獨相對⊙傲西風、菊綻東籬❸⊙疏林鳥棲⊙殘霞散綺❹⊙歸去來兮❺⊙

【格　律】此曲可入小令、散套及雜劇，宮調入中呂宮，也可入正宮，若入正宮，則名之為〈黃梅雨〉。全篇十一句，作「三、三、四、四、三、三、七、七、四、四、四」，其中第八句為雙式句，應破作「三、四」。前六句一般都作對句，後三句也有作鼎足對者。其平仄格律如下：

|——⊙ ——去⊙ ＋—＋|⊙ ＋|——⊙ ＋|—。——|⊙ ＋|———去
⊙ |——、＋|——⊙ ＋＋|平⊙ ——＋|（或作——|—）⊙ ＋|——⊙

【注 釋】❶迷 瀰漫。❷雁唳 鴻雁的鳴聲。❸東籬 東邊的籬笆。❹綺 一種精細華美的絲織品。❺歸去來兮 即歸去。「來」、「兮」是助詞。陶淵明有〈歸去來兮辭〉，膾炙人口，故向來都以「歸去來兮」作為辭官歸隱的代稱。

【語 譯】山腰上瀰漫著淡淡輕煙，遠遠望去一片翠綠。秋空寥闊，風中傳來幾聲雁唳，夜色淒清，月下時聞猿猴悲啼。獨立在幽徑上、茅簷下，無言地凝望著南山秋色。菊花已經開滿了東邊籬落，傲然的屹立在西風中。稀疏的樹林中，倦鳥紛紛歸巢，彩霞散布，西天有如一片絢麗綺繡。官場有什麼好留戀的，還是回去吧！

【賞 析】這首小令和「日遲遲」、「晚天涼」、「暮霞收」三首一組，分寫四季，此為第三首，寫秋。每一首的末句都結以「歸去來兮」，已可見出其主旨所在。

下筆先描寫秋景。秋天，可說是又美麗又淒清的季節，「淡煙迷，遙山翠」二句寫山，說遠望之下，群山雖然還是翠綠一片，但總有一層輕煙薄霧籠罩著，顯得特別美，這是就秋天美麗的一面來發揮。「秋天雁唳，夜月猿啼」二句則側重描寫秋天淒清的一面。說蒼茫寥廓的秋空中，偶爾掠過一隻孤雁，淒厲的叫聲在秋空中迴盪，月夜中不時傳來猿猴的悲鳴聲，都更增益寂寥淒涼之

感。

「小徑幽」以下設想隱居的生活，說雖是棲身茅廬，但秋日的庭園，滿園秋色，一個人在簷下籬邊賞菊，生活雖然簡樸，但不必委屈志節，能傲立於西風中，悠然與南山相望；當彩霞滿天時候，面對眾鳥歸巢，也能夠無愧於心，這種生活就很令人嚮往了。這幾句全部用陶淵明的典故，「秋色南山獨相對，傲西風菊綻東籬」化用〈飲酒〉詩「採菊東籬下，悠然見南山」的典故，寫得風骨清奇；而「疏林鳥棲，殘霞散綺」則是暗用〈歸去來兮辭〉「雲無心以出岫，鳥倦飛而知還。景翳翳以將入，撫孤松而盤桓」句意。鳥倦飛尚且知還，人難道不知道如何選擇無愧於心、傲然屹立於亂世的生活方式嗎？以「歸去來兮」四字作結，明白點出陶淵明來，此中正大有深意。

鄧玉賓

鄧玉賓，生平年里不詳。《錄鬼簿》稱他為「鄧玉賓同知」，列在「前輩已死名公」之列，與貫雲石排在一起，可推知他曾任職「同知」，與貫雲石、馮子振時代相近。《太和正音譜》說：「鄧玉賓之詞，如幽谷芳蘭。」知其散曲在當時評價甚高。《全元散曲》輯有套數四套、小令四首。

七二 叨叨令 道情❶

白雲深處青山下⊙茅庵草舍無冬夏⊙閒來幾句漁樵話⊙困來一枕葫蘆架⊙你省的❷也麼哥❸。你省的也麼哥。煞強如❹風波千丈擔驚怕⊙

【格律】此曲可入小令、散套或雜劇，宮調屬正宮，共七句五韻，作「七、七、七、七、六、六、七」。其平仄格律如下：

＋－＋｜－－去⊙　＋－＋｜－－去⊙　＋－＋｜－－去⊙　＋－＋｜－－去⊙　｜｜＋也麼哥。　｜｜＋也麼哥。　＋－＋｜－－去⊙

其中第五、六兩句必重疊，且下三字必作「也麼哥」。「也麼哥」也可作「也末哥」或「也波哥」。除了五、六兩句外，每句都必須叶去聲，韻上兩字，必須用「－－」，不可移易。此外，也有作疊字體或獨木橋體者，前者如《西廂記》「見安排著車兒馬兒」，後者如周文質嘗通首叶一「夢」字、「處」字、「醉」字等，只是個別情形。

【注　釋】❶道情　描寫道家出世思想的作品。是散曲黃冠體的別名。內容或寫超脫塵世，或寫警醒頑俗。❷省的　即省得、了解之意。❸也麼哥　元曲中常用的語助詞。無義。也作「也末哥」、「也波哥」。❹煞強如　強過；勝過。煞，用以表示強調之意。

【語　譯】白雲深處，青山腳下；茅屋幾椽，草舍數間。閒散的過日，渾然不覺時序的更換。無事時和漁人樵夫閒話家常，困倦了就在葫蘆架下睡一覺。你能理解嗎？你能理解嗎？這比在千丈風波中擔驚受怕好得太多了。

【賞　析】現存鄧玉賓的小令，只有四首，俱題為「道情」。道情本屬散曲中的黃冠體，是道士所唱的歌，內容或為超凡脫俗之想，或是警示世俗之作。這首小曲所反映的是元曲中慣有的隱居遁世、避禍全身的思想。下筆四句先描寫居處的環境。「白雲深處青山下，茅庵草舍無冬夏」兩句中，第一句說居處遠離塵寰，是在深山之中、人跡稀少之處；第二句說居室簡陋，不過是數間茅草房而已。但日與青山白雲為偶，倒也有一份離塵絕俗、不食人間煙火的飄逸之感，而「無冬夏」三字化用「山中無日月」詩意，謂居住山中，渾然不知人間今夕何夕，更有一份隨心所欲的自在自得。

「閒來幾句漁樵話，困來一枕葫蘆架」兩句描寫閒居的生活。說閒來無事，就與漁樵話家常，睏了就往葫蘆架下一躺，舒舒服服地睡一大覺，生活既簡樸單純，又悠閒自在。

「你省的也麼哥？你省的也麼哥？煞強如風波千丈擔驚怕」以下，忽然一轉，說這種生活比在千丈風波中擔驚受怕可要好得太多了。且一再詢問：「你省的也麼哥？你省的也麼哥？」「省的」是「省得」、「理會」的意思，而風波則指官海的波濤，政治上的爭鬥傾軋。一再重複，殷殷提醒，說你可真的了解這其中奧妙嗎？如此強調，遂使人頓然了悟，原來上述所描繪的生活圖象並非真的那麼純任天然，青山白雲，其實是不得不然，是「尋得桃源好避秦」的刻意追求，換句話說，若非元代政治黑暗，一踏入仕途就「風波千丈」，誰願意茅庵草舍，隱居在山坳裡？「煞強如風波千丈擔驚怕」一句，真是道盡當時人的心聲。

鄧玉賓子

名里不詳。《太平樂府》收有〈雁兒落帶得勝令〉三首，注明作者為「鄧玉賓子」，《全元散曲》以為即鄧玉賓之子，今從之。

七三 雁兒落帶得勝令 閒適

乾坤一轉丸⊙日月雙飛箭⊙浮生❶夢一場。世事雲千變⊙ 萬里玉門關❷⊙七里釣魚灘❸⊙曉日❹長安近❺。秋風蜀道難❻⊙休干❼⊙誤煞英雄漢⊙看看⊙星星❽兩鬢斑⊙

【格　律】詳見庾天錫〈雁兒落帶得勝令〉（韓侯一將壇）。（頁一一三）

【注　釋】❶浮生　人世空幻虛浮，故稱為浮生。《莊子‧刻意》：「其生若浮，其死若休。」❷玉門關　在今甘肅省敦煌縣西。是古代進出西域的要道。❸釣魚灘　東漢隱士嚴光釣魚的地方。在今浙江省桐廬縣，又稱為七里灘、嚴陵瀨。❹曉日　即朝日。❺長安近　典出王勃〈秋日登洪府滕王閣餞別序〉：「望長安於日下，指吳會於雲間。」長安，本為京城，此處指朝廷。❻蜀道難　樂府瑟調名。李白所作最為知名，云：「蜀道之難，難於上青天。」❼干　參預；關涉。❽星星　頭髮斑白的樣子。

【語　譯】宇宙就像一個轉動的球，日月有如兩支飛馳的箭。人生空幻，恍若一夢，世事如雲，千變萬化。　本以為萬里邊關，可建立不朽功業，卻落得七里釣臺，學嚴光耕釣歸隱。滿以為仕途如旭日東升，必能功成名就；哪知道寒風刺骨，竟如蜀道之難於登天。功名二字可別再沾惹，害死多少英雄漢！不信你看看，兩鬢可不是已經斑白了嗎？

【賞　析】這是一首帶過曲，由〈雁兒落〉及〈得勝令〉組成。全篇都在表達人生若夢，功名不值得追求之思想。

「乾坤一轉丸，日月雙飛箭」兩句說歲月不居，整個宇宙乾坤就像一個球，飛快地轉動，日月就像兩支激射而出的箭，疾馳而去。而時光，就這麼迅速的流逝了。「浮生夢一場，世事雲千變」兩句說人事變幻無常。浮生若夢，到頭來一場空，這已是一層悲哀，偏偏在虛幻短暫的歲月中，還風雲莫測，不能平靜安穩地度過。「世事雲千變」五字，寫盡人事之變遷，這四句一下筆就感慨萬端。

以下四句舉功名一事以證明人事確是變化無常，不足憑恃。「萬里玉門關，七里釣魚灘」句用班超及嚴光的典故。班超立志建功異域，因投筆從戎，於明帝時出使西域，使西域五十餘國臣服中原，官至西域都護，受封為定遠侯。因久在絕域，年老思歸，曾上疏云：「臣不敢望到酒泉郡，但願生入玉門關。」此處用「萬里玉門關」來比喻像班超一樣平戎萬里的不朽功業。「七里釣魚灘」則指嚴光垂釣處的七里灘，嚴光本是漢光武劉秀的同學，光武即位後，他有感政治黑暗而歸隱富春江，以耕釣為樂。此處用來代稱隱遁避世的生活。這兩種形態的生命追求可說相去萬里，但往往追求建功立業的結果，卻落得耕釣隱遁，這不就是人生的無常麼？

「曉日長安近，秋風蜀道難」兩句承上，說明人事的得失榮枯，主要源於仕途上的傾軋爭鬥。「長安近」用王勃〈滕王閣序〉「望長安於日下，指吳會於雲間」句意，「長安」是京城，帝王所居之處，靠近長安，意謂能在朝中任高位、掌大權。「曉日」謂仕途有如朝日初升，前景一片光明。此句表示初踏入仕途，對政治充滿了憧憬，滿以為自己有才幹、肯努力，功名就在咫尺之間。「秋風蜀道難」一句卻兜頭一盆冷水，說明事實全然不是如此。〈蜀道難〉本是樂府篇名，此處用李白「蜀道之難，難於上青天」詩意，「秋風」更予人風霜淒冷之感，這五字極能表現出仕途之坎坷，令人想見官場上翻雲覆雨，無所不用其極的險惡情狀。「曉日」、「秋風」俱以自然之天候象喻政治氣候，而「長安近」、「蜀道難」俱化用前人詩句，對偶極為工整。

對政治的黑暗既有如此了悟，因此歸結到「休干，誤煞英雄漢」的結論。仕途上風險重重，「功名」二字真是招惹不得，自來不知有多少英雄人物，因為看不破這一層，而被耽誤終生。「看，星星兩鬢斑」二句，以自己已經兩鬢斑駁為例，證明年華逝水，青春歲月轉瞬就消失了，殷殷提醒，不值得為追求虛無飄渺的功名耗費青春，寫來彷如暮鼓晨鐘，發人深省。

馮子振

馮子振（一二五七～一三一四），字海粟，號怪怪道人、瀛州客，攸州（今湖南攸縣）人。曾官承事郎、集賢待制。為人博學強記，文思敏捷。宋濂謂其「酒酣氣豪，横厲奮發，一揮萬餘言，少亦不下數千，真一世之雄哉！」今存小令四十四首。貫雲石評其詞「豪辣灝爛，不斷古今」（《陽春白雪・序》）。

七四　鸚鵡曲❶　山亭逸興

嵯峨❷峰頂移家住⊙是箇不唧溜❸樵父⊙爛柯❹時、樹老無花。葉葉枝枝風雨⊙

（么）故人曾、喚我歸來。卻道不如休去⊙指門前、萬疊雲山。是不費、青蚨❺買處⊙

【格律】〈鸚鵡曲〉，即〈黑漆弩〉。詳見王惲〈黑漆弩・遊金山寺並序〉（蒼波萬頃孤岑矗）。（頁

三九）

【注　釋】❶鸚鵡曲　原名〈黑漆弩〉。因白賁所作的起句是「儂家鸚鵡洲邊住」，故改名〈鸚鵡曲〉。❷嵯峨　險峻突兀的樣子。❸唧嚁　元代俗語。伶俐、精細的意思。❹爛柯　斧柄腐爛了。任昉《述異記・上》：「信安郡石室山，晉時王質伐木，至見童子數人，棊而歌，質因聽之，童子以一物與質，如棗核，質含之不覺饑，俄頃，童子謂曰：『何不去？』質起，視斧柯盡爛，既歸，無復時人。」❺青蚨　指錢。《搜神記・青蚨》：「南方有蟲名青蚨……取其子，母即飛來，不以遠近。雖潛取其子，母必知處。以母血塗錢八十一文，以子血塗錢八十一文。每市物，或先用母錢，或先用子錢，皆復飛歸，輪轉無已。」所以後世以青蚨代稱錢。

【語　譯】把家搬到高峻的峰頂居住，我是一個不精細的樵夫。斧柄爛掉的時候，樹老了，花也沒有了；葉葉枝枝，飽經風雨。　老朋友呼喚我回到平地來，我卻捨不得離去。手指著門前萬疊雲山，這些是不須花錢買的。

【賞　析】馮子振是元代很有才氣的作家，當時白賁（號無咎）寫了一首〈鸚鵡曲〉，非常流行，可惜沒有人繼續和作，因為這首曲子格律很嚴，所以沒有人敢作，馮子振卻不畏艱難，一和就和了四十二首，可見他的才氣很大。此曲前面有序云：「白無咎有〈鸚鵡曲〉云：『儂家鸚鵡洲邊住，是箇不識字漁父。浪花中一葉扁舟，睡煞江南煙雨。　覺來時滿眼青山，抖擻綠蓑歸去。算從前錯怨天公，甚也有安排我處。』余壬寅歲（一三〇二）留上京，有北京伶婦御園秀之屬，相從風雪中，恨此曲無續之者。且謂前後多親炙士大夫，拘於韻度，如第一個父字，便難下語。又『甚也有安排我處』，『甚』字必須去聲字，『我』字必須上聲字，音律始諧，不然必不可歌，此一節又難下語。諸公舉酒，索余和之，以汴、吳、上都、天京風景試續之。」

本篇借樵夫之口抒發作者隱居樂道的思想。氣勢豪邁，感人深刻。明顯的與白賁歌頌漁父的〈鸚鵡曲〉相對立。自古以來，漁父和樵夫代表了隱居樂道的人。

首先點出主人翁的身分——「不唧嚠樵父」。與白賁「不識字漁父」有相同的用意。處在元代的亂世，知識愈多，煩惱愈大，越聰明越痛苦；倒不如不識不知，來得無憂無慮。所以「不唧嚠」，不是缺點，反倒是得天獨厚的優點，唯其「不唧嚠」，才可過無憂無慮的生活。

三、四句借古代樵夫王質在山上遇仙的故事，寫出隱居山上的好處。山中日月長，下了一盤棋，斧柄都爛掉了，已經是過了幾十年，樹也老了，花也沒了，葉葉枝枝，飽經風雨。意謂住在山上，可以長生不老。

五、六句寫樵夫習慣於山上生活，不願回到平地去，雖然老朋友喚我歸去，我卻滿足於目前的生活，捨不得離開山上，為什麼呢？

末二句寫出山上生活的樂趣，回答了不願離去的原因。因為山上的景物很美，開門就可欣賞，也不須花錢買。平地上看不到萬疊雲山的景致，就是花錢也買不到。

七五 鸚鵡曲 感事

江湖難比山林住⊙種果父、勝刺船父❶⊙看春花、又看秋花。不管顛風狂雨❷⊙（幺）盡人間、白浪滔天。我自醉歌眠去⊙到中流、手腳

忙時。則靠著、柴扉深處⊙

【格　律】〈鸚鵡曲〉，即〈黑漆弩〉。詳見王惲〈黑漆弩・遊金山寺並序〉（蒼波萬頃孤岑矗）。（頁三九）

【注　釋】❶刺船父　撐船的人。刺，撐。❷顛風狂雨　大風大雨。

【語　譯】住在江湖的人，比不上住在山林的人；種果樹的人，勝過撐渡船的人。因為在山林中種果樹，可以欣賞春花和秋花，而且不必擔心江湖中狂風暴雨。　儘管人間白浪滔天，我都不必擔心，依然喝醉酒，唱著歌，高枕安睡。當江湖人船到中流，遇著風浪，手忙腳亂的時候；我無憂無慮，靠在柴扉深處。

【賞　析】本篇比較住在江湖的人與住在山林的人生活不同的環境，肯定了居住山林的好處。這裡「江湖」比喻宦海，「山林」比喻隱居，「刺船父」比喻做官的人，「種果父」比喻隱居的人。寫出了宦海的險惡與隱居的樂趣。

首二句以江湖與山林對比，點出全曲的主旨。「種果父」住在山林，「刺船父」住在江湖。作者明顯地表達了愛惡之情。下面六句，分三層說明為什麼住在江湖比不上山林、做個種果父勝過刺船父。

「看春花又看秋花」，是住在山林的種果父得天獨厚的好處，卻是住在江湖的刺船父難以享受的。「顛風狂雨」，是江湖上刺船父最怕發生的事，而山林中種果父則不必擔心此事。

么篇第一句先說刺船父擔心的事——「白浪滔天」，第二句寫種果父不必擔心此事，可以「醉歌眠去」。第三句承接第一句，船到中流，白浪滔天，真讓刺船父手忙腳亂，不知所措了。第四句承第二句，種果父「則靠著柴扉深處」，無憂無慮，不管人世的風波。作者以種果父比喻隱居的人，歌頌隱居山林的樂趣。以「顛風狂雨」、「白浪滔天」比喻宦海的險惡，表現了作者的思想。

七六　鸚鵡曲　農夫渴雨

年年牛背扶犁住❶⊙近日最、懊惱殺❷農父⊙稻苗肥、恰待抽花。渴煞❸青天雷雨⊙（么）恨殘霞、不近人情。截斷玉虹❹南去⊙望人間、三尺甘霖❺。看一片、閒雲❻起處⊙

【格律】〈鸚鵡曲〉，即〈黑漆弩〉。詳見王惲〈黑漆弩．遊金山寺並序〉（蒼波萬頃孤岑矗）。（頁三九）

【注釋】❶扶犁住　扶著犁耙過日子。住，過活；生活。❷懊惱殺　即「懊惱煞」。非常懊惱。❸渴煞　非常盼望。❹截斷玉虹　即遮斷下雨。玉虹，彩虹。常出現於雨後初晴。❺甘霖　及時雨；好雨。❻閒雲　輕浮的雲；不能成雨的雲。

【語譯】農夫年年趕著牛、扶著犁過日子，近日發生一件最令人懊惱的事。稻苗長得肥肥壯壯的，正準備抽花結穗，非常渴望青天能夠下一陣大雨。可恨天邊的殘霞不近人情，偏偏遮住了彩虹，不讓它下雨。盼望人間下三尺的好雨，眼睜睜盯住閒雲飄起的地方。

【賞　析】農夫以種田為業，而雨水是稻穀生長的主要因素，如果風調雨順，保證可以豐收；如果乾旱不雨，稻穀就長不好了。本篇描寫稻子抽花，天旱不雨，農夫渴望下雨的心情。

首句寫出農夫一年到頭辛苦的耕種生活。「牛」與「犁」是農民耕種最得力的助手。次句舉出農夫最懊惱的事，引起下面渴雨的主題。

次二句切合題目，在稻苗最需要雨水滋潤的時候，老天卻偏偏不下雨，真是令人渴望死了，這就是上面一句農夫最懊惱的事情。

么篇繼續描寫農夫渴望下雨的心情。農夫竟然怨恨天邊的殘霞隔斷了下雨的機會，真是欲加之罪何患無辭。這種怨恨，看似無理，其實巧妙，表現了農夫極度渴望下雨的心情。甚至連天邊一片閒雲飄起都盯住不放過，希望它能下一陣雨，熱切的盼望心情可想而知了。

這首曲子透過「懊惱」、「渴煞」、「恨」、「望」、「看」等一系列表示動作的動詞，描寫農夫渴望天降甘霖的心情，極為生動。

貫雲石

貫雲石（一二八六～一三二四），本名小雲石海涯，號酸齋，又號蘆花道人，因父名貫只哥，遂以貫為姓，維吾族人。初襲兩淮萬戶達魯花赤，不久把爵位讓給弟弟忽都海涯。棄武從文，受業於姚燧，擅長詩文詞曲。仁宗朝，被拜為翰林侍讀學士、中奉大夫、知制誥，同修國史。未幾辭歸江南，年三十九卒。散曲與徐再思（號甜齋）齊名，近人合輯二家作品，稱《酸甜樂府》。今存小令七十九、套曲八。明朱權《太和正音譜》：「貫酸齋之詞，如天馬脫羈。」

七七　塞鴻秋　代人作

戰❶西風幾點賓鴻❷至⊙　感起我南朝千古傷心事❸⊙　展花箋❹欲寫幾句知心事❺⊙　空教我停霜毫❻半晌❼無才思❽⊙　往常得興時⊙　一掃無瑕玼❾⊙　今日個病厭厭❿剛寫下兩個相思字⊙

【格律】〈塞鴻秋〉是正宮的曲牌。可以作小令、散套或雜劇。其調式為「七、七、七、七、五、五、七」，共七句六韻或七韻，第五句可不叶韻。

本曲句法與〈叨叨令〉相同，只是〈叨叨令〉第五、六兩句有定格，而本曲為尋常五字句。可加襯字，〈百字塞鴻秋〉，就是增加襯字，達到一百字。前四句、五六兩句可作對。末句宜作「一一｜一一去」。其平仄格律如下：

＋一＋｜一一去⊙　＋一＋｜一一去⊙　＋一＋｜一一去⊙　＋一＋｜一一去⊙　＋一＋

｜一（或作＋｜｜一一）⊙　＋｜一一去⊙　＋一＋｜一一去⊙

【注釋】❶戰　戰鬥。形容鴻雁頂風飛行的艱苦。❷賓鴻　《禮記·月令》：「（季秋之月），鴻雁來賓。」鴻，候鳥。秋天到南方過冬，故稱賓鴻。❸南朝千古傷心事　吳激〈人月圓〉：「南朝千古傷心事，還唱〈後庭花〉。」南朝，指宋、齊、梁、陳四朝，都建都於建康（今南京市）。❹花箋　華美的信紙。❺知心事　內心祕密的事。只有所愛的人才知道。❻霜毫　白兔毛做的筆。❼半晌　半刻；好大一會兒。❽無才思　才思遲鈍，不知從何寫起。❾一掃無瑕玼　指文章一揮而就，不須修改。瑕，玉小赤。玼，玉病。❿病厭厭　病得精神萎靡不振的樣子。

【語譯】頂著強勁的西風，天邊有幾隻鴻雁辛苦地飛過來了；引起我對南朝千古傷心事的感歎。於是展開華美的信紙，想要寫幾句內心深處的話；卻空空地教我停住了毛筆，寫了半天也寫不出東西來。以前有靈感的時候，文章一寫就可以寫好；今天不知道為什麼，總覺得萎靡不振；寫了半天，才寫下「相思」兩個字。

【賞析】本篇題目「代人作」，這個人可能是宋朝的遺民，他是北方人而到南方來作客。所以一開頭就觸景生情，抒發他亡國之恨、離別之愁。「戰西風幾點賓鴻至」，「戰」字用得很生動，使人感覺到鴻雁南飛時，頂著西風掙扎飛行的力量。看到鴻雁從北飛向南方，就想起自己北國的故鄉，所以說「感起我南朝千古傷心事」。南朝可以指宋齊梁陳，也可以指宋朝。這兩句從空間的廣闊與時間的久長，寫亡國之痛，「蕩氣回腸，文情淒楚」（盧前語）。

三、四兩句承上而來。滿懷心事，一吐為快，於是展開花箋想要把它寫下來，卻不知該從何處寫起，寫了半天就是寫不出來。

五、六兩句反襯前兩句的意思，是轉筆。以往常有靈感的時候，下筆一揮，即可成文，來反證今日「半晌無才思」並非文思不敏捷，而是感情太濃烈，一時無法表達。

末句寫出濃烈的感情因素，揭開謎底。原來是「相思」之故，「相思」二字包含了千言萬語，涵蓋各種複雜的感情，包括懷念故國、想念親人，一言難盡，所以不容易表達。本篇寫相思之情，欲言又止，極為含蓄，頗有「引而不發」之妙。結構上更是起、承、轉、合，首尾連貫。

七八　壽陽曲

新秋至。人乍❶別⊙順長江、水流殘月⊙悠悠❷畫船東去也⊙這思量、起頭兒一夜⊙

【格律】詳見姚燧〈壽陽曲・詠李白〉（貴妃親擎硯）。（頁一〇〇）

【注釋】❶乍　剛剛；起初。❷悠悠　遠遠的。

【語譯】新秋剛剛來到，情人剛剛離別。順著長江，流水流走了殘月。畫船載著離人東去，漸行漸遠。這離別的第一個晚上，教我無限思量。

【賞析】本篇借秋天的景物，描寫情人剛分手時的感情，既生動而貼切。

首二句寫時間與事件：時間是新秋季節，草木漸漸凋零，景物漸漸蕭索。而事件則是情人剛剛離別。以秋景襯托離情是詩詞常用的手法，這裡用「新」形容秋，用「乍」形容別，表示初睹秋景，乍嘗離愁，是一種淡淡的憂愁，而不是久別的哀愁。

三、四兩句用「水流殘月」、「悠悠畫船」寫「乍別」的情景。畫船載著離人而去，順著長江，漸行漸遠，如江水東流，一去不返。「殘月」是黎明的景象，一方面表示人一夜無眠，直到天明，所以看到殘月在天；一方面表示殘缺不全，象徵人離別、不團圓。

末句是本篇的主旨，別後第一夜的思量之情。配合前面「水流殘月」、「悠悠畫船」，可以想像曲中人是一夜無眠，思量著離別的人。這只是剛離別的時候，一種悵然若失、茫然不知所措的感受罷了，真正深沈的離別之苦正等待著他（她）呢！

七九　壽陽曲

魚吹浪。雁落沙⊙倚吳山❶、翠屏❷高掛⊙看江潮鼓聲❸千萬家❹⊙卷朱簾、玉人如畫⊙

【格　律】詳見姚燧〈壽陽曲・詠李白〉（貴妃親擎硯）。（頁一〇〇）

【注　釋】❶吳山　山名。在浙江杭州西湖畔。❷翠屏　形容山峰如翠綠的屏風。❸江潮鼓聲　錢塘江潮水之聲有如擂鼓的聲音。《錢塘候潮圖》：「常潮遠觀數百里，若素練橫江；稍近，見潮頭高數丈，卷雲擁雪，混混沌沌，聲如雷鼓。」❹千萬家　一作「十萬家」。

【語　譯】魚兒在水中吹浪嬉游，雁兒從空中飛落沙洲。吳山有如翠綠的屏風高掛著。千萬人家爭看錢塘如雷如鼓、排山倒海的潮水，圖畫一般的美人也捲起朱簾觀潮。

【賞　析】本篇描寫錢塘觀潮的景象。錢塘江是浙江的下游，流經杭州，注入大海，以潮水浩大，氣勢壯觀，聞名於世，因此有許多詩詞描寫錢塘觀潮的題目。

前三句寫錢塘江的「靜」，是潮水來臨之前的景色。江中魚兒悠游，沙灘雁兒盤旋，吳山如翠綠的屏風。這三句的景物，既美麗而安詳，與後面捲雲擁雪、擂鼓喧天的動態景物，形成了強烈的對比。以靜襯動，就像暴風雨來臨之前的寧靜一般。

第四句寫錢塘江的「動」。潮水來了，洶湧澎湃，氣勢壯闊，驚天動地。這一句是正面的描寫，也是本篇的主題。「千萬家」，形容觀潮的人很多，幾乎是傾城而出。宋潘閬〈酒泉子〉詞也有同樣的描寫：「長憶觀潮，滿郭人爭江上望。來疑滄海盡成空，萬面鼓聲中。」

末句點出觀潮的「美人」，使整個畫面增添了美麗的色彩。錢塘江潮是浩大雄壯的，捲簾觀潮的人卻是如詩如畫的美人。這是一個強烈的對比，以陰柔襯陽剛，嬌美襯壯闊，因此收到很好的效果。真是動靜俱佳，剛柔並美了。

八〇　清江引

棄微名❶去來❷心快哉⊙一笑白雲外❸⊙知音❹三五人。痛飲何妨礙❺⊙醉袍袖舞嫌天地窄❻⊙

【格　律】詳見馬致遠〈清江引・野興〉（林泉隱居誰到此）。（頁一五五）

【注　釋】❶微名　微不足道的名利。❷去來　指辭官歸去。用陶潛〈歸去來兮辭〉之意。❸一笑白雲外　形容笑傲自如，無拘無束，笑聲衝破雲霄。❹知音　知己；知心的朋友。❺何妨礙　沒有妨礙；不要緊。❻醉袍袖舞句　喝醉酒，揮起袍袖，任意舞蹈，嫌天地窄小，不夠旋轉。

【語　譯】拋棄了世間微不足道的名利，辭官歸去，真是稱心如意，快樂極了。笑聲響徹了雲霄。經常與三五知心的朋友痛快的暢飲，人世間還有什麼妨礙呢？喝醉了酒，撩起袍袖，縱情的舞蹈，還覺得天地狹小，不夠我盤旋呢！

【賞　析】本篇是作者辭官後所寫的作品，表達脫去名韁利鎖之後的逍遙自在，也反映了元代官場的險惡。

首二句寫辭官後心情的愉快。用「微名」表示對名利的輕蔑。「去來」用陶潛〈歸去來兮辭〉的意思，表示辭官歸田。「一笑白雲外」，寫出無官一身輕，可以笑傲自如，不受拘束。這兩句音節流美，以去聲字和平聲字交替出現，抑揚頓挫，變化有致。

三、四句寫辭官後的生活。與知心的朋友暢快的飲酒，無憂無慮。「知音」是志趣相投、真誠相待的朋友，可以抒胸懷、吐真言而無妨礙，與那些官場上虛偽的、戴著假面具的、以利相交的朋友不同。「何妨礙」是一切快樂的泉源，在名利場中是無法得到的，官場上爭名爭利，動輒得咎，到處碰壁，多麼不自由，所以作者要擺脫名利。

末句形容歸隱後無拘無束、快樂自由。「天地窄」寫出人世間許多不自由不自在的種種限制，而作者已是超然物外的人，心中充滿了快樂，無視於天地的狹小。此句與蘇東坡〈水調歌頭〉詞「起舞弄清影，何似在人間」有異曲同工之妙。

八一　清江引　惜別

若還與他相見時⊙道箇真傳示❶⊙不是不修書❷。不是無才思❸⊙繞
清江❹買不得天樣紙⊙

【格　律】詳見馬致遠〈清江引・野興〉（林泉隱居誰到此）。（頁一五五）

【注　釋】❶真傳示　真消息；切實的口信。❷修書　寫信。❸才思　才氣、文思。❹清江　指清江浦。在江蘇省清江市北淮河與運河交會的地方。江水清澈，古代此地居民以善於造紙著稱。

【語　譯】如果再和他見面的時候，告訴他一個真實的消息：不是懶惰不寫信，也不是沒有才氣寫信，而是找遍了整個清江也買不到像天那麼大的紙可以寫信給你。

【賞　析】本篇描寫一對青年男女離別以後的相思之情。爽朗率直，情真意切，頗有民間歌謠的風味。

開頭兩句引起曲意，表示兩人離別很久，卻沒有機會再見面，內心有許多話要說，卻無處訴說。非常盼望再見到他，心中構想著見面時說些什麼話。「真傳示」是真心誠意的話。哪些話呢？令人迫不及待地想要知道，所以這一句具有引人入勝之妙。

後三句承接上文，說明「真傳示」的內容，是主人公剛剛想到要告訴朋友的話。前面連用兩個否定句，有延宕、遲緩的作用，後面接用一個肯定句，主題就顯得集中而有力。這三句語氣曲折變化，頓挫有致。「天樣紙」，像天那麼大的紙，要用天大的紙才能寫盡自己相思之情，可見相思之情多麼深沈、熱烈。不說要告訴愛人的話如何如何的多，卻說「繞清江買不得天樣紙」，既誇張，又浪漫，想像奇絕，構思新穎，有如畫龍點睛一般，使這首曲子活潑生動，意趣勃發，所以說末句是本曲的曲眼。

比起詩詞的作品，元朝的曲子比較活潑流暢，特別是這首曲子語言通俗，具有民歌的韻味。

八二 蟾宮曲 送春

問東君❶、何處天涯⊙落日啼鵑❷。流水桃花⊙淡淡遙山。萋萋芳草。隱隱殘霞⊙隨柳絮❸、吹歸那答❹⊙趁❺遊絲❻、惹在誰家⊙倦理琵琶⊙人倚秋千❼。月照窗紗⊙

【格　律】詳見盧摯〈蟾宮曲・箕山感懷〉（巢由後隱者誰何）。（頁五一）

【注　釋】❶東君　司春之神。也稱東皇。❷啼鵑　即杜鵑鳥。相傳古蜀王杜宇，死後化為杜鵑鳥，於暮春時悲啼不已，啼聲有如「不如歸去」。❸柳絮　成熟的柳樹種子，上有白色絨毛，隨風飛落如飄絮，故稱柳絮。❹那答　哪裡；何處。❺趁　追逐。❻遊絲　飄浮在空中的蛛絲、蟲絲。❼秋千　也作「鞦韆」。一種傳統的遊戲。

【語　譯】問春神春天到什麼地方去了？黃昏時耳邊聽到杜鵑「不如歸去」的啼聲；桃花凋謝了，隨水流去。淡淡的遠山，茂密的芳草，陰暗不明的殘霞。春天隨著柳絮被風吹到哪裡去了？春天追逐空中遊絲牽扯到誰家了？面對春光消逝，心情厭倦，懶得彈琵琶，倚靠著秋千架，月亮正照在窗紗上。

【賞析】本篇描寫傷春、惜春的情緒，對春光的消逝充滿著惆悵與懷念。

首句劈空而下，質問春天到哪裡去了?引起整支曲子的意思。此句化用黃庭堅〈清平樂〉詞：「春歸何處?寂寞無行路，若有人知春去處，喚起歸來同住。」

接著五句，具體的描寫暮春的景色。黃昏時杜鵑鳥聲聲「不如歸去」，啼聲淒厲，好像呼喚春歸去。美麗的桃花也凋謝了，被水流走，真是「流水落花春去也」。「淡淡遙山，萋萋芳草，隱隱殘霞」對偶工整，寫景優美。

「隨柳絮吹歸那答?趁遊絲惹在誰家?」用疑問的語氣描寫春天歸去的景色，給人帶來了淡淡的憂愁。柳絮與遊絲都是暮春典型而又常見的景物，這裡化用馮延巳〈鵲踏枝〉詞：「滿眼游絲兼落絮，紅杏開時，一霎清明雨。」用「隨」、「吹」、「趁」、「惹」，非常生動地寫出柳絮與遊絲的特色。

末三句承上，表達對春光消逝的惆悵與無奈。

本篇善用問句與對句，三個長句都是問句，顯得活潑生動。除首句單句外，其他都是逢雙成對，顯得清麗典雅。

八三　殿前歡

隔簾聽⊙幾番風送賣花聲[1]⊙夜來微雨天階[2]淨⊙小院閒庭⊙輕寒

翠袖生⊙穿芳徑⊙十二闌干憑❸⊙杏花疏影⊙楊柳新晴❹⊙

【格　律】〈殿前歡〉是雙調的曲牌，可以作小令、散套或雜劇。一名〈小婦孩兒〉、〈鳳將雛〉、〈鳳引鶵〉。其調式為「三、七、七、四、五、三（五）、五、四、四、四」，共九句八韻或九韻。第八句可不叶韻，第六句本為三字句，也可作五字句。五、六、七三句及末二句可作對句，末句作「｜｜一一」。其平仄格律如下：

｜一一⊙　十一十｜｜一一⊙　十一十｜一一去⊙　十｜一一⊙　一一平厶一⊙　（十｜）
一一厶⊙　十｜一一去⊙　十一十｜⊙　十｜一一⊙

【注　釋】❶賣花聲　賣花的聲音。像歌唱一樣好聽，後來譜成樂曲，也叫〈賣花聲〉。這裡顯然是指歌聲。❷天階　指天階星。又名三臺。這裡代指天空。❸十二闌干憑　所有的闌干都倚遍。十二，約指之辭。南朝樂府〈西洲曲〉：「欄干十二曲，垂手明如玉。」❹杏花疏影二句　憑闌所見景物：杏花稀疏，楊柳新綠，已是暮春三月的景色。

【語　譯】隔著窗簾仔細聆聽，隨風傳來幾陣賣花的歌聲。夜來下了一些小雨，放晴之後，天空十分的明淨。閨中女子走出繡房，來到小小的院庭。夜漸深了，她感到一股涼意。穿過花園的道路，登樓眺望，倚遍了十二闌干。月光之下，杏花搖動著疏影，楊柳迎接著新晴。

【賞　析】本篇描寫閨中女子看到春天的景色引起她相思之情。景物美麗，情感真摯。

首二句寫春夜融融，寧靜優美，閨中女子卻輾轉難眠，不能入睡，聽到外面傳來陣陣歌聲，引起女子想念丈夫之情。所謂「春宵一刻值千金」，卻不能與君共度良宵，不免令人興起「良辰美景奈何天，賞心樂事誰家院」的感觸。

次三句描寫時間與環境。時間是晚上，剛下過小雨，現在雨過天晴，天空光潔明淨。於是閨中女子步出閨房，走到庭院散步，春夜寂寂，一股涼意襲上心來。「輕寒翠袖生」，用杜甫〈佳人〉詩「天寒翠袖薄，日暮倚修竹」的意思。「寒」，既是天候的寒冷，也是心情的寒冷。

六、七句寫閨中女子穿過芳徑，登樓遙望，倚遍闌干，想念離別的人。「十二闌干憑」，表示倚遍所有的闌干，寫出凝望之久與盼望之切。與柳永〈八聲甘州〉詞「爭知我，倚闌干處，正恁凝愁」同意。

末二句則是憑闌所見的景物。「杏花疏影，楊柳新晴」，對仗工整，景物幽美。以景結情，景愈麗而情愈深，寫得含蓄而蘊藉。

鮮于必仁

鮮于必仁，字去矜，號苦齋，漁陽（今河北密雲西南）人。鮮于樞之子。今存小令二十九首。朱權《太和正音譜》：「鮮于去矜之詞，如奎壁騰輝。」

八四　普天樂　平沙落雁❶

稻粱收⊙菰蒲❷秀⊙山光凝暮。江影涵秋❸⊙潮平遠水寬。天闊孤帆瘦⊙雁陣驚寒❹埋雲岫❺⊙下長空、飛滿滄洲❻⊙西風渡頭⊙斜陽岸口⊙不盡詩愁⊙

【格律】詳見滕賓〈普天樂〉（淡煙迷）。（頁一六八）

【注釋】❶平沙落雁　瀟湘八景之一。傳說鴻雁秋天南飛，不過衡陽，所以其地有一座山名回雁峰。而平沙落雁成為衡陽著名的景物。❷菰蒲　菰和蒲。都是生長在淺水邊的植物。菰，一名茭白。蒲，水草。可做席。❸江影涵秋　江上的影像蘊涵著秋天的景物。❹雁陣驚寒　一行行秋雁發出淒寒的鳴聲。王勃〈滕王閣序〉：「雁陣驚寒，聲斷衡陽之浦。」❺雲岫　雲山。陶潛〈歸去來兮辭〉：「雲無心以出岫。」❻滄洲　水邊；水濱。

【語　譯】水田的稻粱已經收割，江邊的菰蒲長得茂美。山上的景物凝聚著暮色，江上的影像包涵著秋光。由於潮平，遠水顯得寬廣；因為天闊，孤帆顯得消瘦。一行行的秋雁在空中叫寒，飛入雲山，又衝下長空，落滿了水洲。西風吹著渡頭，斜陽照著岸口，引起詩人無限的鄉愁。

【賞　析】本篇描寫衡陽平沙落雁的景色並抒發了客愁。傳說秋雁南飛，不超過衡陽，所以衡陽有一座回雁峰。宋朝畫家宋迪曾畫洞庭平遠山水共八幅，號稱〈瀟湘八景〉，「平沙落雁」就是其中一景。元人描寫瀟湘八景的曲子很多，作者用〈普天樂〉八首，馬致遠用〈壽陽曲〉八首，分別描寫八景，構成組曲形式。

開頭四句廣泛描寫衡陽一帶暮秋的景物，穀物豐收，水草茂盛，山光水色，景物優美。首句用杜甫〈同諸公登慈雲寺塔〉詩：「君看隨陽雁，各有稻粱謀。」切合題目。

五、六兩句把視線擴大，寫長江遼闊的景色，有王勃〈滕王閣序〉「秋水共長天一色」的境界。七、八兩句特寫雁落平沙的鏡頭，是本篇的主題。也用王勃〈滕王閣序〉：「雁陣驚寒，聲斷衡陽之浦。」這兩句寫得有聲有色，給平靜的畫面帶來了無限的生氣。一陣陣雁叫的聲音劃破長空，衝過雲山，落下水邊。「飛滿滄洲」四字形容落雁數目之多、分布之廣，如見其景。

末三句借景抒情，把本來旁觀寫景的曲子加入了主觀感情的色彩，豐富了曲子的內容，達到情景交融的境地。雁是一種候鳥，秋天飛到南方，春天飛回北方，最容易引起遊子思鄉之情。「西風渡頭」、「斜陽岸口」是最容易引起客愁的景物，秋風淒緊，斜陽落照，作客的人還流浪在渡頭、岸口，怎不引起「不盡詩愁」。本曲以情結景，餘韻無窮。

張養浩

張養浩（一二六九～一三二九），字希孟，號雲莊，濟南（今屬山東）人。自幼聰明苦讀，被薦為東平學正。後遊大都，平章不忽木薦為御史臺掾，復授堂邑縣尹，去官十年，百姓還懷念他。武宗時，拜監察御史，敢言直諫，為當權者所忌，遭構陷罷官。仁宗即位，官禮部尚書。英宗至治初，參議中書省事，以厭倦宦海浮沈，歸隱田園。文宗天曆二年（一三二九），關中大旱，特拜陝西行臺中丞，賑濟災民，積勞成疾，卒於任上。著有《雲莊休居自適小樂府》，小令一六一首、散套二套，或描寫山林景物、田園意趣，或關心人民疾苦、抨擊政治黑暗，有濃厚的現實感。另著《歸田類稿》、《三事忠告》等。朱權《太和正音譜》：「張雲莊之詞，如玉樹臨風。」

八五　山坡羊　潼關懷古

峰巒如聚❶⊙波濤如怒❷⊙山河表裡❸潼關路❹⊙望西都❺⊙意踟躕❻⊙傷心秦漢經行處❼⊙宮闕萬間都做了土❽⊙興。百姓苦⊙亡。百姓

苦⊙

【格律】詳見陳草庵〈山坡羊〉（晨雞初叫）。（頁六二）

【注釋】❶聚　會合；集合。❷怒　形容水勢猛烈，像發怒的樣子。❸山河表裡　即表裡山河。形容地理形勢非常險要。《左傳・僖公二十八年》：「若其不捷，表裡山河，必無害也。」注：「晉國外河而內山。」❹潼關路　指潼關一帶。潼關，在陝西省潼關縣境，扼山西、河南入陝的孔道，當黃河之曲，據崤、函之固，城在山腰，形勢絕險，是兵家必爭之地。路，行政區域名。❺西都　指長安。今陝西省西安市。西漢建都於此，東漢遷都洛陽，遂稱長安為西都。❻踟躕　徘徊猶豫，心中不安。❼經行處　經過的地方。❽宮闕句　帝王萬間的宮殿都坍塌成了一片廢土。宮闕，宮殿。

【語譯】重山疊嶂，好像奔湊聚集在一起；波濤洶湧，有如憤怒狂奔一般。潼關內據華山，外帶黃河，形勢非常險要。遙望著西都長安，令人徘徊不安。行經秦、漢的舊都，萬間宮殿都已成焦土，怎不傷心感歎？王朝興起的時候，辛苦的是百姓；王朝滅亡的時候，受苦的也是百姓。

【賞析】本篇是作者擔任陝西行臺中丞時，赴關中賑災，路經形勢險要的潼關，觸景生情所作。作者站在潼關道上，瞻望古都長安，想起秦、漢的盛衰興亡，老百姓都是遭殃痛苦的。曲中流露了民胞物與的偉大情操，不同於一般思想消極的懷古作品。

開頭三句寫潼關的形勝：一句寫山，以「聚」字形容華山諸峰湊聚此處，突出了山峰的動態與靈性。次句寫河，以「怒」字形容黃河滾滾東流的奔騰氣勢，並暗示作者懷古傷今的悲憤之情。

第三句合寫潼關的山河，氣勢雄渾，境界蒼茫，引發了作者懷古之情。

四、五兩句承上啟下，由寫景轉入抒情。潼關自古以來即是捍衛西都的門戶，而西都則是秦、漢以來的古都長安。站在潼關路上，望著長安古都，想起歷代的興亡事跡，關懷人民的命運，不禁使人徘徊猶豫，惆悵不安。

六、七兩句寫出「意踟躕」的具體原因：秦、漢兩代用人民血汗興建而成的萬間宮殿，經過歷代的戰亂，已成了一片焦土，因而引發了作者悲天憫人的感情。

末四句作者弔古傷今，發出沈痛的感歎：任何王朝的興起或衰亡，老百姓都是受苦受難的。

八六 山坡羊

驪山懷古

驪山❶四顧⊙阿房一炬❷⊙當時奢侈今何處⊙只見草蕭疏❸⊙水縈
紆❹⊙至今遺恨迷煙樹⊙列國❺周齊秦漢楚⊙贏。都變做了土⊙輸⊙都變
做了土⊙

【格律】詳見陳草庵〈山坡羊〉（晨雞初叫）。（頁六二）

【注釋】❶驪山　地名。在今陝西省臨潼縣東南方。秦始皇建阿房宮於此。❷阿房一炬　阿房宮被楚霸王放一把火燒光了。阿房宮，秦始皇所建，位在今陝西省西安市西南阿房村，規模宏大，建築雄偉美麗，西元前二

○六年十二月，項羽攻破咸陽，放火燒毀。杜牧〈阿房宮賦〉：「楚人一炬，可憐焦土。」❸蕭疏　清冷疏散。❹縈紆　盤旋彎曲。❺列國　各國。即周、齊、秦、漢、楚。周都鎬京，故址在今陝西省西安市西。齊、秦爭霸，楚、漢相爭，都在這裡。

【語　譯】登上驪山，四處眺望。秦始皇的阿房宮，已被楚人一炬，燒得精光。當時宮殿的繁華奢侈，而今何處可見呢？眼前只看到荒草冷清蕭條，綠水靜靜縈繞。到現在亡國的遺恨，還籠罩在一片如煙如霧的樹林間。古代各國——周、齊、秦、漢、楚，都曾在這裡爭王爭霸。但是不管贏也好，輸也好，現在都變成一坏黃土了。

【賞　析】本篇是作者晚年擔任陝西行臺中丞，到關中賑災，途經驪山，看到周圍荒涼的景物，懷念古代的事跡所寫的作品。

阿房宮是秦始皇所建的偉大宮殿，在陝西驪山附近。根據《史記・秦始皇本紀》，秦始皇三十五年開始建築阿房宮，他動用了大批人力，耗費大量錢財，規模宏大，建築偉麗。《三輔黃圖》：「規恢三百餘里，離宮別館，彌山跨谷，輦道相屬，閣道通驪山八百餘里。表南山之顛以為闕，絡樊川以為池，作阿房前殿，東西五十步，南北五十丈，上可坐萬人。」可見其繁華富麗。唐杜牧〈阿房宮賦〉有生動的描寫。可惜毀於楚人一炬，眼前只餘荒煙蔓草，冷水自遶，不禁引起無限的感傷。

「遺恨」二字正是作者觸景生情，抒發的感慨。咸陽是古來歷朝建都的地方，周、齊、秦、漢、楚都曾在此爭王爭霸，勝者為王，敗者為寇，但是他們都逃不過歷史的考驗，歸根到底，不管贏的也好，輸的也罷，現在不都變成了黃土？你看秦始皇多麼強大，阿房宮多麼壯麗，如今安在哉？其他各朝各代，盛衰存亡也都如此，怎不令人感歎呢？

八七　慶東原

鶴立花邊玉❶。鶯啼樹杪弦❷⊙喜沙鷗也解❸相留戀⊙一個衝開錦川❹⊙一個啼殘翠煙⊙一個飛上青天⊙詩句欲成時。滿地雲撩亂⊙

【格　律】詳見白樸〈慶東原〉(忘憂草)。(頁八五)

【注　釋】❶鶴立花邊玉　鶴立在花旁，就像一塊玉那樣晶瑩潔白。❷鶯啼樹杪弦　鶯在樹梢啼鳴，就像演奏琴絃一樣好聽。❸解　理解；懂得。❹錦川　美麗的河川。

【語　譯】野鶴站在花的旁邊，像一塊潔白的美玉；黃鶯在樹梢啼叫，像在演奏管絃；喜愛沙鷗盤旋我的左右，牠好像懂得與人留戀。沙鷗衝開錦川，高飛而去；黃鶯在綠柳叢中，啼聲漸殘；野鶴展開大翅，一飛沖天。等我詩句快完成時，眼前已是雲煙撩亂。

【賞　析】本篇即景抒情，既描寫眼前的景物，也抒發閒適的生活情趣。

首三句描寫鶴、鶯、沙鷗三種鳥類活潑生動的姿態。首句用「玉」形容鶴羽潔白，與韋莊〈謁金門〉詞「柳外飛來雙羽玉，弄晴相對浴」同樣的巧妙。次句用「弦」形容鶯聲流轉，也用韋莊

《菩薩蠻》詞「弦上黃鶯語」的意思。三句以「相留戀」形容江上沙鷗與人的友好關係，是用《列子》「海上有好漚鳥者」的故事。

次三句銜接前三句，「銜開錦川」指沙鷗，因為沙鷗經常生活在江上。「啼殘翠煙」指鶯，因為鶯通常棲止於樹上。翠煙指綠柳，柳葉翠綠，如煙如霧。「飛上青天」指鶴，因為鶴的翅膀很大，一飛沖天。這三句對偶工整，描寫三種鳥類的動作非常逼真，與杜甫詩「兩個黃鸝鳴翠柳，一行白鷺上青天」有異曲同工之妙。

末二句寫作者沈醉於當前美麗的景致，想要寫一首詩，因為專心一致，幾乎忘懷身外的一切，等到詩寫成時，才發現眼前景物已經改變，鳥都飛走了，只賸下「滿地雲撩亂」。描寫創作時「忘我」的精神狀態，真切生動，頗有新意。

八八 十二月帶堯民歌 寒食道中

清明禁煙❶⊙雨過郊原⊙三四株溪邊杏桃。一兩處牆裡秋千⊙隱隱的如聞管弦⊙卻原來是流水濺濺❷⊙人家渾似❸武陵源❹⊙煙靄濛濛淡❺春天⊙遊人馬上裊❻金鞭⊙野老田間話豐年⊙山川⊙都來杖屨邊⊙早子❼稱了閒居願⊙

【格　律】詳見王德信〈十二月帶堯民歌・別情〉(自別後遙山隱隱)。(頁一六四)

【注　釋】❶清明禁煙　清明節的時候家家禁止煙火。《荊楚歲時記》：「冬至後一百五日……謂之寒食，禁火三日。」寒食節在清明節前二日。❷濺濺　水流聲。❸渾似　簡直像；幾乎像。❹武陵源　即桃花源。陶淵明的〈桃花源記〉中所寫誤入桃花源的漁人，是武陵人。❺淡　顏色淺淡。在這裡當動詞用。淡化。❻裊　搖曳的樣子。❼早子　早就；早已。已經的意思。子，同「則」。

【語　譯】清明的時候，家家戶戶都不用煙火；剛剛下了一陣雨，現在雨過天晴了，我到郊外走走。溪邊開著三、四株杏花、桃花，牆裡有一、兩處秋千架，郊外的景物顯得格外的清麗。遠處傳來隱隱約約的管絃聲，走近一看，原來是流水濺濺的聲音。　附近的住家，都像是世外桃源；煙靄濛濛，淡化了春天的景色。遊客騎在馬上搖曳著金鞭，鄉野老人聚在一起閒話豐年。山川美景，隨著我杖屨所到的地方，呈現在眼前，早就滿足了我閒居的心願。

【賞　析】本篇描寫寒食節郊外美麗的景色，並表達作者隱居鄉間的閒適之樂。

〈十二月〉描寫春郊的美景。首二句切合節令與景物：「寒食節禁火三日」、「清明時節雨紛紛」。由於禁煙和雨過天晴的關係，使得郊外的空氣新鮮，景物清麗。接著以「溪邊杏桃」、「牆裡秋千」兩句，實寫郊外清麗的景物，對偶工巧，寫景如畫。再以「如聞管弦」、「流水濺濺」兩句，描寫郊外流水之聲，帶來活潑流暢的氣氛，真是有聲有色。

〈堯民歌〉描寫作者郊外所見的景物，一句一景，真實生動。「人家渾似武陵源」，明顯的用了陶淵明〈桃花源記〉的典故。「遊人馬上裊金鞭，野老田間話豐年」二句，對偶工巧，詞句精鍊。

「梟金鞭」刻畫出遊人揮動金鞭，搖曳生姿的神態。「話豐年」描繪出老農心滿意足的神情。最後三句表達了作者欣賞山川景物，滿足了隱居樂道的心願，更是真情流露，感人深刻。

本篇是作者辭官歸田、隱居山林時所寫的，除了描寫春郊美景之外，也寄託他隱居樂道的思想。

八九　雁兒落兼得勝令

雲來山更佳❶⊙雲去山如畫⊙山因雲晦明❷。雲共山高下⊙　倚杖立雲沙❸⊙回首見山家❹⊙野鹿眠山草。山猿戲野花⊙雲霞⊙我愛山無價❺⊙　看時行踏❻⊙雲山也愛咱⊙

【格　律】詳見庾天錫〈雁兒落帶得勝令〉（韓侯一將壇）。（頁一一三）

【注　釋】❶佳　美。❷山因雲晦明　雲來山就昏暗，雲去山就明朗。晦，昏暗。❸雲沙　地勢高平的沙地。❹山家　山中隱士的住家。❺山無價　山景極美，無價可買。❻行踏　行走。

【語　譯】雲飄來的時候，山的景物美麗極了；雲飄走的時候，山的景色有如圖畫。山因雲的來去，有時昏暗，有時明朗；雲隨山的形勢，有時在山頂上，有時在山腰下。　倚著拐杖，站在高平的沙地上；回頭看到山中的住家。野鹿躺在山草中睡眠，山猿摘著野花遊戲。雲霞啊！我喜愛無價的山景，選擇好時光登山漫遊，雲山也喜歡我呢！

【賞析】本篇描寫雲山美麗的景致，抒發了作者對大自然的熱愛。山是靜景，雲是動景；由於雲的變化，山的景物也跟著變化。每句之中，重複出現「雲」、「山」字，使得主題十分明顯。而且把「雲」、「山」擬人化，達到情景交融、物我為一的境地，是一篇不可多得的佳作。

〈雁兒落〉一曲寫雲的變化影響了山的景色，山是靜態的，雲是動態的；山為主，雲為客。有雲的時候，山固然美；無雲的時候，山也一樣美。雲高的時候，山有景致；雲低的時候，山一樣有景致。短短四句，利用重疊交互的方式，把雲山的變化，寫得淋漓盡致。

〈得勝令〉一曲寫作者置身在雲山之中，觀賞山中的景物。「野鹿眠山草，山猿戲野花」，對偶工巧，寫得真切動人，如見其景。末四句寫我愛雲山，雲山也愛我。泯滅了物我的界線，賦雲山以人情，於是雲山與我惺惺相惜，相見恨晚。與李白〈獨坐敬亭山〉詩「相看兩不厭，只有敬亭山」及辛棄疾〈賀新郎〉詞「我見青山多嫵媚，料青山見我應猶是」有異曲同工之妙。

〈雁兒落〉與〈得勝令〉都是雙調的歌曲，高低相同，聲情一致，故可以聯成一支帶過曲。

九〇 水仙子 詠江南

一江煙水❶照晴嵐❷⊙兩岸人家接畫簷❸⊙芰荷❹叢一段秋光淡⊙看

沙鷗舞再三⊙捲香風十里珠簾❺⊙畫船兒天邊至。酒旗兒風外颭❻⊙愛殺江南⊙

【格　律】〈水仙子〉，即〈湘妃怨〉。詳見盧摯〈湘妃怨・西湖〉（湖山佳處那些兒）。（頁五八）

【注　釋】❶煙水　江上水汽蒸騰如煙霧一般。❷晴嵐　陽光下山中升起的霧氣。嵐，山氣。❸畫簷　有花紋、圖案裝飾的屋簷。❹芰荷　菱和荷。芰，四角的菱。水中植物。❺捲香風句　即十里香風捲珠簾。杜牧〈贈別〉詩：「春風十里揚州路，卷上珠簾總不如。」❻颭　飄動；搖曳。

【語　譯】一江煙水，映照著山林間的霧氣。兩岸人家，接連著雕畫美麗的屋簷。芰荷叢生，呈現出秋天疏淡瀟灑的景致。看著江上沙鷗，自由自在的飛舞。香風十里，捲起家家戶戶的珠簾。畫船兒，從天邊駛來。酒旗兒，在風外招颭。江南的風景，多麼可愛呀！

【賞　析】本篇描寫江南秋天瀟灑清麗的景色，寄託作者罷官歸田後閒適自得的心境。一般描寫江南的文學作品，寫春天的景物比較多，寫秋天的景物比較少。寫秋天景物的作品，也偏重秋天蕭條衰敗的景象。本篇不同凡響，寫出了秋天江南美麗的風采與神韻，沒有一點蕭條衰敗的景象。

開頭三句從江上的景致寫到岸上與岸邊的景致，把江南水鄉澤國的特色，寫得如詩如畫，淋漓盡致。前二句對仗工整，「兩岸人家接畫簷」，一方面寫出江南人口稠密，一方面寫出江南地方的富裕。這三句是靜態的畫面。

接著四句是動態的畫面，寫作者悠閒地欣賞眼前的秋光：江上沙鷗自由自在地飛舞，十里香風捲起了珠簾，畫船兒從天邊駛來，酒旗兒在風中搖曳。這四句寫得活潑生動，每句的動詞「舞」、「捲」、「至」、「颭」，都用得恰到好處。

末句「愛殺江南」，是讚歎之詞。通過上面對江南秋景的描寫後，作者由衷地讚美江南景物的可愛。與白居易〈憶江南〉第一句「江南好」有異曲同工之妙，雖然白居易先讚美江南好，再描寫江南的景物，與本篇的次序相反，但巧妙卻是一樣。

九一　朱履曲

才上馬齊聲兒喝道❶⊙只這的便是送了人的根苗❷⊙直引到深坑裡恰心焦❸⊙禍來也何處躲。天怒也怎生饒⊙把舊來時❹威風不見了⊙

【格律】〈朱履曲〉是中呂宮的曲牌。可以作小令、散套或雜劇。一名〈紅繡鞋〉。其調式為「六、六、七、三(五)、三(五)、五」，共六句五韻或六韻。第四句可不叶韻。第四、五兩句本為三字句，一般作家多作成五字對句。末句宜作「｜一一去上」。其平仄格律如下：

＋｜一一平去⊙　＋一＋｜一平⊙　＋一一｜｜一一（或作＋｜一一一｜一一）⊙　（｜一）一＋｜。　（＋｜）｜一一⊙　＋一一去平⊙

【注　釋】❶喝道　古代官吏出巡，衙役、侍從沿途吆喝，鳴鑼開道，命令行人躲避。❷根苗　根由；事情的起因。❸恰心焦　才心急。恰，才。❹舊來時　原來的。

【語　譯】剛走馬上任的時候，兩旁的衙役一齊的吆喝開道；多麼威風與驕傲。這威風與驕傲，便是斷送一個人前途的禍苗。一直到陷入深坑裡才心焦。災禍來的時候往哪裡逃，上天憤怒的時候怎能討饒。把原來作官的威風都不見了。

【賞　析】本篇描寫做官是一切災禍的根源，勸人早日放下功名，才能避災躲禍。作者寫了九首〈朱履曲〉，都是說做官危險，隱居才能得到快樂，因此《樂府群珠》和《雍熙樂府》等書都標上「警世」、「悟世」等題目。

張養浩做過監察御史、禮部尚書，官位都不小，因他直言敢諫，得罪不少權臣，遭受毀謗與排擠，他感慨官場的險惡，就歸隱田園。這首曲子是有感而發的。

古代實行科舉制度，一般讀書人熱中於功名。所謂「十年寒窗無人問，一舉成名天下知」，他一旦做了官，享受榮華富貴，往往忘了平生的志向，陷於權利之爭而不能自拔。我們常說：「權利使人腐敗。」就是這個道理。本篇正是描寫官吏腐敗的過程。

開頭兩句寫封建官吏一上任便裝腔作勢，作威作福，種下了禍敗的原因。

接著越陷越深，不能自拔。作者常用「火坑」、「深坑」來寫官場的險惡。這個陷阱隨時等著你。

最後天怒人怨，無處躲藏，把先前的威風不見了。首句與末句形成強烈的對比，有如「當頭棒喝」，「警醒」了普天下愛做官的讀書人。

九二　喜春來

路逢餓殍❶須親問⊙道遇流民❷必細詢❸⊙滿城都道好官人⊙還自哂❹⊙只落得❺白髮滿頭新⊙

【格　律】詳見元好問〈喜春來・春宴〉（梅擎殘雪芳心奈）。（頁一）

【注　釋】❶餓殍　餓死的人。❷流民　流離失所的災民。❸詢　問。❹哂　譏笑。❺只落得　只弄到這個地步。

【語　譯】道路上遇到餓死的人，我要親自慰問他的親人；道路上發現流離失所的災民，我必須仔細詢問。滿城中的人，都說我是一個好官人。我卻嘲笑自己：為了救災，到處奔波，只弄成了白髮滿頭新。

【賞　析】本篇描寫作者到關中賑災的情形，表現他體恤人民疾苦，救民於水火之中的高尚品格。張養浩曾任縣尹，關心人民的生活，深受百姓的愛戴。後來厭倦官場的生活，隱居不仕，朝廷屢次徵召他，他都力辭不就。文宗天曆二年，關中發生大旱，饑民相食，朝廷任命張養浩為陝西行臺中丞，負責救濟災民的工作，他義不容辭，馬上答應。《元史・張養浩傳》：「既聞命，即散其家之所有與鄉里貧乏者，登車就道。遇餓者則賑之，死者則葬之。……到官四月，未嘗家居，止宿公署，夜則禱于天，晝則出賑饑民，終日無少怠。」

首二句寫作者每天親自出門救濟災民，「須親問」、「必細詢」，刻畫了他救災時事必躬親、認真仔細的態度。

第三句寫出災民的反應，也寫出自己救災的成效。「滿」字、「都」字，充分表達百姓感激之情。

末二句寫出滿足於自己救災的工作，卻又謙虛地自我調侃。「還自哂」，針對上句「好官人」而來，百姓稱他好官人，他卻調侃自己：「只落得白髮滿頭新。」他看到百姓得到救濟，感到欣慰與滿意，卻不居功、不自滿，寫來餘韻無窮，令人想見其偉大的襟懷。

白賁

白賁，號無咎，錢塘（今浙江杭州）人。生卒年月不詳。詩人白珽之子。仁宗延祐中知忻州，至治三年（一三二三）任溫州路平陽州教授，後為文林郎、南安路總管府經歷。擅長繪畫、散曲，今存小令二首、散套三套。朱權《太和正音譜》：「白無咎之詞，如太華孤峰，孑然獨立，巋然挺出。若孤峰之插晴昊，使人莫不仰視也。宜乎高薦。」

九三 鸚鵡曲

儂家鸚鵡洲邊住❶⊙是箇不識字漁父⊙浪花中、一葉扁舟❷。睡煞江南煙雨⊙

（么）覺來時、滿眼青山。抖擻❸綠蓑歸去⊙算從前、錯怨天公。甚也有、安排我處⊙

【格律】〈鸚鵡曲〉，即〈黑漆弩〉。詳見王惲〈黑漆弩·遊金山寺並序〉（蒼波萬頃孤岑矗）。（頁

三九）

【注　釋】❶儂家句　我家住在鸚鵡洲邊。儂家，漁父自稱。儂，我。鸚鵡洲，在今武漢市長江、漢水匯合的地方。東漢黃祖守江夏，大會賓客於洲中，客有獻鸚鵡者，禰衡賦之，洲因名焉。❷一葉扁舟　小如一片葉子的船。極言船小。❸抖擻　抖動。

【語　譯】我家住在鸚鵡洲的旁邊，是一個不認識字的老漁翁。駕著一葉小舟，來往於長江的浪花中；閒暇無事，在煙雨濛濛的江南睡得好甜好甜。　睡醒時，睜眼一看，雨過天晴；青山聳翠，像洗過一般的清麗。我抖掉綠蓑上的雨滴，精神飽滿地駕舟歸去。算我從前錯怪了老天爺，今天想想看，老天爺給我的安排實在太好了。

【賞　析】本篇描寫漁父閒適自得的生活。用的是第一人稱的寫法，由漁父自己來歌頌自己的生活，所以開頭說：「儂家鸚鵡洲邊住，是箇不識字漁父。」語氣真切而韻味十足。重點在「鸚鵡洲」與「不識字」：鸚鵡洲點出生活環境的優美，唐代詩人崔顥〈黃鶴樓〉詩：「晴川歷歷漢陽樹，芳草萋萋鸚鵡洲。」已成家喻戶曉的寫景名句，漁父就住在這麼美麗的地方。「不識字」乃是漁父可以無憂無慮，沒有煩惱的原因，也隱伏了最後兩句的意思，是貫串全篇的主題。

中間四句具體描寫漁父的閒適生活。漁父每天駕著一葉扁舟，來往長江兩岸捕魚，浪花千頃，隨意飄流，在煙雨濛濛中，酣然睡去。醒來時，雨過天晴，兩岸青山蔥翠欲滴，景物煥然一新。「覺來時滿眼青山」一句寫得極好，有「曲終人不見，江上數峰青」的意境。此時已是夕陽黃昏，抖掉綠蓑上的雨滴，精神爽快地駕舟歸去。

末二句是一曲之眼：「算從前錯怨天公，甚也有安排我處」，寫出漁父的醒悟。漁父懊悔以前錯怨天公，表示非常滿足目前安樂的生活環境。其實這也是一般文人的醒悟，處在元朝的亂世，只有像漁父這樣的生活才是無憂無慮，才是得天獨厚，當然這也是文人在潦倒不得志的時候，自我調侃或故作曠達的表現。在亂世，知識愈多，煩惱愈大，倒不如「不識字」的漁父來得快樂。作者本是一位高級知識分子，曾任知州、教授等職，但是在元代「九儒十丐」的制度下，知識一無所用，反不如「不識字」的漁父逍遙自在。此曲寫得很好，頗能反映當時讀書人的心聲，本來曲名叫〈黑漆弩〉，也因本曲第一句改成〈鸚鵡曲〉，又因作者是個學士，也稱〈學士吟〉，唱和的作品很多。

鄭光祖

鄭光祖，字德輝，平陽襄陵（今山西臨汾）人。生卒年不詳。曾任杭州路吏，死後葬於西湖靈芝寺。他是元代中期著名的雜劇作家，與馬致遠、關漢卿、白樸，並稱「元曲四大家」。著有雜劇十八本，今存《伊尹耕莘》、《周公攝政》、《智勇定齊》、《王粲登樓》、《三戰呂布》、《老君堂》、《㑳梅香》、《倩女離魂》等八種。散曲僅存小令六首、套數二套。朱權《太和正音譜》：「鄭德輝之詞，如九天珠玉。其詞出語不凡，若咳唾落乎九天，臨風而生珠玉，誠傑作也。」

九四　蟾宮曲　夢中作

半窗幽夢微茫❶⊙歌罷錢塘❷⊙賦罷高唐❸⊙風入羅幃。爽入疏櫺❹。月照紗窗⊙縹緲❺見、梨花淡妝❻⊙依稀聞、蘭麝❼餘香⊙喚起思量⊙待不思量⊙怎不思量⊙

【格　律】詳見盧摯〈蟾宮曲・箕山感懷〉（巢由後隱者誰何）。（頁五一）

【注　釋】❶微茫　景物隱約模糊。陳子昂〈感遇〉詩：「巫山綵雲沒，高丘正微茫。」❷歌罷錢塘　此句用南齊錢塘名歌妓蘇小小的故事。《春渚紀聞・卷七》記載她的〈蝶戀花〉：「妾本錢塘江上住，花落花開，不管流年度。燕子銜將春色去，紗窗幾陣黃梅雨。」❸賦罷高唐　戰國楚人宋玉作〈高唐賦〉，寫楚襄王游高唐，夢中與神女歡會事。❹疎櫺　窗格寬大的窗戶。❺縹緲　彷彿；隱隱約約。❻梨花淡妝　以梨花形容婦女的淡妝。白居易〈長恨歌〉：「玉容寂寞淚闌干，梨花一枝春帶雨。」❼麝　一種像鹿的野獸。臍下有囊，可取麝香。

【語　譯】美夢醒來後，夢中的情境已經模糊微茫。剛剛好像聽過錢塘名妓蘇小小歌唱，好像夢見巫山神女在高唐。如今只剩下涼風吹進了羅幃，爽氣透入疎窗，明月照進了紗窗。隱隱約約，仍可見到淡妝美麗的女郎，依依稀稀，還聞得見她那蘭麝一般的芬芳。夢中的情境，喚起了我對伊人的思量。待要不思量，怎能不思量？

【賞　析】本篇描寫夢中與情人歡會，醒來後仍然難以忘懷，還如見其人，如聞其香，惝恍迷離，纏綿悱惻，非常動人。鄭光祖是元曲清麗派的代表作家，塡的曲子都很優美，如同珠玉一般，從這首曲子可以證明。

首三句寫夢醒後惆悵失望的情狀。「幽夢」點出題目，「微茫」形容夢境空虛渺茫，用詞貼切。接著用「歌罷錢塘」與「賦罷高唐」兩句說明所夢之人物與內容，無非是巫山神女、男女歡愛之事。

次三句描寫夢醒後淒涼的情境。「風入羅幃，爽入疎櫺，月照紗窗」對偶工整，詞句優美。表示時間是在夏末秋初的深夜。

七、八兩句寫夢雖醒來，仍然念念不忘夢中之人，依舊如見其人，如聞其香，表現了作者的深情蜜意。「縹緲」、「依稀」，非常貼切地表達了夢中如煙如霧、朦朦朧朧的神韻。

末三句寫夢醒後越發想念對方，真是一往情深，欲罷不能。三句作三層轉折，跌宕有致。尤有每句末二字重用「思量」，既加強了語氣，也取得音律方面的協和，讀起來非常好聽。

九五　塞鴻秋

門前五柳❶侵江路⊙莊兒緊靠白蘋渡❷⊙除彭澤縣令❸無心做⊙淵明老子達時務⊙頻將濁酒沽⊙識破興亡數❹⊙醉時節笑撚著黃花❺去⊙

【格　律】詳見貫雲石〈塞鴻秋・代人作〉（戰西風幾點賓鴻至）。（頁一八三）

【注　釋】❶門前五柳　指陶淵明隱居的地方。陶潛〈五柳先生傳〉：「先生不知何許人也，亦不詳其姓字，宅邊有五柳樹，因以為號焉。」❷白蘋渡　長滿白蘋的渡口。多指隱士居住的地方。白樸〈沈醉東風〉：「黃蘆岸白蘋渡口，綠楊堤紅蓼灘頭。」❸彭澤縣令　陶淵明做了八十多天彭澤縣令，因不願為五斗米折腰，賦〈歸去來兮辭〉，回鄉隱居了。❹識破興亡數　看透了興盛衰亡的道理。❺黃花　菊花。陶淵明喜愛菊花。

【語　譯】門前五株柳樹排列在江邊的路上，村莊緊緊地靠著長滿了白蘋的渡口。陶淵明這個老頭子通達時務，任命他為彭澤縣令，他卻無心做官，歸隱田園。他看透了興亡的道理，常常買著濁酒喝，喝醉了，就笑撚著菊花回家去。

【賞　析】本篇描寫陶淵明隱居樂道的生活意境，充滿了羨慕與欽敬的情感。元朝是中國歷史上最黑暗的時代，異族蒙古人統治中原，採用高壓的政策，壓迫讀書人，歧視漢民族，當時有「九儒十丐」之稱。知識分子由原來四民之首被貶為第九等人，個個潦倒不得志，卻又無法改變大環境，因此紛紛隱居樂道，以逃避現實的痛苦，尋求精神的解脫，於是歷史上典型的隱士陶淵明就成為元曲作家歌頌、嚮往的對象。

首二句寫隱居的環境，描繪出一幅江邊農莊空明淡雅的畫面，給人恬澹閒適、與世無爭的感受。

次二句寫陶淵明通達時務，雖然除授彭澤縣令，不到八十餘天就辭官不做，歸隱田園，還寫了一篇〈歸去來兮辭〉，以表明自己的心志。

末三句寫陶淵明看破興亡的道理，借酒忘憂，寄情山水。他喜歡喝酒，也愛賞菊花，寫了很多詩篇歌頌菊花，最著名的有「採菊東籬下，悠然見南山」。有一年九月九日他沒錢買酒喝，非常失意，坐在宅邊菊叢，悵望久之，滿手把菊，忽然王弘派人送酒來，他非常高興，就在籬邊把酒喝完，大醉而歸。（事見蕭統〈陶靖節傳〉。）末句「醉時節笑撚著黃花去」，就是用這個典故，形象活潑，非常有趣。

曾瑞

曾瑞，字瑞卿，號褐夫，河北大興（今北平市）人，後遷居杭州。生卒年不詳。與鍾嗣成相友善，《錄鬼簿》稱他：「神采卓異，志不屈物，故不願仕。善丹青，能隱語小曲，有《詩酒餘音》行於世。」散曲集《詩酒餘音》今不傳，僅存小令九十五首、散套十七套。另有雜劇《才子佳人誤元宵》傳世。

九六　罵玉郎過感皇恩採茶歌　閨中聞杜鵑

無情杜宇閒淘氣❶⊙頭直上耳根底❷⊙聲聲聒得人心碎❸⊙你怎知⊙我就里❹⊙愁無際⊙　簾幕低垂⊙重門深閉⊙曲欄邊。雕簷外。畫樓西⊙把春酲喚起❺⊙將曉夢驚回⊙無明夜。閒聒噪❻。廝禁持❼⊙我幾曾離⊙這繡羅幃⊙沒來由勸我道不如歸去⊙狂客江南正著迷❽⊙這聲兒好

去對俺那人啼⊙

【格　律】〈罵玉郎過感皇恩採茶歌〉是南呂宮的帶過曲，〈罵玉郎〉、〈感皇恩〉、〈採茶歌〉都是南呂宮的曲牌，高低相同，聲情一致，所以可以連下來填成帶過曲。

〈罵玉郎〉可以作小令、散套或雜劇，常與〈感皇恩〉連用。一名〈瑤華令〉。其調式為「七、五、七、三、三、三」，共六句四韻或五韻或六韻。第四、五兩句可不叶韻。第二句本五字，作者多作成上三下三六字句，且作對偶，好像兩個三字句。末三句可作對。其平仄格律如下：

＋－＋｜－－｜⊙　＋｜｜－－⊙　＋－＋｜－－去⊙　＋｜＋⊙　－厶平⊙　－－去⊙

〈感皇恩〉可以作小令、散套或雜劇，常與〈罵玉郎〉、〈採茶歌〉連用。其調式為「四、四、三、三、四、四、三、三、三、三」，共十句五韻或六韻、七韻、八韻、九韻、十韻，第三、四、六、八、九各句可不叶韻。句法相同的句子可作對。其平仄格律如下：

＋｜－－⊙　＋｜－－⊙　｜－－。　－｜＋。　｜平－⊙　－－｜＋⊙　＋｜－－⊙

｜－－（或作－－｜）。　－｜｜（或作｜－－）。　｜－－⊙

〈採茶歌〉可以作小令、散套或雜劇。常與〈罵玉郎〉、〈感皇恩〉連用。一名〈楚江秋〉。其調式為「三、三、七、七、七」，共五句四韻或五韻，第四句可不叶韻。一、二句，三、四、五句可作對。末句作「－－｜｜｜－－」。其平仄格律如下：

｜－－⊙ ｜－－⊙ ＋－＋｜｜－－⊙ ＋｜＋－－去＋。（或作＋｜－－｜－－⊙）

＋－＋｜｜－－⊙

【注　釋】❶杜宇閒淘氣　杜鵑鳥胡鬧地叫著。杜宇，即杜鵑鳥。相傳蜀王杜宇，號望帝，失帝位後死去，魂化為杜鵑鳥，啼聲悲切，像說「不如歸去」，詩人常用它的啼聲來寄託離情別恨。淘氣，頑皮；胡鬧。❷頭直上句　頭頂上耳朵旁。形容聲音就在身邊。❸聒得人心碎　聲音吵鬧得人的心都要破碎。聒，吵鬧嘈雜的聲音。❹就里　其中。指心中。❺把春酲喚起　把春天酒醉喚醒過來。酲，喝醉了酒，神志不清的樣子。❻聒噪　吵鬧不休。❼廝禁持　互相糾纏。廝，相。禁持，折磨；糾纏。❽狂客句　狂客正迷戀江南的景致。狂客，指遠遊在外的丈夫。

【語　譯】無情的杜鵑鳥，悠閒調皮地啼叫著；從頭頂上到耳根底，一聲聲吵得人心腸都破碎了。你怎麼知道，我內心裡頭，正充滿了無窮無盡的憂愁。　簾幕低低的垂著，重門緊緊的閉著。在曲折的闌干邊，雕畫的屋簷外，華麗的小樓西啼叫著。把我春日酒醉叫醒過來，侵曉美夢驚回過來。不分白天與黑夜，無聊的吵鬧不休，簡直把人糾纏折磨死了。　我哪裡曾經離開過這繡羅幃，你無緣無故地勸我說：「不如歸去。」那個狂放不拘的人，正流浪江南迷歌戀酒不回來；你這「不如歸去」應該去我那丈夫耳邊啼叫才對呀！

【賞　析】這是一首帶過曲，連接三個曲牌組合而成，篇幅比較長。描寫閨中少婦春天聽到杜鵑聲聲「不如歸去」，引起她想念丈夫之情。運用直露、鋪張的手法，寫來淋漓盡致，文字淺顯而機趣橫生，與詩詞的含蓄，意境不同。

〈罵玉郎〉一曲，先說無情的杜鵑閒淘氣，一聲聲「不如歸去」，叫得人心碎。接著埋怨杜鵑不知人心裡的愁悶，鳥兒怎麼能瞭解人的心情呢？此數句表面無理，卻能表達閨中少婦的深情，這就是清人賀裳《縐水軒詞筌》所說「無理而妙」的地方。

〈感皇恩〉一曲，先寫閨中的冷清寂寞。「簾幕低垂，重門深閉」與歐陽脩〈蝶戀花〉詞「庭院深深深幾許，楊柳堆煙，簾幕無重數」有異曲同工之妙。接著寫杜鵑無處不在，從早到晚，叫個不停，喚起酒病，驚醒美夢，煩死人了。

〈採茶歌〉一曲，埋怨杜鵑找錯對象。她整天獨守空閨，不曾離開繡幃一步，還說什麼「不如歸去」呢？應該去找流浪江南、迷花戀酒的那個人，在他耳邊啼叫「不如歸去」才對呀！這就更深一層地寫出閨中少婦盼望那人早日歸來的心情。

九七　四塊玉　閨情

簪玉折❶⊙菱花缺❷⊙舊恨新愁亂山疊❸⊙思君凝望臨臺榭❹⊙魚雁無❺。音信絕⊙何處也⊙

【格律】詳見關漢卿〈四塊玉・別情〉（自送別）。（頁六六）

【注　釋】❶簪玉折　插髻的玉簪折斷了。比喻離別。❷菱花缺　菱花鏡子缺了。比喻情人失散。菱花，銅鏡。《埤雅·釋草》：「舊說，鏡謂之菱花，以其面平，光影所成如此。」❸舊恨句　舊恨新愁重重疊疊有如亂山重疊。❹思君句　思念夫君登臨臺榭凝睛遠望。❺魚雁無　渺無音信。用鯉魚傳信、雁足繫書的故事。

【語　譯】玉簪折斷了，菱花鏡也破碎了。舊恨新愁一起湧上心頭，好像眼前的亂山重重疊疊。思念夫君，登臨臺榭，凝望遙遠的地方。自從離別之後，魚雁無書，音信斷絕。不知你現在在哪裡？

【賞　析】本篇描寫閨中女子思念遠行的人，情深語切，頗足動人。

首二句對偶工整，以閨中景物寄託離別之情、相思之苦。玉簪，本是插在髻上，固束頭髮的首飾，折斷了，表示不美滿，有離別之意。菱花，銅鏡，閨中女子化妝照鏡之用，破碎了，表示夫妻離散。孟棨《本事詩》有樂昌公主破鏡重圓的故事：南朝陳將亡時，駙馬徐德言與其妻樂昌公主分離，臨別，破一銅鏡，各留一半，以為日後憑證，並約定正月十五在市場賣鏡，以便互相尋找，後來果然破鏡重圓，偕老江南。

次二句寫閨中女子思念丈夫，登臨臺榭，凝望遠方，觸景生情，眼前一片亂山有如舊恨新愁重重疊疊，數都數不清，與李白〈菩薩蠻〉詞「寒山一帶傷心碧」同一情致。

末三句寫閨中女子絕望之情。自從離別後，音信全無，不曉得丈夫流落何方，「魚雁無」對「音信絕」，而魚雁就代表音信，用典故既簡練又深刻。末句「何處也」，是閨中女子絕望時發自內心的吶喊，大聲疾呼，頓挫有力。

周文質

周文質，字仲彬，祖居建德（今屬浙江），後定居杭州。家世儒業，曾任路吏。學問淵博，文筆新奇。善丹青，能歌舞，明曲調，諧音律。著雜劇四種：《戲諫唐莊宗》、《春風杜韋娘》、《孫武子教女兵》、《蘇武還朝》，今不傳。存小令四十三首、散套五套。朱權《太和正音譜》：「周仲彬之詞，如平原孤隼。」

九八　寨兒令

挑短檠❶⊙倚雲屏❷⊙傷心伴人清瘦影⊙薄酒初醒⊙好夢難成⊙斜
月為誰明⊙悶懨懨、聽徹殘更⊙意遲遲、盼殺多情⊙西風穿戶冷⊙簷
馬❸隔簾鳴⊙叮⊙疑是珮環❹聲⊙

【格律】〈寨兒令〉是越調的曲牌。可以作小令、散套或雜劇。又名〈柳營曲〉。其調式為「三、

三、七、四、四、五、七（六）、七（六）、五、五、一、五」，共十二句十一韻或十二韻，第十句可不叶韻。七、八兩句一般作上三下四的七字句，也有作六字句者。一、二，四、五，七、八，九、十，可做對句。末句宜作「｜｜｜——」。其平仄格律如下：

＋｜—⊙　｜——⊙　＋—｜——厶平⊙　＋｜——⊙　＋｜——⊙　＋｜｜——⊙　｜
＋—、＋｜——⊙　｜＋—、＋｜——⊙　＋——｜＋⊙　＋｜｜——。　—⊙　＋｜｜
——⊙

【注　釋】❶短檠　短小的燈架。這裡指暗淡的燭光。❷雲屏　繪畫雲形圖案的屏風。❸簷馬　懸掛在屋簷之間的鐵片。風一吹動，鐵片互相敲擊，發出響聲。❹珮環　玉製的佩飾。每套珮環有好幾片玉組成，走起路來鏗鏘作聲。

【語　譯】挑著暗淡的燭光，倚著雲形的屏風；傷心陪伴著我清瘦的身影。喝醉了薄酒，才剛剛醒來；想要做一場美夢，卻沒有辦法如願；天上的斜月，到底為誰大放光明呢？我心情煩悶地聽盡打更的聲音，意痴痴地盼望著情人來臨。卻只有寒冷的西風穿透了窗戶，屋外的簷馬隔著窗簾發出丁東丁東的鳴聲。忽然聽到「叮」的一聲，疑心是情人來訪的珮環聲。

【賞　析】本篇描寫閨中女子想念情人的心情，寫來入木三分，頗足動人。尤其末句把簷馬聲當成情人的珮環聲，構想非常新奇。

開頭三句描繪閨房冷清孤寂的環境，而閨中女子清瘦的身影，憔悴的容貌，依稀可見。

次三句進一步寫閨中女子借酒澆愁、好夢難成、望月懷人的苦情。「斜月為誰明?」這一句問話隱含了多少怨情?與蘇東坡〈水調歌頭〉詞「何事長向別時圓」同一韻致。

七、八兩句對偶工整,寫出長夜漫漫,輾轉反側,聽盡了殘更,盼煞了情人,痴心可感。九、十兩句也是對句,閨中女子一夜無眠,陣陣西風吹進了窗戶,令人透心寒冷,簾外簷馬隨風作響,聲音淒涼。

結尾把簷馬的響聲當成情人的珮環聲,充分表現閨中女子想念情人的真誠,與李益〈竹窗聞風寄苗發司空曙〉詩「開門復動竹,疑是故人來」同一巧思。

趙禹圭

趙禹圭，字天錫，汴梁（今河南開封）人。生卒年月不詳。曾任承值郎、鎮江府判。著雜劇《何郎傅粉》等二種，今不存，僅存小令七首。

九九　蟾宮曲　題金山寺❶

長江浩浩❷西來⊙水面雲山。山上樓臺⊙山水相輝。樓臺相映。天與安排❸⊙詩句就、雲山動色❹⊙酒杯傾、天地忘懷⊙醉眼睜開⊙遙望蓬萊❺⊙一半煙遮。一半雲埋⊙

【格　律】詳見盧摯〈蟾宮曲・箕山感懷〉（巢由後隱者誰何）。（頁五一）此曲末段增一四字句，首句作六字句。

【注　釋】❶金山寺　在江蘇省鎮江市西北的金山上。東晉時建，原名澤心寺，自唐起通稱為金山寺。殿宇樓臺，倚山而建，向為著名古剎，文人墨客常題詠於此。❷浩浩　水勢盛大的樣子。❸山水相輝三句　描寫金山寺的水光山色、亭臺樓閣，互相輝映，這是自然界的巧妙傑作，非人工所能及。❹詩句就句　詩句完成了，連雲山都驚奇得改變容色。❺遙望蓬萊　遠望蓬萊仙島。遙望，遠望。蓬萊，傳說中的仙山。

【語　譯】長江浩浩蕩蕩由西邊奔流而來，寬闊的水面浮現了雲霧迷漫的高山，高山上建築著金碧輝煌的樓臺。水光山色互相輝映，樓閣亭臺互相襯映，真是天工巧妙的安排。題金山寺的詩句寫好了，雲山為之動容變色；舉杯暢飲，天地間一切的榮辱興衰都已忘懷。酒醒之後，睜開眼睛，遠望蓬萊；一半被煙霧遮蔽，一半被雲團沈埋。

【賞　析】本篇是作者在元文宗至順年間（一三三〇～一三三二）任鎮江府判時所作，描寫金山寺的風光景物。作者抓住了長江、雲山、樓臺等代表的景物加以發揮，文字簡潔，題意貼切。

首三句描寫金山寺雄偉壯麗的景象。原本金山是在大江之中，後因泥沙淤積，漸與南岸毗連，每江中風起，山勢如在水中浮動。所以「水面雲山，山上樓臺」寫出了金山寺獨具的特色。首句「長江浩浩西來」，更是劈空而下，具有雷霆萬鈞之力，可與杜甫〈登高〉詩「不盡長江滾滾來」相媲美。

次三句承上而來，續寫山水樓臺的景致。「水面雲山，山上樓臺。山水相輝，樓臺相映」這幾句用的是頂真續麻的修辭法，使得曲意重疊加深，回環往復，極為優美，非常特別。

七、八兩句對偶工整，都是上三下四句法，而且使用擬人化的手法，雲山為之動色，其實動色者乃是人。

末四句寫酒醒後，遠望蓬萊仙境，已是渺茫一片，不可得見。「蓬萊」既比喻金山寺，也代表他的理想境界，這裡既是寫景，也是抒情，一語雙關，餘意無窮。

喬　吉

喬吉（一二八〇～一三四五），一作喬吉甫，字夢符，號笙鶴翁，又號惺惺道人，太原（今屬山西）人。美姿儀，善文章，博學多能。終生不仕，潦倒困苦。中年後流落江湖，縱情詩酒，自稱江湖狀元、江湖醉仙，後居西湖。著有雜劇十一種，今存《兩世姻緣》、《金錢記》、《揚州夢》三種。散曲與張可久齊名，《全元散曲》收小令二〇九首、套曲十一套。《太和正音譜》：「喬夢符之詞，如神鰲鼓浪。若天吳跨神鰲，噀沫於大洋，波濤洶湧，截斷眾流之勢。」他的散曲多嘯傲山水、閒適頹放和青樓調笑的作品，風格以清麗見長，注重詞藻與格律的錘煉。與張可久同為元代散曲的重要作家。

一〇〇　紅繡鞋　書所見

臉兒嫩難藏酒暈❶⊙扇兒薄不隔歌塵❷⊙佯❸整金釵暗窺人⊙涼風醒醉眼。明月破詩魂❹⊙料今宵怎睡得穩⊙

【格　律】〈紅繡鞋〉，即〈朱履曲〉。詳見張養浩〈朱履曲〉（才上馬齊聲兒喝道）。（頁二〇八）

【注　釋】❶酒暈　因喝了酒而兩頰逐漸呈現出紅色。❷歌塵　即歌聲。塵，蹤跡；聲音。❸佯　假裝。❹詩魂　寫詩的靈感。

【語　譯】臉兒嬌嫩，難藏滿面的酒紅；扇兒輕薄，分隔不開美妙的歌聲；假裝整理金釵，卻暗中偷窺別人。一陣涼風吹醒了我的醉眼，天上的明月照破了我的詩魂，料想今天晚上怎麼能睡得穩？

【賞　析】題目「書所見」，省掉了「席上」二字。本篇描寫作者有一次參加朋友的宴會，在宴席上所看到的景象及受到的感動。

首三句描寫席上歌女的姿態容貌：第一句寫歌女喝醉酒的神態，「嫩」、「暈」二字用得很生動，嬌嫩白皙的臉上，漸漸地散布了酒紅。暈，化開的意思，酒氣慢慢的化開來，臉上白裡透紅的樣子。即《楚辭》所謂「美人既醉，朱顏酡些」。第二句描寫美人的歌聲，歌女手執團扇盡情歌唱，歌聲嘹亮，動人心絃。即晏幾道所謂「歌盡桃花扇底風」（〈鷓鴣天〉詞）。第三句寫歌女含情脈脈偷窺情人，把少女嬌羞的神態表露無遺，如見其景，如見其人。

後三句寫作者見後的感動。開頭兩句對偶工整，借景抒情。「醉眼」與上面「酒暈」呼應，「詩魂」與上面「歌塵」相關。席上美人唱歌佐酒，殷勤招待，豈能不醉？美人的歌聲麗影引起詩人作詩的靈感，而「涼風」、「明月」正是良辰美景，怎可辜負？所以末句「料今宵怎睡得穩」寫作者心神搖蕩，起伏不定，竟至睡不安穩。

喬吉是一位美姿儀、善文章的風流才子，終身不仕，流落不偶，因此寄情於詩酒、歌聲，有許多描寫青樓歌妓的作品，本篇寫他宴席上所見的景象，是這一類作品的代表作。

一〇一　滿庭芳　漁父詞

湖平棹穩⊙桃花泛暖。柳絮吹春⊙蔞蒿香脆蘆芽嫩⊙爛煮河豚❶⊙閒日月、熬了些酒樽⊙惡風波、飛不上絲綸❷⊙芳村近⊙田原隱隱⊙疑是避秦人❸⊙

【格　律】詳見姚燧〈滿庭芳〉（帆收釣浦）。（頁一〇四）

【注　釋】❶蔞蒿香脆二句　化用蘇軾〈惠崇春江曉景〉詩：「蔞蒿滿地蘆芽短，正是河豚欲上時。」蔞蒿，多年生草本植物，生於水邊，地下莖可食用。河豚，魚名。味鮮美。但四、五月間產卵，此時卵巢及肝臟均含有毒質，食之致死。❷絲綸　釣魚用的線。❸避秦人　陶潛〈桃花源記〉中，桃花源裡的人「自云先世避秦時亂，率妻子邑人來此絕境」。後用指逃避亂世的人。

【語　譯】水漲平了湖岸，船穩穩的駛著；桃花趁著暖暖的流水開放了，柳絮隨著溫和的春風吹拂著。正是蔞蒿香脆，蘆芽鮮嫩，可以爛煮河豚的時候。漁父整天喝著酒，悠閒自在地消磨日月；人世惡劣的風波，飛不上我的釣絲。芳村就在附近，田原隱隱約約；我好像是逃避秦亂的人。

【賞析】作者曾經流浪江湖四十年，自稱江湖狀元，有許多描寫江湖的作品，〈滿庭芳・漁父詞〉二十首是最著名的作品。本篇是其中之一，以第一人稱寫漁父春天逍遙自在的生活。

漁父是生活在江湖的人，所以首三句先寫江湖的景色。春天雨水充足，湖水漲得滿滿的，風平浪靜，船駛在湖面上，平穩極了。二、三月正是桃花浪暖，柳絮紛飛的時候。這三句泛寫江南春景，很有代表性。

四、五句特寫春天具體的景物，化用蘇軾〈惠崇春江曉景〉詩句。「蔞蒿」、「蘆芽」、「河豚」都是江湖的產物。

六、七句寫漁父與世無爭、悠閒自在的生活，是本篇主要的思想部分，也是本篇的警句——對仗工巧，造語靈活生動。「閒日月」指漁父的生活日月悠閒，天長地久。「惡風波」比喻世人的生活險惡，隨時都有災禍發生。漁父因避世隱居，與世無爭，故可避免災禍，所以說「惡風波飛不上絲綸」。

末三句寫漁父生活的環境，有如世外桃源。附近有芳村，有一望無際的田原，遠離塵世。「疑是避秦人」以疑問句作結，引人思索，餘韻無窮。

一〇二　滿庭芳　漁父詞

輕鷗數點⊙寒蒲獵獵❶。秋水厭厭❷⊙五湖❸煙景由人占⊙有甚防

嫌❹⊙是非海❺、天驚地險⊙水雲鄉❻、浪靜風恬❼⊙村醪釅❽⊙歌聲冉冉❾⊙明月在山尖⊙

【格　律】詳見姚燧〈滿庭芳〉（帆收釣浦）。（頁一〇四）

【注　釋】❶寒蒲獵獵　寒風中蒲葉發出獵獵的聲音。蒲，一種水生植物。獵獵，風聲。❷厭厭　同「懨懨」。安靜的樣子。這裡形容水面平靜。❸五湖　即太湖。❹防嫌　忌諱猜疑。❺是非海　比喻充滿是非的現實生活。❻水雲鄉　水與雲蕩漾之處。比喻遠離塵世的隱居地方。❼恬　安然。❽村醪釅　村酒濃。釅，濃烈。❾冉冉　慢慢。這裡指歌聲節奏舒緩。

【語　譯】天空數點鷗鳥輕輕地飛翔，寒風吹動蒲葉發出獵獵的聲響，秋水無聲無息平靜地臥躺。太湖煙水茫茫的風景任我欣賞；我整天逍遙自在，有什麼妨礙？人世間充滿是非的生活，驚險萬狀；水雲鄉隱居樂道的地方，風平浪靜。喝著濃烈的村酒，唱著悠揚的歌聲，看著明月照在山頂上。

【賞　析】這是作者〈滿庭芳．漁父詞〉的作品之一。元代，知識分子多半潦倒不得志，他們不滿現實生活的混濁黑暗，往往寄情山水，優游隱逸。作者描寫漁父閒適自得的生活，正是表現隱居樂道的思想。也可以說漁父就是作者的化身，但是作品描寫的境界都是理想的，不是現實的。正是因為現實生活不如意，漁父的生活才更令人嚮往。本篇描寫的是漁父秋天的生活。

首三句描寫江上的景致，對偶工整，寫景如畫。輕鷗、寒蒲、秋水、西風，構成了一幅清朗疏遠、有聲有色、瀟灑可愛的秋景圖。

四、五句承上三句，具體寫出這幅秋景圖的地點與特色——「五湖煙景」。五湖就是太湖，是江南名勝之一；煙景就是煙水茫茫的景色。「由人占」與「有甚防嫌」是抒情的部分，表示自然美景任我欣賞，無人干涉，也不需花錢買來，充滿了自得其樂的感情。

六、七句是本篇的重心，以強烈的對比寫現實的黑暗與隱居的樂趣。「是非海」指宦海風波，危險萬分。「水雲鄉」指隱居的地方，風平浪靜，安寧舒適。

末三句寫出漁父生活的樂趣——喝著濃酒，唱著漁歌，悠閒地看著明月爬上了山尖。

一〇三　滿庭芳　漁父詞

秋江暮景⊙胭脂林障❶。翡翠山屏❷⊙幾年罷卻青雲興❸⊙直泛滄溟❹⊙臥御榻、彎的腿疼⊙坐羊皮、慣得身輕❺⊙風初定⊙絲綸❻慢整⊙牽動一潭星❼⊙

【格　律】詳見姚燧〈滿庭芳〉（帆收釣浦）。（頁一〇四）

【注　釋】❶胭脂林障　楓林經歷秋霜後葉子變紅，好像染上一層胭脂。❷翡翠山屏　長滿草木的山，一片青翠，像一面翡翠屏風。❸青雲興　做官的興致。詩詞中常以青雲直上比喻做高官。❹直泛滄溟　泛舟江湖。表示退隱。滄溟，大海。❺臥御榻二句　臥御榻受用不了，坐羊皮才覺輕鬆。即做官不自由，隱居最舒服的意思。御榻，皇帝睡的床。此二句用嚴光的故事。嚴光，字子陵，曾與光武帝劉秀同學，劉秀即位後，嚴光改名易姓，隱而不見。劉秀派人尋找他。後來齊國上書：有一男子，披羊裘釣於澤中。劉秀知是嚴光，乃遣使聘他，除諫議大夫，不就，歸隱富春山。見《後漢書・逸民傳・嚴光》。❻絲綸　釣魚用的絲線。❼牽動一潭星　釣竿拉起絲綸，攪動潭水，水中星星的影子也隨之而動。秦觀〈滿庭芳〉詞：「絲綸慢捲，牽動一潭星。」

【語　譯】秋江日暮的景色非常美麗：江邊的楓林染得像胭脂那樣的紅，山上青翠的樹木有如翡翠的屏風。幾年拋棄了做大官的興致，泛舟江海，隱居不仕。睡御榻做官吏，受拘束不自在；坐羊皮釣江中，既舒服又輕鬆。晚風剛剛平靜，拉起釣絲，牽動了一潭星星。

【賞　析】本篇是作者〈滿庭芳・漁父詞〉二十首之一，歌誦漁父自由自在的生活，表達作者不屑仕進，寄情山水，隱居樂道的思想。

開頭三句描寫漁父生活的環境，景物優美，刻畫生動。尤其「胭脂林障，翡翠山屏」對偶工整，顏色鮮豔。

四、五兩句寫漁父拋棄功名富貴的念頭，泛舟江湖，隱居樂道。這裡的漁父不是「不識字的漁父」，而是可以青雲直上、飛黃騰達的漁父，那麼他為什麼要「罷卻青雲興」呢？下面兩句做了回答。

六、七兩句承上發揮，以嚴光為例，說明為官不自由，隱居最舒服的道理。嚴光是漢光武帝的同學，光武帝請他做諫議大夫，他辭官不做，隱居富春山，耕釣終身，傳說富春山上有嚴光的釣魚臺，因此詩詞中常把嚴光當作典型的漁父來歌誦。

末三句以江上優美的景物作結，餘音繞樑，令人回味無窮。這三句化用秦觀〈滿庭芳〉詞上闋末三句：「金鉤細，絲綸慢捲，牽動一潭星。」

一〇四　山坡羊　冬日寫懷

朝三暮四❶⊙昨非今是❷⊙痴兒不解榮枯❸事⊙攢家私❹⊙寵花枝❺⊙黃金壯起荒淫志❻⊙千百錠❼買張招狀紙❽⊙身。已至此⊙心。猶未死⊙

【格律】詳見陳草庵〈山坡羊〉（晨雞初叫）。（頁六二）

【注釋】❶朝三暮四　比喻反覆無常。《莊子・齊物論》：「狙公賦芧，曰：『朝三而暮四。』眾狙皆怒。曰：『然則朝四而暮三。』眾狙皆悅。」❷昨非今是　比喻是非沒有一定的標準。陶潛〈歸去來兮辭〉：「實迷途其未遠，覺今是而昨非。」❸榮枯　光榮、衰敗。❹攢家私　積聚家產。攢，積聚。家私，家產；家財。❺寵花枝　寵愛女人；迷戀美女。❻黃金句　富貴使得他們更加荒淫無恥。壯，盛；大。❼錠　古代計算金銀的單位。每錠重十兩或五兩。❽招狀紙　犯人供認罪狀的文書。

【語譯】早上三次，晚上四次；昨天不對，今天卻對了；痴呆的人不懂得光榮或衰敗的事。積蓄家產，寵愛女色，富貴助長了他們荒淫的心志。用千百錠銀子，只買來一張招認罪狀的紙。身體已落到這個地步，卻仍然不心死。

【賞析】本篇揭露剝削者虛偽貪婪、反覆無常、荒淫無恥的本質，最後落得「千百錠買張招狀紙」，真是得不償失。全篇充滿警世勸人的意思，對紈袴子弟更是當頭棒喝。

首三句寫剝削者反覆無常、予取予求，沒有固定的是非標準。他們只圖眼前的享受，不瞭解歷史上榮枯盛衰的大道理。稱這些人為「痴兒」，有鄙視的意思。「朝三暮四」，用《莊子・齊物論》狙公賦芧的故事；「昨非今是」，用陶潛〈歸去來兮辭〉的故事；運用典故，都很靈活變化。

次三句寫這些人貪圖富貴、儹積財物、寵愛女色，而富貴又壯大了他們荒淫的志向。然而紙醉金迷、荒淫無恥的結果獲得了什麼呢？

第七句承上啟下，說明這些剝削者的下場。花了千百錠銀子並沒有得到幸福與快樂，只買得一張罪人供認罪狀的紙。把這些人當作罪犯看。

末四句承上，說明這些人已是身敗名裂，卻仍然不死心，真是不到黃河心不死。也可見財富、女色迷人之甚，許多人成了財富、女色的奴隸，至死而不悟，很少人能夠跳出這些陷阱。

一〇五　山坡羊　冬日寫懷

冬寒前後⊙雪晴時候⊙誰人相伴梅花瘦⊙釣鰲舟❶⊙纜汀洲❷⊙綠蓑不耐❸風霜透⊙投至❹有魚來上鉤⊙風。吹破頭⊙霜。皴❺破手⊙

【格　律】詳見陳草庵〈山坡羊〉（晨雞初叫）。（頁六二一）

【注　釋】❶釣鰲舟　漁船。鰲，海中大魚。傳說古代龍伯國有一巨人釣得六鰲。❷纜汀洲　把船繫在小洲邊。纜，繫船的繩索。此當動詞用。即繫船。汀洲，水中或水邊的平地。❸不耐　禁不住。❹投至　等到。❺皴皮膚因受凍而乾裂。

【語　譯】在冬天寒冷的前後，大雪放晴的時候，有誰陪伴我踏雪尋梅呢？我把釣魚船繫在汀洲，身上穿的綠蓑衣，擋不住風霜吹透。待在江上垂釣，直等到有魚來上鉤。風，吹破了我的頭；霜，凍破了我的手。

【賞　析】本篇寫漁父冬季捕魚的艱辛困苦，形象鮮明，感情真摯。與上篇剝削者紙醉金迷的生活形成了強烈的對比。作者對剝削者持鄙視的態度，對漁父則持同情的態度。

首三句先寫「踏雪尋梅」來與後面「風雪垂釣」作對比。冬前冬後，下雪的天氣，正是梅花盛開的時候，有很多人踏著雪上山欣賞梅花。漁父為了生活，須在風雪中垂釣，哪裡有閒情逸致踏雪尋梅呢？這裡用「誰人相伴梅花瘦」，表達出漁父為生活所迫的苦衷，充滿哀怨之情。

次三句正面寫漁父江上捕魚的生活。「綠蓑不耐風霜透」，描寫在風雪中捕魚的艱辛困苦，綠蓑擋不住風霜的侵襲，飽受寒凍之苦。

第七句承上啟下，雖然飽受風霜之苦，卻不能駕舟歸去，為了生活，還得忍受寒冷，直等釣到了魚，才能回去。「有魚來上鉤」，表現出漁父聽命於自然、無可奈何、無可出力的悲哀。

末四句承接上面「不耐風霜」而來，長期垂釣寒江，綠蓑擋不住風霜，於是風吹破了頭，霜凍破了手，極寫漁父的困苦，賦予無限的同情。

一〇六　山坡羊　冬日寫懷

離家一月⊙閒居客舍⊙孟嘗君不費黃虀社❶⊙世情別❷⊙故交絕⊙

床頭金盡誰行借❸⊙今日又逢冬至節❹⊙酒。何處賒❺⊙梅。何處折⊙

【格　律】詳見陳草庵〈山坡羊〉（晨雞初叫）。（頁六二）

【注　釋】❶孟嘗君句　孟嘗君對食客也冷淡起來，連粗茶淡飯都不招待了。孟嘗君，戰國時齊國的田文，相於齊，好賓客，招賢納士，養食客數千人。虀，鹹菜。社，指社日的酒飯。❷世情別　世態人情大不相同了。別，另外；不同。❸床頭句　身邊金錢用完了向哪裡去借。張籍〈行路難〉詩：「君不見床頭黃金盡，壯士無顏色。」❹冬至節　農曆二十四節氣之一。在每年十二月二十二日前後。❺賒　欠。買了人家的東西，暫時不給錢。

【語　譯】離開家裡一個月了，無所事事地居住在旅館中；連最好客的孟嘗君都冷淡起來，不拿粗茶淡飯招待客人了。現在世態人情不同以前了，連老朋友也絕了交情，身邊金錢花盡，向誰去借呢？今天又是冬至佳節，想喝酒，向何處賒欠？要賞梅，到哪裡折取？

【賞　析】本篇描寫作者在冬至的時候，客居他鄉窮苦潦倒的生活，反應了世態炎涼、人情淡薄的現象。喬吉一生潦倒不得志，浪蕩江湖數十年，到處當門客。這種寄人籬下、看人臉色的生活是他親身體驗的，所以寫來特別真實感人。

首三句寫他離家一個月，閒居客舍，遭受主人怠慢冷淡，所以說連孟嘗君對食客都冷淡起來，不招待粗茶淡飯了。這裡用孟嘗君好客的典故具有非常強烈的反諷效果，因為古代孟嘗君對待賓客必恭必敬，而今之孟嘗君徒具虛名，不能名副其實。

中段四句承上啟下。當今世態人情已經與古代大不相同了，連老朋友也斷絕了交情。因此盤纏用完，向誰去借呢？今天是冬至佳節，窮困得連置備酒食、祭祀祖先的經費都沒有。古人很重視冬至節慶，《東京夢華錄．冬至》：「十一月冬至，京師最重此節，雖至貧者，一年之間，稱累假借，至此日更易新衣，備辦飲食，享祀先祖，官放關撲，慶賀往來，一如年節。」

末四句承上，寫出無處賒酒、無處折梅的苦況。冬至佳節，應該喝酒賞梅，因為人情淡薄，故交斷絕，連賒酒的地方都沒有，哪有心情折梅？

一〇七 山坡羊 寓興❶

鵬摶九萬❷⊙腰纏萬貫⊙揚州鶴背騎來慣❸⊙事間關❹⊙景闌珊❺⊙

黃金不富英雄漢❻⊙一片世情天地間⊙白。也是眼⊙青。也是眼❼⊙

【格　律】詳見陳草庵〈山坡羊〉（晨雞初叫）。（頁六二）

【注　釋】❶寓興　藉其他事物以寄託某種思想。❷鵬摶九萬　比喻遠大的前途。《莊子・逍遙遊》：「鵬之徙於南冥也，水擊三千里，摶扶搖而上者九萬里。」❸腰纏二句　比喻幻想中的巨富。《殷芸小說》：「有客相從，各言所志：或願為揚州刺史，或願多貲財，或願騎鶴上昇。其一人曰：『腰纏十萬貫，騎鶴上揚州。』欲兼三者。」❹事間關　世事艱險、不順利。間關，路途艱險。❺景闌珊　前景衰殘。闌珊，衰落。❻黃金句　黃金不使英雄好漢富貴。❼白也是眼四句　《晉書・阮籍傳》：「籍又能為青白眼。見禮俗之士，以白眼對之。及嵇喜來弔，籍作白眼，喜不懌而退。喜弟康聞之，乃齎酒挾琴造焉，籍大悅，乃見青眼。」白眼，眼睛向上，表示對人的輕蔑或憎惡。青眼，眼睛正視，表示對人的尊重或喜愛。

【語　譯】許多人胸懷大志，想像自己如鵬鳥一樣一飛沖天九萬里，腰部纏繞十萬貫銀子，騎鶴上揚州當刺史。但是世事艱難曲折，景況衰落凋殘，黃金不使英雄好漢富貴。天地間處處充滿著世態炎涼、人情冷暖，因此受盡了勢利小人的青白眼。

【賞　析】本篇是作者對人情冷暖、世態炎涼的嘲諷與感慨，抒發了憤世嫉俗的思想與感情。

首三句運用《莊子・逍遙遊》及《殷芸小說》兩個典故，活潑生動地描述世人的雄心壯志。世人都希望像鵬鳥一樣一飛沖天，扶搖直上九萬里。也希望能腰纏十萬貫，騎鶴上揚州，既富，又貴，又昇仙。真是野心勃勃，貪得無厭。

次三句與前三句強烈對比，前寫理想，此寫現實。「事間關，景闌珊」簡要地寫出世事多艱，前途渺茫的事實。「英雄漢」指前三句所寫的人，他們都想富貴，而真正富貴的有幾人呢？「黃金不富英雄漢」，多麼悲哀，多麼無奈，壯志未酬，理想達不到，使這些英雄漢為之氣短。

第七句承上啟下，寫現實社會中人情冷暖，世態炎涼，人與人的關係是很現實的，你得志，人人捧你；你失意，人人拋棄你。

末四句承上，用阮籍青白眼的故事，諷刺那些勢利小人醜惡的面目。青眼、白眼是相對的，青眼表示尊崇，白眼表示鄙薄。

一〇八　賣花聲　悟世

肝腸百鍊爐間鐵❶⊙富貴三更枕上蝶❷⊙功名兩字酒中蛇❸⊙尖風薄雪⊙殘杯冷炙❹⊙掩青燈❺、竹籬茅舍⊙

【格　律】〈賣花聲〉是中呂宮的曲牌。可以作小令、散套。亦入雙調。一名〈昇平樂〉第二格、〈秋雲冷〉、〈秋零冷孩兒〉。其調式為「七、七、七、四、四、七」，共六句四韻、五韻或六韻。第四、五句可不叶韻，末句宜作「|——、|——去」。其平仄格律如下：

+—+|——|⊙　+|——||—⊙　+—+||——⊙　+—+|⊙　+—平去⊙
|——、|——去⊙

【注　釋】❶肝腸句　經過種種的磨難之後，人的心腸變得鐵石般冷漠無情。❷富貴句　富貴是一場虛浮的夢。

《莊子・齊物論》：「昔者莊周夢為胡蝶，栩栩然胡蝶也。」❸功名句　功名是虛幻的東西。酒中蛇，即杯弓蛇影。《晉書・樂廣傳》：「嘗有親客，久闊不復來，廣問其故，答曰：『前在坐，蒙賜酒，方欲飲，見杯中有蛇，意甚惡之，既飲而疾。』于時河南聽事壁上有角，漆畫作蛇，廣意杯中蛇即角影也。復置酒於前處，謂客曰：『酒中復有所見不？』答曰：『所見如初。』廣乃告其所以，客豁然意解，沈痾頓愈。」❹殘杯冷炙　殘酒冷菜。《顏氏家訓・雜藝》：「唯不可令有稱譽，見役勳貴，處之下坐，以取殘盃冷炙之辱。」杜甫〈奉贈韋左丞丈二十二韻〉詩：「殘杯與冷炙，到處潛悲辛。」❺青燈　青熒的油燈。比喻生活清苦。

【語　譯】肝腸好像爐中千錘百鍊的鋼鐵那樣堅硬，富貴有如三更半夜夢見的蝴蝶那般虛浮，功名像是酒杯中出現的蛇影那樣虛幻。世態人情一如刻骨的寒風、逼人的冰雪，有求於人，勢必遭到剩酒冷菜的招待。人生短暫，何必如此。還是點著青燈，關著柴門，隱居在竹籬茅舍的好。

【賞　析】悟世，就是對世態人情有所醒悟的意思。本篇領悟到世上功名虛浮，富貴如夢，人情淡薄，因而決定隱居樂道。

首三句對偶非常工整，「肝腸」、「富貴」、「功名」都是悟世的對象。「爐間鐵」形容人的肝腸受盡冷熱的熬煎、百般的磨難，已經鍛鍊成鋼鐵一般的堅硬、冷漠。「枕上蝶」形容富貴如夢中的蝴蝶一樣虛浮。「酒中蛇」形容功名如酒中蛇影一樣虛假。

若照文章起、承、轉、合的作法，本篇第一句是起，二、三句是承，四、五句是轉，第六句是合。作者起先覺悟到人心堅硬冷漠，接著領悟到富貴如夢，功名虛幻，是「承」的寫法。如果追求功名富貴，勢必遭受「尖風薄雪，殘杯冷炙」的待遇，這是「轉」的寫法。「尖風薄雪」形容世情尖酸、刻薄，「殘杯冷炙」形容待遇的冷漠、無情。這兩句對偶工整，寫景抒情非常生動。

末句「掩青燈竹籬茅舍」是「合」的寫法。是上面悟道之後的結果，表達了隱居樂道的決心。作者清高的懷抱與上面所寫的世態人情形成了強烈的對比。

一〇九　玉交枝　閒適

溪山一派⊙接松徑寒雲綠苔⊙蕭蕭五柳疏籬寨❶⊙撒金錢、菊正開❷⊙先生拂袖歸去來❸⊙將軍戰馬今何在⊙急跳出風波大海⊙做個煙霞逸客⊙

翠竹齋⊙薜荔階⊙強似五侯宅❹⊙這一條青穗條❺。傲煞你黃金帶⊙再不著❻父母憂。再不還兒孫債⊙險也啊拜將臺❼⊙

【格律】本篇曲名應作〈玉交枝帶四塊玉〉。《文湖州集詞》、《全元散曲》、《太和正音譜》及《欽定曲譜》俱不分段，只作〈玉交枝〉。茲據唐圭璋《元人小令格律》及鄭騫《北曲新譜》分為二段。

〈玉交枝〉是南呂宮的曲牌。可以作小令、散套或雜劇。一名〈玉嬌枝〉，亦入雙調。其調式為「四、六、七、六、七、七、六、六」，共八句八韻，第二、七句也有作四字句的。其平仄格律如下：

一一一去⊙　｜｜一一十平⊙　十一十｜一一去⊙　十十十、十｜一（或作十十十、｜一

平）⊙　——＋＋＋ㄙ平⊙　＋—＋|——去⊙　|＋——去上⊙　—|——去上（或作—|＋|——）⊙

〈四塊玉〉與本格句法稍異：第三句減為五字，第四句破為兩個五字句。其平仄格律如下：

|＋—⊙　＋|—⊙　＋||——（或作——＋|＋）⊙　＋＋＋|—。　＋|＋—去⊙　||—。　——去⊙　＋ㄙ平⊙

【注　釋】❶蕭蕭句　在疏籬寨的外面有五株柳樹，隨風搖動，發出聲音。此句暗用陶潛棄官歸隱田園的故事。陶潛〈五柳先生傳〉：「宅邊有五柳樹，因以為號焉。」❷撒金錢句　菊花正開，像是撒開金錢一般。菊花是黃色的，形狀像金錢。❸先生句　陶潛辭去彭澤縣令，賦〈歸去來兮辭〉：「歸去來兮，田園將蕪胡不歸。」拂袖，甩動衣袖，表示憤怒或不悅。也指退隱。❹五侯宅　五侯住的地方。五侯，泛指貴族。❺青穗縧　青色帶穗的絲帶。古代沒有官職的男子常用以束腰。下文的黃金帶泛指官服的束腰帶。❻再不著　再不叫。❼拜將臺　指漢高祖拜韓信為大將的高臺。

【語　譯】遠處青山綠水一帶，連接著近處松徑、寒雲與綠苔。在蕭蕭五株柳樹下，出現了疏籬茅寨；附近開著金黃色的菊花，像是金錢撒開。淵明先生已經拂袖歸來，將軍所騎的戰馬現今何在？急忙的跳出風波大海，做一個山水隱逸的人物。　住在翠竹環繞的小齋，薜荔叢生的臺階，比住在貴族王侯的住宅來得舒泰。這一條青絲穗編成的腰帶，要比你黃金編成的大帶更值得驕傲。再不必叫父母擔憂，再不必償還兒孫債，好危險啊韓信的拜將臺。

【賞析】本篇慨歎宦海風波，仕途險惡，倒不如辭官歸隱，避禍全身，享受逍遥自在的生活。全曲應分二段：前八句為〈玉交枝〉，後八句為〈四塊玉〉。曲名應作〈玉交枝帶四塊玉〉，《文湖州集詞》及《全元散曲》俱不分段，只作〈玉交枝〉，鄭騫《北曲新譜》已經訂正。

前四句描寫隱居環境的優美清麗：遠處有蒼翠的峰巒，清澈的溪流，連綿不斷；近處有松林小徑，天空飄著寒雲，地面點綴著綠苔。五柳莊前楊柳依依，竹籬稀疏，黃菊盛開，滿地金錢。並化用陶潛「五柳」、「采菊東籬下」的典故。

五至八句感歎官場險惡，不如急流勇退，隱逸山林，寄情煙霞。拿陶潛跟將軍對比，這裡將軍隱指韓信，與末句「拜將臺」前後呼應。「將軍戰馬今何在」，以問作答，發人深省。許多將軍為國立功，最後葬身在宦海風波之中，不得善終，韓信就是最好的例子，怎不令人寒心呢？所以急流勇退，「拂袖歸去」，「急跳出風波大海，做個煙霞逸客」。

九至十三句承接上面的意思，表示隱居樂道作個平民，要比享受榮華富貴的五侯家，來得清高快樂。「青穗絛」是平民繫的腰帶，「黃金帶」是官宦繫的腰帶。「傲煞」兩字表現作者清高孤傲的德行，與白樸〈沈醉東風〉「傲殺人間萬戶侯，不識字煙波釣叟」同一用法。

末三句寫隱居之後的逍遥自在，不必像做官時提心弔膽，朝不保夕，真箇是無憂無慮。再不必讓父母擔憂，也不必替兒孫作牛作馬，回頭看看宦場實在太險惡了，韓信的拜將臺就是一個活生生的教訓，韓信替漢朝立過大功，最後被殺於長樂宮鐘室，所以說「險也啊拜將臺」。此三句大聲疾呼，精鍊警拔，是本篇最精采之處。

一一〇 水仙子 尋梅

冬前冬後幾村莊⊙溪北溪南兩履❶霜⊙樹頭樹底孤山❷上⊙冷風來何處香⊙忽相逢縞袂綃裳❸⊙酒醒寒驚夢❹。笛淒春斷腸❺⊙淡月昏黃❻⊙

【格　律】〈水仙子〉，即〈湘妃怨〉。詳見盧摯〈湘妃怨・西湖〉（湖山佳處那些兒）。（頁五八）

【注　釋】❶履　鞋子。❷孤山　在杭州西湖，山上多植梅花。宋朝詩人林逋（和靖）隱居於此，養鶴植梅，有「梅妻鶴子」之譽。❸縞袂綃裳　白絹的衣袖和薄綢的裙子。這裡用素衣淡妝的美女來比喻梅花。蘇軾〈次韻楊公濟奉議梅花〉詩：「月黑林間逢縞袂，霸陵醉尉誤誰何。」❹酒醒寒驚夢　酒醒時美夢也清醒過來。這裡用趙師雄夢見梅花仙子的故事。柳宗元《龍城錄・上》：「隋開皇中，趙師雄遷羅浮，一日天寒日暮，在醉醒間，因憩僕車於松林間酒肆傍舍，見一女人淡妝素服出迓師雄，時已昏黑，殘雪對月，色微明，師雄喜之，與之語，但覺芳香襲人，語言極清麗，因與之扣酒家門，得數盃，相與飲，少頃，有一綠衣童來，笑歌戲舞，亦自可觀，頃醉寢，師雄亦懵然，但覺風寒相襲久之，時東方已白，師雄起視，乃在大梅花樹下，上有翠羽啾嘈相須，月落參橫，但惆悵而爾。」❺笛淒春斷腸　聽到淒咽的笛聲，想到梅落春盡，使人斷腸。古笛曲有〈梅花落〉。❻淡月昏黃　以暗淡朦朧的月色襯托梅花的清幽淡遠。宋林逋〈山園小梅〉詩：「暗香浮動月黃昏。」

【語　譯】冬前冬後，我找遍了幾個村莊；溪北溪南，我踏遍了兩腳的冰霜；樹頭樹底，我尋遍了整個孤山上。一陣冷風，吹來何處的花香？忽然間我找到了梅花，像是一位美人素服淡妝。寒風吹醒了我的酒，也吹醒了我的夢想；淒涼的笛聲，吹落了梅花，也吹落了春光。月色昏黃，梅花散發著清遠幽香。

【賞 析】本篇用曲折跌宕的筆法描寫尋梅的意趣，並寄託作者失意的懷抱。借景抒情，達到情景交融的境地。

首三句寫尋梅的艱苦歷程。不但三句對偶工整，形成了鼎足對，而且每句的前四字又構成句中對：「冬前」對「冬後」，寫尋覓時間的長久；「溪北」對「溪南」，寫尋覓地域的廣大，側重在平面；「樹頭」對「樹底」，寫尋覓態度的仔細，側重在立體。這三句沒有一個動詞，只列出三個畫面，由大而小，由遠而近，緊密的連接起來，不言「尋」而「尋」已盡在其中，真是高明的手法。在造句上這三句是整齊劃一的，在構思上卻是意在言外，耐人尋味。

四、五句承上寫尋梅的動作，正是「踏破鐵鞋無覓處，得來全不費工夫」。「冷風來何處香？」把香氣襲人，卻未見花的情景寫得極為傳神。循著香氣追蹤覓尋，才發現了梅花。「忽相逢」三字把遍尋不著，忽在眼前的驚喜之狀寫得很生動。「縞袂綃裳」就是梅花，借梅花仙子寫其清麗素雅。

六、七兩句以梅花比喻美夢，梅花雖美容易凋落，美夢雖甜容易驚醒。前面都寫尋梅的樂趣，此處忽轉為悲傷的情調，作者借物詠人，表達失意的懷抱，是很明顯的了。「酒醒寒驚夢」，用趙師雄夢見梅花神的故事。「笛淒春斷腸」，用笛曲〈梅花落〉的故事。

末句「淡月昏黃」，脫化林逋詠梅詩句，既寫梅花的清幽淡遠，也比喻自己清高絕俗。人物雙寫，達到詠梅的極至，是全篇最精采的地方。

一一一 水仙子 暮春即事

風吹絲雨噀❶窗紗⊙苔和酥泥❷葬落花⊙捲雲鉤月❸簾初掛⊙玉釵香徑滑❹⊙燕藏春銜向誰家⊙鶯老羞尋伴。蜂寒懶報衙❺⊙啼煞飢鴉⊙

【格律】〈水仙子〉，即〈湘妃怨〉。詳見盧摯〈湘妃怨‧西湖〉（湖山佳處那些兒）。（頁五八）

【注釋】❶噀 噴水。❷酥泥 油潤的泥巴。❸捲雲鉤月 形容掛起窗簾的樣子。雲，形容簾。月，形容簾鉤。❹玉釵香徑滑 花園小路上露出了玉釵。皮日休〈館娃宮懷古〉詩：「弩臺雨壞逢金鏃，香徑泥銷露玉釵。」❺蜂寒懶報衙 天氣寒冷蜜蜂也懶得出來釀蜜。蜜蜂早晚在巢環聚，就像官衙的官員早晚參見，有早衙、晚衙一樣，叫蜂衙。報衙，古時官吏登堂辦公，例鳴鼓，叫報衙。

【語譯】微風細雨噴灑著窗紗，蘚苔和爛泥埋葬了春天的落花。閨中女子捲起窗簾，掛在如月的簾鉤上；看到花園採香徑露出了玉釵，燕子把春天藏起來，飛向哪裡呢？黃鶯自覺老大，不好意思呼朋引伴了；蜜蜂也懶得出來釀蜜。黃昏樹林間飢鴉啼叫的聲音好大呀！

【賞析】本篇描寫暮春的景色，並表達了閨中女子傷春的情緒。構思巧妙，感情深刻，達到情景交融的境地。

首二句以「絲雨」、「酥泥」、「落花」來寫暮春的景物，非常貼切。暮春是多雨的季節，在風雨吹拂下，百花凋謝，被蘚苔和爛泥巴埋葬了。「捲雲鉤月簾初掛」，寫閨中女子關心花事，捲起窗簾，看看花園的景象。

四、五句承第三句而來，寫閨中女子看到的景象：落花已被雨水沖走了，香泥也被燕子銜去築巢了，春天的氣息完全不見了。「玉釵香徑滑」，用皮日休〈館娃宮懷古〉詩意，玉釵是女子的首飾，花開的時候，女子常到香徑賞花，不小心掉落玉釵而不知，玉釵被落花香泥掩蓋了，更不容易發現；暮春多雨，雨水沖走了香徑的落花、塵泥，玉釵重新顯露出來。「滑」字用得很好，有雨水流動的作用。「燕藏春銜向誰家」，含意非常豐富曲折：燕子春天飛來，開始銜泥築巢，而泥中有落花，花又代表春天，燕子銜泥築巢好像把春天給藏起來了，燕子到底把春天藏到哪裡去了呢？此二句充滿了傷春、惜春之意。

末三句用擬人法寫「鶯」、「蜂」、「鴉」等動物在暮春時的情態。鶯與花代表春天最繁麗的景色，前寫花落，此寫鶯老。春天處處鶯聲，睍睆求友；蜜蜂採花釀蜜，有如報衙一般熱鬧。如今已到暮春，所以「鶯老羞尋伴，蜂寒懶報衙」。「羞」與「懶」用得好，不但寫「鶯」與「蜂」的心情，也隱喻閨中女子此刻的心情，可說是一語雙關。末句「啼煞飢鴉」，反襯暮春的寂寞與冷落。

一一二　水仙子

遊越福王府❶

笙歌夢斷蒺藜❷沙⊙羅綺香餘野菜花⊙亂雲老樹夕陽下⊙燕休尋王謝家❸⊙恨興亡怒殺些鳴蛙❹⊙鋪錦池埋荒甃❺。流杯亭堆破瓦❻⊙何處也繁華⊙

【格　律】〈水仙子〉，即〈湘妃怨〉。詳見盧摯〈湘妃怨・西湖〉（湖山佳處那些兒）。（頁五八）

【注　釋】❶福王府　指南宋宗室趙與芮的府第。在浙江紹興。❷蒺藜　一種生長在沙地有刺的草本植物。❸亂雲二句　此化用劉禹錫〈烏衣巷〉詩：「朱雀橋邊野草花，烏衣巷口夕陽斜。舊時王謝堂前燕，飛入尋常百姓家。」王謝家，指晉代王導、王敦、謝安、謝玄等江東貴族。❹恨興亡句　廢池中的鳴蛙憤怒地叫著，好像牠們也悲恨興亡的事蹟。這句化用句踐軾怒蛙的事。《韓非子・內儲說上》：「越王句踐見怒鼃而式之，御者曰：『何為式？』王曰：『鼃有氣如此，可無為式乎？』士人聞之曰：『鼃有氣，王猶為式，況士人之有勇者乎？』」怒鼃，即怒蛙，鼓腹而鳴的青蛙。❺鋪錦池埋荒甃　花團錦簇的池塘，現在只埋了一些荒廢的壁磚。甃，井池的壁磚。❻流杯亭堆破瓦　流觴曲水的亭臺，現在堆了幾片破瓦。流杯亭，即蘭亭。因王羲之〈蘭亭集序〉有流觴曲水而得名。

【語　譯】以前這裡歌舞太平，多麼繁華；如今夢幻醒來，只剩下縱橫散亂的蒺藜沙地；府中的綺羅香澤，現在也變成了無人照顧的野菜花。亂雲老樹，夕陽西下，燕子重來，休想要找到以前的王、謝大家。只有廢池鳴蛙，悲恨古今的興亡。鋪錦的池塘，只剩下荒廢的壁磚，流杯的亭臺，堆了幾片破瓦。哪裡還能看到昔日的繁華？

【賞析】本篇是作者遊覽越福王府舊址所作，感傷人事代謝，繁華不再，充滿了悲哀的情調。

首二句以對偶的句法，寫昔日的繁華與今日的荒涼，成了一組強烈的對比。福王在世，這裡笙歌太平，繁華熱鬧，如今荒廢，成了蒺藜沙地，「夢斷」二字包含無限的感慨。以前府中羅綺香澤，現在人去樓空，已成荒地，一片野菜花。

三、四句化用劉禹錫〈烏衣巷〉詩，以王、謝比福王，地位相當，恰如其分。福王的子孫已經沒落了，何況趙宋已亡，所以說「燕休尋王謝家」。

第五句寫福王府已經荒涼，只剩廢池鳴蛙，悲憤古今興亡。「怒殺」二字用得極好，借青蛙的怒叫寫人的不平，連青蛙都「恨興亡」，人的悲傷不言而喻了。此句是擬人化的寫法。

六、七句對偶工整，借福王府最美麗的景物來作今昔的對比。「鋪錦池」、「流杯亭」，多麼美麗，多麼風雅；如今卻「埋荒甃」、「堆破瓦」，多麼荒涼，多麼破敗。

末句「何處也繁華」，總結全篇大意，達到懷古的最高音，戛然而止，有如豹尾一般響亮而有力。

一一三　水仙子　詠雪

冷無香柳絮❶撲將來⊙凍成片梨花❷拂不開⊙大灰泥漫了三千界❸⊙銀稜❹了東大海⊙探梅的心噤難捱❺⊙麵甕兒裡袁安舍❻。鹽堆兒裡党尉宅❼⊙粉缸兒裡舞榭❽歌臺⊙

【格律】〈水仙子〉，即〈湘妃怨〉。詳見盧摯〈湘妃怨·西湖〉（湖山佳處那些兒）。（頁五八）

【注釋】❶柳絮　比喻雪。晉謝安在下雪日與子姪輩講論文義，問：「白雪紛紛何所似？」姪女道蘊說：「未若柳絮因風起。」見《世說新語·言語》。❷梨花　比喻雪。岑參〈白雪歌送武判官歸京〉詩：「忽然一夜春風來，千樹萬樹梨花開。」❸三千界　即三千世界。佛教說法，一千個小千世界為中千世界，一千個中千世界為大千世界，是為三千世界。這裡泛指世界。❹稜　鑲；鍍。❺心噤難捱　嘴裡不說，心頭難耐。❻麵甕兒裡句　讀書人的屋舍給雪蓋住了，像藏在麵甕兒裡一樣。袁安，東漢汝陽人。寒微時住在洛陽，有一次下大雪，許多人都到外面乞食，他卻僵臥不起。洛陽令按行至安門，除雪入戶，問他為什麼不出去乞食，安說：「大雪人皆餓，不宜干人。」洛陽令知道他賢能，推薦他為孝廉。見《後漢書·袁安傳》李賢注引晉周斐《汝南先賢傳》。❼鹽堆兒裡句　党太尉家堆滿了大雪。党尉，指宋代豪貴党進。《辟寒·一》：「陶穀妾本党進家姬，一日雪下，穀命取雪水煎茶。問曰：『党家有此景否？』曰：『彼麄（粗）人，安識此景？但能於銷金帳下淺斟低唱，飲羊羔美酒耳。』」❽榭　臺上的屋子。

【語　譯】冷淡無香的柳絮，迎面撲來；凍結成片的梨花，拂也拂不開；廣大無邊的灰泥，覆蓋了大千世界。像是水銀鍍成了東大海，探梅興奮的心情，嘴裡說不出，心頭卻難以忍耐。袁安的屋舍被雪圍繞，像是在麵甕兒裡似的；党太尉家也被雪堆滿了，好像在粉缸兒裡堆砌出舞榭歌臺。

【賞　析】本篇描寫雪景，把大雪紛飛覆蓋大地的景色，寫得既壯麗，又生動。不管意境方面或句法方面都有一番新的境界，與詩詞的作品不同。曲子是可以加襯字的，本篇就用了很多襯字。襯字是補足文義、暢達語氣的字，使得曲子讀起來或唱出來都非常活潑流暢。尤其中國文字一字一音，一字一義，多一個字便增加了一層意思，所以加了襯字，便使曲子的內容更加充實，更加豐富。而襯字的用法又很自由，可多可少，就賦予作者創作的自由空間，所以能達到活潑自然的境界。

首三句本是七字句，在每句開頭各加了一個形容詞「冷」、「凍」、「大」，扼要地把下雪時寒冷、冰凍、廣大無邊的特點表現出來。「柳絮」、「梨花」、「灰泥」都是白色的東西，用來比喻雪，非常恰當。前兩樣比喻詩詞作品中常見，第三種比喻是作者的創見。

四、五句寫一片銀色的世界，引起了探梅興奮的心情。踏雪尋梅一向是文人的風流韻事，因此寫雪景的曲子，常用梅花來襯托雪景的高雅。

末三句觸景生情，而達到情景交融的地步。看到雪景就想起安貧樂道的袁安與耽於羊羔美酒的党進，二者一貧一富，形成強烈的對比，可以看出作者讚美袁安，鄙視党進。那些富貴人家，花天酒地，輕歌妙舞，只是短暫的享樂，不能長久。你看那「粉缸兒裡舞榭歌臺」，當天晴雪化，舞榭歌臺也就消失無蹤了。

一一四　水仙子　重觀瀑布

天機織罷月梭閒❶⊙石壁高垂雪練❷寒⊙冰絲帶雨懸霄漢❸⊙幾千年曬未乾⊙露華❹涼人怯衣單⊙似白虹飲澗❺⊙玉龍下山❻⊙晴雪飛灘❼⊙

【格律】〈水仙子〉，即〈湘妃怨〉。詳見盧摯〈湘妃怨・西湖〉（湖山佳處那些兒）。（頁五八）末三句作成四、四、四三句對，是〈湘妃怨〉別格。

【注釋】❶天機句　形容瀑布像是用天作織布機、用月作梭子織成的一匹白絹。閒，閒空；停止。❷雪練　白絹。比喻瀑布。❸冰絲句　形容瀑布像是帶雨的冰絲懸掛在天空。霄漢，指天空。霄，雲霄。漢，天河。❹露華　露珠。指瀑布飛濺出來的小水珠散布空間，形成一片涼意襲人的水氣。❺白虹飲澗　天上的白虹吸飲澗水。沈括《夢溪筆談・二一》：「世傳虹能入溪澗飲水，信然。熙寧中，予使契丹，至其極北黑水境永安山下桌帳。是時新雨霽，見虹下帳前澗中，予與同職扣澗觀之，虹兩頭皆垂澗中。使人過澗，隔虹對立，相去數丈，中間如隔綃縠。」❻玉龍下山　比喻瀑布飛瀉。❼晴雪飛灘　比喻瀑布濺起的水珠像雪花飛落在河灘。

【語　譯】天作的織布機停擺了，月作的梭子也空閒了，織女織成的雪白絲練高高地垂在石壁上，像是冰涼的絲絲細雨懸掛在天空。幾千年的陽光也曬它不乾，瀑布的水花寒氣襲人，使人覺得衣服單薄，心怯寒冷。像是天上的白虹吸飲澗水，也像天上的玉龍飛騰下山，更像晴天的雪花飛落河灘。

【賞　析】作者原有一首〈水仙子〉寫樂清白鶴寺瀑布，白鶴寺在浙江省樂清縣，是東南第一山的雁蕩山所在，山奇水秀，頗多勝境。本篇是作者重遊白鶴寺所作，故題「重觀瀑布」。透過種種奇異美妙的想像，把瀑布的景色形容得淋漓盡致。比喻新穎，妙語如珠，代表了作者奇麗的風格。

首三句描寫遠景。遠遠觀看瀑布順流而下，十分壯麗，這是天運神功才能創造的奇景。像是天上織女織成的一匹白絹，從高高的石壁垂下來，水氣迷濛，像絲絲細雨從空中飄下。

次二句寫近觀瀑布的感受。瀑布濺起的水花飄灑於身上，覺得寒氣逼人而心怯衣單。進而體會到這瀑布在幾千年陽光照射下永遠飄灑，奔流不息，不禁對大自然的永恆與偉大產生了崇敬與讚歎，所以說「幾千年曬未乾」。

末三句用三個生動活潑的比喻來描寫瀑布的壯麗景色。開頭用「似」字領起，一氣貫串而下，「似」字去聲，響亮發調，氣勢強盛。「白虹飲澗」用《夢溪筆談》的典故，「玉龍下山」用金元好問〈黃華峪十絕句〉詩：「誰著天飄灑飛雨，半空飛轉玉龍腰。」典故用得靈活恰當，沒有雕琢的痕跡。「晴雪飛灘」雖不用典故，形象卻非常生動。

一一五　水仙子　吳江垂虹橋❶

飛來千丈玉蜈蚣⊙橫駕三天白螮蝀❷⊙鑿開萬竅黃雲洞❸⊙看星低落鏡中⊙月華明秋影玲瓏⊙贔屭金環❹重⊙狻猊石柱❺雄⊙鐵鎖囚龍❻⊙

【格　律】〈水仙子〉，即〈湘妃怨〉。詳見盧摯〈湘妃怨・西湖〉（湖山佳處那些兒）。（頁五八）

【注　釋】❶垂虹橋　江蘇省吳江縣一座著名的橋，共有七十二洞，俗稱長橋，橋上有垂虹亭。❷三天白螮蝀　天空白色的虹。三天，天空。螮蝀，虹。❸黃雲洞　黃雲橋洞。黃雲，形容從橋洞噴出來的波瀾。❹贔屭金環　指石碑下龜形的石座，上面有銅環作裝飾物。贔屭，神話中的龜名。❺狻猊石柱　指雕有獅子的石柱。狻猊，獅子。❻鐵鎖囚龍　垂虹橋橫跨吳江上，好像把這條凶猛的龍鎖住了。龍，比喻吳江。

【語　譯】像是天外飛來千丈的玉蜈蚣，又像橫跨在天空的白霓虹，也像鑿開萬竅的黃雲洞。站在橋上，可以看到天上的星星，低低落在波平如鏡的江中；江中出現了秋月明亮的影子——剔透玲瓏。橋上聳立的龜形石碑，十分厚重；圍繞的獅形欄杆，也非常壯雄；好像一把鐵鎖，緊緊地鎖住了吳江這條凶猛的黃龍。

【賞　析】本篇描寫吳江垂虹橋雄偉壯觀的景色，筆力萬鈞，氣勢如虹，表現了作者奇麗豪雄的作風。明朱權《太和正音譜》：「喬夢符之詞，如神鰲鼓浪。若天吳跨神鰲，噀沫於大洋，波濤洶湧，截斷眾流之勢。」本篇正符合了這一特色。

首三句以奇特的想像，描寫垂虹橋的雄偉氣勢，比喻恰當，不同凡響。這三句對偶工整，都是用動態的事物寫靜態的橋梁，使得畫面活躍生動起來。「飛來」、「橫駕」、「鑿開」都是動詞，「千丈」形容其長，「三天」形容其高，「萬竅」形容其洞多。蜈蚣多節，環環相接，比喻橋孔七十二，孔孔相連，比喻得貼切而新穎，尤其以「玉」形容蜈蚣，立刻把橋美化起來。「螮蝀」即虹，常用來形容橋，如杜牧〈阿房宮賦〉：「長橋臥波，未雲何龍；複道行空，不霽何虹？」「黃雲洞」則形容橋下七十二洞。

次二句寫橋上所見的景色，由於波平如鏡，所以星星如落鏡中，而月影更顯玲瓏。寫法與前段相反，這裡以靜境反襯動態，星月閃爍是動態，而波平如鏡是靜境。

末三句寫垂虹橋堅固雄壯。借橋上石碑的「重」與欄杆的「雄」，寫垂虹橋的固若鎖鑰，鎖住了吳江這條凶猛的黃龍，末句是畫龍點睛之筆，極寫垂虹橋的雄偉氣象。

一一六　折桂令　客窗清明

風風雨雨梨花⊙窄索簾櫳❶。巧小窗紗⊙甚情緒燈前。客懷枕畔。

心事天涯⊙三千丈、清愁鬢髮❷⊙五千年、春夢繁華⊙驀見❸人家⊙楊

柳分煙❹。扶上簷牙❺⊙

【格　律】〈折桂令〉，即〈蟾宮曲〉。詳見盧摯〈蟾宮曲・箕山感懷〉（巢由後隱者誰何）。（頁五二）

【注　釋】❶窄索簾櫳　狹窄的窗簾。❷三千丈句　淡淡的閒愁如三千丈的鬢髮那麼長。李白〈秋浦歌〉：「白髮三千丈，緣愁似箇長。不知明鏡裏，何處得秋霜。」❸驀見　忽然看見。❹楊柳分煙　古代習俗：寒食禁煙，清明復舉火，改用榆柳，取自貴家，故稱楊柳分煙。姜夔〈琵琶仙〉詞：「又還是宮燭分煙，奈愁裡匆匆換時節。」❺簷牙　屋簷上翹起的部分。

【語　譯】清明時節風雨紛紛，屋外滿枝的梨花清麗絕俗。客館中狹窄的窗櫺，裝飾著巧小玲瓏的窗紗。晚上，獨坐燈前，情緒消沈；輾轉枕畔，難以入睡；滿懷客愁，如何排遣？想到自己勞碌奔波，流浪天涯；一事無成，只落得疲憊焦慮。白髮三千丈，象徵著清愁無限；繁華五千年，好像是春夢一場。忽然看見附近人家，清明改用榆柳新火；屋簷上，炊煙正裊裊升起。

【賞　析】本篇借清明節的景色抒發客愁。文字清麗，對偶工整，情景交融。

首三句透過窗紗描寫清明的景物，切合題目。「風風雨雨梨花」，寫屋外的景物，梨花是暮春代表的花，風雨中的梨花更是春愁的象徵。「窄索簾櫳，巧小窗紗」是室內的景物。這三句是導致下文「清愁」的原因。

次三句則直抒胸臆，以「甚」字領起，一氣而下，而且對仗工巧，把「情緒」、「客懷」、「心事」盡情的發揮。

七、八句都是上三下四折腰句，互相對偶，把客愁推到了最高點。「白髮三千丈」形容愁多，用李白〈秋浦歌〉的典故。「清愁」、「春夢」應是本篇主要的意思，清愁是淡淡的閒愁，春夢是美麗的夢境，都留給讀者廣大的想像空間。

末三句以景作結，回應篇首，切合「清明」的題意。寒食禁煙，清明重新舉柳火，由貴家分來，故稱「楊柳分煙」。「每逢佳節倍思親」，看到人家屋簷上炊煙裊裊，而自己仍然流浪天涯，不能回家，引起無限的客愁。所以這三句是借景抒情，表面寫景，實際抒情，所謂「一切景語皆情語」，使得本篇餘音繞樑，回味無窮。

一一七　折桂令　寄遠

怎生來❶寬掩了裙兒⊙為玉❷削肌膚。香褪腰肢❸⊙飯不沾匙⊙睡如翻餅❹。氣若游絲❺⊙得受用、遮莫❻害死⊙果實誠❼、有甚推辭⊙乾鬧了若干時❽⊙草本兒歡娛❾。書徹貨兒相思❿⊙

【格律】〈折桂令〉，即〈蟾宮曲〉。詳見盧摯〈蟾宮曲．箕山感懷〉（巢由後隱者誰何）。（頁五一）

【注　釋】❶怎生來　為什麼。來，語助詞。❷玉　指女子的容顏。❸香褪腰肢　腰肢消瘦了。褪，消減。❹睡如翻餅　翻來覆去，睡不安穩的樣子。❺遊絲　飄遊於空中的蟲絲。比喻非常微弱。❻遮莫　儘管；即使。❼實誠　真心誠意。❽乾鬧了若干時　白白的和你廝混了好久時間。❾草本兒歡娛　只有短暫的歡樂。草本兒，草本植物。春生秋謝，比喻時間短暫。❿徹貨兒相思　形容極多的相思。徹貨兒，盡所有的一大堆貨物。比喻極多、極大的。

【語　譯】為什麼裙帶兒寬鬆了呢？是因為肌膚消瘦，腰肢減損的緣故吧！飯也吃不下，覺也睡不著，氣息像遊絲一般的微弱。如果能夠享受一點兒歡樂，就算相思病害死也罷；如果你真心實意的話，就算為你害相思病有什麼關係呢？但是我和你戀愛那麼久，卻只有短暫的歡樂，而有寫不盡的一大堆相思。

【賞　析】本篇以一位女子的口吻，寫信給遠方的情人，表達她憶念之情與相思之苦。用白描的手法，生動的語言，抒發了真實的感情，既通俗白話，又感人深刻。

喬吉與張可久都是清麗派的代表作家，張可久的作品比較文雅，喬吉的作品比較俚俗。本篇是喬吉最具奇麗、俏麗與生香真色的作品之一。李開先〈夢符詞序〉：「蘊藉包含，風流調笑。種種出奇，而不失之怪。多多益善，而不失之煩。句句用俗，而不失其為文。自可謂與之傳神。」說明了喬吉這一獨特的風格。

首三句以問答的方式，訴說別後相思之苦。第一句問，後二句答，語氣非常連貫。「為」字領起下面兩個對句，「玉」、「香」比喻女子的容顏，十分貼切。

次三句承上寫相思之苦，對偶工整，應用誇飾的手法，從三個方面描寫，發揮得淋漓盡致。

七、八句寫女子對愛情的執著，真是一往情深，至死不渝，「受用」、「遮莫」、「實誠」、「有甚」都是極通俗的口語。

末三句寫歡娛時少，相思情多，流露了怨情，然而怨而不怒，哀而不傷，極合女子的口吻。

一一八　折桂令　丙子游越❶懷古

蓬萊❷老樹蒼雲⊙禾黍高低❸。狐兔紛紜⊙半折殘碑。空餘故址。總是黃塵⊙東晉亡也、再難尋個右軍❹⊙西施❺去也、絕不見甚佳人⊙海氣長昏⊙啼鴂❻聲乾。天地無春⊙

【格　律】〈折桂令〉，即〈蟾宮曲〉。詳見盧摯〈蟾宮曲・箕山感懷〉（巢由後隱者誰何）。（頁五一）

【注　釋】❶丙子游越　丙子年遊覽紹興。丙子，元順帝至元二年（一三三六）。越，春秋戰國時的越國。在今江蘇、浙江等地，建都會稽（今紹興）。❷蓬萊　即蓬萊閣。在紹興城內，五代時吳越王錢鏐所建。王象之《輿地紀勝》：「紹興郡治在臥龍山上，蓬萊閣在郡設廳後。」❸禾黍高低　以前的宮殿樓臺，而今變成了田野，長著高高低低的禾黍。❹右軍　晉王羲之，會稽人，官右軍將軍，世稱王右軍，是書法大家。曾於永和九年三月上巳於會稽山陰的蘭亭與朋友雅集，作〈蘭亭集序〉。❺西施　戰國越國的美女。越王句踐為吳所敗，范蠡探知吳王夫差好色，乃選美女西施，教以歌舞，獻給吳王，吳王果然為色所迷，不務政事，後來為越所滅。❻鴂杜鵑鳥。其聲難聞，故稱鴂舌。鴂鳥啼則春歸。

【語譯】蓬萊閣只賸下老朽的樹木、蒼茫的浮雲，周圍一片高低起伏的禾黍，還有狐兔四處逃奔。宮殿的碑記已經折壞了，空留下故宮的基址，覆蓋著黃土灰塵。東晉滅亡了，再也找不到書法精妙、風流瀟灑的王右軍；西施離去了，再也找不到像她那樣漂亮的美人。如今看到的只是滄海昏昏，聽到的只是杜鵑聲聲，整個天地已經沒有一點春的氣氛。

【賞析】本篇是作者丙子年遊覽紹興，看到荒涼的古蹟，引起無限的感歎。紹興，古名會稽，是戰國時代越國的都城，繁華富麗。這裡出現過輕歌妙舞的西施、蘭亭雅集的王羲之，這些風流人物已經不在，宮殿亭臺也成了廢墟，怎不令人感歎悲傷。

首三句寫越國宮殿的荒廢。用「蓬萊」代表越國的宮殿，古代傳說海上有蓬萊、方丈、瀛洲三仙山，四季如春，花月長好，是神仙的境地。五代時吳越王錢鏐建蓬萊閣於紹興城內，即取意於此。本是非常繁華美麗的地方，如今卻「老樹蒼雲，禾黍高低，狐兔紛紜」，多麼荒涼衰敗。第二句用《詩‧王風‧黍離》的典故，周朝大夫經過故宮宗廟，盡為禾黍，悲憫周室被顛覆，作了這首詩：「彼黍離離，彼稷之苗。行邁靡靡，中心搖搖。」後世詩詞常用這個典故來形容宮殿的荒廢。

次三句接寫宮殿衰敗的情形：偶爾看到半截的斷碑，辨認一些勝蹟的遺址，可都淹沒在黃土之中了。舉目所見，盡是衰頹殘敗的景象。

七、八句懷念此地風流傑出的人物——王右軍與西施。表示紹興不僅是古代的名都，也是人才薈萃之處。尤其這兩人都是千古流傳、家喻戶曉的人物，更加深對此地的懷念。

末三句語調淒厲，描寫衰敗冷落的景象。紹興靠近海邊，所以用「海氣長昏」。杜鵑在暮春啼叫，聲音淒厲難聞，現在杜鵑已啼到暗啞，春天過去了，所以用「啼鴂聲乾，天地無春」，真是昏沈冷寂，毫無生氣。

一一九　折桂令

荊溪❶即事

問荊溪溪上人家⊙為甚人家⊙不種梅花⊙老樹支門。荒蒲繞岸。苦竹圈笆❷⊙寺無僧、狐狸樣瓦❸⊙官無事、烏鼠❹當衙⊙白水黃沙⊙倚遍闌干。數盡啼鴉⊙

【格律】〈折桂令〉，即〈蟾宮曲〉。詳見盧摯〈蟾宮曲・箕山感懷〉（巢由後隱者誰何）。（頁五二）

【注釋】❶荊溪　溪名。在江蘇省宜興縣南，流入太湖。❷苦竹圈笆　用苦竹圍作籬笆。苦竹，竹的一種。❸樣瓦　拋下瓦片。樣，當作「漾」。拋擲。❹烏鼠　喻指吏役輩。

【語　譯】試問荊溪溪上的人家，為什麼不種種梅花？你們用老樹支撐著門戶，荒涼的蒲草圍繞著溪岸，把苦竹種來當籬笆。寺廟中沒有和尚住，一任狐狸搬弄屋瓦；官府中無事可辦，讓那些吏役當權坐衙。面對著蒼蒼茫茫的白水黃沙，我倚遍了闌干，數盡了啼鴉。

【賞　析】本篇是作者遊覽荊溪有感而作，不但描寫荊溪兩岸的荒涼貧寒，也諷刺了官府的黑暗與不管事。是比較關心人民疾苦，具有社會現實意義的作品，在元曲中是極少有的。作者一生不做官，流浪江湖四十年，與人民生活在一起，對人民非常瞭解。文字方面，淺白通俗，清新自然，達到雅俗共賞的境地。

首三句提出一個問題：為什麼荊溪溪上的人家不種梅花呢？這個問題好像問得很突然、很無聊，其實不然，看了全篇才知道他匠心獨運之處。種梅花是賞心悅目的事，是要經濟良好、有錢有閒的人才能有這種嗜好。荊溪附近的人苦哈哈的，哪有這份福氣？

次三句從側面回答了這個問題，用老樹作門戶，以苦竹當籬笆，遍地荒蒲，現實環境這麼貧困，哪有閒情逸致種梅花？雖非正面作答，而答案已在其中，真是高明。

七、八句諷刺政治的黑暗，拿「寺無僧狐狸樣瓦」來比喻「官無事烏鼠當衙」，主持政務的人不管事，讓底下的吏役作威作福、當權當道，使得老百姓更加貧困。「狐狸」、「烏鼠」都比喻官吏的爪牙。

末三句抒發自己愁苦而無奈的感受。面對著荒涼的景象，卻幫不上此地窮困人民任何的忙。這三句與上面「老樹支門，荒蒲繞岸，苦竹圈笆」前後照應，首尾貫串。荊溪屬於太湖流域，而太湖平原一向是中國最富庶的地區，如今卻變成這樣荒涼的景象，引起作者無限的感歎而創作了這首曲子。什麼原因使這地方荒涼呢？當然是政治上的原因，蒙古人統治漢人，採用高壓政策，剝削農民，有以致之。

一二〇 折桂令

毘陵❶晚眺

江南倦客❷登臨⊙多少豪雄。幾許消沈❸⊙今日何堪。買田陽羨❹。

掛劍長林❺⊙霞縷爛、誰家晝錦❻⊙月鉤橫、故國丹心❼⊙窗影燈深⊙燐火❽青青。山鬼喑喑❾⊙

【格律】〈折桂令〉，即〈蟾宮曲〉。詳見盧摯〈蟾宮曲．箕山感懷〉（巢由後隱者誰何）。（頁五一）

【注釋】❶毘陵　古縣名。在今江蘇省常州市。春秋時吳季札的封地。❷倦客　厭倦於行旅的人。指作者自己。❸幾許消沈　多少人消沈下去了。幾許，多少。❹買田陽羨　買一塊田地隱居陽羨。陽羨，古縣名，在今江蘇省宜興縣南。蘇軾晚年想隱居於陽羨。蘇軾〈次韻蔣穎叔〉詩：「瓊林花草聞前語，罨畫溪山指後期。」自注：「蔣詩記及第時瓊林宴坐中所言，且約同卜居陽羨。」罨畫溪是陽羨名勝之一。❺掛劍長林　把劍掛在高高的林木上。《史記．吳太伯世家》：「季札之初使，北過徐君。徐君好季札劍，口弗敢言。季札心知之，為使上國，未獻。還至徐，徐君已死，於是乃解其寶劍，繫之徐君冢樹而去。」❻晝錦　指衣錦榮歸。《史記・項羽本紀》：「富貴不歸故鄉，如衣繡夜行。」❼丹心　忠貞之心；赤誠之心。❽燐火　骨中燐質遇空氣燃燒發光，俗稱鬼火。❾啼啼　泣不成聲。《方言》：「啼極無聲，齊、宋之間謂之唶。」

【語　譯】流浪江南厭倦客旅的人，登臨了毘陵城；這裡出現過多少英雄豪傑，曾幾何時紛紛地消失無影。今天我流落江南，情境何能忍受？我想效法蘇軾隱居陽羨，模仿季札把劍掛在高高的林木上。晚霞燦爛光明，有誰能夠衣錦還鄉？夜空中如鉤的明月，正照著我思念故鄉的赤誠之心。客窗的燈影漸漸暗了，曠野的燐火閃閃發光，黑夜裡山鬼泣不成聲。

【賞　析】本篇是作者客遊毘陵，傍晚登高遠眺，引發他弔古傷今、自歎飄零的作品。

首三句弔古。寫他登臨毘陵城，想起歷史上多少英雄豪傑，留連於此地的風光景物，曾幾何時都被雨打風吹去。「幾許」，就是幾何，表示不多時、很短暫的意思。這是借古傷今，以他人的酒杯澆胸中的塊壘。「江南倦客」指他自己。他本是太原人，卻長期流寓杭州，雖是才高八斗，卻不遇於世。這裡替「豪雄」抱不平，就是替自己抱不平。「登臨」二字切合「晚眺」的題目。

次三句傷今。感傷自己潦倒一世，仍然流浪天涯，飄泊無依，所以想效法蘇軾、季札隱居樂道。蘇軾〈次韻蔣穎叔〉詩有卜居陽羨的意思，陽羨與毘陵相近。季札封於吳，毘陵屬吳地，用這兩個典故，都合乎地理環境。「掛劍長林」比喻退隱的意思。

七、八句借眼前景物寫他富貴不可期、歸鄉不可得的悲哀。寫景如畫，情景交融。妙在以燦爛的晚霞比喻鮮明的錦繡，月亮如鉤勾起了思念故鄉之情。

末三句寫夜深人靜，環境淒涼幽暗，襯托了作者消極頹喪的心情。客窗更深，展轉無眠，眼看著窗外鬼火熒熒，耳聞著山鬼低聲嗚咽，此景此聲，真是情何以堪？

一二一　折桂令　風雨登虎丘❶

半天風雨如秋⊙怪石於菟❷。老樹鉤婁❸⊙苔繡禪階❹。塵黏詩壁❺。雲溼經樓❻⊙琴調冷、聲閒虎丘⊙劍光寒、影動龍湫❼⊙醉眼悠悠⊙千古恩仇⊙浪捲胥魂❽。山鎖吳愁⊙

【格律】〈折桂令〉，即〈蟾宮曲〉。詳見盧摯〈蟾宮曲・箕山感懷〉（巢由後隱者誰何）。（頁五二）末段增一四字句。

【注釋】❶虎丘　山名。在江蘇省吳縣西北閶門外。相傳吳王闔閭葬此，三日而虎踞其上，故名。山不甚高，然風景清幽，有虎丘塔、雲巖寺、劍池、千人石等古蹟。❷於菟　虎的別名。《左傳・宣公四年》：「楚人謂虎於菟。」❸鉤婁　彎曲。❹苔繡禪階　苔蘚長滿了寺廟的臺階。❺詩壁　題滿詩句的牆壁。❻經樓　寺廟貯藏經卷的樓房。❼劍光寒句　劍池水波粼粼像是劍影晃動。虎丘有劍池。陸廣微《吳地記》：「秦始皇東巡，至虎邱，求吳王寶劍，其虎當墳而踞，始皇以劍擊之，不及，悞中于石，其虎西走二十五里，忽失……劍無復獲，乃陷成池，古（故）號劍池。」龍湫，龍潭。湫，水池。這裡指劍池。❽胥魂　伍子胥的靈魂。伍子胥屢次諫吳王夫差滅越，夫差不聽，反而賜屬鏤劍讓他自盡。子胥死後，夫差令人將他的屍體用皮囊盛裝沈入江中。

【語　譯】半天風雨，像是秋天的天氣；怪石如虎一般地矗立，老樹彎彎曲曲。苔蘚長滿了廟宇的臺階，灰塵布滿了題詩的牆壁，雲霧潮溼了藏經的樓閣。過去虎丘喧鬧的琴瑟聲已經聽不見了，只留下劍池中水波粼粼，好像是劍影晃動。我醉眼迷糊地看著千年以來恩仇相報的歷史：江中捲起千丈的浪花，好像是伍子胥的冤魂不散；煙霧籠罩著青山，也籠罩著吳國滅亡的哀愁。

【賞　析】本篇是作者登臨虎丘這一名勝古蹟，引發他許多古今興亡的感歎，是一篇懷古的作品。

首三句破題：說明他在風雨交加的秋天，登上怪石如虎的「虎丘」，看到老樹彎曲的荒涼景象。「於菟」就是老虎的意思，傳說吳王闔閭死後埋在此地，葬後三天有白虎雄踞墳上，故稱這地方為「虎丘」。

次三句描寫虎丘現在荒涼的景象。雲巖寺是虎丘著名的禪寺，往時遊客甚多，十分靈聖，經常有詩人題詩壁上，也有收藏佛經的閣樓。如今只見「苔繡禪階，塵黏詩壁，雲溼經樓」。這三句對偶工整，極寫寺廟冷落淒涼，大有人去樓空、繁華不再的感慨。

七、八句寫昔日虎丘的笙歌琴瑟不復可聞，空餘劍池的名勝古蹟。劍池也是虎丘勝景之一，傳說秦始皇為求闔閭的魚腸劍，特地到虎丘來，闔閭墳上有白虎看守，始皇以劍擊之，白虎跑掉了，劍卻墜入地中形成了一口池塘，世稱劍池。這兩句也對得很自然。

末四句觸景生情，想起歷史上興亡的事蹟：伍子胥曾借用吳兵滅了楚國，以報楚平王殺父兄之仇，後來忠心直諫吳王伐越，而被吳王夫差賜死，屍體浮於大江之中，結果越王句踐滅了吳國。

如今雲霧籠罩著青山，好像含藏著吳國滅亡的哀愁。最後以感慨作結，餘音繞樑，回味無窮。〈折桂令〉末段本來是三個四字句，也可以增句，本篇即增一四字句。

一二二　折桂令　自述

華陽巾、鶴氅蹁躚❶⊙鐵笛吹雲。竹杖撐天⊙伴柳怪花妖❷。麟祥鳳瑞❸。酒聖詩禪❹⊙不應舉、江湖狀元⊙不思凡、風月神仙⊙斷簡殘編❺⊙翰墨雲煙❻⊙香滿山川⊙

【格　律】〈折桂令〉，即〈蟾宮曲〉。詳見盧摯〈蟾宮曲．箕山感懷〉（巢由後隱者誰何）。（頁五二）

【注　釋】❶華陽巾句　戴著道冠穿上道服翩翩起舞。華陽巾，道士所戴的頭巾。鶴氅，羽毛所製的道袍。蹁躚，舞的姿態。❷柳怪花妖　指歌妓。❸麟祥鳳瑞　指異人。❹酒聖詩禪　指詩人酒徒。❺斷簡殘編　殘缺不全的書。❻翰墨雲煙　比喻書法或繪畫的飛動氣勢。

【語　譯】戴著華陽道巾，穿著鶴氅道袍，起舞翩翩；鐵笛清亮，吹徹雲霄；竹杖高舉，撐住青天。陪伴著花柳一般妖豔的歌妓，麟鳳一般祥瑞的異人，以及無比清高的酒聖詩賢。我是個不參加科舉考試的江湖狀元，不動凡心的風月神仙。寫下些殘缺不全的文章，氣勢飛動的書畫，香名傳遍了整個山川。

【賞　析】本篇是作者自述平生的作品，表現了他豪放不拘、風流灑灑的生活情趣。與柳永〈鶴沖天〉詞：「黃金榜上，偶失龍頭望。」及關漢卿〈南呂一枝花不伏老套〉有異曲同工之妙。他們在功名不得志的時候，縱情詩酒，流連風景，並且替歌妓填寫歌詞或創作劇本，在「偎紅倚翠」、「淺斟低唱」中討生活，這是宋、元以後都市繁榮和伎藝興盛的產物，當時酒家或妓院成為潦倒文人逃避現實最好的去處。

首三句寫作者慕道學仙，穿著道服，吹著鐵笛，竹杖芒鞋，到處訪求仙跡。作者自號笙鶴翁，又號惺惺道人，都是他好道學仙的表現。

次三句寫平日生活與花柳、麟鳳、詩酒作伴。花柳指歌妓，麟鳳指異人，詩酒指詩人，都是些不俗氣的可愛人物，與他們作伴，真是賞心悅目，獲益無窮。

七、八兩句對偶工整，詞句清麗，而且語氣十分自豪。「不應舉江湖狀元，不思凡風月神仙」，對那些熱中功名的文人真是一大諷刺。

末三句寫自己喜愛收集古書，寫作文章，功名雖然不得志，文名卻香滿山川，這可不是吹牛，作者曾做〈西湖梧葉兒〉一百篇，蜚聲當時的詞壇。

一二三　殿前歡　登江山第一樓❶

拍闌干⊙霧花❷吹鬢海風寒⊙浩歌❸驚得浮雲散⊙細數青山⊙指蓬萊❹一望間⊙紗巾岸❺⊙鶴背騎來慣❻⊙舉頭長嘯。直上天壇❼⊙

【格律】詳見貫雲石〈殿前歡〉（隔簾聽）。（頁一九二）

【注釋】❶江山第一樓　樓名。指江蘇鎮江北固山甘露寺的多景樓。此樓面對大江，氣象萬千，被稱為「天下江山第一樓」。❷霧花　指霧氣中的小水滴。❸浩歌　高歌。❹蓬萊　指海上三仙山蓬萊、方丈、瀛洲，在渤海中。❺紗巾岸　紗做的頭巾高高豎立著。岸，高豎貌。❻鶴背騎來慣　慣常騎鶴來往。形容如仙家一般超逸。見作者〈山坡羊・寓興〉❸（頁二四二）。❼天壇　指天上。

【語譯】寒冷的海風挾帶著霧花水氣迎面吹向鬢邊，我興奮得手拍闌干，高聲歌唱，驚動天上的浮雲為之消散。我細細的數著青山，蓬萊仙島也出現在不遠的前方。高高的挽起頭上的紗巾，我習慣於騎鶴求仙。抬頭長嘯一聲，飛上天空，成仙而去。

【賞析】本篇是作者登臨江山第一樓，描寫海天壯麗的景色，並寄託騎鶴昇仙的逸懷浩氣，寫來氣魄雄邁，不同凡響。喬吉的作品以清麗見長，像這樣雄壯豪放的作品並不多見。

首三句描寫眼前雄闊的景象。「拍闌干」三字出語突兀，引人發問：為什麼拍闌干呢？是因為「霧花吹鬢海風寒」的壯麗景致，令人拍案叫絕的緣故。這是一種逆敘法，先說結果，後敘原因，引人入勝，加強讀者的印象。「浩歌驚得浮雲散」與「拍闌干」前後呼應，都是讚歎海天壯麗的反應。我們形容歌聲美妙，常用「響遏行雲」的典故。這裡用「浩歌驚得浮雲散」，效果更佳。

四、五句承「浮雲散」而來，描寫雲散山出的景色。當雲散天晴之後，青山一一顯露出來，「細數」二字用得好，聲調鏗鏘，形容盡致。白居易〈長恨歌〉：「忽聞海上有仙山，山在虛無縹緲間。」此時由於「浮雲散」，蓬萊仙島也在一望之間了。

末四句由「蓬萊」引出聯想。蓬萊是傳說中海上三仙山之一，是得道成仙的人住的地方。作者一向好道，自號笙鶴翁，又號惺惺道人。「鶴背騎來慣」用《般芸小說》騎鶴升天的故事，「慣」字表示往時已經習以為常，不自今日才有這個念頭。作者對這個典故非常喜歡，經常使用。這四句氣勢豪放灑脫，境界超逸，有鶴飛沖天，氣吞寰宇之勢，是作者最有生氣的作品之一。

一二四　小桃紅　春閨怨

玉樓❶風颭❷杏花衫⊙嬌怯春寒賺❸⊙酒病十朝九朝嵌❹⊙瘦巖巖❺

愁濃難補眉兒淡⊙香消翠減❻⊙雨昏煙暗⊙芳草遍江南⊙

【格　律】詳見楊果〈小桃紅．採蓮女〉（採蓮人和採蓮歌）。（頁四）

【注　釋】❶玉樓　妝飾華麗的樓。指女子所居的妝閣。❷颭　物在風中搖曳的樣子。❸賺　哄騙。❹嵌　陷在其中。❺瘦巖巖　形容瘦削的樣子。❻香消翠減　百花凋謝。比喻美人消瘦。

【語　譯】陣陣春風吹上玉樓，吹動了我的杏花衣衫；雖然風和日麗，有時還是令人嬌怯春寒。十天總有九天心情不好，飲酒過度酒病懨懨。身體一天天消瘦，雖然眉兒淡掃，濃濃的春愁也難以遮掩。百花凋謝，煙雨昏暗，芳草長遍了江南。

【賞　析】本篇借春天的景物描寫閨中女子的怨情。詞句清麗，沁人心脾。春天是一年中最美的季節，百花齊放，鶯聲燕語，帶來人生無限的希望，閨中女子盼望與君共賞春光，但君卻遠在江南，一去不回，讓閨中女子獨守閨房，寂寞難遣。

首二句描寫春天的景色。春天風和日麗，正是歡樂的佳節，令人想起韋莊的詩：「金勒馬嘶芳草地，玉樓人醉杏花天。」於是閨中女子穿著杏花衫佇立樓上，等待君來共賞春光，心情是激動的、興奮的。可是讓她失望了，「日日望君君不至」，怎不令人傷心。「嬌怯春寒賺」，含意深刻，春天本來風和日暖，可是有時也會春寒料峭，令人無所適從，好像受騙的感覺。「嬌怯」，形容人的心情，是受「春寒賺」的影響，也是「待君不至」的反應。

第三句承上，寫心情不佳，借酒澆愁。「酒病十朝九朝嵌」，幾乎是天天醉酒，靠酒來打發日子了。

四、五句承上，寫閨中女子為相思消瘦，整天愁鎖雙眉。以「愁濃」、「眉淡」形成對比，因為愁濃所以眉淡。

末三句以景作結，餘意無窮。尤其「芳草遍江南」，引起閨中女子無盡的相思之情。

一二五　天淨沙　即事

鶯鶯燕燕❶春春⊙花花柳柳❷真真❸⊙事事風風韻韻❹⊙嬌嬌嫩嫩⊙停停當當❺人人❻⊙

【格　律】詳見商衟〈天淨沙〉（剡溪媚壓群芳）。（頁一一二）

【注　釋】❶鶯鶯燕燕　以春天的鶯與燕比喻天真活潑的少女。姜夔〈踏莎行〉詞：「燕燕輕盈，鶯鶯嬌軟，分明又向華胥見。」❷花花柳柳　以春天的花柳比喻豔麗的女郎或妓女。李白〈流夜郎贈辛判官〉詩：「昔在長安醉花柳，五侯七貴同杯酒。」❸真真　比喻美如仙女。杜荀鶴《松窗雜記》：「唐進士趙顏於畫工處得一軟幛，圖一婦人甚麗，顏謂畫工曰：『世無其人也，如可令生，余願納為妻。』畫工曰：『余神畫也，此亦有名，曰真真，呼其名百日，晝夜不歇，即必應之，應則以百家綵灰酒灌之必活。』顏如其言，遂呼之百日，晝夜不止，乃應曰諾，急以百家綵灰酒灌之，遂呼之活，下步言笑，飲食如常，曰：『謝君召妾，妾願事箕箒。』終歲生一兒，年二歲，友人曰：『此妖也，必與君為患，余有神劍可斬之。』其夕遺顏劍，劍纔及顏室，真真乃曰：『妾南岳仙也，無何為人畫妾之形，君又呼妾之名，既不奪君願，君今疑妾，妾不可住。』言訖，攜其子，即上軟幛，嘔出先所飲百家酒，覩其幛，惟添一孩子，仍是舊畫焉。」❹風風韻韻　本指一個人的風度和韻致，後多指婦女的風流神態。❺停停當當　形容體態、動作的妥善、優美。❻人人　稱所暱愛的人，多指女性。

【語　譯】像春天的鶯鶯燕燕那樣的活潑可愛，如春天的花花柳柳及畫中的仙女一般的美麗，任何舉動都十分的風流韻致。既嬌柔又溫順，體態優美、動作妥善，真是一個可愛的人。

【賞析】這是一篇即景抒情的曲子，借春天的美景抒發久別重逢的喜悅之情。本篇最大的特色是：全部二十八字都做成了疊字，是曲中俳體的一種，稱為疊字體。在宋朝女詞人李清照的〈聲聲慢〉「尋尋覓覓，冷冷清清，淒淒慘慘戚戚」著名的疊字後，有了更進一步的發展。難得的是這些疊字都用得很自然，沒有雕琢的痕跡。

開頭兩句借春寫人。春天是最美的時候，鶯聲燕語，花紅柳綠，景物美麗。「鶯鶯燕燕」與「花花柳柳」都是一語雙關，既寫春景，也寫美人，這是詩、詞中借物喻人的手法。「春春」，讚美春天的美麗，重疊有加強語氣的作用。「真真」，用《松窗雜記》的典故，以畫中的仙女比喻所詠的美人，字面上又有實實在在的意思，與司空曙「乍見翻疑夢」的詩句有異曲同工之妙。

後面三句寫人。極寫美人的風韻、嬌柔，一舉一動都很優美妥善，就像宋玉〈登徒子好色賦〉所描寫的「增之一分則太長，減之一分則太短。著粉則太白，施朱則太赤」。最後逼出「人人」二字，人人就是可愛的人，詞曲經常使用，如歐陽脩〈蝶戀花〉詞：「憶得前春，有箇人人共。」

一二六　凭闌人　金陵道中

瘦馬馱❶詩天一涯⊙倦鳥❷呼愁村幾家❸⊙撲頭飛柳花❹⊙與❺人添鬢華❻⊙

【格　律】詳見姚燧〈凭闌人・寄征衣〉（欲寄君衣君不還）。（頁九八）

【注　釋】❶馱　用牲畜負載。❷倦鳥　倦飛還巢的鳥。陶潛〈歸去來兮辭〉：「鳥倦飛而知還。」❸幾家　數處；幾處。❹柳花　指柳絮。白色。❺與　替；為。❻鬢華　兩鬢的白髮。

【語　譯】疲憊無力的瘦馬，背負著詩囊走遍了天涯。途中看到幾處倦飛的鳥，悲鳴地飛回自己的巢窩。柳花飛撲在我的頭上，替人增添了白色的鬢髮。

【賞　析】本篇描寫金陵旅途中的所見所感，借暮春的啼鳥、飛絮抒發作者飄泊無依的客愁。文字淺顯明白，含意深刻感人。

「瘦馬馱詩天一涯」，生動地刻畫出困頓旅途的潦倒文人形象。以「瘦馬」表示其主人貧困的身分，因為物以類聚，「乘肥馬，衣輕裘」的是富貴人家；騎瘦馬的人就是窮苦的人了。不說「馱人」而說「馱詩」，可見主人是一位作品豐富的詩翁。短短的一句已經把人物形象刻畫得充實而又生動。

「倦鳥呼愁村幾家」，是旅途所見的景象。所謂「鳥倦飛而知還」，而自己還流浪天涯，一村走過一村，真是連倦鳥都不如了。「呼愁」是擬人化的寫法，其實愁的是自己，是客愁，愁人眼中之物也都被傳染，所以倦鳥就呼起愁來了。

「撲頭飛柳花，與人添鬢華」，以實際的景色來抒寫心中的感受。柳花就是柳絮，是白色的，以「柳花」比「鬢華」，除了它們的顏色、形狀類似外，是以柳花飄泊不定的特性來比喻自己飄零無依及衰老無成的心境，比喻得十分恰當、十分深刻。

一二七　凭闌人　春思

淡月梨花曲檻❶旁⊙清露蒼苔羅襪涼❷⊙恨他❸愁斷腸⊙為他燒夜香❹⊙

【格　律】詳見姚燧〈凭闌人‧寄征衣〉（欲寄君衣君不還）。（頁九八）

【注　釋】❶曲檻　曲折長廊的闌干。❷清露句　久立蒼苔，涼露浸溼了羅襪。李白〈玉階怨〉詩：「玉階生白露，夜久侵羅襪。」❸恨他　反語。表示愛到了極點。❹燒夜香　古時婦女在夜間向天神禱告求願所燒的香。

【語　譯】淡淡的月色，照在開滿了梨花的曲折闌干上。我久立蒼苔，露水浸溼了我的羅襪，全身感到冰涼。恨他一去不回來，憂愁得我斷了肝腸。為他祈求平安，燒夜香禱告上蒼。

【賞　析】本篇描寫閨中女子春夜想念遠方的情人，由愛生怨，怨中帶愛，為他燒香禱告。一片真情流露無遺，耐人尋味。

「淡月梨花曲檻旁」，首先寫出時間及地點，是春天梨花盛開的季節，月色朦朧的夜晚，曲折的闌干則是花園中的景象。這一句把閨中女子想念遠方情人的外在環境交代得很清楚。

「清露蒼苔羅襪涼」，寫閨中女子晚上久立蒼苔等候情人歸來，由傍晚等到半夜，因為久立屋外，涼露浸溼了羅襪，卻等不到人兒回來，非常失望，所以引起下面「恨他愁斷腸」的意思。此句用李白〈玉階怨〉「玉階生白露，夜久侵羅襪」的典故，極切閨中女子的身分與心情。

「恨他愁斷腸」，承上而來，是愛極恨深之語，「春宵一刻值千金」，閨中女子等候情人共賞春光，等了一個晚上，不見蹤影，怎不令人怨恨，因而愁斷肝腸。

「為他燒夜香」，是本篇的曲眼，寫閨中女子雖心生怨恨，仍然關心他、愛他，為他祈禱。「燒夜香」是古代女子表示愛情的習俗，如《西廂記》中的崔鶯鶯、《拜月亭》中的王瑞蘭都曾燒夜香禱告男兒的平安及早日獲得團圓。

一二八　凭闌人　小姬❶

手撚紅牙花滿頭❷⊙愛唱春詞❸不解愁⊙一聲出畫樓⊙曉鶯無奈羞❹⊙

【格　律】詳見姚燧〈凭闌人・寄征衣〉（欲寄君衣君不還）。（頁九八）

【注　釋】❶小姬　美麗的小歌女。❷手撚句　滿頭插花，手上拿著紅牙板。撚，同「捻」。紅牙，歌唱者用來調節歌曲節奏快慢的拍板，多用紅檀木做成。❸春詞　指情歌。❹無奈羞　禁不住害羞。

【語　譯】手上捻動紅牙拍板，頭上戴滿美麗花朵。不解憂愁的小歌姬，喜愛唱男女情歌。歌聲嘹亮，傳出畫樓，連善於唱歌的曉鶯聽到了，也禁不住害起羞來。

【賞 析】本篇描寫歌女的姿容美麗及歌聲嘹亮，寥寥幾筆，真切感人，如見其人，如聞其聲。這種白描的寫法，是元曲最高的境界。王國維說：元曲最大的長處是自然，是有意境。《宋元戲曲史》本篇便是最自然、最有意境的作品。

開頭兩句描寫小歌女天真無邪的情態。「手撚紅牙」，點出她歌女的身分，古人歌唱用紅牙板打拍子，蘇東坡的朋友曾說：「柳郎中（永）詞，只合十七八女郎，執紅牙板，歌『楊柳岸，曉風殘月』。」（《歷代詩餘》引《吹劍錄》）「花滿頭」，是以花形容歌姬容顏的美麗，像崔護的詩句「人面桃花相映紅」一樣的寫法。「愛唱春詞不解愁」，寫出小歌姬天真無邪，入世不深，十分純潔，還不懂人間憂愁，這是她最可愛的地方，所以作者特別加以讚賞、歌頌。「春詞」指男女情歌，代表快樂的，跟「不解愁」相呼應。小歌姬不但「不解愁」，恐怕也不了解「春詞」真正的含意吧！然而她卻愛唱「春詞」，這就表現了歌女自娛娛人的地方，更加令人同情愛惜。

末二句寫小姬歌聲嘹亮，連善歌的曉鶯也自歎不如而害羞了。用擬人手法映襯出歌聲的悅耳動聽，增添了許多韻味。這裡「羞」字一語雙關，除了曉鶯自歎弗如的一層意思外，也隱指「春詞」歌頌男女愛情的內容，這樣就和上面小歌女「不解愁」互相呼應了。

一二九 清江引 有感

相思瘦因人間阻❶⊙只隔牆兒住⊙筆尖和露珠❷⊙花瓣題詩句⊙

倩❸銜泥燕兒將❹過去⊙

【格　律】詳見馬致遠〈清江引・野興〉（林泉隱居誰到此）。（頁一五五）

【注　釋】❶間阻　從中阻撓。❷筆尖和露珠　用筆尖蘸著露水珠兒。❸倩　請；托；央求。❹將　傳送；攜帶。

【語　譯】相思消瘦，都因為有人從中阻撓；我們兩人只隔了一道牆居住，卻不能見面。我用筆尖蘸著露珠兒，把情詩題在花瓣上，請求銜泥的燕兒傳遞過去。

【賞　析】本篇描寫一對熱戀中的愛人，隔牆居住，卻不能見面，於是題詩花瓣上，央求燕子銜將過去，真是設想美妙，情意感人。

首二句寫出相思消瘦的原因，是有人從中作梗，阻撓了他們的好事。「只隔牆兒住」一句強調了「人間阻」的嚴重性，如果是相隔千里不能見面，那是環境的不許可，情有可原；偏偏只隔一道牆，卻不能歡會，就更令人痛苦難堪了。所謂咫尺天涯，可望而不可即，益增相思之情。這麼近為什麼不能見面呢？因為人為的間阻，而人為的間阻其實是封建禮教的束縛；那麼這一道牆，就不是普通的泥土牆，而是牢固不可破的無形之牆了。這兩句用對比的寫法：距離雖近，阻力卻大。因而日日相思，容顏也漸漸消瘦了。

後三句寫出主人公想出巧妙的計策，將情詩寫在花瓣上，請燕兒傳遞給意中人，多麼美妙？多麼富詩意？燕子銜箋的美麗典故，詩、詞中經常使用，明代劇作家阮大鋮將它戲劇化，寫成了一部《燕子箋》傳奇。古代有「紅葉題詩」的故事，把情詩寫在花瓣上，更有羅曼蒂克的韻味，讓燕子銜過去給情人，也不會引起人懷疑，真是好計。

一三〇　綠么遍　自述

不占龍頭❶選⊙不入名賢傳❷⊙時時酒聖❸。處處詩禪❹⊙煙霞狀元⊙江湖醉仙❺⊙笑談便是編修院❻⊙留連⊙批風抹月❼四十年⊙

【格律】〈綠么遍〉是正宮的曲牌。可以作小令、散套。入套另屬仙呂。又名〈六么遍〉、〈柳梢月〉、〈柳梢青〉、〈梅梢月〉。有么篇，可用可不用。其調式為「三、三、四、四、四、四、七、二、七」，共九句八韻或九韻，第三句可不叶韻，也有將開頭兩句併成七字一句者。一、二句，三、四句，五、六句，可做對偶。其平仄格律如下：

一一丨⊙　一一厶⊙　＋一＋丨。　＋丨一一⊙　一一厶＋⊙　一一厶＋⊙　＋丨一一一去（或作＋一＋丨一一去）⊙　一一⊙　＋一＋丨丨一一⊙

【注釋】❶龍頭　科舉時代的狀元稱為龍頭。❷名賢傳　登錄名人賢者的簿冊。❸時時酒聖　時時喝醉酒。酒聖，酒之清者；好酒。《三國志・魏書・徐邈傳》：「渡遼將軍鮮于輔進曰：『平日醉客，謂酒清者為聖人，濁者為賢人。』」❹詩禪　以詩談禪，以禪喻詩。即以禪語、禪趣入詩。❺煙霞狀元二句　放浪江湖的狀元，寄情於山水的神仙。❻笑談句　談笑之間，喜笑怒罵之際，對歷史上的人物作出批評，自然也等於參加編修國史的工作了。編修院，即翰林院。古代編修國史的機構。❼批風抹月　猶言吟風弄月。生活在風花雪月的美好景物中。

【語　譯】不求取科舉中的狀元，不列入傳記中的聖賢。時時喝醉了酒，處處吟詩論禪。是個嘯傲山林的狀元，落魄江湖的醉仙。笑談古今人物，就好像做了朝中編修國史的翰林院。留連光景，欣賞風花雪月的美景四十年。

【賞　析】本篇是作者自述平生的作品，把他一生潦倒不得志，寄情山水的精神風貌，寫得十分生動。喬吉的遭遇與宋代柳永略似，都是懷才不遇的作家，柳永自稱「奉旨填詞柳三變」，有一首〈鶴沖天〉詞「黃金榜上，偶失龍頭望」與本篇有異曲同工之妙。

首二句表達了作者不求功名的意思，對偶工巧，語氣堅決。表面看起來，豪放曠達，灑脫爽快；實際上有不得已的苦衷。因為元朝是個亂世，蒙古統治者壓迫漢人，壓迫讀書人，一般讀書人多半潦倒不得志，功名既不得志，只好寄情詩酒，放浪山水，以求精神的寄託。

次二句承上而來，「酒」能令人陶醉，忘記現實不如意的生活，因此被視為「聖賢」。處在亂世，只有吟詩談禪才能寄託性情，領悟道理。

五、六、七句承上，寫寄情山水，放浪江湖，笑談古今風流人物。既然做不得科舉中的狀元，做個「煙霞狀元」也不錯，既然入不了朝中的翰林院，做個江湖中的編修院也不錯。這三句很明顯地表達了作者懷才不遇的意思。

末二句總結一生的生活——留連江湖，批風抹月四十年。

劉致

劉致，字時中，號逋齋，石州寧鄉（今山西平陽）人。因父親擔任廣州懷集令，流寓長沙。大德二年（一二九八），翰林學士姚燧推薦他擔任湖南憲府吏，歷任永新州判、翰林待制、浙江行省都事等職。現存小令六十餘首。與擅長寫套曲的劉時中不是同一人。

一三一　山坡羊　燕城❶述懷

雲山有意❷⊙軒裳無計❸⊙被西風吹斷功名淚❹⊙去來兮❺⊙便休提⊙青山儘解招人醉⊙得失到頭皆物理❻⊙得⊙他命裡⊙失⊙咱命裡⊙

【格律】詳見陳草庵〈山坡羊〉（晨雞初叫）。（頁六二）

【注釋】❶燕城　一作燕山。燕山在河北省薊縣東南。❷雲山有意　有意求取名位。陶潛〈歸去來兮辭〉：「雲無心以出岫。」這裡反用其意。❸軒裳無計　無計獲得官位爵祿。古代大夫以上有軒車、服冕。故軒裳即指官位爵祿。❹被西風句　被西風吹斷功名的前途。比喻暮年既至，便放棄求取功名的意念。❺去來兮　回去吧。陶潛〈歸去來兮辭〉：「歸去來兮，田園將蕪胡不歸。」❻物理　事物的常理。

【語　譯】雖然有心求取功名，卻沒有辦法獲得官位與爵祿。年華逐漸老去，被西風吹斷了我的功名淚。回去吧！不要再提起功名的事了，青山儘可使人陶醉。得志或失意都是事物的常理。得志，是他命中注定的；失意，是我命中注定的。

【賞　析】本篇發抒年紀老大而功名不成的無奈心境，最後看開，委之命運。表面上寫得十分曠達，骨子裡隱藏著憤世嫉俗、遁世逃情的意味。

首三句寫有意功名而潦倒不遇的苦悶。「雲山有意」與「軒裳無計」，是強烈的對比，一進一退，一起一落，感情的起伏很大。尤其「雲山有意」，反用陶潛〈歸去來兮辭〉「雲無心以出岫」的意思，表現作者對追求功名強烈的意願，與原典對照，造成反諷的趣味性。希望愈大，失望也愈大，「軒裳無計」帶來了失望，而「被西風吹斷功名淚」，更是自傷老大，一事無成，所謂「斷送功名到白頭」了。

次三句寫退出功名，歸隱青山。這是無可如何，退而求其次的做法。「青山儘解招人醉」，是擬人法，賦予青山豐富的感情。

「得失到頭皆物理」，承上啟下，是本篇主要的思想，唯有領悟此理，才能看開一切。末四句承上發揮得失的道理，把一切得失委之命運，不可強求。這是自我排遣、自我調侃的做法，含有百般無奈、無計可施的隱痛之情。

一三二　山坡羊　西湖醉歌次郭振卿韻

朝朝瓊樹❶⊙家家朱戶❷⊙驕嘶過沽酒❸樓前路⊙貴何如⊙賤何如⊙六橋❹都是經行處⊙花落水流深院宇⊙閒。天定許⊙忙。人自取⊙

【格　律】詳見陳草庵〈山坡羊〉（晨雞初叫）。（頁六二）

【注　釋】❶瓊樹　玉樹。樹的美稱。❷朱戶　朱紅色的門。比喻貴族豪富人家。❸沽酒　賣酒或買酒。❹六橋　西湖蘇隄的六座橋。即映波、鎖瀾、望山、壓隄、東浦、跨虹。是宋朝蘇軾所建。

【語　譯】天天看著華美的樹木，家家開著朱紅的大門。我騎著驕馬經過酒樓的前面，馬好像認得路嘶叫著。富貴又怎麼樣？卑賤又怎麼樣？西湖蘇隄的六橋我都走過。在深深庭院中觀賞花落水流的景致。悠閒自在，是上天允許的；忙忙碌碌，是人自尋取的。

【賞　析】本篇是劉致和朋友郭振卿在西湖喝酒唱歌，郭振卿寫了一首〈山坡羊〉，劉致和他的韻。借著西湖的美景抒發閒適之樂。一個人生活的快樂與否，完全決定在自己，只要不在乎貴賤得失，就可以悠閒自在地生活。

首三句描繪西湖的景色。「朝朝瓊樹，家家朱戶」，對偶工整，寫景如畫。「驕嘶過沽酒樓前路」，寫作者騎著驕馬到西湖的酒家喝酒聽歌，切合題目「醉歌」二字，此句化用晏幾道〈木蘭花〉詞：

「紫騮認得舊遊蹤，嘶過畫橋東畔路。」前二句景物正是馬上所見到的。

次三句寫人貴適意，何須在乎貴賤，若能跳出貴賤，則天地廣大，任我逍遙。六橋是西湖最美的地方，都是我行跡所到之處。

「花落水流深院宇」，承上啟下，既是行經六橋所見的景物，又表現了悠閒自在的樂趣，是「萬物靜觀皆自得」的那種樂趣。

末四句承上，表示人的閒適與忙碌都是自己決定的。〈山坡羊〉末四句必須隔句相對，一字句可叶韻，也可不叶，前一首「得」、「失」叶齊微韻，此首「閒」、「忙」不叶韻。三字句中間一字須「去聲」，如上首「命」，本首「定」、「自」皆是去聲。

一三三　四塊玉

泛綵舟❶⊙攜紅袖❷⊙一曲新聲按伊州❸⊙樽前更有忘機友❹⊙波上鷗⊙花底鳩⊙湖畔柳⊙

【格律】詳見關漢卿〈四塊玉・別情〉（自送別）。（頁六六）

【注釋】❶綵舟　也作「彩舟」。結綵或飾以五綵的船。❷紅袖　指穿著華麗衣裳的美女。❸伊州　曲調的名稱。唐天寶以後，樂曲常以地方為名，如〈涼州〉、〈甘州〉、〈伊州〉等。白居易〈伊州〉詩：「老去將何散老愁，新教小玉唱〈伊州〉。」❹忘機友 沒有機心的朋友。如下文所提的鷗、鳩、柳。

【語 譯】在湖上泛著彩舟，攜帶著紅袖佳人，彈著一首新編的歌曲〈伊州〉。酒樽之前還有一些無機心的朋友——波上的盟鷗，花底的錦鳩，湖畔的垂柳。

【賞 析】〈四塊玉〉是一首短小的令曲，適合於抒情或寫景。本篇描寫湖上遊賞，景物優美，感情豐富，以景襯情，達到情景交融的境地。

首三句「泛綵舟，攜紅袖，一曲新聲按伊州」帶來歡樂的氣息、美的感受。「綵舟」是漂亮的船，「紅袖」是美麗的人，「伊州」是好聽的音樂，三件美好的事物加在一起，達到遊賞的高潮。泛著綵舟，攜著紅袖，演奏〈伊州〉歌曲，人生的快樂莫過於此。

後四句更進一步描寫湖上的樂趣，以「樽前更有忘機友」引起下文，湖上除了喝酒、聽曲等賞心悅目的活動外，還有許多忘機友——純粹的友誼，不互相利用的朋友。哪些忘機友呢？即指下面三句「波上鷗，花底鳩，湖畔柳」，這三句對偶工整，景物優美。「鷗」、「鳩」、「柳」即是忘機「友」，而「波」、「花」、「湖」都是地點的名稱，「上」、「底」、「畔」都是表示方位的詞。忘機友用《列子》「海上有好漚鳥者」的典故。比起世人以利相交、唯利是親的關係，自然界的忘機友要可愛得多了。本篇文字清麗幽美，不食人間煙火，與張可久的作風相近。

一三四　殿前歡　道情

醉顏酡❶⊙水邊林下且婆娑❷⊙醉時拍手隨腔和⊙一曲狂歌⊙除漁樵那兩箇⊙無災禍⊙此一著誰參破❸⊙南柯❹夢繞。夢繞南柯⊙

【格　律】詳見貫雲石〈殿前歡〉（隔簾聽）。（頁一九二）

【注　釋】❶醉顏酡　喝醉酒後滿面通紅。《楚辭．招魂》：「美人既醉，朱顏酡些。」酡，飲酒臉紅。❷婆娑　徘徊；盤桓；舞蹈。❸參破　看破；看透。❹南柯　比喻虛幻的夢境。唐李公佐小說〈南柯記〉中說：淳于棼酒醉後睡在古槐樹下，夢至槐安國，被召為駙馬，做了二十年的南柯太守，享盡榮華。醒來時看見槐樹下有一蟻穴，即所謂槐安國的南柯郡所在。後來因稱夢為南柯。

【語　譯】喝醉了酒，滿臉通紅；在水邊、林下隨意舞蹈婆娑。拍著手隨著腔調唱和，唱一首狂放的歌。除了漁夫、樵父兩箇，世上的人誰能無災無禍？這一個道理誰看得破？南柯圍繞著虛幻的夢境，虛幻的夢境圍繞著南柯。

【賞　析】本篇題目叫「道情」。道情本是宋代道士唱的曲子。在元曲中成為寫作的題目之一，凡是寫道士出家或隱居樂道的作品，稱為道情。本篇描寫作者退休之後，隱居樂道的生活情趣。一方面表現超脫凡塵的思想，一方面又有警醒頑俗的作用。

開頭四句寫出他歸隱山林的生活情趣，整天閒暇無事，喝得醉醺醺地滿面通紅，在水邊林下隨意跳舞，拍手唱歌。表示作者退休之後的生活無憂無慮，逍遙自在。

五、六、七句是他歷經多年黑暗的官場生活所領悟的道理，反映出元代社會生活的險惡。元朝是一個亂世，除了漁人、樵夫與世無爭，可以避開災禍，其他的人都逃不過亂世的災禍。但是這個道理誰參得破呢？用問句提出來，有警醒世人的意思。

末二句感歎世事如夢。用淳于棼的南柯夢比喻一切興亡盛衰都是虛幻的美夢。這兩句反覆連唱，既加強了感歎的程度，又表現了語言的回環之美。〈殿前歡〉末二句常用此法，如貫雲石：「酸齋是我，我是酸齋。」張可久：「酸齋笑我，我笑酸齋。」都是這種作法，有一唱三歎，反覆歌詠的韻味。

一三五　朝天子　邸萬戶❶席上

柳營❷⊙月明⊙聽傳過將軍令⊙高樓鼓角戒嚴更❸⊙臥護得邊聲靜❹⊙橫槊吟情❺⊙投壺歌興❻⊙有前人舊典型❼⊙戰爭⊙慣經⊙草木也知名姓❽⊙

【格律】〈朝天子〉是中呂宮的曲牌。可以作小令、散套和雜劇。一名〈謁金門〉、〈朝天曲〉。

其調式為「二、二、五、七、五、四、四、五、二、二、五」，共十一句十韻或十一韻，第六句可不叶韻。前後兩個二字句宜對偶，可以疊韻，如「虎韜⊙豹韜⊙」，也可不疊，如「鬢毛⊙木雕⊙」，六、七兩句宜對偶，本曲即是。本曲凡應叶去聲處一律改叶上聲，較為特別。末句宜作「｜｜｜｜去」，第一字可不拘。其平仄格律如下：

｜平⊙　｜平⊙　＋｜——去⊙　＋—＋｜｜——（或作＋—＋｜＋｜—）⊙　＋｜——去⊙　＋｜——。　———去（或作＋｜——）⊙　＋—＋｜平⊙　｜平⊙　｜平⊙　＋｜——去⊙

【注　釋】❶萬戶　官名。金代設置的世襲軍職，元代沿用。❷柳營　即細柳營。指紀律嚴明的軍營。漢文帝時，周亞夫駐軍細柳，他治軍紀律嚴明，連漢文帝來勞軍，都要等待通報後才能進入營房。見《史記・絳侯周勃世家》。❸嚴更　嚴格執行夜間警戒。更，更鼓。❹邊聲靜　邊塞各種聲音，如風聲、馬鳴聲、胡笳聲都靜悄悄的，表示邊境安靜，沒有戰爭。❺橫槊吟情　橫槊賦詩。形容文武雙全的大將風度。蘇軾〈前赤壁賦〉：「方其（指曹操）破荊州，……釃酒臨江，橫槊賦詩，固一世之雄也。」槊，長矛。❻投壺歌興　投壺唱歌的興致。投壺，古代宴會上的一種遊戲娛樂。設一個壺，以投箭入壺多少決定勝負，輸者罰酒。見《禮記・投壺》。《後漢書・祭遵傳》：「對酒設樂，必雅歌投壺。」❼典型　模範。《詩・大雅・蕩》：「雖無老成人，尚有典型。」❽草木也知名姓　連草木都知道將軍的大名。極言將軍的聲譽。黃庭堅〈送范德孺知慶州〉詩：「乃翁知國如知兵，塞垣草木識威名。」

【語　譯】細柳軍營，月色光明；聽將軍傳過號令。高樓鼓角警戒著嚴更，保護得邊聲安靜，沒有戰爭。橫舉長矛，賦詩抒情；投矢中壺，唱歌高興；有前人舊日的典型。能征，慣戰，連草木也知名。

【賞　析】邸萬戶是邸澤的兒子邸元謙（字明谷）。邸澤隨從蒙古征宋有功，被封為蒙古漢軍萬戶，在元世祖至元二十八年（一二九一）移鎮杭州。死後，其子元謙襲萬戶之職。作者另有〈山坡羊‧與邸明谷孤山游飲〉一曲。本篇是作者參加邸元謙的宴會上所寫的小令，描寫軍營的風光與軍人的生活，在元散曲中，可以說是別開生面，令人耳目一新。

首三句，寫他月明的晚上參加邸將軍的宴會。用「柳營」比喻邸將軍治軍嚴明，如周亞夫的細柳營。姚燧在〈潁州萬戶邸公神道碑〉文中說：邸元謙戍守杭州，「雖居平時，營柵部署，器械軍馬，凜如在敵」，所以這個比喻相當真實恰當。

四、五句接著說明晚上戒備森嚴，使得敵人不敢犯境，因而邊境息警，沒有戰爭。

「橫槊吟情」三句，寫邸將軍能文能武，風流瀟灑，像曹操一般能橫槊賦詩，也像祭遵一樣能投壺歌唱。「前人」即指周亞夫、曹操、祭遵，邸將軍可以和他們媲美。

末三句用誇大的言辭寫邸將軍，能征慣戰，連草木也知名，把邸將軍的威勇神化了。

一三六　朝天子　邸萬戶席上

虎韜⊙豹韜❶⊙一覽胸中了⊙時時拂拭舊弓刀⊙卻恨封侯早⊙夜

月鐃歌❷。春風牙纛❸⊙看團花❹錦戰袍⊙鬢毛⊙木雕❺⊙誰便道馮唐❻老⊙

【格　律】詳見上首「邸萬戶席上」(柳營)。

【注　釋】❶虎韜豹韜　古代的兵書《六韜》之二。相傳是周代呂尚(姜太公)所作,全書六卷,分為〈文韜〉、〈武韜〉、〈龍韜〉、〈虎韜〉、〈豹韜〉、〈犬韜〉。韜,謀略。❷鐃歌　樂府鼓吹曲的一部。行軍時在馬上奏樂,用以激勵士氣及宴享功臣。❸牙纛　將軍的大旗。也作牙旗。纛,一種大旗,用於軍中或儀仗隊。❹團花　大圓花紋。❺木雕　疑是「未雕」,因字形相近而誤。雕,同「凋」。言其兩鬢未白。❻馮唐　漢代安陵人。至頭髮花白時才得見用,當時匈奴犯境,文帝召見他談論國事,頗得賞識,任為車騎都尉。景帝時,免職。武帝時求賢良,有人薦之,時已九十多歲,未再錄用。見《史記・馮唐傳》。蘇軾〈江城子〉詞:「鬢微霜,又何妨!持節雲中,何日遣馮唐?」

【語　譯】〈虎韜〉、〈豹韜〉,一經閱覽便都明瞭。常常擦拭以前作戰的弓刀,卻恨封侯得太早。夜月響遍了軍歌,春風拂動著大旗;看將軍穿著團圓花紋的錦戰袍。鬢毛,未凋,誰便說馮唐老去了?

【賞　析】本篇與上篇都是作者在邸萬戶席上所作,上篇泛論軍營生活,本篇特寫人物形象,從學識、志向、精神各方面描寫邸萬戶。

首三句寫邸萬戶博覽兵書,軍事學識非常豐富。〈虎韜〉、〈豹韜〉都是兵書篇名,「一覽胸中了」,極寫他聰明過人,只要看一遍,就都明白。一般說兵書是艱深難懂的,而他一覽便明白,足見領悟力很高，這一句生動地寫出邸萬戶的精神風貌，是本篇的「曲眼」。

四、五句寫邸萬戶年輕即已立功封侯，成名很早，卻不自滿，時常懷念以前馳騁疆場，叱咤風雲的日子。如果今日征戰的話，可以建立更偉大的功業，所以說：「卻恨封侯早。」不但對已往的成就不驕傲，更表現了封侯萬里的自信。

六、七、八句寫他目前已經高居方面大員，仍舊著重訓練軍隊。反映出他雖功成名就，卻不貪圖生活的安逸與享受，仍然嚴格地訓練軍隊，準備時時為國效力。這三句寫他英勇雄健的風貌。

末三句承上表現他雄心仍在，壯志未消，舉馮唐自比，寫來蒼勁豪邁，發揚蹈厲。

阿魯威

阿魯威，字叔重，號東泉，蒙古人。延祐、至治間，曾任延平路總管和泉州路總管。泰定間，為翰林侍講學士，致和元年（一三二八），同知經筵事。元末寓居江南。工散曲，今存小令十九首。《太和正音譜》：「阿魯威之詞，如鶴唳青霄。」

一三七 壽陽曲

千年調❶。一旦空⊙惟有紙錢❷灰、晚風吹送⊙儘蜀鵑血啼煙樹中❸⊙喚不回、一場春夢❹⊙

【格律】詳見姚燧〈壽陽曲・詠李白〉（貴妃親擎硯）。（頁一〇〇）

【注釋】❶千年調　千年的打算。《雲溪友議・一一》：「王梵志詩：『世無百年人，擬作千年調。打鐵作門關，鬼見拍手笑。』」❷紙錢　將紙剪成錢狀，燒化給死人的祭享用品。❸儘蜀鵑句　儘管煙樹中的杜鵑啼聲淒苦。儘，儘管；縱使。蜀鵑，相傳蜀王死後魂化為杜鵑，因稱杜鵑為蜀鵑。煙樹，煙霧繚繞於樹間。❹一場春夢　比喻富貴無常，繁華易逝。《侯鯖錄・七》：「有老婦年七十，謂坡（蘇東坡）云：『內翰昔日富貴，一場春夢。』坡然之。里人呼此媼為春夢婆。」蘇軾〈與潘郭二生出郊尋春〉詩：「人似秋鴻來有信，事如春夢了無痕。」

【語　譯】千年的打算，一旦落了空。只剩下紙錢灰，被晚風吹送。縱使煙樹中的杜鵑啼出血紅，也喚不回一場春夢。

【賞　析】本篇表達作者對歲月如流、往事如煙、人生如夢的感傷。

開頭兩句用王梵志的詩意，寫出人生的空虛。〈古詩十九首〉也有「生年不滿百，常懷千歲憂」的描寫。世上的人常作千年的打算，想留名千古，為千秋事業憂慮；其實人死後一切都是空的，什麼名利、富貴、打算都空虛了。「千年」是長久的時間，「一旦」是短暫的時間，形成了強烈的對比。這兩個三字句，短截宏亮，頓挫有致。

第三句承接「空」字而來，死後一切名利富貴都不存在，只有紙錢灰隨晚風飄送，多麼淒涼冷清，多麼觸目驚心。

末二句以杜鵑啼血與事如春夢做成了對比。世人苦心積慮，費盡力氣，追求功名富貴，像杜鵑啼鳴一般，就算啼出血來，也得不到相對的回應，所以「喚不回一場春夢」句用蘇東坡的典故，表示富貴無常，人生易逝。

本篇除自傷身世外，尚寓有警醒世人的意思。元朝是一個亂世，功名虛浮，人生如夢，更容易引起人反省思考，所以這一類歎世的作品特別多。

王元鼎

王元鼎，生卒年不詳。與阿魯威同時，曾為翰林學士。今存小令七首、套曲二套。

一三八 醉太平 寒食❶

聲聲啼乳鴉❷⊙生叫破韶華❸⊙夜深微雨潤隄沙⊙香風萬家⊙畫樓洗淨鴛鴦瓦❹⊙綵繩半溼秋千架⊙覺來紅日上窗紗⊙聽街頭賣杏花❺⊙

【格律】〈醉太平〉是正宮的曲牌。可以作小令、散套或雜劇。一名〈太平年〉、〈淩波曲〉。其調式為「四、四、七、四、七、七、七、四」，共八句八韻。首二句，第五、六、七三句可作對，末句宜作「ㄧㄧ去上」，也有收平聲的。其平仄格律如下：

＋ㄧ｜平⊙　＋｜ㄧㄧ⊙　＋ㄧ＋｜｜ㄧㄧ⊙　＋ㄧ｜平⊙　＋ㄧ＋｜ㄧㄧ厶⊙　＋ㄧ＋

｜－－ㄙ⊙　＋－＋｜｜－－⊙　－－去平⊙

【注　釋】❶寒食　清明節前一天或二天為寒食節。❷乳鴉　雛鴉。❸生叫破韶華　春光在鴉啼聲中過去。生，偏偏；硬是。韶華，美好時光。指春光。❹鴛鴦瓦　互相成對的瓦。❺聽街頭賣杏花　陸游〈臨安春雨初霽〉詩：「小樓一夜聽春雨，深巷明朝賣杏花。」

【語　譯】一聲聲乳鴉的啼叫，叫破了美好的春光，也叫醒了我的美夢。昨夜微微的細雨，滋潤了隄沙；早晨清香的和風，吹遍萬家。畫樓上的鴛鴦瓦，被雨水洗得乾乾淨淨的；秋千架上的綵繩，卻只被細雨灑溼了一半。我醒來時，紅紅的太陽已經照上窗紗，諦聽著街頭傳來賣杏花的聲音。

【賞　析】本篇描寫寒食節前後的景色，明麗生動，清新自然，充滿了春日閒適之情。

「聲聲啼乳鴉，生叫破韶華」起筆寫晨景，就帶來盎然情趣。乳鴉是幼鳥，初試啼聲，宛轉清亮，硬是叫破了美好的春光，喚醒了美夢中的人兒。「韶華」一語雙關，既指春光，又指美夢。「破」字一出，就帶來了全句的動感。「生」字是硬生生地，明顯地流露出對乳鴉抱怨之情。閨中女子深深埋怨乳鴉啼破了她的美夢，此「破」字與「雲破月來花弄影」中「破」字的作用一樣，一字既下，境界全出。

「夜深微雨潤隄沙，香風萬家」二句從遠處、從整體描寫雨景，極寫春雨的細微廣被。「畫樓洗淨鴛鴦瓦，綵繩半溼秋千架」二句從近處、從各別具體的事物描寫雨景。「畫樓」、「鴛鴦瓦」都是華麗的景物，而「綵繩」、「秋千架」則令人想起佳人盪秋千的翩翩倩影。

「覺來紅日上窗紗，聽街頭賣杏花」既寫人也寫景，詩情畫意，富有濃厚的生活氣息。

本篇注重寫景，但景中有人，從「生叫破韶華」及「聽街頭賣杏花」幾句背後，一位慵懶的人物形象已經呼之欲出了。

虞集

虞集（一二七二～一三四八），字伯生，號道園，世稱邵庵先生，祖籍蜀郡仁壽（今屬四川），遷居臨川崇仁（今屬江西）。宋丞相虞允文五世孫。大德初薦授大都路儒學教授，官至翰林直學士兼國子祭酒，奎章閣侍書學士。他是延祐、至順間最享盛名的文人，寫過許多文章、詩、詞。著有《道園學古錄》五十卷。散曲僅存小令一首。

一三九　折桂令　席上偶談蜀漢事因賦短柱體❶

鑾輿三顧茅廬❷⊙漢祚難扶❸⊙日暮桑榆❹⊙深渡南瀘❺⊙長驅西蜀⊙力拒東吳❻⊙美乎周瑜妙術❼⊙悲夫關羽云殂❽⊙天數盈虛⊙造物乘除❾⊙問汝何如⊙早賦歸歟❿⊙

【格律】〈折桂令〉，即〈蟾宮曲〉。詳見盧摯〈蟾宮曲・箕山感懷〉（巢由後隱者誰何）。（頁五一）末段增一四字句。

【注　釋】❶短柱體　詞曲中俳體的一種，通篇每句兩韻，或兩字一韻。❷鸞輿三顧茅廬　指劉備三次到襄陽（今湖北省襄陽縣）隆中去請諸葛亮出來輔助他。鸞輿，同「鑾輿」。皇帝坐的車子。代指皇帝。劉備三請諸葛亮時尚未稱帝，這是以後來的地位稱呼他。❸漢祚難扶　指蜀漢的政權終於失敗。祚，王位。❹日暮桑榆　太陽下山，在桑榆之間。比喻漢室已像日暮那樣衰落了。❺深渡南瀘　指諸葛亮渡瀘水，對孟獲七擒七縱的故事。瀘水，即金沙江，在四川南部。❻力拒東吳　用力抗拒東吳的侵襲。❼美乎周瑜妙術　周瑜的智謀戰術非常美妙呀。周瑜，東吳的都督。多智術，嘗主持赤壁之戰，與劉備合兵擊敗曹操。❽悲夫關羽云殂　可悲啊，像關羽那樣威武的英雄居然戰敗被殺。關羽，蜀的大將。❾造物乘除　天道有消長。造物，古人指神主宰的大自然。乘除，指此消彼長的道理。❿早賦歸歟　早日歸隱田園。陶潛〈歸去來兮辭・序〉：「及少日，眷然有歸與之情。」歸歟，同「歸與」。歟，疑問詞，這裡作語助詞用。同「呵」。

【語　譯】劉備三次訪問諸葛亮於隆中的茅屋，請他出來輔佐政事。漢朝的國運已經衰落，像夕陽在桑榆之間，很難扶持。諸葛亮輔佐劉備，深入南方的瀘水，長驅四川建立了蜀漢，抵抗東吳的侵略。周瑜的智術，實在太美妙；關羽戰敗身亡，令人好悲傷。天地有盈虛變化，自然有消長得失；你能如何？還是早一點歸去吧！

【賞　析】本篇是作者在宴席間偶然談起蜀漢故事，即興寫成的作品。借古詠今，感歎千古的英雄豪傑、是非成敗，皆是一場空幻。

漢獻帝時董卓專權，敗壞朝政，使漢祚衰亡。劉備三顧茅廬，請出諸葛亮，建立蜀漢，聯合東吳周瑜共同抗敵，赤壁之戰打敗曹操，形成魏、蜀、吳三分天下的局面。後來關羽違背了諸葛亮聯吳抗曹的策略，同東吳發生衝突，結果戰敗被殺，荊州也落入東吳之手。這一切的興亡成敗，都是天命注定，人力怎麼能夠改變呢？還是歸隱田園吧！這是一種消極的、退隱的思想。

根據《輟耕錄》的記載：虞集有一次在散散學士家宴集，有歌兒郭氏唱了一首〈折桂令〉：「博山銅⊙細裊香風⊙兩行紗籠⊙燭影搖紅⊙翠袖殷勤捧金鍾⊙半露春葱⊙唱好是會受用⊙文章巨公⊙綺羅叢⊙醉眼朦朧⊙夜宴將終⊙十二簾櫳⊙月轉梧桐⊙」其中七字句雙式句法的都作成一句兩韻，名為短柱，很不容易作，虞集愛其新奇，因填此曲，通篇兩字一韻，比一句兩韻的還難作。

本篇不但用韻很密，用字也很穩貼，因此讀起來韻律優美，詞句流暢，足見作者錘鍊的工夫。

張雨

張雨（一二七七～一三五〇），字伯雨、天雨，號貞居子，錢塘（今浙江杭州）人。本為儒者，後出家為道士，居茅山，號句曲外史。與虞集、趙孟頫等相友善，擅詩、詞，工書、畫。著有《茅山志》、《句曲外史集》、《元品錄》等。今存小令四首。

一四〇 喜春來 泰定三年丙寅歲除夜❶玉山❷舟中賦

江梅的的❸依茅舍⊙石瀨濺濺❹漱玉沙⊙瓦甌篷底❺送年華⊙問暮鴉⊙何處阿戎家❻⊙

【格律】詳見元好問〈喜春來・春宴〉（梅擎殘雪芳心奈）。（頁一）

【注釋】❶除夜　即除夕。一年最後一天晚上。❷玉山　江西省玉山縣。在上饒縣東北。❸的的　鮮明顯著的樣子。❹石瀨濺濺　水激石間而成的迴旋急流。濺濺，水急流的樣子。也作流水聲。❺瓦甌篷底　像瓦甌形狀簡陋的小船。杜荀鶴〈溪興〉詩：「山雨溪風卷釣絲，瓦甌篷底獨斟時。」❻阿戎家　堂弟家。杜甫〈杜位宅守歲〉詩：「守歲阿戎家，椒盤已頌花。」

【語　譯】江邊的梅花，鮮明紅豔地開在茅舍的旁邊；江水激石，濺濺地流過潔白的細沙。在瓦甌形狀的小篷船底，送走了一年的光陰。抬頭問暮鴉，阿戎在什麼地方呢？

【賞　析】本篇是作者除夕夜旅行江上，觸景生情，表達飄泊天涯，懷念親人的作品。泰定，元泰定帝也孫鐵木耳的年號，泰定三年丙寅是西元一三二六年，作者五十歲。

首二句對偶工整，詞語清麗，描寫眼前的景物。「的的」形容梅花鮮明美麗的樣子，「的」字還指古代女子臉上裝飾的紅點。《釋名・釋首飾》：「以丹注面曰『的』。」賀鑄〈薄倖〉詞：「豔真多態，更的的頻回眄睞。」「江梅的的」，令人想像梅花像美人頰上的豔豔紅點，倍增美麗的神韻。

「石瀨濺濺漱玉沙」，描寫江水清澈，流過石頭激起浪花，水中細沙明顯可見。「漱」字描寫水流沙動，沙隨水流的細微動態。「玉」字形容水淨沙明，細沙潔白溫潤如玉一般。

第三句是全篇主要的意思，點明了題目。在簡陋的小篷船度過了除夕夜，送走了舊的一年，迎接新的一年，不免感歎年華老去，青春難再，而四處流浪，住處不定，連除夕夜都不能與親人團聚。

末二句承上而來，作者抬頭看見日暮歸鴉，不禁觸景生情，問暮鴉：阿戎在哪裡？這裡阿戎代表作者心中想念的親人。除夕是中國人最重要的節日，作客在外的人，想盡辦法都要回家過年，而作者竟然流落他鄉，在孤舟上過節，連唯一的親人都不知道在哪裡，真是令人同情。

薛昂夫

薛昂夫，名超吾，回鶻（今新疆）人。漢姓馬，亦稱馬昂夫，字九皋。最初擔任江西行中書省令史，入京之後，由祕書監郎官，累官僉典瑞院事、太平路總管。元統中任衢州路總管。晚年退休，隱居杭縣皋亭山一帶。擅長篆書，享有詩名，與虞集、薩都剌互相唱和。現存小令六十五首、套曲三套。《太和正音譜》：「薛昂夫之詞，如雪窗翠竹。」

一四一　塞鴻秋　凌歊臺❶懷古

凌歊臺畔黃山鋪❷⊙是三千歌舞亡家處⊙望夫山❸下烏江渡❹⊙是八千子弟思鄉去⊙江東日暮雲。渭北春天樹❺⊙青山太白墳❻如故⊙

【格律】詳見貫雲石〈塞鴻秋·代人作〉（戰西風幾點賓鴻至）。（頁一八三）

【注釋】❶凌歊臺　臺名。在安徽省黃山上。劉裕（宋武帝）南遊，曾登此臺，且建離宮。許渾〈凌歊臺〉

詩：「宋祖凌歊樂未回，三千歌舞宿層臺。」❷鋪　市集。❸望夫山　山名。在安徽省當塗縣西北四十里。❹烏江渡　烏江渡頭。在安徽省和縣東北。項羽在垓下兵敗，退兵於此。烏江亭長請他渡江，他說：我帶領江東子弟八千人渡江西征。現在沒有一人回來，縱使父老憐憫，我有何面目見江東父老？遂自刎而死。見《史記・項羽本紀》。❺江東日暮雲二句　杜甫〈春日憶李白〉詩：「渭北春天樹，江東日暮雲。」渭北，指長安。杜甫所在。江東，指當塗。李白所在。❻青山太白墳　青山李白的墳墓。青山，地名。在安徽省當塗縣東南。李白的墳墓在青山西北。

【語　譯】凌歊臺旁的黃山市集，是宋武帝劉裕三千歌舞無家可歸的住處。望夫山下的烏江渡口，是項羽八千子弟想回故鄉的去路。日暮時江東飄著浮雲，春天裡渭北長著綠樹。青山李白的墳墓依然如故。

【賞　析】本篇是作者登上凌歊臺觸景生情、懷念古事的作品，充滿了物是人非、古今興亡的感慨。

首二句懷念宋武帝。宋武帝劉裕本來雄才大略，領兵北伐，收復中原失土。功成名就之後，卻耽於享樂，在凌歊臺興建離宮，徵選三千宮女表演歌舞，被選上的都住在層臺，不得回家，所以說「是三千歌舞亡家處」。

次二句懷念項羽。項羽曾率八千子弟兵爭霸中原，因為不能用人而失敗，自刎於烏江，八千子弟想回家鄉一定要經過烏江渡，所以說「是八千子弟思鄉去」。以上四句隔句相對，即第一句對第三句，第二句對第四句，這種對法又稱扇面對。

末三句懷念李白。前二句借杜甫〈春日憶李白〉詩句懷念李白。此時杜甫在長安，李白在江東，春天的時候，杜甫看到綠樹蔥翠，想念李白，望著天邊的浮雲，以寄相思之意。末句「青山

太白墳如故」，表達了景物依舊人事已非的感慨。〈塞鴻秋〉的句法為「七、七、七、七、五、五、七」，而七字句都作「——||——去」，曲調非常整齊。本篇除末句外，都作成對偶的句式。

一四二　慶東原　西皐亭❶適興

興為催租敗❷⊙歡因送酒來❸⊙酒酣時詩興依然在⊙黃花❹又開⊙朱顏❺未衰⊙正好忘懷⊙管甚有監州❻。不可無螃蟹❼⊙

【格　律】詳見白樸〈慶東原〉（忘憂草）。（頁八五）

【注　釋】❶西皐亭　杭縣東北有皐亭山，作者晚年隱居於此。西皐亭疑在其處。❷興為催租敗　詩興被催租的人所敗壞。宋詩人謝無逸問潘大臨有無新詩寫成？潘大臨回答：「昨日得『滿城風雨近重陽』一句，忽催租人至，遂敗意。」見宋僧惠洪《冷齋夜話・四》。❸歡因送酒來　心情歡悅是因為朋友送來了酒。此用陶潛白衣送酒的故事。詳見盧摯〈沈醉東風・重九〉（頁四七）。❹黃花　菊花。❺朱顏　指少年美好的面容。❻監州　官名。通判的別稱。宋代各州置通判，稱為監州，常與知州爭權。有錢昆少卿，杭州人，嗜食螃蟹，求補外郡官。人問所欲，他說：「但得有螃蟹無通判足矣。」見歐陽脩《歸田錄》。蘇軾〈金門寺中見李西臺與二錢唱和四絕句戲用其韻跋之〉詩：「欲問君王乞符竹，但憂無蟹有監州。」❼不可無螃蟹　

【語　譯】詩興被討債的人破壞了，歡喜因有朋友送酒來。喝得醉醺醺的時候，詩興依然存在。菊花又開，容顏還未衰老，正可以暢飲開懷。管它有什麼監州管事，喝酒的時候不可以沒有螃蟹。

【賞　析】本篇是作者重陽登高抒懷的作品，表達豪放不拘、瀟灑自如的生活意境。西皋亭是作者隱居皋亭附近的地方，適興是即興而作的意思。

首二句用潘大臨與陶潛重陽節的兩個典故，既切合題目「適興」，又符合重陽節氣。不但對偶工整，而且頓挫有致，一敗與一得歡，一落一起，一反一正，充滿了趣味性與幽默感。

第三句承上兩句而來，詩興本被催租人敗壞，卻因朋友送酒帶來歡悅，不但補償了失意，喝過酒後，本來喪失的詩興竟又恢復，真是酒力通神，妙用無窮。以上短短三句就作三層轉折，而詞語、意思重疊循環，搖曳生姿，極盡變化之能事。

中間三句承上啟下，有外界的景物，有內在的心境。黃花是九月應景的花，一般指菊花。重陽節要登高、喝酒、賞菊，成為中國人的習俗。朱顏一方面指年輕貌美，一方面指喝過酒後，滿面通紅，好像年輕了不少。既是菊花盛開，朱顏未衰，所以正可開懷暢飲，還有什麼顧慮呢？真是豪放痛快。

末二句寫出及時行樂，不拘世俗的意思，非常豪邁，非常爽快。運用典故也很靈活、生動，是本曲畫龍點睛之處。

一四三　山坡羊

大江東去⊙長安西去❶⊙為功名走遍天涯路⊙厭舟車⊙喜琴書❷⊙
早星星鬢影瓜田暮❸⊙心待❹足時名便足⊙高。高處苦⊙低。低處苦⊙

【格律】詳見陳草庵〈山坡羊〉（晨雞初叫）。（頁六二一）

【注釋】❶大江東去二句　足跡遍及大江南北。大江，長江。長安，古都。蘇軾〈念奴嬌〉詞：「大江東去，浪淘盡、千古風流人物。」❷厭舟車二句　以羈旅為苦，以琴書為樂。陶潛〈歸去來兮辭〉：「樂琴書以消憂。」❸早星星句　已經是鬢髮斑白的人在瓜田度過晚年吧。瓜田，用東陵瓜的故事。召平在秦亡後，在長安城東種瓜，瓜味甜美，世稱東陵瓜，又稱青門瓜。見《史記・蕭相國世家》。❹待　將。

【語譯】有時到東邊的長江，有時到西邊的長安；為了追求功名，走遍了天涯道路。我厭倦了舟車勞碌的生活，喜歡彈琴看書的樂趣。已經是頭髮斑白的人，只好在瓜田過完暮年，如果自己內心覺得滿足，名聲也便滿足了。位置高有高的苦處，位置低也有低的苦處。

【賞析】本篇感歎東奔西跑，勞碌半生，功名卻不得志，最後領悟了知足常樂的道理，因而隱居樂道。追求功名乃是古代讀書人的理想，但是得志者少，失意者多。本篇內容反映了元代讀書人的遭遇，故能引起一般人的共鳴。

開頭三句一氣而下，說明為求功名，東奔西馳，走遍了天涯海角。「大江東去」，令人想起蘇東坡的詞，古今多少英雄豪傑被長江浪花淘盡了，表達了功名的虛浮。「長安西去」，令人想起「黃塵滾滾長安路」，長安是古代的都城，四面八方的士子風塵僕僕地來到長安求取功名，但是「長安居大不易」，表達了功名的艱難。

四、五句是前三句的結果。厭倦了舟車的生活，喜歡彈琴看書。這當然是功名不得志，退而求其次的表現。

六、七句是功名不成，自我安慰，另謀出路的做法。尤其「心待足時名便足」一句是本篇的曲眼，知足是一切快樂的泉源，也是一切痛苦的藥石，舉召平的瓜田作為知足常樂的典範。

末四句反襯知足常樂的道理。一個知足的人，能夠隨遇而安，所在皆樂；一個不知足的人，充滿欲望，永無止境，不論地位高低都有苦惱，終身役役，無法解脫了。

一四四　山坡羊　西湖雜詠・春

山光如澱❶⊙湖光如練❷⊙一步一個生綃❸面⊙叩逋仙❹⊙訪坡仙❺⊙

揀西施❻好處都游徧⊙管甚月明歸路遠⊙船⊙休放❼轉⊙杯。休放淺❽⊙

【格律】詳見陳草庵〈山坡羊〉（晨雞初叫）。（頁六二）

【注　釋】❶澱　藍色的染料。俗稱藍靛、藍澱。❷練　白色的熟絹。謝眺〈晚登三山還望京邑〉詩：「餘霞散成綺，澄江靜如練。」❸生綃　沒有漂煮過的絲織品。古人用生綃作畫，故亦用稱畫卷。❹叩逋仙　訪問林和靖。叩，訪問。逋仙，林逋。字君復，宋錢塘人。真宗時隱居西湖孤山，以種梅養鶴自怡，自稱「梅妻鶴子」，二十年不入城市，仁宗時卒，賜諡「和靖先生」，有《林和靖詩》三卷。❺坡仙　蘇軾。字子瞻，號東坡居士，宋眉州眉山人。哲宗元祐時曾知杭州，在西湖上築隄，用以開湖蓄水。隄上遍植柳樹，世稱蘇隄。❻西施　指西湖。蘇軾〈飲湖上初晴後雨〉詩：「水光瀲灩晴方好，山色空濛雨亦奇。欲把西湖比西子，淡妝濃抹總相宜。」或稱西子湖。❼放　放任；任由。讓的意思。❽淺　酒少的意思。

【語　譯】西湖的春天，青山蔥翠，就像藍澱一般，湖水明淨，有如白練一樣。走上一步，就看到一個美麗的生綃畫面。到孤山訪問林逋，上蘇隄尋覓東坡。選擇西湖美好的景物，一一遊遍；管它月亮明朗，歸途遙遠。坐著船向前遊覽，不要回頭；舉著杯開懷暢飲，不要空著。

【賞　析】作者有〈山坡羊〉四首分詠西湖春、夏、秋、冬四時的景物，總題「西湖雜詠」。本篇是詠春詞，寫西湖山光水色，風景名勝，到處都是，應該盡情領賞，不要錯過美好的機會。

開頭三句描寫西湖山水景物，處處皆如圖畫一般美麗。用「澱」形容山的青翠，用「練」形容水的明淨，用「生綃面」形容景物的美麗，用「一步一個」形容美景的眾多，這些詞都用得貼切、恰當，因而形容得生動有致。

四、五句借歷史上可愛的人物點綴西湖的美景，有了林和靖和蘇東坡這兩位風流人物，使得西湖山水增色不少，生動活潑起來，更大大地充實了本篇的內容，留給讀者許多想像的空間，產生了無窮的韻味。

六、七句承上啟下，西湖景物繁多，最著名的有十景，令人流連忘返，遊覽不盡。雖然明月當空，夜色已深，歸路遙遠，無奈遊興正濃，欲罷不能。「管甚月明歸路遠」極寫作者為西湖美景所迷，留連忘返之深情。

末四句承上而來，表示及時行樂，莫負良辰美景。船是交通的工具，杯是行樂的工具。船莫要開回頭，杯莫要放著空，有盡情遊覽、盡情享樂的意思。

一四五　山坡羊

筱步❶

攜壺堪醉❷⊙拖笻堪醉❸⊙何須畫舫笙歌沸❹⊙繞蘇隄❺⊙旋尋題⊙西施已領詩人意❻⊙回首有情風萬里❼⊙湖。如鏡裡⊙山。如畫裡⊙

【格律】詳見陳草庵〈山坡羊〉（晨雞初叫）。（頁六二）

【注釋】❶筱步　散步。筱，同「小」。❷攜壺堪醉　提著酒壺足可陶醉。堪，可。❸拖笻堪醉　拖著手杖可以陶醉。笻，手杖。笻竹可作手杖，因稱杖為笻。❹畫舫笙歌沸　畫船上笙歌非常熱鬧。畫舫，裝飾華美的船。笙歌，泛指奏樂唱歌。沸，熱鬧。❺蘇隄　北宋蘇軾任杭州知府時，在西湖所築的一條長隄，為外湖與後湖的界隄。❻西施句　西湖已經領受了詩人讚美的心意。西施，春秋時越國的美女。蘇軾〈飲湖上初晴後雨〉詩：「水光瀲灩晴方好，山色空濛雨亦奇。欲把西湖比西子，淡妝濃抹總相宜。」詩、詞中常以西施代表西湖。❼

有情風萬里 化用蘇軾〈八聲甘州·寄參寥子〉詞：「有情風萬里卷潮來，無情送潮歸。」形容漲潮時的西湖。

【語 譯】提著酒壺觀賞西湖風光，就可以陶醉；拖著拐杖散步湖濱，也可以陶醉；何須美麗的畫船，演奏熱鬧的音樂？圍繞著蘇隄散步，尋找寫詩的題材；西湖已經接受詩人讚美的心意。回頭看看：有情風萬里卷潮來——西湖潮漲水平，充滿著詩意。湖，就像鏡子一樣；山，就像圖畫一樣。

【賞 析】本篇是作者「西湖雜詠」組曲七首之一，描寫西湖自然的風光，美麗的景色，表現了作者恬淡而豪放的情懷。

首三句描寫西湖自然的風光令人陶醉，無須人工華麗的點綴。「攜壺」、「拖笻」表示作者閒暇無事，悠遊自在，切合題目「筱步」。重疊「堪醉」，強調西湖自然風光的美麗，令人陶醉不已。第三句「何須畫舫笙歌沸」，一方面反襯自然風景之美麗，無須畫舫笙歌作陪襯；另一方面表現作者獨特的審美觀點，作者愛的是自然的美景，不同一般人喜歡繁華熱鬧。

中間四句寫作者散步蘇隄，尋找作詩的題材，而西湖也善解人意，呈現出最美的景物——「回首有情風萬里」，西湖長風萬里，煙波浩渺，給詩人一個作詩的好題目。「西施已領詩人意」，用蘇軾西湖詩意，以西施替代西湖，用的是擬人法，西湖已經領略了詩人讚美的意思，其實這是詩人多情的表現。

末四句用兩個非常恰當的比喻寫湖山的景致，表現西湖風光的特色，一個是如鏡的湖，一個是如畫的山，與蘇軾西湖詩意境相同。

一四六 湘妃怨 集句

幾年無事傍❶江湖⊙醉倒黃公舊酒壚❷⊙人間縱有傷心處⊙也不到劉伶墳上土❸⊙醉鄉❹中、不辨賢愚⊙對風流人物⊙看江山畫圖⊙便醉倒何如⊙

【格　律】詳見盧摯〈湘妃怨・西湖〉（湖山佳處那些兒）。（頁五八）

【注　釋】❶傍　臨近；依靠。❷醉倒句　醉倒在黃公舊日的酒壚。《世說新語・傷逝》：「王濬沖……乘軺車，經黃公酒壚下過，顧謂後車客：『吾與嵇叔夜、阮嗣宗共酣飲於此壚。自嵇生夭、阮公亡以來，便為時所羈紲，今日視此雖近，邈若山河。』」❸也不到句　李賀〈將進酒〉詩：「勸君終日酩酊醉，酒不到劉伶墳上土。」劉伶，西晉名士。字伯倫，沛國人。性嗜酒，常乘鹿車攜酒，使人荷鍤相隨，說：「死便埋我。」作〈酒德頌〉。見《晉書・劉伶傳》。❹醉鄉　酒醉之後，神志不清的境界。《新唐書・王績傳》：「著〈醉鄉記〉以次劉伶〈酒德頌〉。」

【語　譯】這幾年，由於閒暇無事得以親近江湖；時常醉倒在黃公的舊酒壚。人間即使有傷心的事情，酒也不會落到劉伶墳上土。醉鄉中糊裡糊塗，分辨不清誰賢誰愚。對著歷史上那些風流人物，欣賞大自然江山畫圖，就算喝醉酒又待何如？

【賞析】本篇是作者懷才不遇，借酒忘憂的作品。題目作「集句」，乃是集合古人的名句而成。如「醉倒黃公舊酒壚」，用《世說新語・傷逝》「王濬沖……乘軺車，經黃公酒壚」；「也不到劉伶墳上土」，用李賀〈將進酒〉詩「酒不到劉伶墳上土」；「對風流人物，看江山畫圖」，用蘇軾〈念奴嬌〉詞「大江東去，浪淘盡、千古風流人物。……江山如畫，一時多少豪傑」。為了配合曲意與韻腳，稍微改動幾個字而已。

開頭兩句寫自己閒居無事，只好親近江湖，常醉倒黃公酒壚，說明閒居與飲酒有密切的關係。三、四句寫酒能忘憂，這是歷來詩人歌頌酒的原因。人間縱有傷心事，也可以在酣醉酩酊中撫平一切，生時不飲酒，死後就沒法再喝了。所以說「酒不到劉伶墳上土」。第五句寫醉酒的神態。當酒酣而樂，頭腦模糊不清，也就分辨不清賢愚了。末三句借蘇詞發表感慨，千古風流人物早已被長江的浪花淘盡了，唯有江山如畫，永遠不變。功名虛浮，人事難料，何必計較呢？還是喝酒吧！醉了又怎麼樣呢？作者身處元朝亂世，懷才不遇，只有借酒澆愁，麻醉自己了。

一四七 殿前歡

醉歸來⊙袖春風下馬笑盈腮⊙笙歌接到朱簾外⊙夜宴重開⊙十年前一秀才❶⊙黃虀菜❷⊙打熬到文章伯❸⊙施展出江湖氣概⊙抖擻❹出風月情

懷ㄏㄨㄞˊ⊙

【格律】詳見貫雲石〈殿前歡〉（隔簾聽）。（頁一九二）

【注釋】❶秀才　書生的通稱。❷黃虀菜　將薑、蒜等辛味蔬菜，搗碎或切細，再用醬酢調入，醃泡而成的鹹菜。❸文章伯　尊稱善寫文章的人。❹抖擻　抖動；振奮。

【語譯】喝醉酒回來，春風得意地下了馬，笑容堆滿了兩腮。樂隊奏樂，迎接我到朱簾外；晚上的宴會，重新展開。十年前，只不過是一位秀才；生活貧困，吃著黃虀菜；受盡苦頭，終於熬成了文章伯。施展出江湖的氣概，振奮出風月的情懷。

【賞析】本篇描寫士人功名得意，宴會歡樂的情形。《中原音韻》題作「醉歸來」，就是第一句，也是全篇的主要內容。

首二句寫士人得到功名，宴罷歸來的歡樂情形。與孟郊〈登科後〉詩：「春風得意馬蹄疾，一日看盡長安花。」所描寫金榜題名時騎馬遊街的得意情狀相類似。

次二句寫公宴罷後，家人重開宴會，慶賀一番。「笙歌」是歡樂的象徵，「朱簾」是富貴的景象。

五、六、七句寫秀才苦盡甘來，終於熬出了頭。古代科舉制度，有「十年寒窗無人問，一舉成名天下知」的說法。「黃虀菜」代表貧困的生活，「文章伯」代表功名得志，成就了文章美名。「打熬」二字形容這段生活的熬煎痛苦，真是恰當生動。

末二句寫士子得志後的江湖氣概與風月情懷，對偶工整，語氣暢達。

《中原音韻》四十首定格入選本曲，並曰：「妙在馬字上聲，笑字去聲，一字上聲，秀字去聲。歌至才字音促，黃字急接，且要陽字好。氣概二字若去上，尤妙。三對者非，自有三對之調。伯字若得去聲，尤妙。」元曲是音樂文學，很講究音律的協和，有些字要分上去，有些字要分陰陽，才能配合音樂的旋律。

一四八　楚天遙過清江引

有意送春歸。無計留春住❶⊙明年又著❷來。何似休歸去❸⊙桃花也解愁。點點飄紅玉❹⊙目斷楚天遙❺。不見春歸路❻⊙春若有情春更苦❼⊙暗裡韶光❽度⊙夕陽山外山❾。春水渡傍渡⊙不知那搭兒是春住處❿⊙

【格律】〈楚天遙過清江引〉是雙調的帶過曲。〈清江引〉是雙調的曲牌，詳見馬致遠〈清江引・野興〉（〈林泉隱居誰到此〉）。（頁一五五）〈楚天遙〉是雙調曲牌，僅見於薛昂夫所作小令三首，皆帶過〈清江引〉，未見單用的。其調式為「五、五、五、五、五、五、五、五」，共八句四韻。其平仄格律如下：

＋｜｜——（或作＋——去—）。—｜——去⊙——｜｜—（或作＋｜｜——）。＋｜——去⊙＋—｜｜—（或作＋｜｜——）。｜｜——去⊙＋｜｜——。＋｜——去⊙

【注　釋】❶無計留春住　留不住春天。歐陽脩〈蝶戀花〉詞：「門掩黃昏，無計留春住。」❷著　教；使。❸何似休歸去　不如不要回去。歸去，指春去。❹紅玉　紅色的桃花。❺目斷楚天遙　望不見遙遠的天空。目斷，盡目力所能望到的。楚天，南天。因為楚地在南。❻不見春歸路　辛棄疾〈摸魚兒〉詞：「春且住，見說道天涯芳草無歸路。」❼春若有情句　與李賀〈金銅仙人辭漢歌〉：「天若有情天亦老。」表現的手法相似。❽留光　美好的時光。多指春天。❾夕陽山外山　與歐陽脩〈踏莎行〉詞：「平蕪盡處是春山，行人更在春山外。」表現的手法相似。❿不知句　不知道哪裡是春天住的地方。那搭兒，哪裡。黃庭堅〈清平樂〉詞：「若有人知春去處，喚取歸來同住。」

【語　譯】有意送春天回去，因為無計留春天住下呀！明年春天還會回來，不如今年不要回去算了。連桃花也懂得憂愁，一點一點地飄落了紅花。極目望盡了遙遠的天空，也看不見春天回去的道路。　春天如果有感情的話，它會更加痛苦的；因此讓美好的春光悄悄地消逝。夕陽落到山外山去了，春水流到渡傍渡去了。不知道哪裡是春天停留的地方？

【賞　析】本篇抒發了惜春、傷春的情感。明顯地是從黃庭堅〈清平樂〉詞脫化而成。詞云：「春歸何處？寂寞無行路。若有人知春去處，喚取歸來同住。　春無蹤跡誰知？除非問取黃鸝，百囀無人能解，因風飛過薔薇。」本篇雖是櫽栝古人的作品，寫來卻極流暢自然，已經沒有斧鑿的痕跡。

〈楚天遙〉共八句，如一首五言律詩，分為四聯：首聯寫無法留住春天，只好讓它回去。次聯寫既然明年春天還會再來，不如不要回去；真是設想周到，情深意切。三聯寫連桃花也解憂愁，紛紛飄落了紅花；不但以桃花落寫春歸去，而且將桃花擬人化，連桃花都這麼憂愁，何況人呢？四聯即寫目斷天涯，尋春不見，充分表達了傷春的情意。

〈清江引〉共五句：前二句擬想春天本身也為離別而痛苦，所以悄悄地離去，真是體貼入微，溫柔敦厚。「春若有情春更苦」，顯然是模仿李賀〈金銅仙人辭漢歌〉：「天若有情天亦老。」末三句歸到送春的本意，「夕陽山外山，春水渡傍渡」，描寫春漸行漸遠，已經隔著重重山水，無從追尋了。末句「不知那搭兒是春住處」以問句作結，留下無窮的惆悵，令人回味。

一四九　楚天遙過清江引

花開人正歡。花落春如醉⊙春醉有時醒。人老歡難會⊙一江春水流❶。萬點楊花墜⊙誰道是楊花。點點離人淚❷⊙回首有情風萬里。渺渺天無際⊙愁共海潮來。潮去愁難退❸⊙更那堪❹晚來風又急❺⊙

【格　律】詳見上首（有意送春歸）。

【注　釋】❶一江春水流　比喻愁多。李煜〈虞美人〉詞：「問君能有幾多愁，恰似一江春水向東流。」❷誰道是楊花二句　用蘇軾〈水龍吟・次韻章質夫楊花詞〉：「細看來，不是楊花，點點是離人淚。」❸回首有情四句　用蘇軾〈八聲甘州・寄參寥子〉詞：「有情風萬里卷潮來，無情送潮歸。」❹更那堪　更何況；又加上。❺晚來風又急　用李清照〈聲聲慢〉詞：「三杯兩盞淡酒，怎敵他晚來風急。」

【語　譯】花開的時候人正歡樂，花落的時候春好像喝醉了酒。春醉有醒來的時候，人老卻難以再歡會了。一江春水東流去，萬點楊花墜落了。誰說那飄落的是楊花呢？分明是點點離人的眼淚呀！

回想以前，有情的風曾經送走萬里的離人；直到渺渺茫茫、無邊無際的天涯。離別之愁隨海潮湧上來，海潮退去，離愁卻難以消除；更何況晚來風急浪大，怎麼受得了呢？

【賞　析】本篇借暮春的景色發抒離愁別恨，並流露青春易逝、人生易老的感慨。

〈楚天遙〉首四句以花開花落比喻年輕年老，花開人人喜歡，花落人人愁苦；年輕人人高興，年老人人傷心。但是花落了明年還會再開，而青春消逝，年華老去，卻永遠不會回頭了。這種感慨，與朱自清〈匆匆〉一文：「燕子去了，有再來的時候；桃花謝了，有再開的時候；楊柳枯了，有再青的時候；我們的日子，為什麼一去不復還呢？」有異曲同工之妙。

〈楚天遙〉後四句以春水東流、楊花飄墜具體描寫春去花落的景象，並以楊花點點抒發離愁。這裡用蘇軾「細看來，不是楊花，點點是離人淚」詞意，以花落水流比喻青春的消逝、情人的離去。

〈清江引〉一曲承接上曲，發揮離別之愁。化用蘇軾「有情風萬里卷潮來，無情送潮歸」的詞意，以風與潮水來傳遞雙方的離愁，海風與潮水帶來了離別之愁，卻帶不去離別之愁，更何況晚來風又急呢？

本篇除了善於融化古人的詞句，也吸收了民歌的描寫手法，運用重疊、頂真、回環的方式，造成連環不解、層層深入的意境。

吳弘道

吳弘道，字仁卿，號克齋，蒲陰（今河北安國）人，曾官江西省檢校掾史。著有散曲集《金縷新聲》、《曲海叢珠》及雜劇《手卷記》等五種，均不傳。今存小令三十四首、套曲四套。《太和正音譜》：「吳仁卿之詞，如山間明月。」

一五〇　上小樓　錢塘❶感舊

虛名仕途⊙微官苟祿❷⊙愁裡南閩❸。客裡東吳❹⊙夢裡西湖❺⊙到寓居❻⊙問士夫❼⊙都為鬼錄❽⊙消磨盡、舊時人物⊙

【格　律】〈上小樓〉是中呂宮的曲牌。可以作小令、散套或雜劇。有么篇換頭，小令不用，套數宜用。其調式為「四、四、四、四、四、三、三、四、七」，共九句五韻或六韻、七韻、八韻、九韻。第三、四、六、七句可不叶韻，末句宜作上三下四：「｜一一、｜一一去」。其平仄格律如下：

十一ム平⊙　十一平去⊙　十｜一一（或作十一｜｜）。　十｜一一（或作十一｜｜）。
十｜一一（或作十一一｜）⊙　｜十一。　十｜平。　十一平去⊙　｜一十、｜一平去⊙

【注　釋】❶錢塘　縣名。元代屬杭州路。❷苟祿　只圖眼前小小的俸祿。❸南閩　福建的南部。福建省古稱閩。❹東吳　指江蘇蘇州地區。❺西湖　在杭州西邊。❻寓居　寄居的客店。❼士夫　指文人學士。❽鬼錄　刊載死者姓名的書冊。《文選・曹丕・與吳質書》：「昔年疾疫，親故多離其災……觀其姓名，已為鬼錄。」

【語　譯】為了虛名，我曾走上仕途；做過小小的官吏，苟且得到一些俸祿。我曾經憂愁地浪跡福建南部，作客於江蘇蘇州一帶，也曾如夢如幻地住過杭州的西湖。如今重到西湖寄居的旅店，訪問以前相識的士子，他們都已亡故。歲月不饒人，消磨盡前代的風流人物。

【賞　析】本篇是作者重遊錢塘，悼念故友的作品，充滿著人世滄桑的感慨。

開頭兩句表現出作者位卑官小、潦倒不得志的意思。作者雖曾任江西省檢校掾史，但那是從七品的芝麻小官，只負責檢查列曹文字的稽滯違錯者糾而正之，不能發揮雄才大志。用「虛」形容「名」，用「微」形容「官」，用「苟」形容「祿」，都有鄙視的意思。

接著三句用對句的格式，回憶他旅遊江南的情形。「愁」、「客」、「夢」三個動詞表達了不同的感情成分。「愁」表示不愉快的回憶，「客」表示平淡的回憶，「夢」表示夢寐以求的回憶。

末四句寫他重回西湖故居，訪問舊友，都成了故物，引起無限的感傷。鍾嗣成的《錄鬼簿》在「前輩已死名公才人」部分的按語：「其所編撰，余友陸君仲良，得之於克齋先生吳公。」克齋就是本篇作者吳弘道的號，可見這一部分的資料是作者提供的，這些前輩已死名公才人正是本曲「問士夫，都為鬼錄，消磨盡舊時人物」。至於書名《錄鬼簿》是否也受本曲的影響，那就不得而知了。

一五一　金字經

太平❶誰能見⊙萬村桑柘煙❷⊙便是風調雨順❸年⊙田⊙綠雲❹無盡邊⊙窮知縣⊙日高猶自眠❺⊙

【格律】詳見馬致遠〈金字經〉（絮飛飄白雪）。（頁一三七）

【注釋】❶太平　社會安定和平，連年豐收。❷萬村桑柘煙　萬村中樹木葱翠，炊煙繚繞。柘，落葉灌木，葉可養蠶。❸風調雨順　風雨及時，五穀豐收。❹綠雲　形容禾苗茂盛的樣子。❺日高猶自眠　太陽老高了還在睡大覺。

【語譯】太平盛世，幾人能見到？現在千村萬戶綠樹濃密、炊煙裊裊，便是風調雨順、五穀豐登的年歲。田地上，禾苗茂盛，一望無盡，有如綠雲一片。窮知縣，官清政閒，日上三竿還在睡大覺呢！

【賞析】本篇描寫一位縣官看到風調雨順、五穀豐登的喜悅心情。作者大德年間曾任江西省檢校掾史，而大德年間算是元朝比較太平的時候，所以本篇大體上反映了當時社會的情況及作者生活真實的寫照。

首三句描寫廣大農村的太平景象。採用先抑後揚的寫法：第一句強調太平的難遇，因為太平必須具備兩個條件，一是政治上要安定和平，二是經濟上要連年豐收，符合兩個條件並不容易。接著兩句寫目前太平的景象，就覺得難能可貴了。借著桑柘炊煙等自然景物顯示農村生活安定、農事興盛的氣象。

四、五句，寫一片綠油油的田地，是豐收前的景象。第四句只有一個字，是本曲的特色。

六、七句寫官清政簡，是另一個太平的要件。知縣清廉自守，無為而治，不苛擾百姓，因此政治清明。李白〈贈崔秋浦〉詩：「崔令學陶令，北窗常晝眠。……見客但傾酒，為官不愛錢。」本篇末二句取意於此，寫來形神畢現，韻味無窮。元朝是中國歷史上政治最黑暗、社會最混亂的時代，所以反映在元曲作品中，批評政治黑暗、社會動亂的作品較多，像本篇這樣歌頌風調雨順、官清政明的作品，真如鳳毛麟角，彌足珍貴。

一五二　撥不斷　閒樂

泛浮槎❶⊙寄生涯⊙長江萬里秋風駕⊙稚子和煙煮嫩茶⊙老妻帶月包新鮓❷⊙醉時閒話⊙

【格　律】詳見姚燧〈撥不斷・四時景〉（楚天秋）。（頁一一〇）

【注　釋】❶槎　竹筏或木筏。❷鮓　古人把魚貯藏起來作食品，如醃魚、糟魚之類。

【語　譯】飄浮著木槎，隨處寄託我的生涯。在秋風送爽的萬里長江，把一葉小舟來駕。小孩子在煙霧中烹煮嫩茶，老妻在月色中包製新醃的魚鮓。喝醉酒悠閒地談話。

【賞　析】本篇描寫閒居生活的樂趣。逍遙自在，清麗脫俗，有不食人間煙火的境界。

開頭三句寫寄身於長江，駕著浮槎，來往各地，無拘無束，自由自在。

四、五兩句對偶工整，寫一家安樂悠閒的生活。「稚子」對「老妻」，一老一少，指人物。「和煙」對「帶月」，一晝一夜，指時間，語帶煙霞。「煮嫩茶」對「包新鮓」，第一字都是動詞，第二字形容詞，第三字名詞，「茶」與「鮓」都是江上生活典型的物品。

末句總結上意，畫龍點睛地寫出悠閒之樂，切合題目。

本篇六句，句句押韻，讀起來聲調非常協和。而所押的韻又是開口的家麻韻（a，Y），聲音響亮開闊，表現出豪放、粗闊的聲情，極合本篇的情意。句法方面，首二句及末句短句宏亮，中間三句長句迂迴，錯開使用，變化有致。元曲作家喬吉曾說：「作樂府要如鳳頭、豬肚、豹尾。」也就是說開頭要像鳳頭一般俊快、美麗，中間要像豬肚一般充實、豐滿，末尾要像豹尾一般響亮、有力。本篇結構正是符合這樣的法度。

趙善慶

趙善慶，字文賢，一作字文寶，饒州樂平（今江西樂平）人。善卜術，曾為陰陽學正。著有雜劇《教女兵》、《七德舞》等八種，今皆不傳。今存小令二十九首，多為寫景抒懷之作。《太和正音譜》：「趙文寶之詞，如藍田美玉。」

一五三　沈醉東風　秋日湘陰❶道中

山對面、藍堆翠岫❷⊙草齊腰、綠染沙洲⊙傲霜❸橘柚青。濯雨蒹葭秀⊙隔滄波❹、隱隱❺江樓⊙點破❻瀟湘❼萬頃秋⊙是幾葉兒、傳黃敗柳❽⊙

【格律】詳見胡祗遹〈沈醉東風〉（月底花間酒壺）。（頁三三二）

【注釋】❶湘陰　今湖南省湘陰縣。❷藍堆翠岫　指秋天的山色變深變暗。岫，山。❸傲霜　不屈服於秋霜。❹滄波　深綠色的波浪。❺隱隱　隱約；不分明。❻點破　點綴。這裡有顯示出來的意思。❼瀟湘　瀟水、湘江。

瀟水在湖南省南部，發源於九嶷山，至零陵縣的蘋州注入湘江。❽傳黃敗柳　衰敗的柳樹顯出黃色。

【語　譯】對面的青山，堆疊著層層深藍的樹色；齊腰的野草，把沙洲渲染成一片碧綠。經歷了秋霜，橘柚更加的青綠茂盛；秋雨洗濯後，蒹葭顯得更為疏秀。隔著蒼茫的江波，隱隱約約出現了對岸的樓臺。點破瀟湘萬頃秋光的，正是那幾葉兒枯黃的衰柳。

【賞　析】湘陰是湘江下游、洞庭湖南岸的一座小城，山青水綠，生意盎然。本篇描寫湘陰秋景，充滿欣喜之情，最後一句才以衰柳飄黃透露出秋的淒涼。

首二句從遠山近水描寫秋景，對偶工整，顏色鮮明。「藍堆翠岫」形容山上樹木茂密濃深，「堆」字有堆疊、濃密、聚合的意思。「綠染沙洲」形容水邊綠草如茵，「染」字與「堆」字對比，有疏淡、淡抹的意思。

次二句承上而來，進一步說明草木茂盛的原因。「橘柚青」正是第一句「藍堆翠岫」的具體說明，「蒹葭秀」正是第二句「綠染沙洲」的實際景物。「傲」表示一種心態，「濯」表示一種動作，不但生動地描寫景物，也透露了作者高潔的情志，足見作者鍊字之工巧。

第五句「隔滄波隱隱江樓」，承上啟下。煙水蒼茫，江樓迷離，令人想起杜牧〈南陵道中〉詩：「正是客心孤迥處，誰家紅袖凭江樓。」淡淡的哀愁呼之欲出。

末二句正面描寫秋景，從「一葉落而知秋」出發。一片枯黃衰敗的柳葉點破萬頃秋光，「點破」二字一方面表示柳葉傳黃引發了作者茫茫秋思，一方面柳葉飄黃也給寂靜的秋光帶來了動態、生動的意境。

一五四 普天樂 江頭秋行

稻粱肥。蒹葭秀❶⊙黃添籬落❷。綠淡汀洲❸⊙木葉空。山容瘦❹⊙沙鳥翻風知潮候❺⊙望煙江、萬頃沈秋❻⊙半竿落日。一聲過雁。幾處危樓❼⊙

【格　律】詳見滕賓〈普天樂〉（淡煙迷）。（頁一六八）

【注　釋】❶蒹葭秀　蘆葦開花。秀，抽穗開花。❷黃添籬落　籬笆旁邊開了黃色的菊花。籬落，即籬笆。❸綠淡汀洲　汀洲上的草木開始凋零，消退了綠意。汀洲，水邊的沙地。❹山容瘦　山的容貌消瘦。❺潮候　潮水變化的跡象。❻沈秋　深秋。❼危樓　高樓。

【語　譯】田中的稻粱長得又肥又大，江上的蘆花開得美麗清秀。籬邊增添了黃花，洲邊消褪了綠草。樹葉凋盡，山容消瘦。從沙鳥翻飛中，知道潮水起落的跡象；望著煙霧迷漫的萬頃波浪，領悟了深沈的秋色。黃昏的時候，天邊只剩半竿落日，傳來一聲過雁，點綴幾處危樓。

【賞　析】本篇是作者秋天在江邊漫步，描寫所見所聞。信手寫來，都成妙境。曲文俊雅，富於情趣，不同於一般詩人的悲秋之作。

「稻粱肥，蒹葭秀」，描寫秋收的景象，句法簡短，對偶工整。稻粱肥碩纍纍，蘆葦蕭疏秀美。一肥一瘦，一疏一密，造成強烈的對比。

「黃添籬落，綠淡汀洲」，顏色鮮豔，寫景如畫。一黃一綠，一濃一淡，一進一退，渲染秋色，既富生機，又富詩意。

「木葉空，山容瘦」，描寫秋山衰落的景象。此一對句不同於前兩對，它有因果的關係，是層進的，不是對立的。由於木落千山，所以山容消瘦。「空」、「瘦」二字都用得好，特別是「瘦」字傳神地表達了秋山清癯的容貌。

「沙鳥翻風知潮候，望煙江萬頃沈秋」，描寫仰觀秋空、遠望秋江的景物。「沈」字用得很活，秋色本是抽象的，用一「沈」字使它成為有重量、可觸摸的東西，化虛為實。不僅形容秋色，也還帶有心情沈重的感情成分。

「半竿落日，一聲過雁，幾處危樓」，借景抒情，用「落日」、「過雁」、「危樓」三件景物引起思鄉之情。「半竿」、「一聲」、「幾處」幾個量詞用得很活，不但使畫面充滿了疏宕的趣味，也把作者的愁情淡化為若有若無，因而顯得從容典雅。

一五五　慶東原　泊❶羅陽驛

砧聲❷住。蛩韻❸切⊙靜寥寥❹門掩清秋夜⊙秋心鳳闕❺⊙秋愁雁

堞❻⊙秋夢胡蝶❼⊙十載故鄉心。一夜郵亭❽月⊙

【格　律】詳見白樸〈慶東原〉（忘憂草）。（頁八五）

【注　釋】❶泊　停船。❷砧聲　擣衣聲。砧，槌衣裳的石頭。❸蛩韻　蛩吟聲。蛩是蟋蟀，其吟聲有韻律，故稱蛩韻。❹寥寥　寂靜空虛的樣子。❺鳳闕　宮殿名。漢武帝所建。《漢書・東方朔傳》：「今陛下以城中為小，圖起建章，左鳳闕，右神明，號稱千門萬戶。」❻雁堞　城牆。堞是城上的短牆，因排列整齊，有如雁陣之有序，故稱雁堞。❼胡蝶　指美夢。用《莊子・齊物論》莊周夢為胡蝶的故事。❽郵亭　古代官方供傳遞文書、公物者休息或換馬的房舍。

【語　譯】擣衣聲漸漸地停止了，蛩吟聲更加的淒切。清秋的夜晚，靜悄悄地深鎖著大門。淒涼的秋天，令人懷念鳳闕；悲愁邊城，夢化蝴蝶。今夜面對著郵亭的明月，引起我十年思念故鄉之情。

【賞　析】本篇是作者旅途停泊羅陽驛，抒發客愁的作品。浙江省瑞安縣東北有羅陽縣，不知是否此處。

首三句借砧聲蛩韻襯托秋夜的淒涼寂靜。「砧聲住，蛩韻切」對偶工整，既精鍊又生動。古代有送秋衣的習慣，所謂「長安一片月，萬戶擣衣聲」。入夜時分，家家戶戶都在擣衣，聲音本來很大，隨著夜深人靜，擣衣聲漸漸稀疏平息了。此時始覺秋蛩的吟聲淒切，在更深人靜的時候，一點聲響都聽得很清楚，何況蛩聲清亮而尖銳，刺痛了遊子內心深處，因而愁思百轉，輾轉難眠。在蛩聲陪襯之下，秋夜更加寂靜冷清。「靜寥寥門掩清秋夜」，承上兩句而來，由遠而近，由動而靜，先是擣衣聲響，然後蛩聲淒切，再到靜悄悄的房門，組成淒清秋夜的景象。

四、五、六句對偶整齊，每句首字疊用「秋」字，雖字面工巧，但因刻意的修飾與過分的雕琢，使得曲意不自然、不明白，減低讀者感動力，不如前三句貼切情境，動人心絃。

末二句對偶工巧，是倒裝句法。顯然從「舉頭望明月，低頭思故鄉」及「一夕高樓月，萬里故鄉心」脫化而來。

馬謙齋

馬謙齋，生平不詳。從作品中可以知道他曾在大都、上都等地做過官，後來辭官歸隱，住在杭州，與張可久同時。現存小令十七首。

一五六　柳營曲　歎世

手自搓❶⊙劍頻磨❷⊙古來丈夫❸天下多⊙青鏡摩挲❹⊙白首蹉跎❺⊙失志困衡窩❻⊙有聲名、誰識廉頗❼⊙廣才學、不用蕭何❽⊙忙忙的逃海濱。急急的隱山阿❾⊙今日箇⊙平地起風波❿⊙

【格　律】〈柳營曲〉，即〈寨兒令〉。詳見周文質〈寨兒令〉（挑短檠）。（頁二二四）

【注　釋】❶手自搓　摩擦手掌。急於有所作為的樣子。❷劍頻磨　手中劍磨了又磨。躍躍欲試的樣子。❸丈

夫　男子漢。❹青鏡摩挲　用手撫摩青銅鏡。❺蹉跎　光陰白白地過去。❻衡窩　簡陋的房屋。衡，即「橫」。古時以橫木為門，稱衡門。❼廉頗　戰國時趙國的名將。趙惠文王時官拜上卿，屢建戰功。趙孝成王十五年，他戰勝燕軍，任相國，封信平君。趙悼襄王時不得志，逃奔魏國，最後客死楚國。見《史記・廉頗藺相如列傳》。❽蕭何　漢初名臣。沛縣人，幫助劉邦打敗項羽，建立漢朝。見《史記・蕭相國世家》。❾山阿　山丘；山坡。阿，曲隅。❿風波　借指仕途的凶險。

【語　譯】摩擦著手掌，磨礪了寶劍；躍躍欲試，想建立一番功業；古來這樣的男子漢大丈夫多的是。但是他們摩撫著青銅鏡，照見了白頭髮；光陰白白的逝去，卻不得志地困守在簡陋的房屋。像廉頗那樣有聲名的人，今日誰認識他呢？像蕭何那樣廣才學的人，卻不受世人重用。只落得急忙的逃奔海濱，急忙的隱遯山丘。今日箇平白地引起仕途的險惡風波。

【賞　析】本篇感歎功名虛浮，壯志難酬，官場險惡，倒不如隱居樂道。反映出元代讀書人的苦悶心情。對偶工整，語言通俗，是難得的佳作。

首三句說明古代許多士子摩拳擦掌，磨礪以須，以報效國家為榮耀。但是得志者少，失意者多。

次三句即說明這些士子不遇的苦況：歲月空老，時日蹉跎，困居衡門，終身潦倒不得志。

七、八兩句借廉頗與蕭何來歎世：廉頗是趙國名將，伐燕敗齊，天下聞名；蕭何是漢初名相，收秦圖書，瞭解天下大勢，劉邦打敗項羽，正是得力於他才學廣博。如今像廉頗這樣有名聲、蕭何這樣廣才學的人，都得不到君王的賞識與重用，何況一般人呢？此二句用典恰當，借古諷今。

末四句承上，因士子不受重用，因此急忙地逃隱山丘海隅，以避災難。「平地起風波」是平白地引起災禍，即無事生非、禍從天降的意思。元朝政治腐敗，壓迫讀書人，當時有「九儒十丐」之稱。作者在此替元朝的讀書人發出了不平之鳴。

一五七　快活三帶朝天子四邊靜　夏

恰簾前社燕❶忙⊙　正枝頭楚梅❷黃⊙　當空畏日❸熾炎光⊙　楊柳陰迷深巷⊙

北堂❹⊙草堂❺⊙人在羲皇上❻⊙亭臺瀟灑❼⊙近池塘⊙睡足思新釀❽⊙竹影橫斜。荷香飄蕩⊙一襟滿意涼⊙醉鄉❾⊙豔妝⊙水調❿誰家唱⊙紅塵⓫千丈⊙豈羨功名紙半張⓬⊙漁樵閒訪⊙先生豪放⊙詩狂⊙酒狂⊙志不在凌煙⓭上⊙

【格律】〈快活三〉、〈朝天子〉、〈四邊靜〉都是中呂宮的曲牌，高低相同，聲情一致，故可作成帶過曲。〈朝天子〉詳見劉致〈朝天子・邸萬戶席上〉（柳營）。（頁二九一）

〈快活三〉可作小令、散套或雜劇。其調式為「五、五、七、五」，共四句四韻，首二句宜作對句，平叶，但也有仄叶者。末句宜作「｜｜——去」。其平仄格律如下：

一一＋｜一（或作一一＋｜去）⊙　＋＋｜一一（或作＋＋｜一去）⊙　＋一＋｜｜一一⊙　｜｜一一去⊙

〈四邊靜〉可以作小令、散套或雜劇。其調式為「四、七、四、五（四）、四、五」，共六句六韻。第五句可破為二字二句，本曲即是。末句宜作「｜｜一一去」。其平仄格律如下：

一一一去⊙　＋｜一一＋｜一⊙　一一＋ㄙ⊙　一一一去⊙　一一ㄙ一（或作一｜一一）⊙　＋｜一一去⊙

【注　釋】❶社燕　相傳燕子在春天的社日從南方飛來，秋天的社日飛回去，故稱社燕。❷楚梅　酸梅。梅子在農曆四、五月間成熟，此時江南的天氣潮溼悶熱，常下雨，稱為黃梅雨。❸畏日　夏天的太陽。《左傳・文公七年》：「酆舒問於賈季曰：『趙衰、趙盾孰賢？』對曰：『趙衰冬日之日也，趙盾夏日之日也。』」杜預注：「冬日可愛，夏日可畏。」故稱夏日為畏日。❹北堂　古代主婦所居住的房子。❺草堂　茅草蓋的房子。常代表隱居。❻人在羲皇上　古樸自然，像伏羲時代以上的人。陶潛〈與子儼等疏〉：「五、六月中，北窗下臥，遇涼風暫至，自謂是羲皇上人。」❼瀟灑　清麗高雅。❽釀　酒。❾醉鄉　酒醉之後，神志不清的境界。❿水調　曲調名。相傳為隋煬帝所創。⓫紅塵　指人間的繁華熱鬧。⓬功名紙半張　楊萬里〈燈下讀山谷詩〉詩：「百年人物今安在？千載功名紙半張。」⓭淩煙　指淩煙閣。唐太宗曾在此畫出開國功臣的肖像。

【語　譯】現在恰是簾前燕子，飛上飛下，忙忙碌碌的時候；正是枝頭梅子成熟，黃澄澄的時候。天空可怕的太陽，射出炎熱的陽光；楊柳茂密，陰森森的遮住了長巷。　高臥北窗，隱居草堂；

涼風吹來，飄飄欲仙；像是羲皇上人一樣逍遙自在。窗外，池塘旁邊有清麗脫俗的亭臺，睡飽起來，還有新酒可以品嚐。池邊的竹影參差可愛，荷花隨風飄來陣陣清香；涼風吹上我的衣裳，感覺滿身舒暢涼爽。陶醉在酒鄉，欣賞豔妝，〈水調〉歌曲誰家唱？ 世上的繁華富貴，就像紅塵千丈，我哪裡羨慕虛浮的功名像紙半張？我喜歡豪放不拘的生活，空閒時訪問樵夫漁郎。我是愛好吟詩、喜歡喝酒的人，志向不在淩煙閣上。

【賞　析】這是一首帶過曲，集合了〈快活三〉、〈朝天子〉、〈四邊靜〉三個曲牌而成。這三曲宮調相同（都是中呂宮），高低一致，音樂協和，所以可連下來填。就從這三曲末句都是「｜｜一一去」的格律，也可以看出它們音樂關係的密切。作者本來寫了四首，分詠春、夏、秋、冬四季。這是詠夏詞。

〈快活三〉短短四句，描寫夏天的景色。前二句對偶工整，寫景如畫，社燕紛飛，楚梅黃落，正是江南夏天代表的景致。後二句強調炎熱，夏日可畏，散發著熾熱的陽光，而楊柳陰下卻是十分涼爽，造成了強烈的對比。

〈朝天子〉進一步描寫炎夏閒適的生活。所謂「夏日炎炎正好眠」，高臥北窗，清風徐徐吹來，真是快活如神仙。北窗既可沈睡，亦可飲酒，又可觀賞窗外亭臺瀟灑、荷香飄蕩、竹影橫斜等清麗的景致，更可陶醉酒鄉、聽豔妝歌唱，作者真是懂得消暑之道。

〈四邊靜〉進一步表示自己的人生觀，不羨功名，不求利祿，只希望隱居樂道。「詩狂，酒狂」二句本是一個四字句，這裡分成二、二兩句，而又疊韻，造成了音律之美。

這篇帶過曲寫得很有條理，意思一層深入一層，先寫夏日的景色，再寫消夏的生活，最後提出自己對人生的看法。層次分明，精采之至。

張可久

張可久，字小山，慶元（今浙江鄞縣）人。早年做過掌稅收的路吏、掌省署文牘的首領官及桐廬的典吏。一生懷才不遇，浪跡江湖。晚年隱居杭州，吟詠不絕。元至正八年仍在，年八十歲以上。他是元代最重要的散曲作家，當時已刊行《今樂府》、《吳鹽》、《蘇隄漁唱》，後來編成《小山北曲聯樂府》三卷、《外集》一卷。《全元散曲》輯有小令八五五首、套數九，是元代散曲作品最多的作家。他的作品清麗文雅，擅長以詩境、詞境融入曲中。朱權《太和正音譜・古今英賢樂府格勢》：「張小山之詞，如瑤天笙鶴。其詞清而且麗，華而不豔，有不喫煙火食氣，真可謂不羈之材。若被太華之仙風，招蓬萊之海月，誠詞林之宗匠也。當以九方皋之眼相之。」

一五八　人月圓　山中書事

興亡千古繁華夢。詩眼❶倦天涯⊙孔林❷喬木。吳宮❸蔓草。楚廟❹寒鴉⊙

數間茅舍。藏書萬卷。投老❺村家⊙山中何事。松花釀酒❻。

春水煎❼茶⊙

【格律】〈人月圓〉，創始於宋駙馬王詵（字晉卿），其歌詠元宵詞云：「年年此夜，華燈盛照，人月圓時。」調名取此。元曲沿用詞調，專作小令，不入套曲，也不宜加襯字。宮調屬黃鍾宮。分上下闋，其調式為「七、五、四、四、四」，「四、四、四、四、四、四」，十一句四韻。四字句可作對句。其平仄格律如下：

＋－＋｜－－｜。＋｜｜－－⊙　＋－＋｜。　－－＋｜。　＋｜－－⊙　＋－＋｜。

＋－＋｜。＋｜－－⊙　＋－＋｜。　－－＋｜。　＋｜－－⊙

【注釋】❶詩眼　詩人的眼光。❷孔林　孔子的墓地。在山東省曲阜縣北，墳中雜樹成林。相傳孔子弟子各自其鄉攜樹來植，故名孔林。❸吳宮　吳國的宮殿。在江蘇省吳縣，即春秋時吳都姑蘇。❹楚廟　指戰國時楚國的宗廟。在湖北省江陵縣。❺投老　到老；終老。❻松花釀酒　用松花釀造的酒，稱為松花酒。岑參〈題井陘雙溪李道士所居〉詩：「五粒松花酒，雙溪道士家。」❼煎　煮。

【語譯】千古興亡的事蹟，有如一場繁華的美夢；詩人的眼裡，早就厭倦了流浪的生活。孔子的墓地，樹林已高大無比；吳王的宮殿，也蔓草叢生；而楚王的宗廟，更棲息著寒鴉。　山中建築幾間茅舍，收藏萬卷圖書，可以終身隱居村家。山中做什麼事呢？採來松花釀成美酒，取來春水煎煮茗茶。

【賞析】本篇抒寫山中生活的情趣。上闋寫參悟世情，是歸隱的原因。由「孔林喬木」、「吳宮蔓草」、「楚廟寒鴉」三件古蹟領悟了千古興亡的夢幻，因而厭倦流浪的生涯，歸隱山中，過著寧靜安適的生活。首二句一節，次三句一節，妙在「詩眼倦天涯」承上啟下。「孔林」三句對偶工整，充滿懷古之情。孔子是中國偉大的教育家，首先開創平民教育事業，有弟子三千，得道者七十二，後世尊為至聖先師；如今孔子的墳墓聳立著高大的樹木，偉大的孔子已經不在了。吳王是春秋時代南方的霸主，如今他的宮殿叢生著蔓草，他的霸業又在哪裡呢？楚國是戰國時代的強國，如今楚國的宗廟棲息了幾隻烏鴉，昔日的繁華已經不見了。可見興亡、繁華都像一場夢幻，還不如隱居山中來得實在。

下闋描寫隱居山中的樂趣。首三句一節，次三句一節。「山中何事」既切合題旨，也引起下文，問得好。「松花釀酒，春水煎茶」緊接上句，回答得簡捷明快，而且造語清新，對仗工巧，是本曲的精華，也符合曲中重尾的格律。隱居山中，飲著酒，品著茗，看看書，悠閒自在，無憂無慮，可以終老一生了。

〈人月圓〉本是詞調，加上作者是清麗派的代表作家，本曲寫來清新脫俗，頗有世外桃源的境地。

一五九　塞鴻秋　春情

疏星淡月秋千院❶⊙愁雲恨雨芙蓉面❷⊙傷心燕足留紅線❸⊙惱人鸞影❹閒團扇❺⊙獸爐❻沈水❼煙⊙翠沼❽殘花片⊙一行行寫入相思傳⊙

【格　律】詳見貫雲石〈塞鴻秋・代人作〉（戰西風幾點賓鴻至）。（頁一八三）

【注　釋】❶秋千院　設有秋千的院落。秋千，也作「鞦韆」。一種遊戲的器具。蘇軾〈春夜〉詩：「秋千院落夜沈沈。」❷芙蓉面　女子的容顏嬌美，有如荷花一般。芙蓉，荷花。白居易〈長恨歌〉：「芙蓉如面柳如眉。」❸燕足留紅線　南朝衛敬瑜早死，他的妻子十六歲就守寡，她住的地方有燕巢，常有雙燕飛來飛去，後來只剩下一隻燕子孤飛，她看了很覺感慨，就用紅線繫在那燕足上，作為記號。第二年，燕子再飛回來，紅線還在牠腳上，她傷心地做了一首詩：「昔年無偶去，今春猶獨歸。故人恩既重，不忍復雙飛。」事見《南史・孝義下・張景仁傳》附〈衛敬瑜妻王氏〉。❹鸞影　相傳鸞鳥雌雄相守，離則傷悲，照見鏡中的影子，悲鳴而絕。事見《異苑・鸞鳴》。後人因用以形容失偶的哀愁。❺團扇　圓形的扇子。漢班婕妤〈怨歌行〉：「新裂齊紈素，皎潔如霜雪。裁為合歡扇，團團似明月。出入君懷袖，動搖微風發。常恐秋節至，涼風奪炎熱。棄捐篋笥中，恩情中道絕。」後以「秋扇見捐」比喻女子遭棄。❻獸爐　獸形的香爐。❼沈水　即沈香、沈水香。❽翠沼　綠色的池子。

【語　譯】疏星淡月，靜靜地照在秋千院落；美人的臉上，布滿著哀怨與淚痕。傷心的是：燕子重回，足上仍留著昔日的紅線。惱人的是：鏡裡形單影隻，像是無用的團扇被棄一旁。獸形的香爐中沈香裊裊，綠色的池塘裡落花片片。這一樁樁的情景都可以寫入相思傳。

【賞析】本篇抒寫春夜閨中女子寂寞相思之情。首句點出時間，春天晚上，疏星淡月，秋千院落，一切景物依舊，而伊人離去，想起以前幸福的生活，怎不觸景傷情？次句寫別後相思之愁。「雲」、「雨」形容愁恨之多，而「雲」又隱指臉色，「雨」則暗示淚水，「芙蓉面」形容女子的美貌，都是用比喻的手法。三句借「燕足留紅線」的故事，抒發失去伴侶的孤單淒涼，前年燕子飛去，今年又重回舊巢，可是伊人離去，卻不見回來，這般薄倖，令人傷心。四句攬鏡自照，顧影自憐，歎秋扇之見捐，悲容顏之憔悴。「鸞影」、「團扇」常是孤獨失意女子的自喻，這兩個典故用得極為恰當，尤其「閒」字有棄置不用的意思，表現了閨怨。五、六兩句，一寫室內之景，一寫室外之景。「沈」字有深沈漫長之意，表達了夜長漫漫，輾轉難眠之情。「殘花片」是暮春的景象，片片落花，隨水而去，一如往日的幸福，一去不回，所以末句總結上文——一行行寫入相思傳。「相思」正是本曲主要的情意。

全篇一氣呵成，沈鬱頓挫。除末句外，逢雙必對，又善於融化古人詩句，正是小山婉約清麗一貫的作風。

一六〇 小梁州 訪杜高士

杖藜❶十里聽松聲⊙隱隱相迎⊙飛來峰❷下樹青青⊙添清興❸⊙流水玉琴橫⊙

拂雲同坐苔花磴❹⊙桂飄香、滿地金星❺⊙山影寒。天光

淨⊙野猿啼月。詩在冷泉亭❻⊙

【格律】〈小梁州〉是正宮的曲牌。可以作小令、散套或雜劇。有么篇換頭，須連用。其調式為「七、四、七、三、五」，「七、七、三、三、四、五」，共十一句九韻或十韻、十一韻，第八句、十句可不叶。八、九兩句宜對。末句作「｜｜——」。其平仄格律如下：

＋—＋｜｜——⊙　＋｜——⊙　＋—＋｜｜——⊙　——厶⊙　＋｜｜——⊙　＋—＋｜—厶⊙　＋—＋、＋｜——⊙　＋｜＋。　——去⊙　＋—＋厶。　＋｜｜——⊙

【注釋】❶杖藜　拄著藜杖。藜的老莖輕而堅，可以做拐杖。杖當動詞用。❷飛來峰　山峰名。也叫靈鷲峰。在浙江省杭州市西湖之西、靈隱山東南。❸清興　清靜高雅的興致。❹磴　石階。❺金星　如星星般的小光點。❻冷泉亭　亭名。在杭州飛來峰下。

【語譯】拄著藜杖走上山路，十里外就聽到松風颯颯，彷彿相迎。飛來峰下草木青青，山谷裡傳來流水琤琤，好像玉琴聲，增添幾分清幽的情興。　我和你同坐長滿青苔的石階，白雲飛過我們頭頂；桂花飄香，看上去好像天上紛紛墜落的小金星。山影清寒，天光明淨，野猿對月長鳴，冷泉亭充滿著詩的意境。

【賞析】本篇描寫訪問杜高士所看到的景物。上闋寫途中的景致。杜高士隱居在飛來峰上，前三句寫一上山就聽到十里松聲，看到草木青青，耳目為之一新，已置身在一片碧綠幽靜的境界之中。

「杖藜」二字切合「訪問」的題旨，並引起下文。後二句寫山上泉水琮琮，如玉琴聲，增添清幽之情致。「添」字承上啟下，有層遞之妙。「清興」、「玉琴」使人聯想流水之清澈與潔淨，頗有韻致。

下闋寫偕杜高士同遊冷泉亭。冷泉亭在飛來峰下，白居易〈冷泉亭記〉：「亭在山下水中……雲從棟生，水與階平。」前二句寫與杜高士同坐在長滿青苔的石階上，頭上雲氣瀰漫，地上飄滿了桂香。「桂子飄香」是張子韶的名句，多麼美的秋景。後四句接寫眼前的秋景——山影清寒，天光明淨，明月當空，傳來陣陣猿聲，冷泉亭充滿了詩情畫意。這四句由短而長，一氣呵成，曼妙有致。

題目「訪杜高士」，而內容似乎側重在「飛來峰」與「冷泉亭」的景物描寫，沒有一句寫杜高士。但在清靜幽美景物的背後，一個清高絕俗、與世無爭的隱士已經被襯托出來了。

一六一　醉太平　登臥龍山❶

黃庭小楷❷⊙白紵❸新裁⊙一篇閒賦寫秋懷⊙上越王古臺❹⊙半天虹雨殘雲載⊙幾家漁網斜陽曬⊙孤村酒市❺野花開⊙長吟去來❻⊙

【格　律】 詳見王元鼎〈醉太平·寒食〉（聲聲啼乳鴉）。（頁二九八）

【注　釋】❶臥龍山　山名。在浙江省紹興縣，即會稽山。越王句踐被吳打敗，以甲、楯五千棲於此。盤繞迴抱，形如臥龍。因越大夫文種葬於此，又名種山。❷黃庭小楷　相傳王羲之曾用小楷書寫《黃庭經》。一說魏晉間人書，非羲之書。黃庭，即《黃庭經》，道經名。❸白紵　古樂府有〈白紵歌〉。紵，一作「苧」。麻的一種，可以織布。❹越王古臺　越王句踐登高眺望的地方。在今浙江省紹興縣臥龍山上。❺酒市　賣酒的地方。❻去來　猶言去也。來，作助詞用。陶潛有〈歸去來兮辭〉。

【語　譯】用《黃庭》小楷，書寫新製的〈白紵歌〉。登上越王臺遠眺，引起無限的秋懷，寫下一篇抒發閒愁的辭賦。雨過天晴，天邊殘雲片片，襯托著一彎彩虹；斜陽下，幾戶漁家在門前曬著漁網；孤村上，酒家前開遍了野花。禁不住也學陶淵明高吟「歸去來兮」。

【賞　析】本篇抒寫秋日登高所見的景物及情懷。臥龍山在浙江省紹興縣，越王句踐為吳所敗，棲兵於此。上有越王臺，越王常在此眺望故國，歷經十年生聚，十年教訓，終於打敗吳國，復興越國。今日登上越王古臺，眼前景物依舊，而人事已非，引起無限的秋懷。

首二句對偶工整，「黃庭」對「白紵」，顏色鮮明；《黃庭經》是道家的經典，而〈白紵歌〉是樂府的詩篇，旗鼓相當；用《黃庭》的小楷寫新裁的〈白紵〉。三句承上，「一篇閒賦」即「白紵新裁」，而「寫秋懷」扣緊「黃庭小楷」，「秋懷」又是由下一句「上越王古臺」引起的。越王古臺在臥龍山上，此句承上啟下，不僅切合題意，也引起前三句的秋懷及後三句的景物，可說是一篇的關鍵。五、六、七三句描寫秋景，造語清麗，對仗工巧。末句承上三句，觸景生情，引發感慨，以作結束，也回應前面的「秋懷」。此句用陶潛〈歸去來兮辭〉的典故，表現隱居樂道的意思，也和臥龍山的字面相契合。

張可久是浙江人，長期生活於會稽一帶，對此地的風光景物，極為熟稔，名勝古蹟，如數家珍，所以寫來駕輕就熟，清麗自然。

一六二　一半兒　蒼崖禪師退隱

柳梢❶香露點荷衣❷⊙樹杪❸斜陽明翠微❹⊙竹外淺沙涵❺釣磯❻⊙樂忘歸⊙一半兒青山一半兒水⊙

【格　律】詳見王和卿〈一半兒・題情〉（別來寬褪縷金衣）。（頁二〇）

【注　釋】❶梢　樹枝的末端。❷荷衣　荷葉。❸杪　樹梢；木末。❹翠微　淺淡葱翠的山色。也指青山。❺涵　受水潤澤；包含。❻釣磯　釣魚時所坐的巖石。

【語　譯】清晨柳條末端清香的露水，滴滴輕點在荷葉上；黃昏時斜陽映照著樹梢，淺淡葱翠的山色一下子明亮起來。竹林外溪流裡，淺淺的細沙浸潤著釣磯。叫人樂而忘返的是眼前這一抹青山和一彎綠水啊！

【賞　析】本篇描寫蒼崖禪師的隱居生活。首三句寫景如畫，對偶工整。「柳梢」、「樹杪」、「竹外」，第一字都是名詞，第二字都是限制詞；「香露」、「斜陽」、「淺沙」，第一字形容詞，第二字名詞，詞性相對，而形容生動。尤其「點」、「明」、「涵」三個動詞，用得非常靈活，使這三句景物生動活潑起來，真有畫龍點睛之妙。柳條末梢晶瑩的香露一滴滴點在荷葉上，還在流動著呢！黃昏時，夕陽斜斜的映照在樹頂上，使葱翠的山色更明亮起來。竹林外溪流中淺淺的細沙涵潤在釣磯周圍。「涵」字寫出江水的明淨與光亮。末二句承上之意，表示隱居之後，遊山玩水，悠閒自在，真可以樂而忘歸了。

〈一半兒〉是元曲小令中最常用的曲調，由詞〈憶王孫〉變化而來。末句一定嵌兩個「一半兒」，是本調的特色，既靈巧而活潑，且常舉兩物做成對比，如本曲「一半兒青山一半兒水」，「青山」與「水」是本篇兩樣重要的景物。他如「一半兒芙蓉一半兒柳」、「一半兒行書一半兒草」都是兩物對比的寫法。另外要注意的是末韻不可用去聲，「水」、「柳」、「草」都是上聲，是本調的定格。

一六三　迎仙客　湖上送別

釣錦鱗❶⊙棹紅雲❷⊙西湖畫船❸三月春⊙正思家。還送人⊙綠滿前村⊙煙雨江南恨⊙

【格律】〈迎仙客〉，中呂宮曲牌。小令、散套、雜劇皆可使用。也可入正宮或南曲中呂宮。其調式為「三、三、七、三、三、四、五」，共七句五韻或六韻、七韻。首二句、四五兩句可對。末句作「｜｜－－去」。其平仄格律如下：

＋｜平⊙　｜－－⊙　＋－｜平－｜平（或作＋｜＋－－｜平）⊙　｜－－。　＋去平⊙

＋｜－－⊙　＋｜－－去⊙

【注　釋】❶錦鱗　有美麗斑紋的魚。❷棹紅雲　在晚霞滿天的湖面上划船。棹，划水行船。紅雲，形容湖波映日。❸畫船　彩畫美麗的遊船。

【語　譯】漁夫在湖邊釣起鮮豔的錦鱗，遊客在晚霞滿天的湖面上划著船，暮春三月，西湖裡畫舫如織。正在思念家鄉的遊子，卻在異鄉送起客來。朋友的船走遠了，只見前面村莊芳草連天，煙雨迷濛，阻隔了鄉關。這揮不去的新愁舊恨，又如何訴說得盡呵！

【賞　析】本篇寫到西湖送別朋友，因而引起自己的鄉愁。首三句寫西湖春天的景色，「錦鱗」、「紅雲」、「畫船」都是極鮮明的景物，把西湖點綴得富麗堂皇，生動美麗。次二句由景物轉入情感，寫出客中送客的無奈，詞語平淡而情感深刻，是一種對比的寫法。末二句借景抒情，凸顯客愁，達到情景交融的境地。芳草碧綠，煙雨迷濛，知心的朋友漸漸的離去了。遙望自己的家鄉，也阻隔在連天的芳草與迷濛的煙雨之中，內心的愁恨，豈是言語所能表達？

小令的體製短小，必須字字精鍊，方為佳作。本篇短短二十八字，寫景抒情，各擅其長，允合小令的體製。尤其「釣錦鱗，棹紅雲」二句，對偶工巧，造語新麗，不但顏色鮮豔，而且漁父釣魚的畫面，錦鱗跳動的聲音，划船的動作，雲霞的變化，如在吾人耳目之中，真是寫得有聲有色，精彩絕倫，因而成為家喻戶曉的名句。

本篇另外有一特色，即以美麗的景物襯托離別的苦情，而達到情景交融的境地。「釣錦鱗，棹紅雲，西湖畫船三月春」，此麗景也，「正思家，還送人」，此苦情也，景愈麗而情愈苦。而且送別之情是一層，思家之情又一層，重點則在思家之情，即所謂「煙雨江南恨」。

一六四　迎仙客　括山❶道中

雲冉冉❷⊙草纖纖❸⊙誰家隱居山半崦❹⊙水煙寒。溪路險⊙半幅青帘❺⊙五里桃花店❻⊙

【格　律】詳見上首「湖上送別」（釣錦鱗）。

【注　釋】❶括山　即括蒼山。在浙江省東南部。❷冉冉　緩慢移動的樣子。❸纖纖　草木茂盛的樣子。❹山半崦　被山遮蔽了一半。崦，一作「掩」。塊；片。❺青帘　酒旗。酒店掛在門前作標誌的青布旗。❻桃花店　酒店。古人將桃花浸在酒中，稱為桃花酒，可以治顏去病。

【語　譯】白雲輕飄，芳草萋萋。遠處屋舍半掩，不知隱居在這半山腰的是什麼人家？迎面煙雲水氣，瑟瑟清寒，傍溪的山路險阻奇絕。半面酒旗在風裡招搖，五里外就是賣酒的人家。

【賞　析】本篇歌頌山居生活的情趣。作者遊於括山道中，看到隱居山中的人家，房屋掩映在半山腰間，白雲悠悠，芳草纖纖，遠離世俗的塵囂，過著山水怡情，村店沽酒，平淡而清靜的生活，不知不覺地羨慕起那分悠閒自在的生活情境。

首三句寫出隱居的地方及景物：前兩句對仗工整，「雲」與「草」是山上典型的景物，「冉冉」與「纖纖」都是動態的形容詞，使得景物活潑起來；而隱居的人家，一半被山遮住，一半露在外面，更有一分神祕感。次二句「水煙寒，溪路險」，描繪山水，刻畫生動，對偶工巧。末二句「半幅青帘，五里桃花店」，寫五里之外就有村店可以沽酒，則是畫龍點睛之筆：雖然隱居山中，遠離塵囂，日常生活所需的物品卻很容易取得，不至於造成生活的不便。酒一直是古人生活情趣的泉源，此地既有隱居之實，又享飲酒之樂，可謂得地利之便，這是作者極力讚美的地方。

王國維《宋元戲曲史》：「元曲之佳處何在？……一言以蔽之，曰：有意境而已矣。何以謂之有意境？曰：寫情則沁人心脾，寫景則在人耳目，述事則如其口出是也。」這首曲子描寫括山道中所見的景物，生動逼真，如親眼所見，而作者所寄託的感情，沁人心脾，可以說是最有意境的曲子。

一六五　紅繡鞋　湖上

無是無非心事⊙不寒不暖花時⊙妝點西湖似西施❶⊙控青絲❷玉面馬❸。歌金縷❹粉團兒❺⊙信人生行樂耳❻⊙

【格　律】〈紅繡鞋〉，即〈朱履曲〉。詳見張養浩〈朱履曲〉（才上馬齊聲兒喝道）。（頁二〇八）

【注　釋】❶妝點句　宋蘇軾〈飲湖上初晴後雨〉詩：「水光瀲灩晴方好，山色空濛雨亦奇。若把西湖比西子，淡妝濃抹總相宜。」❷青絲　青色的絲繩，古人常用來繫馬。唐李賀〈莫愁曲〉：「青絲繫五馬。」❸玉面馬　白馬。唐段成式《酉陽雜俎・前集・一六》：「虜中護蘭馬五，白馬也，亦曰玉面。」❹金縷　曲調名。唐杜牧〈杜秋娘〉詩：「秋持玉斝醉，與唱〈金縷衣〉。」自注：「『勸君莫惜金縷衣，勸君須惜少年時。花開堪折直須折，莫待無花空折枝。』李錡長唱此辭。」❺粉團兒　指歌妓。打扮得粉妝玉琢一般的美麗。❻人生行樂耳　《文選・楊惲・報孫會宗書》：「人生行樂耳，須富貴何時。」

【語　譯】心裡沒有紅塵是非的困擾，又適逢寒暖適中、百花開放的季節。眼前的西湖，被春天妝扮得像西施一樣的美麗。駕御著青絲轡玉面馬，逍遙地在湖畔賞春，粉妝玉琢的歌妓們正唱〈金縷曲〉。人生真是要及時行樂呀。

【賞　析】本篇抒寫遊覽西湖，表達及時行樂的人生觀。首二句寫作者的心境及遊覽的季節。無是無非，心胸坦蕩，才有閒情逸致遊山玩水；若是患得患失，心事紛擾，哪有興致欣賞景物？春天是一年中風光景物最美的時候，不寒不暖，百花開放，正是遊覽最好的季節。

第三句承上，描寫西湖的景色，套用蘇軾西湖的詩句。自從宋代詩人蘇東坡以古代美女西施比喻西湖美景後，歷代寫西湖的作品就常用這個典故，元曲更是屢見不鮮。最著名的是盧摯創作了〈湘妃怨〉歌詠西湖四季的景物，把西湖比成「是個妒色的西施」、「是個好客的西施」、「是個百巧的西施」、「是個淡淨的西施」，馬致遠和盧摯西湖的〈湘妃怨〉，也把西湖比成「可喜殺睡足的西施」、「清潔煞避暑的西施」、「風流煞帶酒的西施」、「難妝煞傅粉的西施」。

四、五兩句寫及時行樂，詞句美麗，對仗工巧。騎著白馬到西湖賞春，聽那粉妝玉琢的歌妓唱〈金縷〉歌曲，人生最大的享受不過如此；妙在〈金縷曲〉的內容即是勸人及時行樂。末句總結上文，表達作者的人生觀。

張可久擅長融化古人詩句，造成新的意境。本篇靈活運用蘇軾、李賀、杜牧、楊惲的詩文，自然成章，毫無雕琢的痕跡，清麗不俗，真是絕妙。

一六六 紅繡鞋 春日湖上

綠樹當門酒肆❶⊙紅妝❷映水鬟兒❸⊙眼底❹殷勤❺坐間詩⊙塵埃三五字❻⊙楊柳萬千絲⊙記年時❼曾到此⊙

【格律】〈紅繡鞋〉，即〈朱履曲〉。詳見張養浩〈朱履曲〉（才上馬齊聲兒喝道）。（頁二〇八）

【注釋】❶酒肆 酒店。❷紅妝 美女。❸鬟兒 小姑娘。鬟，古代婦女梳的環形髮結。❹眼底 眼前；眼中。❺殷勤 情意深摯的樣子。❻塵埃三五字 比喻壁間的詩句。❼年時 昔日；從前。

【語譯】酒家門前綠樹茂盛，姑娘們美麗的倩影倒映在湖光中。眼前紅妝殷勤地招待遊客，遊客們也陶然地即席賦詩。壁間所題的三五詩句蒙受著塵埃，門外有萬千楊柳搖曳生姿。記起昔日在此遊歷的情景來。

【賞析】本篇描寫春日湖上的景致。西湖的酒家蓋在湖濱，門前有濃密的綠樹，紅粉佳人的倩影倒映在粼粼的波光之中，殷勤招待著西湖的遊客，遊客們都陶醉在美麗的景物之中，靈感遄飛，意興泉湧，題詩壁上，以為紀念。壁間三五詩句與門外萬千柳絲，互相輝映，留下深刻的印象。何況是舊地重遊，就更加值得題詠了。

首二句對偶工巧，顏色鮮豔，「綠樹」與「紅妝」把西湖的春光凸顯出來，一寫景色，一寫人物，妙在以鬟兒代表酒家的小姑娘，令人有清新脫俗的感覺。三句承上，寫紅粉佳人殷勤招待。四、五兩句對偶工整，以壁間三五詩句與門外萬千楊柳作強烈對比，一少一多，一靜一動，一室內一室外。這裡「三五字」承上句「坐間詩」而來，指壁間詩句，用「塵埃」來形容，則有灰塵、點汙的意思。末句回憶以前曾到此遊歷作結。「年時」，即昔日，表示以前到此，曾留下詩句題詠，因為經過一段時間，所以壁上所題的詩句已經蒙受塵埃，應該是經年累月的事了，如今舊地重遊，景物依舊，特別感到親切。古代文人常到酒家喝酒聽歌，有佳人殷勤招待，文人則當場賦詩，寫在牆壁上，也是一種風流韻事。

一六七　紅繡鞋　天台❶瀑布寺❷

絕頂峰攢❸雪劍⊙懸崖❹水掛冰簾⊙倚樹哀猿弄雲尖❺⊙血華啼杜宇❻。陰洞吼飛廉❼⊙比人心山未險⊙

【格律】〈紅繡鞋〉，即〈朱履曲〉。詳見張養浩〈朱履曲〉(才上馬齊聲兒喝道)。(頁二〇八)

【注釋】❶天台　山名。在浙江省天台縣北五公里。❷瀑布寺　寺名。在天台山上。❸攢　簇聚；叢立。❹懸崖　高峭陡立的山崖。❺雲尖　雲端。❻杜宇　即杜鵑鳥。詳見曾瑞〈罵玉郎過感皇恩採茶歌・閨中聞杜鵑〉❶(頁二二一)。❼飛廉　神禽名。能引致大風，身似鹿，頭如爵，有角而蛇尾，身上有豹紋。

【語譯】天台山的高峰聳入雲霄，好像雪白的劍鋒；陡峭的山崖上飛泉流瀉而下，有如掛著一排冰簾。山猿倚樹哀鳴，聲聲傳入雲端。滿山盡是杜宇淒厲的啼聲，飛廉的吼聲也不時從黑洞裡傳來。然而這山中的險惡比起人心來，又不算什麼了。

【賞析】本篇描寫天台山瀑布寺的景色。天台山是中國名山之一，古人以為仙靈所居，所以蓋了許多寺廟，瀑布寺即是其中之一。天台山的瀑布自古享有盛名，晉朝孫綽〈遊天台山賦〉就有「赤城霞起而建標，瀑布飛流以界道」的名句。

首二句對偶工整，寫出瀑布寺前的形勢與景觀。天台山上高峰聳立，如雪之白，如劍之尖；矗立的山崖上飛泉瀉流而下，有如掛著千仞的冰簾一般，煞是好看。「雪劍」對「冰簾」，一形容山之高，一形容水之清，都很生動。三句寫高山上樹林間猿鳴之聲不絕於耳，「弄」字用得新鮮，《北曲聯樂府》無「弄」字，少了一個動詞，全句就失去精神。「雲尖」形容猿聲傳到雲端。四、五兩句對仗工巧，描寫山上充滿杜宇啼聲與飛廉吼聲。「血華」用得好，一語雙關，一方面指杜宇啼聲淒厲，如泣血一般，白居易〈琵琶行〉「杜鵑啼血猿哀鳴」即是此意；一方面指紅色的杜鵑花，好像是杜宇鳥啼出來的血一般，明朝湯顯祖《牡丹亭・驚夢》「遍青山啼紅了杜鵑」就是這種用法。

末句發表議論作結，慨歎人心險惡，莫測高深。天台山的峰頂雖然如「雪劍」之尖險，但是人心的險惡更加可怕，作者對世上人心之險惡作了強烈的批評。

一六八　紅繡鞋　次崔雪竹韻

歎孔子嘗聞俎豆❶⊙羨嚴陵不事王侯❷⊙百尺雲帆❸洞庭❹秋⊙醉呼元亮酒❺⊙懶上仲宣樓❻⊙功名不掛口⊙

【格　律】〈紅繡鞋〉，即〈朱履曲〉。詳見張養浩〈朱履曲〉（才上馬齊聲兒喝道）。（頁二〇八）

【注　釋】❶孔子嘗聞俎豆　孔子曾經學過祭祀的事情。俎豆，古代祭祀時盛祭品的兩種器皿。引申為祭祀崇奉的意思。《論語．衛靈公》：「衛靈公問陳於孔子，孔子對曰：『俎豆之事，則嘗聞之矣，軍旅之事，未之學也。』明日遂行。」❷嚴陵不事王侯　嚴子陵不服侍帝王。詳見盧摯〈蟾宮曲．箕山感懷〉❹（頁五二）。❸雲帆　比喻帆行輕快如雲。❹洞庭　湖名。在湖南省東北部，長江南岸，長約一百一十公里，寬約八十公里，是我國最大的淡水湖之一。❺元亮酒　陶淵明的酒。東晉陶淵明一名潛，字元亮，好飲酒，有〈飲酒〉詩二十首。❻仲宣樓　王粲登的樓。魏王粲字仲宣，嘗登樓望鄉，寫下〈登樓賦〉。

【語　譯】讚歎孔子曾學過祭祀之禮，而閉口不談軍旅之事；羨慕嚴子陵不事王侯，隱居山林。秋日的洞庭湖上片帆如雲，輕快飄流。日日沈醉於陶淵明的美酒，不必登上仲宣樓消愁。功名二字從來不說它。

【賞析】本篇表達隱居樂道、不求功名的生活意境。首二句即以孔子不談軍旅之事，與嚴光不事王侯兩件故事表達隱居不仕的思想。三句借洞庭湖如詩如畫的秋光，描寫隱居生活環境的優美。四、五兩句承上之意，用陶淵明飲酒與王粲登樓的故事，抒寫隱居生活的樂趣。既有好酒堪醉，何必登樓消憂？王粲曾因功名不得志，而登樓遙望故國，以消除憂愁。末句總結大意，斬釘截鐵，有如豹尾一般響亮有力，把全曲「不求功名」的主旨凸顯出來。

元周德清《中原音韻・小令定格》評道：「對偶、音律、語句、平仄俱好。妙在口字上聲，務頭在其上，知音傑作也。」曲是一種音樂文學，除了歌詞優美外，還講究音律的協和，而音律跟平仄有密切的關係。所謂「務頭」是一首曲子中音律最協和、文詞最優美的地方，如本曲末句「功名不掛口」就是文律俱美之處，所以稱為「務頭」。「口」字上聲，「掛」字去聲，抑揚頓挫，造成極美的音律。〈紅繡鞋〉最末二字都要做成去上，纔合乎音律，如「掛口」、「到此」、「未險」、「樂耳」等都是。俗語說「詩頭曲尾」，一首曲子最重視末句，不但要意思精采，而且要音律優美，本曲末句「功名不掛口」，就是最好的例子。

一六九　普天樂　秋懷

為誰忙。莫非命⊙西風驛馬❶。落月書燈⊙青天蜀道難❷。紅葉吳江

冷❸⊙兩字功名頻看鏡⊙不饒人、白髮星星❹⊙釣魚子陵❺⊙思蓴季鷹❻⊙笑我飄零❼⊙

【格　律】詳見滕賓〈普天樂〉（淡煙迷）。（頁一六八）

【注　釋】❶驛馬　專供驛站傳遞文書用的馬匹。❷青天蜀道難　形容道路難行。李白〈蜀道難〉詩：「蜀道之難，難於上青天。」❸紅葉吳江冷　描寫秋天淒涼的景象。崔信明詩句：「楓落吳江冷。」《全唐詩・卷三十八》有錄。❹星星　鬢髮斑白的樣子。❺釣魚子陵　詳見盧摯〈蟾宮曲・箕山感懷〉❹（頁五二）。❻思蓴季鷹　想念故鄉的張翰。張翰，字季鷹，晉人。思蓴事詳見姚燧〈醉高歌〉（十年燕月歌聲）❸（頁一〇七）。❼飄零　比喻飄泊無依。

【語　譯】到底為誰忙碌呢？莫非自己的命運不好？秋風蕭颯的日子，常常騎著驛馬奔馳於青天那麼高、蜀道那麼難的山路；有時天邊微明，殘月將落，卻要出門趕路，船上還點著書燈呢！船經過落滿紅葉的吳江，多麼淒涼冷清。時常攬鏡自歎，功名無成；容顏老去，歲月不饒人，鬢髮早已斑白了。想那釣魚的嚴子陵和思蓴的張季鷹，一定笑我年紀老大，至今仍浪跡天涯，到處飄泊。

【賞　析】本篇抒寫秋懷，透過秋天淒涼蕭條的景物描寫流浪天涯的客愁。

首二句感歎命運不好，四處奔波，到底為誰忙碌呢？有蘇東坡「長恨此身非我有，何時忘卻營營」（〈臨江仙〉詞）的無奈。次四句分兩層寫客愁，前二句四字相對：有時秋風淒緊，騎著驛馬奔馳天涯；有時天邊掛著落月，乘船趕早出門，船上還點著書燈呢！後二句三字相對：「蜀道難」承接「西風驛馬」，「吳江冷」承接「落月書燈」，都是借淒涼蕭條的秋景抒發客愁；道路難行，江景淒冷，愈增客途寂寞孤單之情。七、八兩句，感慨功名尚未成就，年華早已老去，這是客愁的主要原因。「頻看鏡」、「不饒人」，極寫旅人心中之敏感與光陰之無情，動人心魄。末三句借古代隱居樂道之士調侃自己：嚴光不事王侯，隱居富春山，釣魚為樂；張翰因秋風起，想起家鄉的蓴菜，便毅然歸隱；他們都有很好的歸宿，只有我還流浪天涯，飄泊無依。「笑我飄零」有羨慕隱者之意，也有調侃自我之意，一語雙關，餘韻無窮。

唐朝詩人張籍有一首〈楓橋夜泊〉詩：「月落烏啼霜滿天，江楓漁火對愁眠。姑蘇城外寒山寺，夜半鐘聲到客船。」與本曲「落月書燈」、「紅葉吳江冷」有異曲同工之妙。

一七〇　滿庭芳　春晚梅友元帥席上

知音到此⊙舞雩點也❶。修禊羲之❷⊙海棠❸春已無多事⊙雨洗胭脂❹⊙誰感慨、蘭亭❺古紙⊙自沈吟、桃扇新詞⊙急管❻催銀字❼⊙哀弦玉指❽⊙忙過賞花時⊙

【格律】詳見姚燧〈滿庭芳〉（帆收釣浦）。（頁一〇四）

【注　釋】❶舞雩點也　點曾在舞雩臺乘涼。舞雩，古代求雨的祭祀，因有女巫依樂而舞，故名。點，曾皙。孔子的弟子，曾參的父親。有一次，子路、曾皙、冉有、公西華陪侍孔子，孔子問他們的志向，曾皙說：「莫春者，春服既成，冠者五、六人，童子六、七人，浴乎沂，風乎舞雩，詠而歸。」孔子讚歎著說：「吾與點也。」與是贊同的意思。見《論語・先進》。❷修禊羲之　王羲之曾在江邊修禊。修禊，古時在農曆上巳日（魏以後定為三月三日），臨水宴會，以袚除不祥，稱為修禊。王羲之，字逸少，曾為右軍將軍，故稱王右軍，是晉代書法大家。晉永和九年，王羲之曾與朋友四十一人會於會稽山陰的蘭亭，修禊作詩，並寫了著名的〈蘭亭集序〉。❸海棠　花名。春天開淡紅色的花。❹胭脂　一種紅色的顏料。這裡指紅花。❺蘭亭　亭名。在浙江省紹興縣西南。❻急管　節奏快速的管樂曲。❼銀字　樂器名。古時在管笛類樂器上，用銀作字，以表示音節的高低。❽玉指　如玉之指。喻稱美人的手指。

【語　譯】知音好友齊聚到此宴賞春光，如同古時曾點曾和朋友們在舞雩臺上乘涼，又像王羲之會合騷人墨客在江邊舉行修禊大會。海棠紅花已被雨水洗去，春天就快過去了。〈蘭亭集序〉已成為故紙，誰能不感歎呢？緬懷之餘，不禁在桃花扇面題滿了傷春詞句。賞花時節，就在一片急管繁絃、玉指彈撥的絃樂聲中悄悄地過去了。

【賞　析】本篇描寫暮春宴會的景象。首三句寫知音的朋友聚在一起宴賞春光，風流瀟灑，有如古代曾點與朋友在舞雩臺上乘涼，也像王羲之與朋友在蘭亭修禊為樂一般。這兩個典故用得十分切題：一方面表示席上的客人都是風雅之士，並非凡俗之輩；一方面切合宴會的時間。妙在「點也」與「羲之」兩個名字自然巧合，天生一對，特別生動。

四、五兩句承上，描寫暮春的景色，海棠已被雨水洗去紅花，春天已經接近尾聲了，令人有

「無可奈何花落去」的感歎。六、七兩句借古喻今，寫時光無情，勝景難留；〈蘭亭集序〉已成為故紙，桃花香扇空題滿傷春詞句。這兩句對得好，都是上三下四的節奏。末三句描寫宴會繁華熱鬧的景象，在歡樂的樂聲中，賞花的季節很快地消逝了。妙在回應題旨，首尾一線。

周德清《中原音韻・小令定格》：「此一詞，但取其平仄庶幾。若此字是平聲，屬第二著。喜義字陰，妙。……妙在紙字上聲起音，扇字去聲取務頭。」曲是音樂文學，特別重視平仄聲律，不但仄聲要分上去，如本曲「此」、「紙」都是上聲，「扇」字去聲，音律才協和；有時平聲也要分陰陽，陰者清，陽者濁；陰平就是現在國語第一聲，陽平就是現在國語第二聲，如本曲「義」必用陰平才協和。這是配合音樂的緣故。

一七一 滿庭芳 客中九日

乾坤❶俯仰❷⊙賢愚醉醒。今古興亡⊙劍花❸寒夜坐歸心壯⊙又是他鄉⊙九日明朝酒香⊙一年好景橙黃❹⊙龍山❺上⊙西風樹響⊙吹老鬢毛霜❻⊙

【格律】詳見姚燧〈滿庭芳〉（帆收釣浦）。（頁一〇四）

【注釋】❶乾坤 天地。❷俯仰 低頭與抬頭。❸劍花 劍光。❹一年好景橙黃 秋天橙黃的時候是一年最美的景色。蘇軾〈贈劉景文〉詩：「一年好景君須記，最是橙黃橘綠時。」❺龍山　在今湖北省江陵縣西北。這裡用孟嘉九日落帽的故事。❻鬢毛霜　兩鬢斑白。鬢毛，近耳旁兩頰的頭髮。

【語　譯】俯仰天地之間，賢者醒，愚者醉；古今興亡，循環交替，到頭來總是一場空。流落天涯的人，寒夜旅店獨坐，舞劍抒懷；不禁歸心似箭，厭倦他鄉的生活。明天就是重陽佳節，到處聞得到酒香；橘綠橙黃，是一年最美的景致。我登上孟嘉落帽的龍山遠望，但見秋風颯颯，草木搖曳；年年西風吹得人年華老去，兩鬢斑白。

【賞　析】本篇抒寫秋日客愁。「九日」，就是九月九日，也稱重陽節，是中國重要的節日。重九不能與家人團聚，卻在客中過節，不免引起思鄉之愁。

首三句相對，慨歎今古興亡，人生如夢。次二句切入主題，寫客寄他鄉，潦倒不得志之情。六、七兩句借重陽節的景致，抒發客愁；酒雖香，景雖美，無奈非自己的故鄉；每逢佳節倍思親，秋景愈麗，而離情愈苦。末三句登高望遠，面對淒涼的秋風，感歎年華老去，不得歸鄉。

年輕的時候，滿懷雄心壯志，仗劍行走天涯，以求取富貴功名。但是人生如寄，功名難求，晚上客居旅館，寂寞無聊，看著劍花，令人長歎！「長鋏歸來乎，食無魚」、「長鋏歸來乎，出無車」，知音稀少，什麼時候能遇到求賢愛才的孟嘗君呢？世無其人，還是回去吧！怪不得唐朝詩人李賀長吟道：「我有辭鄉劍，玉鋒堪截雲。襄陽走馬客，意氣自生春。朝嫌劍花淨，暮嫌劍光冷。能持劍向人，不解持照身。」（〈走馬引〉）一腔悲恨，借劍抒發出來。本曲「劍花寒夜坐歸心壯」也有這個意思吧！

「龍山」用晉桓溫九月九日宴客龍山，孟嘉參與盛會而落帽的故事，地在湖北省江陵縣。本曲「龍山上」未必指這個地方，但作者借孟嘉的故事寫重陽作客他鄉的情懷，這是詩、詞用典的一種方式。

一七二　朝天子　閨情

與誰⊙畫眉❶⊙猜破風流❷謎⊙銅駝巷❸裡玉驄❹嘶⊙夜半歸來醉⊙
小意❺收拾⊙怪膽矜持❻⊙不識羞誰似你⊙自知⊙理虧⊙燈下和衣睡⊙

【格　律】詳見劉致〈朝天子・邸萬戶席上〉(柳營)。(頁二九一)

【注　釋】❶畫眉　用畫筆描飾眉毛。《漢書・張敞傳》：「又為婦畫眉，長安中傳張京兆眉憮。」❷風流　指放蕩不正當的男女關係。❸銅駝巷　街道名。在洛陽，又稱銅駝街、銅駝陌。以漢鑄銅駝三枚於此而得名。是尋歡少年聚集的地方。❹玉驄　名馬名。❺小意　小心。❻矜持　刻意謹慎言行，一本正經而不自然。

【語　譯】冤家替誰畫蛾眉？鐵是跟別的女子要好去了。鎮日裡騎著玉驄馬，在銅駝巷裡尋歡作樂；到了半夜才醉醺醺地歸來。一到家就特意的小心，裝模作態，一副假正經。哼！誰像你這樣不要臉哪！他自己知道理虧，悶聲不響，就在燈下和衣而睡。

【賞　析】本篇描寫閨中女子的怨情，曲盡人情，極為生動。首三句由猜想出發，疑心其男子與別的女子要好，致使她久候不來。畫眉用漢朝張敞的故事，是男女之間極親密的舉動，想到這裡，怨情油然而生。次二句更描寫男子騎著玉驄，遊行花街柳巷，整天風流，到半夜才醉醺醺的回來，讓人苦苦等待，真是薄倖。銅駝巷是洛陽最繁華熱鬧的地方，酒家歌院林立，是少年尋歡作樂的場所。後兩段描述男子回來時，小心謹慎，自知理虧，恐怕被責備的情形，寫得真切有味。「不識羞誰似你」，罵得好，極合閨中女子的口吻，怨中帶有深情。「燈下和衣睡」，短短五字，把男子作賊心虛的樣態表露無遺。

張可久擅長以詩境、詞境入曲，所以他的作品典雅清麗。本曲則表現他另一方面的成就，應用白描的手法，以淺俗白話的詞句，寫閨女的怨情，字字本色，極為自然。與無名氏〈醉公子〉詞有異曲同工之妙。詞云：「門外猧兒吠，知是蕭郎至。剗襪下香階，冤家今夜醉。扶得入羅幃，不肯脫羅衣。醉則從他醉，還勝獨睡時。」

一七三　朝天子　湖上

癭杯❶⊙玉醅❷⊙夢冷蘆花被❸⊙風清月白❹總相宜⊙樂在其中矣⊙壽過顏回❺⊙飽似❻伯夷❼⊙閒如越范蠡❽⊙問誰⊙是非⊙且向西湖醉⊙

【格　律】詳見劉致〈朝天子・邸萬戶席上〉（柳營）。（頁二九一）

【注　釋】❶癭杯　用瘤狀楠木樹根製成的酒杯。杯，也作「盃」。❷玉醅　色美如玉未經過濾的酒。指美酒。❸蘆花被　用蘆葦花絮做的被。❹風清月白　清風輕柔，月色皎潔。形容夜景的幽靜美好。蘇軾〈後赤壁賦〉：「有客無酒，有酒無肴，月白風清，如此良夜何。」❺顏回　即顏淵。孔子的得意學生，可惜三十二歲就死了。❻似　表示比較。和「於」字相當，有超過的意思。❼伯夷　商孤竹君的兒子。周武王立國後，不食周粟，隱居首陽山，採薇而食，後來餓死。❽范蠡　春秋楚國宛人。曾經輔佐越王句踐滅吳復國，功成身退，隱居西湖。

【語　譯】舉著癭杯，喝著玉醅，年少時那些狂夢早就在蘆花被裡消融了。西湖的景致無論是清風搖曳，或月色如水；都是美麗可愛，令人陶醉於其中。我比那早夭的顏回長命些，比採薇而食的伯夷吃得飽些，和越國大夫范蠡一般地悠閒自在。不必去過問紅塵裡的是非，我還是盡情陶醉在西湖的水光山色裡。

【賞　析】本篇借西湖的景致，表達作者隱居樂道的生活意境。首三句寫湖上飲酒之樂，癭杯、玉醅都是非常精美的東西，蘆花被可能用貫雲石的典故：有一次貫雲石經過梁山濼，看到漁父織蘆花為被，非常清麗可愛，想用絲紬跟他換，漁父說：「你要蘆花被，當賦一首詩。」貫雲石隨口吟道：「採得蘆花不涴塵，翠簑聊復藉為茵。西風刮夢秋無際，夜月生香雪滿身。毛骨已隨天地老，聲名不讓古今賢。青綾莫為鴛鴦妬，欸乃聲中別有春。」竟持被去，人間於是盛傳蘆花被詩，貫雲石也很得意，自號蘆花道人。事見《堯山堂外紀》。

次二句描寫西湖夜景的優美，清風徐徐，明月皎皎，正宜陶醉其中。張可久善於融化古人的詩句，「風清月白」用東坡〈後赤壁賦〉，「總相宜」用東坡〈飲湖上初晴後雨〉詩「若把西湖比西子，淡妝濃抹總相宜」，都很切合西湖的景致。次三句借古代聖賢自比，表示自己安貧樂道，閒適自得，比顏回、伯夷、范蠡更長壽、溫飽、安適如意。末三句表示滿足於湖上的生活，何必去管世上的是非呢？且向西湖陶醉吧！多麼逍遙自在。

一七四　朝天子　山中雜書

醉餘⊙草書❶⊙李愿❷盤谷序❸⊙青山一片范寬圖❹⊙怪我來何暮⊙鶴骨清癯❺⊙蝸殼蘧廬❻⊙得安閒心自足⊙蹇驢❼⊙酒壺⊙風雪梅花路⊙

【格律】詳見劉致〈朝天子・邸萬戶席上〉（柳營）。（頁二九一）

【注釋】❶草書　字體名。為書寫快速方便，把一字的各筆畫，依筆順作不同程度的簡化，把它們連在一起，叫做草書。❷李愿　唐人。元和初領夏綏銀宥節度使，政簡而嚴，後隱居河南省濟源縣北二十里的盤谷。❸盤谷序　即韓愈〈送李愿歸盤谷序〉。❹范寬圖　范寬畫的圖。范中立，字仲立，北宋畫家，因秉性寬厚，人呼范寬。工山水，喜用點狀皴筆畫山，落筆雄健，起伏有勢。著名作品有〈溪山行旅圖〉、〈寒林雪景〉等。❺清癯　形體清瘦而風度飄逸。❻蘧廬　傳舍。古代驛站供過客留宿的房舍。詩文中常泛指一般住家房舍。❼蹇驢　跛腳的驢子。

【語　譯】山中生活閒暇無事，喝醉酒就寫寫草書；寫的是韓文公〈送李愿歸盤谷序〉。這一片青山，像范寬畫的景致一樣美麗；青山還怪我怎麼這麼遲才來歸隱呢？我的容顏像鶴骨般清瘦飄逸，我的屋舍如蝸殼般狹小簡陋；但是能夠盡情地享受安閒的生活也就心滿意足了。騎著跛腳的驢子，背著酒壺，學那孟浩然踏著風雪尋找梅花的故事。

【賞　析】本篇描寫隱居山中的生活情趣。首三句寫隱居山中，閒暇無事，喝喝酒，寫寫字，寫的是韓愈的〈送李愿歸盤谷序〉。「草書」二字用得極為傳神，一個人喝醉了酒，寫的字當然不會工整，歪歪斜斜的，好像也帶著醉意。盤谷在太行山上，李愿歸隱時，韓愈寫了一篇文章送他，文中描寫山中的景物及樂道徜徉之意，寫得很好，東坡曾說：「晉無文章，惟陶淵明〈歸去來兮辭〉而已；唐無文章，惟韓退之〈送李愿歸盤谷序〉而已。」這個典故和題目「山中雜書」極為貼切。

次二句描寫山中的景致，妙在把「青山」擬人化，有辛棄疾〈賀新郎〉詞「我見青山多嫵媚，料青山見我應如是」那種惺惺相惜、相見恨晚的意思。范寬的典故也用得好，元遺山〈黃華峪〉詩：「玉立千峰畫不如，天公自有范寬圖。」

六、七、八三句寫山中住屋雖窄小，但精神愉快，「得安閒心自足」有樂道徜徉、知足常樂的胸懷，是一篇的眼目。鶴鳥與蝸牛皆山中常見之物，蝸殼形容蘧廬之簡陋狹小，鶴骨形容清癯之容貌。末三句用孟浩然騎著蹇驢，背著酒壺，踏雪尋梅的故事。元曲常用這個典故，雜劇中有馬致遠《凍吟詩踏雪尋梅》、《風雪騎驢孟浩然》，可惜不傳，倒是明初朱有燉的《孟浩然踏雪尋梅》

流傳下來。作者把自己比成孟浩然，隱居山中，踏雪尋梅，脫離世俗的煩囂，過著自在的生活。

一七五　山坡羊　閨思

雲鬆螺髻❶⊙香溫鴛被❷⊙掩春閨一覺傷春睡⊙柳花飛❸⊙小瓊姬❹⊙一聲雪下呈祥瑞❺⊙團圓夢兒生❻喚起⊙誰⊙不做美⊙呸❼⊙卻是你❽⊙

【格律】詳見陳草庵〈山坡羊〉（晨雞初叫）。（頁六二）

【注釋】❶螺髻　形狀像螺的髮髻。❷鴛被　繡著鴛鴦圖案的棉被。❸柳花飛　這裡指雪花飄。晉謝安在下雪日與子姪輩講論文義，問：「白雪紛紛何所似？」其姪謝朗說：「撒鹽空中差可擬。」姪女謝道蘊說：「未若柳絮因風起。」事見《世說新語・言語》。後世因用柳絮、柳花代稱雪。❹瓊姬　比喻雪。因雪色潔白如玉，故以潔白如玉的美女比喻雪花。❺一聲句　古人以為冬末初春下的雪是豐年的預兆，故稱瑞雪。❻生　硬；強。❼呸　感歎詞。表示鄙視、唾棄的意思。❽你　指雪。

【語譯】美人的頭髮蓬鬆如雲，鴛鴦被散發出濃郁的香氣；她因為傷春難遣，關著閨門昏睡。驀地裡，春雪像柳絮一樣漫天紛飛；潔白如玉像個小美人，盈耳雪聲呈現出祥瑞的徵兆。人家正做團圓的美夢，卻硬生生被喚醒。是誰這樣缺德，哼，原來是討厭的雪。

【賞　析】本篇描寫春天的雪花驚醒閨中女子的美夢，引起無限的閨情。首三句寫閨中女子因傷春而閉門昏睡，閨怨之情已相當濃烈。「雲鬆螺髻，香溫鴛被」描寫春睡的情態極為生動，而且對偶工整，妙在「螺」與「鴛」都是動物名。「螺」形容「髻」的形狀，「鴛」鴦繡在被面上，也就是鴛鴦被。

次三句描寫雪景，把雪比擬成柳花與瓊姬，非常恰當，用典也很自然，不露痕跡。第七句承上啟下，是一篇的關鍵。下雪的聲音，驚醒閨中女子的美夢，心不甘情不願地由團圓的夢境，回到現實的世界，一如從天堂跌入地獄，使閨怨升到最高點。末四句運用淺俗的口語，自然而生動地表現閨中女子嗔怒之情，極為本色當行。這四句承接上面「小瓊姬」而來，把雪擬人化，「瓊」本是一種美玉，雪潔白如玉，故把它擬成小小的美女，責怪「誰」不做美，喚醒人的美夢，原來就是「你」這麼缺德。「誰」、「你」都是指「小瓊姬」。

周德清《中原音韻・小令定格》批評此詞：「意度、平仄俱好，止欠對耳，務頭在第七句至尾。」務頭是一曲之中聲音最好聽、文字最優美的地方，本曲第七句「生喚起」、第九句「不做美」、第十一句「卻是你」都是聲音宛轉變化、腔調優美的地方，也就是「務頭」的所在。

一七六　山坡羊　春日

西湖沈醉❶⊙東風得意❷⊙玉驄❸驟響黃金轡❹⊙賞春歸⊙看花回

⊙寶香已暖鴛鴦被❺⊙夢繞綠窗初睡起⊙痴❻⊙人未知⊙噫❼⊙春去矣⊙

【格　律】詳見陳草庵〈山坡羊〉（晨雞初叫）。（頁六二）

【注　釋】❶沈醉　深醉；大醉。❷東風得意　春天時沐浴在春風中歡欣舒暢的心情。孟郊〈登科後〉詩：「春風得意馬蹄疾，一日看盡長安花。」❸玉驄　名馬名。❹黃金轡　華美的轡繩。❺鴛鴦被　見前曲❷。❻痴　即傻。不聰慧。❼噫　感歎聲。

【語　譯】沈醉在西湖美麗的風光裡，和煦的春風吹得人揚揚得意；騎著駿馬，揮動華美的轡繩，整天到處遊戲。賞春看花歸來時，鴛鴦被已用寶香薰暖，正好沈睡。一覺醒來，綠窗內春夢依依。滿懷痴情無人知，哎！春天轉眼又將消逝。

【賞　析】本篇描寫春天的景物，有及時行樂、愛惜春光的意思。首三句寫春日景物優美，騎著駿馬到西湖賞春，陶醉於西湖的美景之中。用孟郊春風得意的詩句，頗為貼切。「西湖沈醉」與「東風得意」，自然成對，巧妙之至。第三句描寫得意洋洋的情狀，也很生動。

次三句特寫「看花」，百花齊放是春日最美的景物。劉禹錫〈元和十一年自朗州召至京戲贈看花諸君子〉詩：「紫陌紅塵拂面來，無人不道看花回。」即是形容春日賞花熱鬧的景象。張可久善於融化古人的詩句，豐富了元曲的意境。賞花歸來時，閨房之中，鴛鴦被已用寶香薰暖了，可以舒舒服服睡一覺。

第七句承上而來，寫閨中女子一睡醒來，春夢已了無痕跡了。末四句慨歎春光短暫，容易消逝，閨中女子的痴情，又有誰知道呢？「痴」、「噫」都是感歎詞，而且都是一字句，平聲，靈活生動，這是北曲〈山坡羊〉的一大特色。

〈山坡羊〉是北曲常用的曲牌，句法長短不齊，變化很大，有一字句、三字句、四字句、七字句等；韻腳有平聲有仄聲，如「醉」、「意」、「轡」、「被」都必須用去聲，另外第七、九、十一句的倒數第二字「睡」、「未」、「去」必用去聲，讀起來才能響亮發調，這是〈山坡羊〉獨特的格律。

一七七 山坡羊 酒友

劉伶不戒❶⊙靈均休怪❷⊙沿村沽酒尋常債❸⊙看梅開⊙過橋來⊙

青旗❹正在疏籬外⊙醉和古人安在哉⊙窄❺⊙不夠篩❻⊙哎❼⊙我再買⊙

【格律】詳見陳草庵〈山坡羊〉（晨雞初叫）。（頁六二）

【注釋】❶劉伶不戒　劉伶好喝酒，妻子勸他戒酒，他假裝答應，囑咐她準備酒肉，以便拜神發誓。到時，他跪著向天禱告：「天生劉伶，以酒為名。一飲一斛，五斗解酲。婦人之言，慎不可聽。」就飲酒吃肉，又喝醉了。《晉書》有傳。劉伶，西晉名士，竹林七賢之一。❷靈均休怪　屈原忠君愛國，卻被小人陷害，寫了一篇〈漁父〉，其中有「舉世皆濁我獨清，眾人皆醉我獨醒」。《史記》有傳。靈均，戰國時楚大夫屈原，名平，字原；

又名正則，字靈均。❸沿村句　沿村買酒經常欠人酒錢。杜甫〈曲江〉詩：「酒債尋常行處有，人生七十古來稀。」❹青旗　酒家懸掛在門前作標誌的青布旗。❺窄　狹小。這裡作量小的意思。❻篩　酌酒；斟酒。也作「釃」。❼哎　驚歎詞。

【語　譯】劉伶不肯戒酒，屈原休要責怪；杜甫也經常四處買酒，欠人酒債。一路賞梅行去，走過溪橋來；喜見酒家的青布旗，飄然懸掛在疏籬外。喝醉酒後一切忘懷，我和古人都不存在。這壺酒太小不夠喝，哦，沒關係，我再買。

【賞　析】本篇寫與朋友開懷暢飲的情趣。首三句借古代三位著名的文人來寫喝酒的題目，用典自然靈活，內容充實有趣。晉朝的劉伶最愛喝酒，已到欲罷不能的地步，雖然妻子勸他戒酒，他就是戒不了，每次出門，攜一壺酒，使人荷鍤隨之，說「死便埋我」，真是豪放極了，蘇東坡曾笑他：「常怪劉伶死便埋，豈伊忘死未忘骸。」至於楚國的屈原則是忠君愛國，憂國憂民，看到當時朝野人士都醉生夢死，大大不滿，寫下了「舉世皆濁我獨清，眾人皆醉我獨醒」的名句，最後不容於眾，竟跳到汨羅江自殺。唐朝的詩人杜甫也喜歡杯中物，所到之處，經常沽酒買醉，欠下許多的酒債。

次三句描寫景物，清麗自然。一路觀賞梅花，走過溪橋，看到青旗正在疏籬外，令人雀躍不已。透過梅花與溪橋，描寫酒家的景致，漸漸而來，引人入勝，寫得極有次序。第七句承上句寫飲酒之樂，喝醉酒之後，什麼都不知道，我和古人都不存在了。末四句寫得活靈活現，把邀友飲酒的豪興表現得淋漓盡致，如聞其語，如見其人，為全篇生色不少。

一七八　賣花聲　懷古

美人自刎烏江岸❶⊙戰火曾燒赤壁山❷⊙將軍空老玉門關❸⊙傷心秦漢⊙生民塗炭❹⊙讀書人、一聲長歎⊙

【格　律】詳見喬吉〈賣花聲・悟世〉（肝腸百鍊爐間鐵）。（頁一二四三）

【注　釋】❶美人句　秦末，楚、漢相爭，項羽被劉邦打敗，逃到烏江（今安徽省和縣東北），與美人虞姬自刎而死。見《史記・項羽本紀》。❷戰火句　三國時，蜀、吳聯軍，與曹操會戰於赤壁（今湖北省嘉魚縣西），曹操將戰艦連接一處，占盡優勢，周瑜部將黃蓋獻計用火燒毀曹操戰艦，大破曹軍。見《三國志・周瑜傳》。❸將軍句　東漢班超，於明帝永平年間出使西域，安撫了五十餘國，勞苦功高，受封定遠侯。住在西域三十一年，年老時，想念故鄉，上書請還，有「但願生入玉門關」的話。其妹班昭亦上書，明帝感其言，於是召超還。玉門關，在甘肅敦煌西，是古代通西域的要道。見《後漢書・班超傳》。❹塗炭　比喻百姓的困苦，像陷入爛泥、炭火之中。

【語　譯】楚、漢相爭時，美人虞姬自刎在烏江岸；三國時，吳、蜀聯軍曾經火燒曹兵於赤壁間；東漢時，班超出使西域三十餘年，到老才得回到玉門關。傷心秦、漢的故事，同情百姓備嘗戰爭的離亂。讀書人忍不住要一聲長歎。

【賞　析】本篇借秦、漢的故事，感歎英雄豪傑爭奪天下，干戈不休，到頭來落得一場空，只辛苦了老百姓。

首三句對偶工整，內容充實。寫楚、漢相爭、赤壁之戰及班超征西域三件古事，令人有勝敗無常，功名虛浮的感慨。楚、漢相爭之時，項羽占盡天時地利之便，但因不能用人，竟敗在劉邦之手，真叫蓋世英雄為之氣短；垓下之圍，項王夜起飲帳中，對著美人虞姬，悲歌慷慨：「力拔山兮氣蓋世，時不利兮騅不逝。騅不逝兮可奈何，虞兮虞兮奈若何？」美人亦作歌和之：「漢兵已略地，四方楚歌聲。大王意氣盡，賤妾何聊生？」項王泣下連連，左右亦皆泣。後來突圍，欲東渡烏江，烏江亭長移船靠岸以待，但項羽此時已經心灰意冷，仰天長歎：「天之亡我，我何渡為？」乃與美人自刎而死，英雄末路，令人悲歎。三國時魏、蜀、吳三分天下，曹操率領八十萬大軍進犯江南，吳、蜀聯軍禦於赤壁，當時曹軍強大，將大小船艦連接一處，周瑜部將黃蓋獻計用火燒船，竟將曹軍打敗，天下形勢為之改觀。漢朝班超出征西域，被封為定遠侯，經略西域三十一年，年老思土，乃上疏請歸，「臣不敢望到酒泉郡，但願生入玉門關」，寫盡勞苦功高的將軍老於異域的悲哀。

末三句承上，感歎秦、漢的英雄豪傑爭戰的結果，使得生民塗炭，最倒楣的還是老百姓。對老百姓寄予無限的同情，與張養浩〈山坡羊〉：「興，百姓苦！亡，百姓苦！」同具悲天憫人的誠意。末句畫龍點睛，把主題凸顯出來，真有聲振林木、響遏行雲之妙。

一七九　賣花聲　客況

登樓北望思王粲❶⊙高臥東山憶謝安❷⊙悶來長鋏為誰彈❸⊙當年射虎❹。將軍何在。冷淒淒、霜凌古岸⊙

【格　律】詳見喬吉〈賣花聲・悟世〉（肝腸百鍊爐間鐵）。（頁二四三）

【注　釋】❶登樓句　漢獻帝初，王粲嘗避亂荊州依劉表，其貌不揚，性情孤傲，不為劉表重用，落魄荊楚之間，常登樓北望故鄉，以消除思鄉之愁，寫下有名的〈登樓賦〉。王粲（一七七～二一七），字仲宣，三國魏高平人。博學多聞，文思敏捷，為建安七子之一。《三國志》有傳。❷高臥句　謝安早年隱居浙江省上虞縣西南的東山，屢請不出。謝安（三二〇～三八五），字安石，東晉陽夏人。《晉書》有傳。❸長鋏為誰彈　戰國時，馮驩（也作「馮諼」或「馮煖」）因為貧窮做了齊孟嘗君的食客，一再彈劍而歌：「長鋏歸來乎！食無魚」；「長鋏歸來乎！出無車」；「長鋏歸來乎！無以為家」，終於得到孟嘗君的重用。見《戰國策・齊策四》、《史記・孟嘗君傳》。長鋏，長劍。❹射虎　射殺老虎。《史記・李廣傳》：「廣出獵，見草中石，以為虎而射之，中石沒鏃，視之石也。因復更射之，終不能復入石矣。廣所居郡聞有虎，嘗自射之。及居右北平射虎，虎騰傷廣，廣亦竟射殺之。」

【語　譯】想念登樓北望故鄉的王粲，也想起隱居東山的謝安。愁悶時想學馮驩彈彈長鋏：「長鋏歸來乎……」但是彈給誰聽呢？世上沒有第二個孟嘗君啊！當年曾經射殺老虎的李廣將軍，如今又在哪裡呢？放眼看去，只見古老的江岸上瀰漫著秋霜，一片冷清淒涼。

【賞析】本篇描寫客居他鄉，潦倒不得志的愁悶。思古人，傷自己，情意悲切。

首二句舉王粲登樓北望與謝安隱居東山二事做一強烈的對比，同情王粲，羨慕謝安，而客愁已隱然流露其中。第三句接著感歎知音稀少，未得真主，是客愁主要的原因。用馮驩的故事，極為貼切。自己就像王粲一樣，到處流浪，不能施展抱負，登樓望鄉，徒增客愁。苦悶的時候，彈著長鋏，有誰聽到呢？孟嘗君已經不在，世上少有知音，更令人想念起謝安，他早年曾經高臥東山，隱居樂道，不問世事，逍遙自在。當初我若學謝安高臥不起，也不會惹來今天落魄失意的地步。

末三句用李廣比況自己。漢武帝時李廣孔武有力，曾經射殺老虎，作戰的時候，更是身先士卒，屢建奇功，成為天下名將，卻因命運不好，不能封侯，令人替他惋惜。如今射虎將軍在什麼地方呢？眼前只見秋霜籠罩著冷清清的古岸。末句寓有身世蒼涼之感。李廣不能封侯的原因，是個人的命運不好。而作者之功名不能得志，則是整個大環境的關係，元朝政府壓迫讀書人，廢除了科舉制度，這是無可抗拒的因素。對功名的絕望，更增加了客居他鄉的愁悶。

一八〇　金字經　次韻

出岫❶白雲笑。入山❷明月愁⊙兩字功名四十秋❸⊙羞⊙死封不義侯

⊙村學究❹⊙且讀書青海頭❺⊙

【格　律】詳見馬致遠〈金字經〉（絮飛飄白雪）。（頁一三七）

【注　釋】❶出岫　即出山。比喻出仕。陶淵明〈歸去來兮辭〉：「雲無心以出岫。」❷入山　比喻隱居不仕。❸四十秋　四十年。❹村學究　學識淺陋的讀書人。❺青海頭　青海邊上。青海，湖名。是我國最大的鹹水湖。在今青海省。

【語　譯】出山時，白雲帶著微笑；入山時，明月含著憂愁。為了兩字功名，浪擲了四十年黃金歲月，真是羞愧啊！只落得死後受封貪圖富貴的不義侯。還是安貧樂道的做個村學究吧！日日讀書於青海邊上。

【賞　析】本篇題目作「次韻」，是酬答朋友的作品，表達隱居樂道的思想。張可久生在異族統治下的元朝，政治腐敗，社會混亂，所以絕意仕進，隱居樂道，正符合古代讀書人「國有道則仕，國無道則隱」的傳統思想。

首二句對仗工整，文詞清麗，以「出岫」、「入山」做成強烈的對比，以喻出仕與隱居兩種截然不同的生活，典故用得靈活生動。妙的是「笑」與「愁」俱是動詞，而且都是擬人化的寫法。出仕則白雲微笑，隱居則明月憂愁。下面即分開說明這兩種不同的生活。

次三句寫世人為了功名兩字，忙碌一世；四十年是相當長久的時間，卻為了微不足道的功名兩字爭執不休，無補於世道人心，實在羞愧，死後只能受封不義侯，違背孔子安貧樂道的思想。

《論語・述而》：「子曰：『飯疏食飲水，曲肱而枕之，樂亦在其中矣。不義而富且貴，於我如浮雲。』」這裡「不義侯」就是活用這個典故。

末二句說到自己是個學識淺薄的村夫子，安貧樂道，讀書青海邊上，不問世上功名利祿。這兩句作者挖苦自己是「村學究，且讀書青海頭」，用的是輕鬆調侃的語氣，言外卻含有身不由己、志不得伸的苦衷。尤其「且」字是聊且、姑且的意思，表示暫時性的，不是終身的志向。

一八一　金字經　樂閒

百年渾似❶醉。滿懷都是春⊙高臥東山❷一片雲⊙嗔❸⊙是非拂面塵⊙

消磨盡⊙古今無限人⊙

【格　律】詳見馬致遠〈金字經〉（絮飛飄白雪）。（頁一三七）

【注　釋】❶渾似　全像。《張小山小令》作「渾是」。❷高臥東山　用謝安早年隱居浙江東山的典故。見關漢卿〈四塊玉・閒適〉（南畝耕）❷（頁六九）。❸嗔　發怒；生氣。

【語　譯】人生百年，就像醉夢一場；不如及時行樂，喝它一肚子美酒，滿懷舒暢。謝安隱居東山，有如一片來去自由、無牽無掛的浮雲；笑人間是非，不過是吹拂過臉上的灰塵。可歎古往今來多少世人，為名利二字消磨盡寶貴的一生。

【賞析】本篇描寫隱居樂道的閒情逸致。題目「樂閒」，「樂」當動詞用，愛好的意思，與「仁者樂山，智者樂水」的「樂」同一用法。

首二句對仗自然而工巧，說明百年人生一如醉夢，何必認真計較，倒不如看開一切，及時行樂。「春」是一年之中景物最美的時刻，也用來比喻所有美好的事物，唐人更喜歡用「春」作為酒名。「春」對「醉」很容易引起人對「酒」的聯想，當一個人閒暇無事，喝喝酒，真是滿面春風，飄飄欲仙，滿懷喜悅之情了。

次三句借謝安的故事寫隱居樂道。雲在空中飄浮不定，來去自由，比喻隱居的人逍遙自在，無拘無束。隱居山中，與世無爭，對世上的是非嗤之以鼻，不屑一顧。不受世俗塵埃的汙染，正表現出隱者脫俗高潔的志向。

末二句承上，寫世人不能脫離是非觀念，超然物外，因而做了世俗的奴隸，消磨盡寶貴的人生，不能享受悠閒自在的生活。

〈金字經〉第四句是一字句，必須用平聲，「嗔」即是平聲，發怒、生氣的意思。這一個字的感情貫串後面三句，是非本如拂面的灰塵，卻消磨盡古今無限人，真是令人好笑、令人生氣。

一八二　沈醉東風　秋夜旅思

二十五點秋更鼓聲❶⊙千三百里水館郵程❷⊙青山去路長。紅樹西風

冷❸⊙百年人、半紙虛名❹⊙得似璩源閣❺上僧⊙午睡足、梅窗日影⊙

【格律】詳見胡祗遹〈沈醉東風〉（月底花間酒壺）。（頁三三二）首二句本為六字句，此曲各增二字，成為八字句。

【注釋】❶二十五點句　古代夜間以鼓聲報更，一夜分五更，每更擊鼓五響，故五更共二十五點鼓聲。❷水館郵程　水邊的旅館及經過的路程。❸紅樹西風冷　用唐人崔信明詩句：「楓落吳江冷。」見《全唐詩．卷三十八》。❹百年人句　楊萬里〈燈下讀山谷詩〉：「百年人物今安在？千載功名紙半張。」❺璩源閣　閣名。地點不詳。

【語譯】數盡二十五點更鼓聲，依舊輾轉無眠；行經一千三百里路途，住在水邊旅館，一程趕過一程。青山隱隱，去路迢迢；西風淒緊，滿山紅樹；歎人生不過百年，卻為半紙功名勞碌終生。何時才能像璩源閣上那些僧人，忘卻塵俗紛爭；午睡醒來，梅窗上已斜映著長長的日影？

【賞析】本篇借秋夜的景色抒寫客愁。秋天景物蕭條，最容易引起遊子思鄉之情，尤其到晚上，孤館獨眠，倍覺淒涼。

首二句對仗工整，上句寫旅人秋夜輾轉反側，數盡寒更，不能入睡的苦況；下句寫離鄉漸遠，歷盡水館郵程，餐風宿露的生活。「二十五點秋更鼓聲」，古代夜晚，以鼓聲報更，一夜分為五更，每更擊鼓五響，所以整夜有二十五響鼓聲，聲聲擊中客子的心板，表示徹夜難眠。開頭兩句已經寫足題目「秋夜旅思」，接下去則是借景抒情，加深客愁的感慨。

次三句寫客途所見的景物，並感歎人生短暫，何苦為功名到處奔波？青山綠水，紅樹西風，一寫路途之長遠，一寫景況之淒冷。這兩句對偶工巧，詞句清麗。第三句用楊萬里詩句：「百年人物今安在？千載功名紙半張。」慨歎身不由主，為半紙虛名而勞碌終生。用典靈活而有變化。末二句表達看破功名、隱居樂道的意思。什麼時候才能像璩源閣上的僧人，六根清靜，超脫凡塵，無憂無慮；午睡醒來，日影已經斜照在梅窗之上了？這兩句充分流露羨慕僧人的情意，與流落客途的旅人作一強烈的對比，反襯客愁。

一八三 慶東原 次馬致遠先輩韻

詩情放。劍氣豪⊙英雄不把窮通❶較❷⊙江中斬蛟❸⊙雲間射雕❹⊙

席上揮毫❺⊙他得志笑閒人。他失腳閒人笑⊙

【格律】詳見白樸〈慶東原〉（忘憂草）。（頁八五）

【注釋】❶窮通　窮困與顯達。❷較　計較。❸江中斬蛟　指西晉周處在長橋下斬殺蛟龍，為民除害。見《晉書・周處傳》。蛟，傳說中似龍的水中動物。❹雲間射雕　指北齊斛律光善騎射，嘗從世宗於洹橋校獵，見一大鳥，雲表飛颺，引弓射之，正中其頸。此鳥形如車輪，旋轉而下，原來是一隻大鵰，丞相屬邢子高見而歎曰：「此射鵰手也。」見《北齊書・斛律金傳》附〈斛律光〉。雕，也作「鵰」。飛得極高極快的猛鳥。❺席上揮毫指唐朝李白在宴席之上，揮毫題詩。揮毫，運筆寫字。見《舊唐書・文苑傳・李白》。

【語　譯】詩情豪放，劍術高超；英雄不計較窮困或通達。即便是水裡斬殺蛟龍的周處，一箭射落雲中大雕的斛律光，或是席上帶醉揮毫的李太白，都有他們窮與通的時候啊！英雄得志時笑人家，英雄失意時人家也笑他；如此說來，何必計較呢？

【賞　析】本篇次馬致遠韻，馬氏原作題「歎世」，故本篇亦為歎世的作品。借歷史上英雄人物慨歎功名虛浮，窮通得失不必過分計較。

首三句泛寫英雄人物都具有豪放的詩情，精妙的劍術，過著無拘無束、逍遙自在的生活，不計較世俗的顯達或困窮。

次三句對偶工整，承上節實寫周處、斛律光、李白三個英雄人物來歎世。周處，西晉陽羨人，少年不修品德，縱情肆欲，為非作歹，鄉人把他和南山猛虎、長橋蛟龍合稱三害，後來他接受父老規勸，改過遷善，斬蛟射虎，除了三害，勵志向學，成為吳國的名臣。斛律光，北齊朔州人，少以善騎射出名，曾射中雲間大鵰，仕齊官至左丞相，屢建奇功，後來卻被祖珽等誣告造反，全家被殺。李白，唐成紀人，詩風雄奇豪放，曾供奉翰林，在宴席上帶醉揮毫，寫下著名的〈清平調〉三章，即「雲想衣裳花想容，春風拂檻露花濃……」，備受唐玄宗禮遇，後來遭讒去職，流落江南。

末二句總結上意。英雄人物得意時，志得意滿，回頭看看世人，汲汲於卑微小利，不免要狂放大笑。但當他不得志時，潦倒落魄，也自有一幫閒人譏笑他。這笑與被笑間有什麼區別呢？世上的功名本是虛浮的，何必太計較呢？

一八四 落梅風 春情

秋千院❶⊙拜掃天❷⊙柳陰中、躲鶯藏燕⊙掩霜紈❸遞❹將詩半篇⊙

怕簾外、賣花人見⊙

【格律】〈落梅風〉，即〈壽陽曲〉。詳見姚燧〈壽陽曲・詠李白〉（貴妃親擎硯）。（頁一〇〇）

【注釋】❶秋千院　鞦韆院落。❷拜掃天　清明掃墓的季節。❸霜紈　白色的薄絹。❹遞　傳送。

【語譯】鞦韆院落，清明時節；柳陰深處，不時傳來鶯歌燕語。閨中女子用雪白的絲絹，掩藏著半篇情詩，偷偷地傳給情郎；唯恐被簾外的賣花人看見。

【賞析】本篇描寫閨中女子春日的情懷。

首三句寫景。窗外庭院靜悄悄地，只有鞦韆架悠閒地停置在那裡，沒有人去玩它。在這清明的天氣，楊柳長得茂密極了，只聽到鶯聲燕語，叫得好聽，卻看不到鳥，原來都躲到楊柳陰中去了。「躲鶯藏燕」寫得極生動，鶯、燕代表春天的景物，不但形狀、顏色美麗，叫的聲音更是好聽，鶯歌燕語，引起了閨中女子的春情。因為鶯、燕的形體很小，飛得又快，穿梭在楊柳陰中，一下子就看不見了，所以用「躲」、「藏」來形容牠，非常貼切，與晏殊〈踏莎行〉詞「翠葉藏鶯，珠簾隔燕」同一巧妙。

末二句寫情。閨中女子偷偷地把半篇詩藏在雪白的手絹下面傳遞給情人，唯恐被簾外賣花的人看見。這兩句描寫少女懼怕愛情的祕密被人發現的緊張悸動的心理及嬌羞扭捏的情態，極為傳神，可謂曲盡人情，字字本色。

張炎《詞源・令曲》：「詞之難於小令，如詩之難於絕句，不過數句，一句一字閒不得；末最當留意，有有餘不盡之意乃佳。」像這首小令，只有五句，二十八字，卻生動地描寫閨中女子春日的情懷，沒有一處閒筆。尤其最後寫送情書怕被賣花人看見，真是餘韻無窮。

一八五 落梅風 春晚

東風❶景。西子湖❷⊙溼冥冥❸、柳煙花霧❹⊙黃鶯亂啼胡蝶舞⊙幾秋千、打將春去❺⊙

【格律】〈落梅風〉，即〈壽陽曲〉。詳見姚燧〈壽陽曲・詠李白〉（貴妃親擎硯）。（頁一〇〇）

【注釋】❶東風　春風。❷西子湖　西湖。❸溼冥冥　一片霧靄迷茫的樣子。❹柳煙花霧　楊柳如煙，紅花如霧。形容花草樹木的眾多。❺幾秋千句　打幾下鞦韆，春天就過去了。

【語譯】春風徐徐吹來，景色宜人；西子湖上，綠柳含煙，紅花帶霧；一片水霧迷濛的景象。黃鶯競歌，蝴蝶曼舞；可歎這如詩如畫的春光，打不到幾回鞦韆，就過去了。

【賞析】本篇描寫西湖暮春的美景，如詩如畫。

首三句寫西湖春天的時候，吹著東風，景色宜人，特別是楊柳如煙，桃花如霧，一大片的花海迷茫一處，極為淒美。蘇東坡〈飲湖上初晴後雨〉詩：「水光瀲灩晴方好，山色空濛雨亦奇。欲把西湖比西子，淡妝濃抹總相宜。」所以後人稱西湖為西子湖。這裡與「東風景」做成對句。

末二句寫黃鶯亂啼與蝴蝶飛舞的熱鬧景象。黃鶯與蝴蝶都是代表春天的景物，鶯聲流囀，叫得多麼好聽；蝴蝶的顏色最鮮豔，飛舞起來，真是彩色繽紛，非常好看。鞦韆是古代常用的運動器具，閨中女子在庭院之中悠閒地打著鞦韆，一面欣賞眼前美麗的春景，一方面感歎時間短暫，好景不常，又到了暮春時候，打幾下鞦韆，春光就要消逝了。「幾秋千打將春去」是上三下四的句法，造語清新而活潑，「打」當動詞，承上啟下，既是「打秋千」，也是「打春」；「打將春去」即是「將春天打發去了」的意思。此句充滿惜春的情意，有「無可奈何花落去」的感歎，也與歐陽脩〈蝶戀花〉詞「淚眼問花花不語，亂紅飛過秋千去」有異曲同工之妙，歐詞的感情比較哀傷，而本曲的造句比較活潑。

一八六　落梅風　碧雲峰書堂

依松澗❶。結草廬⊙讀書聲、翠微❷深處⊙人間自晴還自雨⊙戀青

山、白雲不去⊙

【格律】〈落梅風〉，即〈壽陽曲〉。詳見姚燧〈壽陽曲・詠李白〉（貴妃親擎硯）。（頁一〇〇）

【注釋】❶澗　兩山之間的流水。❷翠微　青綠色的山色。

【語譯】靠著松林山澗，蓋了一座茅舍；吟哦的讀書聲，隱約傳自青山深處。他幽居山中，不管人間的晴雨，一心過隱逸生涯；就像那山間的白雲，依戀著青山，永不分離。

【賞析】本篇描寫碧雲峰書堂的景物，並表達隱居樂道的心境。短短二十七字，寫景精鍊，寓意深遠，已達化境。

首二句勾勒碧雲峰書堂的景物，對仗工整，寫景如畫。「松澗」是遍植松樹的山澗，也是書堂的所在，陣陣清風吹來，時而松濤聲聲，時而澗水潺潺，水聲松濤，襯托出書堂的幽靜。「結草盧」用陶淵明〈雜詩〉「結廬在人境，而無車馬喧」，情境相合。

第三句「讀書聲翠微深處」，進一步描寫書堂，切合題意。「書堂」是讀書的地方，琅琅的書聲傳遍山中，但是尋聲探問，卻只見滿山翠綠，嵐氣氤氳；極寫書堂的偏僻幽靜，遠離塵世；令人有「只在此山中，雲深不知處」的感覺。

末二句抒寫隱居樂道、高舉遠慕的意境。隱居山中書堂，過其清靜無為的讀書生活，不問人世間的風風雨雨，「晴」、「雨」比喻人間的順境或逆境，得志或失意。末句借自然景物，表達隱居樂道的意境。山上的白雲始終依戀青山而不去，比喻隱者終老山林的堅定意志。尤其「戀」字更充分表現出隱者一往情深、此生不渝的感情，真是畫龍點睛的妙筆。陶淵明〈歸去來兮辭〉「雲無心以出岫」是本曲末句「戀青山白雲不去」所本。

一八七 慶宣和 毛氏池亭

雲影天光乍❶有無⊙老樹扶疏❷⊙萬柄高荷小西湖⊙聽雨⊙聽雨⊙

【格　律】〈慶宣和〉是雙調的曲牌。可以作小令、散套或雜劇。其調式為「七、四、七、二、二」，共五句五韻。末二句宜疊韻，須作「去上」，「去二」屬第二著。其平仄格律如下：

＋｜－－＋厶平⊙　＋｜－－⊙　＋｜－－｜－＋⊙　去上⊙　去上⊙

【注　釋】❶乍　忽然；突然。❷扶疏　枝葉繁茂的樣子。

【語　譯】秋日的天空，時而天光明亮，時而雲影遮蔽；池亭邊老樹盤桓，枝葉茂密。小西湖中，萬柄荷葉一一高舉；聽那雨打荷葉，琮琤雨聲，真是美妙啊。

【賞　析】本篇描寫「毛氏池亭」秋天的景物。寫得清麗文雅，有不食人間煙火氣。張可久擅長以詩詞的境界融入曲中，特別是運用古人的詩句非常嫻熟靈活，因而造成他獨樹一幟的風格。

首二句描寫秋天的天氣與景物。秋天的天氣晴雨不定，時而天光明亮，忽而雲影密布，「乍」

字極寫其突然變化。朱熹〈觀書有感〉詩：「天光雲影共徘徊。」杜甫〈倦夜〉詩：「稀星乍有無。」「老樹扶疏」寫秋景很生動。陶淵明〈讀山海經〉詩：「繞屋樹扶疏。」

末三句突出「毛氏池亭」特別的景物。池中植有萬柄高荷，葉圓而大，雨打在荷葉上，時輕時重，忽大忽小，形成琮琮琤琤，極美妙的聲音。在「毛氏池亭」聽雨是人生一大享受。此處用李商隱〈宿駱氏亭寄懷崔雍崔袞〉詩：「留得枯荷聽雨聲。」

〈慶宣和〉是北曲最短的曲調之一，共五句二十二字，末二句須用疊句，聲調宜作「去上」或「去一」。此曲「聽雨」重疊，即用去上，允合格律。第三句第六字須用平聲，不可作仄聲，這是和詩調不同的地方。

一八八　水仙子

歸興

淡文章不到紫薇郎❶⊙小根腳❷難登白玉堂❸⊙遠功名卻怕黃茅瘴❹⊙老來也思故鄉⊙想途中夢感魂傷⊙雲莽莽❺馮公嶺❻。浪淘淘❼揚子江❽⊙水遠山長⊙

【格律】〈水仙子〉，即〈湘妃怨〉。詳見盧摯〈湘妃怨・西湖〉（湖山佳處那些兒）。（頁五八）

【注釋】❶紫薇郎　古代的中書省，唐代稱為紫薇省，中書郎稱紫薇郎。❷根腳　出身；家世。❸白玉堂指翰林院。❹黃茅瘴　指荒僻瘴癘的地方。❺莽莽　廣大無邊際的樣子。❻馮公嶺　即石人嶺。在杭州西湖。❼洶洶　大水洶湧的樣子。❽揚子江　長江下流，江都至鎮江間，古稱揚子江。

【語　譯】淺薄的文章，做不到紫薇郎；卑賤的出身，難登上白玉堂；功名遙遠，卻又怕分派到荒涼偏僻的邊疆。年紀老了，特別想念故鄉；想到歸途，不免神魂感傷。馮公嶺上雲氣迷茫，揚子江中浪花滔滔；青山連綿，綠水悠長。

【賞　析】本篇描寫歸鄉之情。張可久至正初年擔任崑山幕僚，年已七十多歲，官小職卑，頗不得志，從曲中「老來也思故鄉」及途經「馮公嶺」、「揚子江」，可見這首曲子是他從崑山辭官歸家時所寫的。

首三句寫出辭官歸隱的原因。謙稱自己文章不好，無法做到朝中紫薇郎的大官；沒有好的家世，也不能登上白玉堂翰林的職位；功名遙遠，卻又怕被派到荒遠瘴癘的地方。妙在對偶工整，三句做成一排，內容顯得格外充實而優美。

四、五兩句，承上啟下，發揮歎老嗟卑之意。因為功名不得志，年紀老大，所以容易引起思鄉之情；而歸途之中觸景生情，更為之夢魂感傷了。

末三句即借歸途所見的景物來抒情。頭兩句對仗自然而工巧：馮公嶺上茫茫無際的浮雲，揚子江中滔滔不絕的浪花，阻隔了家鄉與仕途。末句用「水遠山長」把上面兩句的意思結合起來，振起有力。

元曲可以增加襯字，所以比詩、詞活潑自然，本曲除末句外，每句各加一或三個襯字，不但造成活潑的語調，也增添許多的內容。張可久是清麗派的代表作家，他填的曲子較少用襯字，本篇是比較特殊的。

一八九　水仙子　樂閒

鐵衣披雪紫金關❶⊙彩筆❷題花白玉闌❸⊙漁舟棹月黃蘆岸⊙幾般兒君試揀⊙立功名只不如閒⊙李翰林❹身何在。許將軍❺血未乾⊙播高風千古嚴灘❻⊙

【格律】〈水仙子〉，即〈湘妃怨〉。詳見盧摯〈湘妃怨・西湖〉（湖山佳處那些兒）。（頁五八）

【注釋】❶鐵衣句　指唐玄宗時，安祿山叛亂，許遠擔任睢陽太守，與張巡合兵拒賊。被圍數月，食盡而援兵不至，城陷被執，不屈而死。紫金關，非常堅固的關口。指睢陽城。❷彩筆　生花妙筆。《開元天寶遺事》：「李白少時，夢筆頭生花，自是天才贍逸，名聞天下。」❸題花白玉闌　指唐開元中，玄宗在沈香亭欣賞牡丹花，命翰林學士李白作〈清平調〉三章歌詠名花。見李濬《松牕雜錄》。❹李翰林　李白。曾任翰林學士。❺許將軍　許遠。曾任睢陽太守。❻嚴灘　嚴子陵的釣魚灘。

【語譯】穿著鎧甲冒著風雪鎮守紫金關，以生花妙筆題詠名花在白玉闌，駕著漁舟在月光之下來往黃蘆岸。這幾件事情任君挑選，我認為建立功名不如清閒。大名鼎鼎的李翰林身在何處？為國建功的許將軍血還未乾，傳播高風的是千古不朽的嚴子陵釣魚灘。

【賞　析】本篇借古代的事跡表現隱居樂道的思想，有濃厚的歎世意味。分為三段：首段並列三種事跡以供比較，次段選擇閒適最為快樂，末段說明其理由。

首三句以對偶的方式列舉歷史上武功、文名、閒適最足代表的人物事跡，作為明顯的對照與比較：唐代安史之亂，許遠曾與張巡穿著鎧甲在冰雪的天氣裡鎮守紫金關（睢陽城），最後城破，轟轟烈烈地為國犧牲。開元年間，唐玄宗在沈香亭欣賞牡丹，李白曾以生花妙筆寫下了〈清平調〉三章題詠名花，成為流傳一時的風流韻事。而漢光武時嚴光隱居樂道，不願做官，趁著明亮的月光，駕著一葉漁舟，逍遙於黃蘆江岸。此曲以許遠代表武功，李白代表文名，嚴光代表閒適。

次二句承上啟下，就三件事做一個選擇，作者認為建立功名不如閒適來得好。「立功名只不如閒」是本曲的主旨，也即是題目「樂閒」的意思。

末三句則說明此一「論點」的理由。李翰林雖然享有一代文名，而今安在？許將軍為國犧牲，卻不能保全自己的生命，還是嚴子陵隱居樂道的高風亮節，千古流傳。作者借此感歎功名虛浮，不如閒適快樂。

一九〇　水仙子　次韻

蠅頭❶老子五千言❷⊙鶴背揚州十萬錢❸⊙白雲兩袖吟魂❹健⊙賦莊

生❺秋水篇❻⊙布袍寬風月無邊⊙名不上瓊林殿❼⊙夢不到金谷園❽⊙海上神仙❾⊙

【格　律】〈水仙子〉，即〈湘妃怨〉。詳見盧摯〈湘妃怨・西湖〉（湖山佳處那些兒）。（頁五八）

【注　釋】❶蠅頭　比喻字體細小。❷老子五千言　老聃著《道德經》五千字。❸鶴背揚州十萬錢　腰纏十萬貫，騎鶴上揚州。詳見喬吉〈山坡羊・寓興〉❸（頁二四二）。古代傳說成仙的人都騎鶴升天。❹吟魂　詩人的靈魂。❺莊生　莊周。❻秋水篇　《莊子》中的一篇，推衍〈逍遙遊〉、〈齊物論〉的思想，主張天地廣大，道亦無窮。❼瓊林殿　宋朝宮殿名。在河南省開封縣西。新科狀元在此受皇帝賜宴。❽金谷園　在河南省洛陽縣西北。晉石崇所建，極為富麗華美。❾海上神仙　傳說海上有三仙島——蓬萊、方丈、瀛洲，四季如春，花月長好，是神仙住的地方。

【語　譯】用蠅頭小字，抄寫老子《道德經》五千言；騎著鶴背上揚州，腰間還纏著十萬錢；乘白雲兩袖清風，詩人的精神十分旺健。諷誦莊周的〈秋水篇〉，布袍寬大，清風明月無際無邊。姓名不能登上瓊林殿，美夢也到不了金谷園，我是個海上神仙。

【賞　析】本篇借道家的思想，表達作者逍遙自在、不求名利的生活態度。題目「次韻」，表示是應酬的作品。

首三句借老子的《道德經》與道士騎鶴升仙的故事，表達清靜無為及雲遊方外的生活意境。前二句對偶工整，用典靈活，「蠅頭」對「鶴背」，「五千言」對「十萬錢」，多麼貼切。老子是道家的始祖，他的《道德經》更是道家的經典，雖然短短五千餘字，卻蘊藏無限的哲理，被後世的道家奉為金科玉律。次句本包含「騎鶴上升、為揚州刺史、腰纏十萬貫」等成仙、功名、富貴三件事，這裡著重在騎鶴升仙一事，由此可知曲中運用典故，活潑自然，不受拘束。第三句承上兩句，兩袖清風，遨遊於白雲仙鄉，吟詩作曲，閒適自在。

四、五兩句借莊子的〈秋水篇〉，表達天地廣大，風月無邊，可以任我逍遙，陶醉於大自然的景物之中。

末三句承上面的意思，做一結論：不求功名，不貪富貴，只希望做個海上神仙。元朝是亂世，一般讀書人功名不得志，容易產生隱居樂道的思想。加上當時道教極為盛行，因此元曲中描寫神仙出世的作品相當多，本篇就是一個代表。

一九一　水仙子　青衣洞天❶

兔毫浮雪❷煮茶香⊙鶴羽攜風采藥忙⊙獸壺敲玉悲歌壯❸⊙蓬萊❹

雲水鄉⊙群仙容我疏狂❺⊙即景詩❻千韻。飛空劍一雙❼⊙月滿秋江⊙

【格律】〈水仙子〉，即〈湘妃怨〉。詳見盧摯〈湘妃怨·西湖〉（湖山佳處那些兒）。（頁五八）

【注釋】❶青衣洞天　道家稱神仙居住的地方為洞天。青衣是洞天名。古代傳說中的仙人有青衣烏公，是彭祖的弟子，入華陰山中學道，後來成仙。❷兔毫浮雪　形容煮茶時開水沸騰的樣子。蘇軾〈老饕賦〉：「響松風於蟹眼，浮雪花於兔毫。」兔毫，兔的細毛。❸獸壺句　以如意敲擊獸壺而悲歌壯烈。《晉書．王敦傳》：「每酒後，輒詠魏武帝樂府歌曰：『老驥伏櫪，志在千里；烈士暮年，壯心不已。』以如意打唾壺為節，壺邊盡缺。」❹蓬萊　山名。古代傳說中東方海上的仙山。❺疏狂　狂放不羈的樣子。❻即景詩　描寫眼前景物的詩。❼飛空劍一雙　指龍泉、太阿二劍。《晉書．張華傳》：「初，吳之未滅也，斗牛之間，常有紫氣。……及吳平之後，紫氣愈明。華聞豫章人雷煥妙達緯象，乃要煥宿。……因登樓仰觀。煥曰：『僕察之久矣，惟斗牛之間，頗有異氣。』華曰：『是何祥也？』煥曰：『寶劍之精，上徹於天耳。』華……因問曰：『在何郡？』煥曰：『在豫章豐城。』……即補煥為豐城令。煥到縣，掘獄屋基，入地四丈餘，得一石函，光氣非常。中有雙劍，並刻題：一曰龍泉，一曰太阿。其夕，斗牛間氣不復見焉。」

【語　譯】水花沸騰，烹煮茗茶，散發著清香；騎仙鶴，御清風，忙著四處採藥；敲擊玉壺，悲歌慷慨雄壯。這裡是蓬萊仙島雲水勝地，眾神仙容許我狂放不羈。寫下千韻的即景詩，舞動一雙的飛空劍，月光滿照著秋江。

【賞　析】本篇描寫青衣洞天的景物，並表達隱居樂道的意境。青衣洞天是道士修鍊身心以求神仙的境地，作者雖非道士之流，卻嚮往神仙超脫凡塵的生活，所以去拜訪青衣洞天，暫時拋開人間的煩囂，寄身於世外桃源，過其逍遙自在的生活。

首三句寫出青衣洞天的生活情趣，真是寫景如畫，十分生動。或浮雪花於兔毫，茶香四溢；或騎鶴羽以馭風，忙著採藥；或擊獸壺而悲歌，慷慨激昂。三句對成一排，內容顯得充實。第三句隱隱透露出作者懷才不遇、壯心不已之情。

四、五兩句扣緊題目，青衣洞天有如蓬萊仙島，雲水環繞，景物優美，眾多仙人也容我疏狂。作者處身元朝亂世，雖有大志高才，也不得志，故而嚮往神仙隱逸的生活，以求精神上的寄託。末段以景物結束。前二句對偶工整。詩千韻表示詩的篇幅極長，按照詩的格律，兩句為一韻。劍一雙指龍泉、太阿二劍，因為洞天福地是常有寶物出現的。末句「月滿秋江」，意境幽美。

本篇融化古人詩句，運用道家的典故，寫來令人有憑虛御風、飄飄欲仙的感受。

一九二　水仙子　山齋❶小集

玉笙吹老碧桃花❷⊙石鼎❸烹來紫筍❹芽⊙山齋看了黃筌❺畫⊙荼蘼❻香滿把⊙自然不尚奢華⊙醉李白❼名千載。富陶朱❽能幾家⊙貧不了詩酒生涯⊙

【格　律】〈水仙子〉，即〈湘妃怨〉。詳見盧摯〈湘妃怨・西湖〉（湖山佳處那些兒）。（頁五八）

【注　釋】❶山齋　建築在山中的書齋或居室。❷碧桃花　即千葉桃。唐郎士元〈聽鄰家吹笙〉詩：「風聲吹和隔綵霞……疑有千桃碧樹花。」❸石鼎　石製的烹食器。❹紫筍　茶名。❺黃筌　五代後蜀畫家。字要叔，四川成都人。歷仕前蜀、後蜀，官至戶部尚書；入宋，任太子左贊善大夫。擅長花鳥寫生，鉤勒精細，著色渾然。❻荼蘼　植物名。薔薇科。春末夏初開黃白色花，有芳香。❼李白　唐詩人。好喝酒。❽陶朱　即范蠡。

範蠡至陶，自稱朱公，經商積財，乃成巨富，後人稱為陶朱公。

【語　譯】吹著玉笙，欣賞碧桃花；用石鼎烹煮紫色的嫩茶，山齋裡共同觀看黃筌的花鳥圖畫。採來山上的荼蘼花，清香滿把；自然的美景，不崇尚奢侈豪華。喝醉酒的李白，聲名千載；富甲一方的陶朱公，能有幾家？吟詩喝酒是窮不了的生涯。

【賞　析】本篇描寫三、五朋友在山齋中賞花、品茗、觀畫、飲酒等生活情趣。

首三句對偶工整，描寫山齋生活的樂趣，既充實而優美。第一句寫聽笙賞花：玉笙是古代一種吹奏樂器名，有十三管。碧桃花是山齋附近的景色，暮春時，碧桃花紛紛凋謝了，所以說「吹老」。次句寫山齋中烹茶品茗；「石鼎」、「紫筍」，用詞清麗典雅。三句寫在山齋觀賞黃筌的花鳥畫。

四、五兩句寫春末夏初，荼蘼花正開得熱鬧，香氣四溢。而山齋的景物都很自然，不尚奢華，包括上述聽笙、賞花、烹茶、觀畫在內。

末三句借李白與范蠡的故事，表達安貧樂道的意境。李白是唐代著名的詩人，為人放蕩不拘，喜好喝酒，不置產業，酒酣興來，寫下許多詩篇，〈清平調〉三章就是他喝醉酒所寫的作品，千古流傳，家喻戶曉，杜甫也有「李白斗酒詩百篇」的詩句。相反的，范蠡卻是一位理財專家，他是春秋越國大夫，曾幫助句踐滅吳復國，功成身退，在陶經商致富，世稱陶朱公。但是像陶朱公這樣富貴的有幾家呢？表示不多的意思。末句結束得好，切合題旨，有畫龍點睛之妙。詩酒同好，在此隱居樂道，即使貧窮又算得了什麼？作者把自己比作李白，物質雖然貧窮，精神卻是富足的。

一九三　水仙子　山莊即事

清泉翠椀❶茯苓❷香⊙暖霧晴絲楊柳莊⊙微風小扇芭蕉樣⊙興不到名利場⊙將息❸他九十韶光❹⊙夜雨花無恙⊙鄰牆蝶自忙⊙笑我疏狂⊙

【格律】〈水仙子〉，即〈湘妃怨〉。詳見盧摯〈湘妃怨．西湖〉（湖山佳處那些兒）。（頁五八）

【注釋】❶椀　同「碗」。❷茯苓　植物名。為外生菌根菌，生於山林的松根土中，菌核成球形，可供藥用。❸將息　調養休息。❹九十韶光　春天三個月共九十日。韶光，春光。

【語譯】清澈的泉水，長出翠椀一般的茯苓，散發著清香；天氣和暖的時候，山莊上楊柳如絲如霧；微風輕輕拂動小扇子一般的芭蕉葉。我的興致，不在名利場；只希望好好的享受他九十天美好的春光。夜雨過後，花仍完好；鄰牆的花園中，蝴蝶自在飛翔；牠們笑我狂放不羈。

【賞析】本篇描寫山莊的景物，並表達作者避世隱居、樂道逍遙的思想。文字清麗，意境悠閒。

首三句對仗工整，一句一景，描寫山莊之中茯苓、楊柳、芭蕉等主要的景物。「翠椀」形容茯苓的形狀，「清泉」表示茯苓生長的地方，有清新脫俗的意境。「楊柳莊」扣緊「山莊」的題目，當天氣和暖時，山上瀰漫著霧氣，晴空飄浮著遊絲，而「霧」與「絲」總會令人聯想起楊柳細長眾多的景致，所謂「楊柳如煙」、「楊柳如絲」。「小扇」形容芭蕉葉的模樣，芭蕉葉大容易招風，故稱「微風小扇」。《西遊記》寫唐僧赴西天取經，必須經過火燄山，孫行者曾向鐵扇公主借用「芭蕉扇」，這是家喻戶曉的故事，用「扇」形容芭蕉葉，既形象又生動。這裡用「微風小扇」，則是清麗優美的景象。

四、五兩句寫出作者的人生觀——不求名利，隱居樂道。有及時行樂，莫負美好春光的意思。

末段情景兼寫，借春天百花齊放、蝴蝶紛飛的景象，襯托出自己狂放不羈的本性。前二句對仗工整，花與蝶是春天代表的景物。「笑我疏狂」是用擬人化的筆法，賦予「花」、「蝶」感情，充滿想像力，而且宛轉曲折，饒有韻致。

一九四　水仙子

湖上晚歸

佳人微醉脫金釵⊙惡客佯狂飲繡鞋❶⊙小鬟❷催去褰❸羅帶⊙花寒月滿街⊙蕩湖光影轉樓臺⊙未了鴛鴦債❹⊙枉教鷗鷺猜❺⊙明日重來⊙

【格　律】〈水仙子〉，即〈湘妃怨〉。詳見盧摯〈湘妃怨．西湖〉（湖山佳處那些兒）。（頁五八）

【注　釋】❶飲繡鞋　把酒倒在繡鞋中飲用，古人稱為鞋盃、金蓮盃。❷小鬟　即侍女、丫鬟。❸褰　同「搴」。提起；揭起。❹鴛鴦債　男女的情債。鴛鴦雌雄偶居，相偕終老，故比喻夫妻或情侶。❺鷗鷺猜　使鷗鷺猜疑。

【語　譯】美人微帶醉意地脫下金釵，酒客假裝瘋狂地把酒倒入繡鞋中飲用，丫鬟拉著小姐的羅帶催促著回去。晚上花帶寒意，月色滿街；湖光蕩漾，月影已轉過樓臺的另一邊。未能完成鴛鴦成雙的情債，徒然引起鷗鷺猜疑的眼光，明天再來遊玩罷。

【賞　析】本篇描寫在湖上尋歡作樂的情趣，有樂而忘返、欲罷不能之意。

首三句以對偶的方式寫出在湖上招妓飲酒的樂趣，分別描述佳人、惡客、小鬟三種人物在宴會中生動活潑的舉動。佳人喝得醉醺醺的脫下頭上的金釵，醉態十分可愛。惡作劇的酒客借酒裝瘋，把酒倒入繡鞋中喝酒，風流瀟灑，以博美人一笑。服侍美人的丫頭卻褰著羅帶催促美人歸去，真是大煞風景。這三句描寫人物刻畫入微，活靈活現，如見其人。

四、五兩句寫宴罷歸來時所見的景象，著重描寫時間的轉移，「月滿街」、「影轉樓臺」都是月下的景致，以切合「湖上晚歸」的題目。

末段以湖上常見的鴛鴦、鷗鷺等鳥類，表達對湖上人、物一往情深，欲罷不能之意。前二句對偶工巧：鴛鴦債，指歡場中男女的感情；鷗鷺猜，指隱居江湖的人與鷗鷺為友，久不到江湖，鷗鷺就會猜疑。這兩句逼出末句「明日重來」，真是順理成章，水到渠成，極有力量。表示湖上之遊，興趣極高，直到月轉樓臺，還意猶未盡，所以決定明日重來。

一九五　水仙子　吳山❶秋夜

山頭老樹起秋聲⊙沙嘴❷殘潮蕩月明⊙倚闌不盡登臨興⊙骨毛寒環

珮❸輕⊙桂飄香兩袖風生⊙攜手乘鸞去。吹簫作鳳鳴❹⊙回首江城⊙

【格律】〈水仙子〉，即〈湘妃怨〉。詳見盧摯〈湘妃怨・西湖〉（湖山佳處那些兒）。（頁五八）

【注釋】❶吳山　山名。在浙江省杭州市治城南。虎丘、上方、靈巖、天平、鄧尉諸山聞名全國，總稱吳山。左帶錢塘江，右瞰西湖，風景美麗。❷沙嘴　即沙隄。自岬角向灣口突出的沙洲。由於岬角前端的濱沙受沿岸流的搬運而堆積於灣口所形成的低陸地。❸環珮　衣帶上的佩玉。❹攜手乘鸞去二句　秦穆公時有蕭史，善吹簫，能致孔雀、白鶴於庭。穆公女兒弄玉喜歡他，穆公把女兒嫁給他。蕭史日教弄玉吹簫作鳳鳴，居數年，吹似鳳聲，鳳凰來止其屋，公為作鳳臺，夫婦止其上，一旦皆隨鳳凰飛去。事見《列仙傳》。

【語譯】西風吹拂著山上老樹，引起陣陣的秋聲；沙隄邊殘餘的潮水，蕩漾在月色之中光亮鮮明；倚闌遠望，引起無限的感慨。寒風刺骨，輕輕傳來環珮聲；丹桂飄香，迎風而立，飄飄欲仙。吹著簫作出鳳鳴的聲音，攜著手騎著鸞鳥飛升；回頭看看江邊的都城。

【賞析】本篇是作者秋夜登臨吳山，描寫所看到的景物及所引發的感想。

吳山在杭州南邊，介於錢塘江與西湖之間。宋朝詞人柳永有〈望海潮〉詠西湖詞，其中有「三秋桂子，十里荷花」之句，據說金主完顏亮讀了這首詞，引起他侵略江南之意，當他的軍隊到達西湖時，豪氣萬丈寫下了「移兵百萬西湖上，立馬吳山第一峰」的詩句。

首三句寫景。前兩句對仗工整。第一句以「老樹起秋聲」寫吳山山頂秋景蕭條，第二句以「殘潮蕩月明」寫錢塘江邊月色淒涼。白天，錢塘江的浪潮澎湃，到了夜裡，浪潮低落，蕩漾在月光之下。第三句承上啟下，登高臨遠，睹物生情，言簡短而意無窮。

四、五兩句即就「登臨興」發揮，秋風淒涼，吹起衣帶，佩玉發出玎玲之聲，令人感到一股寒意；桂花也開了，隨風飄來陣陣香氣，令人有兩袖風清，飄飄欲仙之感。這兩句都是月下的景色，切合「秋夜」題目。

末段借蕭史、弄玉乘鳳凰升仙的故事，表達作者登臨吳山，飄飄欲仙的意境。江城，指杭州，代表塵俗世界。作者願學蕭史、弄玉吹簫乘鸞，升仙而去，超脫凡塵，逍遙世外。

一九六　殿前歡　客中

望長安⊙前程渺渺❶鬢斑斑❷⊙南來北往隨征雁⊙行路艱難⊙青泥小劍關❸⊙紅葉湓江❹岸⊙白草連雲棧❺⊙功名半紙❻。風雪千山⊙

【格　律】詳見貫雲石〈殿前歡〉(隔簾聽)。(頁一九二)

【注　釋】❶渺渺　遙遠的樣子。❷斑斑　黑白相雜的樣子。❸小劍關　在四川省劍閣縣北。這裡有大、小劍山，相隔三十里，連山絕險，飛閣通衢，稱為劍閣，也稱劍門關。❹湓江　水名。在江西省北部九江縣西。❺連雲棧　棧道名。古代陝西到四川的通道。棧道長四百二十里，自鳳縣草涼驛至褒城開山驛。❻功名半紙　形容功名虛浮。楊萬里〈燈下讀山谷詩〉詩：「百年人物今安在？千載功名紙半張。」

【語　譯】遙望著都城長安，感歎前途茫茫而鬢髮斑斑。隨著候鳥鴻雁走遍了天南地北，路途都很艱難。青泥阻塞了小劍關，紅葉飄滿了湓江岸，白草散布著連雲棧。功名有如紙半張，風雪覆蓋了千山。

【賞　析】本篇抒寫客愁。文辭清麗，對偶工整。

首二句感歎前途茫茫，功名尚未得志而年華早已老去。長安是歷代建都的地方，也是一般讀書人求取功名的目標，但是得志者少，失意者多。「望」字有可望而不可即的意思。

三、四句承上，寫出南來北往，到處奔波，老於路途的苦衷。雁是一種候鳥，秋天南來，春天北往，故稱征雁，常用來比況旅客。「隨」字有跟隨的意思，人好像征雁一般南北奔波，不能定居下來。

五、六、七三句承「行路艱難」而來，描寫客途蕭條淒涼的景物及路途的難行。「小劍關」、「湓江岸」、「連雲棧」即是「南來北往」所經之處，都是地勢艱險，難於行走。「青泥」、「紅葉」、「白草」都是秋天淒涼蕭條的景物。曲中注重對偶，有「逢雙必對」之說（周德清《中原音韻・作詞十法》），有時為了對仗，把句法不同的句子，加添襯字，使得整齊。〈殿前歡〉五、六、七三句，正格句法是五三五，作家往往在中間一句加添兩個襯字，造成句法整齊，以便對偶成文，由此可見曲中重視對偶的一般。

末二句對仗工整，總結全曲大意，感歎功名虛浮，客愁無限。李白有〈蜀道難〉詩，本篇曲意頗有類似之處。

一九七 殿前歡 次酸齋❶韻

釣魚臺❷⊙十年不上野鷗猜❸⊙白雲來往青山在⊙對酒開懷⊙欠伊周濟世才❹⊙犯劉阮貪盃戒❺⊙還李杜吟詩債❻⊙酸齋笑我。我笑酸齋⊙

【格　律】詳見貫雲石〈殿前歡〉（隔簾聽）。（頁一九二）

【注　釋】❶酸齋　貫雲石的號。❷釣魚臺　在浙江省桐廬縣西富春山上，前臨大江，傳說東漢嚴子陵曾在此耕田、釣魚。❸野鷗猜　人有機心，野鷗就會猜疑，不敢親近。用《列子・黃帝》「海上之人有好漚（白鷗）鳥者」的故事。❹欠伊周句　缺少伊尹、周公救世的才能。伊尹，商湯的賢相，輔佐商湯伐桀滅夏，統一天下。周公，周武王的弟弟，成王的叔父，輔佐成王，平定三叔之亂，改定官制，創作禮法，使周朝的文物大備。❺犯劉阮句　犯了劉伶、阮籍貪杯好酒的毛病。劉伶，西晉名士，竹林七賢之一。性愛飲酒，常乘鹿車攜酒，使人荷鍤相隨，說：「死便埋我。」妻切諫，不從。著〈酒德頌〉，以壽終。阮籍，三國魏尉氏人，竹林七賢之一。性好飲酒，每以沈醉遠禍。聞步兵廚有嘉釀三百斛，乃求為步兵校尉，世稱阮步兵。❻還李杜句　酬答李白、杜甫喜愛吟詩的詩債。李白，唐著名詩人，號稱詩仙。杜甫，唐著名詩人，號稱詩聖。

【語　譯】釣魚臺，十年不上去連野鷗也要猜疑。這裡有白雲飄浮，青山常在；可以舉杯對飲，放開胸懷。缺少伊尹、周公救世的長才，干犯劉伶、阮籍好喝酒的清戒，償還李白、杜甫吟詩酬和的積債。酸齋笑我，我笑酸齋。

【賞　析】本篇是依照原韻酬答貫雲石的作品。表示隱居樂道、詩酒自娛的意思。意境豪放，與作者清麗的風格不太一樣，可能是受酸齋的影響。酸齋原作是「暢幽哉，春風無處不樓臺。一時懷抱俱無奈，總對天開。就淵明歸去來，怕鶴怨山禽怪，問甚功名在。酸齋是我，我是酸齋」。

首二句即表達歸隱的意思。釣魚臺是隱居的地方，江上的鷗鳥與隱居的人長久相處，建立了友誼，如果離開久了，鷗鳥就不認識您了，所以說十年不上釣魚臺，野鷗都會起疑心，這句有「趁早隱居」的意思。「野鷗猜」與「鶴怨山禽怪」有異曲同工之妙。

三、四句寫歸隱後的生活。青山常在，白雲時來時往，拿著酒杯，欣賞眼前的景物，開懷暢飲，真是無憂無慮，逍遙自在。

五、六、七三句寫出自己的懷抱：既無伊尹、周公救世的才華，又犯了劉伶、阮籍貪杯好酒的毛病，還須償付李白、杜甫酬答詩歌的債。意即無意功名，喜好吟詩喝酒。

末二句切合題目，表示贊同酸齋隱居樂道的生活，彼此以詩酒相唱和。有惺惺相惜、知音相酬的樂趣。

一九八　殿前歡　次酸齋韻

喚歸來⊙西湖❶山上野猿哀⊙二十年多少風流怪❷⊙花落花開⊙望

雲霄拜將臺❸。袖星斗安邦策❹。破煙月迷魂寨❺。酸齋笑我。我笑酸齋。

【格　律】詳見貫雲石〈殿前歡〉（隔簾聽）。（頁一九二）

【注　釋】❶西湖　此指浙江省杭州市西的西湖。❷風流怪　狎妓冶遊的毛病。《開元天寶遺事》：「長安有平康坊，妓女所居之地，京都俠少，萃集於此；兼每年新進士以紅箋名紙遊謁其中，時人謂此坊為風流藪澤。」❸望雲霄拜將臺　建功立業，有如雲霄之高遠，可望而不可即。楚、漢相爭時，蕭何推薦韓信於劉邦，並勸劉邦築壇臺，拜韓信為大將。❹袖星斗安邦策　收拾起安邦定國的壯志。古人衣袖寬大可藏物，此「袖」字作收藏的意思。星斗，形容文章的燦爛。杜牧〈華清宮〉詩：「雷霆馳號令，星斗煥文章。」❺破煙月迷魂寨　破除狎妓冶遊的惡習。煙月，即煙花風月。指男女戀情之事。迷魂寨，令人容易入迷而難於擺脫的地方。指風月場所。

【語　譯】西湖山上的野猿發出哀鳴，呼喚我歸來。二十年間經歷人生多少風流怪事，就像是花落花開。遙望著高入雲霄的拜將臺，收藏起明如星斗的安邦策，破除那煙花風月的迷魂寨。酸齋笑我，我笑酸齋。

【賞　析】本篇與前篇同是酬答貫酸齋的作品，表達隱居樂道的思想。

首二句破題，寫出歸隱之意：借西湖山上的野猿，喚醒名利之人。「喚歸來」三字劈空而來，振起有力，收當頭棒喝之效。「野猿哀」與酸齋原作「鶴怨山禽怪」用意相同，都是擬人化的寫法。而「哀」字與「喚」字前後呼應，極為生動。

三、四句寫二十年來風流狎妓的生活，有如過眼雲煙，不留痕跡，而光陰似箭，花落花開，人生容易白頭。

五、六、七三句對偶工巧，感歎武功、文名、風流三件事都是虛浮渺茫，不易成功，倒不如隱居樂道，閒適快活。妙在每句開頭所用的動詞「望」、「袖」、「破」都是去聲字，響亮發調，顯得特別有精神。

末二句切合題目，表達彼此一樣的心情。元朝是中國歷史上最混亂的時代，一般讀書人大都潦倒不得志，曲中常表現出隱逸的思想。曲的體製活潑，雖是苦悶的感情，也以興會出之，所以表現出來的意境常是豪放活潑。張可久本是清麗派的代表作家，但是這兩首曲子寫得極為活潑自然，一方面受酸齋的影響，一方面也是韻部的關係，「皆來」韻屬於開口韻，本來的聲情就具有開放豪放的特色。

一九九　殿前歡　離思

月籠沙❶⊙十年心事付琵琶⊙相思懶看幃屏畫❷⊙人在天涯⊙春殘荳蔻花❸⊙情寄鴛鴦帕❹⊙香冷荼蘼架❺⊙舊游臺榭。曉夢窗紗⊙

【格律】詳見貫雲石〈殿前歡〉（隔簾聽）。（頁一九二）

【注釋】❶月籠沙　明月照在平沙上面。❷幃屏畫　幃屏上的圖畫。幃屏，帳屏。古人常在幃屏上畫些鴛鴦戲水、並蒂蓮花等圖畫。❸荳蔻花　香草名。多年生草本，高三尺餘，春夏間開黃白色的花。❹鴛鴦帕　繡有鴛鴦的手帕。❺荼蘼架　荼蘼花架。荼蘼，花名。薔薇科，高二～三尺，春夏間開黃白色花。

【語譯】月光籠罩著平沙，把十年的心事都發付與琵琶。意中人遠在天涯，自己為相思所苦，懶得看幃屏上的圖畫。荳蔻花凋殘了，眼前是冷清清的荼蘼架；春天已經消逝了，只有把感情寄託在鴛鴦帕。以前共遊的臺榭，曉夢醒來已經不見了，只剩下日照窗紗。

【賞析】本篇抒寫離別之愁。文字清麗，情意深切，頗足動人。

首二句由景入情。寂靜的夜晚，月光籠罩著平沙，眼前一片淒迷的景象，想起十年的心事，把一腔幽怨，盡情發洩在琵琶樂聲之中。

三、四句寫離別之後，兩地相思，而意中之人遠在天邊，不能見面，獨守閨房，無心觀看帳屏上優美的圖畫。愁苦與慵懶之情，躍然紙上。「人在天涯」一句是閨中女子「離思」的原因，所以看到帳屏上雙雙鴛鴦戲水的圖畫，引起了相思之情。

五、六、七三句對偶工巧，借暮春的景物抒發離別之情。荳蔻與荼蘼都是春夏間開的花，現在都已凋謝，其他的花更不用說了，極寫冷落凋殘的景象。想起以前花開的季節，常與意中人一起欣賞春花，那種生活多麼快樂幸福；而今，人去花殘，往事如煙，不堪回首。古時手帕上常繡著雙雙對對的鴛鴦，睹物思人，引起無限相思之情，眼淚溼透了鴛鴦帕。

末二句以對偶的方式，寫出以前攜手共遊的亭臺花榭，現在只能夢中回味。所謂日有所思，夜有所夢，深刻地表達了相思之深與無奈之情。

二〇〇 折桂令 九日❶

對青山強整烏紗❷⊙歸雁❸橫秋。倦客思家⊙翠袖❹殷勤。金杯錯落❺。玉手琵琶⊙人老去、西風白髮⊙蝶愁來、明日黃花⊙回首天涯⊙一抹斜陽。數點寒鴉⊙

【格律】〈折桂令〉，即〈蟾宮曲〉。詳見盧摯〈蟾宮曲・箕山感懷〉（巢由後隱者誰何）。（頁五一）

【注釋】❶九日　九月九日。即重陽節。❷烏紗　即烏紗帽。古代的官帽。❸歸雁　南歸的鴻雁。❹翠袖　女子翠綠色的衣袖。此指美女。❺錯落　交錯紛雜的樣子。

【語譯】面對著青山，勉強整理整理烏紗帽，看到一行行歸雁飛過秋空，引起倦客想念家鄉之情。慶祝重陽佳節的宴會中，有翠袖佳人殷勤招待；金杯交錯互相敬酒，美人的玉手彈奏著琵琶。年年的西風吹白了頭髮，人因而衰老；明日黃花凋謝，蝴蝶因為不認得路而憂愁。回頭盼望天涯，只見天邊一抹斜陽，點綴著幾隻寒鴉。

【賞析】本篇描寫重陽節登高宴集的景色，並抒發思鄉的愁緒。自從東漢桓景隨費長房學道，費長房告訴他九月九日將有災禍發生，必須全家佩帶茱萸，登上高山，飲菊花酒，始可避禍，此後重陽登高便成為中國民間的習俗。

首三句即由登高寫起，登高可以望遠，卻引起倦客思家之情。歸雁是引發思家的景物，「歸」字是一曲的眼目，既羨慕雁之南歸，也感歎自己有家歸不得。「對青山強整烏紗」，用晉時孟嘉重陽節參加桓溫龍山宴會，風吹帽落的故事，也用杜甫「羞將短髮還吹帽，笑倩旁人為正冠」的詩句，用典極為自然，不露痕跡。即使不知典故，也能了解曲意，知道典故，就更豐富了曲意，增添雋永的趣味性，這是用典最高的技巧。「強」有勉強的意思，表現出隨俗登高、虛應故事的無奈之情，與下句「倦」字配合得很好。

次三句寫宴會繁華熱鬧的景象，對偶工整，詞句清麗，與上文「倦客思家」、「強整烏紗」形成強烈的對比，真是景愈麗而情愈苦。晏幾道〈鷓鴣天〉詞：「翠袖殷勤捧玉鍾，當年拚卻醉顏紅。」作者取其前四字來形容宴會的熱鬧景象，既生動又省力，可以引起讀者豐富的聯想。

七、八兩句用倒裝句法寫出好景不常、人生容易衰老的感慨。「西風白髮」、「明日黃花」是因，「人老去」、「蝶愁來」是果。「蝶愁來明日黃花」是蘇軾〈南鄉子〉詞句，與上文「人老去西風白髮」做成對句，清麗流暢，頓挫跌宕，頗有「青出於藍而勝於藍」的境界。擅長以詩、詞入曲，是張可久小令的特色。

末三句觸景生情：暮色蒼茫，淒清冷靜，更增思家之情。襲用秦觀〈滿庭芳〉詞：「斜陽外，寒鴉數點，流水遶孤村。」以「一抹斜陽」對「數點寒鴉」，極為清麗自然。

二〇一　折桂令　次酸齋韻

倚闌干不盡興亡⊙數九點齊州❶。八景湘江❷⊙弔古詞香⊙招仙笛響⊙引興盃長⊙遠樹煙雲渺茫⊙空山雪月蒼涼⊙白鶴雙雙⊙劍客昂昂❸⊙錦語琅琅❹⊙

【格律】〈折桂令〉，即〈蟾宮曲〉。詳見盧摯〈蟾宮曲・箕山感懷〉（巢由後隱者誰何）。（頁五二）

【注釋】❶九點齊州　從高空下望，九州不過像點點煙霧，一覽無遺。齊州，指中國九州。李賀〈夢天詩〉：「遙望齊州九點煙，一泓海水杯中瀉。」❷八景湘江　即瀟湘八景。宋朝宋迪曾以瀟湘風景，畫了八幅山水，即平沙雁落、遠浦帆歸、山市晴嵐、江天暮雪、洞庭秋月、瀟湘夜雨、煙寺晚鐘、漁村落照，稱為瀟湘八景。❸昂昂　神氣挺拔出群的樣子。❹錦語琅琅　美麗動聽的言語清脆響亮。琅琅，形容聲音清朗而響亮。溫庭筠〈蔣侯神歌〉：「巫娥傳意託悲絲，鐸語琅琅理雙鬢。」

【語譯】倚靠闌干遠望，引起無限的興亡感歎；居高臨下，可以數出天下九州與湘江八景。弔念古蹟的歌詞寫得很好，招募仙人的笛聲吹得響亮，引發興致的酒一杯接一杯，意味深長。遠方的樹木如雲如煙，一片模糊；寂靜的山中月照冰雪，景物蒼涼。白鶴雙雙飛舞，劍客意氣高昂，美麗動聽的言語，清脆響亮。

【賞析】本篇是酬答貫雲石的作品。感慨千古興亡的事跡，表達出世遊仙的思想。通篇文字清麗，除第一句外，其他都是對偶工整的句子。

首三句借山川景物表達古今興亡的感歎。登上高山，舉目觀望，天下九州，瀟湘八景，盡在眼底，一覽無遺。然而朝代的興亡不斷發生，不禁令人感歎景物依舊而人事已非。這三句有超脫凡塵的境界，「數」字用得好，領起下面兩個對句，有「居高臨下」看盡天下景物的意思，與「九點齊州」的「點」字配合得極為密切，天下九州好像一點一點分布在各處。

次三句對偶工巧，詞意清新，承上文的意思，表達懷念古事、感慨今昔，羨慕羽化登仙的意思。

七、八兩句本是七字句，此曲各減一字，成為六字對偶的句子。曲中句法變化極為靈活，七字句可變為六字句，六字句也可變為七字句，但是其中的七字句必須是上三下四的句法。這兩句寫景，有出塵超凡的境界。

末三句對偶工巧，尤其每句末二字各用疊字形容詞，顯得字面整齊，聲調協和。寫隱居山中，修道學仙，與白鶴、劍客為伍，過著逍遙自在的生活。

二〇二 折桂令 湖上飲別

傍垂楊畫舫❶徜徉❷⊙一片秋懷。萬頃晴光⊙細草閒鷗。長雲小雁。
亂葦寒螿❸⊙難兄難弟俱白髮、相逢異鄉⊙無風無雨未黃花、不似重陽❹⊙
歌罷滄浪❺⊙更引壺觴❻⊙送別河梁❼⊙

【格　律】〈折桂令〉，即〈蟾宮曲〉。詳見盧摯〈蟾宮曲・箕山感懷〉（巢由後隱者誰何）。（頁五二）

【注　釋】❶畫舫　彩飾圖像的小船。❷徜徉　徘徊。❸寒螿　蟬的一種。秋天鳴，也稱寒蟬。❹重陽　九月九日。❺歌罷滄浪　唱完滄浪歌。滄浪歌是古代以滄浪水為題的一首歌，常用來發抒高士的心聲。《孟子・離婁上》：「有孺子歌曰：『滄浪之水清兮，可以濯吾纓；滄浪之水濁兮，可以濯吾足。』」❻更引壺觴　舉起酒杯喝酒。壺觴，酒杯。陶淵明〈歸去來兮辭〉：「引壺觴以自酌。」❼送別河梁　在橋上送別。李陵〈與蘇武詩〉：「攜手上河梁，游子暮何之。」

【語　譯】美麗的畫船依傍在垂楊岸邊，我在湖上來往徘徊；一片秋天的景物引起人懷念，萬頃波濤陽光普照。細草地上鷗鳥悠閒，長雲空中鴻雁渺小，亂葦叢中秋螿吟寒。患難的兄弟都已白髮，卻相逢在異鄉，沒有風雨，未開黃花，不像重陽佳節。唱完滄浪之歌，更舉起酒杯，在河梁送別朋友。

【賞　析】本篇寫湖上送別朋友，情景兼寫，極為感人。除首句外，其餘各句都成對偶，既工巧而無斧鑿痕。

首三句寫送別的地點與時間。湖邊垂柳依依，湖上畫船容與，已經描畫出臨別依依的情景。古代送別常折柳相贈，故詩、詞中柳每用來象徵離別，而且楊柳依依，也寓有依依不捨之情。畫船是載朋友離去的交通工具，而徜徉則有徘徊不忍離去的意思。次句點明送別的時間，「萬頃晴光」正是秋高氣爽的景色。

次三句借秋天的景物，抒寫別情。細草岸邊鷗鷺閒遊，長空雲上小雁南飛，亂葦叢中寒螿泣訴，都是秋天蕭疏清空的景物，用來烘托離別之情。這裡的形容詞都用得很好。

七、八兩句寫友情的珍貴。他鄉遇故知本來是一件高興的事，但彼此久客在外，都已白髮，晚景淒涼，何況今日又要離別，就更加傷感了；而時值重陽佳節，愈發想念家鄉的親人。這兩句用王維〈九月九日憶山東兄弟〉詩：「獨在異鄉為異客，每逢佳節倍思親。遙知兄弟登高處，徧插茱萸少一人。」

末三句對偶工巧，文字清麗，抒寫送別之情。滄浪之歌，有高蹈出塵的意思；引壺觴，則有陶淵明隱居樂道之意；妙在以此歌為送別之歌，以此酒為送別之酒，寓意非常明顯。末句「送別河梁」切合題意，結構極為謹嚴。

二〇三　清江引　春思

黃鶯亂啼門外柳⊙雨細清明❶後⊙能消幾日春。又是相思瘦⊙梨

花❷小窗人病酒❸。⊙

【格律】詳見馬致遠〈清江引・野興〉（林泉隱居誰到此）。（頁一五五）

【注釋】❶清明　節氣名。每年四月五日或前後一日。❷梨花　花名。色白，晚春開。❸病酒　飲酒過量，為酒所困。

【語譯】黃鶯在門外的柳樹上，亂啼亂叫；清明節過後，常是細雨紛紛的天氣。清明後還能享受幾日的春光呢？何況閨中女子為相思而消瘦。在梨花小窗之中，獨自一個人喝醉了酒。

【賞析】本篇描寫閨中女子看到暮春的景色引起無限的春愁。表達惜春、傷春的情緒。文字清麗，感情豐富；哀而不傷，怨而不怒，代表張可久一貫的風格。

首二句寫景。暮春時，門外柳樹茂密，群鶯亂啼，聲音喧鬧；清明過後，細雨霏霏，百花也紛紛地凋謝了。

次二句承上面的意思抒情。過了清明節，還能欣賞幾日春光呢？與辛棄疾〈摸魚兒〉詞「更能消幾番風雨，忽忽春又歸去」同一感歎。春天消逝了，百花凋謝了，意中之人也離去了，只留下暮春凋殘的景象及兩地相思的情意，人兒也為相思而消瘦了。

末句寫閨中女子借酒消除傷春與相思的愁悶，卻喝醉了。此與馮延巳〈蝶戀花〉詞「日日花前常病酒，不辭鏡裡朱顏瘦」同一情致。

這是一首小令。所謂小令，就是短小的歌曲，像是一首小詩一樣，或抒情，或寫景，充滿詩的意境。開頭兩句寫暮春景色，以黃鶯亂啼與細雨紛紛代表。次二句觸景生情，寫閨中女子傷春之愁與懷人之意。最後寫到閨中女子愁懷萬端，乃借酒澆愁，因而「人病酒」。短短五句寫來極有層次，極為深刻。

二〇四　清江引　秋思

自從玉關❶人去也⊙寂寞銀屏❷夜⊙風寒白藕花❸。露冷青桐葉❹⊙雁兒未來書再寫⊙

【格　律】詳見馬致遠〈清江引．野興〉（林泉隱居誰到此）。（頁一五五）

【注　釋】❶玉關　玉門關的簡稱。在今甘肅省敦煌縣西。❷銀屏　銀色的屏風。❸藕花　荷花。❹桐葉　梧桐的葉子。

【語　譯】自從丈夫出征玉門關之後，夜夜獨守閨房，寂寞面對著銀屏。寒冷的秋風吹落了白荷花，冰冷的霜露凋殘了梧桐葉。我的情書已經寫了好幾封，傳遞書信的雁兒卻一直不飛來。

【賞　析】本篇描寫閨中少婦看到秋天的景物，想念起出征在外的丈夫。情深意切，感人肺腑。

首二句寫別情，點出「秋思」的主要原因。自從丈夫出征之後，即獨守空房，夜長漫漫，對著銀屏，倍感寂寞。玉門關是古代出征西域必經之路。在秋風淒緊的時候，特別懷念出征的人——

天氣寒冷，衣服顯得單薄，恐怕不足以禦寒了。所以古代婦女常在秋天替出征的人送冬衣。李白〈子夜吳歌〉：「長安一片月，萬戶擣衣聲。秋風吹不盡，總是玉關情。何日平胡虜，良人罷遠征？」此曲暗用其意。這裡「玉關」、「銀屏」，字面華麗，用來反襯別情之哀傷，所謂「景愈麗，而情愈傷」。

三、四兩句對偶工巧，借景抒情。白白的荷花，青青的梧葉，是秋天代表的景色。而「風寒」、「露冷」則凸顯秋天天氣的寒冷，也是引起「秋思」的原因之一。

末句想託雲中雁兒傳遞書信，偏偏雁兒不來，令人失望。「書再寫」表達出相思之情既深且密，已經寫好幾封情書，卻無法寄給對方，更增添懷念之情。雁是一種候鳥，秋天南飛，春天北飛，古代有雁足傳書的故事，詩、詞常用這個典故。就算雁兒能傳遞書信，能否真正把書信傳到玉關人手中，還是一個疑問；何況連雁兒都不來，就更表現音信渺茫，更令人擔心，更令人想念了。

二〇五　清江引　幽居

紅塵❶是非不到我⊙茅屋秋風破❷⊙山村小過活❸⊙老硯閒功課❹⊙疏籬外玉梅三四朵⊙

【格　律】詳見馬致遠〈清江引・野興〉（林泉隱居誰到此）。（頁一五五）

【注　釋】❶紅塵　佛、道家稱俗世為紅塵。❷茅屋秋風破　杜甫有〈茅屋為秋風所破歌〉。❸山村小過活　在山村過著簡單樸素的生活。❹閒功課　悠閒自在的功課。指寫字、作詩、畫畫等。

【語　譯】隱居山中，世上的紅塵與是非都影響不到我；茅屋經年不修，被秋風吹破。在山村中過著簡單樸素的生活；守著老硯，做些寫字畫畫的功課。疏籬外，開著玉梅三四朵。

【賞　析】本篇描寫幽居山中的閒適生活。寫來清淡高雅，頗有隱居樂道的意境。

首二句寫山中住家極為偏僻幽靜，遠離塵世的煩囂，也沒有是非的苦惱，無憂無慮，逍遙自在。茅屋因長年居住，久未修葺，竟被秋風吹破。此句有山中歲月長的意思，套用杜甫的詩篇，更增添詩的意境。

三、四兩句文字流暢，對偶自然，寫出山中生活的情趣。隱居山中，過著簡樸的生活，「小過活」極能表達清心寡欲、知足常樂的境界。天天與硯臺打交道，寫寫字，作作詩，畫些圖畫，過著悠閒自在的生活。「老」字、「閒」字用得很好，硯臺天天使用，已經成了老朋友，彼此有深厚的感情，長相廝守，不忍離去。至於寫字、作詩、畫畫，則是隨心所欲，毫不勉強；雖是日常功課，卻無拘無束，自由自在，所以稱為「閒功課」。「閒」字在這裡有清閒與等閒兩種意思。

末句寫景如畫，借疏籬外的玉梅象徵自己的生活清高雅淡。〈清江引〉末句本是七字句，此處「疏籬」下加一襯字，造成口語化的語氣，顯得白話、自然，連帶著也使整首曲子活潑流暢起來，這是襯字的妙用。我們讀「疏籬玉梅三四朵」，分成「上四下三」兩段音節，但是讀「疏籬外玉梅三四朵」，則是分成「三、二、三」三段音節，抑揚頓挫，變化有致。

二〇六　清江引　采石江❶上

江空月明人起早⊙渺渺❷蘭舟棹❸⊙風清白鷺洲❹。花落紅雨島❺⊙一聲杜鵑春事了⊙

【格　律】詳見馬致遠〈清江引．野興〉（林泉隱居誰到此）。（頁一五五）

【注　釋】❶采石江　即采石磯。在安徽省當塗縣西北，牛渚山的北部，凸入江中，形勢險固雄壯。❷渺渺　幽微遙遠的樣子。❸棹　船槳。此處當動詞用。划船。❹白鷺洲　長江水洲名。在南京城武定門內，小石壩街附近，三面環水，臺榭相間，古木參差，風景清幽。❺紅雨島　落滿花朵的島嶼。紅雨，形容花紛紛落下如雨之多。

【語　譯】江水空闊，月色明亮，人起個大早；划著蘭舟航向浩渺廣闊的江上。清風徐徐吹過白鷺洲，春花紛紛落向紅雨島。聽到一聲杜鵑的啼叫，春天就要過去了。

【賞　析】本篇描寫采石磯江上暮春的景色。文字清麗，寫景如畫，意境清新而自然，是張可久代表的作品。

首二句描寫黎明的景色。人起個大早，此時江邊萬籟寂靜，只見明月當空，江水澄淨，相互輝映，景色多麼美麗。於是划著蘭舟，航向浩渺寬闊的江上，欣賞周遭的景物。「渺渺」的境界，是由上句「江空月明」而來的，前後聯貫，非常緊密。

三、四兩句承上，描寫蘭舟經行所見的景物，生動自然，如在眼前。妙在「白鷺洲」對「紅雨島」，虛實相生，極為活潑。尤其用紅雨形容暮春落花的景色，更是生動感人，令人想起李賀〈將進酒〉詩：「況是青春日將暮，桃花亂落如紅雨。」至此，春天的景色也差不多要消逝了。

末句總結上意，感歎春光的消逝。杜鵑鳥傳說是古代蜀王杜宇的靈魂所化生，每到二、三月都會聽到杜鵑鳥哀怨淒厲的啼聲，啼聲有如「不如歸去」，所以杜鵑鳥又稱催歸、子規，每每引起旅客思鄉之情，詩、詞中常用杜鵑啼聲表示春天的消逝。作者有一首〈普天樂・暮春即事〉：「春殘杜宇聲，香冷荼蘼架。」另一首〈清江引・春晚〉：「酒醒五更聞杜宇。」都是寫暮春的景色。

二〇七　小桃紅　離情

幾場秋雨老黃花⊙不管離人怕⊙一曲哀弦❶淚雙下⊙放琵琶⊙挑燈羞看幃屏畫❷⊙聲悲玉馬❸⊙愁新羅帕❹⊙恨不到天涯⊙

【格　律】詳見楊果〈小桃紅・採蓮女〉（採蓮人和採蓮歌）。（頁四）

【注　釋】❶哀弦　悲傷的曲調。❷幃屏畫　幃屏上的圖畫。幃屏，帳屏。古人常在帳屏上繡上鴛鴦戲水、並蒂蓮花等圖畫。❸玉馬　即風鈴。一名鐵馬、簷馬。風吹時會發出丁東丁東的響聲。❹愁新羅帕　新添的愁淚又染溼了絲帕。

【語　譯】下了幾場秋雨之後，黃花都已凋謝了；它不管離人看到這種景象心中害怕。彈奏一首悲哀的曲調，感動得兩眼掉下淚來。放下琵琶，不去彈它，挑亮燭光，羞於看到幃屏上雙雙對對的圖畫。簷外傳來悲傷的玉馬丁東聲，心中憂愁，眼淚又沾溼了羅帕；恨當初不跟他到天涯。

【賞　析】本篇描寫閨中女子看到秋天的景色引起離別之愁。曲意自然而連貫，感情哀傷而無奈。首三句觸景生情。秋風秋雨愁煞人，何況遍地黃花，景色蕭條，引起人離別之愁。「幾場」加深「秋雨」的景色。「不管」則把「秋雨」擬人化，賦予它感情，寫得很好，與溫庭筠〈更漏子〉詞「梧桐樹，三更雨，不道離情正苦」的「不道」用法相同，而意境也相近。第三句寫閨中女子彈著琵琶以寄相思之情，彈到傷心之處，竟落下眼淚來。寫得生動，情景如見。

四、五兩句承上之意，因哀傷過度，琵琶也彈不下去了，於是放開它，挑亮燭光，無意間看到帳屏上畫著成雙的鴛鴦、並蒂的蓮花，引起她羞愧之情；想當初丈夫在家時不也是出雙入對，恩愛無比？如今丈夫出外做事，留下自己獨守空房，怎不令人相思憶念？

末三句寫秋夜漫漫，輾轉難眠，陣陣秋風，吹動玉馬，發出淒涼的響聲，令人傷悲，羅帕又被愁淚染溼了，懊悔當初不跟隨丈夫到天涯，旦夕廝守，共同生活。「愁新羅帕」一句，把閨中女子竟夜相思、淚流不已的深情，寫得生動而感人。

二〇八 小桃紅 寄鑑湖❶諸友

一場❷秋雨豆花涼⊙閒倚平山❸望⊙不似當年❹鑑湖上⊙錦雲香⊙採蓮人語荷花蕩⊙西風雁行❺⊙清谿漁唱⊙吹恨入滄浪❻⊙

【格律】詳見楊果〈小桃紅·採蓮女〉（採蓮人和採蓮歌）。（頁四）

【注釋】❶鑑湖　一名「鏡湖」。在浙江省紹興縣南。❷一場　《全元散曲》作「一城」。❸平山　即平山堂。在江蘇省江都縣西北，瘦西湖北蜀岡上。宋歐陽脩任揚州郡守時所建，風景壯麗，為淮南第一。❹當年　《全元散曲》作「年時」。❺雁行　雁飛的行列。❻滄浪　水色青碧。

【語譯】一場秋雨過後，遍地豆花，天氣涼爽；閒倚平山堂遙望，這裡不像當年鑑湖的景色。鑑湖的秋天，荷花盛開，如錦雲般的繁麗；採蓮的女子蕩著小船，彼此細語交談。天邊一行秋雁，隨著西風飛去；清清的溪流，傳來聲聲的漁唱；西風把我離別之恨，吹向滄浪的江水。

【賞析】本篇是作者登臨平山，想念以前住在鑑湖時認識的一些朋友，填一首曲子問候朋友，代替書信，故題目作「寄鑑湖諸友」。

首三句寫登臨遠望，想念鑑湖的朋友。平山堂是歐陽脩守揚州時所建的高堂，居高臨下，江南風景，盡入眼底。鑑湖是唐玄宗賜給祕書監賀知章歸隱的地方，張可久嘗住過這裡，結交了許多朋友。秋天登上平山堂，看到秋雨豆花，滿目淒涼，一點都不像鑑湖的景色，因而懷念起鑑湖的朋友。

次二句承上，回憶當年鑑湖的景色。夏秋之間，鑑湖上開滿了荷花，有如錦雲一片，燦爛奪目，芳香襲人；而採蓮少女駕著小船，穿梭於荷花叢中，笑語諠譁，熱鬧無比。

末三句觸景生情，表達想念朋友之意。如今，西風吹起，鴻雁南飛，清清溪流，傳來聲聲漁唱，更令人想念起鑑湖的朋友。可是作客他鄉，無法回去看望朋友，只得把滿腹離愁別恨吹向青青的流水，流到鑑湖的故鄉。情深意切，頗為感人。「吹恨入滄浪」意思很好，與樂府詩〈西洲曲〉「南風知我意，吹夢到西洲」及朱敦儒〈相見歡〉詞「試倩悲風吹淚，過揚州」有異曲同工之妙。

二〇九　天淨沙　魯卿庵❶中

青苔古木蕭蕭❷⊙蒼雲秋水迢迢❸⊙紅葉山齋❹小小⊙有誰曾到⊙

探梅人過谿橋⊙

【格律】詳見商衜〈天淨沙〉（剡溪媚壓群芳）。（頁一一二）

【注釋】❶庵　圓形的草屋。❷蕭蕭　樹木隨風搖動的樣子。❸迢迢　長遠的樣子。❹山齋　山中的書房。

【語譯】山中長滿了青苔，高大的古樹隨風搖曳；天上飄浮著青雲，秋天的江水遠遠的流去；山間開遍了紅葉，一座小小的茅齋點綴在其間。有誰曾到這偏僻的山中呢？探訪早梅的人正走過溪橋。

【賞 析】本篇描寫魯卿庵中所見的景物。文字清麗，寫景如畫。

首三句描寫山間的景物。庵在深山之中，周圍有青苔古木，樹木隨秋風搖動，發出蕭蕭之聲；天上飄著青雲，地上流著溪水，順著山勢，流到遙遠的地方；秋天的時候，滿山紅葉，非常豔麗，中間掩映著一座小小的書齋，極為別緻。這三句對偶工巧：「青苔」、「蒼雲」、「紅葉」皆是山中的景物，而且顏色對襯；妙在「蕭蕭」、「迢迢」、「小小」都是疊字形容詞，形容其上的「古木」、「秋水」、「山齋」，既生動，又恰當。

末二句一問一答，表現出庵中的幽靜。隱居深山之中，與世隔絕，不問人間事，平常也沒有人來往；只有山中梅開的季節，有些愛好梅花的風雅人士，走過溪橋，探訪梅花。梅花高潔，只有風雅的人才懂得欣賞。

前段寫景，是靜的境界，而且一排相對，十分整齊。鏡頭由遠而近，由大而小，先寫山中「青苔古木」、「蒼雲秋水」，然後縮小範圍，寫到「紅葉山齋」，也即是題目「魯卿庵」。後段以問答方式反映山中的閒靜，顯得活潑而自然，是動的境界，而且用長短句法，有參差錯落之感，使得整首曲子動靜交加，跌宕有致。

二一〇 天淨沙 清明日郊行

碧桃❶花下簾旌⊙綠楊影裡旗亭❷⊙幾處鶯呼燕請⊙馬嘶芳徑⊙典衣❸索❹做清明⊙

【格　律】詳見商衢〈天淨沙〉（剡溪媚壓群芳）。（頁一一二）

【注　釋】❶碧桃　桃的一種。即千葉桃。重瓣，不結實，開白色、粉紅、深紅、灑金等花。❷旗亭　酒樓。❸典衣　抵押了衣服。❹索　須；要。

【語　譯】碧桃花下，張掛著美麗的簾旌；綠楊影裡，豎立著高高的酒旗；幾處聽到鶯聲呼喚、燕語邀請。馬在芳徑上嘶鳴，典當衣服也要買酒慶祝清明。

【賞　析】本篇描寫清明節郊外遊行所見、所聞的景物。寫來十分美麗，表達了春光處處撩人以及時行樂的意思。

前三句寫景。碧桃花、綠楊柳都是暮春郊外的景物，簾旌與旗亭則代表酒家、歌廳等歡樂的場所。這兩句對偶工整，文字清麗。第三句承接上兩句而來，「鶯呼燕請」一語雙關：既寫春天熱鬧的景色——處處鶯聲流轉，燕語呢喃，鳥聲悅耳，令人陶醉。一方面也比喻酒家、歌廳美麗的女子，站在門口，聲音美妙地頻頻相請，殷勤招呼客人。上二句是靜態的景物，這一句是動態的景物，且呼應前文「簾旌」、「旗亭」，並引起下文「典衣索做清明」，構思極為綿密。

末二句寫到自己。清明日騎馬遊行郊外，看見桃紅柳綠的景致。美景當前，佳節難逢，就是沒有錢買酒，也要典當衣物，換取杯酒，陶醉一番，慶賞一番，極寫及時行樂之意。「芳徑」與上文「碧桃」、「綠楊」呼應。「典衣」與上文「旗亭」呼應，套用了杜甫〈曲江〉詩：「朝回日日典春衣，每日江頭盡醉歸。」用典使事，不露痕跡，極為自然。

二一一 天淨沙 閨怨

檀郎❶何處忘歸⊙玉樓❷小樣別離⊙十二闌干遍倚⊙犬兒空吠❸⊙看看月上荼蘼❹⊙

【格　律】詳見商衟〈天淨沙〉（剡溪媚壓群芳）。（頁一一二）

【注　釋】❶檀郎　情郎。晉美男子潘安，小字檀奴。後世多以檀郎或檀奴為夫婿或女子所愛男子的美稱。❷玉樓　華麗的樓房。❸吠　狗叫。❹荼蘼　花名。薔薇科，重瓣，有芳香，開黃白色花。

【語　譯】情郎到底去哪裡？怎麼忘了歸來呢？玉樓短暫的離別，就令人無限的想念；倚遍十二闌干，盼望情郎歸來。聽到門外犬兒吠叫的聲音，以為情郎回來了；結果又不是，希望落空了；看看月亮都照上荼蘼架上了，人還不回來。

【賞　析】本篇描寫閨中女子別離的怨情。生動感人，沁人心脾。

首三句寫別情。檀郎是閨中女子心目中的情郎，如今不知浪遊何處？竟然忘了歸來。玉樓是華麗的樓房，表示閨中女子是富貴人家。短短的別離就已想念起對方來，極寫兩人之間感情十分親密，已達如膠似漆、不可一日離別的境地。「檀郎」、「玉樓」兩句對偶工巧，都有美的意思，吻合閨中女子的身分。第三句承上，表達盼望檀郎歸來的殷切心意。倚遍闌干，充分表示倚望之情，「十二闌干」呼應上句「玉樓」。而且因為有十二闌干，才能遍倚，表示從早到晚倚闌盼望。

末二句繼續寫盼望之情與失望之怨。古時人家常養犬看門，如果有人走近，犬即吠叫，引起主人的注意。閨中女子聽到犬吠聲，以為檀郎回來了，非常高興的去開門，發現不是檀郎，大失所望。「空吠」極寫盼望落空之感，蓋犬兒所吠者非檀郎歸來，而是吠著別人，豈不令人失望怨歎。從早到晚倚樓盼望，看看月亮都已照上荼蘼花架，檀郎還不歸來。情深意切，盡在此二句表達出來。

二一二　凭闌人　江夜

江水澄澄江月明⊙江上何人搊❶玉箏❷⊙隔江和淚聽⊙滿江長歎聲⊙

【格　律】詳見姚燧〈凭闌人・寄征衣〉（欲寄君衣君不還）。（頁九八）

【注　釋】❶搊　用手指彈撥樂器。❷箏　彈撥樂器名。形狀像琴，有十三絃。

【語　譯】江水澄澈明淨，江上的月亮非常光明；江上有誰正在彈奏著玉箏？箏聲哀怨，我隔著江岸流著眼淚仔細傾聽；箏聲動人，引起了滿江長歎聲。

【賞析】本篇描寫月夜江上聞箏。完全用白描的手法寫出來，有唐人絕句的妙境。每句鑲嵌「江」字，以切合「江夜」的題目，並襯托出箏聲的柔美、流麗。因為水的聲音最像箏聲。

首二句寫出時間、地點、事件。在夜月澄明的江上，傳來陣陣幽怨的箏聲。「江上何人搊玉箏」，寫得含蓄不露，充滿了神祕感，足以引發人一探究竟的好奇心，並豐富了讀者想像的空間。大概是離人思婦所彈的吧？何以聲音如此哀怨呢？

末二句寫出箏聲動人，引起了廣大的共鳴，隔江聽到的人都一掬同情之淚，滿江傳來長歎之聲。箏聲如此的感人，一方面由於彈箏者有深刻的感情流露於音樂之中，使人同情；一方面也因為彈箏者的技巧高明，才足以感動眾人。

全曲除了文字生動外，聲調更是協和。每句叶韻，而所叶的庚青韻，聲音跟箏聲最接近，最能表現箏聲。除此之外，每句的「江」字及首句的「澄澄」都跟本韻同收舌根鼻音，所以讀起來或唱出來聲音特別協和。聲情與詞意配合得非常好，是這首曲子的一大特色。

二一三　凭闌人　和白玉真人

寶劍英雄血已乾⊙玉府❶神仙心自閒⊙鍊霞成大丹⊙袖❷雲歸故山⊙

【格律】詳見姚燧〈凭闌人・寄征衣〉（欲寄君衣君不還）。（頁九八）

【注　釋】❶玉府　官府的美稱。常指神仙居住的地方。❷袖　藏。藏物於袖中。

【語　譯】揮舞寶劍的英雄，血已流乾；隱居玉府的神仙，心情自在悠閒。鍛鍊彩霞，以成大丹；收藏浮雲，歸回故鄉。

【賞　析】本篇「和白玉真人」，是屬於酬贈的作品。表達隱居樂道的生活意境。白玉真人大概是一位道士，隱居深山，樂道徜徉。

首二句以對偶的方式，把寶劍英雄跟玉府神仙做箇強烈的對比。歷史上許多英雄豪傑，仗著寶劍，輔佐帝王，平定天下，鞠躬盡瘁，死而後已，他們留下了什麼東西呢？倒不如做箇玉府神仙，逍遙自在，悠閒自得。這裡「玉府神仙」叩緊題目的「白玉真人」。

末二句即就玉府神仙加以發揮，道士修身養性的方法中有一項鍊丹術，丹藥鍊成，即可長生不老。「雲」與「霞」本是山中的景物，道士深居山中，朝暮相處，故能鍊霞成丹。

〈凭闌人〉共四句。本曲通篇做對，即第一句對第二句，第三句對第四句，既工巧而自然。文字清新流麗，極合題目的主旨。

這是一首描寫道士修道成仙的作品，元曲稱之為「道情」，也稱「黃冠體」，黃冠是道士戴的帽子。元代道教盛行，加上社會混亂，所以很多人學習道士，深居山中，修身養性，不問世事，因此這一類的作品相當多。

二一四　凭闌人　暮春即事

小玉闌干月半掐❶⊙嫩綠池塘春幾家⊙烏啼芳樹丫❷⊙燕銜黃柳花❸⊙

【格　律】詳見姚燧〈凭闌人・寄征衣〉（欲寄君衣君不還）。（頁九八）

【注　釋】❶月半掐　形容新月彎彎的樣子。掐，用指甲刺入。也比喻數量微少。❷丫　樹木分枝的地方。❸黃柳花　柳花鵝黃色。結子後，上有白毛，隨風飄落，稱為柳絮。

【語　譯】月兒彎彎，照映在巧小玲瓏的闌干上；暮春的時候，池塘生滿了嫩綠的小草。鳥兒在芳樹上啼叫，燕子銜著黃色的柳絮飛翔。

【賞　析】本篇描寫暮春清晨所見的景物。文字清麗，對偶工整，寫景如畫。

首二句點出時間與地點。清晨起來，倚著闌干，看到天邊還掛著纖纖的新月；圍繞著池塘，有幾戶人家。此時空氣新鮮，環境幽靜。「嫩綠池塘」正是春天的景物，池邊種了許多楊柳、芳樹，枝葉茂密，倒映在池水之中，綠意盎然。此二句寫新月、池塘都是靜態的景物。

後二句寫鳥啼、燕飛，都是動態的景物，使得曲意活潑起來。清晨本來寂靜無聲，因此芳樹上鳥啼的聲音便特別的清脆動聽，而燕銜柳花的動作也顯得鮮明可愛。達到動靜有致、情景交融的境地。

〈凭闌人〉只有四句，本篇又是寫眼前微小的景物，作者卻善於運用描摹的方法，寫得巧小玲瓏，生動有致，極合小令的體製。一般寫〈凭闌人〉的人多描寫一些小小的景物或細微的感情，把它當作一首小詞或一首小小的詩，所以不用襯字，比較清麗文雅。這首曲子描寫暮春景色，用「小玉闌干」、「嫩綠池塘」、「芳樹丫」、「黃柳花」，顏色鮮豔，景物優美。

二一五　凭闌人　湖上醉餘

屏外氤氳❶蘭麝❷飄⊙簾底惺忪❸鸚鵡嬌⊙暖香繡玉腰⊙小花金步搖❹⊙

【格律】詳見姚燧〈凭闌人・寄征衣〉（欲寄君衣君不還）。（頁九八）

【注釋】❶氤氳　香氣瀰漫的樣子。❷蘭麝　蘭草與麝香。都是高貴的香料。❸惺忪　清醒；蘇醒。❹金步搖　女子的首飾。用金絲屈成花枝，綴以垂珠，插於髻下，隨款步而搖動，故稱金步搖。

【語譯】屏風外飄出陣陣蘭麝，香氣瀰漫；珠簾內鸚鵡瞌睡清醒過來，正嬌聲學語。美人喝醉酒，身上穿著暖香繡玉腰，頭上戴著小花金步搖。

【賞析】本篇是「湖上醉餘」二首之一。作者曾偕美人遊湖飲酒，寫了這首曲子。描寫美人醉酒的神態，栩栩生動，如見其人，極為本色當行。

首二句對偶工整，在美人出現之前，先寫居室之華麗優美：屏風外面，蘭麝香飄；窗簾底下，鸚鵡嬌啼。為美人作先導，所謂先聲奪人，幕後的美人已經隱約可見。屏外飄來一陣濃郁的香氣，使得本已瞌睡的鸚鵡，為之驚豔，發出嬌啼。鸚鵡是古代富貴人家常養的鳥，能學人講話。鸚鵡嬌啼，喚醒醉餘之人。借鸚鵡之驚豔寫人之驚豔，借鸚鵡之惺忪寫人之惺忪，一語雙關，極寫美人之可愛，不僅秀色可餐，亦能醒人酒醉。「惺忪」二字切合題目「醉餘」。

後二句承上描寫美人的神態動作。美人喝醉酒，身上穿著暖香繡玉腰，頭上戴著小花金步搖，則美人之體態輕盈，搖曳生姿，已如在目前了。

張可久擅長以詩、詞入曲，故意境極為清麗文雅。如首句用梁武帝〈遊女曲〉：「氛氳蘭麝體芳滑，容色玉耀眉如月。」末句用白居易〈長恨歌〉：「雲鬢花顏金步搖，芙蓉帳暖度春宵。」都是描寫美人之詞，十分恰當。

二一六　梧葉兒　春日書所見

薔薇徑。芍藥闌❶⊙鶯燕語間關❷⊙小雨紅芳綻❸⊙新晴紫陌❹乾⊙長日繡窗❺閒⊙人立秋千❻畫板⊙

【格　律】〈梧葉兒〉是商調的曲牌。可以作小令、散套或雜劇。一名〈知秋令〉。其調式為「三、三、五、三、三、三、六」，共七句五韻或六韻、七韻。首二句及四、五、六三句宜作對。末句本六字句，一般作家多作成上三下四七字句，作「一一丨、一一去上」，末韻也有平聲者。其平仄格律如下：

一一厶。　一厶平⊙　一丨丨一一⊙　一一去⊙　十丨一⊙　丨一一⊙　十十一一厶平⊙

【注　釋】❶闌　同「欄」。闌干。❷間關　鳥鳴聲。❸綻　開放。❹紫陌　京師附近郊原的道路。❺繡窗　彩色花紋裝飾的窗。多指女子的居室。❻秋千　同「鞦韆」。一種運動器具。

【語　譯】薔薇花開遍了香徑，芍藥花生滿了闌干；鶯聲燕語叫得好好聽。下點小雨，紅花開得更豔麗；天晴之後，郊外的道路曬乾了；漫長的白晝，繡窗中的女子閒暇無事。走出閨房，站在秋千畫板上盪著秋千。

【賞　析】本篇描寫春日所見的景物——百花齊放，鶯聲燕語，少女悠閒地盪著秋千。把春天明媚的風光，寫得有聲有色，如詩如畫。

首三句描寫春天繁華熱鬧的景象。鶯與花是春天代表的景物，薔薇花、芍藥花開得姹紫嫣紅，非常美麗，到處都可聽到鶯聲燕語，好像歌頌著春天的來臨。「語」字用得好，是一種擬人化的寫法，使鶯燕的啼聲活潑生動起來。

次三句對偶工整，把春天的天氣與景物揉合一起來描寫。「小雨」、「新晴」、「長日」描寫天氣，

「紅芳綻」、「紫陌乾」、「繡窗閒」描寫景物。雨過天晴，紅花綻放，紫陌也曬乾了，閨中少女倚著繡窗，望著眼前美麗的春景，白晝悠閒，反倒有點芳心寂寞的感覺。

末句寫閨中少女，覺得長日悠閒，便走出繡房，獨立秋千上，盪來盪去，以排遣心中的閒愁。此句是畫龍點睛之筆，前六句寫景，此句點出人物，美麗的少女使得整首曲子增加了鮮豔的色彩與楚楚動人的感覺，而達到情景交融的境地。如果純粹寫景，缺少人物，就顯得死氣沉沉，缺乏生命的感染力。這是本曲寫得最好的地方。

二一七 梧葉兒 感舊

肘後黃金印❶。尊前白玉卮❷⊙躍馬❸少年時⊙巧手穿楊葉❹。新聲付柳枝❺⊙信筆和梅詩⊙誰換卻何郎❻鬢絲⊙

【格律】詳見上首「春日書所見」（薔薇徑）。

【注釋】❶黃金印　黃金鑄成的印章，古時公卿貴人所用。❷白玉卮　白玉製成的酒杯，富貴人家所用。❸躍馬　策馬飛躍前進。比喻富貴得志。❹巧手穿楊葉　形容善射箭的人，能自遠處射穿楊柳之葉。事本於春秋楚養由基百步射柳的故事。❺柳枝　指歌妓。白居易的寵妓名柳枝。白居易〈對酒有懷寄李十九郎中〉詩：「往年江外拋桃葉，去歲樓中別柳枝。」❻何郎　指何遜。南朝梁人，八歲能詩；有〈早梅〉詩。姜白石〈暗香〉

詞：「何遜而今漸老，都忘卻春風詞筆。」

【語　譯】手肘後繫著黃金官印，酒席前飲用白玉酒杯；少年時策馬飛躍，意氣揚揚。巧妙的雙手，彎弓可以射穿楊柳葉；新創的歌詞，付與柳枝歌唱；信筆寫來，可以酬和朋友詠梅的詩篇。有誰能換回何遜斑白的頭髮呢？

【賞　析】本篇感懷舊事。年輕時曾經胸懷壯志，意氣飛揚，而今年華老去，鬢髮斑白，怎不令人慨歎！

首段寫出少年時的壯志。前二句對偶工整，寫功名得志後，肘後繫著黃金大印，喝酒時舉著白玉酒杯。第三句承上寫少年之時，策馬飛躍，有澄清天下之志。

次三句承上，表明自己的才華。有養由基百步穿楊的手段，應可建功立業，佩帶黃金印；有白居易新翻〈楊柳枝〉的才氣，宴會時也有白居易「觥飛白玉卮」的豪氣；南朝何遜，八歲能詩，才氣縱橫，官揚州時有〈早梅〉詩，我也能信筆和他的梅詩；但是時光不饒人，一年過一年，我已是鬢絲斑斑的人了。這三句對偶工整，本是三字句，各加兩個襯字，增加許多的意思，妙在「楊」、「柳」、「梅」都是植物名，對得十分工巧。

末句筆力萬鈞，把所有的感慨，一舉出之；將前六句年輕時的雄心壯志及美夢理想，一筆勾銷。有什麼事情比年華老去，更令人傷心的呢？年輕時的「黃金印」、「白玉卮」及「百步穿楊」、「新翻柳枝」、「信筆和詩」的才情，到老來有什麼用處呢？充滿無奈之情，也有往事如煙、不堪回首的感歎。

二一八　梧葉兒　湖山夜景

猿嘯黃昏後。人行畫卷❶中⊙蕭寺❷罷疏鐘⊙瀅翠橫千嶂。清風響萬松⊙寒玉❸奏孤桐❹⊙身在秋香月宮⊙

【格　律】詳見前首「春日書所見」（薔薇徑）。（頁四三二）

【注　釋】❶畫卷　山水國畫多長幅，收藏時捲為一卷，故稱畫卷。這裡形容山水有如圖畫一般。❷蕭寺　梁武帝好佛，嘗造佛寺，命蕭子雲以飛白書題匾曰蕭寺。後因以為佛寺的泛稱。❸寒玉　琴瑟名。❹孤桐　孤生特出的梧桐，可以製琴瑟。

【語　譯】黃昏以後猿猴開始鳴嘯，遊人像是步行在美麗的畫圖中，山中的寺廟剛打完鐘。瀅淥淥的青草橫生在千嶂中，陣陣的清風吹響了萬松，寒玉奏出孤桐的聲音。有如置身在秋香的月宮之中。

【賞　析】本篇描寫湖山夜晚的景色。對偶工整，詞句清麗，是張可久典型的作品。

首三句點出時間與地點。黃昏之後，山上佛寺的鐘聲已經敲過，暮色漸起，明月升空，萬籟俱寂，偶聞猿嘯數聲，更顯得四周冷清寂靜；夜遊湖山，有如步行在山水圖畫之中。「人行畫卷中」，極寫景物的美麗，與薛昂夫〈山坡羊・西湖雜詠〉「一步一個生綃面」有異曲同工之妙。

次三句描寫月下湖山景色。「溼翠」、「清風」、「寒玉」相對，「千嶂」、「萬松」、「孤桐」相對，第二字都是名詞，第一字都是形容詞，而「橫」、「響」、「奏」三字都是動詞，也是此三句的關鍵字，由這些字造成視覺與聽覺的良好效果，用字非常精鍊。

末句對湖山景色做一總結。有如置身於月宮仙境一般，這是極端讚美之詞。月亮正是造成這些優美景物的重要因素。

本篇寫景有聲有色，極為生動。狀聲的有「猿嘯」、「疏鐘」、「清風」、「寒玉」，寫景的有「畫卷」、「蕭寺」、「千嶂」、「萬松」、「孤桐」，真是如聞其聲，如見其景。

任昱

任昱，字則明，四明（今屬浙江）人。年代約與張可久、曹明善同時。少年時喜好狎游於平康妓院，善作小令樂章，流傳於歌妓之間。晚年銳志讀書，所作七言詩，甚見工巧。今存小令五十九首、套數一篇，清雅流麗，與張可久風格相近。

二一九　紅繡鞋　春情

暗珠箔❶雨寒風峭❷⊙試羅衣玉減香銷❸⊙落花時節怨良宵⊙銀臺燈影淡。繡枕淚痕交⊙團圓春夢❹少⊙

【格律】〈紅繡鞋〉，即〈朱履曲〉。詳見張養浩〈朱履曲〉（才上馬齊聲兒喝道）。（頁二〇八）

【注釋】❶珠箔　用珠子綴成的簾子。《全元散曲》作「朱箔」。❷峭　尖刻；銳利。❸玉減香銷　比喻美人身體消瘦。❹春夢　比喻世事無常，繁華易逝。

【語　譯】春風料峭，春雨淒寒，暗淡了繡房的珠簾；閨中女子試穿羅衣的時候，發現玉體消瘦，羅衣寬褪。又是落花時節，使人怨歎良宵寂寂無人為伴。銀臺上燈光暗淡，繡枕上淚痕交流；連團圓的美夢都很少出現了。

【賞　析】本篇描寫閨中女子因春天的景物而引起的怨情，文字清麗，詞意動人，曲盡人情，字字本色。作者少時常狎遊於平康巷陌，深刻體會閨中女子的心情，擅長寫作短章的情詞，流布於裙釵之間，本篇即是代表的作品。

首二句對偶工整，借暮春之景，寫閨怨之情。「珠箔」即是珠簾，代表閨房，暮春時「雨寒風峭」，故用「暗」字形容珠箔。第一句是因，第二句是果，由於淒風苦雨的景物，引起閨中女子春愁無限，因而使得玉容消瘦。

第三句承上啟下。「落花時節」由「雨寒風峭」而來，所謂「夜來風雨聲，花落知多少」正是閨怨之因。「怨良宵」由「玉減香銷」而來，所謂「良辰美景奈何天，賞心樂事誰家院」正是閨中女子情無所託的怨情。

末三句寫出閨怨的主旨——團圓春夢少。前二句對偶工整，描寫離別之後的淒涼之景與獨守閨房的傷心之情。不但不能團圓，連團圓美夢也難得如願，其情何堪，令人感歎。末句詞意層深，跌宕有致。這三句本是三三五的句法，作者在前二句各加兩個襯字，造成五五五整齊的句法，文字清麗，與張可久的風格相近。

二二〇 小桃紅

山林鐘鼎❶未謀身⊙不覺生秋鬢❷⊙漢水秦關❸古今恨⊙謾❹勞神⊙何須斗大黃金印❺⊙漁樵近鄰⊙田園隨分❻⊙甘作武陵人❼⊙

【格律】詳見楊果〈小桃紅・採蓮女〉（採蓮人和採蓮歌）。（頁四）

【注釋】❶山林鐘鼎　比喻隱居或出仕。山林，指隱居不仕的人。鐘鼎，古代富貴之家，列鼎而食，擊鐘奏樂。杜甫〈清明〉詩：「鐘鼎山林各天性，濁醪粗飯任吾年。」❷秋鬢　比喻白髮。❸漢水秦關　比喻險固的城池、關塞。《左傳・僖四年》：「楚國方城以為城，漢水以為池。」《史記正義》：「秦國東有函谷、蒲津、龍門、合河等關，南有南山及武關、嶢關，西有大隴山及隴山關、大震、烏蘭等關，北有黃河南塞。」❹謾　莫；休。❺斗大黃金印　做大官，佩帶大印。《晉書・周顗傳》：「取金印如斗大，繫肘。」❻隨分　隨順本分。❼武陵人　世外桃源的居民。陶潛〈桃花源記〉：「晉太元中，武陵人捕魚為業。」

【語譯】隱居山林或是敲鐘列鼎的官宦生活都沒有一點成就，不知不覺卻已頭髮斑白年華老去了。漢水秦關地勢雖然險要，楚國與秦朝卻無法長保江山永固，造成古今多少恨事？枉勞精神，白費力氣啊！何須為斗大的黃金官印而煩惱呢？還是隱居樂道，與漁父樵夫作個近鄰，安分守己地耕種田園，心甘情願地做個世外桃源的武陵人吧。

【賞析】本篇描寫晚年看破紅塵，隱居樂道的生活境界。作者少年時好遊狎邪，心浮氣躁，晚年乃銳志讀書，領悟了閒居之樂。

首二句寫光陰易逝，年華老去，不僅未能功名得志，鐘鼎而食；抑且未能山林隱居，樂道徜徉；不知不覺已是「秋鬢蒼茫老大時」（白居易詩句）。「未謀身」三字把蹉跎歲月，一事無成的無奈與苦悶，寫得十分動人。

次三句承上啟下，領悟功名之虛無，引起下文隱居樂道之意。楚與秦是中國歷史上最強盛的國家，楚國以漢水為池，秦國四面有險固的關塞，然而最後還是被滅亡，成為歷史上的陳跡，真是古今恨事。至於個人的功名富貴比起楚國、秦國之強盛，更是微不足道了，何須為這些虛浮飄渺的事情勞神傷心呢？

末三句總結前文，表達隱居樂道之意。前二句對偶工整，「漁樵」乃隱居之人，「田園」則隱居之地。末句畫龍點睛，寫出隱居之樂。武陵人，用陶潛〈桃花源記〉的故事，比喻隱居世外桃源的居民，「甘作」與首句「未謀身」強烈的對比，一者是徬徨不知何之的感覺，一者是找到人生最理想的歸宿，一個無憂無慮的極樂境地。

二二一　清江引　題情

南山豆苗荒數畝❶⊙拂袖❷先歸去⊙高官鼎內魚❸⊙小吏罝中兔❹

⊙爭似❺閉門閒看書⊙

【格律】詳見馬致遠〈清江引・野興〉（林泉隱居誰到此）。（頁一五五）

【注釋】❶南山句　南山數畝豆苗已經荒蕪。楊惲〈報孫會宗書〉：「田彼南山，蕪穢不治。種一頃豆，落而為萁。」❷拂袖　甩動衣袖。表示憤怒或不悅。❸高官鼎內魚　比喻高官的危險。《文選・丘遲・與陳伯之書》：「而將軍魚游於沸鼎之中，鷰巢於飛幕之上，不亦惑乎？」❹小吏罝中兔　比喻小吏的拘束不自由。罝，捕獸的網。《詩・周南・兔罝》：「肅肅兔罝，椓之丁丁。」❺爭似　怎如。

【語譯】我在南山種的豆苗都快荒蕪了，還是拂袖歸去整理田園吧！官場十分險惡，做高官的像是鼎內的游魚一般的危險；做小吏的又像羅網中的兔子一樣的拘束。何如閉著柴門，悠閒看書，來得無憂無慮呢？

【賞析】本篇描寫官場險惡，不如隱居樂道的好。層次井然，文字生動。特別是融化古人詩句，不露痕跡，極為自然。

首二句開門見山，即用陶潛〈歸去來兮辭〉「歸去來兮，田園將蕪胡不歸」的意思。「拂袖先歸去」形容棄官歸田之情非常逼真，神氣活現。陶淵明另一首〈歸園田居〉詩：「種豆南山下，草盛豆苗稀。晨興理荒穢，帶月荷鋤歸。」此處暗用其意。

次二句對偶工整，極言官場的險惡及拘束，這是上句「拂袖先歸去」的原因。妙在「鼎內魚」與「罝中兔」，形象鮮明，描寫生動，頗能警醒功名中人，有當頭棒喝之效。做大官的就像鼎裡的魚，做小官的就像罝中的兔，古代封建社會，「伴君如伴虎」，不管是做大官的或做小官的，都不過是國君的奴隸，失去自由，隨時有殺身之禍。特別是元代蒙古人統治下，漢人官吏的遭遇更是危險。所以作者看破了功名，倒不如閒看書，來得無慮無憂。

末句承上二段之意，既然官場險惡難為，田園又將荒蕪，倒不如歸隱田園，閉戶讀書，不問世事，與世隔絕，來得悠閒自在。本篇「題情」寫的是隱居樂道的閒情，與另一首寫閨情的作品不同。

錢霖

錢霖，字子雲，松江（今屬上海市）人。曾出家修道，改名抱素，號素庵，又號泰窩道人。擅長樂府詞曲，編有選集《江湖清思集》，自作曲集《醉邊餘興》，《錄鬼簿》稱其「詞語極工巧」。又有詞集《漁樵譜》，今皆亡佚。存小令四首、套數一篇。

二二二　清江引

高歌一壺新釀酒⊙睡足蜂衙❶後⊙雲深鶴夢寒。石老松花瘦⊙不如五株門外柳❷⊙

【格律】詳見馬致遠〈清江引・野興〉（林泉隱居誰到此）。（頁一五五）

【注釋】❶蜂衙　蜂群聚集，如午時官吏集於衙門朝拜屏衛。也稱午衙。❷五株門外柳　指陶淵明隱居的地方。陶潛〈五柳先生傳〉：「宅外有五柳樹。」

【語　譯】正午蜂衙散後才起來，睡得真是足夠；然後高歌一曲，品嚐著一壺新釀的好酒。山中雲深之處，鶴夢高寒；石頭老硬的地方，松花清瘦。趕不上陶淵明門外所栽種的五株柳。

【賞　析】本篇描寫隱居山中的生活意境。有餐霞服日，不食人間煙火食氣，符合作者棄俗學道的經歷。

首二句即寫出高歌飲酒，飽睡隱居的樂趣。此處按照文意係倒裝句法，睡足之後，又可高歌一曲，暢飲新釀的酒。「蜂衙」點出時間，是正午之後。蜂群聚集，如正午衙參，故以蜂衙代表正午，有時也稱午衙。山中無事，一睡睡到正午之後才醒來，可真是飽足了。

次二句對偶工整，文字清麗，極寫隱居山中的閒適，有「山中日月長」的意境。「雲」、「鶴」、「石」、「松」都是山中特有的景物。用「深」形容「雲」，有「只在此山中，雲深不知處」的虛無飄渺境界。用「老」形容「石」，有石老天荒，歲月悠長，可以終老於此的意思。「鶴夢寒」、「松花瘦」對得真好。

末句舉陶淵明隱居樂道來比擬自己。陶淵明是中國歷史上最著名的隱士，他的住宅外面有五株柳樹，稱之為五柳莊，自稱五柳先生，寫了一篇自傳，稱〈五柳先生傳〉。詩、詞中常以陶淵明代表隱居樂道之士。此句有崇拜、羨慕陶淵明的意思。

徐再思

徐再思，字德可，好吃甜食，號甜齋，嘉興（今屬浙江）人。曾任嘉興路吏。與張可久同時，不作雜劇，專力於小令。當時人把他和貫雲石（號酸齋）的作品合稱《酸甜樂府》，近人任中敏《散曲叢刊》也收了《酸甜樂府》。其實二人的風格不同，貫雲石的作品豪縱自然，風格比較接近馬致遠，以豪放著稱。而徐再思多寫江南風景及閨情，風格接近張可久，以清麗著稱。《太和正音譜》：「徐甜齋之詞，如桂林秋月。」現存小令一〇三首。

二二三　人月圓　甘露❶懷古

江皐❷樓觀❸前朝寺。秋色入秦淮❹⊙敗垣❺芳草。空廊落葉。深砌❻蒼苔⊙

遠人南去。夕陽西下。江水東來⊙木蘭花在。山僧試問。知為誰開⊙

【格律】詳見張可久〈人月圓・山中書事〉（興亡千古繁華夢）。（頁三四〇）

【注釋】❶甘露　寺名。在江蘇鎮江北固山上。三國時吳甘露年間所建。相傳建寺時，甘露適降，因而得名。❷江皋　江邊的低地。❸樓觀　高樓的泛稱。❹秦淮　河名。源於江蘇省溧水縣東北，經南京城東南從通濟門入城西，出水西門，至下關入長江。古時南京的歌樓舞館、畫舫遊艇，多紛集於此。❺垣　牆。❻砌　臺階。

【語譯】秋天的景色，映入秦淮河；江邊的樓臺宮觀，就是前朝吳國遺留下來的甘露寺。如今宮牆倒塌，芳草叢生；迴廊空蕩蕩的，落葉遍地；臺階冷清清的，生滿蒼苔。　遠人已經向南離去，夕陽逐漸西下，江水年年東來。木蘭花年年依舊開著，試問山僧，這些花到底為誰而開呢？

【賞析】本篇描寫登臨甘露寺，懷念古事，有景物依舊、人事已非的感歎。

首二句點出甘露寺的地理位置、歷史背景及周圍的景物。「前朝寺」即指甘露寺，已然有「自將磨洗認前朝」的懷古意味。寺在江邊岸上，登寺觀望，周遭景物，一覽無遺。秦淮河流經南京城，是古代歌臺舞榭、酒家妓院聚集的地方，尤其在唐、宋時代，更是繁華富麗，極其熱鬧，杜牧〈泊秦淮〉詩：「煙籠寒水月籠沙，夜泊秦淮近酒家。商女不知亡國恨，隔江猶唱〈後庭花〉。」就是描寫秦淮盛況。如今秦淮依舊籠罩著秋色，而昔日的繁華都已不見了。

次三句承上之意，寫甘露寺目前蕭條荒涼的景象。此三句文字清麗，對偶工整，頗有張可久精工雅麗的風格。

下闋前三句亦復對偶工整，懷念遠人，切合題目。「夕陽西下，江水東來」，一起一落，一進一退，正是登臨所見的景物，寫來活潑自然，瀟灑流暢。

末三句借木蘭花開，無人欣賞，表達景物依舊、人事已非的主旨。妙在用問答的方式，顯得頓挫跌宕，饒有韻致。與姜白石〈揚州慢〉詞「念橋邊紅藥，年年知為誰生」同一感慨。

二二四 紅繡鞋 道院❶

一榻白雲竹徑⊙半窗明月松聲⊙紅塵❷無處是蓬瀛❸⊙青猿藏火棗❹。黑虎聽黃庭❺⊙山人參內景❻⊙

【格　律】〈紅繡鞋〉，即〈朱履曲〉。詳見張養浩〈朱履曲〉(才上馬齊聲兒喝道)。(頁二〇八)

【注　釋】❶道院　道姑或道士修鍊身心的廟觀。❷紅塵　佛、道家稱俗世的繁華富貴為紅塵。❸蓬瀛　蓬萊、瀛洲。海上仙山。❹火棗　仙果名。傳說吃了可以羽化飛行。❺黃庭　道藏經名。《黃庭經》的省稱。有《黃庭內景經》、《黃庭外景經》、《黃庭遁甲緣身經》……都是談論道家養生修鍊原理的經書。❻內景　即《黃庭內景經》。

【語　譯】一張臥榻，位居在白雲深處竹林徑中；半面窗戶，照進了明月，傳入了松聲。這裡沒有塵世的繁華富貴，堪稱是蓬瀛仙境。山中的青猿，受了感染也藏起火棗；黑虎受了薰陶，也聽講《黃庭經》；山人參透領悟了《黃庭內景經》。

【賞　析】本篇描寫道院的景物及道士修身養性的境界。文字清麗，對偶工整，有超脫凡塵之意境。

首二句寫出道院地處深山之中，十分僻靜。「白雲竹徑」、「明月松聲」都是山上清幽的景物，極切「道院」的題目。

第三句承上啟下，寫道院遠離俗世的榮華富貴，有如海上仙山蓬萊、瀛洲的神仙境地。

〈紅繡鞋〉末三句的句法本是三三五，此曲前兩句各用兩個襯字，造成三句對偶的格式，顯得既豐實又優美。「火棗」是一種仙果，「黃庭」、「內景」都是道家經典名。「青猿」與「黑虎」都是山上的野獸，由於耳濡目染，居然受了道士的薰陶，也「藏起火棗」、「聽講黃庭」了，側寫道士道行之崇高，極為巧妙。猿與虎自來與道士有密切的關係，如宋釋普濟《五燈會元》：「寶掌和尚居江浦寶巖，與朗禪師友善。師以白犬傳書，朗以青猿為使，故題朗壁曰：『白犬馳書至，青猿洗鉢回。』」而陸龜蒙〈孤園寺〉詩則有「石上解空人，窗前聽經虎」。連猿與虎都受道士的薰陶，何況人呢？可見這個「道院」的法力無邊，及於禽獸。

二二五　喜春來　閨怨

妾身悔作商人婦❶⊙妾命當逢薄倖夫❷⊙別時只說到東吳⊙三載餘⊙卻得廣州書❸⊙

【格律】詳見元好問〈喜春來‧春宴〉（梅擎殘雪芳心奈）。（頁一）

【注　釋】❶商人婦　商人的妻子。白居易〈琵琶行〉：「門前冷落車馬稀，老大嫁作商人婦。」❷薄倖夫　負心的丈夫。❸別時三句　唐劉采春〈囉嗊曲〉：「那年離別日，只道住桐廬。桐廬人不見，今得廣州書。」東吳，指三國時吳地。因地處江東而得名。

【語　譯】妾身懊悔嫁作了商人婦，妾身的命運真不好，遇到了一位薄情的丈夫。離別的時候，只說到東吳；過了三年多，卻收到從廣州寄來的音書。

【賞　析】本篇描寫閨中少婦的怨情，也反映出古代商人的不守信用，因而嫁給商人的女子，往往要忍受相思之苦與離別之怨，極沒有幸福的保障與安全的感覺。

首句深深懊悔作了「商人婦」。次句寫出懊悔的原因，乃遇人不淑，嫁給了「薄倖夫」。後三句舉出商人薄倖的事實，寫出商人浪跡天涯與不守信用的行徑，深刻地流露出少婦的怨情。商人是到處做生意的人，離別時說要到東吳，一別三年，渺無音信，天天想念，日日操心，丈夫好像斷了線的風箏，不知到了哪裡？三年之後，卻接到丈夫從廣東寄來的音信，廣東到東吳相隔千里，地方遙遠，三年多才寄一信，怪不得閨中少婦充滿了怨情，指責丈夫為薄倖夫。本曲從唐人劉采春〈囉嗊曲〉化出，而更加明白直率，純用白描的手法，是元曲最高的境界。

詩、詞之中寫這一類的作品很多，如白居易〈琵琶行〉：「門前冷落車馬稀，老大嫁作商人婦。商人重利輕別離，前月浮梁買茶去。去來江口守空船，繞船月明江水寒。」李益〈江南曲〉：「嫁得瞿塘賈，朝朝誤妾期。早知潮有信，嫁與弄潮兒。」劉采春另一首〈囉嗊曲〉：「莫作商人婦，金釵當錢卜。朝朝江口望，錯認幾人船。」都有異曲同工之妙。

二二六　喜春來　皇亭❶晚泊

水深水淺東西澗❷⊙雲去雲來遠近山⊙秋風征棹釣魚灘❸⊙煙樹晚⊙茅舍兩三間⊙

【格律】詳見元好問〈喜春來・春宴〉（梅擎殘雪芳心奈）。（頁一）

【注釋】❶皇亭　疑當作「皋亭」。在浙江省杭州市東北。❷澗　兩山之間的流水。❸灘　水涯。

【語譯】澗水有時深，有時淺，有時東流，有時西流；青山有時雲來，有時雲去，有時遠，有時近。作客的人，歷盡了澗水與青山；在秋風吹拂之下，駕著征棹來到釣魚灘。黃昏的時候，煙樹蒼茫；眼前出現茅舍兩三家的景象。

【賞析】本篇描寫晚泊皋亭所見的景色，表達了飄泊天涯的情感與嚮往隱居的意思。

首二句描寫眼前的景物，皋亭位在山涯水邊，故借澗水的東西與山雲的來去比喻征人的飄泊不定。對偶十分工整，「水深水淺」對「雲去雲來」，「東西澗」對「遠近山」，都是動蕩不定的景物。

第三句中，「秋風」點出思鄉的季節，而「征棹」則表示自己作客的生涯，「釣魚灘」切合題目「皋亭」的景物。

末二句觸景生情，是本曲畫龍點睛之處。「煙樹晚」正是黃昏的景色，此時出外做事的人都已回家了，茅舍之中充滿家庭的溫暖與天倫的樂趣，引起作客的人思鄉之情與歸隱之意，真羨慕眼前「茅舍兩三間」的人，只要能夠安居生活就心滿意足了，何必為追求名利而飄泊天涯呢？

蘇東坡評王維詩：「詩中有畫。」這首曲子寫景如畫，而且是動畫，「水深水淺」、「雲去雲來」、「秋風征棹」，都是活態的景物，隨著時間的早晚、地方的不同，隨時都在變化，而透過景物，表達作者的飄泊之感。

二二七　落梅風❶　春情

閒情緒⊙深院宇⊙正東風、滿簾飛絮⊙怕梨花不禁❷三月雨⊙是誰教、燕銜春去⊙

【格　律】〈落梅風〉，即〈壽陽曲〉。詳見姚燧〈壽陽曲‧詠李白〉（貴妃親擎硯）。（頁一〇〇）

【注　釋】❶落梅風　《全元散曲》作〈壽陽曲〉。❷禁　勝任；承受得起。

【語　譯】幽閒無聊的情緒，面對著花木深深的院宇；正是春風和暖、滿簾飛絮的時候。恐怕庭院裡的梨花禁不起三月風雨的摧殘，要紛紛凋謝了；到底是誰教燕子把春光銜去了呢？

【賞　析】本篇描寫閨中女子看到暮春的景物所引起的怨情。有傷春、惜春的情意。

首三句寫景，「滿簾飛絮」是暮春的景色。此時柳樹已經開花結子，種子上生有許多白色絨毛，隨風飄飛，稱為柳絮。開頭「閒情緒」對「深院宇」，形容極為生動，一句寫閨中女子閒暇無事，「閒」字暗示閨中女子情無所託，覺得非常無聊；一句寫庭院花木扶疏，「深」字暗示閨中女子芳心寂寞。何況面對著柳絮紛飛的景象，更是情何以堪？

次二句寫梨花凋謝，燕銜落花，哀傷春光的消逝。有「良辰美景奈何天，賞心樂事誰家院」及「無可奈何花落去，似曾相識燕歸來」的傷情。「夜來風雨聲，花落知多少」，暮春三月的陣陣風雨，使得窗外的梨花紛紛凋謝了，到底是誰教燕子銜著落花飛去了呢？花代表春天，落花代表春天消逝。燕子是一種候鳥，春天飛來，秋天飛去。當燕子飛來的時候，忙著銜泥築巢，而泥中含有春天的落花，好像春天是被燕子銜去似的。寫來曲折宛轉，頗有韻味。

春天是一年之中最美麗的季節，青春是一生之中最美好的時光，然而現在花落絮飄，春天好像被燕子銜去了，青春也隨著消逝，怎不令人感傷呢？

二二八　水仙子　夜雨

一聲梧葉一聲秋⊙一點芭蕉一點愁⊙三更歸夢三更後⊙落燈花❶棋未收⊙歎新豐孤館人留❷⊙枕上十年事❸。江南二老❹憂⊙都到心頭⊙

【格律】〈水仙子〉，即〈湘妃怨〉。詳見盧摯〈湘妃怨・西湖〉（湖山佳處那些兒）。（頁五八）

【注釋】❶燈花 燈心餘燼，結成花形。❷新豐孤館人留 此句用唐馬周故事。馬周不得意時，住在新豐的旅舍裡，主人不理他，他要了一斗八升的酒，獨自喝悶酒。見《新唐書・馬周傳》。新豐，比喻旅居的地方。漢高帝定都長安，太上皇思東歸豐，高帝就在長安附近仿照家鄉豐邑的樣子，另建村鎮，叫做新豐。《中原音韻》「孤館人留」作「逆旅淹留」。❸枕上十年事 枕上回憶往事，有如一場夢幻。字面上用杜牧〈遣懷〉詩：「十年一覺揚州夢，贏得青樓薄倖名。」❹二老 指年老的父母親。

【語譯】一聲聲梧桐夜雨的聲音，引起無限的秋意；一點點雨打芭蕉的聲音，觸發了不盡的愁懷，三更半夜歸鄉之夢，醒來後再也睡不著了。桌上的燈花落盡了，殘餘的棋盤尚未收拾；感歎遊子長留新豐孤館，不能回家。枕上十年往事，江南二老憂慮，都湧上心頭。

【賞析】本篇描寫離鄉背井的遊子在秋夜裡聽到雨聲而引起無限的愁懷。情景交融，真摯感人。

首三句描寫秋夜雨景，是引起客愁的原因。鼎足而對，貼切自然，沒有雕琢的痕跡，已入化境。尤其重疊使用「一聲」、「一點」、「三更」等形容詞，加強了曲中的節奏感，使得落葉聲、下雨聲、打更聲，聲聲入耳，緊緊打動了天涯遊子的心絃。梧桐代表秋天的景物，葉片寬大，當秋風吹起，梧葉飄墜，落地有聲，感覺到蕭瑟的秋意。芭蕉葉大，雨水打在上面，點點滴滴，發出清脆的響聲。陣陣秋風梧葉、點點芭蕉雨聲驚醒人的鄉夢，醒來之後，滿目淒涼，思鄉情切，輾轉反側，再也無法入睡了。

次二句寫孤館的景色與旅人的感歎。三更半夜，孤館靜悄悄的，燈花也落了，只剩下桌面上殘棋未收，眼前一片衰殘的景象。此句寓有深意，以燈比喻人生，人生短暫，容易消逝，一如燈花之易落。人生也如棋局，一舉一動，影響全局；想到自己飄泊半生，一事無成，豈不像殘局未收一般？感歎自己像馬周一樣，困守孤館，一籌莫展。

末三句抒發思鄉之情。十年漫長的歲月，在飄泊中度過；故鄉有年老的父母終日憂愁，盼望著遊子衣錦歸來，想念及此，真是百感交集，愁懷無盡了。

二二九　水仙子　彈唱佳人

玉纖❶流恨出冰絲❷⊙瓠齒❸和春吐怨辭⊙秋波❹送巧傳心事⊙似鄰船初聽時⊙問江州司馬❺何之⊙青衫淚❻。錦字詩❼⊙總是相思⊙

【格律】〈水仙子〉，即〈湘妃怨〉。詳見盧摯〈湘妃怨・西湖〉（湖山佳處那些兒）。（頁五八）

【注釋】❶玉纖　美人纖緻細麗的手指。❷冰絲　指琴絃。❸瓠齒　美人潔白整齊的牙齒。瓠，瓜名。種子整齊而潔白。❹秋波　形容女子的眼睛如秋水般澄澈明亮。❺江州司馬　指白居易。曾任九江郡司馬。❻青衫淚　白居易〈琵琶行〉：「座中泣下誰最多？江州司馬青衫溼。」青衫，青色的衣衫。古代職位低的官員所穿。❼錦字詩　前秦竇滔的妻子蘇蕙，很有文才，丈夫本任秦州刺史，被徙流沙，蘇氏很想念，織綿為迴文旋圖詩贈送竇滔，傾訴相思之情。

【語　譯】纖纖玉手，彈撥琴絃，流洩出心中的悲恨；整齊的牙齒，春風和煦地吐出幽怨的歌辭；秋波流轉，巧妙地傳達了心事。像白居易初次聽鄰船裴興奴彈琵琶時；問江州司馬要往何處去？青衫落淚，錦字成詩，兩方面都是相思。

【賞　析】本篇借白居易的〈琵琶行〉歌詠彈唱佳人，不僅切合題目，而且令人回味無窮。

首三句對偶工整，文字清麗，活生生的描繪美人彈唱的神態與情感。第一句寫「彈」，「流恨」指琴音流洩怨恨之情。第二句寫「唱」，「和春」形容美人歌唱的優美風韻。第三句透過彈琴歌唱傳遞心事，從美人的眼波中流露出「怨」、「恨」之情。眼睛是靈魂之窗，最能表達心中的情意，「送巧」就是巧送，巧妙的傳送心事。

次二句借白居易的〈琵琶行〉描寫彈唱佳人，把自己比成白居易，佳人比琵琶女。彷彿當年白居易在潯陽江上聽到鄰船琵琶聲，而移船聆聽的景況。一方面同情彈唱佳人的身世，一方面深深感歎自己的遭遇。「問江州司馬何之？」是以彈唱佳人的語氣，尋問作者要到哪裡去，以引起末段二人相知相惜之情。

末三句寫出自己的感動。「青衫淚」指自己，「錦字詩」指彈唱佳人，「總是相思」指兩人共同的感情。所謂「同是天涯淪落人，相逢何必曾相識」，「座中泣下誰最多？江州司馬青衫溼」。白居易的〈琵琶行〉是家喻戶曉的作品，其感人極深，影響極大，本篇用這個典故，更容易收到共鳴的效果。

二三〇 水仙子 惠山泉❶

自天飛下九龍涎❷⊙走地流為一股泉❸⊙帶風吹作千尋練❹⊙問山僧不記年⊙任松梢鶴避青煙⊙溼雲亭❺上。涵碧洞❻前⊙自採茶煎⊙

【格律】〈水仙子〉，即〈湘妃怨〉。詳見盧摯〈湘妃怨‧西湖〉（湖山佳處那些兒）。（頁五八）六、七句本是三字句，此處各增一字，成為四字句法。

【注釋】❶惠山泉　惠山的泉水。惠山在江蘇省無錫縣城西，上有九個山峰，蜿蜒起伏，望去像一幅古畫上的龍，故又稱九龍山。山上有蘇軾詩句刻石：「石路縈回九龍脊。」❷九龍涎　九龍流的口水。涎，口水。這裡指惠山的瀑布。❸一股泉　指惠山泉。❹千尋練　千尋白練。形容泉水的潔淨。尋，古代長度單位。八尺為尋。練，白色綢絹。❺溼雲亭　在惠山上。❻涵碧洞　在惠山旁。

【語譯】從天空飛下九龍的口水，走入地下流洩出一股清澈的泉水，被風吹作千尋高的白練。問山中老僧山泉形成多久了？他竟記不起有多少年；任由松梢茂盛青翠，引來白鶴棲息。溼雲亭上，涵碧洞前；自己採茶，自己烹煎。

【賞　析】本篇描寫惠山泉的自然風光及山居生活的恬靜清淡，並寄託作者隱居樂道的思想。惠山泉是無錫名勝之一，水清味醇。

首三句鼎足對，著重描寫泉水的秀麗俊美，既豐實而自然。以「九龍涎」、「一股泉」、「千尋練」比喻泉水，生動貼切。尤其用「飛」、「流」、「吹」三個動詞，把飛泉瀑布的動態之美形容得淋漓盡致，遂成描寫山泉的千古名句。與貫雲石的〈虎跑泉〉詩「泉泉泉，亂迸珍珠箇箇圓，玉斧斫開頑石髓，金鉤搭出老龍涎」有異曲同工之妙。

次二句寫山居生活的恬靜清淡。「山僧」是山上的和尚，出家修道，不問俗事。「不記年」與陶淵明〈桃花源記〉「問今是何世？乃不知有漢，無論魏、晉」意境相同。這裡是說惠山泉歷史悠久，不知道什麼時候形成的。

末三句承接上意，切合惠山泉的景物，表現山中生活的清閒安適。惠山泉清純甘粹，唐代茶道家陸羽《茶經》評為「天下第二泉」，在溼雲亭上、涵碧洞前採來茶葉，用惠山泉水煎煮，茶香四溢，其樂無窮。這種境界有如世外桃源，無憂無慮，逍遙自在，字裡行間流露出作者羨慕嚮往的心情。至於文字清麗瀟灑，則是作者一貫的風格。

二三一　殿前歡　觀音山❶眠松

老蒼龍❷⊙避乖❸高臥此山中⊙歲寒心❹不肯為梁棟❺⊙翠蜿蜒❻俯仰相從⊙秦皇舊日封❼⊙靖節何年種❽⊙丁固當時夢❾⊙半溪明月。一枕清

風ㄈㄥ⊙

【格　律】詳見貫雲石〈殿前歡〉（隔簾聽）。（頁一九二）

【注　釋】❶觀音山　在南京市北方的觀音門外。北濱長江，上有燕子磯。❷蒼龍　比喻蒼勁高大的老松。❸乖　乖戾。這裡指亂世。❹歲寒心　能忍受歲暮嚴寒的本質。《史記．伯夷列傳》：「歲寒，然後知松柏之後凋。」❺梁棟　比喻能負重任的大臣。❻翠蜿蜒　翠藤屈曲延伸的樣子。❼秦皇舊日封　《漢官儀》：「秦始皇上封泰山，逢疾風暴雨，得松樹，因覆其下，封為五大夫。」❽靖節何年種　陶淵明〈歸去來兮辭〉：「三徑就荒，松菊猶存。」靖節，指陶淵明。❾丁固當時夢　《吳書》記載：丁固為尚書時，曾夢松樹生其腹上，對人說：「松字十八公也，後十八歲，吾其為公乎！」後來果然官至大司徒。丁固，三國吳人，字子賤。

【語　譯】蒼勁高大的老松，像是逃避世亂來到此山高臥的隱士。忍受著歲暮的嚴寒，不肯做國家的棟梁；翠藤彎彎曲曲，高低相隨，圍繞著松樹。秦始皇曾封它為五大夫，這是陶淵明哪一年所種的松？丁固當年曾夢松生腹上。面對著半溪明月，一枕清風而眠。

【賞　析】本篇歌詠觀音山的眠松，以松比喻高潔的隱士，高臥山中，不求仕宦，表達作者避世隱居的思想。

首二句破題，寫老松高臥山中，逃避亂世乖政，用擬人化的筆法，作者旨在借松喻人。

次二句承上，發揮老松堅貞的德行。「歲寒心」三字，極寫松柏後凋於歲寒的貞潔；松、竹、梅稱為歲寒三友，因為它們都能傲霜雪而不屈。雖然甘老山中，不肯為梁棟之臣，卻有翠藤纏繞，相依為命，並不寂寞，有「德不孤，必有鄰」的意思。

次三句寫老松輝煌的史蹟：秦始皇曾封為五大夫，陶淵明愛種松樹，丁固曾夢松生腹上。此三句按照曲律是五、三、五句法，作者卻在次句加了兩個襯字，造成對偶的句子，顯得充實而整齊，這是曲子較詩、詞活潑自然的地方，因為詩與詞都不能隨意加襯字。

末二句畫龍點睛，借清風、明月襯托松的高風亮節，也比喻隱士的光風霽月，是本篇最精彩之處。

本曲前段句法參差，活潑流暢；後段對偶工整，精工雅麗。尤其「高臥」、「一枕」極切「眠松」的題目。

二三二　折桂令　春情

平生不會相思⊙才會相思⊙便害相思⊙身似浮雲。心如飛絮。氣若游絲⊙空一縷、餘香在此⊙盼千金、遊子❶何之⊙證候❷來時⊙正是何時⊙燈半昏時⊙月半明時⊙

【格律】〈折桂令〉，即〈蟾宮曲〉。詳見盧摯〈蟾宮曲・箕山感懷〉（巢由後隱者誰何）。（頁五二）末段增一個四字句。

【注　釋】❶千金遊子　指極富貴的公子王孫。千金，形容其身分的貴重。取千金買笑之意。遊子，旅遊在外的人。❷證候　發病的症狀。

【語　譯】平生不懂得相思，剛懂得相思的時候，便害起相思病來。身體像浮雲一般，飄浮不定；心思如飛絮一般，又多又亂；氣色像游絲一般，虛弱飄蕩。離別以後，只留下一縷餘音；盼望著公子歸來，卻不曉得他浪跡何處？相思病症什麼時候發作呢？在燈光昏暗的時候，以及月光微明的時候。

【賞　析】本篇描寫閨中女子相思的情態，逼真生動，沁人心脾。代表甜齋清新流麗、活潑機趣的風格。

首三句描寫少女初嚐相思的滋味，重用「相思」二字，做三層轉變，抑揚頓挫，跌宕有致。把「相思」的主題反覆的呈現出來。

次三句承上，描寫相思的滋味。對偶工整，形容盡致。「浮雲」、「飛絮」、「游絲」都是輕浮飄動之物，用來形容相思的捉摸不定。「飛絮」與「游絲」都是春天的景物，切合題目「春情」的意思。

次二句寫出相思的原因。自從公子離別之後，空餘芳香，難覓行蹤，充滿離別與懷念的情意。此二句對偶自然，句法流暢。

末四句寫出相思病發的時候。一排四句，同押一字，一氣而下，累累如貫珠，聲情、文情感人至深。

本曲共分四段，在詞章結構上有起、承、轉、合之妙。前後二段修辭方面又運用疊韻法，造成自然的諧趣，這是詩、詞所無法達到的韻律。〈折桂令〉末段本格是四、四、四共三句，這裡增一個四字句，造成四句一排，一氣而下，氣勢極為完足。

二三三 清江引 相思

相思有如少債的❶⊙每日相催逼⊙常挑著一擔愁。准不了❷三分利⊙這本錢見他時才算得⊙

【格律】詳見馬致遠〈清江引・野興〉（林泉隱居誰到此）。（頁一五五）

【注釋】❶少債的 欠債的。❷准不了 抵不得。

【語譯】相思像是欠人家的錢一般，每天都要受對方催促索討。經常挑著一擔的憂愁，抵償不完三分的利息。這本錢只有見他時才能一筆還清。

【賞析】本篇描寫相思之苦。詞句質樸而自然，形象具體而生動，雖是文人的作品，尚留民歌通俗自然的風貌。

首二句用欠債來比喻相思之苦，每日都有人上門催討，躲也躲不了，賴也賴不掉，如影隨形，無法逃避。這樣的比喻既新穎又俏皮，極有生氣。欠債是一般人感受真切，十分熟悉的事物，故能引起廣大的共鳴。

次二句進一步形容相思之情與日俱增，如欠債的利息一天一天的增加，還也還不清，擔子越挑越重，愁悶也越來越多，永遠沒有息肩的日子。

末句提出解決相思之道，是畫龍點睛之筆。相思之情只有見面時才能償還，屆時才能把本錢、利息一筆勾消。

李後主的〈虞美人〉曾用「一江春水向東流」形容愁多，〈清平樂〉則以「更行更遠還生」的春草比喻愁的無盡，賀鑄〈青玉案〉用「一川煙草，滿城飛絮，梅子黃時雨」形容愁的紛亂繁多，他們把抽象的愁比喻成具體的事物，都得到良好的效果，但在深刻與生動方面比起本曲則略遜一籌了。至於關漢卿〈沈醉東風〉「本利對相思若不還，則告與那能索債愁眉淚眼」與本曲有異曲同工之妙。

本曲三、四兩句本是五字句，現在各加一個襯字造成三、三的六字句，末句七字，加了兩個襯字，造成三、三、三的九字句，讀起來活潑流暢，通俗白話。

二三四　梧葉兒　釣臺❶

龍虎昭陽殿❷。冰霜函谷關❸⊙風月富春山❹⊙不受千鍾祿❺。重歸七里

灘❻⊙贏得一身閒⊙高似他、雲臺將壇❼⊙

【格律】詳見張可久〈梧葉兒・春日書所見〉（薔薇徑）。（頁四三二）

【注釋】❶釣臺　即嚴子陵釣魚臺。在浙江省桐廬縣西富春山上，下臨富春渚。❷昭陽殿　漢宮殿名。漢武帝所建。❸函谷關　戰國秦置。在今河南省靈寶縣東北。東自崤山，西至潼津，形勢險要，號稱天險。❹富春山　在浙江省桐廬縣西。東漢嚴光耕釣於此。❺千鍾祿　厚祿。❻七里灘　即七里瀨。在浙江省桐廬縣富春江側，嚴光釣魚於此。❼雲臺將壇　永平中，顯宗追感前世功臣，圖畫二十八將於南宮雲臺。雲臺，東漢宮中高臺名。

【語譯】龍爭虎鬥昭陽殿，披霜戴雪函谷關，清風明月富春山。不接受千鍾厚祿，重新歸隱七里釣灘，贏得了一身清閒。釣臺清高遠超過雲臺拜將壇。

【賞析】本篇歌詠嚴光的釣臺，讚美其隱居不仕的高風亮節。嚴光，字子陵，東漢光武帝同學，光武即位，物色得之，封為諫議大夫，不就，隱居富春山，耕釣以終。

首三句以對偶的方式列舉三事互相比較，重點在第三句。朝臣龍爭虎鬥仕宦昭陽殿，武將冰天雪地固守函谷關，高士清風明月隱居富春山。以隱居樂道跟建功立業做一對比。釣臺在富春山，是嚴光釣魚的地方。

次三句承上，專就嚴光釣臺發揮，妙在對偶既貼切又自然，「不受千鍾祿」指嚴光辭謝光武帝封他為諫議大夫。「重歸七里灘」指他又回到隱居樂道的地方，七里灘在富春山下。「贏得一身閒」

寫他隱居之樂，享受江上的清風明月，悠閒自在，真是人生的大贏家。

末句畫龍點睛，寫出他清高的風範，有如「豹尾」一般的「響亮」，使全曲主題發揮極至。所謂「無欲則剛」、「人到無求品自高」，嚴光當之而不愧。尤其以「雲臺」跟「釣臺」對比，一代表功名富貴，一代表隱居樂道，正是勢力相當，相反相襯。「釣臺高似雲臺」，也表現了元朝的讀書人在亂世中嚮往隱居樂道的生活意境。〈梧葉兒〉末句本是六字句，這裡增加一個字，成為上三下四的七字句，讀起來頓挫有力。這是元曲句法比詩、詞流動的地方。

二三五　梧葉兒　即景

鴛鴦浦❶。鸚鵡洲❷⊙竹葉小漁舟⊙煙中樹。山外樓⊙水邊鷗⊙扇面兒、瀟湘暮秋❸⊙

【格　律】詳見張可久〈梧葉兒・春日書所見〉（薔薇徑）。（頁四三二）

【注　釋】❶鴛鴦浦　即鴛鴦湖。在浙江省北部嘉興縣城南。湖中多鴛鴦，故名。湖中有煙雨樓等名勝。❷鸚鵡洲　長江沙洲名。在今湖北省漢陽縣長江中。相傳東漢末江夏太守黃祖長子黃射在此大會賓客，有人獻鸚鵡，射請禰衡作〈鸚鵡賦〉，故名。❸扇面兒句　風景好像畫在扇面上的〈瀟湘八景圖〉。宋朝畫家宋迪曾圖畫瀟水、湘江秋天風景，即平沙雁落、遠浦帆歸、山市晴嵐、江天暮雪、洞庭秋月、瀟湘夜雨、煙寺晚鐘、漁村落照，稱為八景。

【語　譯】鴛鴦湖畔，鸚鵡洲邊，飄浮著像竹葉一般的小漁舟。煙霧之中柳樹迷濛，青山之外樓臺隱約，水洲之邊鷗鷺飛翔。眼前的景物，像是畫在扇面上的瀟湘暮秋圖。

【賞　析】本篇描寫鴛鴦湖秋天的景色。對偶工整，文字清麗，寫景如畫。作者是浙江嘉興人，曾任嘉興路吏，對鴛鴦湖極為熟悉，故寫來非常逼真生動，像是一幅美妙的平遠山水，呈現我們眼前。

首三句點明題目，鴛鴦湖因湖中多鴛鴦而名，如鸚鵡洲因〈鸚鵡賦〉而得名，故拿來相對比，立刻使靜態的景物活潑起來，因為鴛鴦戲水，鸚鵡能歌，都給人動態的感覺。而湖中來來往往的漁舟有如片片竹葉一般，小巧玲瓏，多麼的優美。

次三句列舉鴛鴦湖代表的景物，語帶煙霞，清麗之至，真有不吃人間煙火食氣，這一點很像張可久的風格。鴛鴦湖以煙雨樓著稱，此三句寫景也很貼切。

末句借瀟湘景致寫鴛鴦浦，它們同樣具有水光山色之妙。古代的畫扇是最精巧細緻的藝術，畫的都是些名山勝水，能入畫扇的景物，都極優美。薛昂夫〈山坡羊〉寫西湖也用「一步一個生綃面」來形容西湖的美景。

這首曲子描寫眼前的景色，句法短，景物美，一句一景，如詩如畫，清麗幽美，是最典型的小令作品。

二三六　梧葉兒　春思

芳草思南浦❶。行雲夢楚陽❷⊙流水恨瀟湘❸⊙花底春鶯燕。釵頭金鳳凰⊙被面繡鴛鴦⊙是幾等兒、眠思夢想⊙

【格　律】詳見張可久〈梧葉兒・春日書所見〉（薔薇徑）。（頁四三二）

【注　釋】❶芳草思南浦　春天芳草萋萋，想起送別南浦的情景。江淹〈別賦〉：「春草碧色，春水綠波，送君南浦，傷如之何？」❷行雲夢楚陽　像楚王一樣做了陽臺美夢。宋玉〈高唐賦・序〉：「夢見一婦人曰：……妾在巫山之陽，高丘之阻，旦為朝雲，暮為行雨，朝朝暮暮，陽臺之下。」❸流水恨瀟湘　悠悠流水帶有瀟湘之恨。《山海經》：「洞庭山，帝之二女居之，是常游於江淵，沅澧之風，交瀟湘之淵。」

【語　譯】萋萋芳草，使我想起南浦送別的情景；飄飄行雲，楚襄王的陽臺美夢已經醒了；悠悠流水，引起無限的別恨。紅花底下鶯燕爭春，金釵枝頭鳳凰裊娜，繡被面上鴛鴦成對。這幾件事情，引起我眠思夢想。

【賞　析】本篇描寫閨中少女因春天的景物而引起的閨情。對偶工整，文字清麗，把閨中少女的心情適切的表達出來。

首三句以鼎足對的方式，用三個典故寫少女的春情，既切合少女的身分，也增加了讀者的想像力，這是用典的妙處。「芳草思南浦」用江淹的〈別賦〉：「春草碧色，春水綠波，送君南浦，傷如之何？」看到春天芳草萋萋，想起送君南浦的情景，引起無限離別之情。別後，朝思暮想，形諸夢寐，所以做了陽臺美夢。「行雲夢楚陽」用宋玉〈高唐賦〉，楚王夢遊高唐，夢見神女。後來詩、詞常用陽臺夢代表美夢，也稱巫山夢。夢中雖美，醒後一切落空，離恨恰如瀟湘的流水一般無窮無盡。

次三句也是鼎足對。「鶯燕」、「鳳凰」、「鴛鴦」都是出雙入對的，詩、詞中常用來象徵男女之間恩恩愛愛、永不分離的感情。這裡是閨中少女觸景生情，看到雙雙對對的鶯燕、鳳凰、鴛鴦，興起自己孤單寂寞之情，羨慕禽鳥的恩愛幸福。

末句承上面三句而來，總結全篇大意。看到花底的鶯燕、釵頭的鳳凰、被面的鴛鴦，都引人眠思夢想。本曲描寫閨中少女的春思，曲盡人情，深刻動人。

二三七　朝天子　西湖

裡湖⊙外湖❶⊙無處是無春處⊙真山真水真畫圖⊙一片玲瓏玉❷⊙

宜酒宜詩。宜晴宜雨⊙銷金鍋❸錦繡窟❹⊙老蘇❺⊙老逋❻⊙楊柳隄梅花墓⊙

【格　律】詳見劉致〈朝天子．邸萬戶席上〉（柳營）。（頁二九一）

【注　釋】❶裡湖外湖　西湖以蘇隄為界線，蘇隄長二．八公里，南起南屏山，北接岳廟，隄西為裡湖，隄東為外湖。❷玲瓏玉　玲瓏剔透的美玉。形容西湖明澈光亮的景色。❸銷金鍋　比喻揮金如土。宋四水潛夫《武林舊事．三．西湖游幸》：「西湖天下景，朝昏晴雨，四時總宜。杭人亦無時而不游，而春游特盛焉……日靡金錢，靡有紀極。故杭諺有銷金鍋兒之號。」❹錦繡窟　比喻西湖華麗，如衣錦披繡的窟穴。❺老蘇　指蘇軾。他曾兩次任杭州地方官，北宋元祐年間他第二次到杭州擔任知州時，曾主持疏浚西湖，灌溉田地千餘頃。並且利用湖中的葑泥築隄，遍植楊柳，就是現在西湖的「蘇隄」，也是下文的「楊柳隄」。❻老逋　指林逋。字君復，錢塘人，終生不仕，亦不婚娶，隱居西湖的孤山，以種梅養鶴為伴，人稱「梅妻鶴子」，卒諡和靖先生。下文「梅花墓」即和靖墓。

【語　譯】裡湖、外湖，沒有一處不是春光爛熳，勝景難收。真實的山水，真實的畫圖；像一片美玉，玲瓏剔透，潔淨光亮。這裡最適合飲酒，最適合吟詩；晴天有晴天的美景，雨天有雨天的美景；像是銷金鍋、錦繡窟一樣的富麗堂皇，豪華奢侈。老蘇、老逋，都住過這裡；如今蘇公隄上楊柳如煙，和靖墓上梅花如霧。

【賞　析】本篇描寫杭州西湖美麗的景色。比喻生動，用典靈活，清新秀雅，如詩如畫。與蘇軾〈飲湖上初晴後雨〉詩「水光瀲灩晴方好，山色空濛雨亦奇。欲把西湖比西子，淡妝濃抹總相宜」有異曲同工之妙。

首三句點出地點與時間。西湖以蘇隄為界，分為裡湖、外湖，其景色以春天最盛，湖光山色，風景如畫。六橋煙柳，蘇隄春曉，桃紅柳綠，鶯聲燕語，耳目所接，春意盎然，真是「無處是無春處」。

次二句更進一步形容西湖的水光山色，冰清玉潔，玲瓏剔透。玉本身就已潔白光澤，十分寶貴；再經過玉匠的切磋琢磨，就更加玲瓏剔透，光亮無比，令人珍愛了。此處用「一片玲瓏玉」形容西湖無比的美景，真是意象鮮明，既凝鍊，又巧妙。

次三句極寫西湖的繁華富麗。西湖物華天寶，遊客雲集，詩酒皆宜，晴雨俱佳，花天酒地，窮奢極侈，真可謂「上有天堂，下有蘇杭」，也莫怪有人「錯把杭州當汴州」了。用「銷金鍋錦繡窟」形容西湖遊客紙醉金迷、揮金如土，非常恰當。

末三句靈活運用蘇軾築隄與林逋種梅的故事，不但切合西湖的景物，而且給人豐富的聯想與深刻的意象。

孫周卿

孫周卿，汴梁（今河南開封）人，生平事跡不詳。今存小令二十三首、散套兩套，多寫隱居生活的樂趣，情致恬靜，蕭散可喜。

二三八 水仙子 山居自樂

西風籬菊❶粲❷秋花⊙落日楓林噪晚鴉⊙數椽❸茅屋青山下⊙是山中宰相❹家⊙教兒孫自種桑麻⊙親眷至煨香芋❺。賓朋來煮嫩茶⊙富貴休誇⊙

【格律】〈水仙子〉，即〈湘妃怨〉。詳見盧摯〈湘妃怨・西湖〉（湖山佳處那些兒）。（頁五八）

【注釋】❶籬菊　籬邊的菊花。❷粲　鮮明美麗的樣子。❸數椽　數間房屋。椽，本指承屋瓦的圓木，後指房屋一間為一椽。陸游〈夜雨〉詩：「寒雨連三夕，幽居只數椽。」❹山中宰相　南朝梁陶弘景隱居句曲山（即茅山，在江蘇省西南部）。朝廷禮聘不出。武帝時國家每有大事，常往諮詢，時人稱為山中宰相。鄭谷〈蔡處士〉詩：「旨趣陶山相，詩篇沈隱侯。」❺煨香芋　用炭火烤熟香芋。

【語　譯】西風吹拂著籬菊，開出鮮明美麗的秋花；落日斜照在楓林，傳來啼叫喧嘩的晚鴉。在青山腳下有幾間茅舍，就是山中宰相的住家。閒來無事，教導兒孫自己栽種桑麻。有親戚來拜訪，烤香芋招待他；有朋友來探尋，煮嫩茶陪伴他；山中生活無憂無慮，就是富貴人家也不足誇。

【賞　析】本篇描寫隱居山中的生活樂趣。山中環境幽美，生活安適，自得其樂，何須追求世俗的功名富貴。

首二句合璧對，寫秋天黃昏山居周圍的景物。由近而遠，極為幽美。近處籬邊的黃菊隨風搖蕩，呈現鮮明美麗的花海；遠處斜暉映照在一片楓樹間，紅葉閃閃，燦爛奪目，晚鴉喧鬧的叫聲，有如一首熱鬧的山林交響曲。此二句描寫景物清麗瀟灑，有聲有色，提供了第三句山居的大環境。

次二句寫山居所在及隱士生活。「數椽茅屋青山下」用「青山」映襯「茅屋」，極有韻味。下句借「陶弘景山中宰相」比況自己，表達隱居山中的旨趣，既瀟灑又豪放。無求於外，自然清高，為最後一句「富貴休誇」張本。

第五句承上啟下，發揮隱居生活的旨趣，不僅自己隱居，也把家風傳給後代子孫。「自」種桑麻，有自食其力、自給自足之意。「桑麻」一向代表隱居，如陶淵明〈歸園田居〉詩：「相見無雜言，但道桑麻長。」

末三句發揮隱居的樂趣，頭兩句合璧對，「香芋」、「嫩茶」皆山中新鮮美好之物，「親眷」、「賓朋」則人生至親之人，用親手栽種的香芋、嫩茶，招待親眷賓朋，彼此意氣相投，其樂融融。此二句把「山居自樂」的題目發揮到極點。最後用「富貴休誇」收結，跌宕有致，畫龍點睛，允合曲中重尾的格律。

二三九　水仙子　山居自樂

朝吟暮醉兩相宜⊙花落花開總不知⊙虛名嚼破無滋味⊙比閒人惹是非⊙淡家私❶付與山妻❷⊙水碓❸裡舂來米⊙山莊上線❹了雞⊙事事休提⊙

【格律】〈水仙子〉，即〈湘妃怨〉。詳見盧摯〈湘妃怨·西湖〉〈湖山佳處那些兒〉。（頁五八）

【注釋】❶家私　家產；家務。❷山妻　謙稱自己的妻子。❸水碓　用水力來舂米的機器。❹線　當動詞用。俗稱閹家畜為線。

【語譯】早晨吟哦詩句，晚上醉飲美酒，隨心所欲，無不適宜；花落花開，順應自然，渾然不知。世上的虛名嚼破了，沒有什麼滋味；比起清閒的人惹來許多是非。把淡薄的家私交給山妻去管理。

水碓裡春春米，山莊上闖闖雞，其他的事都不要提。

【賞　析】本篇與上篇同是作者「山居自樂」組曲之一（共有四首），描寫隱居山林的樂趣，並表達看破功名富貴的思想。

首二句寫自己陶醉於山居生活，忘記了時序的代謝，真是逍遙自在，無憂無慮。「朝吟暮醉兩相宜，花落花開總不知」是合璧對，一正一反，一起一落，對得極好。

次二句進一步表示看破世上的功名富貴。用「嚼破」比「看破」更為深刻，表示是仔細思量過的，「無滋味」由「嚼破」體會得來，與「虛名」的「虛」都是否定功名的意思。功名都是世上閒人惹是生非造出來的，真是無聊之至，極力貶低功名富貴的價值。

第五句承上啟下，「淡」，淡泊；「淡家私」，表示自己沒有什麼財產。因為看破名利，不斤斤計較家私，都交給山妻去管理，自己樂得輕鬆，逍遙自在。

末三句承上，具體描寫山居生活。「水碓裡春來米，山莊上線了雞」，以口語對仗，充滿農村生活的氣息，尤其「春」、「線」兩個動詞，更是畫龍點睛地把整個意象靈活生動起來。末句「事休提」，總結全篇之意，表示山居生活極為滿足，無須他求而自得其樂。

顧德潤

顧德潤，字君澤，一作均澤，號九山，一作九仙，松江（今屬上海市）人。曾任杭州路吏，後遷平江。著有《九山樂府》、《詩隱》二集。今存小令八首、套數二套。《太和正音譜》稱其詞「如雪中喬木」。

二四〇　醉高歌過喜春來　宿西湖

梅花飄雪漫山⊙楊柳和煙放眼❶⊙畫船穩繫東風岸⊙金縷❷朱弦❸象板❹⊙

春融南浦冰澌❺散⊙酒醒西樓月影慳❻⊙一天星斗水雲寒⊙名利難⊙詩酒債且填還⊙

【格律】〈醉高歌〉與〈喜春來〉都是中呂宮的曲牌，高低相同，聲情一致，故可連下來填，作成帶過曲。〈醉高歌〉詳見姚燧〈醉高歌〉（十年燕月歌聲）。（頁一〇六）〈喜春來〉詳見元好問〈喜春來・春宴〉（梅擎殘雪芳心奈）。（頁一）

【注　釋】❶眼　指柳眼。初發的柳芽，細長如眼。元稹〈生春〉詩：「何處生春草，春生柳眼中。」❷金縷曲調名。即〈金縷衣〉。也稱〈金縷曲〉。❸朱弦　紅色的絲絃。指琴瑟一類的絃樂器。❹象板　象牙製成的板。節奏樂器，打拍子用。❺澌　河水解凍時流動的水。❻慳　吝嗇；缺少。

【語　譯】梅花盛開，像是漫山飄雪一般多；楊柳茂密，像是滿眼煙霧一般濃。畫船穩穩的停靠在東風岸，有歌女彈著朱弦、敲著象板、歌唱〈金縷曲〉。　春天融化了南浦的冰澌，漸漸地消散；酒醒時，西樓的月影變小了；只剩滿天星斗，雲水寒涼。功名利祿難求啊！聊且償還往日積欠的詩酒債吧！

【賞　析】本篇由〈醉高歌〉與〈喜春來〉兩首曲子組合而成。描寫夜宿西湖的景色，寄託名利艱難、及時行樂的思想。表面上曠達，實際上有潦倒不得志的苦衷。

前四句是〈醉高歌〉的曲調。首二句合璧對，以梅花飄雪與楊柳和煙，描寫西湖早春的景色。「雪」形容梅花的潔白，「煙」形容柳絲的細密。次二句寫出自己所在之地，在春風輕拂的岸邊停繫著畫船，船上有美女彈著朱絃，按著象板，唱著〈金縷〉歌曲。歌舞繁華，極寫聲色之美。

後五句是〈喜春來〉的曲調。首三句寫夜宿西湖的情景，承上片而來。酒醒時，繁華的景象已經不見了。只有春風慢慢地融化著南浦的冰雪，西樓上的月亮漸漸沈沒了，滿天星斗，水雲寒涼，已是黎明的景色。這三句與上片是個強烈的對比，上片寫歌舞的熱鬧繁盛，此片寫酒醒後的冷清寂寞。末二句接著寫惆悵之感與苦中作樂的意思。「名利難」是實情。「詩酒債且填還」是解脫的辦法。既然名利難求，只好退而求其次，對著良辰美景，欣賞歌舞表演，吟詩喝酒，以補償以前為了追求名利而被耽誤的詩酒債。寄意遙深，怨情無限。

顧德潤現存的小令只有八首，都是帶過曲。

二四一　醉高歌過攤破喜春來　旅中

長江遠映青山⊙回首難窮望眼⊙扁舟來往蒹葭❶岸⊙人憔悴雲林又晚⊙

籬邊黃菊經霜暗⊙囊底青蚨逐日慳❷⊙破清思、晚砧鳴❸。斷愁腸、簷馬韻❹。驚客夢、曉鐘寒⊙歸去難⊙修一緘❺⊙回雨字報平安❻⊙

【格律】〈醉高歌〉與〈攤破喜春來〉都是中呂宮的曲牌，高低相同，聲情一致，故可作帶過曲。〈醉高歌〉詳見姚燧〈醉高歌〉（十年燕月歌聲）。（頁一〇六）〈攤破喜春來〉是由〈喜春來〉變化而成。〈喜春來〉的調式為「七、七、七、三、五」，共五句五韻，若將第三句攤破成三個六字句，第四句照式多作一句，即成〈攤破喜春來〉，調式為「七、七、六、六、六、三、三、五」，共八句六韻，第三、四兩句不叶韻。〈攤破喜春來〉多與〈醉高歌〉連用，未見單用的。其平仄格律如下：

十一十丨一一ㄙ⊙　十丨一一十丨一⊙　丨一丨、丨一一。　丨一一、一丨丨。　一丨丨、

丨一一⊙　一去平⊙　一去平⊙　十丨丨一一⊙

【注　釋】❶蒹葭　蘆葦。《詩・秦風・蒹葭》：「蒹葭蒼蒼，白露為霜。所謂伊人，在水一方。」❷囊底句　口袋裡的錢一天天的少了。青蚨，指錢。詳見馮子振〈鸚鵡曲・山亭逸興〉❺（頁一七八）。❸晚砧鳴　晚上擣衣的聲音。❹簷馬韻　簷間鐵馬發出來的聲音。《芸窗私志》：「元帝時臨池，觀竹既枯，后每思其響，夜不能寢，帝為作薄玉龍數十枚，以縷線懸於簷外，夜中因風相擊，聽之與竹無異。民間效之，不敢用龍，以什駿代。今之鐵馬，是其遺制。」❺修一緘　寫一封信。緘，封口。因以稱信。❻報平安　報告平安。岑參〈逢入京使〉詩：「馬上相逢無紙筆，憑君傳語報平安。」

【語　譯】長江映帶著青山綿遠無盡，遊子回頭已經看不見自己的故鄉。駕著扁舟來往於蒹葭蒼蒼的江岸，煙霧籠罩著雲林一天又傍晚了。　籬邊的黃菊經秋霜而凋謝，囊底的金錢也一天一天的稀少。晚上敲砧聲，擣碎了人的清思；簷馬的聲音，斷人愁腸；淒涼的曉鐘，驚醒了客夢。回家真難啊！只好寫一封信，向家人報告平安。

【賞　析】本篇描寫旅途所見的景物，並抒發思鄉之情，是一篇情景交融，感人深切的作品。用〈醉高歌〉和〈攤破喜春來〉兩首曲調組成，屬於帶過曲。

首四句是〈醉高歌〉的曲調，描寫眼前的景物，引起思鄉之情。旅客坐在扁舟之上，來往於長江中，看到長江一望無際地向東流去，兩岸青山倒映水中，連綿不絕，已經看不到自己的故鄉，這兩句所寫的景色與李白〈送孟浩然之廣陵〉詩「孤帆遠影碧山盡，惟見長江天際流」有異曲同

工之妙。此時舉目遙望，只見秋天的蘆荻白茫茫的一片，暮色漸起，更令遊子想念家中的親人。《詩‧秦風‧蒹葭》：「蒹葭蒼蒼，白露為霜。所謂伊人，在水一方。」後二句由此化出。

後段用〈攤破喜春來〉的曲調，進一步抒寫客愁，由黃昏寫到天亮，層層深入，輾轉難眠，把客愁發揮到了極點。「籬邊」兩句合璧對，寫投宿旅店的苦況。見菊思家，想要買酒消愁，無奈囊裡無錢，不能如願，寫盡客旅艱辛難堪之情，為下文蓄勢。「破清思」以下三個對偶的六字句則由〈喜春來〉第三句攤破而來，故調名稱〈攤破喜春來〉。這三句都作三、三的節奏，意思則是倒裝的句式。晚上聽到家家戶戶擣衣的聲音（古時有送寒衣的習慣），引發了旅人思鄉之愁；半夜簷馬丁東丁東的聲音，使人柔腸寸斷；侵曉的鐘聲，更驚醒了旅人的美夢，真是輾轉反側，一夜無眠。「歸去難」一句總結上面幾句的意思，點破不能歸鄉的苦衷，並帶出全篇最後兩句：「修一緘，回兩字報平安。」表達出旅人對家人的關懷與體貼，真是溫柔敦厚，餘韻無窮。

曹德

曹德，字明善。曾任衢州路吏之職。元順帝時太師伯顏專政，濫殺無辜，曹德在京都中，寫〈清江引〉二首詠長門柳以諷刺伯顏，因而被圖形通緝，乃避居吳中僧舍。過了數年，伯顏事敗竄死，曹德才回都城。現存小令十八首。《錄鬼簿》說他「華麗自然，不在小山之下」。

二四二 沈醉東風 村居

茅舍寬如釣舟❶⊙老夫閒似沙鷗❷⊙江清白髮明。霜早黃花瘦❸⊙但開尊、沈醉方休⊙江糯❹吹香滿穗秋⊙又打夠、重陽釀酒⊙

【格律】詳見胡祗遹〈沈醉東風〉(月底花間酒壺)。(頁三三二)

【注釋】❶釣舟 猶漁舟。❷沙鷗 鳥名。棲息在沙洲，經常飛翔於江海之上。杜甫〈旅夜書懷〉詩：「飄飄何所似，天地一沙鷗。」❸黃花瘦 菊花憔悴了。李清照〈醉花陰〉詞：「莫道不消魂，簾捲西風，人比黃花瘦。」❹江糯　江南所產的糯米。黏性大，可釀酒。也稱江米。

【語　譯】村間的茅舍，像釣舟一般的寬大；老夫悠閒自在，也像江上的沙鷗一般的自由。江水澄清，足以照見頭上的白髮；秋霜早降，催殘了黃色的菊花；只要打開酒樽，一定喝得沈醉方才罷休。江邊的糯米，隨風吹來滿穗的稻香，今年秋天又將豐收，足夠重陽釀酒。

【賞　析】本篇描寫作者年老時隱居鄉村的閒適之樂。筆觸活潑而生動，對偶自然而工整。這是作者「村居」三首中的第二首。

首二句合璧對，「茅舍」二字點出題目「村居」。鄉村的居所小小的，有如釣舟一般。居所雖小，知足常樂，只要心地寬大，到處可以遨遊，悠閒自在，有如江上沙鷗一般，任意飛翔，不受拘束。這兩句比喻恰當，重點在「寬」、「閒」二字。這裡茅舍的「寬」，不是說茅舍寬敞、寬大，而是說茅舍像釣舟一樣自由隨意、不受拘束。因為老翁像沙鷗一樣的「閒」適無憂，任意遨遊，所以覺得茅舍很「寬」。

次三句寫鄉村的景色：江水清澈，照得見頭上的白髮；秋霜早降，憔悴了江邊的菊花。遊罷歸來，自得其樂，開尊飲酒，沈醉方休。

末二句承酒而來。早霜雖然使黃花凋謝，卻促使米穀早熟。秋天的時候，江邊一望無際的糯米已經結實纍纍，隨風傳來陣陣稻香，預計今年又可大豐收，足夠重陽釀酒的了，心中充滿喜悅之情。

村居位在江邊，所以用「釣舟」來形容「茅舍」，用「沙鷗」來比喻閒適，用「江清」來映照白髮，用「江糯」來釀酒，都充滿了水村的景致。

二四三 慶東原 江頭❶即事

低茅舍。賣酒家⊙客來旋❷把朱簾掛⊙長天落霞⊙方池睡鴨⊙老樹昏鴉⊙幾句杜陵詩❸。一幅王維畫❹⊙

【格　律】詳見白樸〈慶東原〉（忘憂草）。（頁八五）

【注　釋】❶江頭　江邊；江岸。❷旋　隨即；臨時。❸杜陵詩　杜甫的詩。杜陵，古地名。即樂遊原。在今陝西省長安縣東南。東南又有小山，稱為少陵，陵西即杜甫舊宅，故杜甫自稱杜陵布衣。❹王維畫　王維的圖畫。王維，唐代著名的詩人與畫家。精通繪事，創披麻皴法，重渲染，為南宗畫派之始，對後世文人畫影響很大。

【語　譯】江邊茅舍矮小的地方，就是賣酒人家；客人一上門，酒家馬上殷勤招待，把朱簾懸掛。遙遠的天邊，殘霞逐漸落下；方形的池塘，水鴨正沈沈入睡；老大的樹上，已經棲息了烏鴉。眼前的景物，非常優美；就像幾句杜甫的詩篇，一幅王維的圖畫。

【賞　析】這是作者「江頭即事」三首的第一首。描繪江邊酒家的景物，疏淡清麗，如詩如畫，頗有張小山的風韻。

首三句著重於酒家的描寫。位在江邊的酒家，茅舍低低的，平時人稀客少，並不熱鬧，一旦有客人上門，酒家立即掛起紅布的門簾，親切殷勤地招待客人，頓時增加了熱鬧的氣氛與豔麗的色彩。這都是「客來旋把朱簾掛」一句帶來的動態之美。這一句帶給讀者豐富的聯想，酒客上門，店伙忙碌招待，酒客或獨自小酌，或二三知己猜拳喝酒……。

次三句以整齊的對句描寫江邊四周的景物，一句一景，各異其趣。「長天落霞」從大處落筆，寫黃昏時晚霞滿天的景致，氣勢壯闊。「方池睡鴨」是細部描寫，顯得精緻而恬靜。「老樹昏鴉」則增添了昏鴉歸巢的動態美及陣陣鴉噪的聲音，真是有聲有色。

末二句借杜甫的詩句和王維的圖畫來讚美江邊景物的優美。杜甫是詩中之聖，王維是畫中之絕，這是極端讚美之辭。由於前六句寫景極為高明，充滿了詩情與畫意，所以末二句的讚詞並不覺溢美，反而是相得益彰了。

王仲元

王仲元，杭州（今屬浙江）人。與鍾嗣成相交多年，著有雜劇《于公高門》、《袁盎卻座》、《私下三關》三種，都已失傳。今存小令二十一首、散套四套。

二四四　普天樂　旅況

樹杈枒❶⊙藤纏掛⊙衝煙塞雁❷。接翅昏鴉⊙展江鄉水墨圖❸。列湖口瀟湘畫❹⊙過浦穿溪沿江汊❺⊙問孤航、夜泊誰家⊙無聊倦客。傷心逆旅❻。恨滿天涯⊙

【格律】詳見滕賓〈普天樂〉（淡煙迷）。（頁一六八）

【注釋】❶杈枒　樹木參差不齊的樣子。❷塞雁　塞外飛來的鴻雁。❸水墨圖　純用水墨畫成的圖畫，是中國畫的特色。❹瀟湘畫　宋朝宋迪以瀟湘風景，畫了八幅山水，時稱〈瀟湘八景圖〉。❺汊　水歧流。❻逆旅　迎接旅客的地方。即旅館。

【語　譯】老樹枯萎，只剩下參差不齊的杈枒；藤蘿纏繞著樹枝倒掛。黃昏時，塞雁衝過煙雲，南飛而去；烏鴉連接翅膀，返巢棲下。眼前的景色，展現了江鄉水墨圖，排列著湖口瀟湘畫。經過江浦，穿越溪流，沿著江邊支流而行；試問孤帆晚上停泊誰家？無聊的倦客，傷心的旅館，離恨充滿了天涯。

【賞　析】本篇描寫旅途所見的景物，並抒發旅人思鄉之愁。前六句寫景，後五句抒情，情景交融，如詩如畫。

前段六句描寫秋天淒清的景象。分為三層：首二句寫樹上的景致，秋景蕭條，草木凋零，樹木只剩光禿禿的枝枒參差不齊地伸展著，樹幹上則纏繞著、倒掛著藤蘿一類的植物。次二句描寫空中的景物，秋天的時候塞雁南飛，黃昏之時，烏鴉也飛回自己的巢窩，而作客的人，卻仍然流浪天涯，無家可歸，怎不令人觸景傷情呢？後二句描寫平面的景物，旅人來往於江鄉湖濱，所見的景物有如瀟湘水墨圖一般，景物雖美，無奈不是自己的故鄉，更加深遊子思鄉之情。此六句雖是寫景，卻景中含情，為後段抒情蓄勢。

後段五句抒寫旅客的愁思。分兩層：首二句寫旅人坐著船穿溪過浦，沿江溯流，到處飄泊，不知夜宿誰家，表達了天涯遊子的苦況。後三句把旅人飄泊天涯，疲倦不堪，百無聊賴的心情全數發洩出來，真可謂怨極恨深，感人肺腑，達到了本篇的最高潮。

這首曲子描寫旅人的愁思，與馬致遠〈天淨沙·秋思〉一篇意境非常接近。不同的是馬致遠寫的是陸路的景象，而本篇寫的是水路的景象。馬致遠的「斷腸人在天涯」，即是本篇「恨滿天涯」的意思。

呂止庵

呂止庵，生平事跡不詳。《雍熙樂府》、《北詞廣正譜》收有呂止軒的作品，疑是同一人。今存小令三十三首、散套四套。《太和正音譜》：「呂止庵之詞如晴霞結綺。」

二四五　後庭花

西風黃葉疏⊙一年音信無⊙要見除非夢❶。夢回總是虛⊙夢雖虛⊙

猶兀自❷暫時節相聚⊙近新來和夢無❸⊙

【格　律】《後庭花》是仙呂宮的曲牌。可以作小令、散套、雜劇，入套數可以增句。其調式為「五、五、五、五、三、四、五」，共七句四韻、五韻、六韻或七韻。第一句小令必叶韻，套數可不叶；第六句小令可不叶韻，套數必叶；凡平上通用處，小令均用平聲，套數可通用。其平仄格律如下：

十一十丨平⊙　十一十厶平⊙　十丨一一厶。十一十厶平⊙　丨一一⊙　十一十厶。
十一十厶平⊙

【注釋】❶要見除非夢　要相見除非在夢裡。❷兀自　尚且；還是。❸近新來和夢無　趙佶〈燕山亭〉詞：「怎不思量，除夢裡有時曾去，無據，和夢也新來不做。」晏幾道〈阮郎歸〉詞：「夢魂縱有也成虛，那堪和夢無。」

【語譯】西風淒緊，黃葉稀疏；離別一年，竟連音信也沒有。要相見除非在夢裡，但是夢醒時依然是空虛。夢雖空虛，總還有暫時相聚的時刻；近日來卻連夢也不做了。

【賞析】本篇借秋天的景物描寫離別之愁與思念之情。作者善於熔鑄古人的詞句，化為己有，寫來一往情深，委婉動人。

首二句觸景生情。寫閨中女子看到秋風瑟瑟，黃葉飄零，想念起離別之人。離別都已一年，竟一點音信也沒有。一年不是短短的日子，閨中女子天天盼望離人歸來，卻天天落空，連音信也渺茫了，怎不令人傷心？

次二句進一步發揮。現實既然不能見面，只有期待夢中相見了。所謂「日有所思，夜有所夢」，表示閨中女子想念之深刻與殷切。夢中相聚，雖然歡快，無奈美夢苦短，容易清醒，醒來之後，更加空虛寂寞了。

後三句翻出新意。夢中情景，雖是虛浮，總還能夠暫時相聚，可惜近新來連夢也不做了。「近新來」回應篇首「西風黃葉疏」，入秋以來，思念遠人，輾轉反側，不能入睡，也就無夢了。與范仲淹〈蘇幕遮〉詞「黯鄉魂，追旅思，夜夜除非好夢留人睡」，趙長卿〈青杏兒〉詞「待要做個巫山夢，孤衾輾轉，無眠到曉，和夢都休」有異曲同工之妙。

本曲修辭上應用頂真重疊的方式，使得感情層層深入，連環相生，而又一正一反，一實一虛，頓挫跌宕，極有韻致。

景元啟

景元啟，生平事跡不詳。今存小令十五首、散套一套。

二四六 殿前歡 梅花

月如牙⊙早庭前疏影❶印窗紗⊙逃禪❷老筆應難畫⊙別樣清佳⊙據胡床❸再看咱⊙山妻❹罵⊙為甚情牽掛⊙大都來梅花是我。我是梅花⊙

【格律】詳見貫雲石〈殿前歡〉（隔簾聽）。（頁一九二）

【注釋】❶疏影　物影稀疏錯落。此指梅花。林逋〈山園小梅〉詩：「疏影橫斜水清淺，暗香浮動月黃昏。」❷逃禪　逃避世事，參禪學佛。作者自稱。❸胡床　交椅。❹山妻　謙稱自己的妻子。

【語譯】新月如牙，庭前梅花的影子，早已稀稀疏疏地印在窗紗。避世參禪的老筆，恐怕也難以描畫；那是不同於凡花的高妙清佳。坐在交椅上仔細欣賞梅花，竟然引起山妻的嗔罵——為什麼一片深情，牽掛於她？大概因為梅花是我，我是梅花。

【賞析】本篇描寫梅花，筆觸活潑，語氣詼諧，達到物我為一、人花俱化的境地。

首二句正面描寫月下梅花的景象，梅花開於臘月初春之時，「月如牙」正是初春的景色，月下賞梅是古來詩人的雅好，林逋的「疏影橫斜水清淺，暗香浮動月黃昏」即是一例。這裡用「疏影」二字，極為優美而恰當，連著用「印窗紗」則意象鮮明，如見其景了。梅與月互相映襯，更顯得潔白清麗、恬靜淡雅。

次二句作者陶醉於眼前美景之中，想用畫筆描繪，卻無法畫得出梅花清佳的神韻，這是用側筆描寫梅花之美。「逃禪」表示作者是個避世隱居的人，所以有閒情逸致仔細觀賞窗外的梅花。

次三句寫作者賞梅已到了出神忘我的境地，竟引起山妻的猜疑與嗔罵。梅花的幽靜高雅與山妻的喧鬧低俗形成強烈的對比，寫花寫人，栩栩如生，各得其妙。

末二句作者的回答更見巧妙。一方面支吾搪塞山妻無理的嗔罵，一方面表達作者愛賞梅花，一往情深，已達物我為一、形神俱化的境界，同時表達作者孤高潔白的性格。「梅花」二字既切題目，又與篇首「疏影」回應。此二句用頂真迴文的作法，是〈殿前歡〉曲調的特色之一。

呂濟民

呂濟民，生平事跡不詳。今存小令四首。

二四七　折桂令　贈楚雲❶

寄襄王❷、雁字❸安排⊙出岫無心❹。蔽月❺多才⊙目極瀟湘❻。家迷秦嶺❼。夢到天台❽⊙浮碧漢、陰晴體態⊙逐西風、聚散情懷⊙卷又還開⊙去又還來⊙雨罷巫山。飛下陽臺⊙

【格　律】〈折桂令〉，即〈蟾宮曲〉。詳見盧摯〈蟾宮曲・箕山感懷〉（巢由後隱者誰何）。（頁五二）末段增一四字句。

【注　釋】❶楚雲　元代歌妓名。❷襄王　即楚襄王。此處作者自喻。宋玉〈高唐賦・序〉：「昔者楚襄王與宋玉遊於雲夢之臺……昔者先王嘗遊高唐，怠而晝寢，夢見一婦人曰：『妾巫山之女也，為高唐之客，願薦枕席。』王因幸之。去而辭曰：『妾在巫山之陽，高丘之阻，旦為朝雲，暮為行雨，朝朝暮暮，陽臺之下。』旦朝視之如言，故為立廟，號曰朝雲。」下文「巫山」、「陽臺」即用此典故。❸雁字　指書信。用雁足繫書的故事。❹出岫無心　陶淵明〈歸去來兮辭〉：「雲無心以出岫。」❺蔽月　曹植〈洛神賦〉：「髣髴兮若輕雲之蔽月。」❻瀟湘　瀟水、湘江在湖南省南部，古代楚國的地方。比喻楚雲。❼家迷秦嶺　韓愈〈左遷至藍關示姪孫湘〉詩：「雲橫秦嶺家何在？」❽夢到天台　用東漢永平五年劉晨、阮肇入天台山採藥迷路，巧遇二仙女的故事。見《幽明錄》。

【語　譯】託天邊的鴻雁，寄一封情書給襄王；像出岫的雲一般純潔自然，像蔽月的輕雲一般多藝多才。我極目盼望，盼望著遙遠的瀟湘；家鄉，被秦嶺雲霧阻隔；夢魂，時時刻刻飛到天台。飄浮碧空之間，陰晴有不同的體態；追逐西風之中，聚散有不同的情懷。有時捲縮有時散開，像是離去又還重來。行雨巫山過後，又飛下了陽臺。

【賞　析】本篇是贈送當時有名的歌妓楚雲的作品，借雲比人，句句扣緊「楚雲」的題目，並表達別後相思之情。通篇對偶工整，用典貼切。雖是題贈遊戲之作，卻極感人傳神。

首三句用楚襄王夢見神女的故事，寫楚雲多情地寫信給作者，表達問候與想念之意。「出岫」、「蔽月」暗指楚雲，用詞極有出處。「無心」表其自然純真，「多才」表其才藝多方。

次三句承上而來，寫作者愛慕想念楚雲之情。「瀟湘」、「天台」代表楚雲所在的地方，兩人相隔遙遠，秦嶺橫梗其間，雖然窮極目力，終難一見，朝思暮想，只能夢中暫時會面。

七、八句以天上浮雲的陰晴聚散，比喻人間情侶的悲歡離合。以雲之變幻莫測比人之聚散無常，引起下面兩情依依、纏綿悱惻之情。

末四句以雲之開合舒卷，比喻楚雲臨別依依，不忍離去，並以神女比喻楚雲，表達願意旦暮相隨的意思。「巫山」、「陽臺」都是神女住處，比喻男女幽會的地方，也比喻夢中情境。此四句分為兩組對偶，一進一退，一開一合，切合雲的情態，饒有韻致。

查德卿

查德卿，生平事跡不詳。今存小令二十二首。作品或懷古歎世或描寫男女戀情，皆通俗白話，活潑自然。

二四八　寄生草　感歎

姜太公賤賣了磻溪岸❶⊙韓元帥命博得拜將壇❷⊙羨傅說守定岩前版❸⊙歎靈輒吃了桑間飯❹⊙勸豫讓吐出喉中炭❺⊙如今凌煙閣❻一層一個鬼門關❼⊙長安道❽一步一個連雲棧❾⊙

【格律】詳見白樸〈寄生草・飲〉（長醉後方何礙）。（頁八二）

【注釋】❶姜太公句　姜太公便宜地出賣了磻溪岸。姜太公，即呂尚。磻溪，水名。渭水的支流，在今陝西省寶雞市東南。呂尚本來隱居垂釣於磻溪岸邊，後來周文王禮聘他輔周伐紂，他協助周武王滅商統一天下，封於齊國，被人尊稱太公，俗稱姜太公。❷韓元帥句　韓信以生命的代價博得了拜將封王。韓元帥，即韓信。漢高祖時由於蕭何的推薦，築壇拜為大將，興劉滅項，建立了十大功勞，與張良、蕭何並稱漢興三傑，後來被呂后殺害。❸羨傅說句　羨慕傅說守住傅岩版築，過隱居的生活。傳說傅說曾隱居傅岩，後來被武丁訪得，拜為宰相。傳說，殷高宗武丁的賢相。版築，建築土牆時，以兩板相夾，中置泥土，並以杵將土搗緊。❹歎靈輒句　感歎靈輒不該吃趙宣子在桑林間賜給他的一餐飯。靈輒，春秋晉人。晉相國趙盾（宣子）有一次出獵，在桑林中遇見靈輒餓倒路旁，趙盾贈他食物，後來靈輒做了晉靈公的衛士。有一次趙盾遇險，靈輒冒死相救，報答當年桑間贈飯的恩惠。❺勸豫讓句　勸說豫讓吐出喉中炭，不要改變嗓音刺殺趙襄子。豫讓，春秋戰國間晉人，是晉卿知伯的家臣。後來知氏被韓、趙、魏三家所滅，豫讓乃為「知己者」報仇，於是「漆身為癩，吞炭為啞」，刺殺趙襄子，事敗被殺。❻凌煙閣　在長安。唐太宗貞觀十七年圖畫開國功臣二十四人於凌煙閣。❼鬼門關　神話傳說中冥界的地名。❽長安道　比喻名利場所。長安是漢、唐以來建都的地方。❾連雲棧　棧道名。古為陝西至四川的通道，以樹木構成，十分險峻。

【語　譯】姜太公，便宜地出賣了他隱居的磻溪岸；韓元帥，用生命的代價獲得了拜將的高壇。羨慕傅說，他能夠牢牢地守住岩前的版築，歎息靈輒，他不該吃了趙宣子賜給他的桑間飯，勸告豫讓，他應該吐出喉間的火炭。如今圖畫功臣的凌煙閣，一層是一個鬼門關；而長安的功名大道，則是一步像一個連雲棧一般的艱難。

【賞　析】本篇借歷史上將相、義士的故事感歎功名之虛浮與艱難，反映出元朝統治下讀書人的苦悶。蒙古人統一天下後，實行種族歧視與高壓政策，廢除了科舉制度，使得讀書人一無出路，淪為九儒十丐的悲慘境地，因此表現在作品中就常有消極悲觀的思想。

首二句借姜太公與韓信的故事，否定了功名事業，強調了隱居的價值。「磻溪岸」是姜太公隱居的地方，可惜他卻輕易地放棄了，「賤賣了」三字寓有深刻惋惜之意。「拜將壇」是韓信建功立業的地方，卻是以生命換取而來的，「命博得」三字包含多少悔恨之意。韓信若不登壇拜將，也不致被呂后所殺，功名付出的代價多麼重大。

次三句借傅說、靈輒、豫讓三人的故事，羡慕隱居樂道的人，慨歎追求功名利祿的人。靈輒為報一飯之恩，豫讓為報知己之遇，竟然犧牲生命，委實不值得。倒不如像傅說發跡之前守定岩前版來得無憂無慮。

末二句總結上意，說明仕途的艱難與危險。「凌煙閣」、「長安道」代表功名利祿，「鬼門關」、「連雲棧」代表艱險與危難。

通篇對偶整齊，用事靈活，寓意深遠。

二四九　寨兒令　漁夫

煙艇❶閒⊙雨蓑乾⊙漁翁醉醒江上晚❷⊙啼鳥關關❸⊙流水潺潺❹

⊙樂似富春山❺⊙數聲柔櫓❻江灣⊙一鉤香餌波寒⊙回頭貪兔魄❼。失意

放漁❽竿⊙看⊙流下蓼花❾灘⊙

【格　律】詳見周文質〈寨兒令〉（挑短檠）。（頁二二四）

【注　釋】❶艇　輕便狹長的小船。❷晚　一本作「還」。❸關關　鳥相應和的叫聲。❹潺潺　水徐流的樣子。❺富春山　在浙江省桐廬縣西。東漢嚴光躬耕於此。前臨富春江，江側有嚴陵瀨，即嚴光釣魚的地方。❻櫓　撥水使船前進的工具。外形似槳而大。❼貪兔魄　貪看月亮。貪，一本作「觀」。兔魄，指月亮。❽漁　一本作「釣」。❾蓼花　一種水邊的植物。開白色小花。

【語　譯】小艇在煙水中悠閒地駛著，蓑衣上的雨滴也曬乾了；漁翁酒醉醒來，已到了傍晚。兩岸啼鳥關關，江中流水潺潺；快樂得像嚴子陵的富春山。幾聲柔櫓劃過江灣，一鉤香餌浮沈於寒波中。回頭貪看月色，失意掉了漁竿。眼睜睜地看著漁竿流下蓼花灘。

【賞　析】本篇描寫江上的景致及漁夫逍遙自在的生活。文字清麗，活潑生動。

首三句點題，描寫漁翁在江上酒醉醒來，已是日暮黃昏，只見煙艇悠閒地漂浮著，雨蓑也曬乾了。「煙艇」、「雨蓑」極切漁夫的生活環境，陸游的詩也有「雨蓑煙艇伴漁翁」。

次三句承上，描寫漁夫眼前所見江上的景致。「啼鳥關關，流水潺潺」，對偶工整，巧妙地運用疊字，如聞其聲，如見其景。第三句用嚴光釣魚的故事，寫漁夫生活的樂趣。

七、八兩句寫漁夫江上的活動：一面划船前進，一面放餌垂釣，二句對偶整齊，有聲有色。

九、十兩句作一轉折，寫漁夫貪看月色，以致失神掉了漁竿。一則強調月色的柔美，令人驚豔失態；一則表現漁夫的逍遙自在，放著正事不做而貪圖眼前的景色，寫得生動極了。此二句一得一失，一進一退，頓挫有致，音律也很協和。

末二句承「放漁竿」而來，眼巴巴的看著釣魚竿流下蓼花灘，隨波而去。寫來明白如話。

二五〇 一半兒 春妝

自將楊柳品題❶人⊙笑撚❷花枝比較春⊙輸與海棠❸三四分⊙再偷勻⊙一半兒胭脂一半兒粉⊙

【格律】詳見王和卿〈一半兒・題情〉（別來寬褪縷金衣）。（頁二一〇）

【注釋】❶品題　評論文章或人物的高下而定其名目。❷撚　用手指捏搓。❸海棠　植物名。薔薇科，四月間開暗紅色的花。

【語譯】閨中少女打扮得漂漂亮亮的，摘取楊柳跟自己評論高低，笑著拿花枝比較誰的容貌美麗。發現自己的顏色輸給海棠花三、四分。再偷偷地化妝，一半兒擦胭脂，一半兒抹白粉。

【賞析】這是作者「擬美人八詠」的第三首「春妝」。描寫閨中少女春日化妝的嬌羞神態。曲調活潑，詞情生動，相得益彰。

首二句描寫閨中少女春天的時候刻意地化妝，打扮得花枝招展，極為漂亮，顧影徘徊，得意非凡，步出妝樓，欲與花園中的楊柳、花枝爭奇鬥豔，看看誰是春天的女神。「楊柳」、「花枝」是春天最美的景物，「品題」、「比較」都有爭勝的意味。此二句極狀少女顧盼生姿的神態，與溫庭筠〈菩薩蠻〉「照花前後鏡，花面交相映」同一韻致。

第三句忽然一轉，跌宕有致。閨中少女本以為可以勝過楊柳、花枝，沒想到竟「輸與海棠三四分」，此句一面寫出少女愛美的天性無窮無盡，一面寫出少女患得患失、猶豫不決的神態。

末二句承上句而來，表現少女爭勝到底、永不服輸的精神。「再偷勻」三字，極寫少女的黠慧與機心，唯恐「天機」洩漏，則不能爭勝了，所以偷偷地化妝，怕被海棠花識破，寫來真是活靈活現。

唐無名氏有一首〈菩薩蠻〉：「牡丹含露真珠顆，美人折向庭前過。含笑問檀郎，花強妾貌強？檀郎故相惱，須道花枝好。一面發嬌嗔，碎挼花打人。」所描寫的少女情態雖與本曲不盡相同，巧妙生動則是一致的。

二五一　一半兒　春夢

梨花雲繞錦香亭⊙蝴蝶❶春融軟玉屏⊙花外啼鳥三四聲⊙夢初驚

⊙一半兒昏迷一半兒醒⊙

【格律】詳見王和卿〈一半兒・題情〉（別來寬褪縷金衣）。（頁二〇）

【注釋】❶蝴蝶　比喻夢。用《莊子・齊物論》的典故，詳見王和卿〈醉中天・大蝴蝶〉❶（頁一六）。

【語譯】梨花像雲一樣地，圍繞著錦香亭；蝴蝶趁著春光和融，飛翔在轉玉屏。花園外，傳來啼鳥三、四聲；驚醒了閨中女子的美夢，一半兒昏迷，一半兒清醒。

【賞析】這是作者「擬美人八詠」的第一首「春夢」。描寫閨中少婦春天做了一場美夢卻被鳥聲驚醒的情景。與馮延巳〈蝶戀花〉「濃睡覺來鶯亂語，驚殘好夢無尋處」同一韻致。題目「春夢」，除了表示春天的季節外，更兼「有女懷春」的美夢之意。

首二句描寫春閨周圍的環境及夢中美好的情境。「梨花」、「蝴蝶」皆是春天的景物，切合題目。「錦香亭」、「轉玉屏」皆是極美的環境，切合閨中女子的身分。此時閨中少婦懷念著遠方之人，於是做了一場美夢。「蝴蝶春融」一句，具體描寫春夢，用莊子夢為蝴蝶的故事，寫得極為含蓄而雋永，閨中少婦正如栩栩然的蝴蝶一般，悠遊於夢中的情境，和樂融融，幸福美滿。「融」字用得好，把美人徐徐入夢的過程及陶醉其間的感情，形容得淋漓盡致。下面用「轉」字與之配合，更見巧思。

第三句作一轉折，寫驚醒美夢的原因，引起下文的曲意。花外啼鳥驚醒閨中人的美夢，這種寫法與唐金昌緒〈春怨〉詩「打起黃鶯兒，莫教枝上啼。啼時驚妾夢，不得到遼西」同一情致。

末二句畫龍點睛，刻畫閨中少婦夢醒後依然戀戀不忘夢中情景的迷離、徬徨之情，極為傳神生動。

二五二　一半兒　春情

自調花露染霜毫❶⊙一種春心❷無處托⊙欲寫寫殘三四遭⊙絮叨❸⊙一半兒連真❹一半兒草❺⊙

【格　律】詳見王和卿〈一半兒．題情〉（別來寬褪縷金衣）。（頁二一〇）

【注　釋】❶霜毫　白色的筆毛。指毛筆。❷春心　懷春的心情。❸絮叨　形容說話囉嗦嘮叨。❹真　真書。即漢字的正楷。❺草　草書。即漢字的草字。

【語　譯】自己調和花露研墨，用霜毫蘸染著墨汁寫情書；一種少女懷春的心情，無處寄託。欲寫心事，寫壞了三、四次。書信中，絮絮叨叨的；一半兒工整，一半兒潦草。

【賞　析】本篇描寫閨中少婦懷春之情，天真爛漫，活潑可愛。所謂春情，多指男女之間的愛情。

首二句寫閨中少婦因春感情，而心愛的丈夫不在身邊，一片春心無處訴說，於是提筆寫信給遠方的丈夫，以抒發情懷，寄託心意。用「花露」研墨，用「霜毫」書寫，都表示閨中少婦鄭重其事與態度的虔誠。「春心」二字切合題目。

第三句承上啟下。寫閨中少婦心煩意亂，不知如何表達心事，寫了又塗，塗了又寫，寫壞了三、四次還不能成書。此句表達少婦求好心切及內心複雜的感情，十分深刻。

末二句承上句而來。書信終於完成了，絮絮叨叨，囉哩囉嗦，寫了一大堆，到底寫下些什麼呢？連自己都不知道。剛開始的時候，字還寫得工工整整的，由於思念深切，心緒不寧，寫到後來就潦潦草草，不成模樣了。此二句把閨中少婦思念丈夫的急切心情表露無遺。這種白描的手法正是曲子的本色當行，既淺顯明白，又韻味十足。與馬致遠〈壽陽曲〉「真寫到半張卻帶草，敘寒溫不知個顛倒」有異曲同工之妙。

二五三　折桂令　懷古

問從來、誰是英雄⊙一個農夫❶。一個漁翁❷⊙晦跡南陽❸。棲身東海❹。一舉成功⊙八陣圖、名成臥龍❺⊙六韜書、功在非熊❻⊙霸業成空⊙遺恨無窮⊙蜀道寒雲❼。渭水秋風❽⊙

【格律】〈折桂令〉，即〈蟾宮曲〉。詳見盧摯〈蟾宮曲．箕山感懷〉（巢由後隱者誰何）。（頁五二）末段增一個四字句。

【注釋】❶農夫　指諸葛亮。因他曾躬耕於南陽。❷漁翁　指姜太公。因他曾釣魚於渭水。❸晦跡南陽　隱居南陽。晦跡，不讓人知道自己的蹤跡。指隱居。南陽，地名。在今河南省。❹棲身東海　《史記．齊太公世家》：「呂尚處士，隱海濱。」❺八陣圖句　八陣圖成就了諸葛亮的英名。《三國志．諸葛亮傳》：「推演兵法，作八陣圖。」又：「(徐庶)謂先主曰：『諸葛孔明者，臥龍也。將軍豈願見之乎？』」❻六韜書句　姜太公寫下了六韜書，建立了大功。六韜，兵書名。傳說姜太公所著。非熊，指姜太公呂尚。《宋書・符瑞志上》：「文王……將畋，史徧卜之，曰：『將大獲，非熊非羆，天遣汝師以佐昌。』」後果得呂尚於渭水之陽。❼蜀道寒雲　蜀道險峻，籠罩著寒雲。李白〈送友人入蜀〉詩：「山從人面起，雲傍馬頭生。」❽渭水秋風　渭水淒涼，吹拂著秋風。賈島〈憶江上吳處士〉詩：「秋風生渭水，落葉滿長安。」

【語　譯】問歷代以來，誰稱得上英雄？一個曾做過農夫，一個曾做過漁翁。諸葛亮隱耕於南陽，姜太公棲身在東海，他們一出山便成功。八陣圖成就了臥龍的美名，《六韜》書實現了非熊的大功。但是他們的霸業已成空，遺恨永無窮；現在蜀道籠罩著寒雲，渭水吹拂著秋風，哪裡有昔日的雄風？

【賞　析】本篇歌頌古代英雄諸葛亮與姜太公的事跡，並表達功名虛浮、富貴難求的思想。

首三句以問句引起題意，指明所懷念的英雄人物，一個是曾經耕田的農夫，一個是曾經釣魚的漁翁，先作概略性的介紹。

次三句緊接具體地寫出兩位英雄的出身。諸葛亮曾躬耕南陽，隱居樂道，以避亂世。姜子牙曾垂釣東海，暫作棲身，以待天命。等到劉備三顧茅廬，文王親迎渭濱，兩位英雄一旦出仕，便建立偉大的功業。

七、八兩句寫出兩位英雄最偉大的事跡。諸葛亮擅長兵法，排練八陣圖，建功立業，贏得臥龍的美名。此處用杜甫〈八陣圖〉詩：「功蓋三分國，名成八陣圖。江流石不轉，遺恨失吞吳。」姜太公計謀多端，寫下了《六韜》書，終於輔佐武王滅商，統一天下。

末四句作一強烈的轉折，抒發懷古歎世之意。諸葛亮、姜太公雖是歷史上偉大的英雄，但是他們的霸業已經不在，只留下無窮的遺恨。諸葛亮所建的蜀道，如今只有寒雲籠罩著；姜太公垂釣的渭水也只有秋風吹拂著，多麼淒涼冷清。作者感歎諸葛亮、姜太公辭去農夫、漁翁安定的生活，追求功名富貴，落得如此淒涼境地，倒不如永久做一個「農夫」、「漁翁」來得逍遙自在。身處蒙古人統治下的元朝亂世，讀書人常有功名虛浮、富貴難求的感慨，所以產生許多歎世的作品，本曲即是一例。

吳西逸

吳西逸，生平不詳。存小令四十七首。善於鍛鍊字句，曲詞清麗流暢，接近張可久一派。朱權《太和正音譜》：「吳西逸之詞，如空谷流泉。」

二五四　天淨沙　閒題

長江萬里歸帆⊙西風幾度陽關❶⊙依舊紅塵❷滿眼⊙夕陽新雁⊙此情時拍闌干❸⊙

【格　律】詳見商衜〈天淨沙〉（剡溪媚壓群芳）。（頁一一二）

【注　釋】❶陽關　地名。在今甘肅省敦煌縣西南。古時送別的地方。王維〈送元二使安西〉詩：「勸君更盡一杯酒，西出陽關無故人。」❷紅塵　指鬧市中飛揚的塵土。形容市區的繁華喧鬧。❸此情時拍闌干　指滿腹心情，無人理解。辛棄疾〈水龍吟〉詞：「落日樓頭，斷鴻聲裡，江南遊子。把吳鉤看了，欄干拍遍，無人會，登臨意。」

【語　譯】長江萬里，駛過了片片歸帆；西風幾度，吹過了送別的陽關；眼前依舊充滿了人間繁華俗事。夕陽西下，新雁南飛；此時的心情拍遍闌干，何人理會？

【賞　析】這是作者「閒題」四首之一。描寫秋天黃昏江邊蕭瑟的景象，借以抒發離情別恨，並透露作者潦倒不得志的憤懣之情。

首三句寫景，而景中含情。前二句對偶工整，一句寫地點，一句寫時序。首句由遠而及近。詞中主人登樓遠望，只見長江萬里，連綿無盡，江上片片歸帆，漸漸駛近，及至看得清楚，卻又不是心目中想念的人，由盼望而失望，終至絕望。「萬里」表示相隔遙遠，「歸」字則是本曲的主要感情成分。次句由近而及遠。「西風」寫出時序，「陽關」代表離別的地方。西風淒緊，最易引起離別之情，而時光易逝，秋風又起。「幾度」表示離別多年，年年盼望而遊子偏偏不歸，徒增傷感。第三句承上啟下，是一篇之眼目。江邊一帶，依舊熙熙攘攘，繁華熱鬧，而遊人卻遠在天涯，不能歸來。紅塵滿眼，反襯知音稀少，益添心中寂寞之感。

末二句抒情。夕陽西下，一行新雁由北方飛來，興起雁歸人未歸之情。此時新愁舊恨，一起湧上心頭，即使千言萬語，不能說盡。雖然拍遍闌干，亦無人領會自己的情意。這裡用辛棄疾〈水龍吟〉「登建康賞心亭」詞意，寄託作者潦倒不得志的苦衷。

二五五　天淨沙　閒題

江亭遠樹殘霞❶⊙淡煙芳草平沙❷⊙綠柳陰中繫❸馬⊙夕陽西下⊙水村山郭❹人家⊙

【格律】詳見商衢〈天淨沙〉（剡溪媚壓群芳）。（頁一一二）

【注釋】❶殘霞　殘餘的晚霞。❷平沙　水邊的平地。❸繫　拴。❹水村山郭　江邊的村落，山外的城郭。

【語譯】江邊的亭子，遠方的樹木，天邊的殘霞；淡淡的煙嵐，芳香的草地，平坦的隄沙；綠柳的陰影下面，繫著一匹馬。夕陽西下，水邊的村莊，山外的城郭，人們紛紛的回家。

【賞析】這是作者「閒題」四首之四。描寫江邊晚景，清麗瀟灑，如詩如畫。雖在客途之中，卻有「萬物靜觀皆自得」的閒適心境。

〈天淨沙〉的句法簡短而整齊，而且都是雙數的句子，二字一頓，音節流美，頗適合描寫景物，是元曲最流行的曲牌之一。

首三句寫眼前的江景。前二句對偶工整。首句寫岸上景致，一句之中包含三個景物：「江亭」、「遠樹」、「殘霞」，由近及遠，由低而高，極有次序，極為協調。次句寫水邊景致，也是一句三個景物：「淡煙」、「芳草」、「平沙」，而且都跟江水發生密切的關係，彼此融合一起，極為自然，極為清麗。第三句承上啟下，點出作者所在之處。作者客途經過江邊，駐馬休息，將馬繫在柳陰下，欣賞周圍的景物。前後的景色都由此句發生，而且景中有人，景中入情，真是如見其人，如見其景。

末二句寫黃昏的景象。「夕陽西下」寫出時間。「水村山郭人家」是江南的景色，水邊的村落，山外的城郭，黃昏之時，出外做事的人紛紛回來團聚。「人家」二字寫得好，是畫龍點睛之筆。作者閒適之餘，流露了羨慕之情，看到那水村山郭的人家，不免引起淡淡的客愁。

二五六　壽陽曲　秋

縈❶心事⊙惹❷恨詞⊙更那堪❸、動人秋思❹⊙畫樓❺邊幾聲新雁兒⊙不傳書、擺成個愁字⊙

【格　律】詳見姚燧〈壽陽曲・詠李白〉（貴妃親擎硯）。（頁一〇〇）

【注　釋】❶縈　纏繞。❷惹　引起；勾起。❸更那堪　怎麼忍受得了。❹秋思　秋天的景物引起人幽怨之情。❺畫樓　繪畫雕飾的樓閣。

【語　譯】縈繞著重重的心事，牽惹起篇篇的恨詞；更何況面對蕭條秋景，引起無限的情意。畫樓邊幾聲新雁兒飛向南去，不傳來書信，偏偏排列成一個愁字。

【賞 析】這是作者「四時」組曲的第三首。描寫秋天的景物，抒發離情別緒。文字清新流暢，音律協和柔美。

首三句描寫秋思。一、二句對偶工整，首先寫出詩人縈繞著重重心事，惹起層層恨詞，表示心事之多，離恨之重，丟棄不開，擺脫不掉。第三句「更那堪動人秋思」，進一步把外界的淒涼蕭條景物與心中的離情別恨結合在一起，加深其情感。與柳永〈雨霖鈴〉詞「更那堪冷落清秋節」同一韻致。這三句純用白描的手法，直書胸臆，明白如話，是小令的最高境界。

後二句承接秋思而來，描寫秋天的景色，而觸景生情，達到情景交融的地步。雁南飛代表秋天的景物，切合題目。雁本是傳遞書信的使者，卻沒有傳來好消息，只在天空排列成行地飛行，引起人無限思鄉之愁。「不傳書擺成個愁字」，寫得極新穎別致，把詩人滿懷思鄉之情表現得既含蓄又廣遠。其實雁陣不可能擺成愁字，因為詩人心中有愁，所以把雁兒擬人化，好像雁兒也帶離愁，擺成愁字飛翔，真是別出心裁，耐人尋味。全曲句句押韻，平仄交替，抑揚頓挫，聲情極美；末二句本七字句，各加一襯字，使得語氣活潑而流暢。

二五七 雁兒落帶得勝令

歎世

春花聞杜鵑❶⊙秋月看歸燕⊙人情薄似雲❷。風景❸疾如箭⊙留下買花錢❹⊙趲❺入種桑園⊙茅苫❻三間廈❼。秧滿數頃❽田⊙床邊⊙放一冊

冷淡淵明❾傳⊙窗前⊙鈔幾聯清新杜甫❿篇⊙

【格　律】詳見庾天錫〈雁兒落帶得勝令〉（韓侯一將壇）。（頁一一三）

【注　釋】❶杜鵑　鳥名。即子規，又稱杜宇。暮春時，啼聲淒厲，聲似「不如歸去」。❷人情薄似雲　人情比秋雲還薄。諺語：「人情閱盡秋雲厚，世道經過蜀道平。」❸風景　風光景物。泛指時光。❹買花錢　買花支出的費用。❺攢　急走；快行。❻苫　用草或蓆把東西蓋住。❼廈　大屋。❽頃　百畝。❾淵明　即陶潛。晉代文人，有〈歸去來兮辭〉，隱居樂道。❿杜甫　唐代詩人。

【語　譯】春花剛開不久，就聽到杜鵑的啼聲；秋月正放光明，就看到歸飛的燕。世上的人情薄得像秋雲，風光流年快得像飛箭。　留下買花的金錢，走入種桑的田園。茅草苫蓋了三間屋，稻秧豐滿了數頃田。床邊放一本冷清淡泊的陶淵明傳，窗前鈔幾聯清新遒麗的杜甫詩篇。

【賞　析】本篇感歎光陰似箭，好景不常，人情淡薄，世態炎涼，倒不如歸隱田園，不問世事，來得逍遙自在，無憂無慮。〈雁兒落〉與〈得勝令〉都是雙調的曲牌，高低一樣，聲情一致，所以可以組成帶過曲。通篇對偶工整，轉換自然，又能揉合文言語詞與口頭語言，既文雅又通俗，足見作者遣詞造句的功力。

〈雁兒落〉共四句，一、二相對，三、四相對。前段寫春去秋來，好景不常。春花剛開，杜鵑就啼得春歸；秋月正明，燕子卻要飛回去了。後段承上，感歎人情淡薄，流光易逝。人情像秋雲那麼薄，光陰像飛箭那樣快，比喻非常生動。

〈得勝令〉共八句，首二句合璧對，次二句合璧對，末四句隔句對，也稱扇面對、長短句對。全曲描寫隱居樂道的生活。「留下買花錢，趲入種桑園」，有離開繁華世界，隱居田園之意。「茅苫三間厦，秧滿數頃田」，具體描寫隱居生活，食住寬裕，無求於人。此二句本為「苫三間茅厦，滿數頃秧田」，一經倒裝句法，就顯得活潑靈動，符合曲牌的句法平仄。末四句寫出閒適之樂：讀一讀陶淵明傳，學習他冷淡高遠的風格；抄一抄杜甫詩，欣賞他歌頌田園生活的清新詩句。

衛立中

衛立中，本名德辰，字立中，華亭（今屬上海市）人。善書法。今存〈殿前歡〉一首。

二五八　殿前歡

碧雲深⊙碧雲深處路難尋⊙數椽❶茅屋和雲賃❷⊙雲在松陰⊙掛雲和❸八尺琴⊙臥苔石將雲根枕⊙折梅蕊把雲梢沁⊙雲心無我。雲我無心⊙

【格律】詳見貫雲石〈殿前歡〉（隔簾聽）。（頁一九二）

【注釋】❶椽　房屋一間。❷賃　租借。❸雲和　地名。以產琴瑟著稱，故用為琴瑟的通稱。

【語譯】山中碧雲深深，碧雲深處的道路很難尋。數間茅屋連雲一起承租下來，雲迷漫在松樹陰。屋間掛著八尺的雲和琴，躺在苔石上把雲根當作枕，折下梅蕊把雲梢浸沁。雲飄忽不定沒有我的存在，雲我之間也沒有機心。

【賞析】本篇是和阿里西瑛「嬾雲窩」自敘的作品。阿里西瑛，元曲作家，隱居吳城東北隅，稱所居為嬾雲窩，並作小令〈殿前歡〉自敘，貫雲石、喬吉、吳西逸、衛立中都有和曲。作者在修辭方面運用巧思，每句鑲嵌「雲」字，使得滿目煙雲，一片朦朧世界，以切合「嬾雲窩」的題目。

首二句寫嬾雲窩在碧雲深處，難以尋覓。應用頂真的修辭法，使得前後二句緊密銜接，輾轉相生，跌宕有致。

次二句寫茅屋在松陰底下，終日煙雲迷漫。妙在「和雲賃」三字，亦虛亦實，如真似幻。五、六、七三句鼎足而對，雖然不甚工整，卻很自然。寫隱居生活的閒適自如，掛雲和之琴，臥雲根之石，折雲梢之梅，寫出舒徐放曠的生活情致。

末二句「雲心無我，雲我無心」，類似偈語，寓有深奧的哲理，即物我相融、雲我合一的境地。此二句修辭方面也有特色，下句即用上句的四個字，把次序調換一下，有重出再現的趣味性。如貫雲石的「酸齋是我，我是酸齋」、「山翁醉我，我醉山翁」，張可久的「酸齋笑我，我笑酸齋」，都是這種做法。

全曲所寫的雲，已經不是普通的雲，而是擬人化的雲，有形體有生命的雲，可以租賃可以為枕的雲。

趙顯宏

趙顯宏，號學村，生平事跡不可考。現存小令二十一首、散套二。

二五九　殿前歡　閒居

去來兮❶⊙東林春盡蕨芽❷肥⊙回頭那顧名和利⊙付與希夷❸⊙下長生不死棋⊙養三寸元陽氣❹⊙落一覺渾淪❺睡⊙鶯花❻過眼。鷗鷺忘機❼⊙

【格　律】詳見貫雲石〈殿前歡〉（隔簾聽）。（頁一九二）

【注　釋】❶去來兮　回去吧。陶潛〈歸去來兮辭〉：「歸去來兮，田園將蕪胡不歸。」❷蕨芽　蕨菜的嫩芽。可以食用。❸希夷　即陳摶。五代北宋間道士，隱居武當山，服氣避穀，一睡常百餘日不起，宋太宗賜號希夷先生。❹元陽氣　即元陽真氣。指人生命根源之氣。❺渾淪　不分明。這裡形容睡。❻鶯花　黃鶯與花朵。代表春天的景物，也比喻繁華富貴。❼鷗鷺忘機　人無機心，與鷗鷺相親近。《列子・黃帝》：「海上之人有好漚鳥者，每旦之海上，從漚鳥游，漚鳥之至者，百住而不止。其父曰：『吾聞漚鳥皆從汝游，汝取來，吾玩之。』明日，之海上，漚鳥舞而不下也。」

【語　譯】回去隱居吧，東林春盡，正是蕨芽肥的時候。回頭哪裡還顧慮名和利呢？都交給陳希夷吧。下一下長生不死的棋子，培養培養三寸元陽的真氣，落得睡一覺迷迷糊糊的覺。春天的鶯花雖然美麗，卻是如過眼雲煙；倒不如江上的鷗鷺自由自在，沒有任何的機心。

【賞　析】本篇描寫閒居生活的樂趣。文字流麗，風格灑脫，寫景抒情，各得其妙。

開頭兩句便用陶淵明的〈歸去來兮辭〉，表達歸隱田園的志向。「東林春盡蕨芽肥」一句，活畫出田園欣欣向榮的景色。

次二句更用陳摶高臥的故事，表明敝屣名利、高蹈不仕的意思。陳摶是北宋初年的隱士，宋太宗曾請他做官，他卻不羨名利，高臥華山，隱居不出。

五、六、七三句鼎足而對，描寫閒居的生活樂趣。下下棋、養養神、睡睡覺，是最閒適不過的了。妙在句句切合陳摶的故事，作者顯然是羨慕陳摶之為人，故而有意效法他。相傳陳摶是個道士，善於下棋，而且修真養性，服氣避穀，寢處恆百餘日不起。馬致遠《西華山陳摶高臥》雜劇就是歌頌他的故事。

末二句對偶工整，舉「鶯花」與「鷗鷺」作一強烈的對比。鶯花代表繁華富貴，也代表名利，卻像過眼雲煙，捉摸不定，消逝極快。鷗鷺代表隱居樂道，也代表閒適，卻是無憂無慮，逍遙自在。此二句一如「豹尾」般響亮有力，是本曲警策之所在。

二六〇 滿庭芳 牧

閒中放牛⊙天連野草。水接平蕪❶⊙終朝飽玩❷江山秀⊙樂以忘憂⊙青蒻笠❸、西風渡口⊙綠蓑衣❹、暮雨滄州❺⊙黃昏後⊙長笛在手⊙吹破楚天秋❻⊙

【格　律】詳見姚燧〈滿庭芳〉（帆收釣浦）。（頁一〇四）

【注　釋】❶平蕪　平坦的草原。❷玩　欣賞。❸蒻笠　蒻草編織的斗笠。❹蓑衣　用棕櫚皮編成的雨衣。❺滄州　水濱。古時常用以稱隱士的居地。謝朓〈之宣城出新林浦向版橋〉詩：「既懽懷祿情，復協滄洲趣。」❻楚天秋　南方的秋天。古代楚國位居南方。辛棄疾〈水龍吟〉詞：「楚天千里清秋。」

【語　譯】閒暇的時候，牧放牛群；一望無垠的野草，連到天邊；江水與平坦的草原，連在一頭。整天飽賞秀麗的江山景色，快樂而忘記了憂愁。有時頭戴青蒻笠，行經西風渡口；有時身穿綠蓑衣，面對著暮雨滄州。黃昏以後，手拿一根長笛，盡情吹奏；笛聲劃破了楚天千里清秋。

【賞　析】本篇描寫秋天放牧的閒情逸致。借以表現擺脫名韁利鎖之後樂而忘憂的生活。文字清新，風格飄逸。

首三句描寫放牧時所見的景色。「閒中放牛」點破題目，領起全篇。「閒」字更是一篇之關鍵。底下兩句即是眼前遼闊的景物，對仗工整，文字秀美。

次二句承上，如此秀麗的江山，令人終日欣賞不盡，樂而忘憂。這是「閒」字發揮的作用，所謂「無官一身輕」，倘若官事鞅掌，哪來閒情逸致「終朝飽玩江山秀」？唯有除去名韁利鎖，才能達到這一境界。

六、七兩句對仗精巧，描寫放牧生活極為生動而貼切。「蒻笠」、「蓑衣」乃牧人特定的服裝，「西風」、「暮雨」則是秋天代表的景物，「渡口」、「滄州」又是牧牛特定的環境，真是寫景如畫。與張志和〈漁父〉詞「青蒻笠，綠蓑衣，斜風細雨不須歸」有異曲同工之妙。

末三句突出牧人吹笛的形象，更具典型。特別是「吹破」二字，有如畫龍點睛一般，把本來寧靜悠遠的秋景一下子活潑生動起來，顯得有聲有色，如見如聞。

作者另有〈滿庭芳〉三首，分別寫漁、樵、耕，加上本曲，構成一部「漁樵耕牧」組曲。這是元人常有的作法。如寫春、夏、秋、冬，構成「四時」組曲等。

王愛山

王愛山，字敬甫，長安（今陝西西安）人。今存小令十四首，見《太平樂府》。

二六一　水仙子

怨別離

鳳凰臺❶上月兒彎⊙燭滅銀河❷錦被❸寒⊙謾❹傷心空把佳期盼⊙知他是甚日還⊙悔當時不鎖雕鞍❺⊙我則道別離時易。誰承望相見呵難❻⊙兩泪闌干❼⊙

【格律】〈水仙子〉，即〈湘妃怨〉。詳見盧摯〈湘妃怨・西湖〉（湖山佳處那些兒）。（頁五八）

【注釋】❶鳳凰臺　臺名。也稱鳳臺。故址在陝西省寶雞縣東南，相傳是蕭史、弄玉吹簫引鳳的地方。詳見白樸〈駐馬聽・吹〉❷（頁九一）。後人常以鳳凰臺比喻夫妻之和諧美滿。❷銀河　天上的星河。相傳牛郎、織女在此相會。❸錦被　華美的衾被。❹謾　虛；枉。❺鎖雕鞍　把雕鞍鎖住，不讓行人出門。柳永〈定風波〉詞：「悔當初不把雕鞍鎖。」❻我則道二句　李煜〈浪淘沙〉詞：「別時容易見時難。」❼兩泪闌干　兩眼流淚，縱橫滿面。泪，淚。闌干，縱橫。

【語　譯】月兒彎彎，斜照在鳳凰臺上；蠟燭已經熄滅了，天上星河光瑩寂靜；閨中女子擁著寒冷的錦被，無法入睡。徒自地傷心，盼望著佳期；曉得他哪一天才回來呢？懊悔當初為什麼不鎖住他的雕鞍？我只道別離容易，誰想到相見這麼困難？惹得人兩行眼淚流滿臉上。

【賞　析】本篇是作者十首「怨別離」組曲之一。描寫閨中少婦想念丈夫的離情別緒，充滿了盼望、懊悔與怨恨之情。語言通俗，用典靈活，韻味無窮。

首二句觸景生情，引起下文曲意。以「鳳凰臺」起興，寓意深遠。鳳凰比喻恩愛的夫妻，起源於弄玉、蕭史的故事。「月兒彎」即缺月，不圓滿的月亮，象徵人間的離別。兩者聯繫一起表示本是恩愛和諧的夫妻，卻遭遇離別之苦。次句寫少婦獨守空房，望著天上銀河出神。銀河是牛郎、織女會面的地方，而今夫婦睽隔，怎不令人觸景生情？長夜漫漫，輾轉難眠，香消燭滅，本來溫暖的錦被也感覺得冷冰冰了。

次三句轉入抒情。閨中少婦天天盼望丈夫歸來，卻天天失望、落空，於是進一步懊悔當初不該讓丈夫出外求取功名，否則就不會落到今天這般淒涼的境地。

末三句承上，自怨自艾，傷心落淚。前兩句用李後主「別時容易見時難」詞意，加了一些襯字，造成極為自然的偶句，既深化了感情，又流暢了語言。末句「兩泪闌干」以重筆收束，呈現閨中少婦傷心欲絕的具體形象。

二六二　小桃紅　消遣

一溪流水水溪雲❶⊙雨霽❷山光潤❸⊙野鳥山花破❹愁悶⊙樂閒身⊙

拖條藜杖家家問⊙問誰家有酒。見青帘❺高掛。高掛在楊柳岸❻杏花村❼⊙

【格律】詳見楊果〈小桃紅・採蓮女〉（採蓮人和採蓮歌）。（頁四）

【注釋】❶水溪雲　一本作「一溪雲」。《元曲三百首箋》作「水流雲」。❷雨霽　雨止；雨過天晴。❸山光潤　青山容光煥發。❹破　消除。❺青帘　酒家旗幟。❻楊柳岸　指酒家。柳永〈雨霖鈴〉詞：「今宵酒醒何處？楊柳岸曉風殘月。」❼杏花村　指酒家。杜牧〈清明〉詩：「借問酒家何處有？牧童遙指杏花村。」

【語譯】一條清澈見底的溪水潺潺而流，也流走了天上的浮雲；雨過天晴，山上的景物容光滋潤；野鳥啼叫著，山花怒放著，可以消除人們的愁悶。高興自己具有悠閒自在之身，拖著藜杖挨家挨戶詢問，詢問誰家有酒？此時看到酒家青旗高掛著，高掛在楊柳岸杏花村。

【賞析】本篇見於《太平樂府・三》。描寫雨過天晴，閒行郊野，見山水景色清麗，萬物欣欣向榮，並表現出優閒自在的感情。

首三句寫景。第一句寫雨過天晴，溪中漲滿了流水，水清見底，天上浮雲倒映水中，隨水流動。此句用的是當句頂真的修辭法，故意顛倒重複，造成流麗生動的感覺，極合「水」與「雲」的性質，頗具動態美。次句「山光潤」三字把雨霽的景色表達得淋漓盡致，呈現靜態美。三句承上，野鳥爭鳴，山花競放，鳥聲花色，動靜紛陳，真可以消除愁悶了。

次二句承上啟下，極切「消遣」題意。「樂閒身」一句，概括性的敘述，也是下句動作的基礎。由於優閒自在，於是拖條藜杖，隨處遊行，「家家問」三字，充分表現出「消遣」的意味，表示家家戶戶都認識，除了問誰家有酒外，也有借此聊聊天、打打交道的意思，「問」字寓意無窮。

末三句承上意。「問誰家有酒」一句補足了上句「問」意，與上句頂真續麻，有重出互見之妙。後兩句也是如此，表達喜出望外之意，不但寫景如畫，用典也很自然。

李德載

李德載，生平事跡不詳。今存小令十首，見《太平樂府》。

二六三　陽春曲　贈茶肆❶

金芽嫩採枝頭露❷⊙雪乳香浮塞上酥❸⊙我家奇品世間無⊙君聽取⊙聲價❹徹皇都⊙

【格律】〈陽春曲〉，即〈喜春來〉。詳見元好問〈喜春來・春宴〉（梅擎殘雪芳心奈）。（頁一）

【注釋】❶茶肆　茶館。❷金芽句　清晨枝頭還帶著露珠便採下來的茶樹嫩芽。❸雪乳句　烹茶時浮在茶面上的白色泡沫散發著香氣，有如塞上的奶酥一般。塞上酥，塞外少數民族用的奶茶。❹聲價　名聲和身分地位。

【語譯】枝頭上帶著露水，採下嫩綠的茶葉；烹煮時，茶香四溢，雪白的泡沫就像是塞上的奶酥。我家的茶葉是天下奇品，世間少有的。你仔細聽著，它的聲價響徹了皇都。

【賞析】作者今存小令十首，都是「贈茶肆」的〈陽春曲〉，本篇是其中的一首。採用代言體的方式，以第一人稱歌頌茶葉的珍貴與香氣，充滿著宣傳與廣告的意味。

首二句對偶工整，顏色鮮豔，形容生動。「金芽嫩採枝頭露」，寫出茶葉的嬌嫩鮮美，帶著早晨的露珠採下的嫩尖是最名貴的茶葉。「雪乳香浮塞上酥」，形容煮茶時，水面浮現雪白的泡沫，散發濃烈的香氣，有如塞外的乳酪一般。用「塞上酥」比喻「雪乳」，十分精當，不論形狀和香氣都很相像。

第三句承上啟下，有前兩句的描寫，才奠定這句的基礎。既有上好的茶葉，又有高明的烹茶技術，所以這家茶肆遠近馳名，世間少有，「我家奇品世間無」，順勢而來，實至名歸，也就不覺有誇大之嫌。

末二句補足第三句的意思，是茶肆宣傳廣告之詞，希望能打動顧客的心，吸引人們入茶肆品嘗珍品。皇都就是首都，全國政治、文化、經濟的中心。徹就是滿、通的意思。我家茶肆聲名響遍首都，無人不知，無人不曉。

前二句造語工整，形容盡致；後三句語言通俗，活潑生動，頗能引人入勝。

李致遠

李致遠，生平事跡不詳。今存雜劇《還牢末》、小令二十六首、套數四套。《太和正音譜》：「李致遠之詞，如玉匣昆吾。」

二六四　紅繡鞋　晚秋

夢斷陳王羅襪❶⊙情傷學士琵琶❷⊙又見西風換年華⊙數杯添淚酒。

幾點送秋花⊙行人天一涯❸⊙

【格律】〈紅繡鞋〉，即〈朱履曲〉。詳見張養浩〈朱履曲〉（才上馬齊聲兒喝道）。（頁二〇八）

【注釋】❶陳王羅襪　曹植在〈洛神賦〉中描寫洛神的神態：「淩波微步，羅襪生塵。」陳王，指陳思王曹植。❷學士琵琶　白居易在〈琵琶行〉中聽長安倡女彈琵琶，感傷彼此的淪落，寫下了「同是天涯淪落人，相逢何必曾相識」。學士，指白居易。❸行人天一涯　古詩：「相去萬餘里，各在天一涯。」

【語譯】夢不到曹植〈洛神賦〉中美人的羅襪，卻感傷白居易江上聽到的琵琶。又看到西風落葉，改變了年華。喝幾杯添淚的苦酒，看幾點送秋的黃花；遊子流浪，在天一涯。

【賞析】本篇透過秋天的景物描寫相思之情與淪落之感，具有中國文學悲秋的基調。

首二句對偶工整，用兩個家喻戶曉的典故，精要地概括出別後相思與天涯淪落之情。「夢斷陳王羅襪」，言夢不到理想中的美人，則別後相思、夢寐以求之情，溢於言表。「情傷學士琵琶」，言淪落天涯，令人傷情。妙在「陳王羅襪」四字，簡練地包括了曹植〈洛神賦〉全部的情節，「學士琵琶」四字，也扼要地代表了白居易寫〈琵琶行〉的全部背景，作者借之以寫相思之情與淪落之感，既典型而精鍊，收到很好的效果。

「又見西風換年華」，觸景生情，切合題目，並引起上下各兩個抒情的句子。離別經年，又見西風，年華老去，而相思不減，淪落依舊，怎不令人感傷？

「數杯添淚酒，幾點送秋花」，對偶工整，極寫借酒澆愁愁更愁與每逢佳節倍思親的苦況。范仲淹〈蘇幕遮〉詞：「酒入愁腸，化作相思淚。」「添淚酒」由此化出。重陽佳節舉杯賞菊，增添離人的悲懷。

末句「行人天一涯」，總結上文，重筆收束，情意綿綿，無窮無盡。「行人」對家人而言，行人與家人相去萬里，各在天一涯，對此秋風蕭颯，怎不令人愁懷滿抱？

二六五 天淨沙 離愁

敲風修竹珊珊❶⊙潤花小雨斑斑❷⊙有恨心情嬾嬾❸⊙一聲長歎⊙臨鸞❹不畫眉山❺⊙

【格　律】詳見商衟〈天淨沙〉（剡溪媚壓群芳）。（頁一一二）

【注　釋】❶珊珊　風竹相敲的聲音。❷斑斑　點點。❸嬾嬾　懶懶。慵懶的樣子。❹臨鸞　臨鏡。鸞，鸞鏡。古代婦女用的銅鏡，背面常鑄有鸞鳳的圖樣。❺眉山　指蛾眉。《西京雜記・二》：「文君姣好，眉色如望遠山。」

【語　譯】門外修長的竹子，隨風搖曳發出珊珊的響聲；細微的雨絲，滋潤了百花斑斑點點；閨中女子充滿了離別之恨，心情慵懶。長長地歎了一口氣，對著鸞鏡，卻提不起精神畫蛾眉。

【賞　析】本篇描寫思婦離別之愁。借景抒情，委婉細膩，情韻深長，耐人尋味。

首三句一排相對，前二句寫景，後一句抒情。「敲風修竹珊珊」，描寫春夜風敲修竹的聲音驚醒思婦的美夢。此句用李益〈竹窗聞風寄苗發司空曙〉詩：「開門復動竹，疑是故人來。」蘇軾〈賀新郎〉詞：「枉教人夢斷瑤臺曲，又卻是，風敲竹。」美夢醒後，輾轉難眠，直到天亮。次句「潤花小雨斑斑」，寫清晨細雨點點滋潤著春花，百花齊放，十分妍麗，思念良人，更增離愁。第三句轉入抒情——「有恨心情嬾嬾」，心中充滿離恨，雖是美景當前，卻不能與君共賞，因此心灰意懶。此句承前兩句而來，又引出後兩句，寫得極有層次。

末二句則是「心情嬾嬾」的具體表現。「一聲長歎」，表現了無比沈重的感情。「臨鸞不畫眉山」，寫出思婦無心畫眉的苦衷。良人遠行未歸，即使巧畫蛾眉，又有誰欣賞呢？與《詩・衛風・伯兮》

「自伯之東，首如飛蓬。豈無膏沐，誰適為容」同一感歎。而且鸞鳳雙雙，對著鸞鏡，更羞於畫眉了。短短二十八字，卻表達了無限的情意，真是難能可貴。

二六六 迎仙客 暮春

吹落紅⊙楝花風❶⊙深院垂楊輕霧中⊙小窗閒。停繡工❷⊙簾幕重重⊙不鎖相思夢❸⊙

【格　律】詳見張可久〈迎仙客・湖上送別〉（釣錦鱗）。（頁三四九）

【注　釋】❶楝花風　最後的花信風。江南自小寒至穀雨，五日一番風候。梅花風最早，楝花風最晚。見陳元靚《歲時廣記・一》。何夢桂〈再和昭德孫燕子韻〉詩：「處處社時茅屋雨，年年春後楝花風。」❷繡工　刺繡的工作。即以針引線在絲織品上刺成彩色圖樣。❸簾幕重重二句　重重的簾幕也鎖不住相思的美夢。趙令時〈烏夜啼〉詞：「重門不鎖相思夢，隨意繞天涯。」

【語　譯】陣陣的楝花風，吹落了遍地的春紅；垂楊茂密，如輕霧般籠罩著深深院中。小窗悠閒，閨中女子停止了繡花女工。重重的簾幕，也阻隔不住她相思的美夢。

【賞　析】本篇描寫閨中少婦看到暮春的景物引起相思之情。情景交融，韻味深長。

首三句寫景，而景中寓情。楝花風是最後的花信風，它把園中殘餘的紅花都吹落了，再也看不到紅花了。而離人未歸，空空辜負一春的美景。庭院之中楊柳茂密，如煙如霧，顯得陰森森的，令人有淒涼冷清的感覺。與李後主〈相見歡〉詞「林花謝了春紅，太匆匆」同一感歎。以花落比喻光陰消逝，紅顏老去。

次二句抒情，由前段景物過渡到人物心態的描寫。妙在「閒」字、「停」字極簡練生動表達閨中思婦的心情。丈夫出外，春盡未歸，閨中冷靜，無人對語，閒來做做針繡，面對暮春景色，觸動情懷，幾度停下繡工，思念遠方的離人。

末二句抒發相思之情。意遠情深，餘味不盡。雖有重重簾幕阻隔，也遮擋不了夢魂縈牽，益見相思殷切，有一發不可收拾之勢。此二句由趙令畤〈烏夜啼〉詞句脫化而來，卻極自然，無斧鑿痕跡，誠是抒情聖手。本來「簾幕重重」就是極為閉鎖的環境，竟然無法阻擋思婦夢想天涯遊子之情，則其情深可知。

張鳴善

張鳴善，名擇，號頑老子，平陽（今江西臨汾）人。曾任宣尉司令史。著有《英華集》及雜劇多種，今皆不傳。今存小令十三首、散套二套。《太和正音譜》：「張鳴善之詞，藻思富贍，爛若春葩，誠一代之作手。」

二六七　水仙子　譏時

鋪眉苫眼早三公❶⊙裸袖揎拳享萬鍾❷⊙胡言亂語成時用⊙大綱來❸都是烘❹⊙說英雄誰是英雄⊙五眼雞岐山鳴鳳❺⊙兩頭蛇南陽臥龍❻⊙三腳貓渭水非熊❼⊙

【格　律】〈水仙子〉，即〈湘妃怨〉。詳見盧摯〈湘妃怨・西湖〉（湖山佳處那些兒）。（頁五八）

【注　釋】❶鋪眉句　裝模作樣的人早已登上三公高位。鋪，展。苫，動。三公，大司馬、大司徒、大司空。❷裸袖句　會吵會鬧的人享受萬鍾的俸祿。裸袖揎拳，捲袖捏拳。準備打架的樣子。❸大綱來　總是。❹烘　借作「哄」。欺騙；胡鬧。❺五眼雞句　五隻眼的怪雞竟冒充做岐山的鳴鳳。五眼雞，好鬥的公雞。也作「忤眼雞」、「烏眼雞」。岐山，今陝西省岐山縣。傳說周朝將興時有凰鳳鳴於岐山之上。❻兩頭蛇句　兩頭蛇竟仿冒成南陽的臥龍。兩頭蛇，凶惡的怪物。傳說凡見兩頭蛇者必死。南陽臥龍，指諸葛亮。❼三腳貓句　只會敗事的人竟充當渭水非熊。三腳貓，行走不便的貓。渭水非熊，指姜太公呂尚。見《史記・齊太公世家》。

【語　譯】裝模作樣的人，早已登上三公；會吵會鬧的人，享受了萬鍾；胡言亂語的人，都被時君重用。這些人都是騙人的，說是英雄到底誰是真正的英雄？五眼雞說是岐山的鳴鳳，兩頭蛇冒充南陽的臥龍，三腳貓變成為渭水的非熊。

【賞　析】本篇譏刺當時的大官顯貴都是些不學無術、裝腔作勢、欺世盜名的人物。揭露元朝政治上黑白顛倒、賢愚莫辨的現實醜態。與無名氏〈朝天子〉：「不讀書有權，不識字有錢，不曉事倒有人誇薦。」「不讀書最高，不識字最好，不曉事倒有人誇俏。」俱是元曲中憤世嫉俗的佳作。

首三句鼎足對，既整齊工巧，又充實飽滿。直截了當地批評當朝顯貴的伎倆，無非是恫嚇與欺騙。「鋪眉苫眼」、「裸袖揎拳」、「胡言亂語」都是當時的口語，用來極為生動。

本篇用的是賦的寫法，直書其事，鋪陳排比，前三句與末三句都是鼎足對，都是實寫。中間二句承上啟下，則是虛寫。「大綱來都是烘」，總結前三句，收束有力。「說英雄誰是英雄」，以疑問語氣下開後三句，筆姿活潑。

末三句回答前一問句，以歷史上三位真英雄諷刺當世的假英雄，把當世的權貴比做「五眼雞」、

「兩頭蛇」、「三腳貓」，罵得痛快淋漓。末三句原是三、三、四的句式，卻刻意排比成整齊對偶的句子，造成上三下四的節奏，並結合民間俗語（前三字）與文人雅詞（後四字），非常生動有趣。

李伯瞻

李伯瞻，號熙怡。孫楷第《元曲家考略》以為即元初功臣李恒之孫李屺，曾官翰林直學士。善書畫，能詞曲。今存小令七首。

二六八 殿前歡 省悟

去來兮❶⊙黃花爛熳滿東籬❷⊙田園成趣知閒貴❸⊙今是昨非❹⊙失迷途尚可追❺⊙回頭易⊙好整理閒活計❻⊙團欒燈花❼。稚子山妻❽⊙

【格律】詳見貫雲石〈殿前歡〉〈隔簾聽〉。（頁一九二）

【注釋】❶去來兮 回去吧。陶潛〈歸去來兮辭〉：「歸去來兮，田園將蕪胡不歸。」❷黃花句 菊花燦爛開遍東籬。陶潛〈飲酒〉詩：「採菊東籬下，悠然見南山。」❸田園句 田園生活構成趣味，領悟到悠閒的可貴。陶潛〈歸去來兮辭〉：「園日涉以成趣。」❹今是昨非 今天做得對，昨日不對。陶潛〈歸去來兮辭〉：

「覺今是而昨非。」❺失迷途尚可追　迷失路途還可追回。陶潛〈歸去來兮辭〉：「悟已往之不諫，知來者之可追。實迷途其未遠，覺今是而昨非。」❻活計　謀生的方法。❼團欒燈花　燈下團圓。團欒，也作「團圞」。燈花，燈心餘燼，結成花形。古人視為吉祥的徵兆。❽稚子山妻　幼子與妻。陶潛〈歸去來兮辭〉：「稚子候門。」山妻，謙稱自己的妻子。

【語　譯】回去吧！東籬的菊花，已經開得爛熳美麗。田園的生活培養了興趣，因而領悟悠閒的可貴；昨天做得不對，今天做得對；迷失道途尚不遠，還可以追回。回頭容易啊！好好的整理整理悠閒的活計。圍繞著燈花一家團圓，與稚子山妻共享天倫的樂趣。

【賞　析】本篇描寫省悟世情，辭官歸隱的生活意境。在中國文學作品中寫歸隱田園的作品以陶潛的〈歸去來兮辭〉最具代表，後世文人寫歸隱的作品常常借用這個典故，如蘇軾的〈哨遍〉詞就是檃栝陶潛〈歸去來兮辭〉的著名作品，本篇也是。尤其元朝是中國歷史上最混亂、最黑暗的時代，一般文人潦倒不得志，所以元曲中常表現隱逸的思想，因此歌誦陶潛的作品也就特別多。本篇反映了當時一般文人的思想與感情。

首二句開門見山表達辭官歸隱的意思。首先套用〈歸去來兮辭〉的起句，極為有力，給整篇定下了強烈的意識。「黃花爛熳滿東籬」是隱居生活典型的景物，也是「去來兮」的積極誘因。

次三句表示省悟之意，切合題目。也是套用〈歸去來兮辭〉：「園日涉以成趣，門雖設而常關。」「悟已往之不諫，知來者之可追。實迷途其未遠，覺今是而昨非。」雖然套用成句，卻也自然流暢。

六、七兩句承上發揮。因為迷途未遠，所以回頭容易，正好可以隱居樂道，過悠閒自在的生活。

末二句補足「閒活計」之意。一家團圓，圍坐燈下，天倫親情，其樂融融，豈是功名富貴所可比擬？

楊朝英

楊朝英，號澹齋，青城（今山東高青）人。編有散曲集《陽春白雪》及《太平樂府》，對元代散曲的保存與流傳極有貢獻。現存小令二十七首。《太和正音譜》：「楊澹齋之詞，如碧海珊瑚。」

二六九　水仙子　自足

杏花村❶裡舊生涯⊙瘦竹疏梅處士❷家⊙深耕淺種收成罷⊙酒新篘❸魚旋打❹⊙有雞豚竹筍藤花⊙客到家常飯❺。僧來穀雨茶❻⊙閒時節自煉丹砂⊙

【格　律】〈水仙子〉，即〈湘妃怨〉。詳見盧摯〈湘妃怨・西湖〉（湖山佳處那些兒）。（頁五八）

【注　釋】❶杏花村　開著杏花的村莊。也指酒家。杜牧〈清明〉詩：「借問酒家何處有？牧童遙指杏花村。」❷

處士　有道德學問而未做官或不做官的人。❸酒新篘　酒剛剛釀成。篘，漉取；濾清。陸游〈與兒輩小集〉詩：「吳秔新擣酒新篘。」❹魚旋打　魚現成的捕來。旋，立即；現時。❺家常飯　家中尋常的飯食。❻穀雨茶　穀雨時節採的嫩茶。

【語　譯】在杏花村裡，過著舊式的生活；長著瘦竹開著疏梅的地方，就是隱士的住家。經過深耕淺種收穫完成後，漉取新釀的酒，打來新鮮的魚。村中有的是雞、豚、竹筍、藤花。賓客到時，吃一餐家常便飯；僧侶來訪，沏一壺穀雨新茶；空閒時，自己煉煉丹砂。

【賞　析】本篇描寫隱居生活的閒適快樂。俗語說：「知足常樂。」一切的快樂決定於自我心境的滿足，不待外求，這正是作者所要表現的生活態度。

首二句描寫自然的環境。其中「瘦竹」、「疏梅」都是淡雅的景物，不是豔麗的景物，與「處士」的身分極為相配，而不同於富貴中人，恰當地烘托了「自足」的天然環境。「梅」與「竹」向來都象徵君子，「處士」是有道德有學問而不仕的人，在混亂的時代，那真正是君子。

中間三句描寫自足的生活，是人事的作為。隱居田園，從事生產，只要努力耕種，便會有收穫，豐收的快樂是無法形容的。收成之後，又忙著濾酒、捕魚，生活既新鮮而充實。「酒新篘魚旋打」，造語極佳，尤其「新」、「旋」二字下得極好。由於努力生產，所以物資充足，有的是雞、豚、竹筍、藤花，取之不盡，用之不竭，生活充裕，毫無匱乏。

末三句寫出隱居生活的情趣。前二句對偶工整，「家常飯」、「穀雨茶」表現出自足之樂，「煉丹砂」是修真養性，追求長生不老的方法。通篇描寫隱居的生活，無憂無慮，逍遙自在。

宋方壺

宋方壺，名子正，華亭（今屬上海市）人。曾在華亭鶯湖建一屋室，四面雕空花紋的方窗，晝夜長明，像洞天一樣，稱為方壺，故自號方壺。現存小令十三首、散套五套。

二七〇 山坡羊 道情

青山相待⊙白雲相愛⊙夢不到紫羅袍共黃金帶❶⊙一茅齋⊙野花開⊙管甚誰家興廢誰成敗⊙陋巷簞瓢亦樂哉❷⊙貧。氣不改⊙達。志不改⊙

【格律】詳見陳草庵〈山坡羊〉（晨雞初叫）。（頁六二二）

【注釋】❶紫羅袍句　紫羅袍和黃金帶都是官服。《北齊書・楊愔傳》：「愔自尚公主後，衣紫羅袍，金縷大帶。」❷陋巷句　住在陋巷裡，一簞食，一瓢飲，也可以過快樂的生活。《論語・雍也》：「一簞食，一瓢飲，在陋巷，人不堪其憂，回也不改其樂，賢哉回也。」簞，葦草製的小筐。瓢，葫蘆製成的舀水用具。

【語　譯】青山與我真誠對待，白雲與我相親相愛；從來不曾夢想穿紫羅袍，繫黃金帶。隱居在小小的茅齋，四周野花盛開；管它誰家興盛，誰家失敗。住在陋巷，簞食瓢飲，也過得快樂悠哉。貧窮的時候，氣節不變改；通達的時候，志向也不變改。

【賞　析】本篇描寫道家出世的思想。隱居山林，寄情山水，看破世上的功名富貴，表現安貧樂道的生活意境。

首三句表現拋棄功名、隱居樂道的意思。前兩句合璧對，「青山」、「白雲」是描寫隱居樂道最典型的景物，連用兩個「相」字，使青山、白雲人格化，進而達到物我合一、物我相融的境地，與李白〈獨坐敬亭山〉詩「相看兩不厭，只有敬亭山」及辛棄疾〈賀新郎〉詞「我見青山多嫵媚，料青山見我應如是」同一用法。第三句承一、二句而來，卻與之對立，「紫羅袍」、「黃金帶」都是做大官的人穿的官服，比喻大官。妙在「紫」、「黃」與「青」、「白」形成色彩上的對比，在思想的對立之中求得形象描寫的一貫性。

四、五、六三句與前段的節奏相似，作法一致。前兩句寫隱居樂道，第三句寫看破功名。

第七句承上啟下，居於樞紐的地位，借孔子弟子顏回的故事，表達安貧樂道的意思。

末四句隔句相對，表達「貧賤不能移，富貴不能淫」的意境。句法簡短有力，音節雄壯宏亮，把隱居樂道的志氣充分表現出來。

王舉之

王舉之，元代後期作家，生平事蹟不詳。今存小令二十三首。

二七一　紅繡鞋　秋日湖上

紅葉荒林酒興❶⊙黃花老圃❷詩情⊙柳塘新雁兩三聲⊙湖光扶不定⊙山色畫難成⊙六橋❸風露冷⊙

【格　律】〈紅繡鞋〉，即〈朱履曲〉。詳見張養浩〈朱履曲〉（才上馬齊聲兒喝道）。（頁二〇八）

【注　釋】❶酒興　喝酒的興致。❷老圃　荒廢的菜圃。❸六橋　杭州西湖的六座隄橋。即映波、鎖瀾、望山、壓隄、東浦、跨虹等六橋。宋時蘇軾所建。

【語　譯】荒林之上遍布著紅葉，引起了酒興；老圃之中開滿了黃花，增添了詩情。柳塘上空，忽然傳來新雁兩、三聲。湖光瀲灩，動蕩不定；山色清佳，描畫難成。六橋的黃昏，西風淒緊，秋露冷清。

【賞　析】本篇描寫西湖秋天的景色。秋天給人的感覺一直是淒涼蕭颯的，從宋玉的〈九辯〉「悲哉秋之為氣也」，到柳宗元的〈秋聲賦〉「其色慘淡」，都帶有悲傷肅殺的色彩。本篇則呈現秋天美麗的景物，充滿詩情畫意，瀟灑可愛。

首二句對偶工整，寫景如畫。「紅葉」與「黃花」是秋天代表的景物。妙在「紅葉」之下用「荒林」作陪襯，「黃花」之下用「老圃」作背景，就更顯出紅葉的燦爛美麗與黃花的清幽高雅，這是一種強烈對比的烘托寫法。

第三句「柳塘新雁兩三聲」，是遠眺湖面及天空的景致，含意極為豐富。西湖岸邊遍植楊柳，隨風搖蕩，倒映在瀲灩的水波之中。天空鴻雁南飛，傳來幾聲雁鳴，空闊的湖面上浮現著鴻雁的倒影。前兩句是靜態的景物，這一句是動態的景物，天空上、湖面上出現了雁飛的形狀，而且還傳來雁叫聲，真是有聲有色。

末三句描寫湖上的景色。「湖光扶不定」承上句「柳塘新雁」，「扶不定」形容秋風徐徐、波光粼粼的景致，極為生動。「山色畫難成」承「紅葉荒林」而來，讚歎山色之美麗不是人工所能描繪。「六橋風露冷」切合題目，點出西湖最勝之景。一「冷」字充分表現秋意已深，是畫龍點睛之筆。

周德清

周德清，號挺齋，高安（今屬江西）人。北宋詞人周邦彥的後代。精通音律，善作樂府。因感慨當時北曲格律混亂不定，所以歸納關、馬、鄭、白的作品，著《中原音韻》一書，分為十九部，平聲分陰、陽，入聲派入平、上、去三聲，提供了北曲創作的規律，為曲韻的經典之作，被稱為「天下之正音」。所作散曲很多，對當時曲壇影響很大。今存小令三十一首、散套三套。朱權《太和正音譜》：「周德清之詞，如玉笛橫秋。」

二七二　折桂令

倚篷窗❶、無語嗟呀❷⊙七件兒全無。做甚麼人家⊙柴似靈芝❸。油如甘露❹。米若丹砂❺⊙醬甕兒、恰纔夢撒❻⊙鹽瓶兒、又告消乏❼⊙茶也無多。醋也無多。七件事尚且艱難。怎生教我折柳攀花❽⊙

【格　律】〈折桂令〉，即〈蟾宮曲〉。詳見盧摯〈蟾宮曲・箕山感懷〉（巢由後隱者誰何）。（頁五二）末段增一個四字句。

【注　釋】❶篷窗　船窗。❷嗟呀　歎息。表示憂慮。❸靈芝　菌類植物。古以為仙草，稀有珍貴。❹甘露　甘美的露水。古人以為天下太平，上天才降甘露。❺丹砂　朱砂。古人以為服食丹砂，可以延年益壽。❻夢撒　無；沒有。❼消乏　耗散完了。❽折柳攀花　狎妓。

【語　譯】靠著船窗，無語歎息：開門七件事樣樣都沒有，怎麼能夠生活呢？柴像靈芝那麼貴重，油像甘露那麼稀罕，米像丹砂那麼難得。裝醬油的甕兒剛才用完，裝鹽巴的瓶子也空了。茶也剩不多，醋也剩不多。生活七件物品尚且這般艱難，怎麼有能力追求女性呢？

【賞　析】本篇以日常生活的必需品——柴、米、油、鹽、醬、醋、茶為題材，自述生活的艱難困苦、拮据窘迫。

首三句以第一人稱的語氣自嗟自歎：開門七件事，樣樣都缺少，怎麼過活呢？「無語嗟呀」表現出窮苦潦倒、一無辦法的憂傷與無奈。「七件兒全無，做甚麼人家」即是「無語嗟呀」的原因，也是對現實社會的質問與控告。

接著七句分別寫生活必需的七件事，每句第一字鑲嵌柴、米、油、鹽、醬、醋、茶，使得曲調活潑，充滿趣味性。前三句排比，以「靈芝」、「甘露」、「丹砂」比喻「柴」、「油」、「米」的昂貴難求。中間兩句對偶，說明「醬」沒有了，「鹽」也耗盡了，「恰纔」、「又告」，一個接著一個，緊接而來，令人難以招架，「夢撒」、「消乏」都是當時通俗的俚語。末二句用疊句的方式，表示「茶」、

「醋」也不多了。

最後兩句總結曲意，七件事尚且艱難，哪有餘力「折柳攀花」？「折柳攀花」即尋花問柳，古代生活富裕之人，常到歌廳妓院尋歡作樂。現在自己連生活的基本條件都沒有，哪有這分閒情逸致？元代統治者壓迫讀書人，當時有「九儒十丐」的說法，一般讀書人在潦倒不得志的情況下，或沈湎聲色，麻醉自己；或借酒澆愁，放浪形骸，以逃避現實。如今連這種消極的逃避都辦不到了，人生還有什麼意義呢？此二句看似輕鬆戲謔，實際包含著許多難言的苦衷。

二七三　喜春來　別情

月兒初上鵝黃柳❶⊙燕子先歸翡翠樓❷⊙梅魂休煖鳳香篝❸⊙人去後⊙鴛被❹冷堆愁⊙

【格　律】詳見元好問〈喜春來・春宴〉（梅擎殘雪芳心奈）。（頁一）

【注　釋】❶鵝黃柳　淡黃色的柳；新柳。❷翡翠樓　華麗的樓閣。❸鳳香篝　鳳形熏香的熏籠。❹鴛被　即鴛鴦被。繡著鴛鴦的棉被。

【語　譯】一彎新月，剛剛升上鵝黃色的柳梢頭；春天燕子，早已飛回了翡翠樓。鳳香篝不要再熏香了，香煙裊裊，如梅魂一般引人煩憂。自從情人離去後，鴛鴦被冷冷清清堆在一邊好像一堆愁。

【賞析】本篇描寫閨中女子看到春天的景物引起離別之愁。融情於景，含蓄蘊藉，極為優美。

前三句對偶工整，描寫春景。首句「月兒初上鵝黃柳」，點明時間。春天晚上，月亮剛升起，正是「月上柳梢頭，人約黃昏後」（歐陽脩〈生查子〉）。美景當前，閨中女子望著明月懷念遠人，月愈明而情愈濃，景愈麗而情愈苦。「鵝黃柳」是春天的新柳，顏色鮮明，引起閨中女子的春愁。與王昌齡〈閨怨〉詩「閨中少婦不知愁，春日凝妝上翠樓。忽見陌頭楊柳色，悔教夫婿覓封侯」同一意思。

次句「燕子先歸翡翠樓」，觸景生情。燕子是候鳥，冬去春來，現在燕子已經飛回翡翠樓，而離別之人一去不回，反不如燕子之守信。而且燕子雙雙對對，形影不離，反襯人的孤單寂寞。

三句「梅魂休煖鳳香篝」，承前二句而來，寫出閨怨。「休煖」二字充滿感情色彩，表現閨中女子寂寞無聊、愁思難遣的怨情。

末二句點明閨怨的原因，是抒情的部分。「人去後」，帶出「別情」的意思。「鴛被冷堆愁」，寫別後淒涼孤寂的生活。末二句直抒胸臆，與前三句含蓄蘊藉成一對比。

二七四　朝天子　秋夜客懷

月光⊙桂香⊙趁著風飄蕩⊙砧聲❶催動一天霜⊙過雁聲嘹亮❷⊙叫起離情。敲殘愁況❸⊙夢家山身異鄉⊙夜涼⊙枕涼⊙不許愁人強❹⊙

【格　律】詳見劉致〈朝天子・邸萬戶席上〉（柳營）。（頁二九一）

【注　釋】❶砧聲　擣衣聲。砧，擣衣石。❷過雁聲嘹亮　飛過的鴻雁發出響亮的叫聲。俗語：「雁過留聲。」❸敲殘愁況　《元明小令鈔》「愁」作「客」。❹不許愁人強　《元明小令鈔》「愁」作「離」。強，逞強。

【語　譯】月兒光光，桂樹飄香；順著西風各處飄蕩。晚上擣衣的聲音，催動了滿天的秋霜；南飛的鴻雁，鳴聲嘹亮。雁聲叫起了我的離情，砧聲敲殘了我的客愁，夢回家鄉，卻身在他鄉。秋夜淒涼，枕頭冰涼；如此情景，不許愁人逞強。

【賞　析】本篇抒寫秋天晚上遊子思念家鄉的情懷。寫景如畫，抒情感人，達到情景交融的境地。

首三句描寫清幽夜景。「月光」點出時間，「桂香」代表秋天的景物。「趁著風飄蕩」使原來靜態的月光、桂香活躍起來，於是月光流動，桂香四溢。在這「月到中秋分外明」的佳節裡，天涯遊子愈加想念起自己的家鄉。

四、五兩句描寫砧聲、雁聲引起遊子思鄉之愁。與李白〈子夜吳歌〉「長安一片月，萬戶擣衣聲。秋風吹不盡，總是玉關情」同一情致。「催動」一語雙關，一方面表示時序的轉移急促不停，一方面表示遊子聞砧急切的心情。此時秋雁南飛，聲聲鳴叫，也引起雁歸人未歸的客愁。

六、七、八三句承上兩句抒發客愁。「叫起離情」針對「雁聲」，「敲殘愁況」承接「砧聲」。「敲殘」二字筆力千鈞，把遊子內心的離愁生動地表現出來。「夢家山身異鄉」切合題目，表達遊子對家鄉思念的深情。

末三句寫出遊子內心的淒涼。「夜涼」、「枕涼」都是借眼前景物烘托遊子內心無限的淒涼。這種淒涼的環境、淒涼的感覺是無法逞強的。「不許」二字既靈動而有力，足見作者遣詞造句的功力。

鍾嗣成

鍾嗣成，字繼先，號醜齋，本籍大梁（今河南開封），流寓杭州。曾從江浙儒學提舉鄧文原學作詩文，屢試不第，轉而從事著作。至順二年，完成《錄鬼簿》二卷，記載一百五十二位元曲作家的事跡及四百多種雜劇目錄，是研究元曲作家作品最重要的資料。著有雜劇《章臺柳》、《蟠桃會》等七種，今已不傳。今存小令五十九首、散套一套。朱權《太和正音譜》：「鍾繼先之詞，如騰空寶氣。」

二七五　水仙子

燈前撫劍聽雞聲❶⊙月下吹簫引鳳鳴❷⊙功名兩字原無命⊙學神仙

又不成⊙歎吳儂❸何處歸耕⊙日月閒中過。風波夢裡驚⊙造物❹無情⊙

【格律】〈水仙子〉，即〈湘妃怨〉。詳見盧摯〈湘妃怨・西湖〉（湖山佳處那些兒）。（頁五八）

【注　釋】❶燈前句　此句用聞雞起舞的典故。比喻自己奮發建立功業。《晉書・祖逖傳》：「與司空劉琨俱為司州主簿，情好綢繆，共被同寢。中夜聞荒雞聲，蹴琨覺曰：『此非惡聲也。』因起舞。」❷月下句　此句用蕭史、弄玉的故事。比喻修道學仙。詳見白樸〈駐馬聽・吹〉❷（頁九一）。❸吳儂　吳地的人。作者自稱。❹造物　指天地。主宰萬物的人。

【語　譯】燈前撫摸著寶劍，諦聽雞鳴聲；月下吹著洞簫，引起鳳凰的共鳴。功名兩字，原本就沒有我的命；想學神仙，又學不成。感歎吳地人，哪裡有田可耕？日月在悠閒中度過，風波在夢幻中驚醒；主宰萬物者，實在無情。

【賞　析】本篇感歎功名不能得志，神仙難以學成，處在亂世，連隱居的地方都沒有，終日虛度光陰，擔心風波。曲中充滿憤世嫉俗、遁世逃情的意味，反映出元朝讀書人的苦悶。

首二句對偶工整，寫自己曾奮力求取功名，聞雞起舞，鍛鍊身體，準備報效國家。也曾學蕭史在月下吹簫，希望修道成仙。

第三句與第一句對舉，表示功名不得志。第四句與第二句相關，表示學仙不成。怨天尤人，歸咎於時運不濟，造化弄人。

第五句承上四句而來，既然功名、神仙不可求，還不如歸隱田園吧！但是舉世擾攘，動亂不定，何處可以歸耕呢？連個逃避現實、隱居樂道的地方都找不到，真是可憐。

末三句寫生在亂世，自己無法作主，一切任由命運安排。「日月閒中過」對「風波夢裡驚」，十分警策。一「閒」字充分表達虛度光陰、無所作為的無奈；一「驚」字極狀「風波」之可怕，連睡夢都不安穩。結句「造物無情」，響亮有力。埋怨造物，即是控告統治者暴虐無道。

二七六　罵玉郎過感皇恩採茶歌　寄別

長江有盡愁無盡⊙空目斷楚天❶雲⊙人來得紙真實信⊙親手開。在意❷讀。從頭認⊙　織錦回文❸⊙帶草連真❹⊙意誠實。心想念。話殷勤⊙佳期未准⊙愁黛常顰❺⊙怨青春⊙捱白晝。怕黃昏⊙　敘寒溫⊙問原因⊙斷腸人寄斷腸人⊙錦字❻香沾新淚粉⊙彩箋紅漬❼舊啼痕⊙

【格律】詳見曾瑞〈罵玉郎過感皇恩採茶歌・閨中聞杜鵑〉（無情杜宇閒淘氣）。（頁二一一九）

【注釋】❶楚天　南方的天空。❷在意　留心；注意。❸織錦回文　用五色絲織成的回文詩。指情書。用前秦竇滔妻蘇蕙的故事。竇滔被徙流沙，蘇氏思念不已，因而織錦為迴文旋圖詩以贈滔。詩長八百四十字，可以宛轉循環正讀或倒讀，詞意悽惋。見《晉書・列女傳》。❹帶草連真　指情書的字體一半潦草一半工整。草，草書。真，楷書。❺愁黛常顰　愁眉不展。黛，青黑色的顏料。古代婦女用來畫眉。也代表婦女的眉毛。顰，皺眉。❻錦字　指情書。由織錦回文而來。❼漬　浸染。

【語譯】長江雖長總還有個盡頭，我的憂愁卻是無窮無盡；徒自望斷了楚天的浮雲。有人從故鄉帶來一封信，我親手拆開信封，仔細的閱讀，從頭的辨認。　這封信是用錦繡織成的回文詩；字跡一半潦草，一半工整。意思誠實，心中想念，話語殷勤。因為佳期還沒有定準，所以憂愁得眉黛蹙顰；怨恨青春容易辜負，捱過漫長的白晝，怕又看見黃昏。　信中敘述氣候的寒暖，詢問遲遲不歸的原因；真是斷腸人寄信給斷腸人。錦字香沾滿了思婦的新淚粉，彩箋紅浸透了思婦的舊啼痕。

【賞　析】這是作者「四別」組曲的第三首「寄別」，其他為「敘別」、「恨別」、「憶別」。描寫天涯遊子思鄉之情，透過展讀家鄉情人寄來的信，表達彼此深刻的相思之意。文字淺顯明白，音律協和，對偶工整，令人玩味不已。這是一首帶過曲，〈罵玉郎〉、〈感皇恩〉、〈採茶歌〉都是南呂宮的曲牌，高低相同，聲情一致，所以可以組成帶過曲。

〈罵玉郎〉共六句：前二句借長江的綿遠抒寫鄉愁之無盡，遙望南方，思念家鄉的情人。後四句寫接獲情人來信的興奮之情。「親手開，在意讀，從頭認」，句法簡短，意思精鍊，把家書抵萬金的心情微妙地表現出來。

〈感皇恩〉共十句：前五句描寫這封書信纏綿悱惻的情意及流利瀟灑的筆跡。「佳期未准」以下五句則是「意誠實，心想念，話殷勤」的具體描寫。「佳期未准」是「愁黛常顰」的原因，也是導致「怨青春，捱白晝，怕黃昏」的原因。

〈採茶歌〉共五句：前三句繼續描寫情書的內容，信中噓寒問暖，備極關注。「斷腸人寄斷腸人」是本篇的曲眼，一箭雙雕，說盡遊子與思婦兩地相思的苦衷。末二句詞語清麗，「錦字」、「彩箋」回應前「織錦回文」，「淚粉」、「啼痕」切合前「愁黛常顰」，結構極為謹嚴。

汪元亨

汪元亨，字協貞，號雲林，別號臨川佚老，饒州（今江西鄱陽）人，後遷居常熟（今屬江蘇）。至正間，任浙江省掾，與賈仲明相識，《錄鬼簿續編》著錄其雜劇《仁宗認母》、《桃源洞》、《斑竹記》三本及南戲《父子夢欒城驛》，今皆不存。散曲有《小隱餘音》百篇，多寫歸田隱居的生活。

二七七　醉太平　警世

憎蒼蠅競血❶⊙惡黑蟻爭穴❷⊙急流中勇退❸是豪傑⊙不因循苟且❹⊙歎烏衣一日非王謝❺⊙怕青山兩岸分吳越❻⊙厭紅塵萬丈混龍蛇❼⊙老先生去也⊙

【格律】詳見王元鼎〈醉太平·寒食〉（聲聲啼乳鴉）。（頁二一九八）

【注　釋】❶蒼蠅競血　像蒼蠅爭舔血腥的東西一樣。比喻爭權奪利的醜態。❷黑蟻爭穴　黑螞蟻爭奪巢穴。比喻競爭的人很多而又劇烈。❸急流中勇退　船行至急流而及時退出。比喻方得意時，能勇於見機引退，明哲保身。❹因循苟且　遲延不振作。❺烏衣句　言繁華易歇，好景不常。劉禹錫〈烏衣巷〉詩：「朱雀橋邊野草花，烏衣巷口夕陽斜。舊時王謝堂前燕，飛入尋常百姓家。」烏衣，指烏衣巷。在今南京秦淮河南，晉時王導、謝安住所在此。❻吳越　指春秋時吳國與越國。是兩個互為仇敵的國家。比喻敵對的勢力。❼混龍蛇　比喻好壞不分，賢愚莫辨。《佛印語錄》：「凡聖同居，龍蛇混雜。」

【語　譯】痛恨蒼蠅競爭地吸人的血，厭惡黑蟻爭奪著占據巢穴。能夠急流勇退的人，才是豪傑；他當機立斷，不遲疑苟且。感歎烏衣巷住的人，已經不是王、謝；恐怕青山兩岸，依舊分隔開世仇吳、越；討厭紅塵世界，混雜著賢愚龍蛇。老先生歸去也。

【賞　析】本篇是作者「警世」二十首小令之一，厭惡世人爭名爭利的醜態，奉勸世人急流勇退、潔身自愛，表達了隱居樂道的思想。

首二句以對偶的方式，鮮明的形象，強烈地諷刺世人爭名爭利的醜態。一開頭就扣緊「警世」的題目。這種鮮明的比喻，來自馬致遠〈秋思套〉：「密匝匝蟻排兵，亂紛紛蜂釀蜜，鬧穰穰蠅爭血。」作者把它濃縮成兩句，更見簡練。

次二句與上二句作一強烈對比，是勸世的作用，一諷一勸，一正一反，頓挫有致。「急流中勇退」與「豪傑」都表示看破榮華富貴的不容易，必須是徹底的覺悟與堅定的決心才能辦到，因循苟且的人是跳不出功名火坑的。

次三句以長句對偶，列舉歷史人物證明功名虛浮，富貴不能長久享用。既充實而又整齊。這三句各用一個典故：「非王謝」用劉禹錫的〈烏衣巷〉詩意，「分吳越」用吳、越爭霸的故事，「混龍蛇」用《佛印語錄》的意思。用典使事，既妥貼而自然。

結句「老先生去也」，短捷有力，表達作者歸隱的志向堅定果決，寓有示範的作用。

二七八　醉太平　警世

辭龍樓鳳闕❶⊙納象簡烏靴❷⊙棟梁材❸取次❹盡摧折⊙況竹頭木屑❺⊙結知心朋友著疼熱❻⊙遇忘懷詩酒追歡悅⊙見傷情光景放痴呆❼⊙老先生醉也。

【格律】詳見王元鼎〈醉太平・寒食〉（聲聲啼乳鴉）。（頁二九八）

【注釋】❶龍樓鳳闕　指帝王華麗的宮殿。❷象簡烏靴　指古代官員手拿的奏板，腳穿的皁鞋。象簡，象牙製的笏。烏靴，黑色的短靴。古代朝服之一。❸棟梁材　比喻能擔當重任的人才。❹取次　逐漸；一個接一個。❺竹頭木屑　比喻微小的、不重要的。❻著疼熱　感到關心、親切。❼放痴呆　裝作痴呆，漠不關心。

【語譯】辭別了莊嚴華麗的皇宮，交還了居官的奏板與皁鞋。國家的重要大臣，都一個一個被害死了；那些卑微的小臣，怎麼能倖免？結交一些彼此關心知己的朋友，遇到忘懷的詩酒且盡情歡樂，看到傷心的事情裝做痴呆無知的樣子。老先生已經喝醉了。

【賞析】本篇是作者「警世」二十首小令中的一首。作者醒悟功名虛浮，宦場險惡，因而興起辭官歸隱的念頭。分四層敘述，井然有序。

開頭二句對偶工整，寫出辭官的意思。「龍樓鳳闕」，比喻朝廷的莊嚴偉大、富麗堂皇。「象簡烏靴」，比喻居官受任的恩寵與榮耀。卻用「辭」、「納」否定了一切，這兩個動詞用得極有力。

次二句說明辭官的原因。連棟梁材都遭遇摧殘，一般的小官更不用說了。所謂「伴君如伴虎」，「蜚鳥盡，良弓藏。狡兔死，走狗烹」，越國的文種、漢朝的韓信，最後不都被帝王處死了。功名險惡，還是辭官的好。

次三句寫出辭官歸隱的好處：結交互相關心的朋友，追求吟詩喝酒的歡樂，忘記人生傷感的事物。這三句對偶工巧，曲意流暢，兼豪放、清麗之長。

末句「老先生醉也」，承「忘懷詩酒」而來，總結全曲之意，流露作者無限的感歎。處在元朝亂世，一般士人在潦倒不得志的時候，最好的出路就是隱居樂道，最好的避風港就是醉鄉，所謂「醉鄉廣大人間小」，喝醉酒還有什麼煩惱的事情呢？

倪瓚

倪瓚，字元鎮，號雲林，又號風月主人，無錫（今屬江蘇）人。生於元中葉，明初尚存。性情孤傲清高，絕意仕進，與虞集、張雨相友善。至正初年，散放家財給親友，泛舟浪遊五湖間，自稱懶瓚，又稱倪迂。善彈琴，精音樂，工書畫，詩、詞、散曲無不精妙。著有《清祕閣集》。今存小令十二首。

二七九　人月圓

驚回一枕當年夢。漁唱起南津❶⊙畫屏❷雲嶂。池塘春草❸。無限消魂⊙

舊家應在。梧桐覆井。楊柳藏門⊙閒身空老。孤篷❹聽雨。燈火江村⊙

【格律】詳見張可久〈人月圓・山中書事〉（興亡千古繁華夢）。（頁三四〇）

【注　釋】❶南津　南面的渡口。❷畫屏　形容雲山景物如畫。❸池塘春草　春天的景物。謝靈運〈登池上樓〉詩：「池塘生春草，園柳變鳴禽。」❹孤篷　孤獨的客船。

【語　譯】南津傳來陣陣的漁歌聲，驚醒我故鄉的美夢。雲山有如圖畫，池塘生滿春草；當年的景物依稀，引起我無限的感傷。　老家應該還在！梧桐覆蓋著金井，楊柳隱藏了朱門。作客他鄉，閒身無事，歲月空老；有時在孤篷上聽著雨聲，有時於萬家燈火行經江村。

【賞　析】倪瓚在至正初年曾經散放家財給諸親友，棄家避亂，泛舟浪遊於震澤三泖間，以繪畫自給。本篇即是這段期間的作品，抒發他懷念舊家的感情及目前生活的感受。作者善繪畫，工詩、詞，所以曲中充滿詩情與畫意。

首二句寫漁唱驚醒當年的美夢，令人惆悵不已。「南津」指客遊所在之地，「當年夢」則指往日家中歡樂的生活。

次三句寫眼前景物。雲山如畫，春草萋萋，正是春天的景色。觸景生情，令人黯然消魂，憶念起家鄉的親人。此段融和謝靈運的詩句與江淹〈別賦〉的意境，不露痕跡，已達化工之妙諦。

下片首三句即就憶舊發揮。「舊家應在」，表達出作者深刻想念之情，與李煜〈虞美人〉詞「雕闌玉砌應猶在」同一情致。「梧桐覆井，楊柳藏門」是舊家最難忘的景物。此二句對偶工整，寫來如在目前，如見其景。去家雖久，而記憶猶新，足見作者懷舊之情。

末三句寫目前的生活。「閒身空老」，寫盡潦倒不得意。「孤篷聽雨，燈火江村」描寫客途飄泊的生活，文筆生動，令人有親身經驗的真實感。

二八〇　殿前歡

揾啼紅❶。杏花消息雨聲中❷。十年一覺揚州夢❸。春水如空。雁波寒寫去踪❹。離愁重。南浦行雲送❺。冰弦玉柱❻。彈怨東風。

【格　律】詳見貫雲石〈殿前歡〉（隔簾聽）。（頁一九二）

【注　釋】❶揾啼紅　擦拭紅粉上的淚痕。揾，擦去。啼紅，紅淚。白居易〈琵琶行〉：「夢啼妝淚紅闌干。」❷杏花句　雨聲中杏花紛紛凋謝了。陳與義〈懷天經智老因訪之〉詩：「客子光陰詩卷裡，杏花消息雨聲中。」❸十年句　十年光陰有如一場夢幻。杜牧〈遣懷〉詩：「十年一覺揚州夢，贏得青樓薄倖名。」❹雁波寒寫去踪　琴聲淒涼，抒寫離別之情。雁波，指琴聲。古琴底部腰的兩旁有兩個小方孔，安設二木柱，稱為雁足、雁柱。❺南浦行雲送　送別南浦，離人如行雲遠去。江淹〈別賦〉：「春草碧色，春水綠波，送君南浦，傷如之何？」❻冰弦玉柱　指琴瑟之類的樂器。陳子昂〈于長史山池三日曲水宴〉詩：「金弦揮趙瑟，玉柱弄秦箏。」

【語　譯】擦拭著沾帶紅粉的眼淚，傷心紅杏已在春雨聲中紛紛凋落了。往日美好的生活也如一場美夢，隨著春水逝去，一切如空。淒涼的琴聲傳達了離別的感情，離愁濃重；南浦送別之後，離人如行雲一般飄浮無蹤。冰弦玉柱的琴瑟，彈盡了怨東風的曲調。

【賞　析】本篇描寫琴聲中所傳達出來的傷春、懷舊與念遠的情緒。層次井然，動人心絃。彈琴的主題卻在最後一句才寫出來，奇峰突起，令人驚歎不已。《續錄鬼簿》說作者精通音律，善於操琴，從此曲的描述可以得到證明。

首二句寫傷春、惜春的感情。閨中女子看到春天杏花開了，但好景不常，在風雨綿綿中杏花又開始凋謝了，引起閨中女子惜春的情緒，淚溼紅妝，傷心不已。

次二句懷念舊日的生活，用杜牧〈遣懷〉詩「十年一覺揚州夢」的詩意。往事如夢，已如春水流逝，一無所存。用「夢」字、「空」字前後呼應，表達出多少感傷與哀歎的心情。

次三句寫傷離怨別之情，用江淹〈別賦〉的故事。這種別離之情是透過琴聲表現出來的。「雁波」代表「琴音」，想像豐富，用詞生動，既虛擬又典型。「寒」形容琴音的淒涼，「寫去蹤」則是琴聲所表達的內容。

末二句具體寫出琴聲。「冰弦玉柱」形容琴之華美。「彈怨東風」是本曲的主調，則上面三層惜春、憶舊、念遠都帶有「怨」的感情成分。末二句短捷宏亮，振起有力。

二八一　小桃紅

五湖煙水❶未歸身⊙天地雙蓬鬢❷⊙白酒新篘❸會鄰近⊙主酬賓⊙

百年世事興亡運⊙青山數家。漁舟一葉。聊且避風塵❹⊙

【格　律】詳見楊果〈小桃紅・採蓮女〉（採蓮人和採蓮歌）。（頁四）

【注　釋】❶五湖煙水　指浪遊各地。溫庭筠〈利州南渡〉詩：「誰解乘舟尋范蠡，五湖煙水獨忘機。」❷蓬鬢　鬢髮散亂如飛蓬。杜甫〈將赴荊南寄別李劍州〉詩：「路經灩澦雙蓬鬢，天入滄浪一釣舟。」❸白酒新篘　白酒剛釀成。白酒，泛指美酒。篘，濾酒器。也指濾酒。❹風塵　風起塵揚，天昏地暗。比喻世局的擾攘不安。

【語　譯】漫遊五湖四海，未能回歸鄉里；浪跡天地，雙鬢蓬鬆散亂。拿出新釀製的白酒，招待鄰近的朋友，主人敬賓客飲酒；百年世事，興亡成敗，都是命運，不可強求。乘著漁舟一葉，漫遊青山數處；暫時逃避擾攘不安的時世。

【賞　析】本篇抒寫浪遊五湖，寄身天地；因而借酒忘憂，隱居樂道，以逃避擾攘亂世。作者是元末明初的文人，身處戰亂紛仍的時代，於是棄家避亂，終老天涯。此曲表面上寫得曠達、悠閒，實際上有其苦悶、難言的隱衷。

首二句寫出浪跡天涯、飄泊一世的感歎。「未歸身」與「雙蓬鬢」充分表達作者有家歸不得及受盡折磨、愁白雙鬢的憔悴神情。

次三句蕩開一筆，寫寄情物外，暫時拋下眼前的苦難。端出新釀的美酒，與鄰居相酬和，閒談百年世事，古今興亡，置身局外，逍遙自樂。

末三句極力的避開亂世，隱居樂道。「青山數家，漁舟一葉」二句對偶工整。表示寄情於青山綠水之間，以忘記現實生活的不如意。「聊且避風塵」一句把作者消極避世的不得已苦衷充分表現出來。如果不是風塵遍地，何須拋妻別子離家避亂呢？「聊且」二字已經表示不是心中的志願與理想，而是退而求其次的做法。這些絃外之音只要細讀作品便能體會，與此相類的作品在元曲中相當普遍。

二八二 太常引 傷逝

門前楊柳密藏鴉⊙春事到桐花❶⊙敲火❷試新茶⊙想月佩、雲衣故家⊙苔生雨館。塵凝錦瑟❸。寂寞聽鳴蛙❹⊙芳草際天涯⊙蝶栩栩、春暉夢華❺⊙

【格律】〈太常引〉是仙呂宮的曲牌，與詞相同，只作小令，不宜入套。有么篇換頭，須連用。其調式為「七、五、五、七」，「四、四、五、五、七」，共九句七韻。其平仄格律如下：

＋－＋｜｜－－⊙ ＋｜｜－－⊙ ＋｜｜－－⊙ ＋｜｜、－－ㄙ－⊙ ＋－＋｜。

＋－＋｜。＋｜｜－－⊙ ＋｜｜－－⊙ ＋｜｜、－－ㄙ－⊙

【注釋】❶桐花　紫桐樹的花。暮春始開。❷敲火　敲石取火。古時鑽木取火，四時不同。春季取榆柳，時在寒食禁煙之後，清明之前。❸錦瑟　華美的琴瑟。❹鳴蛙　鳴叫的青蛙。❺蝶栩栩句　此用莊周夢蝴蝶的故事。詳見王和卿〈醉中天・大蝴蝶〉❶（頁一六）。

【語　譯】門前楊柳，茂密得可以藏鴉；春天的景物，已經到了桐花開放的時候了。取榆柳之火，品嚐著新採的春茶；想起以前故鄉月為佩、雲為衣的生活。　老家的池館恐怕已經生滿了蒼苔，錦瑟也布滿了灰塵；四周寂靜，偶爾聽見幾聲蛙鳴。芳草連到天邊，夢回自己的故鄉；好像莊子栩栩然如蝴蝶的一場春夢。

【賞　析】本篇透過春天的景物以懷念故家的生活，哀傷往日幸福美好的日子已經消逝，不可再得。作者至正初年，棄家避亂於五湖之間，流連山水，寄情竹石，但故家的風光人物卻常出現於作品中，足見他是一位十分念舊的性情中人。

首二句描寫客居眼前的景物，春光爛漫，景物繁麗，楊柳藏鴉，桐花開遍。

次二句接寫春景，引起想念故家之情。寒食禁煙，到了清明改用榆柳之火。此時春茶已採收完畢，取榆柳之火煎煮新茶，茶香四溢，忽然想念起往日明月為佩、雲彩為衣的故家生活。每逢佳節倍思親，作者因目睹清明景物而想念起故鄉。

換頭三句哀傷故家之冷落。因為沒有人整理，雨館已經生滿了蒼苔，錦瑟也沾滿灰塵，四周靜悄悄的，只有廢池鳴蛙的叫聲。此三句承上句「想月佩雲衣故家」切題。

末二句轉回眼前景物。樓前芳草連天，一望無際，令人馳想。但故家美好的景物已經冷落，不堪追尋了；而昔日錦衣玉食、月佩雲衣的幸福生活，也如莊周枕上一場夢幻罷了。

劉庭信

劉庭信，本名廷信。排行第五，身長而膚黑，人稱黑劉五。為南臺御史劉廷幹族弟。現存小令三十九首、套數七套。朱權《太和正音譜》：「劉庭信之詞，如摩雲老鶻。」

二八三 折桂令 憶別

想人生最苦離別⊙三個字細細分開❶。淒淒涼涼無了無歇❷⊙別字兒半晌痴呆⊙離字兒一時拆散。苦字兒兩下裡堆疊⊙他那裡鞍兒馬兒身子兒劣怯❸⊙我這裡眉兒眼兒臉腦兒乜斜❹⊙側著頭叫一聲行者❺⊙閣著淚說一句聽者⊙得官時先報期程❻。丟丟抹抹❼遠遠的迎接⊙

【格律】〈折桂令〉，即〈蟾宮曲〉。詳見盧摯〈蟾宮曲‧箕山感懷〉（巢由後隱者誰何）。（頁五一）本曲多加襯字，達到一百字，故又稱〈百字折桂令〉。

【注　釋】❶三個字句　別、離、苦三個字細細分開說明。即指後三句。❷無了無歇　沒完沒了；無有休止。❸劣怯　步態踉蹌的樣子。❹乜斜　歪斜。❺行者　走吧。者，語助詞。下句同。❻期程　回來的日期。❼丟丟抹抹　忸怩作態；羞羞答答。

【語　譯】人生最苦是離別，三個字仔細的分開說明；離別之後，使人淒淒涼涼，無止無休。「別」字兒半晌痴呆，「離」字兒一時分散，「苦」字兒兩方堆積。他身兒踉蹌遲疑地騎上鞍馬，我眉兒眼兒含情斜視著他。他側著頭叫一聲：「走了！」我含著淚說一句：「聽著：得到官位，馬上通知我回來的日期，我羞羞答答的遠遠來迎接你。」

【賞　析】本篇是作者「憶別」組曲十二首中的第二首。描寫閨中少婦送別丈夫時依依不忍離別之情。一面希望他得官，一面又怕他得官後不回來。曲辭新鮮活潑，明快潑辣。

首三句寫出離別是人生最苦痛的事，淒淒涼涼，無止無休。「想人生最苦離別」是本曲概括性的題旨。

次三句作成「鼎足對」，承第二句而來，分別拆開「別」、「離」、「苦」三字說明，一語雙關，既是字形的構造，又表達離別之深情。「別」字半邊「另」，似呆非呆；「離」字可拆成「离」、「隹」兩字；「苦」字由「艸」、「古」兩字堆疊而成；這是字面上的意思。而「半晌痴呆」、「一時拆散」、「兩下堆疊」既是說明三字字面的結構，又是形容離別的苦情。

次二句轉寫離別時男女雙方的神情：男方牽著馬，步履踉蹌，傷心到了極點；女方則是愁眉苦臉，目光呆滯歪斜，不忍離別。這些神情生動地表現出二人內心深處的相思情意。

末四句寫男女雙方話別的情態。應用對話，明白生動。還沒有登程，就已先問歸期，把情人不忍離別的心情，栩栩如生的表達出來。

劉燕歌

劉燕歌，元時名妓，善歌舞。生平不詳。今存小令一首。

二八四　太常引

故人別我出陽關❶⊙無計鎖雕鞍❷⊙今古別離難⊙蹙損了、蛾眉遠山❸⊙

一尊❹別酒。一聲杜宇❺。寂寞又春殘⊙明月小樓間⊙第一夜、相思淚彈❻⊙

【格律】詳見倪瓚〈太常引・傷逝〉（門前楊柳密藏鴉）。（頁五六〇）

【注釋】❶陽關　在今甘肅省敦煌縣西南。以位於玉門關南方而得名，是古代通西域的要道，古人多在此送別。王維〈送元二使安西〉詩：「勸君更盡一杯酒，西出陽關無故人。」❷鎖雕鞍　強留離人。雕鞍，雕花的馬鞍。古人出門多半騎馬，故以雕鞍代表行人。柳永〈定風波〉詞：「悔當初不把雕鞍鎖。」❸蹙損了蛾眉遠

山　為離別皺損了眉毛。蹙，縮緊；皺起。蛾眉遠山，指美人的眉毛。《西京雜記・二》：「文君姣好，眉色如望遠山，臉際常如芙蓉。」《西廂記》第三本第二折：「望穿他盈盈秋水，蹙損了淡淡遠山。」❹尊　同「樽」。酒杯。❺杜宇　即杜鵑鳥。相傳古蜀王杜宇，死後化為杜鵑鳥，於暮春時悲啼不已，啼聲有如「不如歸去」。❻相思淚彈　為相思而悲痛流淚。

【語　譯】老朋友離別我出了陽關，我無法鎖住他的雕鞍。從古至今別離最艱難，所以皺損了蛾眉遠山。敬朋友喝一杯別酒，聽一聲杜宇的啼叫；心情寂寞，春光凋殘。明月照著小樓，第一夜為相思而淚流潺潺。

【賞　析】本篇是元朝樂妓劉燕歌送別朋友的作品，詞意悽惋，頗為動人。《青樓集》載：齊參議還山東，劉燕歌寫了〈太常引〉小令餞別，至今膾炙人口。以一位善歌舞的樂妓能寫出這麼好的作品，實在難得。

首二句開門見山寫出送別的情景。陽關是古人出西域送別的地方，這裡借王維的詩意寫餞別朋友，既是齊參議還山東，這個陽關就不是甘肅敦煌的陽關，而是泛指送別的地方。「無計鎖雕鞍」用柳永詞意，表示依依不捨而又無計留人的別情，既簡要又深刻。

次二句續寫離別之愁。此處用《西京雜記》卓文君的故事，以「遠山」代表眉毛，足見作者飽讀詩書，學問淹博，所以應用典故，極為恰當。

換頭三句以暮春之景物襯托別情。耳邊杜宇聲聲「不如歸去」，眼前百花凋謝，而知心朋友離我遠去，豈能不傷心落淚？

末二句寫別後相思之意。「明月小樓間」，把時間、地點具體的寫出來。別後第一夜是最難捱的時刻：獨居小樓，寂寞難消，望月懷人，相思不已，而淚灑衣袖了。

無名氏

二八五 賀聖朝

春夏間⊙徧郊原桃杏繁⊙用盡丹青❶圖畫難⊙道童將驢鞴上鞍❷⊙忍不住只恁般❸頑⊙將一個酒葫蘆楊柳上拴❹⊙

【格律】〈賀聖朝〉是黃鍾宮的曲牌，只作小令用，與中呂、商調的〈賀聖朝〉不同。其調式為「三、六、七、七、六、六」，共六句六韻。其平仄格律如下：

一厶一⊙ ｜一一一厶一⊙ 十｜一一乑厶一⊙ 十一乑一厶｜一⊙ 十十｜｜一一⊙

｜一一乑厶一⊙

【注釋】❶丹青 泛指繪畫所用的顏料。❷鞴上鞍 披上坐鞍。鞴，車紲。此處作動詞用。❸恁般 這樣；

如此。❹拴　綁；結。

【語　譯】春夏之間，整個郊外開滿了桃花與杏花。這種自然美景就是用盡丹青也難以圖畫。道童牽出驢子，繫上坐鞍。忍不住這般地頑皮，把一個酒葫蘆拴在楊柳樹上。

【賞　析】本篇寫道士春遊的作品，描繪春郊景物，清新美麗。尤其末段寫道童天真活潑的舉動，更是生動有趣，如親眼看見一般，充滿著民間歌謠的風味。比起文人的作品來，無名氏的作品一般比較通俗白話，多用白描，少用典故。

首二句即寫出時間、地點與景物。時間在「春夏間」，地點則「徧郊原」，景物是「桃杏繁」，非常簡明扼要。「徧」、「繁」二字很能表現春光爛漫的景象，一狀其廣，一狀其多。

次二句承上啟下。上句言自然美景不是人工所能形容的，極言造化之巧妙。下句言道士乘此良辰美景準備郊遊，道童替他整理行裝。這裡用「道童」，則幕後主人的身分不言可知。「將驢鞴上鞍」，極形象地把出遊的交通工具寫出來。

末二句描寫道童天真頑皮的舉動，寫來新鮮有趣，令人忍俊不禁。「酒葫蘆」乃是道士最重要的道具，出門必須隨身攜帶，不可須臾離身的，道童卻拿來拴在楊柳樹上，此一不尋常的舉動，震撼了讀者的眼力與思潮，使得全曲活潑生動起來，真是畫龍點睛之筆，符合曲中重尾之律。

二八六　紅錦袍

那老子彭澤縣懶上衙❶⊙倦將文卷押❷⊙數十日不上馬❸⊙柴門掩上咱❹⊙籬下看黃花❺⊙愛的是綠水青山❻。見一個白衣人來報❼。來報五柳莊幽靜煞❽⊙

【格律】〈紅錦袍〉是黃鍾宮的曲牌。一名〈紅衲襖〉。只作小令用。其調式為「六、五、五、五、五、四、四、六」，共八句六韻，第六、七句不叶韻。其平仄格律如下：

＋－＋｜｜－⊙　＋－－｜｜⊙　＋－－｜｜⊙　＋－｜｜＋⊙　＋｜｜－＋⊙　｜｜－－。　＋－－｜。　｜＋－－去上⊙

【注釋】❶彭澤縣懶上衙　懶得上彭澤縣的衙門。陶潛曾任彭澤縣令，後辭官歸田，賦〈歸去來兮辭〉。為官僅八十餘日。「上衙」一本作「坐衙」。❷倦將文卷押　厭倦批閱公文。押，在文書、字畫上署名或畫記號，以為憑信。❸上馬　即出門。馬是古代的交通工具。❹咱　語氣詞。用於句末。同「哦」、「啊」。❺黃花　菊花。❻愛的是綠水青山　陶潛〈歸園田居〉詩：「少無適俗韻，性本愛丘山。」❼見一個句　用白衣送酒的故事。詳見盧摯〈沈醉東風・重九〉❹（頁四七）。白衣人，指童僕。古時服賤役者身穿白衣。❽五柳莊幽靜煞五柳莊非常幽靜。陶潛住宅邊有五棵柳樹，所以稱五柳莊，自號五柳先生。

【語　譯】那個老頭子懶得到彭澤縣去上班，厭倦於批閱公文。幾十天都不騎馬出門，整天關著柴門不開，在籬下欣賞自己栽種的菊花。喜愛的是綠水青山，看見一位白衣人來報告，報告說：五柳莊非常幽靜啊。

【賞　析】本篇歌頌陶潛隱居樂道的作品，也可以說是檃栝陶潛〈歸去來兮辭〉的一首小令。元朝是亂世，陶潛隱居樂道的思想，被認為是逃避亂世最有效的方法，所以元曲中有許多歌頌陶潛的作品。

首二句即寫陶潛辭去彭澤縣令，歸隱田園。「那老子」運用口語，既親切，又不失尊重，一開頭的稱呼就不同凡響，帶來了趣味性。「懶」、「倦」二字寫出陶潛質性自然，不願受官事拘絆的精神態度，極為生動。

次三句寫歸田後的隱居生活。「數十日不上馬，柴門掩上咱」即是陶潛〈歸去來兮辭〉所說的「歸去來兮，請息交以絕游，世與我而相遺，復駕言兮焉求」、「園日涉以成趣，門雖設而常關」。「籬下看黃花」一句則從陶潛〈飲酒〉詩「採菊東籬下，悠然見南山」脫化而來。

末三句更描寫隱居的環境，有青山綠水，非常幽靜。並用白衣人送酒的典故，寫來極有韻致，令人想見陶潛風流瀟灑的氣度。末二句重疊「來報」二字，使用頂真續麻的修辭格，造成纏連頓挫的語氣，也造成結音響亮而有力。作者不自己讚美五柳莊的幽靜，而透過白衣人來讚美，連帶著令人想起白衣送酒的故事，既真實而有趣。

二八七 叨叨令

黃塵萬古長安路⊙折碑三尺邙山墓❶⊙西風一葉烏江渡❷⊙夕陽十里邯鄲樹❸⊙老了人也麼哥❹。老了人也麼哥。英雄盡是傷心處⊙

【格　律】詳見鄧玉賓〈叨叨令・道情〉(白雲深處青山下)。(頁一七一)

【注　釋】❶邙山墓　邙山上的墳墓。邙山，即北邙山。在今河南省洛陽市東北，漢、魏以來，王侯公卿貴族多以此為葬地。❷烏江渡　烏江的渡口。烏江，水名。在今安徽省和縣東北，楚、漢相爭，項羽失敗，自刎於此。❸邯鄲樹　邯鄲道上的樹。邯鄲，地名。在今河北省邯鄲縣。唐沈既濟〈枕中記〉寫盧生在邯鄲道上遇見道士呂洞賓，他用呂洞賓的枕頭入睡，夢中經歷了數十年的富貴榮華。夢醒時，店主人所烝的黃粱還沒熟，於是盧生領悟道理，跟隨呂洞賓出家。❹也麼哥　曲中表示語氣的助詞，有聲無義。〈叨叨令〉五、六句句末三字必用「也麼哥」，成為定格。

【語　譯】萬古以來，人們奔波於黃塵滾滾的長安路，追逐功名利祿；如今北邙山上王公貴族的三尺墓碑，已經折斷；當年楚霸王自刎的烏江渡口，只餘淒涼的西風吹拂著一葉扁舟；而盧生夢醒的邯鄲道上，夕陽餘暉正照映著十里的路樹。年華老去了，年華老去了。眼前盡是英雄經歷的傷心事跡。

【賞　析】本篇借歷史故事感歎功名虛浮，富貴如夢。

首四句一排對偶，以「長安路」、「邙山墓」、「烏江渡」、「邯鄲樹」四件古事很有代表性的概歎世人爭名爭利，而最後不能永久享用的悲劇。長安是漢、唐以來歷朝建都的地方，讀書人要求取功名，必須到長安，於是四面八方的人風塵僕僕地奔向長安，但是「長安居大不易」、「僧多粥少」，功名得意的能有幾人？恐怕大多數的人都要老於道路了。就算一時得志，也無法長久享用，君不見北邙山上墓碑已折壞，蓋世英雄項羽最後也自刎烏江，倒不如學邯鄲道上的盧生覺悟罷。此四句做三層轉折：首句以「長安」代表功名利祿，二、三句以「邙山」、「烏江」代表英雄末路，末句以「邯鄲」代表夢幻。

五、六兩句運用重疊反覆的修辭法，強調人生容易衰老，功名難得成就。除了歎世之外，尚含有個人歎老嗟卑的情意。這兩句的末三字，必須作「也麼哥」，是本曲的定格。

末句總結全篇之意，簡短有力。古今英雄爭名爭利，美夢成空，留下傷心的事跡。「傷心處」即指「長安路」、「邙山墓」、「烏江渡」、「邯鄲樹」而言。

二八八　落梅風　江天暮雪

彤雲❶布。瑞雪❷飄⊙愛垂釣、老翁堪笑❸⊙子猷凍將回去了❹⊙寒江怎生獨釣❺⊙

【格　律】〈落梅風〉，即〈壽陽曲〉。詳見姚燧〈壽陽曲．詠李白〉（貴妃親擎硯）。（頁一〇〇）

【注　釋】❶彤雲　赤色的雲。下雪之前的預兆。❷瑞雪　冬天的雪。冬雪能殺蟲，並帶來春天灌溉的用水，故有「瑞雪兆豐年」的諺語。❸堪笑　實在好笑。❹子猷句　《世說新語．任誕》：「王子猷居山陰，夜大雪，眠覺，開室，命酌酒，四望皎然。因起彷徨，詠左思〈招隱〉詩，忽憶戴安道。時戴在剡，即便夜乘小船就之。經宿方至，造門不前而返。人問其故。王曰：『吾本乘興而行，興盡而返，何必見戴？』」子猷，即王徽之。王羲之的兒子。❺寒江怎生獨釣　寒冷的江上怎麼能夠獨自垂釣。怎生，即怎麼。生，語助詞。柳宗元〈江雪〉詩：「千山鳥飛絕，萬徑人蹤滅。孤舟蓑笠翁，獨釣寒江雪。」

【語　譯】天空紅雲密布，漸漸地飄起雪花來了。喜愛垂釣的老漁翁實在好笑？這麼寒冷的天氣，連王子猷都凍得回去了；寒江上怎麼能夠獨自的垂釣？

【賞　析】本篇是描寫江天暮雪的作品。曲中透過王子猷及漁翁兩個有趣的人物襯托出雪景的可愛，如見其景，如見其人。

「彤雲布，瑞雪飄」兩個短小的對句，描寫下雪前後的景致。紅通通的雲與白皚皚的雪相映成趣，「布」與「飄」兩個動詞用得十分貼切，把雲的廣布與雪的飄飛，具體的表現出來。

「愛垂釣老翁堪笑」，承上啟下，居樞紐地位。以疑問的語氣引起下文曲意。作者冷眼旁觀，覺得漁父獨釣寒江的痴憨實在好笑。「堪笑」有欣賞、讚歎的感情成分。此句與末句語氣連貫，活用柳宗元〈江雪〉詩句。

「子猷凍將回去了，寒江怎生獨釣」二句，即回答上句疑問，借王子猷凍將回去了，烘托漁翁的不畏寒冷。漁翁是本曲的主角，是畫中的人物，可用眼睛看得見；王子猷是配角，是畫外之人，必須用腦筋去想像。「子猷凍將回去了」一句，反用典故，造成幽默諧趣。王子猷訪問戴安道本是「乘興而行，興盡而返」，曲中卻說「凍將回去了」，真是別開蹊徑，生動有趣。尤其「凍」字用得極為有力，把江天暮雪的景物都表現出來了。

二八九　醉中天

淚濺端溪硯❶⊙情寫錦花箋❷⊙日暮簾櫳❸生暖煙⊙睡煞梁間燕⊙
人比青山更遠❹⊙梨花庭院⊙月明閒卻秋千⊙

【格　律】詳見王和卿〈醉中天・大蝴蝶〉（抨破莊周夢）。（頁一五）

【注　釋】❶端溪硯　端溪出產的硯臺。端溪，在今廣東省德慶縣，縣東有端溪，盛產硯石，世稱端硯、端溪硯。❷錦花箋　華美的信箋。❸簾櫳　竹簾窗牖。❹人比青山更遠　征人遠在青山之外。歐陽脩〈踏莎行〉詞：「平蕪盡處是春山，行人更在春山外。」

【語　譯】眼淚滴入了端溪硯，感情抒寫在錦花箋。天色漸漸暗了，簾櫳內生起了溫暖的爐煙；樑間雙棲的飛燕已經睡熟了。想起征人遠在天涯，比門外青山還遙遠；靜靜的庭院開著淡淡的梨花，天上的明月照在清閒的秋千。

【賞　析】本篇描寫閨婦春夜獨守空房，想念出外的丈夫，表現無限相思的情意。

首二句寫閨婦想念丈夫，流著眼淚寫情書的情形。對偶工整，「端溪硯」與「錦花箋」是寫信的典型工具，而「淚濺」與「情寫」則表達了閨婦的情感作用。

次二句進一步描寫閨房的冷清寂寞。日暮之後，閨房空蕩蕩的，唯有爐中暖煙陪伴著自己，連樑間雙燕都已依偎在一起睡著了。即使情書寫好，也沒有辦法傳遞給對方——古時有燕子銜箋的故事。而且燕子一向雙飛雙棲，也反襯自己的孤單寂寞。

末三句懷念遠人，也懷念往日幸福的生活。「人比青山更遠」用歐陽脩〈踏莎行〉詞「行人更在春山外」的意思。「梨花庭院」、「月明秋千」本是美好的景致，但因良人不在身邊，獨自一人，無心享樂，白白地辜負了眼前花前月下的景致。「閒卻」二字筆力千鈞，充滿了無限的感傷，真可謂「良辰美景奈何天，賞心樂事誰家院」。目前的冷清與往日的幸福，形成強烈的對比。景愈麗而情愈苦，「月明閒卻秋千」表達了多少怨情。

二九〇　醉中天

哀告花箋紙❶⊙囑咐❷筆尖兒⊙筆落花箋寫就❸詞⊙都為風流事❹

⊙寄與多情豔姿❺⊙既一心無二⊙偷功夫應付❻此兒⊙

【格律】詳見王和卿〈醉中天・大蝴蝶〉（摔破莊周夢）。（頁一五）

【注　釋】❶花箋紙　華美的信紙。❷囑咐　吩咐。❸就　完成。❹風流事　指男歡女愛的韻事。❺豔姿　容貌美麗。❻應付　對付對付。

【語　譯】哀求華美的信紙，吩咐尖銳的筆鋒。好好的寫成一篇情文並茂的情書，內容都是男歡女愛的風流韻事。寄給那位既多情又美麗的女子；既然你一心無二，那麼就該抽一點空對付對付我吧！

【賞　析】本篇寫一位男子見了一位美麗多情的女子後，念念不忘，急著想和她見面又無由見面的相思情意。

首二句對偶工整，透過尋覓信箋、選擇好筆以書寫情書的動作，把這位多情男子急於想約見女子的心情描寫得淋漓盡致。竟至「哀告花箋」、「囑咐筆尖」的地步，可見他鄭重其事，痴情可憐了。成敗在此一舉，怎能不誠懇謹慎，哀求禱告呢？

次二句承上，主人翁小心翼翼地寫成了一封情文並茂的情書，希望能打動女子的芳心，內容都是些男歡女愛的韻事，表達了男方熱切的情感。第三句就前二句的詞語組成，有纏連重疊的妙趣。

末三句將信寄出，並希望得到對方美好的回應。「多情豔姿」形容想念中的女子不但多情而且姿色極為美麗，所以為之神魂顛倒。「既一心無二，偷功夫應付些兒」，是書信中的主要內容。極生動地表達了他對意中女子的尊重與愛慕，乞求對方撥一些時間對付點感情給他，不敢貪求無厭，真是其情可憫，充分流露他的誠心與愛意。讀完整首曲子，一位痴情可愛的男子形象，生動地出現眼前。

二九一 朝天子 盧山❶

早霞⊙晚霞⊙妝點❷盧山畫⊙仙翁何處鍊丹砂⊙一縷白雲下⊙客去齋餘。人來茶罷⊙歎浮生指落花⊙楚家⊙漢家⊙做了漁樵話❸⊙

【格　律】 詳見劉致〈朝天子．邸萬戶席上〉（柳營）。（頁二九一）

【注　釋】 ❶盧山　山名。在江西省九江縣南，北靠長江，東南傍鄱陽湖，三面皆水，西接陸地，萬壑千巖，煙雲瀰漫，因有「不見廬山真面目」的說法。❷妝點　裝飾點綴。也作「裝點」。❸漁樵話　漁人和樵夫閒談的話題。

【語　譯】 早晨的雲霞，傍晚的雲霞；把盧山裝飾點綴成一幅煙雲瀰漫的圖畫。仙翁到底在哪裡提鍊丹砂？大概在一縷白雲的下面吧。賓客離去後，剩下一些齋食；遊人來訪時，共飲山上的茗茶；慨歎人生如夢，就像落花一般的短暫虛假。楚霸王的天下，漢高祖的天下；現在都成為漁人、樵夫閒談的話題。

【賞　析】 本篇題詠盧山的景物，並表達人生短暫，功名虛浮，倒不如深居山中，樂道逍遙的意思。

首三句寫景，一開始就抓住了盧山風景的特色。盧山因三面環水，萬壑千巖，早晚雲霞瀰漫，形成神祕不可知的感覺，所以蘇軾〈題西林壁〉詩：「不識廬山真面目，只緣身在此山中。」

次二句就仙人隱遁廬山的故事加以發揮。傳說殷、周之間有匡俗先生隱居於此，後來修道成仙。又傳說浮丘公也在此修道成仙，故廬山成為歷史上修道鍊丹的最佳去處。「何處鍊丹砂？一縷白雲下」承上煙霞瀰漫的景致。

「客去齋餘，人來茶罷，歎浮生指落花」，實寫隱居山中的生活，末句以落花比浮生，深致感慨，並引起下面曲意。

「楚家，漢家，做了漁樵話」，借楚、漢相爭的故事，感歎浮生若夢，功名虛浮。想當年楚項羽與漢劉邦爭奪天下，轟轟烈烈，而今楚家在哪裡？漢家又在哪裡？都已煙消雲散，成為漁人、樵夫閒談的話題了。

本曲分四段：先寫廬山景致，次寫仙翁鍊丹，再寫浮生落花，終歸漁樵閒話。起承轉合，頗為巧妙。

二九二 朝天子 志感

不讀書有權⊙不識字有錢⊙不曉事倒有人誇薦❶⊙老天只恁忒❷心偏⊙賢和愚無分辨⊙折挫英雄。消磨良善⊙越聰明越運蹇❸⊙志高如魯連❹⊙德

過如閔騫❺⊙依本分❻只落得人輕賤⊙

【格　律】詳見劉致〈朝天子・邸萬戶席上〉（柳營）。（頁二一九一）

【注　釋】❶誇薦　讚美尊重，推薦任官。❷忒　太；過於。❸運蹇　時運艱難，命運不好。❹魯連　即魯仲連。戰國時齊人。善計謀畫策，喜為人排難解紛，高蹈不仕。曾游於趙，會秦圍趙急，魏使新垣衍入趙，請尊秦為帝以罷兵。仲連見衍，伸以大義，秦將聞之，為卻軍五十里。圍解，平原君予千金，不受，遂辭而去。見《史記・魯仲連鄒陽傳》。❺閔騫　即閔子騫。春秋魯國人。名損，字子騫。孔子弟子。在孔門中以德行和顏淵並稱。見《論語・先進》。❻本分　本身分內應該做的事。

【語　譯】不讀書的人享有權利，不識字的人擁有錢財；不懂事的人反而有人誇獎推薦。老天爺實在太過偏心了，賢能的人和愚笨的人不加以分辨。打擊挫敗那些英雄人物，消耗折磨那些良善人物，越是聰明的人命運越歹蹇。像魯仲連一樣志向高尚的人，像閔子騫一樣德行良好的人，安分守己的人只落得世人的輕賤。

【賞　析】本篇是作者對元代政治黑暗、社會混亂的現象，發出了憤世嫉俗的不平之鳴。曲文平白如話，直抒胸臆，痛快淋漓。

自古以來，「萬般皆下品，唯有讀書高」，特別自隋、唐實行科舉制度以後，一般人若想享受高人一等的權利，受人尊重，就要用功讀書，求取功名。但是元朝受蒙古人的統治，廢除科舉考試達八十年之久，一般讀書人受異族的壓迫，潦倒不得志，竟淪落到九儒十丐的地步。而豪門貴族，就是不讀書、不識字也享有無限的權利，這種顛倒是非、黑白不分的現象，只有元朝才有，怪不得作者要大聲疾呼「老天只恁忒心偏」了。

本篇善用對比的手法，不但前段「不讀書有權，不識字有錢，不曉事倒有人誇薦」和後段「志高如魯連，德過如閔騫，依本分只落得人輕賤」是一個強烈的對比，就是其中每一句也都是強烈的反比：「不讀書」與「有權」，「不識字」與「有錢」，「不曉事」與「有人誇薦」及「志高如魯連，德過如閔騫，依本分」與「人輕賤」無一不是反常現象。就是「折挫英雄」、「消磨良善」、「越聰明越運蹇」也都是顛倒是非的不合理現象。

二九三　朝天子　志感

不讀書最高⊙不識字最好⊙不曉事倒有人誇俏❶⊙老天不肯辨清濁⊙
好和歹沒條道❷⊙善的人欺。貧的人笑⊙讀書人都累倒❸⊙立身則小學❹⊙
修身則大學❺⊙智和能都不及鴨青鈔❻⊙

【格　律】詳見劉致〈朝天子・邸萬戶席上〉（柳營）。（頁二九一）

【注　釋】❶誇俏　讚美。❷條道　條理；道理。❸累倒　累死；累壞了。❹小學　宋朱熹和劉子澄所編的幼年讀本。全書共六卷，輯錄古代聖賢的道德言行，提供一個人灑掃應對、立身處世的參考。❺大學　儒家經典之一。本是《禮記》的一篇。朱熹把它從《禮記》中抽出，與《論語》、《孟子》、《中庸》合稱「四書」，是古代讀書人修身最重要的經典。❻鴨青鈔 即青錢。是元代的一種錢鈔，顏色青黑。

【語 譯】不讀書的人地位最高，不識字的人生活最好；不懂事的人反而有人讚美誇耀。老天爺不能夠分辨清和濁，致使好人與壞人沒有一點兒公道。善良的人受欺負，貧窮的人受譏笑，讀書的人都累倒。讀書人從小學習灑掃應對、立身處世的道理，長大了又學《大學》修養身心的事情，但是這個社會智慧和才能都趕不上錢鈔重要。

【賞 析】本篇與上篇在曲意上、作法上頗為相似，可說是姊妹篇，都在發抒讀書人潦倒不得志的苦悶。上篇偏重在客觀事實的描述，本篇偏重在主觀感情的宣洩。

首三句抨擊了社會脫序的反常現象。自古以來，「萬般皆下品，唯有讀書高」，今日卻是「不讀書最高，不識字最好，不曉事倒有人誇俏」，豈不氣煞了飽讀詩書的儒生？本來是「四民之首」，一落為「九儒十丐」，有如從天堂貶入地獄，真令人憤恨不平，不吐不快。

次二句是造成社會不平等的原因。「老天」隱指最高統治者，是他昏庸無能和殘酷統治，制定了森嚴的等級（一官二吏……九儒十丐），才使正直的文人潦倒不得志。

次三句承上說明社會不公平的現象——「善的人欺，貧的人笑，讀書人都累倒」，充滿憤懣牢騷之情。

末三句說明讀書人可貴之處——立身堅固，修養崇高。然而「十年寒窗苦讀」，造就了一身的智慧與才能，竟然比不上世面流行的「鴨青鈔」，真是天大的不公平。這與東漢趙壹的〈刺世嫉邪賦〉所說的「文籍雖滿腹，不如一囊錢」同樣的憤慨。

二九四 清江引 九日❶

蕭蕭五株門外柳❷⊙屈指重陽又❸⊙霜清紫蟹❹肥。露冷黃花❺瘦⊙

白衣不來琴當酒❻⊙

【格　律】詳見馬致遠〈清江引・野興〉（林泉隱居誰到此）。（頁一五五）

【注　釋】❶九日　農曆九月九日。即重陽節。宜登高望遠，喝酒賞菊，配戴茱萸，以避災禍。❷蕭蕭句　用陶淵明的故事。陶潛宅邊有五株柳樹，自號五柳先生。蕭蕭，風吹草木搖動的聲音。❸屈指重陽又　屈指一算又到重陽節了。屈指，彎曲手指計算事物的數目。因手指總數僅十，故引申為少數的意思。這裡有快的意思。重陽，九月九日。九為陽數，重九故稱重陽。❹紫蟹　青紫色的螃蟹。❺黃花　菊花。❻白衣不來琴當酒　用白衣送酒的故事。詳見盧摯〈沈醉東風・重九〉❹（頁四七）。白衣，古代僮僕穿的衣服。當，代替；當作。蕭統〈陶靖節傳〉：「淵明不解音律，而蓄無弦琴一張。」

【語　譯】門外五株柳樹，正隨著西風蕭蕭作響；屈指一算，又到重陽節了。秋霜清瑩，紫蟹肥美；秋露寒冷，菊花消瘦。沒有白衣人來送酒，就彈一會琴解渴吧。

【賞　析】本篇借陶淵明的故事描寫重陽節的景物。筆調雋永，頗有小詞雅淡的韻味。

首句用陶淵明五柳莊的故事，次句以「重陽」切合題目。作者暗中自比陶潛，有隱居樂道、逍遙自在的意境。陶淵明是歷史上最著名的隱士，而元代又是歷史上最黑暗的時代，一般人既無法改變現實的環境，又無法忍受亂世的生活，於是紛紛效法陶潛隱居避世，所以歌頌陶潛的作品特別多，本篇即是一例。

次二句描寫秋天的景色。對仗工整，寫景如畫。「霜」、「露」都是秋天的天氣，用「清」、「冷」來形容，極為恰當貼切。紫蟹至秋而肥，正是佐酒最好的食物。菊花一般是黃色的，花瓣長條形，所以詩人常用「瘦」來形容它。一「肥」一「瘦」，形成強烈的對比。

末句用白衣送酒的故事，扣緊題目。妙在反用其意，另闢蹊徑。本來陶潛重陽無酒，悵望久之，得白衣人送酒乃喜出望外，醉而後歸。本曲則說「白衣不來」、「琴當酒」，則境界更高，已是超然物外了。得此一句，境界全出，此所謂「曲眼」，出現在末句，正合乎「曲中重尾」的科律。

二九五　醉太平

堂堂❶大元⊙奸佞❷專權⊙開河變鈔禍根源❸⊙惹紅巾❹萬千⊙官法濫刑法重黎民❺怨⊙人吃人鈔買鈔❻何曾見⊙賊做官官做賊混愚賢⊙哀哉可憐⊙

【格律】詳見王元鼎〈醉太平・寒食〉（聲聲啼乳鴉）。（頁二九八）

【注釋】❶堂堂　堂皇；偉大。❷奸佞　善用花言巧語取媚的人。❸開河句　疏通黃河，變更鈔票，引起禍亂的根源。開河，指元順帝至正十一年，為了輸送江南的糧食到北京，徵集民夫十五萬，戍軍二萬，派賈魯主持開掘河道。挖出韓山童等事先埋下的石人，上有謠言：「石人一隻眼，挑動黃河天下反。」於是韓山童、劉福通就策動人民反抗政府。變鈔，指元代統治者濫發楮幣，楮幣經常貶值，兌換新鈔時，又要加收工本費。❹紅巾　指韓山童、劉福通等反抗政府的軍隊。他們以紅巾包頭，紅旗為號，故稱紅巾軍。初時僅三千人，後來迅速擴充為十萬餘人。❺黎民　百姓。❻鈔買鈔　元代紙幣破舊時，要換新鈔還得加錢繳工料費。

【語譯】堂皇偉大的元朝，奸邪諂佞把持了朝政。開通黃河故道和變更鈔票的制度，是國家禍亂的根源；因此惹起了萬千的紅巾軍反抗。官吏汙濫，刑罰嚴重，使得老百姓怨聲載道。饑荒時人吃人，換鈔時還要加錢來買；哪曾見過這樣的怪事？盜賊居然做了朝廷的官吏，官吏貪贓枉法與盜賊又有什麼不同？國家如此的賢愚混淆，真是悲哀可憐。

【賞析】本篇批評元代末年統治者濫施刑法，迫害人民，逼得紅巾變亂，使天下蒼生哀哉可憐。陶宗儀《輟耕錄》：「〈醉太平〉小令一闋，不知誰所造，自京師以至江南，人人能道之。古人多取里巷之歌謠者，以其有關世教也。今此數語，切中時病，故錄之，以俟采民風者焉。」

首二句以反諷之語道出元朝幅員雖然廣大，卻由奸佞專權。矛頭直指統治者，「奸佞」是造成國家動亂的主要原因。

次二句承「奸佞專權」，具體舉出「開河」與「變鈔」是引起紅巾變亂的主要原因。「惹」字用得好，把「官逼民反」的苦衷傳神地表達出來。

五、六、七三句列舉六件不平之事，赤裸裸地暴露了當時政治的黑暗，補足了紅巾變亂的社會因素。此三句對偶工整，每句中各含三個短句，彼此相對，這種對中對整齊之中有變化，變化之中見工巧。這些短句都是三音相連，節奏急促，語氣流暢，充分宣洩了作者憤慨之情。

末句「哀哉可憐」，總結全篇大意，筆力千鈞，感情凝重，是畫龍點睛之處。《草木子》載有嘲諷時政一詩：「丞相造假鈔，舍人做強盜。賈魯要開河，搞得天下鬧。」與本篇可以互相印證。

二九六　醉太平　譏貪小利者

奪泥燕口⊙削鐵尖頭⊙刮金佛面細搜求❶⊙無中生有⊙鵪鶉嗉裡

尋豌豆⊙鷺鷥腿上劈精肉⊙蚊子腹內刳脂油❷⊙虧老先生❸下手⊙

【格　律】詳見王元鼎〈醉太平・寒食〉（聲聲啼乳鴉）。（頁二九八）

【注　釋】❶奪泥燕口三句　形容搜括不擇手段。❷鵪鶉嗉裡三句　形容搜括無所不用其極。鵪鶉，鳥名。體型像雞。嗉，喉間貯藏食物的地方。即食囊。❸老先生　唐、宋以來，稱呼達官顯宦為老先生。元代稱京官為老先生。

【語　譯】從燕子口中奪取泥巴，從針尖兒上削取鐵片，從泥菩薩臉上刮取金粉，這都叫「無中生有」。從鵪鶉的嗉囊裡尋找豌豆，從鷺鷥的細腿上劈取精肉，從蚊子的肚子內刳取脂油。虧得老先生居然下得了毒手。

【賞析】本篇用高度誇張的手法，譏刺貪小利者的醜惡行為。「貪小利者」實在包括貪官汙吏與地主豪紳。元代受異族統治，種族的歧視與階級的壓迫，達到無以復加的地步，統治者對老百姓層層剝削，任意搜括，使百姓淪於水深火熱、饑寒交迫的境地。本篇正是揭露這種真實的社會情狀。

首四句用誇張的手法，極言「貪小利者」搜括厲害，連「燕口泥」、「尖頭鐵」、「佛面金」那樣細微的東西都要搜求，真可謂「無中生有」。「奪」、「削」、「刮」幾個動詞用得既貼切又自然。

次三句以精巧的對偶，具體的比喻，諷刺剝削者無所不用其極的手段。比起開頭三句，這三句更是「無中生有」。貪小利者竟然想從鵪鶉嗉裡找到豌豆，鷺鷥的細腿上劈取精肉，蚊子的肚子裡刳取脂油，真是貪心到了極點。這三句用誇張的手法，挖苦那些剝削者想盡辦法，剝削人民的財物，真是可恥，真是可恨。

末句「虧老先生下手」，總結全篇的意思，表達了對剝削者貪得無厭與任意壓榨的無比憤慨與痛恨。尤其「虧」字與「下手」二字極具貶刺之意。

二九七　塞鴻秋　山行警

東邊路西邊路南邊路⊙五里鋪❶七里鋪十里鋪⊙行一步盼一步懶一步

⊙霎時❷間天也暮日也暮雲也暮⊙斜陽滿地鋪❸。回首生煙霧⊙兀的不❹山無數水無數情無數⊙

【格　律】詳見貫雲石〈塞鴻秋・代人作〉（戰西風幾點賓鴻至）。（頁一八三）

【注　釋】❶鋪　小驛站；郵亭。後來多作為地名。《元史・兵志四》：「元制，設急遞鋪，以達四方文書之往來。」《日知錄・一六》：「今時十里一鋪，設卒以遞公文。」❷霎時　片刻。形容很短暫的時間。❸鋪　陳設；布置。❹兀的不　怎的不。

【語　譯】走遍了東邊路、西邊路、南邊路，經過了五里鋪、七里鋪、十里鋪。向前走一步，就盼望家鄉的親人一次；心情懶洋洋的，步履也隨著蹣跚了。片刻之間，天色昏暗，暮雲四合。紅紅的夕陽，照遍了大地；回頭看看來時路，已是煙霧迷漫，難以辨認。這無數的山、無數的水，怎不令人引起無數的思鄉之情呢？

【賞　析】這是描寫山行的曲子，表達了離鄉背井的遊子，面對著日暮的山景，引起無限的思鄉情懷。

首二句寫天涯遊子浪跡各地，走遍了所有的道路，住過了許多地方，離開故鄉越來越遠。次二句承上，寫遊子在山間行行重行行，道路阻且長，而時間一下子又到了日暮時候了。五、六兩句寫夕陽滿地，照遍了山川景物，而遊子回首遙望，只見暮靄沈沈，楚天遼闊，故鄉已經不見了。末句借山重水複抒寫客愁無盡，極為生動感人。

本曲在修辭方面採用排比重疊的格式，造成回環往複、纏綿悱惻的感情。「東邊路、西邊路、南邊路」，「五里鋪、七里鋪、十里鋪」，「行一步、盼一步、懶一步」，「天也暮、日也暮、雲也暮」，「山無數、水無數、情無數」，這五句前後排比，每句都作三、三、三的九字句，三字一逗，讀起來節奏明快，語氣暢達。而且每一逗的第一字不同，其他的字重複出現，就造成層層遞進、輾轉相生的意境。

〈塞鴻秋〉的句法本是「七、七、七、七、五、五、七」，七字句都是上四下三句法。本曲因為加了襯字的關係，一方面增加句子的長度，一方面造成三音相連的音節。句子增長，意思就增加，使得內容非常豐富。三音相連的節奏，增加了旋律美，讀起來琅琅上口。

二九八　塞鴻秋　丹客❶行❷

朝燒煉❸暮燒煉朝暮學燒煉⊙這里串❹那里串到處都串遍⊙東家騙西家騙南北都誆❺遍⊙惹得妻埋怨子埋怨父母都埋怨⊙我問你金丹❻何日成。鉛汞❼何日見⊙只落的披一片挂一片拖一片⊙

【格律】詳見貫雲石〈塞鴻秋・代人作〉（戰西風幾點賓鴻至）。（頁一八三）

【注　釋】❶丹客　道士。❷行　樂章；歌曲。❸燒煉　道家煉丹。❹串　走動。❺誆　以謊言騙人。❻金丹　古代方士煉金石為藥，服用它可以長生。❼鉛汞　鉛和汞。道家用來煉丹，服用可以長生。

【語　譯】早上學煉仙丹，晚上學煉仙丹，一天到晚都在學煉仙丹。這裡訪師，那裡學道，天下到處都走遍了。東家行騙，西家行騙，南北都騙盡了。結果惹來父母妻子都埋怨。我問您：金丹什麼時候煉成功？鉛汞什麼時候可見功效？最後只落得披掛一身破舊的衣衫，潦倒一生。

【賞　析】這是描寫道士的歌曲。對道士煉丹騙錢的生活有極深刻的批評與諷刺。

首二句寫道士到處尋師訪道，學習煉丹的虔誠與熱中。燒丹煉汞是道士最重要的功課，開頭一句重複三次「燒煉」，就具體地點出道士生活的中心內容。下句「到處都串遍」補足首句「學燒煉」的辛苦歷程。

次二句承上，寫道士學會煉丹術後到處行騙，不顧家計，惹得父母妻子都埋怨，至於受騙上當的人更不會有好感，也不會再上當。

五、六兩句以疑問的語氣，質問道士：金丹什麼時候才煉成？鉛汞何日可見？末句以道士衣衫襤褸、落魄潦倒的形象作側面的回答，曲折有致，餘韻無窮，令人對道士留下深刻的印象。

本曲與上曲相同，運用排比重疊的方法，把道士重要的特點反覆一再的出現，達到層層深入的境界。如「燒煉」、「串」、「騙（誆）」、「埋怨」、「一片」都做了三次的重疊，收到加強的效果。而且因為增加了許多襯字，造成許多三音相連的活潑語調，所以讀起來更加生動自然，使這一位到處行騙的「丹客」，栩栩如生出現眼前。

二九九 紅繡鞋

孤雁叫教人怎睡⊙一聲聲叫的孤淒❶⊙向月明中和影一雙飛⊙你雲中聲嘹亮。我枕上淚雙垂⊙雁兒我你爭個甚的❷⊙

【格律】〈紅繡鞋〉，即〈朱履曲〉。詳見張養浩〈朱履曲〉（才上馬齊聲兒喝道）。（頁二〇八）

【注釋】❶孤淒　孤單淒涼。❷甚的　什麼。

【語譯】晚上天邊的孤雁叫聲響亮，教人怎麼睡得著；一聲聲叫出心中孤單淒涼的情意。在月光皎潔的夜晚，雁兒帶著牠的影子孤獨地飛翔。你在雲中發出嘹亮的聲音，我在枕上流著相思的眼淚。雁兒，你我都是離群索居，還爭個什麼呢？

【賞析】這是描寫閨怨的小令。借孤雁的叫聲抒發閨中女子孤單寂寞的心情。純用口語白描，質樸自然，而生動感人。

首二句由雁聲破題，點出閨中女子輾轉難眠，為相思所苦的情狀。孤雁是離群索居的雁子，牠的叫聲淒厲哀怨，觸動了她離別相思之情，倍覺淒楚孤冷。「孤淒」二字為本曲之眼，既寫孤雁，也寫閨人，人物雙寫，是比興的手法。

第三句承上，在這月光明亮的晚上，孤雁陪著影子一雙飛，多麼孤單寂寞。反襯閨中女子獨守閨房，顧影自憐，感傷良辰美景不能與君共賞，而辜負良宵。此句人物雙關，比興互用。四、五兩句對偶工整，雁以叫聲抒發別恨，人以垂淚傾訴離情，彼此的處境相似，同病相憐，進而惺惺相惜。所以最後跌出「雁兒我你爭個甚的」作結。孤雁與閨人開始時互相爭著抒發別恨，隨而彼此諒解，終於互相安慰，達到統一協和的境地，語氣溫和而意味深長。以「我你」相稱也充滿了親切感。這裡「孤雁」有極濃厚的象徵色彩，象徵閨中女子，與馬致遠《破幽夢孤雁漢宮秋》第四折以孤雁象徵漢元帝的手法是一致的。

三〇〇　梧葉兒　嘲謊人

東村裡雞生鳳。南莊上馬變牛⊙六月裡裹皮裘❶⊙瓦壟❷上宜栽樹。陽溝❸裡好駕舟⊙甕❹來大肉饅頭⊙俺家的茄子大如斗❺⊙

【格律】詳見張可久〈梧葉兒·春日書所見〉（薔薇徑）。（頁四三二）

【注釋】❶裘　皮衣。❷瓦壟　瓦楞。屋頂上用瓦鋪成一行一列相交接而隆起的地方。❸陽溝　屋簷下流水的明溝。❹甕　口小腹大的瓦質容器。❺斗　口大底小的方形量器。

【語譯】東村裡，母雞生了鳳凰；南莊上，馬匹變成了牛；六月天，身上穿了厚皮裘。屋頂上的瓦脊，適宜種大樹；屋簷下的明溝，剛好駕小舟。像甕那麼大的肉饅頭，我家的茄子，像十升那麼大的斗。

【賞 析】這是譏諷吹牛說謊者的小令。作者列舉了說謊者最常說的七件謊言，讓讀者加以判斷。這七件事都是典型的、集中化的謊言，淺而易見，不攻自破。所以作者就讓說謊者睜眼說瞎話，像是戲劇中的小丑一樣，自導自演，自說自話，說者自以為高妙，而聽者嗤之以鼻，真是幽默詼諧，滑稽可笑。

從這七件事看來，作者出身於民間，熟悉農村的生活。如「雞生鳳」、「馬變牛」、「瓦壟」、「陽溝」、「茄子」等都是農村的景物，所運用的語言也是農村常用的語言，通俗白話，鄉土氣息十分濃厚。

〈梧葉兒〉的本格句法是「三、三、五、三、三、三、七」，共七句，本篇每句各加了若干襯字以補足文義，暢達語氣，更顯得活潑生動。如「雞生鳳」、「馬變牛」二句各加上「東村裡」、「南莊上」等字以限制其方位，使這兩件謊言說來有根有據，像是親眼所見，不是信口雌黃，既加深了說謊者的技巧，也提高了作者諷刺的意味。所以說襯字是造成曲子活潑自然的因素，也是造成曲子有意境的原因。

元曲取材非常廣泛，舉凡生活上一切事物都可以入曲。像吹牛撒謊一類的題材，不適合作詩填詞，因為它不莊不雅，填成曲子，正符合它俚俗的特色。

三〇一 梧葉兒 題情

解不開同心扣❶⊙摘不脫倒鬚鉤❷⊙糖和蜜攪酥油⊙活擺布❸千條計。死安排一處休⊙恁❹兩箇忒❺風流⊙死共活、休要放手⊙

【格律】詳見張可久〈梧葉兒・春日書所見〉(薔薇徑)。(頁四三二)

【注釋】❶同心扣　即同心結。用錦帶製成連環迴文的結紐。用來表示恩愛的意思。❷倒鬚鉤　指裝有許多倒刺的鉤子。一鉤上就很難解脫。❸擺布　安排；處置。❹恁　您。❺忒　太；特別。

【語譯】兩人的感情像同心結解不開，像倒鬚鉤摘不掉；更像糖、蜜和酥油攪和成一體，既甜蜜又和諧。就算反對的人用盡千條計策百般阻撓、破壞，小倆口心堅如鐵，死也要死在一起；絕不屈服，絕不分離。您們兩箇實在風流，不管死的時候或活的時候都不分手。

【賞析】這是歌頌愛情偉大的作品。比喻恰當，文字淺白，寓有深意。

首三句用三個比喻形象地、具體地寫出兩人真誠相愛的感情。同心扣就是同心結，自古以來象徵男女恩愛的感情，如梁武帝〈有所思〉詩：「腰間雙綺帶，夢為同心結。」劉禹錫〈楊柳枝〉詞：「如今綰作同心結，將贈行人知不知？」本曲因押韻關係改為「同心扣」，上面加上「解不開」三個襯字，更加生動明白。首二句對偶工整，由反面強調兩人的感情難分難解，第三句則由正面肯定兩人感情水乳交融。「糖」、「蜜」、「酥油」這三件實物比喻感情的甜蜜和諧，恰當極了，生動極了。

四、五兩句承上啟下，是本篇的重要關鍵。不管外界的阻力多大，兩人的感情始終堅定不移。因為誠心相愛，才能破除世間千方百計拆散他們的阻礙，才能過甜蜜和諧的生活，也贏得了白首偕老、風流美眷的稱頌。

末二句作者以旁觀的立場讚美這一對真誠相愛的人「忘風流」、「死共活休要放手」。因為愛情得來不容易，所以要好好地珍惜，充滿著關懷期許的深意。

三〇二　小桃紅　情

斷腸❶人寄斷腸詞⊙詞寫心間事⊙事到頭來不由自❷⊙自尋思❸⊙

思量往日真誠志⊙志誠❹是有。有情誰似⊙似俺那人兒❺⊙

【格　律】詳見楊果〈小桃紅·採蓮女〉（採蓮人和採蓮歌）。（頁四）

【注　釋】❶斷腸　比喻極度哀傷或思念。❷不由自　即不自由。為叶韻而倒裝。❸尋思　探索思考。❹志誠　心意誠實。❺那人兒　那個心上人；那個可愛的人。

【語　譯】斷腸人寄上一首斷腸詞，詞中寫盡了我複雜的心事，事情到頭來都由不得自己。自己尋思，想起以前真誠的心志。志意真誠還有，深厚的感情誰能比似？似我那可愛的人兒。

【賞 析】這是題情的作品。通篇運用頂真續麻的修辭法，各句首尾相連，累累如貫珠，因而造成輾轉相生，層層深入，達到纏綿悱惻的境界。頂真續麻是文字遊戲的一種，如果做得不好，容易流為油腔滑調。難得的是本篇寫來，既自然而工巧，沒有一點毛病。

首三句寫閨中女子為情所苦。「斷腸」二字定下了本篇的感情基調，重複出現，更加深這感情的濃度。「詩者志之所之也，在心為志，發言為詩」，詞也是一樣，所以說「詞寫心間事」。「事到頭來不由自」是當時的諺語，表示一切事情都是命中安排，不由自主。這是閨中女子對身在遠方的情郎設身處地的體諒，他所以不能如期回來，一定有要事牽連，身不由主啊。這就表現了閨中女子的體貼與深情。

「自尋思」以下五句，回憶往日的歡樂，想念離別的情人。往日山盟海誓，志誠仍在，如今卻人在天涯，相見無因，深情難遣了。

元人周德清《中原音韻・作詞十法》，選有四十首元人最好的曲子稱為定格，其中本曲，周氏評為「頂真妙，且音律諧和」。

三〇三 撥不斷

老書生⊙小書生⊙二書生壞了中樞省❶⊙不言不語張左丞❷⊙鋪眉

拓眼❸董參政❹⊙也待學魏徵❺一般俸請❻⊙

【格律】詳見姚燧〈撥不斷・四時景〉（楚天秋）。（頁一一〇）

【注釋】❶中樞省　即中書省。魏、晉時設置，總管國家政事。元代中書省兼管尚書省的職權，權力更大。❷左丞　左丞相；副宰相。❸鋪眉拓眼　即「鋪眉苫眼」。裝模作樣的意思。❹參政　即參知政事。宋初在同平章事（宰相）下設參知政事，為執政官，位同副宰相。❺魏徵　唐太宗時名臣。任諫議大夫，前後奏諫二百餘事，陳述剴切，深得帝心。魏徵卒，帝歎曰：「徵歿，朕亡一鑑矣。」並將他的遺像畫在淩煙閣上。見《新唐書・魏徵傳》。❻俸請　俸祿朝請。古代貴族、官僚春季朝見皇帝稱朝，秋季朝見皇帝稱請。指得到皇帝的信任與殊榮。

【語譯】老書生，小書生；他們二人狼狽為奸，敗壞了國家的朝政。一個是不言不語的張左丞，一個是裝模作樣的董參政。他們也想學魏徵那般享受國家的俸祿朝請。

【賞析】本篇諷刺朝中大臣尸位素餐、裝腔作勢，不為人民服務，只圖高位厚祿。筆調幽默詼諧，充滿民間歌謠的風味。

首三句一氣而下，疊用「書生」二字，加強了語氣，說明書生誤國的嚴重性。「書生」指那些只會讀死書、咬文嚼字、不知變通的人，他們五穀不分，不瞭解民間疾苦。「老」與「小」相對而稱，一指年高德劭的老臣，一指年少得志的新進。是他們交相為利，把持朝政，敗壞了中書省。

四、五兩句承接上文，發揮老、少書生的德行。老書生久居高位，已經成了老油條，對一切朝政不聞不問、不言不語，一付老成持重的模樣；而小書生剛進仕途，少年得志，一付裝腔作勢、飛揚跋扈的樣子。「張左丞」、「董參政」，泛指高官，而「張」與「贓」、「董」與「懂」諧音，諷刺他們都是什麼也不懂的贓官。

末句舉魏徵與他們作強烈的對比，那些不學無術、酒囊飯袋的官僚，居然也想學魏徵那般的俸祿朝請，真是不自量力，貪得無厭。「也」字用得好，充滿著鄙視、不屑的語氣。

三〇四 蟾宮曲 酒

酒能消、悶海愁山⊙酒到心頭。春滿人間⊙這酒痛飲忘形。微飲忘憂。好飲忘餐⊙一個煩惱人、乞惆❶似阿難❷⊙纔吃了兩三杯、可戲❸如潘安❹⊙止渴消煩⊙透節通關⊙注血和顏⊙解暑溫寒⊙這酒則是漢鍾離❺的葫蘆❻。葫蘆兒裡救命的靈丹❼⊙

【格律】詳見盧摯〈蟾宮曲・箕山感懷〉（巢由後隱者誰何）。（頁五一一）

【注釋】❶乞惆　即扢皺。皺眉。❷阿難　釋迦如來十大弟子之一。❸可戲　可愛；漂亮。❹潘安　古代有名的美男子。❺漢鍾離　古代八仙之一。❻葫蘆　植物名。瓠果大，中間狹隘，上下部膨大，下部大於上部，成果後，果皮木質化，可作容器。古代道士、神仙家常攜帶葫蘆。❼靈丹　神奇有效的丹藥。

【語　譯】酒能夠消除山海一般的愁悶，酒入心頭，使人心花怒放，春滿人間。痛快的飲酒，令人忘了形骸；微飲幾杯，也可以忘記煩憂；如果喜歡喝酒，更能夠忘卻飢餐。一個愁眉苦臉的阿難，才喝兩、三杯，便像可愛的潘安。飲酒可以防止口渴，消除愁煩，通透關節，流通血脈，和悅容顏，解除炎熱，溫暖冷寒。這酒就像是漢鍾離葫蘆裡救命的仙丹。

【賞　析】本篇是歌頌酒德的小令。用鋪張的手法，極力描寫酒的種種好處。層層深入，面面俱到。與曹操〈短歌行〉、劉伶〈酒德頌〉有異曲同工之妙。

首三句開門見山，總括酒的威力：既可消除愁悶，又能帶來歡樂。「悶海愁山」極言煩悶之多，如山之高、如海之闊，卻不堪酒之一擊，則酒的威力可以想見了。

次三句描寫各種飲酒的妙處：痛飲也罷，微飲也罷，好飲也罷，都能使人忘形、忘憂、忘餐。飲酒的方式雖不同，功效則是一致的。

第三段用誇大與對比的寫法說明飲酒的妙用，本來煩惱皺眉的阿難，才喝了兩、三杯，便成為漂亮可愛的潘安，真是神奇啊。

第四段從各方面鋪敘酒的功德，四句八個動詞，就寫了八種酒的妙方，對偶工整，詞句精鍊，很有說服力。

末二句總結曲意，把酒的功效推到極點，酒好像是漢鍾離葫蘆裡救命的仙丹，妙用無窮，這是畫龍點睛之筆。此二句並用了頂真的修辭法。

〈蟾宮曲〉本格句法十一句，本曲末段增加三個四字句，共十四句。〈蟾宮曲〉一名〈折桂令〉，可以增句，如果增到一百字，即稱〈百字折桂令〉。

三〇五 滿庭芳

刺鴇母❶

狂乖柳青❷⊙貪食餓鬼。劫鏝❸妖精⊙為幾文口含錢❹做死的和人競⊙

動不動捨命忘生⊙向鳴珂巷❺裡幽囚殺小卿❻⊙麗春園❼裡迭配了雙生❽⊙

鶯花寨❾埋伏的硬⊙但開旗決贏⊙誰敢共俺娘爭⊙

【格律】詳見姚燧〈滿庭芳〉（帆收釣浦）。（頁一〇四）

【注釋】❶鴇母　妓女的養母；妓院的主人。❷柳青　娘的歇後語。因曲牌有〈柳青娘〉。多指妓女的養母。❸鏝　通「幕」。銅錢背面的字幕。也指錢。❹口含錢　古代殯殮死人時，放在死者口裡的錢。❺鳴珂巷　唐時長安街名。泛指妓院。唐朝名妓李亞仙居此，常有富貴人家騎馬至此，故名。鳴珂，馬勒佩飾。❻小卿　合肥妓女蘇小卿。宋、元時流傳《雙漸趕蘇卿》的女主角。❼麗春園　宋妓女蘇小卿的住處。❽雙生　即雙漸。宋、元流傳《雙漸趕蘇卿》的男主角。❾鶯花寨　指妓院。

【語譯】狂妄乖張的鴇母，像是貪食的餓鬼，劫錢的妖精。為了幾文口含錢拼死拼活地和人爭競，動不動就要捨命忘生。鳴珂巷裡幽囚住蘇小卿，麗春園中發配了雙漸書生。鶯花寨裡埋伏著強硬的刀兵，只要旗開便能得勝，誰敢和我娘競爭？

【賞析】這是借妓女的口吻諷刺鴇母種種不義的行為。元雜劇中有許多描寫鴇母剝削妓女、陷害妓女的題材，如關漢卿的《金線池》、石君寶的《曲江池》都寫得很好。本篇與之有異曲同工之妙。

首三句即點出鴇母貪愛金錢的本色，把鴇母比成餓鬼、妖精，貪圖食物與金錢。此三句對偶工整，比擬生動。

四、五兩句承上，描寫鴇母為了掙錢，不惜捨命忘生，與人爭競到底。「口含錢」咒罵鴇母掙的是死人錢，語氣極為辛辣。

六、七兩句用《雙漸趕蘇卿》的故事，描寫鴇母唯利是圖，不顧情義。這兩句對偶工整，句法精鍊，寫出故事中男女主角被鴇母迫害的情形。

末三句描寫鴇母厚植自己的勢力，在鶯花寨裡爭名奪利，無人敢與她爭勝，寫盡母夜叉唯我獨尊、旁若無人的神態。

鴇母是古代妓女院的老板，她是剝削妓女的吸血鬼，為了賺錢不擇手段地陷害妓女與嫖客。這首曲子，描寫鴇母可憎又可鄙的陋惡形象，揭露她凶殘歹毒的手段，讀來令人髮指。

三〇六　初生月兒

初生月兒一半彎⊙那一半團圓直恁難❶⊙雕鞍❷去後何日還⊙捱更

闌❸⊙淹泪眼⊙虛檐外、凭損欄干❹⊙

【格律】〈初生月兒〉是大石調的曲牌，只可作小令。其調式為「七、七、七、三、三、七」，共六句六韻。其平仄格律如下：

＋－｜－－去平⊙　＋｜－－＋去平⊙　＋－｜｜－去－⊙　｜－－⊙　－去平⊙　＋－＋、｜｜－－⊙

【注釋】❶直恁難　怎麼這樣困難。❷雕鞍　雕刻花紋的馬鞍。比喻離別的人。❸捱更闌　熬到更深夜闌。闌，盡。❹凭損欄干　欄干因凭倚眺望那遠方的人而撫摸得缺損了。

【語譯】初生的月兒彎彎的一半，那一半的月兒要團圓怎麼那樣難？情人坐著雕鞍離去後什麼時候才能歸還？每天盼望，熬到更深夜闌。終日淚流滿眼，由於長期凭欄盼望因而磨損了欄干。

【賞析】這是無名氏的小令。本來四首，這是第二首。借初生的月兒起興，訴說別後相思之苦與盼望團圓的殷切心意。

月亮是大自然中最明顯也是最美麗的景物，很容易引發人們的聯想，蘇東坡〈水調歌頭〉：「人有悲歡離合，月有陰晴圓缺。」中國文學中常以月圓比喻人的團圓，月缺比喻人的離別。

首二句以初生的月兒比喻夫妻的離別，因此這曲牌就叫做「初生月兒」。由月缺而月圓是自然的規律，有一定的時間性，並不困難，此處之所以說「那一半團圓直恁難」，則是因情所致，襯托了人間團圓的困難。

次二句「雕鞍去後何日還，捱更闌」，是本篇主要的意思。前兩句興，此二句賦；前兩句觸景生情，此二句直抒胸臆。「捱」字寫盡別後相思之苦，每天熬到夜深，輾轉難眠，不能入睡。

末二句寫別後的心情，「淹」字用得好，一表時間之長久，一表眼淚之多。「凭損欄干」寫出盼望的殷切，天天凭欄倚望，竟然磨損欄干。欄干是木頭做的，應該相當堅固。這裡是誇大之詞，強調凭倚時間之長久、心情之沈重，所以磨損欄干。

三〇七　初生月兒

初生月兒明處少⊙又被浮雲遮蔽了⊙香消燭滅人靜悄⊙夜迢迢❶⊙難睡著⊙窗兒外、雨打芭蕉⊙

【格　律】詳見上首（初生月兒一半彎）。

【注　釋】❶迢迢　遙遠；長久。

【語　譯】初生的月兒暗淡無光，又被浮雲遮蔽了僅有的光芒。香燒完了，燭熄滅了，人靜悄悄。夜長漫漫，睡不著覺，窗兒外細雨打著芭蕉。

【賞　析】本篇是無名氏的小令。本來四首，這是第三首。用浮雲遮月、雨打芭蕉二事，襯托出主人公煩悶無助的心情。真摯感人，餘韻無窮。

首二句借景抒情，用的是層進的筆法，有「屋漏更遭連夜雨」的意思。初生的月兒本來就不太光明，又被外面的浮雲遮蔽住，那就更黯然無光了。比喻離別之後，男女雙方的感情已經疏遠了，又加上小人從中離間，惡意中傷，使得相見之期更為渺茫。宋玉〈九辯〉：「浮雲行，則蔽月之光；讒佞進，則忠良壅也。」浮雲比喻小人。這當然是閨中女子的疑心，而疑心則出於愛心，愛之深疑之重，增加了內心的痛苦，因此便接著「夜迢迢，難睡著」了。

次二句借四周靜悄悄的環境，襯托出閨中女子孤獨冷清的感受，寂靜的時候最易引人遐思，想到浮雲蔽月的事，更是憂心不已，於是夜長漫漫，輾轉難眠了。

末二句借雨打芭蕉之聲抒寫心中的煩悶。與李清照〈聲聲慢〉：「梧桐更兼細雨，到黃昏，點點滴滴。這次第，怎一個愁字了得。」關漢卿〈大德歌〉：「風飄飄，雨瀟瀟，便做陳摶睡不著。懊惱傷懷抱，撲簌簌淚點拋。秋蟬兒噪罷寒蛩兒叫，淅零零細雨打芭蕉。」有異曲同工之妙。

附錄

一、重要參考書目

作品

《全元散曲》 民國 隋樹森編／中華書局

《飲虹簃所刻曲》 民國 盧前 輯／世界書局

《散曲叢刊》 民國 任訥 輯／中華書局

《元九十五家小令類輯》 民國 陳乃乾輯／世界書局

・

《陽春白雪》十卷 元朝 楊朝英輯／世界書局

《太平樂府》九卷 元朝 楊朝英輯／世界書局

《樂府群玉》五卷 元朝 胡存善輯／民國・任訥《散曲叢刊》本

《樂府新聲》三卷 元朝 無名氏輯／世界書局

《樂府群珠》四卷　明朝　無名氏輯／世界書局
《盛世新聲》十二卷　明朝　無名氏輯／明・正德刊本
《詞林摘豔》十卷　明朝　張祿　輯／鼎文書局
《雍熙樂府》十二卷　明朝　郭勛　輯／明・嘉靖本
《南北宮詞紀》十二卷　明朝　陳所聞輯／學海出版社
《北曲拾遺》　明朝　無名氏編／任訥・盧前校印本
《元明小令鈔》　清朝　孔廣森編／稿本
《元曲三百首》　民國　任訥　輯／民智書局
《元曲別裁集》　民國　盧前　輯／開明書局

・

《遺山樂府》　元朝　元遺山撰／雙照樓影明・弘治高麗晉州刊本
《天籟集》附〈摭遺〉　元朝　白樸　撰／清・楊希洛刊本
《東籬樂府》一卷　元朝　馬致遠撰／民國・任訥《散曲叢刊》本
《雲莊休居自適小樂府》　元朝　張養浩撰／孔德石印本
《文湖州集詞》一卷　元朝　喬吉　撰／明人輯鈔本
《喬夢府小令》一卷　元朝　喬吉　撰／明・李開先隆慶刊本
《夢符散曲》二卷　元朝　喬吉　撰／民國・任訥《散曲叢刊》本
《喬吉集》　今人　李修生等編校／山西人民出版社

《張小山北曲聯樂府》四卷　元朝　張可久撰／汲古閣鈔本

《小山樂府》　元朝　張可久撰／天一閣舊藏明影元鈔本

《張小山小令》二卷　元朝　張可久撰／明・李開先嘉靖輯刊本

《小山樂府》六卷　元朝　張可久撰／清・胡莘皥鈔本

《小山樂府》六卷　元朝　張可久撰／民國・任訥《散曲叢刊》本

《酸甜樂府》二卷　元朝　貫雲石・徐再思撰／民國・任訥《散曲叢刊》本

《貫雲石作品輯注》　今人　胥惠民等輯注／新疆人民出版社

・

《元曲三百首箋》　民國　羅忼烈選注／漢京文化事業有限公司

《元曲鑑賞辭典》　今人　賀新輝主編／中國婦女出版社

《唐宋元小令鑑賞辭典》　今人　陳緒萬等編／華岳文藝出版社

《元散曲選注》　今人　王季思・洪柏昭選注／北京出版社

《元散曲一百首》　今人　蕭善因選注／上海古籍出版社

《元代散曲選》　今人　張文澔・何雲麟選注／福建教育出版社

《元人散曲選》　今人　龍潛庵選注／遠流出版社

《元散曲選析》　今人　傅正谷・劉維俊選析／天津人民出版社

《元人散曲選》　今人　羊春秋選注／湖南人民出版社

《元明散曲選》　今人　石紹勛・韋道昌選注／山西人民出版社

《曲選》 民國 鄭騫 編注／中國文化大學出版部

《散曲小令選》 民國 羅錦堂編／香港中文大學出版部

《元人散曲選詳註》 民國 曾永義・王安祈選註／學海出版社

《元人散曲》 民國 曾永義編撰／時報出版公司

《小橋流水》 民國 劉翔飛・陳芳英選註／時報出版公司

曲譜・韻書

《太和正音譜》 明朝 朱權 撰／學海出版社

《北詞廣正譜》 清朝 李玉 編／學生書局

《欽定曲譜》 清朝 王奕清等奉敕編／石印本

《九宮大成南北詞宮譜》 清朝 莊親王等編／學生書局

《南北詞簡譜》 民國 吳梅 撰／石印本

《北曲新譜》 民國 鄭騫 撰／藝文印書館

《元人小令格律》 民國 唐圭璋撰／里仁書局

《南北曲小令譜》 民國 汪經昌撰／中華書局

《北小令文字譜》 民國 羅忼烈撰／香港齡記書局

《北曲小令譜》 民國 羅錦堂撰／香港寰球文化服務社

・《元散曲的音樂》 今人 孫玄齡撰／文化藝術出版社

《元曲吟唱》 民國 賴橋本撰／文津出版社

・《中原音韻》 元朝 周德清撰／學海出版社

《曲海韻珠》 民國 王熙元・黃麗貞・賴橋本編／學生書局

歷史資料

《金史》 元朝 脫脫等撰／世界書局

《元史》 明朝 宋濂等撰／世界書局

《新元史》 近代 柯劭忞撰／開明書局

・《錄鬼簿》 元朝 鍾嗣成撰／世界書局

《錄鬼簿續編》 明朝 無名氏撰／世界書局

《元曲紀事》 今人 王文才編撰／人民文學出版社

《元曲家考略》 民國 孫楷第撰／長安出版社

《元曲六大家略傳》 今人 譚正璧撰／文藝出版社

《宋元戲曲史》　民國　王國維撰／商務印書館

《詞曲史》　民國　王易　撰／廣文書局

《元明散曲小史》　民國　梁乙真撰／商務印書館

《中國散曲史》　民國　羅錦堂撰／中華文化事業出版委員會

·

《青樓集》　元朝　夏庭芝撰／鼎文書局《歷代詩史長編》二輯

《輟耕錄》　明初　陶宗儀撰／世界書局

《堯山堂曲紀》　明朝　蔣一葵撰／中華書局《新曲苑》

曲　論

《中國古典戲曲論著集成》十冊　中國戲曲研究院編校／臺灣鼎文書局翻印，易名「《歷代詩史長編》二輯」

《曲苑》　民國　陳乃乾編／古書流通所

《新曲苑》　民國　任訥　輯／中華書局

·

《唱論》　元朝　芝菴　撰／鼎文書局《歷代詩史長編》二輯

《庶齋老學叢談》　元朝　盛如梓撰／舊鈔本

《留青日札》 明朝 田藝蘅撰/中華書局

《徐氏筆精》 明朝 徐𤊹撰/清・康熙鼇峰汗竹齋刊本

《詞品》 明朝 楊慎撰/廣文書局《詞話叢編》

《方諸館曲律》 明朝 王驥德撰/鼎文書局《歷代詩史長編》二輯

《少室山房曲考》 明朝 胡應麟撰/中華書局《新曲苑》

《曲藻》 明朝 王世貞撰/鼎文書局《歷代詩史長編》二輯

《三家村老曲談》 明朝 徐復祚撰/鼎文書局《歷代詩史長編》二輯

《四友齋曲說》 明朝 何良俊撰/鼎文書局《歷代詩史長編》二輯

《顧曲雜言》 明朝 沈德符撰/鼎文書局《歷代詩史長編》二輯

《周氏曲品》 明朝 周暉撰/中華書局《新曲苑》

《梅花草堂曲談》 明朝 張元長撰/中華書局《新曲苑》

《客座曲語》 明朝 顧啟元撰/中華書局《新曲苑》

《程氏曲藻》 明朝 程羽文撰/中華書局《新曲苑》

《遠山堂曲品》 明朝 祁彪佳撰/鼎文書局《歷代詩史長編》二輯

《太霞曲話》 明朝 顧曲散人撰/中華書局《新曲苑》

《閒情偶寄》 清朝 李漁撰/鼎文書局《歷代詩史長編》二輯

《製曲枝語》 清朝 黃周星撰/鼎文書局《歷代詩史長編》二輯

《兩般秋雨庵曲談》 清朝 梁紹壬撰/中華書局《新曲苑》

《雨村曲話》 清朝 李調元撰／鼎文書局《歷代詩史長編》二輯

《曲概》 清朝 劉熙載撰／鼎文書局《歷代詩史長編》二輯

《論曲五種》 民國 王國維撰／藝文印書館

《顧曲麈談》 民國 吳梅 撰／商務印書館

《曲學通論》 民國 吳梅 撰／商務印書館

《散曲概論》 民國 任訥 撰／中華書局

《作詞十法疏證》 民國 任訥 撰／中華書局

《曲諧》 民國 任訥 撰／中華書局

《詞曲通義》 民國 任訥 撰／商務印書館

《詞曲研究》 民國 盧前 撰／中華書局

《中國散曲概論》 民國 盧前 撰／世界書局

《曲學例釋》 民國 汪經昌撰／中華書局

《景午叢編》 民國 鄭騫 撰／中華書局

《曲學》 民國 盧元駿撰／正中書局

《元明散曲之分析與研究》 民國 李殿魁撰／華岡書局

《元曲論叢》 民國 王忠林撰／蘭臺書局

《元曲六大家》 民國 王忠林・應裕康撰／東大圖書公司

《詩詞曲欣賞論稿》 今人 萬雲駿撰／中國社會科學出版社

工具書

《詩詞曲語辭匯釋》 民國 張相 撰／中華書局
《詩詞曲語辭例釋》 今人 王瑛 撰／大陸中華書局
《元曲釋詞》 今人 顧學頡・王學奇撰／中國社會科學出版社
《全元散曲典故詞典》 今人 呂薇芬撰／湖北辭書出版社
《元曲百科辭典》 今人 袁世頌主編／山東教育出版社
《宋元語言詞典》 今人 龍潛庵編著／上海辭書出版社
《金元北曲語彙之研究》 民國 黃麗貞撰／商務印書館

二、本書曲牌索引

一 畫

二 畫

三　畫

四畫

五　畫

六畫

七畫

八　畫

九畫

一一畫

一二畫

一三畫

一四畫

一五畫

一八畫

一九畫

二八畫

古籍今注新譯叢書

書種最齊全
注譯最精當

哲學類

新譯四書讀本	謝冰瑩等編譯
新譯學庸讀本	王澤應注譯
新譯孝經讀本	賴炎元等注譯
新譯論語新編解義	胡楚生編著
新譯易經讀本	郭建勳注譯
新譯周易六十四卦經傳通釋	黃慶萱注譯
新譯乾坤經傳通釋	黃慶萱注譯
新譯易經繫辭傳解義	吳　怡著
新譯禮記讀本	姜義華注譯
新譯儀禮讀本	顧寶田等注譯
新譯孔子家語	羊春秋注譯
新譯老子讀本	余培林注譯
新譯帛書老子	趙　鋒注譯
新譯老子解義	吳　怡著
新譯莊子讀本	黃錦鋐注譯
新譯莊子讀本	張松輝注譯
新譯莊子本義	水渭松注譯
新譯莊子內篇解義	吳　怡著
新譯列子讀本	莊萬壽注譯
新譯管子讀本	湯孝純注譯
新譯墨子讀本	李生龍注譯
新譯公孫龍子	丁成泉注譯
新譯晏子春秋	陶梅生注譯
新譯鄧析子	徐忠良注譯
新譯荀子讀本	王忠林注譯
新譯尹文子	徐忠良注譯
新譯尸子讀本	水渭松注譯
新譯鶡冠子	趙鵬團注譯
新譯鬼谷子	王德華等注譯
新譯韓非子	傅武光等注譯
新譯呂氏春秋	朱永嘉等注譯
新譯韓詩外傳	孫立堯注譯
新譯淮南子	熊禮匯注譯
新譯春秋繁露	朱永嘉等注譯
新譯新書讀本	饒東原注譯
新譯新語讀本	王　毅注譯
新譯潛夫論	彭丙成注譯
新譯論衡讀本	蔡鎮楚注譯
新譯申鑒讀本	林家驪等注譯

新譯人物志　吳家駒注譯
新譯張載文選　張金泉注譯
新譯近思錄　張京華注譯
新譯傳習錄　李生龍注譯
新譯呻吟語摘　鄧子勉注譯
新譯明夷待訪錄　李廣柏注譯

【文學類】

新譯詩經讀本　滕志賢注譯
新譯楚辭讀本　林家驪注譯
新譯楚辭讀本　傅錫王注譯
新譯文心雕龍　羅立乾注譯
新譯六朝文絜　蔣遠橋注譯
新譯世說新語　劉正浩等注譯
新譯昭明文選　周啟成等注譯
新譯古文觀止　謝冰瑩等注譯
新譯古文辭類纂　黃　鈞等注譯
新譯樂府詩選　溫洪隆注譯
新譯古詩源　馮保善注譯
新譯千家詩　邱燮友等注譯
新譯詩品讀本　成　林等注譯
新譯花間集　朱恒夫注譯
新譯南唐詞　劉慶雲注譯
新譯絕妙好詞　聶安福注譯
新譯唐詩三百首　邱燮友注譯
新譯宋詩三百首　陶文鵬注譯
新譯宋詞三百首　汪　中注譯
新譯宋詞三百首　劉慶雲注譯
新譯元曲三百首　賴橋本等注譯
新譯明詩三百首　趙伯陶注譯
新譯清詩三百首　王英志注譯
新譯清詞三百首　陳水雲等注譯
新譯唐人絕句選　卞孝萱等注譯
新譯唐才子傳　戴揚本注譯
新譯拾遺記　石　磊注譯
新譯搜神記　黃　鈞注譯
新譯唐傳奇選　束　忱等注譯
新譯宋傳奇小說選　束　忱注譯
新譯明傳奇小說選　陳美林等注譯
新譯容齋隨筆選　朱永嘉等注譯
新譯明散文選　周明初注譯
新譯明清小品文選　鄭　婷注譯
新譯人間詞話　馬自毅注譯
新譯白香詞譜　劉慶雲注譯
新譯幽夢影　馮保善注譯
新譯菜根譚　吳家駒注譯
新譯小窗幽記　馬美信注譯
新譯圍爐夜話　馬美信注譯
新譯郁離子　吳家駒注譯
新譯歷代寓言選　黃瑞雲注譯
新譯賈長沙集　林家驪注譯
新譯揚子雲集　葉幼明注譯
新譯曹子建集　曹海東注譯
新譯建安七子詩文集　韓格平注譯
新譯阮籍詩文集　林家驪注譯
新譯嵇中散集　崔富章注譯
新譯陸機詩文集　王德華注譯
新譯陶淵明集　溫洪隆注譯
新譯江淹集　羅立乾等注譯
新譯庾信詩文選　歸　青注譯
新譯初唐四傑詩集　李福標注譯
新譯駱賓王文集　黃清泉注譯
新譯王維詩文集　陳鐵民注譯
新譯孟浩然詩集　楊　軍注譯
新譯李白詩全集　郁賢皓注譯
新譯李白文集　郁賢皓注譯
新譯杜甫詩選　張忠綱等注譯
新譯杜詩菁華　林繼中注譯
新譯高適岑參詩選　孫欽善等注譯

新譯昌黎先生文集　周啟成等注譯
新譯劉禹錫詩文選　閻　琦注譯
新譯柳宗元文選　卞孝萱等注譯
新譯白居易詩文選　陶　敏等注譯
新譯元稹詩文選　郭自虎注譯
新譯李賀詩集　彭國忠注譯
新譯杜牧詩文集　張松輝注譯
新譯李商隱詩選　朱恒夫等注譯
新譯范文正公選集　王興華等注譯
新譯蘇洵文選　羅立剛注譯
新譯蘇軾文選　滕志賢注譯
新譯蘇軾詞選　鄧子勉注譯
新譯蘇轍文選　朱　剛注譯
新譯曾鞏文選　高克勤注譯
新譯王安石文選　沈松勤注譯
新譯唐宋八大家文選　鄧子勉注譯
新譯柳永詞集　侯孝瓊注譯
新譯李清照集　姜漢椿等注譯
新譯陸游詩文集　韓立平注譯
新譯辛棄疾詞選　聶安福注譯
新譯歸有光文選　鄔國平注譯
新譯唐順之詩文選　馬美信注譯
新譯徐渭詩文選　周　群等注譯
新譯薑齋文集　平慧善注譯
新譯顧亭林文集　劉九洲注譯
新譯納蘭性德詞　馮　乾注譯
新譯方苞文選　鄔國平等注譯
新譯鄭板橋集　朱崇才注譯
新譯袁枚詩文選　王英志注譯
新譯李慈銘詩文選　潘靜如注譯
新譯聊齋誌異選　任篤行等注譯
新譯閱微草堂筆記　嚴文儒注譯
新譯浮生六記　馬美信注譯
新譯弘一大師詩詞全編　徐正綸編著

歷史類

新譯史記　韓兆琦注譯
新譯漢書　吳榮曾等注譯
新譯後漢書　魏連科等注譯
新譯三國志　吳樹平等注譯
新譯資治通鑑　張大可等注譯
新譯史記—名篇精選　韓兆琦注譯
新譯尚書讀本　吳　璵注譯
新譯尚書讀本　郭建勳注譯
新譯周禮讀本　賀友齡注譯
新譯逸周書　牛鴻恩注譯
新譯左傳讀本　郁賢皓等注譯
新譯公羊傳　雪　克注譯
新譯穀梁傳　顧寶田注譯
新譯春秋穀梁傳　周　何注譯
新譯戰國策　溫洪隆注譯
新譯國語讀本　易中天注譯
新譯說苑讀本　左松超注譯
新譯說苑讀本　羅少卿注譯
新譯新序讀本　葉幼明注譯
新譯吳越春秋　黃仁生注譯
新譯西京雜記　曹海東注譯
新譯列女傳　黃清泉注譯
新譯越絕書　劉建國注譯
新譯燕丹子　曹海東注譯
新譯東萊博議　李振興等注譯
新譯唐六典　朱永嘉等注譯
新譯唐摭言　姜漢椿注譯

宗教類

新譯金剛經　徐興無注譯
新譯高僧傳　朱恒夫等注譯
新譯碧巖集　吳　平注譯
新譯百喻經　顧寶田注譯

新譯楞嚴經　賴永海等注譯
新譯梵網經　王建光注譯
新譯圓覺經　商海鋒注譯
新譯法句經　劉學軍注譯
新譯六祖壇經　李中華注譯
新譯禪林寶訓　李中華注譯
新譯維摩詰經　陳引馳等注譯
新譯經律異相　顏洽茂注譯
新譯阿彌陀經　蘇樹華注譯
新譯無量壽經　邱高興注譯
新譯無量壽經　蘇樹華注譯
新譯妙法蓮華經　張松輝注譯
新譯景德傳燈錄　顧宏義注譯
新譯大乘起信論　韓廷傑注譯
新譯釋禪波羅蜜　蘇樹華注譯
新譯八識規矩頌　倪梁康注譯
新譯永嘉大師證道歌　蔣九愚注譯
新譯華嚴經入法界品　楊維中注譯
新譯地藏菩薩本願經　李承貴注譯
新譯悟真篇　劉國樑等注譯
新譯无能子　張松輝注譯
新譯坐忘論　張松輝注譯
新譯列仙傳　張金嶺注譯

新譯抱朴子　李中華注譯
新譯神仙傳　周啟成注譯
新譯性命圭旨　傅鳳英注譯
新譯老子想爾注　顧寶田等注譯
新譯周易參同契　劉國樑注譯
新譯道門觀心經　王　卡注譯
新譯養性延命錄　曾召南注譯
新譯樂育堂語錄　戈國龍注譯
新譯沖虛至德真經　張松輝注譯
新譯長春真人西遊記　顧寶田等注譯
新譯黃庭經・陰符經　劉連朋等注譯

軍事類

新譯司馬法　王雲路注譯
新譯尉繚子　張金泉注譯
新譯三略讀本　傅　傑注譯
新譯六韜讀本　鄔錫非注譯
新譯吳子讀本　王雲路注譯
新譯孫子讀本　吳仁傑注譯
新譯李衛公問對　鄔錫非注譯

教育類

新譯爾雅讀本　陳建初等注譯
新譯顏氏家訓　李振興等注譯
新譯聰訓齋語　馮保善注譯
新譯曾文正公家書　湯孝純注譯
新譯三字經　黃沛榮注譯
新譯百家姓　馬自毅等注譯
新譯幼學瓊林　馬自毅注譯
新譯增廣賢文・千字文　馬自毅注譯
新譯格言聯璧　馬自毅注譯

政事類

新譯商君書　貝遠辰注譯
新譯鹽鐵論　盧烈紅注譯
新譯貞觀政要　許道勳注譯

地志類

新譯山海經　楊錫彭注譯
新譯水經注　陳橋驛等注譯
新譯佛國記　楊維中注譯
新譯大唐西域記　陳　飛等注譯
新譯洛陽伽藍記　劉九洲注譯
新譯徐霞客遊記　黃　珅注譯
新譯東京夢華錄　嚴文儒注譯